古文·寓言·故事

郭艳红 主编

民主与建设出版社
·北京·

前言

习近平总书记在十九大报告中指出:"深入挖掘中华优秀传统文化蕴含的思想观念、人文精神、道德规范,结合时代要求继承创新,让中华文化展现出永久魅力和时代风采。"

习总书记还曾指出:"'去中国化'是很悲哀的,应该把这些经典嵌在学生脑子里,让经典成为中华民族文化的基因。"

是的,泱泱中华五千载,悠悠国学民族魂。我们中华国学"为天地立心,为生民立命,为往圣继绝学,为万世开太平",是中华民族生生不息的根本,是华夏儿女遗传基因和精神支柱。

国学就是中国之学,中华之学,是以母语汉语为基础,表达中华民族的精神价值和处世态度的,有利于凝聚中华民族的文化向心力,有利于中华民族大团结,是炎黄子孙的生命火炬,我们要永远世代相传和不断发扬光大。

中华优秀传统文化在思想上有大智,在科学上有大真,在伦理上有大善,在艺术上有大美。在中华民族艰难而辉煌发展历程中,优秀传统文化薪火相传、历久弥新,始终为国人提供精神支撑和心灵慰藉。所以,更多从传统优秀国学经典中汲取丰富营养,丰盈的不只是灵魂,而是能够拥有神圣而崇高的家国情怀。

中华传统国学是指以儒学为主体的中华传统文化与学术,包括非常广泛,内涵十分丰富,凝聚了我国五千年的文明史和传统文化,体现了中华民族博大精深的文化精髓,是经过多少代人实践检验过

的文化瑰宝，承载着中华民族伟大复兴的梦想。

中华传统国学经典，蕴含了中华儿女内圣外王的个体修养和自强不息的群体精神，形成了重义轻利的处世态度以及孝亲敬长的人伦约定，包含着辩证理智的心智思维和天人合一的整体观念。历经数千年发展，逐渐形成了以儒释道为主干的传统文化和兼容并包、多元一体的开放型现代文化。

作为国学经典，是广大读者必备的精神食粮。读者们阅读国学经典，能够秉承国学仁义精神，学会谦和待人、谨慎待己、勤学好问等优良品行，能够达到内外兼修与培养刚健人格。

我们欣喜地看到，在党和政府的积极号召下，教育部印发了《完善中华优秀传统文化教育指导纲要》，各级教育机构启用了《中华优秀传统文化》教材，中小学语文新课标中也增强了青少年学生阅读和学习国学的分量，许多中小学开设了专门的国学课程，全国各族人民掀起了学习和传承中国传统文化的热潮。

为此，在有关专家指导下，特别编辑了这套"古典诗文精品选读"作品。古诗泛指古代中国诗歌，本套作品主要包括《诗经》《楚辞》《乐府诗》等，没有选入唐诗宋词元曲等；古文是指古代散文，主要包括传记、铭祭、论说、奏议、游记、杂记、书信、序跋等，本套作品还包括寓言、故事以及古代韵文的辞赋和骈体文的骈文等。这些古典诗文是中华辉煌灿烂文化的奇葩，具有独特的艺术价值。

本套作品主要根据广大读者特别是青少年读者学习吸收特点，精选了许多经典古诗文，增设了简单明白的注释和白话解读等，还配有精美图片等，能够培养广大青少年读者的国学阅读兴趣和传统文化素养，能够增强对中国传统文化的热爱、传承和发展，能够激发并积极投身到中华复兴的伟大梦想之中。

目录

寓言

齐人乞墦	（战国）孟　子	008
子产受骗	（战国）孟　子	010
弈秋诲棋	（战国）孟　子	011
再作冯妇	（战国）孟　子	012
路人献雉	（战国）尹文子	013
埳井之蛙	（战国）庄　子	014
佝偻承蜩	（战国）庄　子	016
呆若木鸡	（战国）庄　子	018
运斤成风	（战国）庄　子	019
和氏献璧	（战国）韩非子	020
涸泽之蛇	（战国）韩非子	022
狗猛酒酸	（战国）韩非子	023
郑人买履	（战国）韩非子	024
买椟还珠	（战国）韩非子	025
自相矛盾	（战国）韩非子	026

守株待兔	（战国）韩非子	028
智子疑邻	（战国）韩非子	029
滥竽充数	（战国）韩非子	030
杞人忧天	（战国）列　子	030
纪昌学射	（战国）列　子	032
薛谭学讴	（战国）列　子	034
东施效颦	（战国）庄　子	034
三年成一叶	（战国）列　子	035
公输为鹊	（战国）墨　子	036
揠苗助长	（战国）孟　子	037
刻舟求剑	（战国）吕不韦	038
掩耳盗铃	（战国）吕不韦	039
狐假虎威	（汉）刘　向	040
画蛇添足	（汉）刘　向	042
鹬蚌相争	（汉）刘　向	043
叶公好龙	（汉）刘　向	044

故事

| 盘古开天辟地 | 045 |
| 盘古化生万物 | 046 |

烛龙的神通	047
女娲造人	049
女娲补天	050
鲲鹏之变	053
燧人钻木取火	054
神农鞭百草	055
皇帝胜四帝	056
宏伟的昆仑山	057
黄、炎之争	059
蚩尤伐黄帝	060
精卫填海	063
夸父逐日	064
愚公移山	065
牛郎织女	068
少昊之诞生	069
共工触山	071
彭祖长寿	072
后稷教稼	073
盘瓠	075

蚕马	078
舜和象的斗争	080
湘妃竹	083
日出入	085
羿射日除害	087
嫦娥奔月	088
鲧禹治水	089
禹凿龙门	090
鲤鱼跳龙门	092
瑶姬助禹治水	093

寓言

齐人乞墦

(战国)孟 子

齐人有一妻一妾而处室者，其良人出，则必餍❶酒肉而后反❷。其妻问所与饮食者，则尽富贵也。其妻告其妾曰："良人出，则必餍酒肉而后反，问其与饮食者，尽富贵也，而未尝有显者来，吾将瞷❸良人之所之也。"

蚤起❹，施❺从良人之所之，遍国中无与立谈者。卒之东郭墦间❻，之祭者乞其余；不足，又顾而之他。此其为餍足之道也。

其妻归，告其妾，曰："良人者，所仰望而终身也，今若此。"

与其妾讪其良人，而相泣于中庭，而良人未之知也，施施从外来，骄其妻妾。由君子观之，则人之所以求富贵利达者，其妻妾不羞也，而不相泣者，几希❼矣。

【注释】

❶餍(yàn)：饱食。❷反：通"返"，回家。❸瞷(jiàn)：窥视，偷看。❹蚤(zǎo)起：早晨起身。蚤，

通"早"。❺施（yì）：斜。这里指斜从，跟随，以免被丈夫发现。❻墦（fán）间：坟墓间。墦，坟墓。❼希：通"稀"。

【译读】

齐国有一个人和一妻一妾共同生活。这个人每次外出，一定是吃饱喝足才回家。妻子问和他一起吃饭的都是一些什么人，一定说都是有钱有地位的人。妻子对妾说："丈夫出去，都是酒醉饭饱才回家，问是谁和他在一起吃喝的，肯定是有钱有地位的人。可是，从来都不曾见到有显贵体面的人到家里来。我要暗中看看他到底去了什么地方。"

早晨起来,妻子悄悄在后面跟着丈夫。整个都城都没有谁停下来和他打招呼的。最后他走到东门城外的坟地里,向那些祭祀扫墓的人乞讨祭余的酒肉供品。不够,又四下张望,到别的扫墓人那里。这就是他天天酒醉饭饱的方法。

妻子回去,告诉了妾,说:"丈夫,是我们要依靠他过一生的人。今天才知道是这样的人。"

于是两人在院子里痛骂丈夫,相对哭泣。丈夫却一点也不知道,还美滋滋地从外边回来,又向妻妾炫耀呢。在君子看来,人们用来求取升官发财的方法,能够不使他们的妻妾引以为耻而共同哭泣的,是非常少的!

子产受骗

(战国)孟 子

昔者有馈生鱼于郑子产,子产使校人❶畜之池。校人烹之,反命❷曰:"始舍之,圉圉❸焉;少则洋洋❹焉;攸然❺而逝。"

子产曰:"得其所哉!得其所哉!"

校人出,曰:"孰谓子产智?予既烹而食之,曰'得其所哉!得其所哉!'"

故君子可欺以其方,难罔以非其道。

【注释】

❶校人:主管池沼的小官。 ❷反命:返回来禀报。

反,通"返"。❸圉(yǔ)圉:疲惫的样子。❹洋洋:舒缓摇尾的样子。❺攸然:迅速的样子。

【译读】

　　从前有人送条活鱼给郑国的子产,子产让主管池塘的人把它畜养在池塘里。那人却把鱼煮来吃了,回报说:"刚放进池塘里时,它还要死不活的;一会儿便摇摆着尾巴活动起来了;突然间,一下子就游得不知去向了。"

　　子产说:"它去了它应该去的地方啦!它去了它应该去的地方啦!"

　　那人从子产那里出来后说:"谁说子产聪明呢?我明明已经把鱼煮来吃了,可他还说'它去了它应该去的地方啦!它去了它应该去的地方啦!'"

　　所以,君子可能被合乎情理的方法所欺骗,但难以被不合情理的方法所欺骗。

弈秋诲棋

(战国)孟　子

　　弈秋❶,通国❷之善弈者也。使弈秋诲❸二人弈,其一人专心致志,惟弈秋之为听;一人虽听之,一心以为有鸿鹄❹将至,思援❺弓缴❻而射之。虽与之俱学,弗若之矣。为是其智弗若与?曰:"非然也。"

【注释】

　　❶弈(yì)秋:春秋时期鲁国的围棋高手。❷通国:

全国。❸诲：教导，指导。❹鸿鹄（hú）：天鹅。❺援：拉。❻缴（zhuó）：系在箭上的生丝线。箭射出去，可以靠它收回来。

【译读】

　　弈秋是全国的下棋高手，让他同时教两个人下棋。一个人一心一意，只听奕秋的话。另一个呢，虽然听着，但心里却想着有只天鹅快要飞来，要着拿起弓箭去射它。这样，即使跟人家一道学习，他的成绩也一定不如人家。是因为他不如人家聪明吗？自然不是这样的。

再作冯妇

（战国）孟　子

　　齐饥。陈臻曰："国人皆以夫子将复为发棠❶，殆不可复。"孟子曰："是为冯妇❷也。晋人有冯妇者，善搏虎，卒为善士。则之野，有众逐虎。虎负嵎❸，莫之敢撄❹。望见冯妇，趋而迎之。冯妇攘臂下车。众皆悦之，其为士者笑之。"

【注释】

　　❶复为发棠：重新劝齐王打开棠地的粮仓赈济灾民。发，发放；棠，地名，在今山东即墨南。孟子在齐国以前灾荒时曾劝过齐王开棠地粮仓赈济灾民，所以有此说。❷冯妇：人名，姓冯，名妇。❸嵎（yú）：山势弯曲险阻的地方。❹撄（yīng）：迫近。

【译读】

　　齐国遭遇到饥荒,陈臻对孟子说:"齐国的人们都以为老师会再次劝齐王打开棠地的粮仓来赈济灾民,大概不可以再这样做了吧。"孟子说:"再这样做就成了冯妇了。晋国有个叫冯妇的人,善于打虎,后来成了善士,不再打虎了。有次他到野外去,看到有很多人正在追赶一只老虎。那老虎背靠着山势险阻的地方,没有人敢去迫近它。大家远远望见冯妇来了,连忙跑过去迎接他。冯妇挽袖伸臂地走下车来,众人们都很高兴,可士人们却讥笑他。"

路人献雉

(战国)尹文子

　　楚人有担山雉❶者。路人问曰:"何鸟也?"担雉者欺之曰:"凤凰也。"路人曰:"我闻有凤凰,今直❷见之。汝贩之乎?"曰:"然。"

　　买以十金,弗与;请加倍,乃与之。将欲献楚王,经宿❸而鸟死。路人不遑❹惜金,惟恨不得以献楚王。

　　国人传之,咸以为真凤凰。贵❺欲以献之,遂闻❻楚王。楚王感其欲献于己,召而厚❼赐之,过于买鸟之金十倍。

【注释】

❶雉（zhì）：俗称"野鸡"。❷直：同"值"，正值，恰巧。❸经宿：经过一夜。❹不遑：来不及。❺贵：赞赏。❻闻：下级向国君报告叫闻。❼厚：重重地。

【译读】

楚国有个用扁担挑着山中野鸡的人。有个路过的人问他："这是什么鸟？"挑着野鸡的人欺骗他说："这是一只凤凰。"路过的人说："我听说有凤凰，现在恰巧看见了。你能把它卖给我吗？"挑野鸡的人说："可以。"

路人想用十金买下"凤凰"，挑担人不给他；路人再请求用双倍的价钱，挑担人才把"凤凰"卖给他。路人想将"凤凰"献给楚王，隔了一夜凤凰却死了。路人没有可惜金钱，只是遗憾不能够把凤凰献给楚王。

楚国里的人都纷纷传播这件事情，都认为那是一只真凤凰，赞赏那个想要把凤凰贡献给楚王的路人。这件事情被楚王听到了。楚王被路人想要把"凤凰"献给自己的行为而感动，召来路人并且重重地赏赐了他，赏钱比买野鸡的价钱多十倍。

埳井之蛙

（战国）庄　子

埳井❶之蛙谓东海之鳖曰："吾乐与！出跳梁❷乎井干之上，入休乎缺甃❸之崖；赴水则接腋持颐❹，蹶

古文·寓言·故事

泥则没足灭跗⑤。还虷⑥蟹与蝌蚪，莫吾能若也！且夫⑦擅一壑之水，而跨跱⑧埳井之乐，此亦至矣。夫子奚不时来入观乎？"

东海之鳖左足未入，而右膝已絷矣。于是逡巡而却，告之海曰："夫千里之远，不足以举其大，千仞⑨之高，不足以极其深。

禹之时，十年九潦，而水弗为加益；汤之时，八年七旱，而崖不为加损。夫不为顷久推移，不以多少进退者，此亦东海之大乐也！"于是埳井之蛙闻之，适适然惊，规规然自失也。

【注释】

❶埳（kǎn）井：坍塌破废的浅井。埳，同"坎"，坑穴。❷跳梁：同"跳踉（liáng）"，腾跃。❸缺甃（zhòu）：指残缺的井壁。❹接腋（yè）持颐（yí）：指水的深度可以托浮住两腋和双颊。颐，面颊。❺没足灭跗（fū）：淹没了脚背。跗，脚背。❻虷（hán）：蚊子的幼虫。❼且夫：用在句首，表示更进一层，相当于"再说"。❽跨跱（zhì）：蹦跳停立的动作。❾仞（rèn）：古长度单位，古代以七尺或八尺为一仞。

【译读】

一只住在浅井里的青蛙，它对从东海来的大鳖夸口说："你看，我住在这里多么快乐啊！有时高兴了，就在井栏边跳跃一阵；疲倦了，就回到井里，躺在井壁里休息一会儿；跳进水里，水刚好托着我的胳肢窝和面颊；踩泥巴时，泥深只能淹没我的两脚，漫到我的脚背上。回头看一看那些赤虫、螃蟹与蝌蚪一类的小虫吧,哪个能同我相比!并且,我独占一坑水,在井上想跳就跳,想停就停,真是快乐极了!您为什么不常来我这里参观呢?"

海鳖左脚还没有踏进井里,右腿就已经被井壁卡住了。于是,于是它连忙把腿收回来,把大海的景象告诉青蛙说:"你见过大海吗?千里的确很远,可它却不能够形容海的辽阔;千仞的确很高,可它却不能够说明海的深度。

夏禹的时候,十年有九年水灾,可是海水并不显得增多;商汤时,八年有七年干旱,可是海水也不显得减少。永恒的大海啊,不随时间的长短而改变,也不会因为雨量的多少而涨落。这才是住在东海里最大快乐啊!"浅井的青蛙听了这一番话,吃惊地呆住了,才深深感到自己太渺小了。

佝偻承蜩

(战国)庄 子

仲尼适楚,出于林中,见佝偻❶者承❷蜩❸,犹掇之也。仲尼曰:"子巧乎!有道邪?"

曰:"我有道也。五六月累丸二而不坠,则失者锱铢❹;累三而不坠,则失者十一;累五而不坠,犹掇之也。吾处身也,若厥❺株拘❻;吾执臂也,若槁木之枝;虽天地之大,万物之多,而唯蜩翼之知。吾不反不侧,不以万物易蜩之翼,何为而不得!"

孔子顾谓弟子曰:"用志不分,乃凝❼于神,其佝偻丈人之谓乎!"

【注释】

❶佝偻(gōu lóu):脊背向前弯曲。❷承:这里指用长竿取物。❸蜩(tiáo):蝉。❹锱铢(zī zhū):锱和铢都是古代重量单位,比喻极少的数量或极小的可能。锱是一两的四分之一,铢是一两的二十四分之一。❺厥:通"橛(jué)",断掉的树木。❻株拘:断残的树桩。❼凝:精力专注或注意力集中。

【译读】

孔子前往楚国,行走在一片树林中,看到一位驼背人在捕蝉,就像拾取蝉一样容易。孔子上前问道:"您真灵巧啊!有什么诀窍吗?"

驼背人回答道:"我有诀窍啊。练习了五六个月。在竿头上叠放着两个泥丸,这两个泥丸不掉下来了,然后再去粘蝉,那么失手的概率就很小了;后来在竿头上叠放三个泥丸,不掉下来了,然后再去粘蝉,失手的概率就只有十分之一;再后来在竿头上叠放五个泥丸,这五个泥丸仍旧不掉下来,然后再去粘蝉,就好像在地上拾取一样容易了。粘蝉时我的身子站定在那里,就好像没有知觉的断木桩子;我举着的手臂,就像枯树枝;即使天地很大,万物很多,而我就只知道有蝉翼。我不回头不侧身,不因万物而改变对蝉翼的注意,为什么得不到呢!"

孔子回头对弟子们说:"运用注意力不分散,就是高度凝聚精神,恐怕说的就是这位驼背的老人吧!"

呆若木鸡[1]

(战国)庄 子

纪渻子[2]为王养斗鸡。十日而问:"鸡已乎?"曰:"未也,方虚骄而恃气[3]。"

十日又问,曰:"未也,犹应响影[4]。"

十日又问,曰:"未也,犹疾视而盛气。"

十日又问,曰:"几矣。鸡虽有鸣者,已无变矣。"

望之,似木鸡矣,其德全矣,异鸡无敢应者,反走[5]矣。"

【注释】

[1]呆若木鸡:指呆得像木头鸡一样,形容因为恐惧或者惊异而发愣的样子。呆,傻,发愣的样子。[2]纪渻(shěng)子:人名。姓纪,名渻,子是对这人的尊称。[3]方虚骄而恃气:正凭着一股血气而骄傲。方,正;骄,骄傲;恃,凭着,依靠。[4]响影(yǐng):鸡听到声响,看到影子就回应。[5]反走:转身逃跑。

【译读】

纪渻子替宣王饲养斗鸡。十天后,宣王问道:"鸡训练完毕了没有?"纪渻子说:"还没好,现在它凭着一股血气而骄傲。"

过了十日,宣王又问训练好了没有。纪渻子说:"还不行,仍然对别的鸡的啼叫和接近有所反应。"

再过十天,宣王又问,纪渻子说:"还没好,仍然气势汹汹地看着对方。"

又过了十天,宣王又问。纪渻子说:"差不多了,即使别的鸡叫,斗鸡已经没有任何反应了。"

宣王去看斗鸡的情况,果然就像木头鸡了,可是它的精神全凝聚在内,其他的鸡没有敢来挑战的,看见它只能落荒而逃。

运斤成风

(战国)庄 子

庄子送葬,过惠子❶墓。顾谓从者曰:"郢❷人垩❸慢❹其鼻端,若蝇翼。使匠石斫之,匠石运斤❺成风,听而斫❻之,尽垩而鼻不伤;郢人立不失容❼。宋元君闻之,召匠石曰:'尝试为寡人为之。'匠石曰:'臣则尝能斫之。虽然,臣之质❽死久矣。'自夫子之死也,吾无以为质也,吾无与言之矣。"

【注释】

❶惠子:人名。战国时期宋国人,庄子的好友。❷郢(yǐng):楚国的都城。❸垩(è):本义为白色土或泥。❹慢:同"墁",不规则地涂抹。❺斤:这里指斧

头。❻斫：（zhuó），用刀斧砍。❼失容：指脸色改变。❽质：通"锧（zhì）"，砧板，这里引申为配手。

【译读】

庄子送葬，达到惠子的墓地，回过头来对跟随的人说："郢城有个人的鼻尖上沾了白粉，像苍蝇的翅膀一样。让一个名叫石的工匠用斧头砍掉这点白粉。匠石挥动斧子呼呼作响，漫不经心地砍削白点，鼻尖上的白泥完全除去而鼻子却一点也没有受伤，郢地的人站在那里也若无其事不失常态。宋元君知道了这件事，召见匠石说：'你为我也这么试试'。匠石说：'我确实曾经能够砍削掉鼻尖上的小白点。虽然如此，我可以搭配的伙伴已经死去很久了。'自从惠子离开了人世，我没有辩论的对象了，我没有说话的人了！"

和氏献璧

（战国）韩非子

楚人和氏得玉璞❶楚山中，奉而献之厉王，厉王使玉人相之，玉人曰："石也。"王以和为诳❷，而刖❸其左足。及厉王薨❹，武王即位，和又奉其璞而献之武王。武王使玉人相之，又曰："石也。"王又以和为诳，而刖其右足。

武王薨，文王即位，和乃抱其璞而哭于楚山之下，三日三夜，泣❺尽而继之以血。王闻之，使人问

古文·寓言·故事

其故,曰:"天下之刖者多矣,子奚哭之悲也?"和曰:"吾非悲刖也,悲夫宝玉而题之以石,贞士⁶而名之以诳,此吾所以悲也。"王乃使玉人理其璞而得宝焉,遂命曰:"和氏之璧。"

【注释】

❶璞(pú):指含玉的石头或者未经雕琢的玉。❷诳(kuáng):欺骗。❸刖(yuè):砍去脚。古代的一种酷刑。❹薨(hōng):古时诸侯死叫薨。❺泣:眼泪。❻贞士:精诚的人。

【译读】

楚国人和氏在楚山中得到一块未经雕琢的玉石,捧着进献给厉王。厉王叫玉工鉴定,玉工说:"是石

头。"厉王认为和氏是个骗子,因而刖了他的左脚。等到厉王死,武王即位,和氏又捧着他的未加工的玉石献给武王。武王叫玉工鉴定,又说:"是石头。"武王又认为和氏是个骗子,又把下和的右脚砍掉了。

武王死后,文王即位,和氏就抱着他的玉石在楚山之下大哭,三天三夜,眼泪哭干了,连血也哭出来了。文王听到后,便派人去问下和,说:"天下被刖脚的人多啦,你为什么哭得这样悲痛?"和氏回答说:"我不是悲痛脚被刖,我悲痛的是那宝玉被说成是石头,真诚的人被说成是骗子,这就是我悲痛的原因。"文王便叫玉匠认真加工琢磨这块玉石,果然发现这是一块稀世的宝玉,于是就把它命名为"和氏之璧。"

涸泽之蛇

(战国)韩非子

泽❶涸❷,蛇将徙❸。有小蛇谓大蛇曰:"子❹行而我随之,人以为蛇之行者耳,必有杀子者;不如相衔负❺我以行,人以我为神君❻也。"乃相衔负以越公道❼,人皆避之,曰:"神君也。"

【注释】

❶泽:聚水的洼地,一般指湖沼。❷涸(hé):积水无存,干涸。❸徙(xǐ):迁徙。❹子:你。❺负:背。❻神君:这里指蛇神。❼公道:大路,大道。

【译读】

　　池塘干涸了,蛇将要迁徙,有一条小蛇对大蛇说:"你走在前面,我跟随着你,人们认为只是出行的蛇罢了,必定会有人杀死你;不如咱们互相衔着,你背着我走,人们看见就会把我当作蛇神呢。"于是它们互相衔着穿过路。人们看见都躲开它们说:"真是蛇神显灵啊!"

狗猛酒酸

(战国)韩非子

　　宋人有酤❶酒者,升概❷甚平,遇客甚谨,为酒甚美,县❸帜甚高,著❹然不售,酒酸。怪其故,问其所知闾长者杨倩,倩曰:"汝狗猛耶?"曰:"狗猛则酒何故而不售?"曰:"人畏焉。或令孺子怀钱挈壶瓮而往酤,而狗迓而龁之,此酒所以酸而不售也。"

　　夫国亦有狗,有道之士怀其术而欲以明❺万乘之主❻,大臣为猛狗迎而咬之,此人主之所以蔽胁,而有道之士所以不用也。

【注释】

　　❶酤(gū):卖。下文的"酤"译为"买"。❷升概:指酒量。升,量器,古代用升斗做量酒的器具。概,刮平斗斛的木板。❸县:通"悬",挂。❹著:通"贮",积久。❺明:使……贤明,使动用法。❻万乘之主:有万乘的君王。乘,兵车。

【译读】

  宋国有个卖酒的人，每次卖酒都量得很公平，对客人殷勤周到，酿的酒又香又醇，店外的酒旗迎风招展高高飘扬。然而却没有人来买酒。时间一长，酒都变酸了。卖酒者感到迷惑不解，于是请教住在同一条巷子里的长者杨倩。杨倩问道："你养的狗很凶吧？"卖酒者说："狗凶，为什么酒就卖不出去呢？"杨倩回答说："人们怕狗啊。大人让孩子揣着钱提着壶来买酒，而你的狗却扑上去咬人，这就是酒变酸了、卖不出去的原因啊。"

  国家也有恶狗。身怀治国之术的贤人，想让统治万人的君王了解他们的高技良策，而奸邪的大臣却像恶狗一样扑上去咬他们，这就是君王被蒙蔽挟持，而有治国之术的贤人不被任用的原因啊！

郑人买履

（战国）韩非子

  郑人有欲买履❶者，先自度❷其足，而置之其坐❸。至之市，而忘操之。

  已得履，乃曰："吾忘持度。"

  反归取之。及反，市罢❹，遂不得履。

  人曰："何不试之以足？"曰："宁信度❺，无自信也。"

古文·寓言·故事

【注释】

❶履（lǚ）：鞋子。❷度（duó）：这里作动词用，即计算、测量的意思。❸坐：同"座"，座位，这里指椅子、凳子一类的家具。❹罢：完结，这里指集市已经解散。❺度（dù）：这里用作名词，尺子。

【译读】

有个郑国人想要买鞋子，先用尺子度量好自己脚的尺码，然后把尺码放在他的座位上，等到前往集市，却忘了携带量好的尺码。

郑国人已经拿到鞋子，却说："我忘记带量好的尺码了。"

就返回家去取量好的尺码。等到他返回集市的时候，集市已经散了，因此郑国人没能买到鞋子。

有人问他说："为什么你不用你的脚去试一试呢？"

他说："我宁可相信之前已经量好的尺码，也不会相信自己的脚。"

买椟还珠

（战国）韩非子

楚人有卖其珠于郑者。为木兰之柜，熏以桂椒，缀❶以珠玉，饰以玫瑰❷，辑❸以翡翠。

郑人买其椟❹而还其珠。此可谓善卖椟矣，未可谓善鬻❺珠也。

【注释】

❶缀：点缀。❷玫瑰：这里指一种美丽的玉石。❸缉：装饰边沿。❹椟（dú）：小盒。❺鬻（yù）：卖。

【译读】

有一个楚国商人在郑国卖珠宝。他用名贵的木兰雕了装珠宝的匣子，用香料把盒子熏香，还用珠宝、玫瑰、翡翠来加以装饰。

有个郑国人把匣子买了去，却把匣子里面的珠子还给了他，这可以说，这个珠宝商人很善于卖盒子，而不善于卖珠宝。

自相矛盾

（战国）韩非子

楚人有鬻矛与盾❶者，誉之❷曰："吾盾之坚，物莫能陷❸也。"

又誉其矛曰："吾矛之利，于物无不❹陷也。"

或曰："以子之矛，陷子之盾，何如？"

其人弗能应也。夫不可陷之盾与无不陷之矛，不可同世而立❺。

【注释】

❶矛与盾：是古代两种作用不同的武器。❷誉之：夸耀他的盾。誉，称赞，夸耀。❸陷：刺破，这里有

"穿透""刺穿"的意思。❹无不:没有。❺同世而立:同时存在于这个世界上。

【译读】

楚国有个卖矛又卖盾的人,他首先大肆夸耀自己的盾,说:"我的盾非常坚固,无论用什么矛都无法将它刺穿!"

然后,他又夸耀自己的矛,说:"我的矛非常锐利,无论用什么盾都不能不被它刺穿!"

有个人问他:"如果用你的矛去刺你的盾,会怎么样呢?"

那个人被问得哑口无言。什么矛都无法穿破的盾与什么盾都能穿破的矛,不能同时出现在一起。

古典诗文精品选读

守株待兔

（战国）韩非子

宋人有耕田者。田中有株①，兔走②触③株，折颈而死。因④释⑤其耒⑥而守株，冀⑦复得兔。兔不可复得，而身为宋国笑⑧。

【注释】

①株：树桩。②走：跑。③触：撞到。④因：于是，就。⑤释：放下。⑥耒（lěi）：一种农具。⑦冀：希望。⑧笑：嘲笑，耻笑。

【译读】

　　宋国有个农民,他的田地中有一截树桩。一天,一只跑得飞快的野兔撞在了树桩上,扭断了脖子死了。于是,农民便放下他的农具日日夜夜守在树桩子旁边,希望能再得到一只兔子。然而野兔是不可能再次得到的,而他自己也被后人所耻笑。

智子疑邻

(战国)韩非子

　　宋有富人,天雨墙坏。其子曰:"不筑❶,必将有盗。"

　　其邻人之父❷亦云❸。暮而果❹大亡❺其财,其家甚智其子,而疑邻人之父。

【注释】

　　❶筑:修补。❷邻人之父(fǔ):这里指邻居家的老人。❸亦云:也这样说。❹果:果然。❺亡:失去。

【译读】

　　宋国有个富人,因下大雨,院墙坍塌下来。他的儿子说:"如果不赶紧修筑它,肯定会有盗贼进来。"

　　他们隔壁的老人也这么说。这天晚上果然丢失了很多财物,这家人很赞赏儿子聪明,却怀疑偷盗是隔壁那个老人干的。

滥竽充数[1]

(战国)韩非子

齐宣王使人吹竽,必三百人。南郭处士请为王吹竽,宣王说[2]之,廪食[3]以数百人。宣王死,湣王立[4],好一一听之,处士逃。

【注释】

[1]滥竽充数:比喻没有本领的人冒充有本领,占着位置,或拿次的东西混在好的里面充数。竽,古代管乐器。[2]说:通"悦",高兴。[3]廪食(lǐn sì):官府供食。廪,粮仓;食,给东西吃。[4]立:继承王位。

【译读】

齐宣王派人吹竽,一定要300人一起吹。南郭处士请求给齐宣王吹竽,齐宣王很高兴。官府给他的待遇和那几百人一样。齐宣王死后,他的儿子齐湣王承了王位。齐湣王喜欢听一个一个地独奏,南郭处士就逃跑了。

杞人忧天

(战国)列 子

杞[1]国有人忧天地崩坠[2],身亡所寄[3],废寝食者。又有忧彼之所忧者,因往晓之,曰:"天,积气耳，亡处亡气。若屈伸呼吸，终日在天中行止，奈何忧崩坠乎？"

其人曰："天果积气，日月星宿，不当坠耶？"

晓之者曰："日月星宿，亦积气中之有光耀者，只使坠，亦不能有所中伤❹。"

其人曰："奈地坏何？"

晓者曰："地积块耳❺，充塞四虚❻，亡处亡块。若躇步跐蹈❼，终日在地上行止❽，奈何❾忧其坏？"

其人舍然大喜，晓之者亦舍然大喜。

【注释】

❶杞：春秋时期一个国名。❷崩坠：崩塌，坠落。❸身亡（wú）所寄：没有地方存身。亡，同"无"；寄，依附，依托。❹中（zhòng）伤：打中击伤。❺地积块耳：大地是土块堆积成的。❻四虚：四方。❼躇（chú）步跐（cǐ）蹈：泛指人的站立行走。躇，立；步，行；跐，踩；蹈，跳。❽行止：行动和停止。❾奈何：为什么。

【译读】

杞国有个人担忧天会塌地会陷，自己无处存身，便整天睡不好觉，吃不下饭。

又有一个为这个杞国人的忧愁而担忧的人，就去开导他，说："天不过是积聚的气体罢了，没有哪个地方没有空气的。你一举一动，一呼一吸，整天都在天空里活动，怎么还担心天会塌下来呢？"

那个人说："天如果是气体，日月星辰不就会坠落

下来了吗?"

开导他的人说:"日月星辰也是空气中发光的东西,即使掉下来,也不会伤害什么。"

那个人又说:"那地坏了又怎么办呢?"

开导他的人说:"大地是土块堆积成的罢了,填满了四处,没有什么地方是没有土块的。你行走跳跃,整天都在地上活动,怎么还担心会陷下去呢?"

经过这个人一解释,那个杞国人放下心来,非常高兴;开导他的人也放了心,非常高兴。

纪昌学射

(战国)列 子

甘蝇,古之善射者,彀❶弓而兽伏鸟下。弟子名飞卫,学射于甘蝇,而巧过其师。纪昌者,又学射于飞卫。飞卫曰:"尔先学不瞬❷,而后可言射矣。"

纪昌归,偃卧其妻之机下,以目承❸牵挺❹。二年后,虽锥末倒❺眦,而不瞬也。以告飞卫。飞卫曰。"未也,必学视而后可。视小如大,视微如著,而后告我。"

昌以牦❻悬虱于牖❼,南面而望之。旬日之间,浸大也;三年之后,如车轮焉。以睹余物,皆丘山也。乃以燕角之弧,朔蓬之簳❽射之,贯虱之心,而悬不绝。以告飞卫。飞卫高蹈拊膺❾曰:"汝得之矣!"

古文·寓言·故事

【注释】

❶彀（gòu）：拉开。❷瞬：眨眼。❸承：由下向上注视。❹牵挺：织布机下系脚踏板的两根直绳。❺倒：通"到"。❻牦（máo）：牛尾巴。❼牖（yǒu）：窗户。❽朔蓬之簳（gǎn）：北方的蓬竹做成的箭杆。❾高蹈拊膺：抬高脚踏步，拍着胸膛。拊，拍；膺，胸口。

【译读】

甘蝇是古代一个善于射箭的人。他拉开弓，兽就会倒下，鸟就会落下。甘蝇有个弟子飞卫，向他学习射箭，但他的技艺又超过了师傅。纪昌又向飞卫学习射箭。飞卫说："你先学会看东西不眨眼睛，然后才能谈及射箭。"

纪昌回到家后，仰卧在妻子的织布机下，他用眼睛注视着织布机上的梭子练习不眨眼睛。两年之后，即使用锥尖刺他的眼皮，他也不会眨眼。他把练习的情况告诉飞卫，飞卫说："功夫还不到家，还要学会看东西才可以，把小的看大，把微小的看成显著的，然后再来告诉我。"

纪昌用牦牛毛系着虱子悬挂在窗户上，从南面来练习看。十天之后，看虱子渐渐大了；三年之后，感觉像车轮般大了。看周围其余东西，都像山丘一般大。于是就用燕国牛角装饰的弓，北方蓬杆造成的箭，射向虱子，正穿透虱子中心，而拴虱子的毛却没断。他把这件事告诉了飞卫。飞卫高兴地跳高拍着胸脯说："你掌握技巧了。"

薛谭学讴

(战国)列　子

薛谭学讴❶于秦青，未穷❷秦青之技❸，自谓❹尽❺之❻，遂辞归。秦青弗止。饯于郊衢，抚节悲歌，声振林木，响遏行云。薛谭乃谢求反，终生不敢言归❼。

【注释】

❶讴（ōu）：徒歌，也就是无伴奏歌唱。这里指唱歌。❷穷：尽，完。这里指学完。❸技：本领。❹谓：自认为。❺尽：学尽，学完。❻之：代词，这里指代上句中的秦青之技。❼归：回去，回家。

【译读】

薛谭向秦青学习唱歌，还没有学完秦青的技艺，就以为学尽了，于是便告辞回家。秦青没有劝阻他，在城外大道旁给他送行，秦青打着节拍，高唱悲歌。那歌声使路边的树林都振动了，使空中的飞云也停住了。薛谭听了后便向秦青道歉并请求能返回继续跟秦青学习唱歌，从此一辈子再也不敢说回去的事了。

东施效颦

(战国)庄　子

西施❶病心❷而颦❸其里❹，其里之丑人见而美之，归亦捧心而颦其里。其里之富人见之,坚闭门而不出;贫人见之,挈⑤妻子而去⑥之走。彼知颦美⑦,而不知颦之所以美。

【注释】

❶西施:春秋末期越国的一个美女。❷病心:心口痛。❸颦(pín):皱眉头。❹里:乡里。❺挈(qiè):带领。❻去:躲开,避开。❼颦美:皱着眉头美。

【译读】

西施心口痛,所以皱着眉头走在村子里,村子里的一个长得丑的人看见了觉得她这样很漂亮,回家之后也捂着自己的心口走在村子里。村里的富人见了她,紧紧地关着大门不出去;穷人见了东施,带着妻儿躲着跑开了。东施虽然知道西施皱着眉头很美,却不知道她皱眉头为什么会美。

三年成一叶

(战国)列 子

宋人有为其君以玉❶为楮叶❷者,三年而成。锋杀❸茎柯,毫芒❹繁泽❺,乱之楮叶之中,而不可别也。此人遂以巧❻食宋国❼。子列子闻之,曰:"使天地之生物,三年而成一叶,则物之有叶者寡矣!故圣人恃道化❽而不恃智巧。"

【注释】

①玉：玉石。②楮（chǔ）叶：楮树的叶子。③锋杀：叶尖和斜面。④毫芒：叶上绒毛。⑤繁泽：多而滋润。⑥巧：精巧的工艺。⑦食（sì）宋国：被宋国供养。食，拿东西喂。⑧道化：指万物的自然生长。

【译读】

宋国有个拿玉石替国君雕刻楮叶的人，足足耗费三年才刻成。叶尖、斜面、叶脉，众多的绒毛，晶莹夺目的光泽，非常逼真，放在自然生长的楮叶中也难于分辨。此人就凭他精巧的技艺被宋国供养起来。列子听说这件事情，感慨道："假如天下的生物，在三年里才长成一片叶子，那么树木有叶子的就太少了！所以圣贤凭借的是道德教化而不是机智精巧。"

公输为鹊

（战国）墨　子

公输子①削竹木以为鹊，成而飞之，三日不下，公输子自以为至巧。子墨子谓公输子曰："子之为鹊也，不若翟②之为车辖③，须臾刘④三寸之木，而任五十石之重。"故所为功，利于人谓之巧，不利于人谓之拙。

【注释】

①公输子：即公输盘，鲁国的能工巧匠。②翟：墨子名。③辖：车轴两头的插销。④刘：雕镂，刻削。

【译读】

　　公输班用竹子和木头雕成一只喜鹊，雕成以后让这只喜鹊凌空高飞，飞了三天也没有落下来，公输班认为自己雕成的喜鹊是天下最巧妙的东西。墨子对公输班说："你雕成这只能飞的喜鹊，还不如木匠做个车轴头上的插销，木匠一会儿就削成个三寸大小的插销，还能使车轮承受五十石重的压力搬运货物。"所以我们所做的东西，对人有利的才叫作精巧，对人没有好处那就只能叫作笨拙。

揠苗助长

（战国）孟　子

　　宋人有闵❶其苗之不长而揠❷之者，芒芒然❸归，谓其人曰："今日病矣！予助苗长矣！"

　　其子趋❹而往视之，苗则槁❺矣。天下之不助苗长者寡❻矣。以为无益而舍之者，不耘苗❼者也；助之长者，揠苗者也，非徒无益，而又害之。

【注释】

　　❶闵（mǐn）：同"悯"，担心，忧虑。❷揠：拔。❸芒芒然：形容疲劳的样子。❹趋：快步走。❺槁（gǎo）：草木干枯，枯萎。❻寡：少，与多相对。❼耘（yún）苗：指给苗锄草。

【译读】

宋国有个人担忧他的禾苗不长高,就拔高了禾苗,一天下来十分疲劳地回到家,然后对他的家人说:"今天太累了!我帮助禾苗长高了!"

他的儿子赶紧去到田里查看禾苗的情况,禾苗都已经枯萎了。天下不希望自己禾苗长得快一些的人很少啊!以为禾苗长大没有用处而放弃的人,就像是不给禾苗锄草的懒汉。妄自帮助它生长的人,就像这个拔苗助长的人,不但没有好处,反而害了它。

刻舟求剑

(战国)吕不韦

楚人有涉❶江者❷,其剑自舟中坠于水,遽❸契❹其舟,曰:"是吾剑之所从坠❺。"舟止,从其所契者入水求之。舟已行矣❻,而剑不行,求剑若❼此❽,不亦惑乎❾?

【注释】

❶涉:过,渡。❷者:定语后置的标志。❸遽(jù):急忙,立刻。❹契:用刀刻。❺是吾剑之所从坠:这是我的剑掉下去的地方。❻矣:了。❼若:像。❽此:这样。❾不亦惑乎:不是很糊涂吗?惑,愚蠢,糊涂。不亦……乎,是一种委婉的反问句式。

古文·寓言·故事

【译读】

　　楚国有一个过江的人,他的剑从船中掉到水里。他急忙用刀在船的边上掉下剑的地方刻了记号,并说道:"这是我的剑掉下去的地方。"船到目的地后停了下来,这个楚国人从他刻记号的地方跳到水里寻找剑。船已经行驶了,但是剑没有移动,像这样寻找剑,不是很愚蠢吗?

掩耳盗铃

(战国)吕不韦

范氏之亡❶也,百姓有得钟❷者,欲负而走,则❸钟

大不可负④;以锤⑤毁之,钟况然⑥有声。恐人闻之而夺己也,遽⑦掩其耳。恶人闻之,可也;恶己自闻之,悖⑧也!

【注释】

①亡:逃亡。 ②钟:古代的打击乐器。 ③则:但是。 ④负:用背驮东西。 ⑤锤:槌子或棒子。 ⑥况(kuàng)然:形容钟声。 ⑦遽(jù):立刻。 ⑧悖(bèi):荒谬。

【译读】

范氏逃亡的时候,有老百姓得到一口钟,想把它背走。但是,这口钟太大了,不好背,他就打算用锤子砸碎以后再背。谁知,刚砸了一下,那口钟就"咣"地发出了很大的响声。他生怕别人听到钟声,来夺走钟,就急忙把自己的两只耳朵紧紧捂住继续敲。害怕别人听到钟的声音,这是可以理解的;但捂住自己的耳朵就以为别人也听不到了,这就太荒谬了。

狐假①虎威

(汉)刘 向

虎求百兽而食之,得狐。狐曰:"子无敢食我也!天帝使我长②百兽,今子食我,是逆天帝命也。子以我为不信,吾为子先行,子随我后,观百兽之见我而敢不走乎?"

虎以为然③,故遂与之行。兽见之皆走④。虎不知兽畏⑤已而走也,以为畏狐也。

【注释】

❶假:假借,凭借。❷长:同"掌",掌管。❸然:对的,正确的。❹走:逃跑。❺畏:害怕。

【译读】

老虎寻找各种野兽来吃,抓到一只狐狸。狐狸说:"您怎么敢吃我啊!玉皇大帝派我来做百兽的老大,现在你要是吃我,是违背玉帝的旨意啊。你要以为我不可信,我为你在前面先走,你跟在我后面,看各种野兽看见我有敢不逃避的吗?"

老虎认为有道理,于是就按狐狸说的做。各种野兽看见了全跑了。老虎不知道那些野兽是害怕自己而逃跑的,还以为是害怕狐狸呢。

画蛇添足

(汉)刘 向

楚有祠❶者,赐其舍人❷卮❸酒。舍人相谓曰:"数人饮之不足,一人饮之有余。请画地为蛇,先成者饮酒。"

一人蛇先成,引❹酒且饮之,乃左手持卮,右手画蛇曰:"吾能为之足!"未成,一人之蛇成,夺其卮曰:"蛇固❺无足,子安能为之足?"遂饮其酒。

为蛇足者,终亡❻其酒。

【注释】

❶祠(cí):祭祀。❷舍人:门客,手下办事的人。❸卮(zhī):古代的一种盛酒器,类似壶。❹引:拿,举。❺固:本来,原来。❻亡:丢失,失去。

【译读】

楚国有个搞祭祀活动的人,祭祀完了以后,拿出一壶酒赏给来帮忙祭祀的门客。门客们互相商量说:"大家一起喝这壶酒不够多,一个人喝它还有剩余。要求大家在地上画蛇,先画好的人喝这壶酒。"

一个人最先完成了,拿起酒壶准备饮酒,却左手拿着酒壶,右手画蛇,说:"我能够为它画脚。"他还没有画完,另一个人的蛇画好了,抢过他的酒壶,说:"蛇本来就没有脚,你怎么能给它画脚呢?"话刚说完,就把那壶酒喝完了。

那个为蛇画脚的人,最终失掉了那壶酒。

鹬蚌相争

（汉）刘 向

赵且伐燕，苏代为燕谓惠王曰："今者臣来，过易水。蚌方❶出曝，而鹬❷啄其肉，蚌合而箝❸其喙。鹬曰：'今日不雨，明日不雨，即有死蚌！'蚌亦谓鹬曰：'今日不出，明日不出，即有死鹬！'两者不肯相舍❹，渔者得而并❺禽❻之。今赵且伐燕，燕赵久相支❼，以弊大众，臣恐强秦之为渔夫也。故愿王之熟计之也！"

惠王曰："善。"乃止。

【注释】

❶方：刚刚。❷鹬（yù）：一种水鸟，羽毛呈茶褐色，嘴和腿都细长，常在浅水边或水田中捕食小鱼、昆虫、河蚌等。❸箝（qián）：同"钳"，把东西夹住。❹相舍：互相放弃。❺并：一起，一齐，一同。❻禽：同"擒"，捕捉，抓住。❼支：相持，对峙。

【译读】

赵国将要出战燕国，苏代为燕国对惠王说："今天我来，路过易水，看见一只河蚌正从水里出来晒太阳，一只鹬飞来啄它的肉，河蚌马上闭拢，夹住了鹬的嘴。鹬说：'今天不下雨，明天不下雨，就会干死你。'河蚌也对鹬说：'今天你的嘴不拿出去，明天你的嘴不拿出去，就会饿死你。'它们两个不肯互相放弃，结果一个渔夫把它们俩一起抓住了。现在赵国将要攻打燕国，

燕赵如果长期相持不下，老百姓就会疲惫不堪，我担心强大的秦国就要成为那个不劳而获的渔翁了。所以我希望大王要认真考虑出兵之事。"

赵惠文王说："好吧。"于是停止出兵攻打燕国。

叶公好龙

（汉）刘　向

叶公子高❶好龙，钩❷以写龙，凿❸以写龙，屋室雕文❹以写龙。于是天龙闻而下之，窥头于牖，施尾于堂。叶公见之，弃而还走❺，失其魂魄，五色无主。是❻叶公非好龙也，好❼夫似龙而非龙者也。

【注释】

❶子高：叶公的别名。因楚国封君皆称公，故称叶公。❷钩：衣服上的带钩。❸凿：通"爵"，古代饮酒的器具。❹文：通"纹"。❺还（xuán）走：转身就跑。还，通"旋"。❻是：由此看来。❼好：喜欢，喜爱。

【译读】

叶公喜欢龙，衣带钩、酒器上刻着龙，居室里雕镂装饰的也是龙。天上的真龙知道后，便从天上下降到叶公家里，龙头搭在窗台上探望，龙尾伸到了厅堂里。叶公一看是真龙，转身就跑，吓得他像失了魂似的，惊恐万状，不能控制自己。由此看来，叶公并不是真的喜欢龙，他喜欢的只不过是那些像龙却不是龙的东西罢了。

故事

盘古开天辟地

天地浑沌❶如鸡子,盘古生其中。万八千岁,天地开辟,阳清为天,阴浊为地。盘古在其中,一日九变,神于天,圣于地。天日高一丈,地日厚一丈,盘古日长❷一丈,如此万八千岁。天数极高,地数极深,盘古极长,后乃有三皇❸。数起于一,立于三,成于五,盛于七,处于九,故天去地九万里。

【注释】

❶浑沌(dùn):混混沌沌,模糊成一团的状态。❷长(zhǎng):生长,长高。❸三皇:指神话中的天皇、地皇、人皇。

【译读】

上古时候,天和地混混沌沌成一团,像个大鸡蛋,盘古就生长在这当中。经过一万八千年,天地分剖,属于"阳"的清而轻的物事上升成为天,属于"阴"的重而浊的物体下降成为地。盘古在天和地当中,一天变化多次,智慧超过天,能力超过地。天每天增高一丈,地每天加厚一丈,盘古的身子也每天伸长一丈。这样又经过一万八千年,天的高度是极高了,地的深度是极深了,盘古的身量也是极长。然后才有三皇出现在世间。数字开始于一,建立于三,成就于五,壮盛于七,终止于九,所有天距离地有九万里。

盘古化生万物

  首生盘古,垂死❶化身。气成风云,声为雷霆,左眼为日,右眼为月,四肢五体为四极五岳❷,血液为江河,筋脉为地里,肌肤为田土,发髭❸为星辰,皮毛为草木,齿骨为金石,精髓为珠玉,汗流为雨泽,身之诸虫,因风所感,化为黎甿❹。

【注释】

  ❶垂死:将死,临死。❷四极五岳:四极为天穹的四端;五岳分别为东岳泰山,西岳华山、南岳衡山、北岳恒山和中岳嵩山。❸髭(zī):胡须。❹黎甿(méng):黎民百姓。

【译读】

  天地开辟时诞生的盘古,临到他将临死的时候,身体各部分发生了变化:他呼出的气形成了风云,发出的声音形成了雷霆;他的左眼变成了太阳,右眼变成了月亮,四肢五体变成了四极五岳;他的血液变成江河,筋脉变成山川道路，肌肤变作肥田沃土，头发、胡须变成星辰，皮肤汗毛变为草木，牙齿和骨头变成金属岩石，骨髓化为珍珠美玉，汗水化作滋润万物的雨水，寄生在他身上的各种小虫豸，受了风的吹拂，也都纷纷变化成了生活在大地上的黎民百姓。

烛龙的神通

西北海外，流沙之东，有国曰中，颛顼①之子。有国名曰赖丘。有犬戎②国。有神，人面兽身，名曰犬戎。西北海外，黑水之北，有人有翼，名曰苗民。颛顼生骊头，骊头生苗民，苗民厘姓，食肉。有山名曰章山。大荒之中，有衡石山、九阴山、洞野之山，上有赤树，青叶赤华，名曰若木。有牛黎之国。有人无骨，儋耳之子。

西北海之外，赤水之北，有章尾山。有神，人面蛇身而赤，直目正乘，其瞑乃晦，其视乃明，不食不寝不息，风雨是谒③。是烛九阴，是谓烛龙。

【注释】

❶颛顼（zhuān xū）：中国上古部落首领，"五帝"之一，姬姓，号高阳氏，黄帝之孙，昌意之子。❷犬戎（quǎn róng）：古代部落名。❸谒（yè）：到来。

古典诗文精品选读

【译读】

  在西北方的海外，流沙的东面，有个国家叫作中国，这里的人是颛顼的子孙后代，吃着黄米。有个国家名叫赖丘。还有一个犬戎国。有一种人，长着人的面孔兽的身子，名叫犬戎。在西北方的海外，黑水的北岸，有一种人长着翅膀，名叫苗民。颛顼生了骧头，骧头生了苗民，苗民人姓厘，吃的是肉类食物。还有一座山叫作章山。大荒当中，有衡石山，九阴山、灰野山，山上有一种红颜色的树木，青色的叶子红色的花朵，名叫若木。有个牛黎国。这里的人身上没有骨头，是儋耳国人的子孙后代。

  西北海外的大荒中，在赤水的北岸，有一座章尾山。山上有尊神，人面蛇身，全身长达千里。红彤彤

的，眼睛是直长的。这尊神就是烛龙。他闭上眼，天下便黑夜；他睁开眼，天下便一片光明。他从不吃东西、从不睡觉、从不呼吸。他能呼风唤雨。这就是烛九阴，叫作烛龙。

女娲造人

俗说开天辟地，未有人民，女娲抟❶黄土做人。剧务❷，力不暇供❸，乃引绳于泥中，举以为人。

故富贵者，黄土人；贫贱者，引緪❹人也。

【注释】

❶抟（tuán）：把散碎的东西捏合成团。❷剧务：工作繁忙。❸力不暇供：没有多余的力量来供应。❹緪（gēng）：粗绳子。

【译读】

民间相传说，天地初开的时候，大地上并没有人类，是女娲把黄土捏成团然后创造了人。她干得又忙又累，竭尽全力还赶不上供应。于是她就拿了绳子把它投入泥浆中，举起绳子一甩，泥浆洒落在地上，就变成了一个个的活人。

所以后来的人们说，富贵的人是女娲亲手抟黄土造的，而贫贱的人只是女娲用绳沾泥浆，把泥浆洒落在地上变成的。

女娲补天

往古之时，四极❶废，九州❷裂，天不兼覆，地不周载；火爁焱❸而不灭，水浩洋而不息；猛兽食颛民❹，鸷❺鸟攫❻老弱。

于是女娲炼五色石以补苍天，断鳌❼足以立四极，杀黑龙以济冀州，积芦灰以止淫水❽。

苍天补，四极正；淫水涸，冀州平；狡虫死，颛民生；背方州，抱圆天。当此之时，禽兽虫蛇，无不匿其爪牙，藏其螫毒，无有攫噬之心。

考其功烈❾，上际九天，下契黄垆；名声被后世，光晖熏万物。乘雷车，服应龙，骖青虬，援绝瑞，席萝图，络黄云，前白螭，后奔蛇，浮游消摇，道鬼神，登九天，朝帝于灵门，宓穆休于太祖之下。然而不彰其功，不扬其声，隐真人之道，以从天地之固然。

【注释】

❶四极：古代神话传说中四方的擎天柱。❷九州：古分天下为九州。❸爁（làn）焱：火势蔓延。❹颛（zhuān）民：善良的百姓。❺鸷（zhì）：猛禽。❻攫（jué）：用爪取物。❼鳌：海中的大龟。❽淫水：洪水。❾功烈：功业。

【译读】

以往古代的时候，四根擎天大柱倾倒，九州大地裂毁，天不能覆盖大地，大地不能完全承载万物，烈火燃烧不熄，洪水泛滥不止，猛兽吞食善良的人民，凶猛的禽鸟抓取老弱。

于是女娲冶炼五色石来修补苍天，砍下鳌足当擎天大柱，堆积芦灰来制止洪水，斩杀黑龙来拯救冀州。

苍天得以补好，四柱以擎立，洪水消退，冀州平定，狡诈禽兽杀死了，这时善良的人民百姓生存了下来。他们背靠大地、怀抱着圆圆的青天，无忧无虑，怡然自得。到了这时，野兽毒蛇全都收敛藏匿爪牙、毒刺，没有捕捉吞食的欲念。

古典诗文精品选读

考察女娲的丰功伟绩，上可以通九天，下可以到黄泉，她的名声为后世的人们所传扬，她的光辉煦照着万物。他们以雷电为车，叫生翅膀的应龙在前面当中驾车，又叫青色虬龙配以两旁，她手里拿着稀罕的瑞应之物，铺上带有图案的车垫席，上有黄色的彩云缭绕，前面由白螭开道，后有腾蛇簇拥追随，悠闲遨游，鬼神为之引导，登上九天，进了众神所居的灵门，安详静穆地在大道太祖那里休息。尽管如此，他们从来不标榜炫耀自己的功绩，从来不张扬自己的名声，隐藏了一个具有真德的人的神通和本领，来顺应天地的自然变化。这就是女娲伟大的所在啊。

鲲鹏之变

　　北冥①有鱼，其名曰鲲②。鲲之大，不知其几千里也；化而为鸟，其名为鹏③。鹏之背，不知其几千里也；怒④而飞，其翼若垂⑤天之云。

　　是鸟也，海运⑥则将徙于南冥。南冥者，天池⑦也。《齐谐》⑧者，志⑨怪者也。《谐》之言曰："鹏之徙于南冥也，水击三千里，抟扶摇而上者九万里，去以六月息者也。"野马也，尘埃也，生物之以息相吹也。天之苍苍，其正色邪？其远而无所至极邪？其视下也，亦若是则已矣。

【注释】

　　①北冥：北方的大海。传说北海无边无际，水深而黑。②鲲（kūn）：本指鱼卵，这里借表大鱼之名。③鹏：本为古"凤"字，这里用表大鸟之名。④怒：振奋。⑤垂：边远；这个意义后代写作"陲"。一说遮，遮天。⑥海运：海水运动，这里指汹涌的海涛；一说指鹏鸟在海面飞行。⑦天池：天然的大池。⑧《齐谐》：书名。一说人名。⑨志：记载。

【译读】

　　北海有一种鱼，名字叫作鲲。鲲的体积非常大，不知道大到几千里；后来变化成为鸟，名字就叫作鹏。

那鹏的脊背，真不知道长到几千里；当它振奋起来的时候，那展开的双翅就像天边的乌云。

这只鹏鸟呀，当海潮来的时候，它就要从北海迁移到南海去居住。南海是个天然的大池。有一部名叫《齐谐》的书，是专门记载怪异事情的书，这本书上记载说："鹏鸟迁徙到南海，翅膀拍击水面激起三千里的波涛，海面上急骤的狂风盘旋而上直冲九万里高空，离开北方的大海用了六个月的时间方才停歇下来"。像野马奔腾一样的游气，沸沸扬扬的尘埃，大自然里各种生物都因为风吹而运动。天空苍苍茫茫的，难道就是它本来的颜色吗？它的辽阔高远也是没有尽头的吗？鹏往下看的时候，应该看见的也是这个样子。

燧人钻木取火

遂明国❶不识四时昼夜，有火树名遂木，屈盘万顷❷。后世有圣人，游日月之外，至於❸其国，息此树下。有鸟若鹗❹，啄树则灿然火出。圣人感焉，因用小枝钻火，号燧人。

【注释】

❶遂明国：传说中的国家名。❷屈盘万顷：屈盘起来，占的面积有一万顷。❸於：同"于"。❹鹗（xiāo）：鸟类，吃鼠、兔、昆虫等动物，对农业有益。

【译读】

遂明国全是一片黑暗混沌,那里的人从来不知道什么是春夏秋冬,什么是白天黑夜。国里有一棵名字叫作遂木的火树,屈盘起来,所占的面积有一万顷地那么大。后来,有一位圣人,游历到了日月所照以外的远方,来到了此国,在这棵大树下休息。忽然看见许多像鸦样的鸟,在大树的枝叶间用嘴啄木,每啄一下,就会有灿然的火光发出。于是圣人悟到了钻木生火的道理,就试着用小树枝来钻火,果然钻出火来。于是后人就称为他为燧人。

神农鞭百草

神农❶以赭鞭❷鞭百草,尽知其平毒寒温之性,臭味所主,以播百谷,故天下号❸神农也。

【注释】

❶神农:我国古代传说中的人物,相传他教人从事农业生产,又亲尝百草,发明医药。❷赭(zhě)鞭:赤色的鞭。❸号:尊称。

【译读】

神农用一条赤色鞭子鞭打各种草木,从而详细地了解了它们的无毒、有毒、寒热、温凉的性质,以及酸、咸、甘、苦、辛五味所主治的疾病,然后根据这些经验再播种各种谷物,因此,天下百姓尊称他叫"神农"。

皇帝胜四帝

黄帝之初，养性爱民，不好战伐，而四帝❶各以方色称号，交共谋之，边城日惊❷，介胄❸不释。

黄帝叹曰："夫君危于上，民不安于下；主失其国，其臣再嫁。厥病之由，非养寇❹邪❺？今处民萌❻之上，而四盗亢❼衡，递震于师。"于是遂即营垒以灭四帝。

【注释】

❶四帝：指东方青帝太昊、南方赤帝炎帝、西方白帝少昊、北方玄帝颛顼。❷惊：警戒，警戒兵戎叫惊。❸介胄：即甲胄，即铠甲和头盔。❹养寇：姑息纵容盗寇。❺邪：同"耶"，疑问词。❻民萌（méng）：民众，百姓。萌，同"氓"。❼亢：同"抗"。

【译读】

黄帝在位的时候，修身养性，爱护子民，本来不喜欢战争攻伐。可是东南西北四方的首领却拿四方所代表的不同颜色来号称为青帝、赤帝、白帝和黑帝，一同谋划着进攻黄帝，导致边城警报频频传来，战士们穿的铠甲和戴的头盔都不能卸除下来。黄帝于是叹息道："照这样的情况再继续下去，如果闹得居上位的国君发生了危险，居在下位的老百姓也会感到不安的。最终不仅君主丢掉了国家，臣子也会变成他人的臣子，就像妇女再嫁给别人一样,那病根岂不是在于养寇贻患吗?现在我居于万民之上,四方的强盗公然来和我抗衡,使我的军队接连不断受到震动,这实在是太可恶了!"于是黄帝就亲自到边防前线去指挥军队作战,最终把四帝一个个都消灭了。

宏伟的昆仑山

　　海内昆仑之虚❶,在西北,帝之下都❷。昆仑之虚,方圆八百里,高万仞❸。上有木禾,长五寻❹,大五围❺。面有九井,以玉为槛。面有九门,门有开明兽守之,百神之所在。在八隅之岩,赤水之际,非仁羿莫能上冈之岩。

　　昆仑南渊深三百仞。开明兽身大类虎而九首,皆人面,东向立昆仑上。

　　开明西有凤皇、鸾鸟,皆戴蛇践蛇,膺有赤蛇。

　　开明北有视肉、珠树、文玉树、玗琪树、不死树。凤皇、鸾鸟皆戴瞂❻。又有离朱❼、木禾、柏树、甘水、圣木曼兑,一曰挺木牙交。

　　开明东有巫彭、巫抵、巫阳、巫履、巫凡、巫相,夹窫窳❽之尸,皆操不死之药以距❾之。窫窳者,蛇身人面,贰负臣所杀也。服常树,其上有三头人,伺琅玕树。

开明南有树鸟,六首;蛟、蝮、蛇、蜼、豹、鸟秩树,于表池树木,诵鸟、鹝、视肉。

【注释】

❶虚:同"墟",山的意思。❷帝之下都:天帝在下方都邑。❸仞:古代的长度单位。❹寻:古代的长度单位。❺围:古代计量圆周的约略单位,也就是两个人合拢的粗细。❻瞂(fá):盾。❼离朱:赤色神鸟。❽窫窳(yà yǔ):古天神。❾距:同"拒"抵抗,抵挡。

【译读】

海内的那座昆仑大山,屹立在西北方,是天帝在下方的都城。昆仑山,方圆有八百多里,高有一万仞。山顶上有一棵像大树似的小米树,高达五寻,粗细需要5个人合抱。昆仑山的每一面都有九口井,每口井都用玉石制成栏杆拦起来。昆仑山的每一面又有九道门,而每道门都有开明神兽守卫着。众多天神聚集的地方是在八方山岩之间,赤水的岸边,不是具有像夷羿那样本领的人就不能爬上那些山冈岩石。

昆仑山的南面有一个大的渊潭,深有三百仞。开明神兽的身子像老虎那么大小,却长着九个脑袋,每脑袋都是人一样的面孔,朝东站在昆仑山的山顶上。

开明神兽的西边有凤凰和鸾鸟,都各自缠绕着蛇,脚踩踏着蛇,胸前还挂着红色的蛇。

开明神兽的北面有一种长得像牛肝的奇形生物,还有珠树、文玉树、玗琪树、不死树,那里的凤凰、鸾鸟都戴着盾牌,还有三足乌、像树似的小米树、柏树、甘水、圣木曼兑,还有叫作另"曼兑"的圣木,这种圣木叫作"挺木牙交"。

开明神兽的东面有巫师神医巫彭、巫抵、巫阳、巫履、巫凡、巫相几座巫师,他们夹在窫窳的尸体,手里都拿着不死药来抵抗死气而要使他复活。这位窫窳,是一位有着蛇的身子人的面孔的天神,被贰负和他的臣子危同谋杀死的。有一种服常树,它上面有个长着三颗头的人,静静伺察着那就在附近的琅玕树。

开明神兽的南面有一种树鸟,长着六个脑袋;那里还有蛟龙、蝮蛇、长尾猿、豹子、鸟秩树,在水池四周环绕着树木,充分显示出了池子的华美;那里还有诵鸟、鹛鸟、长得像牛肝的怪兽。

黄、炎之争

兵所自来者久矣。黄❶、炎❷故用水火矣。炎帝为火灾,故皇帝禽之。炎帝者,黄帝同母异父兄弟也,各有天下之半。黄帝行道而炎帝不听,故战于涿鹿之野,血流飘杵❸。黄帝与炎帝战于阪泉之野,帅❹熊、罴、狼、豹、貙、虎为前驱,以雕、鹖、鹰、鸢为旗帜,三战然后得行其志。

【注释】

❶黄:即黄帝,传说是中原各族的共同祖先。姬姓,号轩辕氏、有熊氏。❷炎:即炎帝,传说中上

古姜姓部落首领，曾与黄帝战于阪泉，被打败。❸杵（chǔ）：作战的武器，如狼牙棒这样的东西。❹帅：同"率"，率领。

【译读】

战争由来已久，黄帝和炎帝的那个时代已经拿水和火作为斗争的武器了。炎帝降下大火来危害人民，所以黄帝把他捉住。炎帝本是黄帝同母异父的兄弟，各人占有一半天下，黄帝行仁义之道而炎帝却不听，弟兄俩就大战于涿鹿之野，战争致使双方军队所流的血把狼牙棒这样的武器都漂浮了起来。黄帝和炎帝大战于阪泉之野，黄帝指挥熊、罴、狼、豹、䝙、虎做前驱，以天空飞翔的雕、鹖、鹰、鸢作旗帜。经过三场血战，终于战胜炎帝，达到自己的目的。

蚩尤伐黄帝

　　大荒之中，有係昆之山者，有共工之台，射者不敢北乡❶。有人衣青衣❷，名曰黄帝女魃❸。蚩尤作兵伐黄帝，黄帝乃令应龙攻之冀州之野；应龙蓄水，蚩尤请风伯❹雨师❺，纵大风雨。黄帝乃下天女曰魃，雨止，遂杀蚩。

　　大荒东北隅中，有山名曰凶犁土丘。应龙处南极，杀蚩尤与夸父，不得复上，故下数旱。旱而为应龙之状，乃得大雨。

东海中有流波山，入海七千里。其上有兽，状如牛，苍身而无角，一足；出入水则必风雨；其光如日月，其声如雷，其名曰夔❻。黄帝得之，以其皮为鼓，橛❼以雷兽之骨，声闻五百里，以威天下。

蚩尤铜头啖石，飞空走险，以馗牛皮为鼓，九击而止之，尤不解飞走，遂杀之。

【注释】

❶乡：同"向"，方向。❷衣：动词，穿。❸女魃（bá）：神话中的旱神。❹风伯：神话传说中的风神。❺雨师：神话传说中掌管雨水的神。❻夔（kuí）：古代汉族神话传说中的一条腿的怪物。❼橛（jué）：橛子，短木桩。

【译读】

大荒之中，有座山叫作系昆山，上面有共工台，射箭的人因为敬畏共工的威灵而不敢朝北方拉弓射箭。台上有一个人穿着青色的衣服，名叫黄帝女魃。蚩尤制造很多种兵器用来攻打黄帝，黄帝便派应龙到冀州的原野去攻打蚩尤。应龙积蓄了很多水，而蚩尤请来风伯和雨师，弄起来一场大风雨。黄帝便把他的女儿天女魃从天上召唤下来助阵，雨被止住，于是便杀了蚩尤。

在大荒的东北角，有一座名叫凶犁土丘的大山。应龙就住在这座大山的南端，由于在战争中杀了神人蚩尤和神人夸父，因为用尽了神力，不能再回到天上行雨，天上因没有兴云布雨的应龙而使下界常常闹旱灾。下界

的人们一遇旱灾闹得严重的时候，就装扮成应龙的样子求雨，每次都能够得到大雨。

东海当中有一座山，名叫流波山，这座山在进入东海七千里的地方。山上有一种野兽，形状像普通的牛，是深青色的身子，头上没有犄角，仅有一只蹄子，出入海水时必定会伴随大风大雨，它的目光就像太阳和月亮般明亮，它吼叫的声音就像雷响，它的名字叫夔。黄帝得到它，便用它的皮蒙鼓，再拿雷兽的骨头敲打这鼓，响声传到五百里以外，用来威震天下。

蚩尤头是铜的吃石头，能够在天上飞行，在险峻的地方也能行走如飞，黄帝以夔牛皮做鼓，击着鼓攻击，攻打九次后蚩尤才停下脚步，飞不起来也跑不动了，于是黄帝便杀了蚩尤。

精卫填海

发鸠之山❶，其上多柘木❷。有鸟焉，其状❸如乌❹，文首❺，白喙，赤足，名曰精卫，其鸣自詨❻；是炎帝之少女名曰女娃。

女娃游于东海，溺❼而不返，故为精卫，常衔西山之木石以堙❽于东海。

【注释】

❶发鸠之山：古代传说中的山名。❷柘（zhè）木：柘树，桑树的一种。❸状：形状。❹乌：乌鸦。一种鸟，嘴大而直，全身羽毛黑色，翼有绿光。❺文首：头上有花纹。文，同"纹"，花纹。❻詨（xiào）：呼唤，大叫。❼溺（nì）：淹没。❽堙（yān）：填塞。

【译读】

北方有一座山名叫发鸠山，山上长了很多柘桑树。那里有一种鸟，它的形状就像乌鸦一样，头部有花纹，白色的嘴，红色的脚，它的名字叫精卫，它鸣叫的声音就像在呼唤自己的名字。那是炎帝名叫女娃的小女儿的化身。

有一次，女娃去东海游泳，被溺死了，再也没有回来，所以化身为精卫鸟。经常口衔西山上的树枝和石块，想要把大海填平。

夸父逐日

　　大荒之中，有山名曰成都载天。有人珥❶两黄蛇，把两黄蛇，名曰夸父。后土❷生信，信生夸父。夸父不量力，欲追日影，逮之于禺谷❸。将饮河而不足也，将走大泽，未至，死于此。夸父与日逐走，入日，渴欲得饮，饮于河❹、渭❺，河、渭不足，北饮大泽，未至，道渴而死。弃其杖，化为邓林❻。

古文·寓言·故事

【注释】

❶珥：插。❷后土：人名，即共工氏之子句龙。❸禺谷：愚渊，太阳落下去的地方。❹河：黄河。❺渭：渭水。❻邓林：桃林。

【译读】

大荒当中，有一座名叫成都载天的大山。山上有一个人，两耳上穿挂着两条黄色的蛇，手上握着两条黄色的蛇，名字叫作夸父。后土生了信，信生了夸父。而夸父不量力，想要追赶太阳的光影，直追到了日落处的禺谷。夸父想喝黄河水解渴，可是喝了却还觉得不够，又准备跑到北方去喝大泽的水，还没有走到，就渴死在这里了。

夸父与太阳追逐奔跑，一直追到太阳落下的地方；他感到口渴，想要喝水，就到黄河、渭河喝水。黄河、渭河的水不够，又去北方的大泽湖喝水。可还没有赶到大泽湖，就半路渴死了。临时的时候，他遗弃的手杖，化成桃林。

愚公移山

太形❶、王屋二山，方七百里，高万仞，本在冀州之南，河阳之北。

北山愚公者，年且九十，面山而居。惩❷山北之

塞，出入之迂也，聚室③而谋曰："吾与汝毕力平险，指通豫南，达于汉阴④，可乎？"杂然相许⑤。

其妻献疑曰："以君之力，曾不能损魁父之丘，如太行、王屋何？且焉置土石？"

杂曰："投诸渤海之尾，隐土之北。"

遂率子孙，荷担者三夫，叩石垦壤，箕畚运于渤海之尾。邻人京城氏之孀⑥妻，有遗男，始龀⑦，跳往助之。寒暑易节，始一返焉。

河曲智叟⑧笑而止之，曰："甚矣，汝之不惠⑨！以残年余力，曾不能毁山之一毛，其如土石何？"

北山愚公长息曰："汝心之固，固不可彻，曾不若孀妻弱子。虽我之死，有子存焉，子又生孙，孙又生子，子又有子，子又有孙，子子孙孙，无穷匮也，而山不加增，何苦而不平？"河曲智叟亡以应。

操蛇之神闻之，惧其不已也，告之于帝。帝感其诚，命夸娥氏二子负二山，一厝朔东，一厝雍南，自此，冀之南，汉之阴，无陇断焉。

【注释】

①太形：即太行山，在黄土高原和华北平原之间。②惩：苦于，为……所苦。③聚室：集合一家人。④汉阴：汉水的南面。⑤杂然相许：纷纷表示赞成。杂然，纷纷的样子；许，赞同。⑥孀（shuāng）：孀妻，寡妇。⑦始龀（chèn）：乳齿，这里指年龄七八岁、刚刚换乳牙的孩子。⑧叟（sǒu）：老头。⑨惠：同"慧"，聪明。

【译读】

太行和王屋两座大山,方圆有七百里,高有万丈,本来在冀州南部,黄河北岸的北部。

北山下面有个名叫愚公的老人,年纪快90岁了,他家正面对着这两座大山居住。他苦于山区北部的阻塞,出入都要曲折绕远,就集合家人商量说:"我跟你们尽力挖平险峻的大山,使道路一直通向豫州的南部,到达汉水南岸,好吗?"大家纷纷表示赞同。

他的妻子提出疑问说:"凭你的力气,连魁父这座小山都不能削平,能把太行、王屋怎么样呢?再说,挖下来的土和石头又安放在哪里?"

大家都说:"把它扔到渤海的边上,隐土的北边。"

于是愚公率领儿孙中能挑担子的三个人上了山,凿石头,挖土,用箕畚运到渤海边上。邻居京城氏的寡妇有个孤儿,刚七八岁,蹦蹦跳跳地去帮助他。冬夏换季,才能往返一次。

河湾上聪明的老头讥笑愚公,阻止他干这件事,说:"你简直太愚蠢了!就凭你残余的岁月、剩下的力气连山上的一棵草都动不了,又能把泥土石头怎么样呢?"

北山愚公长叹说:"你思想顽固,顽固到了不可改变的地步,连孤儿寡妇都比不上。即使我死了,还有儿子在呀,儿子又生孙子,孙子又生儿子,儿子又有儿子,儿子又有孙子,子子孙孙无穷无尽,可是山却不会增高加大,还怕挖不平吗?"河曲智叟无话可答。

手中拿着蛇的山神听说了这件事,怕他不停地干下去,于是向天帝报告了。天帝被愚公的诚心所感动,便命令大力神夸娥氏的两个儿子背走了那两座大山,一座放在了朔方的东部,一座放在了雍州的南部。从这以后,冀州的南部直到汉水南岸,再也没有高山阻隔了。

牛郎织女

天河之东有织女,天帝之女也,年年机杼❶劳役❷,织成云锦天衣。天帝怜其独处,许嫁河西牵牛郎,嫁后遂废织纴❸。天帝怒,责令归河东,许一年一度相会。

古文·寓言·故事

涉秋④七日，鹊首无故皆髡⑤，相传是日河鼓⑥与织女会于汉⑦东，役乌鹊为梁⑧以渡，故毛皆脱去。

【注释】

①机杼（zhù）：织布机。杼，织布用的梭子。②劳役：辛苦操作。③织纴：织布机上的经线。④涉秋：入秋。⑤髡（kūn）：古代刑法之一，剃掉头发，使成秃头叫髡。⑥河鼓：星名，即牵牛星。⑦汉：天汉，即银河。⑧梁：桥。

【译读】

天河的东边住着织女，是天帝的女儿，年年在织布机前投梭织布，劳苦操作，织出云锦天衣。天帝可怜她独自生活，允许将她嫁给河西的牵牛郎。哪知道她婚后却把织作的事情荒废了。天帝大怒，责令她仍旧回到河东去住，只允许她一年一度和牛郎相会。

每年入秋的第七天，我们总会看见喜鹊的头顶突然秃去。这是怎么回事呢？相传这天牵牛和织女在银河的东岸相会，役使喜鹊做桥梁从它们头顶上走过去，所以它们头上的毛都被踩脱了。

少昊之诞生

少昊以金德①王②。母曰皇娥，处璇宫③而夜织，或乘桴木而昼游，经历穷桑沧茫之浦④。

069

时有神童，容貌绝俗，称为白帝之子——即太白之精，降乎水际，与皇娥宴戏，奏便娟之乐，游漾⑤忘归。

穷桑者，西海之滨，有孤桑之树，直上千寻，叶红椹紫，万岁一实，食之后天而老。

帝子与皇娥泛于海上，以桂枝为表⑥，结熏茅为旌，刻玉为鸠，置于表端，言鸠知四时之候。故《春秋传》曰：司至是也。今之相风，此之遗像也。

帝子与皇娥并坐，抚桐峰梓瑟，皇娥倚瑟而清歌，白帝子答歌。

及皇娥生少昊，号曰穷桑氏，亦曰金天氏。时有五凤，随方之色⑦，集于帝庭，因曰凤鸟氏。

【注释】

❶金德：五德之一。❷王：这里用作动词，统治，统领。❸璇宫：用美玉建造的宫殿。❹沧茫之浦：旷远迷茫的水滨。❺游漾：游行浪荡。❻表：柱，指船桅。❼随方之色：随着五方的不同颜色。

【译读】

少昊是凭借金德来统领天下的。他的母亲名字叫作皇娥，晚上在美玉建造的宫殿里织布，白天便乘坐木筏外出游玩，一直游历到了烟水苍茫的穷桑所在的水滨。

那时有一个神童，容貌非常出众，自称是白帝之子，也就是太白星精，从天上下降到水滨，和皇娥玩耍、游戏，弹奏幽美的音乐，游行浪荡，以至于忘了回家。

所说的穷桑，是在西海的边上，有一棵桑树孤零零

古文·寓言·故事

生长着,一直向上长着,约有千丈那么高,这棵树的叶子是红的,桑葚是紫的,要一万年才结一次果实,吃了这果实能够比天地的寿命还活得长久。

白帝子和皇娥一同坐着木筏,泛舟在大海的上面,用桂枝来当作船桅,用薰茅这种香草编结起来做船帆,又用美玉来雕刻成鸠的形状,放在船桅的顶上,说鸠这种鸟了解一年四季的时令。所以《春秋传》说,鸠这种鸟夏至来,冬至去,就叫它管理从夏至到冬至这段时令。如今船桅的顶上还放置着辨别四方风向的相风鸟,就是根据玉鸠的形制而制作而成的。

白帝子和皇娥一同坐在木筏上,用手奏用桐梓良木制作的琴瑟,皇娥倚靠在瑟的边上曼声歌唱,白帝子应和着她唱的,也唱了起来,两人一唱一和,快乐无比。

后来皇娥生了少昊,少昊登位,就叫穷桑氏,也叫金天氏。那时正好有五种颜色不同的凤鸟,随着五方不同的颜色,飞集到少昊的帝庭之中,因此又叫作凤鸟氏。

共工触山

昔者共工❶与颛顼争为帝,怒而触不周之山❷,天柱折,地维绝❸。天倾西北,故日月星辰移焉;地不满东南,故水潦尘埃❹归焉。

【注释】

❶共工:传说中的部落领袖,炎帝的后裔。❷不周

之山：山名，传说在昆仑西北。❸天柱折，地维绝：支撑天的柱子折了，挂地的绳子断了。古人认为天圆地方，有八根柱子支撑、地的四角有大绳系挂。维，绳子；绝，断。❹尘埃：尘土，这里指泥沙。

【译读】

从前共工和颛顼争做天帝之位，共工愤怒地一头撞击不周山，把支撑着天的大柱子碰断了，拴系着大地的大绳子也断了。天向着西北的方向倾斜，所以太阳、月亮和星星都向这里移动；地向着东南的方向倾斜，所以江河道路上的流水尘埃都在这里汇集。

彭祖长寿

彭铿斟雉帝何飨❶？受❷寿永多夫何怅？彭祖，姓篯，讳❸铿，帝颛顼之玄孙也。殷末已七百六十七岁，而不衰老。王令采女❹乘辎軿❺往问道于彭祖。

彭祖曰："吾遗腹而生，三岁而失母，遇犬戎之乱，流离西域，百有余年。加以少枯，失四十九妻，丧五十四子，数遭忧患，和气折伤，荣卫焦枯，恐不度世。所闻浅薄，不足宣传。"乃去，不知所之。其后七十余年，闻人于流沙之国西见之。

【注释】

❶飨（xiǎng）：古同"享"，享用的意思。❷受：

同"授",给予。❸讳:死者之名叫讳。❹采女:宫女。❺辎軿(zī píng):古时候贵族乘坐的一种有帷盖的车。

【译读】

彭祖烹调野鸡汤,天帝为何接受他的祭飨?赐给他那么长的寿命,他的寿命到底有多长呢?彭祖姓籛,名铿,是天帝颛顼的玄孙。殷商末年,他已经活了七百六十七岁了,却一点也不显衰老。殷王羡慕彭祖长寿便命宫女乘着华美的车子前去向他讨教长生之道。

彭祖说:"我是个遗腹子,三岁的时候又失去了母亲。后来又遇到了犬戎之乱,便流离到了西域,就这样过了一百多年。加上我年轻的时候身体就不大结实,活到现在已陆续死了四十九个妻子,五十四个儿子,屡次遭受打击,元气损伤,血脉焦枯,恐怕快要不久于人世了。我所知道的养生之道,见闻浅薄,不值得宣扬。"说完就离开了,从此不知去向。这以后又过了七十几年,听说有人在流沙国的西陲见过他。

后稷教稼

周后稷,名弃,其母有邰氏❶女,曰姜原。姜原为帝喾元妃。

姜原❷出野,见巨人迹,心忻然❸悦,欲践之。践之而身动❹,如孕者。居期而生子,以为不祥,弃之隘

巷，马牛过者，皆辟❺不践。徙置之林中，适会山林多人。迁之，而弃渠中冰上，飞鸟以其翼覆荐之。姜原以为神，遂收养长❻之。初欲弃之，因名曰弃。

弃为儿时，屹如巨人之志。其游戏，好种树麻、菽，麻、菽美。及为成人，遂好耕农。相地之宜，宜谷者稼穑焉。民皆法则之。帝尧闻之，举弃为农师，天下得其利，有功。帝舜曰："弃，黎民始饥，尔后稷播时❼百谷。"封弃于邰，号曰后稷，别姓姬氏。

【注释】

❶有邰（tái）氏：有邰，古地名，在今陕西省武功县境。有邰氏世居于此，因以地名为氏族之名。❷原：或作嫄。❸忻然：心里欢喜的光景。❹身动：身体有所感动。❺辟：通"避"。❻长：使长大。❼时：通"莳"，分秧匀插叫莳。

【译读】

周的祖先后稷，名叫弃，他的母亲原本是有邰氏的女子，叫姜原。姜原是帝喾的第一个配偶。

一天姜原到野外去游玩，看见一个巨人的脚印，心里非常喜欢，想去踩那巨人的足迹，谁知一踩上去便觉得腹中有什么在动，像是怀了孕一样。到了孕期刚满，她生下一个男孩，觉得不吉利，就把孩子丢到小巷子里，奇怪的是经过的马牛却都躲开不去踩他；而又把他抛弃到林子里，又碰上山林里人很多；再换个地方，把他丢在水渠的寒冰上面，又有一只飞鸟用它一只翅膀盖在上面，另一只翅膀垫在下面保护他。姜原认为是非常神奇，便把他抱回家中抚养。由于最初想把这个孩子抛弃，所以便给他取名叫"弃"。

弃还是个小孩子的时候，就高大勇武，怀抱着一个大人物的志向。他做游戏，喜欢栽麻种豆，种下去的麻、豆都长得茂盛。到了他长大成人，就喜欢耕田种庄稼，能够根据土地的栽培特性，选择适宜的谷物加以种植培养，人民见他劳作很有成效，都纷纷效仿他。帝尧听说了，便选拔弃为农师，天下的人受到他的恩惠，有功劳。帝舜说："弃，百姓们当初忍饥挨饿，全靠你这个后稷播种各种谷物。"所以封弃于邰，号称后稷，别姓为姬氏。

盘瓠

高辛氏有老妇人，居于王宫，得耳疾。历时，医为挑治，出顶虫❶，大如茧。妇人去后，置以瓠篱❷，覆之以盘。俄尔顶虫乃化为犬。其文五色，因名盘瓠，遂畜之。

时戎吴强盛，数侵边境，遣将征讨，不能擒胜。乃募天下有能得戎吴将军首者，赠金千斤，封邑万户，又赐以少女❸少。

后盘瓠衔得一头，将造王阙。王诊视之，即是戎吴，为之奈何！

群臣皆曰："盘瓠是畜，不可官秩❹，又不可妻。虽有功，无施也。"

少女闻之，启王曰："大王既以我许天下矣！盘瓠衔首而来，为国除害，此天命使然，岂狗之智力哉。王者重言，伯者重信，不可以女子微躯，而负明约于天下，国之祸也。"

王惧而从之，令少女从盘瓠。盘瓠将女上南山，草木茂盛，无人行迹。于是女解去衣裳，为仆竖之结，著独力之衣，随盘瓠升山，入谷，止于石室之中。

王悲思之，遣往视觅，天辄风雨，岭震，云晦，往者莫至。盖经三年，产六男六女。盘瓠死后，自相配偶，因为夫妇。

【注释】

❶顶虫：一种虫子的名字。❷瓠（hù）篱：器物名。❸少女：高辛氏少女。❹官秩：授予官职。

【译读】

高辛氏时，有一个老妇人，住在王宫里，得了耳病有一段时间了。医生给她诊治时，从耳朵里挑出一只像茧那样大的一只顶虫。老妇人离开后，医生把顶虫放在瓠篱里，又拿个盘子盖上。不一会儿这只顶虫变化了一条狗，身上有五颜六色的花纹，因此把它叫作"盘瓠"，把它饲养在王宫里。

那时北方有个名叫戎族的民族，非常强盛，多次侵犯边境。高辛王派兵征讨，但都没能够取得胜利。于是高辛王向天下发布招募令,承诺谁能得到吴戎部将军的首级,赏黄金千斤,封食邑万户,并把自己的小女儿嫁给他。

悬赏不久,盘瓠忽然口衔一颗人头,送到王宫。帝王仔细一看,确认这就是吴戎部将军的人头。这事该怎么办呢?

群臣们都说:"盘瓠是畜生,不能封官授禄,又不能把姑娘嫁给他,所以虽然它有功劳,也不能按招募令赏赐。"

高辛王的小女儿听说这事后,便启禀高辛王说:"大王已经用我向天下人承诺,盘瓠确实衔得敌将首级来了,为国家除了大害,这是上天的安排,哪里是狗的智慧能办到的呢!称王的君主重守诺言,称霸的君主重守信用,不能因为爱惜一个女子的轻微身躯,违背公开向天下许下的诺言,那样将招来国家的祸患啊!"

高辛王听了之后,害怕无法承担背弃诺言的后果,就顺从了女儿的意愿,叫她跟随盘瓠去了。盘瓠带着帝王的小女儿上了南山,山上草木长得非常茂盛,没有人类的足迹。于是帝女脱去原来的衣服,像奴仆一样穿上干粗活的衣服,跟着盘瓠登山穿谷,最后就在山石洞里安了家。

后来高辛王哀怜思念女儿,曾派人前去打探寻找。但是,人一去,就风雨交加,地动山摇,天昏地暗,没有人能够到达他们那里。大约过了三年,他们生育了六个男孩和六个女孩。盘瓠死后,他的儿女们自相婚配,结为夫妻。

蚕马

旧说太古之时，有大人远征，家无余人，唯有一女，牡马一匹，女亲养之。穷居幽处，思念其父。乃戏马曰："汝能为我迎得父还，吾将嫁汝。"

马既承此言，乃绝缰而去，径至父所。父见马惊喜，因取而乘之。马望所自来，悲鸣不已。

父曰："此马无事如此，我家得无有故乎！"亟❶乘以归。

为畜生有非常之情，故厚加刍养❷，马不肯食。每见女出入，辄喜怒奋击，如此非一。父怪之，密以问女，女具以告父，必为是故。

父曰："勿言，恐辱家门，且莫出入。"于是伏弩射杀之，暴皮于庭。

父行，女以邻女于皮所戏，以足蹙❸之，曰："汝是畜生，而欲取人为妇耶！招此屠剥，如何自苦？"

言未及竟，马皮蹶然❹而起，卷女以行。邻女忙怕，不敢救之，走告其父。父还求索，已出失之。

后经数日，得于大树之间，女及马皮尽化为蚕而绩于树上。其茧纶理厚大，异于常蚕。

邻妇取而养之，其收数倍。因名其树曰桑；桑者，丧也。由斯百姓竞种之，今世所养是也。

【注释】

❶亟（jí）：急忙。❷刍养：拿草来饲养牲畜。❸蹙（cù）：踢。❹蹶（guì）然：急疾的样子。

【译读】

过去传说远古时代，有个人远征了，家里只留下了一个女儿。有一匹雄马，女儿亲自饲养它。她孤独居住在偏僻的地方。这个女孩想念父亲了，就对马开玩笑说："你要是能把我父亲接回来，我就嫁给你！"

马听了这话以后，就挣断马缰绳离开家，一直找到父亲驻扎的地方。父亲看见马又惊又喜，便拉过去骑上它。马望着它所来的那个方向，不停地悲嘶。

父亲说："这匹马无缘无故地这样悲嘶，是不是我家里有事呢？"马上骑着马回来了。

因为这匹马是畜生却有特殊的感情,所以父亲优厚地给予草料饲养。马不肯吃草料,每次看见女儿进出,就高兴或者发怒,腾跳踏地,像这样不只一两次。父亲觉得奇怪,便悄悄地问女儿,女儿就把一切都告诉了他。

父亲说:"不要说了,这么不体面的事情,你先不要进出了。"于是他暗设弓箭射杀这匹马,把马皮晒在庭院中。

有一天,父亲有事情走后,女儿和邻居姑娘在晒马皮的地方玩耍,她用脚踢马皮说:"你是畜生,却想娶人做媳妇吗?招来这场屠杀剥皮,怎么自讨苦吃啊!"

话还没说完,马皮突然飞起,把女儿卷走了,邻居姑娘又慌又怕,不敢上前救她,跑去告诉她父亲。父亲回到家后,到处寻找,已经飞出去失了。

后来过了几天,才在一棵大树枝条中间找到,女儿和马皮都变成蚕了,在树上吐丝作茧。那茧的丝又厚又大,跟普通的蚕茧不一样。

邻居妇女取来饲养,收到的蚕丝增加好几倍。于是把这种树叫作"桑"。桑,就是丧失的意思。从此以后,百姓竞相栽种桑树,现在的桑树还是这个品种。

舜和象的斗争

有虞二妃,帝尧二女也,长娥皇,次女英。

舜父瞽叟盲,而舜母死,瞽叟更娶妻而生象;象

古文·寓言·故事

傲，瞽叟爱后妻子，常欲杀舜。

舜年二十，以孝闻；三十，而帝尧问可用者，四岳❶咸荐虞舜曰可。于是尧乃以二女妻舜，以观其内；使九男与处，以观其外。尧乃赐舜絺衣❷与琴，为筑仓廪，予牛羊。瞽叟与象谋杀舜，使涂廪。舜告二女，二女曰："时唯其戕❸汝，时唯其焚汝，鹊汝裳，衣鸟工❹往。"舜既治廪，旋捐阶。瞽叟焚廪，舜往飞出。

复使浚井。舜告二女。二女曰："时亦唯其戕汝，时其掩汝，汝去裳，衣龙工❺往。"舜往浚井，格其入出，从掩，舜潜出。

瞽叟、象喜，以舜为已死。象曰"本谋者象。"象与其父母分，于是曰："舜妻尧二女，与琴，象取之；牛羊仓廪予父母。"象乃止舜宫居，鼓其琴。舜往见之，象鄂不怿。曰："我思舜，正郁陶。"舜曰："然，尔其庶矣！"舜复事瞽叟，爱弟弥谨。

瞽叟又速舜饮酒，醉，将杀之。二女乃与舜药浴汪，遂往，舜终日饮酒不醉。舜之女弟系怜之，与二嫂谐❻。

【注释】

❶四岳：四方的诸侯。❷絺（chī）衣：葛布衣服。❸戕（qiāng）：杀害。❹鸟工：鸟形采文的衣裳。❺龙工：龙形采文的衣裳。❻谐：和睦相处。

【译读】

虞舜的两个妻子，原是唐尧的两个女儿，大的叫娥

皇,小的叫女英。

舜的父亲瞽叟是个盲人,舜的母亲早年就去世了,瞽叟又娶了一个妻子,生了一个弟弟叫象。象的性情桀骜不驯,糊涂的瞽叟只爱这个后妻的儿子,常常想把舜杀掉。

舜的年纪到了二十岁的时候,就以孝顺父母出了名。舜到三十岁时候,帝尧开始寻找可以继承自己事业的人。四方的诸侯都向帝尧推荐虞舜,说这人可以用。帝尧便把他的两个女儿嫁给舜做妻子,以此来考察他内在的心性;又叫他的九个儿子和舜交朋友,以此来考察他外在行为。帝尧又赐给舜细葛布衣服和琴,又派人替他建筑了仓廪,给了他一群牛和羊,让他的生活逐渐有了好转,可是瞽叟还是一心想把他杀掉。瞽叟和象阴谋杀舜,叫他去涂饰粮仓的仓顶。舜把这事告诉了两个妻子。两个妻子都说:"可要当心呀,那时他们要杀害你——想要把你活活烧死!赶快脱掉你的旧衣服,穿上这件鸟纹衣服去。"舜便穿了新衣服去涂饰仓顶,刚爬上仓顶,下面的梯子就被抽去了。瞽叟和象放火焚烧粮仓,舜化作大鸟展翅飞走了。

又叫他去淘井。舜告诉了两个妻子。妻子们都说:"可要小心呀,那时他们还是要杀害你——想要把你活活埋在井里!脱掉你的旧衣服吧,穿上这件龙纹衣服去。"舜去淘井,刚一下井,瞽叟和象就把进出的井口拦了起来,并且用石头泥块压下去。哪里知道穿了龙纹衣服的舜,已经变成了一条鳞甲闪光的龙,从井的旁边潜遁逃走了。

瞽叟和象一帮人填了井以后,满心欢喜,以为舜这次肯定死了。象开口说道:"第一个出主意的是我象。"象和他的父母就去分舜的财物。于是象又说道:"我别的东西都不要,舜的妻子——帝尧的这两个女儿和这张琴,都是我象的了。其余牛羊呀,谷仓呀,全都分给父母。"象说完话,就去霸占舜的屋子,取来他的琴在那里琤琤淙淙地弹奏着。忽然,舜从外面走着回来了,象非常吃惊,脸上显出非常不带劲的样子,说道:"我正惦念着你,正发愁呢。"舜说:"照这样说来,你总算是有点当弟弟的样子了。"舜还是像以前一样地侍奉瞽叟夫妇,爱护和照管着弟弟,只是更加小心谨慎了。

瞽叟还是不甘心,他又定了下计谋,让舜来喝酒,等他喝醉了,便将他杀害。舜的两个妻子知道这是他们的阴谋,便给了舜一包药,叫他先去池子里洗澡。舜洗澡后便到父母那里,喝了一整天酒,却一点醉意也没有。瞽叟和象一帮人找不到下手的机会,他们的阴谋又失败了。舜有个小妹妹叫,本来和嫂子们有些矛盾,但她看见一家人这样作恶,便同情哥哥的遭遇和处境,最终和两个嫂子和睦相处。

湘妃竹

大舜之陟方❶也,二妃从征,溺于湘江,神游洞庭之渊,出入潇湘❷之浦。

斑竹即吴地称湘妃竹者,其斑如泪痕,世传二妃将沉湘水，望苍梧❸而泣，洒泪成斑。

洞庭是山，帝之二女居之。是常游于江渊——澧沅❹之风，交潇湘之渊，是在九江之间——出入必以飘风暴雨。是多怪神，状如人而载蛇，左右手操蛇。多怪鸟。

【注释】

❶陟（zhì）方：古时候天子巡视四方。❷潇湘：潇水和湘水的合称。❸苍梧：山名，即九疑山。❹澧沅（lǐ yuán）：澧水和沅水的合称。

【译读】

传说舜帝外出巡视，娥皇、女英两个妻子和他一同前去。她们坐船从湘江南下，不幸江上起了风波，便淹死在湘江里了。从此以后，她们的鬼魂游荡于洞庭湖畔，守在潇湘之地。

斑竹就是江南吴地称为湘妃竹的一种竹子，竹子上有许多斑点，像泪滴的痕迹一样。世人传说舜帝的两个妻子娥皇和女英和舜南征到湘江，听到舜帝已经在苍梧山死了，两人泪如滂沱，滴在竹子上而成，后来舜帝的二妃投湘江而死，永远守望湘妃竹。

洞庭山是舜帝两个妃子娥皇、女英死后居住的地方，她们经常在潇湘这一块游玩，她们出来的时候必定是狂风暴雨，她们是形象跟奇怪的神，模样像人，但脚下踩着蛇，双手也拿着蛇，并且他们出游的时候会有很多奇怪的鸟陪伴。

日出入

汤谷上有扶桑,十日所浴——在黑齿国北——居水中,有大木❶,九日居下枝,一日居上枝。

有扶木❷,柱三百里,其叶如芥。有谷曰温源谷。汤谷上有扶木,一日方至,一日方出。皆载于乌。

出于旸谷❸,浴于咸池,拂于扶桑,是谓晨明;登于扶桑,爰始将行,是谓朏明;至于曲阿,是谓旦明;至于曾泉,是谓蚤食;至于桑野,是谓晏食❹;至于衡阳,是谓隅中;至于昆吾,是谓正中;至于鸟次,是谓小还;至于悲谷,是谓餔时;至于女纪,是谓大还;至于渊虞,是谓高舂;至于连石,是谓下舂;至于悲泉,爰止羲和,爰息六螭,是谓悬车;至于虞渊,是谓黄昏;至于蒙谷,是谓定昏。日入于虞渊之汜,曙于蒙谷之浦,行九州七舍❺,有五亿❻万七千三百九里。

【注释】

❶大木:即扶桑。❷扶木:即扶桑。❸旸(yáng)谷:即汤谷。❹晏食:比早食略晚一些的食次。❺九州七舍:行经了九州七舍共十六处地方,聚落。舍,宿舍。❻亿:十万,古代以十万为亿。

【译读】

汤谷边上有一棵扶桑树,是十个太阳在那里洗澡的

地方，在黑齿国的北面。正当大水中间，有一棵高大的树木，九个太阳停在树下面的枝条，一个太阳停在树上面的枝条。

山上有棵扶桑树，高达三百里，它叶子的形状很像芥菜。有道山谷叫作温源谷。汤谷上也长了棵扶桑树，一个太阳刚刚下山，另一个太阳正从这里升起，它们都由金色三足鸟驮着。

太阳从旸谷出来，在咸池沐浴以后，日影掠过扶桑树木，这时叫晨明。太阳已经登上扶桑顶，开始起程了，这时叫黎明。到了曲阿山，就叫旦明。到了东方多水的层泉，即重泉，该吃早饭了，叫作早食。到了桑野就叫作晏食，晏食就是晚食，就是比早食稍晚一点的餐次。到了衡阳，就叫隅中，隅中就是"与中"，是将近中午的意思。到了昆吾山，是正午的时候，就叫正中。到了飞鸟投宿必经的鸟次山，就叫小还，表明太阳已经略偏西了。再到了西南方的大谷悲谷，就叫餔食，这时该吃申时饭了。再到了西北方的阴地女纪，就叫大还，这时太阳完全西斜了。再到了渊虞，虽然西斜而光还未冥，老百姓家还在碓舂，就叫高舂。再到了连石，光将欲冥，老百姓家已经停舂，就叫下舂。再到了悲泉，送太阳儿子作一天运行的羲和妈妈，就把驾车的六龙停下来，不再前行，就叫悬车。以下一段短短的程途，就让她的孩子单独行走。再到了虞渊，就叫黄昏，是看不清人影，月亮该上来的时候了。再到了北方的蒙谷，也就是昧谷，光线完全黑暗下来，就叫定昏。这时太阳入息于虞渊水边，阳光余晖映照着蒙谷之畔。太阳每天行经九州、七舍，行程五亿万七千三百零九里。

羿射日除害

帝俊赐羿彤弓素矰❶，以扶下国，羿是始去恤下地之百艰。尧之时，十日并出，焦禾稼，杀草木，而民无所食。猰貐❷、凿齿、九婴、大风、封豨❸、修蛇，皆为民害。尧乃使羿诛凿齿于畴华之野，杀九婴于凶水之上，缴大风于青丘之泽，上射十日而下杀猰貐，断修蛇于洞庭，禽❹封豨于桑林。万民皆喜，置尧以为天子。于是天下广狭、险易、远近，始有道里❺。

古典诗文精品选读

【注释】

❶素矰（zēng）：白色的带绳子的箭。素，白色。❷猰貐（zhá yǔ）：龙头虎爪的怪物。❸封豨（xī）：大野猪。❹禽：通"擒"。❺道里：道路里程。

【译读】

天帝帝俊赐给后羿一张红色的弓，一口袋白色的弓箭，可以系上绳子射出去，叫他用来射除祸患，扶助下国，后羿从此开始抚恤下方百姓的艰辛。到了尧帝统治的时候，有十个太阳一同出来。灼热的阳光晒焦了庄稼，花草树木干死，老百姓连吃的东西都没有。还有猰貐、凿齿、九婴、大风、封豨、修蛇等种种恶禽猛兽，都出来为害人民。于是尧帝让羿在畴华这地方杀死凿齿，又叫他在凶水这地方杀死九婴，又在青丘的水边收缴了大风，又往天射落九个太阳，在地下杀死猰貐，在洞庭湖斩断修蛇，在桑林擒获了封豨。所有为害世间的恶物都除去了。天下人民都非常欢喜，于是就拥戴尧做了天子。从此以后，大地上不论是宽广还是狭窄，是险峻还是平坦，是远还是近，都有了道路和村落。

嫦娥奔月

羿请不死之药于西王母，羿妻姮娥❶窃之奔月，托身于月，是为蟾蜍，而为月精。

旧言月中有桂，有蟾蜍。故异书言：月桂高五百丈，下有一人，常斫②之，树创随和。人姓吴，名刚，西河③人，学仙有过，摘令伐木。

【注释】

❶姮娥（héng é）：嫦娥。❷斫（zhuó）：砍。❸西河：传说中的地名。

【译读】

后羿在西王母娘娘那里得到了不死神药，他的妻子嫦娥却偷偷吃掉了神药，并且奔到了月亮上面，她便把自己的身子寄托在月宫里，变化成了一只蟾蜍，人们称它为"月精"。

传说月亮上有桂树，有蟾蜍。据此记述奇异事情的书中写道，月亮上的桂树有五百丈高，树下有个人一直在砍它，每一次刚砍下，树的创口就马上愈合。这个人姓吴，名刚，是西河人，因为学习仙术时犯了错，被贬罚到这里砍树。

鲧禹治水

洪水滔天，鲧❶窃帝之息壤❷以湮洪水，不待帝命，帝命祝融杀鲧于羽郊。

鲧復❸生禹。帝乃命禹卒布土以定九州。

【注释】

❶鲧（gǔn）：古人名。传说是夏禹的父亲。❷息壤：生长不息的土壤。❸復："腹"的借字。

【译读】

舜帝的时候，天下洪水泛滥。鲧偷了天帝的息壤来填塞洪水，没有等待天帝的同意。

天帝命令祝融在羽的郊外把鲧杀了，可以却从被杀死的鲧的肚子里生下了禹。天帝于是命令禹最终平治了天下土地的水患，确立了九州。

禹凿龙门

禹凿龙关之山，亦谓之龙门，至一空岩，深数十里，幽暗不可复行，禹乃负火❶而进。有兽状如豕，衔夜明之珠，其光如烛。又有青犬，行吠❷于前。

禹计可十里，迷于昼夜。既觉渐明，见向来豕犬，变为人形，皆著玄衣。

又见一神，蛇身人面，禹因与语。神即示禹八卦之图，列于金板之上。又有八神侍侧。

禹曰："华胥生圣子，是汝耶？"

答曰："华胥是九河神女，以生余也。"

乃探玉简授禹，长一尺二寸，以合十二时之数，使度量天地。禹即执持此简,以平定水土。蛇身之神,即羲皇也。

【注释】

❶负火:抱着火把。 ❷行吠(fèi):边跑边叫。

【译读】

  禹为治水去开凿通龙关之山,又称龙门,来到一处空旷的岩洞,有几十里深,光线越来越暗,不能再前进了。禹于是点燃火把,怀抱而行。

  看见前面一只形状像猪的怪兽,嘴里衔了一颗夜明珠,发出的光如蜡烛,在前引路。又有一条黑狗,在前面边叫边跑。

  禹跟着它们走了大约有十里,已经分不清楚是白天还是夜晚。过些时候他终于觉得光线渐渐明起来亮,才看见刚才给他们带路的猪和狗,都变成了人形,穿着黑色的衣服。

  又见到一位神人,长着蛇身人脸,禹便上前同他交谈。这位神出示一块金板,上面刻着八卦图,又有八位神人在旁侍奉在神的两侧。

  禹问那个神人说:"听说华胥氏生下一位圣人,是您吗?"

  神人听了回答道:"华胥氏是九河神女,正是我的母亲啊!"

  于是从怀里掏出一枚玉简授予禹,这玉简长一尺二寸,正合十二个时辰之数,可以用来度量天地。蛇身的神,原来是伏羲氏啊。

鲤鱼跳龙门

龙门山,在河东①界。禹凿山断门一里余,黄河自中流下,两岸不通车马。

每岁季春②,有黄鲤鱼,自海及诸川,争来赴之。一岁中,登龙门者,不过七十二。初登龙门,即有云雨随之,天火自后烧其尾,乃化为龙矣。

【注释】

①河东:黄河以东。②季春:暮春,阴历三月。季,指一季的末一个月。此外,农历一季的第一个月称为"孟",第二个月称为"仲"。

【译读】

　　龙门山，在黄河以东的地界。禹治洪水来到这里，把山从中凿断，形成一里多宽的门状。河水从中间汹涌地流下，两岸连车马都不能通行。

　　每年暮春三月，就有无数黄颜色的鲤鱼，从江海和河川争先恐后游到龙门来。一年当中，能够跳上龙门的，不过七十二尾。刚刚跳上龙门，就有云和雨陪伴而来，天火又从后面去烧它的尾巴。尾巴一烧掉，它就真个变成龙了。

瑶姬助禹治水

　　云华夫人，王母第二十三女，太真❶王夫人之妹也。名瑶姬，受回风、混合、万景、炼神、飞化之道。尝东海游还，过江上，有巫山焉，峰岩挺拔，林壑幽丽，巨石如坛，留连久之。时大禹理水驻山下，大风卒❷至，岩振谷陨❸，不可制，因与夫人相值，拜而求助。即敕侍女，授禹策召❹鬼神之书，因令其神狂章、虞余、黄魔、大翳、庚辰、童律等，助禹斫石疏波，决塞导陋，以循其流，禹拜而谢焉。

　　禹尝诣之，崇巘之巅，顾盼之际，化而为石；或倏然飞腾，散为轻云；油然而止，聚为夕雨；或化游龙，或为翔鹤：千态万状，不可亲也。禹疑其狡狯❺怪

诞，非真仙也，问诸童律。律曰："云华夫人，金母之女也。非寓胎禀化之形，是西华少阴之气也。在人为人，在物为物，岂止于云雨龙鹤，飞鸿腾凤哉？"禹然之。

后往诣焉，忽见云楼玉台，瑶宫琼阙森然。既灵官侍卫，不可名识，狮子把关，天马启途，毒龙电兽，八威备轩。夫人宴坐于瑶台之上，禹稽首❻问道。因命侍女陵容华，出丹玉之笈，开上清宝文以授。禹拜受而去。又得庚辰、虞余之助，遂能导波决川，以成其功，奠五岳，别九州，而天锡玄珪，以为紫庭真人。

【注释】

❶太真：仙女的意思。❷卒：同"猝"，突然。❸陨：坠落。❹策召：役使命令。❺狡狯：狡诈奸猾。❻稽首：叩头。

【译读】

云华夫人，是西王母的第二十三个女儿，还是太真王夫人的妹妹。她的名字叫瑶姬，受过回风、混合、万景、炼神、飞化等玄妙的道法。她从东海遨游回来，经过巫山，巫山的峰峦挺拔，林壑幽美，一块巨大而平整的岩就像人工修造的土坛，因而她久久地在这里流连而不想离去。那时大禹治理洪水驻在巫山脚下，突然刮起了大风，山岩振动，木石横飞，没办法制止。大风中偶然与云华夫人相遇，禹就拜求夫人帮助。夫人命侍女取出驱神役鬼的书来赐给禹，并派属神狂章、虞余、黄魔、大翳、庚辰、童律等去帮助禹劈石头，疏导洪流；

打通阻塞，排除障碍，使江水顺流而下。禹去谢夫人的帮助。

大禹曾到崇山峻岭之顶去拜访她，夫人在转眼之间就能变成石头，或者忽然飞腾起来在空中散为轻云；又油然而止，凝聚成小雨；有时又变成游龙；有时化为翔鹤：千姿万态，让人难以亲近。禹怀疑她狡猾奸诈离奇古怪不是真仙，便把心里的怀疑去请教童律。童律告诉他说："你可知道，云华夫人，是西王母的女儿啊！她的形体可不是一般受胎感化得到的，而是西华宫少阴之气凝聚成的啊。既是气，那就变化无穷，高兴是人就是人，高兴是物就是物，岂止于你所见到的这一点点云呀、雨呀、龙呀、鹤呀，以及飞的鸿呀、腾的凤呀呢？"大禹认为他说得对。

后来禹又去拜访夫人，忽然看见大山间显现云楼琼台，瑶宫玉阁，庄严肃穆。又看见各色各样的灵官，侍卫在台阁上，既不认识他们，也叫不出他们的名字。更看见狮子守着关隘，天马在道路上启行，毒龙电兽，八方备为乘轩，夫人安坐于瑶台之上。禹赶紧下拜，请教今后继续治理洪水的方法。夫人便命侍女陵容华拿出一只红玉小箱，从中取出一卷天书授给禹，禹高兴地拜受天书而去。后来又得到庚辰和虞余等天神的帮助，于是就能疏导洪水，决通河川，取得成功；又奠定五岳，划分九州，因而上天赐给了他一只黑色玉圭，还封他做了紫庭真人。

© 民主与建设出版社,2022

图书在版编目(CIP)数据

古文·寓言·故事 / 郭艳红主编. -- 北京:民主与建设出版社, 2019.11

(古典诗文精品选读)

ISBN 978-7-5139-2683-6

Ⅰ.①古… Ⅱ.①郭… Ⅲ.①中国文学—古典文学—作品综合集 Ⅳ.①I212.01

中国版本图书馆CIP数据核字(2019)第253508号

古文·寓言·故事

GUWEN·YUYAN·GUSHI

主　　编	郭艳红
责任编辑	韩增标
封面设计	大华文苑
出版发行	民主与建设出版社有限责任公司
电　　话	(010) 59417747 59419778
社　　址	北京市海淀区西三环中路10号望海楼E座7层
邮　　编	100142
印　　刷	廊坊市国彩印刷有限公司
版　　次	2022年1月第1版
印　　次	2022年1月第1次印刷
开　　本	880毫米×1230毫米　1/32
印　　张	3
字　　数	38千字
书　　号	ISBN 978-7-5139-2683-6
定　　价	148.00元(全10册)

注:如有印、装质量问题,请与出版社联系。

古文·论说·奏议

郭艳红 主编

民主与建设出版社
·北京·

前言

习近平总书记在十九大报告中指出:"深入挖掘中华优秀传统文化蕴含的思想观念、人文精神、道德规范,结合时代要求继承创新,让中华文化展现出永久魅力和时代风采。"

习总书记还曾指出:"'去中国化'是很悲哀的,应该把这些经典嵌在学生脑子里,让经典成为中华民族文化的基因。"

是的,泱泱中华五千载,悠悠国学民族魂。我们中华国学"为天地立心,为生民立命,为往圣继绝学,为万世开太平",是中华民族生生不息的根本,是华夏儿女遗传基因和精神支柱。

国学就是中国之学,中华之学,是以母语汉语为基础,表达中华民族的精神价值和处世态度的,有利于凝聚中华民族的文化向心力,有利于中华民族大团结,是炎黄子孙的生命火炬,我们要永远世代相传和不断发扬光大。

中华优秀传统文化在思想上有大智,在科学上有大真,在伦理上有大善,在艺术上有大美。在中华民族艰难而辉煌发展历程中,优秀传统文化薪火相传、历久弥新,始终为国人提供精神支撑和心灵慰藉。所以,更多从传统优秀国学经典中汲取丰富营养,丰盈的不只是灵魂,而是能够拥有神圣而崇高的家国情怀。

中华传统国学是指以儒学为主体的中华传统文化与学术,包括非常广泛,内涵十分丰富,凝聚了我国五千年的文明史和传统文化,体现了中华民族博大精深的文化精髓,是经过多少代人实践检验过

的文化瑰宝，承载着中华民族伟大复兴的梦想。

中华传统国学经典，蕴含了中华儿女内圣外王的个体修养和自强不息的群体精神，形成了重义轻利的处世态度以及孝亲敬长的人伦约定，包含着辨证理智的心智思维和天人合一的整体观念。历经数千年发展，逐渐形成了以儒释道为主干的传统文化和兼容并包、多元一体的开放型现代文化。

作为国学经典，是广大读者必备的精神食粮。读者们阅读国学经典，能够秉承国学仁义精神，学会谦和待人、谨慎待己、勤学好问等优良品行，能够达到内外兼修与培养刚健人格。

我们欣喜地看到，在党和政府的积极号召下，教育部印发了《完善中华优秀传统文化教育指导纲要》，各级教育机构启用了《中华优秀传统文化》教材，中小学语文新课标中也增强了青少年学生阅读和学习国学的分量，许多中小学开设了专门的国学课程，全国各族人民掀起了学习和传承中国传统文化的热潮。

为此，在有关专家指导下，特别编辑了这套"古典诗文精品选读"作品。古诗泛指古代中国诗歌，本套作品主要包括《诗经》《楚辞》《乐府诗》等，没有选入唐诗宋词元曲等；古文是指古代散文，主要包括传记、铭祭、论说、奏议、游记、杂记、书信、序跋等，本套作品还包括寓言、故事以及古代韵文的辞赋和骈体文的骈文等。这些古典诗文是中华辉煌灿烂文化的奇葩，具有独特的艺术价值。

本套作品主要根据广大读者特别是青少年读者学习吸收特点，精选了许多经典古诗文，增设了简单明白的注释和白话解读等，还配有精美图片等，能够培养广大青少年读者的国学阅读兴趣和传统文化素养，能够增强对中国传统文化的热爱、传承和发展，能够激发并积极投身到中华复兴的伟大梦想之中。

论说

曹刿论战	（春秋）左丘明	006
子鱼论战	（春秋）左丘明	009
子产论政宽猛	（春秋）左丘明	012
召公谏厉王止谤	（春秋）左丘明	015
过秦论（上）	（汉）贾　谊	018
争臣论	（唐）韩　愈	025
纵囚论	（宋）欧阳修	034
五代史宦者传论	（宋）欧阳修	038
管仲论	（宋）苏　洵	041
读孟尝君传	（宋）王安石	047
信陵君救赵论	（明）唐顺之	048

奏议

石碏谏宠州吁 …………………… （春秋）左丘明 055

臧僖伯谏观鱼 …………………… （春秋）左丘明 058

苏秦以连横说秦 ………………… （先秦）佚　名 060

谏逐客书 ………………………… （秦）李　斯 068

上书谏猎 ………………………… （汉）司马相如 074

前出师表 ………………………… （三国）诸葛亮 077

后出师表 ………………………… （三国）诸葛亮 082

谏太宗十思疏 …………………… （唐）魏　征 087

谏院题名记 ……………………… （宋）司马光 090

乞校正陆贽奏议进御札子 ……… （宋）苏　轼 092

论说

曹刿论战

(春秋)左丘明

十年春,齐师伐我。公将战,曹刿❶请见。其乡人曰:"肉食者❷谋之,又何间❸焉。"刿曰:"肉食者鄙❹,未能远谋。"

乃入见。问:"何以战?"公曰:"衣食所安,弗敢专❺也,必以分人。"对曰:"小惠未遍,民弗从也。"

公曰:"牺牲玉帛❻,弗敢加❼也,必以信❽。"对曰:"小信未孚❾,神弗福也。"公曰:"小大之狱,虽不能察❿,必以情⓫。"对曰:"忠之属也,可以一战,战则请从。"

公与之乘。战于长勺⓬。公将鼓之。刿曰:"未可。"齐人三鼓,刿曰:"可矣。"齐师败绩。公将驰⓭之。刿曰:"未可。"下,视其辙,登轼⓮而望之,曰:"可矣。"遂逐齐师。

既克,公问其故。对曰:"夫战,勇气也。一鼓作气。再而衰,三而竭。彼竭我盈,故克之。夫大国难测也,惧有伏焉。吾视其辙乱,望其旗靡⓯,故逐之。"

【注释】

❶曹刿（guì）：又名曹沫，鲁国人。❷肉食者：食肉的人，这里指做官的人。❸间：参与。❹鄙：鄙陋不通。❺专：专享。❻牺牲玉帛：祭祀之物。❼加：变更。❽信：诚实。❾孚：覆盖，普遍，孚借为"覆"。一说孚即信用，信服。❿察：洞察，明察。⓫情：实情。⓬长勺：鲁地名，在今山东曲阜北。⓭驰：追逐。⓮轼：古代车厢前用作扶手的横木。⓯靡：倒伏。

【译读】

庄公十年春天，齐国军队攻打我们鲁国，庄公准备应战。曹刿要求谒见鲁侯。他的同乡人说："大官们会考虑它，你何必插一手呢？"曹刿说："大官们见识浅陋，不能深谋远虑。"

于是进到朝廷谒见庄公。他先问:"靠什么去打?"庄公说:"我爱穿爱吃的,不敢一个人独占,一定要分给别人。"曹刿答道:"这种小恩小惠并没有让每个人都得到,老百姓是不会跟您一道去拼命的。"

庄公说:"祭祀用的牛、羊、猪和宝玉、丝绸,不敢虚报,一定实事求是。"曹刿答道:"这种小信用还不能取得神的信任,神是不会保佑您的。"庄公说:"一切大大小小的诉讼案件,虽然我不能彻底调查,一定要处理得合情合理。"曹刿答道:"这是忠于职守的表现,可以靠它去发动老百姓和敌人打这一仗。如果您决定要打,就请让我跟您去。"

庄公和他同坐一辆战车。在长勺,两军进行战斗。庄公正要下令擂鼓发兵,曹刿说:"还不行。"等到齐军已经擂过第三次鼓了,曹刿才说:"现在可以了。"齐军大败而逃。庄公准备命令军队去追击,曹刿说:"还不行。"他走下战车察看齐军战车的轮迹,又爬到车前扶手的横木上去眺望了一会儿,才说:"现在可以了。"庄公就下命令叫鲁军去追击齐军。

打了胜仗之后,庄公问他为什么要这样。他答道:"打仗,全靠战士们的勇气。齐军第一次擂鼓时,战士们鼓足了勇气;第二次擂鼓时,看到我方没有反应,他们的士气就低沉了;等到第三次再擂鼓时,他们的士气简直完全丧失了。正当他们丧失勇气时,我军却勇气百倍,所以把他们打败了。但是强大国家的行为是不容易预料的,我怕它有伏兵在那里。经过观察,我看见他们战车的轮迹都是乱七八糟的,望到他们的军旗都倒拖着跑,知道真是打败了,所以请您下命令追击他们。"

古文·论说·奏议

子鱼论战

(春秋)左丘明

楚人伐宋以救郑。宋公将战,大司马固❶谏曰:"天之弃商❷久矣,君将兴之,弗可赦也已。"弗听。

冬十一月已巳朔,宋公及楚人战于泓❸。宋人既成列,楚人未既济❹。

司马曰:"彼众我寡,及其未既济也请击之。"公曰:"不可。"

既济而未成列❺,又以告。公曰:"未可。"既陈而后击之,宋师败绩。公伤股,门官❻歼焉。

【注释】

❶固:人名,即公孙固。❷商:即宋。❸泓(hóng):水名,在今河南省柘(zhè)城县北。❹未既济:尚未完全渡过河。既,尽。❺未成列:未摆成阵势。❻门官:国君亲兵,由卿大夫子弟充任。

【译读】

楚国派军队攻打宋国来援救郑国,宋襄公准备应战。大司马公孙固劝道:"上帝抛弃我们已经很久了,您想要复兴它,这种违背天命的罪是不可以赦免的!"襄公不听。

仲冬阴历十一月初一,宋襄公和楚国军队在泓水边作战。宋国的军队已经摆好了行列,做好了战斗准备,

楚国的军队还没有完全渡过泓水。

司马子鱼对襄公说："他们人多，我们人少，趁着他们还没有全部渡过河来，请下命令攻打他们。"襄公说："不可以。"

楚军全部过了河，还没有摆好行列，子鱼又把刚才的话告诉襄公。襄公说："还不可以。"等到楚军已经摆好行列这才进攻，结果宋军大败，襄公的大腿受了伤，亲兵全部被杀死了。

【原文】

国人皆咎公❶。公曰："君子不重伤❷，不禽二毛❸。古之为军也，不以阻隘❹也。寡人虽亡国之余❺，不鼓❻不成列。"

子鱼曰："君未知战，勍敌❼之人，隘而不列，天赞❽我也。阻而鼓之，不亦可乎？犹有惧❾焉。且今之勍者，皆吾敌也。虽及胡耇❿，获则取之，何有于二毛？明耻教战⓫，求杀敌也，伤未及死，如何勿重？若爱重伤，则如勿伤，爱其二毛，则如服焉，三军以利用也，金鼓以声气也，利而用之，阻隘可也，声盛致志，鼓儳⓬可也。"

【注释】

❶咎公：归罪于宋襄公。❷不重伤：对已受伤的敌人不再伤害。❸二毛：头发花白的人。❹不以阻隘：不扼敌于险隘之地。❺亡国之余：宋为殷商亡国的后裔。❻不鼓：不攻击。古时作战，击鼓为进军之号令。❼勍（qíng）敌：强敌。❽赞：助。❾犹有惧：尚且害怕不能

取胜。❿胡耇（gǒu）：老年人。⓫明耻教战：明白什么是耻辱，教之以战术。⓬鼓儳（chán）：攻击阵列不整之敌。儳，阵列不整。

【译读】

　　整个宋国的贵族和平民都埋怨襄公。襄公说："有德的人对受了伤的敌人不忍心再伤害，看到头发斑白的年老敌人不忍心捉拿。古代圣人行军的原则，是不把敌人逼到险要地方来求得胜利。我虽然是纣王的后代，但是，不进攻还没摆好队列的敌人。"

　　子鱼说："您还不懂得怎样打仗。强大的敌人被逼在险要地方来不及摆好队伍，这是上帝保佑我们呀！逼住它狠狠地打，不可以吗？我还怕打它不赢呢！再说，现在这些全副武装的士兵，都是我们的敌人，其中有的人就是上了年纪，抓到了就叫他当俘虏，管他什么头发黑里夹白！训练士兵的时候，使他们懂得作战时必须勇敢，否则要受到严厉处分。这样做，是要求士兵尽量杀死敌人。如果敌人只是受伤，还没有死，怎么不可以再补一刀？如果您不忍心补这一刀，不如干脆不杀伤他！您要怜惜他年老，不忍心捉住他，那不如干脆不打仗！车队的作用就是打仗求胜的，敲锣打鼓，是用它的声音来指挥进退、鼓舞士气的。既然军队的作用就是打仗求胜，那么，把敌人逼在险要地方打完全是可以的。既然洪亮的锣鼓声是鼓舞士气的，那么，在敌人还没摆齐队伍的时候就打鼓猛攻也是完全应该的啊！"

子产论政宽猛

(春秋) 左丘明

郑子产有疾,谓子大叔曰:"我死,子必为政。唯有德者能以宽服民,其次莫如猛。夫火烈,民望而畏之,故鲜死焉。水懦弱,民狎而玩之,则多死焉。故宽难。"

疾数月而卒,大叔为政,不忍猛而宽。郑国多盗,取人于萑苻之泽。大叔悔之,曰:"吾早从夫子,不及此。"兴徒兵以攻萑苻之盗,尽杀之。盗少止。

仲尼曰:"善哉,政宽则民慢,慢则纠之以猛。猛则民残❶,残则施之以宽,宽以济猛,猛以济宽,政是以和。《诗》曰❷:'民亦劳止❸,汔❹可小康。惠此中国,以绥四方。'施之以宽也。'毋从诡随❺,以谨❻无良。式遏寇虐,惨不畏明❼。'纠之以猛也。'柔远能迩❽,以定我王。'平之以和❾也。又曰❿:'不竞不絿⓫,不刚不柔。布政优优⓬,百禄是遒。'和之至也。"

及子产卒,仲尼闻之,出涕曰:"古之遗爱⓭也。"

【注释】

❶残:残害,伤害。❷《诗》曰:以下所引诗句皆出自《大雅·民劳》篇,不再一一注明。❸止:语末助词。❹汔(qì):庶几,但愿。❺毋从诡随:不要放纵违

古文·论说·奏议

法者及其追随者。❻谨：约束，警戒。❼式遏寇虐，惨不畏明：应遏止那些侵掠残暴不惧怕明法者。❽柔远能迩：怀柔远方，安抚近地。❾平之以和：用和睦友好使国家安定太平。❿又曰：以下四句出自《商颂·长发》篇。⓫不竞不絿（qiú）：不急不缓。絿，缓。⓬布政优优：施政从容。⓭古之遗爱：其仁爱有古人的遗风。

【译读】

鲁昭公二十年，郑国执政大夫子产有病，对儿子太叔说："我死了之后，你一定掌握政权。只有道德高尚的人能够采取宽大的政策去统治老百姓，否则只有采取严厉的政策。打个比方：火，烧得很猛烈，人们望着都害怕，不敢接近它，所以，很少有人自觉地烧死在火里。水很柔和，人们对它满不在乎，时常去水里游着玩，所以，很多人淹死在水里。因此，实行宽大政策是困难的。"

子产病了几个月就死了。太叔掌握郑国的政权，不忍心采用严厉的政策，而采用宽大的，结果，郑国出现了很多强盗，他们在葭苇丛生的湖泊里聚集了一大伙人，势力越来越庞大。太叔很懊悔，说："我早听了老前辈的话，不会乱成这个样子。"于是调动步兵去清剿湖泊里的强盗，全部杀死了。这么一来，强盗们稍为收敛了一些。

孔子说："子产的政策真好呀！政策宽大，老百姓就轻视法纪，容易为非作歹；这样一来，就要用严厉的政策来纠正。但是，太严厉了，老百姓就容易受到惩罚，很不自由；因而必须实行宽大的政策来调和。

用宽大来调和严厉,又用严厉来补充宽大,政治秩序因此就正常了。《诗》上说:'老百姓太累了,应该可以休息一下啦!加恩给国中的老百姓,就能安定天下的老百姓。'这是说实行宽大政策来抚慰老百姓。这首诗又说:'不要放纵犯小错误的,这就可以警告那些犯大错误的。因为他们根本不怕严明的法律。'这是说实行严厉的政策来纠正那种过于宽大的政策。这首诗又说:'怀柔远方,亲如一家,这样来安定我们王室。'这是说用正常的政治秩序来统治老百姓,使大家过太平日子。又有一首诗说:'汤王的政治是不过分紧张,要求不太高,不过于严厉,但也不是宽大无边,执行政策总是很温和,因而一切福禄都归聚到他那里。'这是赞美政治秩序正常到了极点啦!"

等到子产逝世了,孔子听到这消息,不禁掉泪,说:"他是古代贤明政治家那样仁爱的人啊!"

召公谏厉王止谤

（春秋）左丘明

厉王虐，国人谤王。召公告曰："民不堪命矣！"王怒，得卫巫❶，使监谤者。以告❷，则杀之。国人莫敢言，道路以目❸。

王喜，告召公曰："吾能弭❹谤矣，乃不敢言。"召公曰："是鄣❺之也！防民之口，甚于防❻川。川壅而溃，伤人必多，民亦如之。是故为川者决之使导，为民者宣之使言。故天子听政，使公卿至于列士献诗，瞽❼献曲，史献书，师箴❽，瞍❾赋，矇❿诵，百工谏，庶人传语，近臣尽规，亲戚补察，瞽、史⓫教诲，耆、艾⓬修之，而后王斟酌焉，是以事行而不悖。民之有口也，犹土之有山川也，财用于是乎出；犹其原隰之有衍沃也，衣食于是乎生。口之宣言也，善败于是乎兴；行善而备败，其所以阜财用衣食者也。夫民虑之于心而宣之于口，成而行之，胡可壅也？若壅其口，其与能几何？"

王不听，于是国人莫敢出言。三年，乃流王于彘。

【注释】

❶得卫巫：找到卫国的一个巫者。❷以告：把谤者告发给厉王。❸道路以目：在道路上相遇只能用眼来示意，不敢讲话。❹弭（mǐ）：止，消除。❺鄣：同

"障",本义为筑堤防水,这里用作动词,堵塞的意思。❻防:挡水的堤坝,此处作动词用,堵塞的意思。❼瞽(gǔ):指盲乐师。古代的乐师都以盲人充任。❽箴(zhēn):一种规谏的韵文。❾瞍(sǒu):没有眸子的盲人。❿矇(méng):有眸子而失明的人。⓫瞽、史:乐师和史官。⓬耆(qí)、艾:六十岁的人称耆,五十岁的人称艾。

【译读】

周厉王很残暴,朝野上下有人指责他。召穆公告诉他说:"百姓受不了这样暴虐的统治了!"厉王很生气,找到一个卫国的巫人,叫他监视指责自己的人;巫人把指责厉王的人报告上来,厉王就杀掉他。朝野上下没有人敢说话,在路上碰到熟人,只用眼睛互相望望。

厉王很高兴,告诉召穆公说:"我能制止民众对我的毁谤了,现在他们竟不敢说话了。"召穆公说:"您这是勉强堵住民众的嘴。堵住民众的嘴,比堵住洪水还难。洪水堵塞不通,最后泛滥,伤害的人一定很多。民众的情形也是这样。所以,治水的应该给水排除淤塞,让它畅通,治理民众的应该开导他们,让他们说出自己的意见。所以,皇帝办理国家大事时,命令三公九卿一直到列士献上讽谏的诗篇,乐师献上民间的歌谣,太史献上记录古代政治得失的史籍,少师献上劝戒的格言,盲人朗诵公卿列士所献的诗,另一种盲人配合音乐来唱劝戒的诗歌,百官分别从本职工作的角度对皇帝提意见,平民把对政事的意见间接地传达给皇帝,皇帝左右的臣子尽心规劝,皇帝家里的亲人补救他的过失,观察他的工作的好坏。总之,乐师和太史通过献曲献书来教导皇帝,元老大臣对各种问题加以归纳整理,提出意见,最后由皇帝考虑,因此,皇帝办的事没有不合理的。民众有嘴,好像大地上有高山大河,人类的财富都是由它们生产出来的;好像那高地和低处都有平坦和肥沃的田地,人类的衣食资源都是从这里产生出来。民众的嘴发表意见,政事的好坏才因此反映出来。实行民众所欢迎的,预防民众所反对的,就可以用这办法来增产财富,增多衣食。民众在心里考虑的,用嘴说出来,正确的就实行它,怎么可以堵住呢?如果堵住他们的嘴,那能堵住多久呢?"

厉王不听,从此,一般贵族和工商业者没有一个敢说话了。过了三年,就把这暴君放逐到山西霍县去了。

过秦论(上)

(汉)贾 谊

秦孝公据崤❶、函之固,拥雍州之地,君臣固守,以窥周室,有席卷天下,包举宇内,囊括四海之意,并吞八荒之心。当是时也,商君佐之,内立法度,务耕织,修守战之具,外连衡而斗诸侯,于是秦人拱手而取西河之外。

孝公既没❷,惠文、武、昭襄蒙故业,因遗策,南取汉中,西举巴蜀,东割膏腴❸之地,北收要害之郡。诸侯恐惧,会盟而谋弱秦,不爱珍器重宝肥饶之地,以致天下之士,合从缔交,相与为一。

【注释】

❶崤(xiáo):同"殽",即崤山,在现在的河南省洛宁县西北。❷没(mò):通"殁",死亡。❸膏腴(gāo yú):肥沃的地方。

【译读】

秦孝公占据着崤山函谷关的险固地势,拥有雍州的土地,君臣们牢固地守卫国土,暗中打算夺取周王朝的政权,怀有席卷天下、兼并全国、统一中国、吞并整个天下的野心。在那个时候,商鞅辅佐孝公,对内建立法令制度,使百姓努力耕田织布,修缮制造攻守的武器,对外使用连横的策略,使其他诸侯互相争斗。因此,秦国人很轻易地夺得了黄河以西一带土地。

　　孝公死后，惠文王、武王、昭襄王继承旧业，遵循孝公遗留下来的政策，向南夺取了汉中，向西攻取了巴蜀，向东割得了肥沃的土地，向北收取了地势险要的州郡。各国的诸侯很恐惧，开会结盟来商量怎样削弱秦国。他们不惜用珍稀的用具、贵重的财宝和肥沃的土地，来招揽天下有才能的士人。他们运用合纵的策略，缔结同盟，互相结为一体。

【原文】

　　当此之时，齐有孟尝，赵有平原，楚有春申，魏有信陵，此四君者，皆明智而忠信，宽厚而爱人，尊贤而重士，约从离横，兼韩、魏、燕、赵、宋、卫、中山之众。于是六国之士，有宁越、徐尚、苏秦、杜赫之属为之谋，齐明、周最、陈轸、召滑、楼缓、翟景、苏厉、乐毅之徒通其意，吴起、孙膑、带佗、倪良、王廖、田忌、廉颇、赵奢之伦制其兵。

　　尝以什倍之地、百万之众，叩关而攻秦，秦人开关而延敌，九国之师，遁逃而不敢进。秦无亡矢遗镞之费❶，而天下诸侯已困矣。于是从散约解，争割地而赂秦，秦有余力而制其弊❷，追亡逐北❸，伏尸百万，流血漂橹。因利乘便，宰割天下，分裂河山，强国请服，弱国入朝。

【注释】

　　❶秦无亡矢遗镞之费：秦国没有损失一支箭。矢，

箭；镞：箭头；亡，失去；遗，与亡同义，也是失去的意思。❷制其弊：利用六国的困弊弱点。❸追亡逐北：追赶战败逃亡的敌人。北，败北。

【译读】

　　在那个时候，齐国有孟尝君，赵国有平原君，楚国有春申君，魏国有信陵君：这四个公子，都很聪明而讲信用，既宽厚又爱人，尊重有才能的士人。他们相约合纵而破坏连横，聚集了韩、魏、燕、楚、齐、赵、宋、卫、中山等国的许多有识之士。于是六国的士人中，有宁越、徐尚、苏秦、杜赫等给他们出谋划策，有齐明、周最、陈轸、召滑、楼缓、翟景、苏厉、乐毅一班人给他们沟通意见，有吴起、孙膑、带陀、倪良、王廖、田忌、廉颇、赵奢之辈给他们训练军队。

　　他们曾经凭借比秦国大十倍的地方，率领百万大军，逼近函谷关而进攻秦国。秦国人开关迎敌，九国的军队，逃跑而不敢前进。秦国没有损失一支箭，各国的诸侯就已经疲困了。于是合纵的盟约瓦解了，各国诸侯争先恐后地割让土地去贿赂、讨好秦国。秦国有余力来攻击各国诸侯的弱点，追赶失败逃亡的敌人，被杀死的士卒有一百万，流的血多得可以把盾牌漂浮起来。秦国利用有利的形势，乘机宰割天下，把各国的土地一块一块地夺了过来。诸侯国中的强国请求投降，弱国就去朝拜秦国。

【原文】

　　施及孝文王、庄襄王，享国之日浅，国家无事。及至始皇，奋六世❶之余烈，振长策而御❷宇内，吞二周而亡诸侯,履至尊而制六合,执敲扑以鞭笞天下,威震四海。南取百越之地,以为桂林、象郡。百越之君,俯首系颈③,委命下吏。乃使蒙恬北筑长城,而守藩篱,却匈奴七百余里,胡人不敢南下而牧马,士不敢弯弓而报怨。于是废先王之道,燔百家之言,以愚黔首。隳④名城,杀豪俊,收天下之兵,聚之咸阳,销锋镝,铸以为金人十二,以弱天下之民。然后践华为城⑤,因河为池;据亿丈之城,临不测之溪以为固。良将劲弩,守要害之处,信臣精卒,陈利兵而谁何。天下已定,始皇之心,自以为关中之固,金城千里,子孙帝王万世之业也。

【注释】

①六世:指孝公,惠文王,武王,昭襄王,孝文王,庄襄王。②御:驾驭,统治。③系颈:颈上系绳,表示投降。④隳(huī):毁坏。⑤践华为城:循着华山作为城墙。践,凭借。

【译读】

到孝文王、庄襄王的时候,因为他们在位的时间短,国家没有发生什么大事。到了秦始皇的时候,他发展了前面六代君主遗留下来的功业,像挥动长鞭驾驶牲口一样地驾驭天下,吞并东周、西周,灭掉各国诸侯,登上帝位,控制天下,他拿着棍子鞭打天下的民众,声威震动了四海。他在南面夺取了百越的土地,在那里设立了桂林郡和象郡,百越的君主自己低下头在颈上系上绳子表示投降,听命于秦朝的下级官吏。秦始皇还指使蒙恬在北面修筑长城以镇守边界，使匈奴后退了七百多里，匈奴人不敢南下到秦朝境内来牧马，他们的士兵也不敢弯弓来报仇。秦始皇于是废除先王的政令，焚烧诸子百家的书籍，使百姓愚昧无知；他毁坏有名的城市，屠杀英俊豪杰，把天下的武器全部收缴起来集中在咸阳；他把刀剑、箭镞等武器销毁，铸造成十二个铜人，以此来削弱天下的反抗力量。然后，沿着华山作为城墙，依靠黄河作为护城河，上据亿丈之高的城墙，下临深不可测的护城河，以为这样就十分坚固了。优秀的将领带着好的武器，守卫在要害的地方，忠实的臣子率领精锐的兵卒，拿着锋利的武器查问过往之人。天下已经安定，秦始皇自以为关中地区十分牢固，千里长的城郭就像铜铸铁浇似的，真是子子孙孙称王称帝万世不朽的基业啊。

古文·论说·奏议

【原文】

　　始皇既没，余威震于殊俗。然而陈涉，瓮牖①绳枢②之子，氓隶之人，而迁徙之徒也。材能不及中庸，非有仲尼、墨翟之贤，陶朱、猗顿之富，蹑足行伍③之间，俯起阡陌之中，率罢弊之卒，将数百之众，转而攻秦，斩木为兵，揭竿为旗，天下云集而响应，赢粮而景从④，山东豪俊，遂并起而亡秦族矣。

　　且夫天下非小弱也。雍州之地，崤函之固，自若也。陈涉之位，不尊于齐、楚、燕、赵、韩、魏、宋、卫、中山之君也；锄耰棘矜⑤，非铦于钩戟长铩也，谪戍之众，非抗于九国之师也；深谋远虑，行军用兵之道，非及曩时⑥之士也。然而成败异变，功业相反。试使山东之国，与陈涉度长絜大，比权量力，则不可同年而语矣。然秦以区区之地，致万乘之权，招八州而朝同列，百有余年矣。然后以六合为家，崤函为宫，一夫作难，而七庙隳，身死人手，为天下笑者，何也？仁义不施，而攻守之势异也。

【注释】

　　①瓮牖（yǒu）：以破瓮为窗，指贫寒之家。②绳枢：用绳子系门轴。形容陈涉家庭极其贫困。③行伍：古代军队编制，五人为伍，二十五人为行。这里指戍卒队伍。④景从：如影随形那样跟随着。⑤锄耰（yōu）棘矜（qín）：统指农民的锄具。锄耰，农具名，一说锄柄；棘矜，戟柄。⑥曩（nǎng）时：往时，以前。

【译读】

  秦始皇死后，余威还震动到边远地区。然而，陈涉一个出身贫苦的农民，而且曾被征调去渔阳防守边地。他的才能不如普通的人，没有孔子、墨子那样的贤能，没有陶朱、猗顿那样的富有。他行走在士卒的队伍之中，在田野中起义造反，率领疲惫的士卒，带领几百个人，掉转头来进攻秦国。斩断树木当武器，举起竹竿当旗帜。天下的百姓像乌云那样集拢起来响应他，农民们自己背着粮食像身影随形那样跟着陈涉起义。于是山东地区的英雄豪杰，就一同起兵把秦国消灭了。

  那个秦国并没有缩小和削弱呀，雍州的土地，崤山、函谷关的险固，还是同以前一样呢。陈涉的地位，没有齐、楚、燕、赵、韩、魏、宋、卫、中山的国君那样尊贵；陈涉他们用的锄头木棍，没有九国之师的钩戟、长矛锋利；因为犯罪而被贬调去防守边地的几百个士卒，更不能和九国的军队相比；陈涉他们的智谋和用兵的策略，也比不上各诸侯国的谋士。然而陈涉取得了成功，九国之师遭到了失败，二者完全不同，功业正好相反。如果拿山东的九国，和陈涉比量长短和大小，比量权力，那是不可相提并论的了。然而秦国凭着一块小小的地方，夺得了拥有兵车万乘的帝王的权力，召令本来和秦国处于同等地位的八州诸侯入秦朝拜，已经一百多年了。此后秦国以天地四方当作私有产业，以崤山、函谷关作为宫墙。可是，陈涉一个人起来发难，秦朝的宗庙就遭到毁灭，国君死于他人之手，被天下的人耻笑。这是什么原因呢？因为秦朝的统治者不施行仁义，所以它的守天下和以前的攻天下，形势完全不同了。

争臣❶论

(唐)韩 愈

或问谏议大夫阳城于愈:可以为有道之士乎哉?学广而闻多,不求闻于人也。行古人之道,居于晋之鄙。晋之鄙人,薰❷其德而善良者几千人。大臣闻而荐之,天子以为谏议大夫。人皆以为华,阳子不色喜。居于位五年矣,视其德如在野,彼岂以富贵移易其心哉?愈应之曰:是《易》所谓"恒其德贞",而"夫子凶"者也,恶得为有道之士乎哉!在《易·蛊》之"上九"云:"不事王侯,高尚其事。"《蹇》之"六二"则曰:"王臣蹇蹇,匪躬之故。❸"

【注释】

❶争(zhèng)臣:指的是直言净谏的官员。争,同"诤",直爽地劝告。❷薰:熏陶,影响。❸王臣蹇(jiǎn)蹇,匪躬之故:做臣子的不避艰难,辅助国君,是由于他能不顾自身的缘故。蹇蹇,尽忠的样子;匪,通"非",不能;躬,自身。

【译读】

有人向我询问谏议大夫阳城:"这个人可以认为是有道德的人吗?他学问渊博,见识也广,又不想出名。学习古人的立身处世的道理,隐居在晋国的边境上。那里的乡人,受到他的道德熏陶而品行善良的上千人。大

臣听到了,就荐举他,天子派他当谏议大夫。大家都认为荣耀,而阳城并没有得意的表情。他任职已经五年了,看他的品德如同在野时一样。他哪里会因为富贵就改变自己的意志呢?"我回答说:"这就是《易经》所说的长久地保持一种德操,而不能因事制宜,对男子说来是危险的,哪里能够说是有道德的人呢?在《易经·蛊》的'上九'里说:'不去侍奉王侯,只求自己的节操高尚。'《易经·蹇》的'六二'里说:'王臣屡屡直谏,不是为了他自己,而是为君为国。'

【原文】

夫亦以所居之时不一,而所蹈❶之德不同也。若蛊之"上九",居无用之地,而致匡躬之节;以《蹇》之"六二",在王臣之位,而高不事之心;则冒进之患生,旷❷官之刺兴,志不可则,而尤不终无也。今阳子在位不为不久矣;闻天下之得失,不为不熟矣;天子待之,不为不加矣。而未尝一言及于政,视政之得失,若越人视秦人之肥瘠,忽焉不加喜戚于其心。问其官,则曰谏议也;问其禄,则曰下大夫❸之秩也;问其政,则曰我不知也。有道之士,固如是乎哉?

【注释】

❶蹈:践,这里指履行、实行。❷旷:空缺。❸下大夫:周时的职级名,列国的国卿。

【译读】

"那也是因为所处的时代不一样,所实行的道德也不相同。假如像《易经·蛊》的'上九'所说那样，处在没有任用的地位，却表现出不惜自身的节操；而像《易经·蹇》'六二'所说的那样，处在大臣的地位，却以不侍奉天子和诸侯的心情作为高尚，那么忧患就会产生，旷废职守的责难就会兴起，这样的志向不能效法，而他的过失终于不可避免的。现在阳城身居官位，不是不长久了；听到朝政的得失，不是不熟悉了；天子对待他，不是不重视的了。可是他没有一句话关系到朝政。他看待朝政的得失，像越国人看待秦国人的胖瘦一样，毫不在意，在他的心中引不起什么高兴和忧愁。问他的官位，就说谏议大夫；问他的官俸，就说下大夫的俸禄；问他朝政情况，却说我不知道。有道德的人，难道是这样的吗？

【原文】

　　且吾闻之：有官守者，不得其职则去；有言责者，不得其言则去；今阳子以为得其言乎哉？得其言而不言，与不得其言而不去，无一可者也。阳子将为禄仕乎？古之人有云：仕不为贫，而有时乎为贫，谓禄仕者也。宜乎辞尊而居卑，辞富而居贫，若抱关击柝者❶可也。盖孔子尝为委吏矣，尝为乘田矣，亦不敢旷其职。必曰"会计当而已矣，"必曰"牛羊遂而已矣"。若阳子之秩禄，不为卑且贫，章章❷明矣，而如此其可乎哉？

【注释】

　　❶抱关击柝（tuò）者：指的是把守关门、巡夜的人。柝，古代打更用的梆子。❷章章：同"彰彰"，明显的样子。

【译读】

　　况且我听说：有官职的人，不能尽职就辞去；有进言责任的人，不能提出规劝意见就辞去。现在阳城认为能够提出规劝的意见吗？能提出规劝意见而不说，和不能提出规劝意见而不辞去，没有一种是对的。阳城是为了俸禄做官的吗？古人说过：'做官不是因为贫穷，但有时是因为贫穷的。'说的是那些为俸禄做官的人。应当辞去高位而担任卑贱的职务，放弃富贵而安处贫贱的生活，像当个看门、打更的小吏可以了。孔子曾经当过管粮仓的小吏，曾经当过管饲养牲畜的小吏，也不敢旷废他的职守。一定说：'财物账目相符才行'。一定说：'牛羊顺利成长才行'。像阳城的等级俸禄，不算低下和微薄，这是很明白的，可是他这样办事，难道是可以的吗？"

【原文】

或曰："否，非若此也。夫阳子恶讪上者，恶为人臣招❶其君之过而以为名者，故虽谏且议，使人不得而知焉。《书》曰："尔有嘉谟❷嘉猷❸，则入告尔后于内，尔乃顺之于外。"曰："斯谟斯猷，惟我后之德。"夫阳子之用心，亦若此者。愈应之曰：若阳子之用心如此，滋所谓惑者矣！入则谏其君，出则不使人知者，大臣宰相之事，非阳子之所宜行也。夫阳子本以布衣隐于蓬蒿之下，主上嘉其行谊❹，擢在此位。官以谏为名，诚宜有以奉其职，使四方后代，知朝廷有直言骨鲠之臣❺，天子有不僭赏❻从谏如流之美。庶岩穴之士，闻而慕之，束带结发，愿进于阙下而伸其辞说，致吾君于尧舜，熙鸿号于无穷也。若《书》所谓，则大臣宰相之事，非阳子之所宜行也。且阳子之心，将使君人者，恶闻其过乎？是启之也！

【注释】

❶招（qiáo）：此处为检举。❷谟（mó）：计谋，计策。❸猷（yóu）：谋划。❹行（xíng）谊：品行，道义。❺直言骨鲠（gěng）之臣：直言敢谏的臣子。❻不僭（jiàn）赏：赏赐没有不妥当。僭，超越本分，过分。

【译读】

　　有人说,"不,不是这样的。阳城是厌恶毁谤皇上的,厌恶做臣子的人揭露君主的过失而因此出名。所以虽然规谏和议论,却不让人家知道。《书经》说:'你有好计谋好策略,就进去告诉你的君主,你就到外面附和着说,这个计谋这个策略都是我们君主作出的。'那阳城的存心,也像是这样的。"我回答说:"如果阳城的存心是这样,那就更是所谓糊涂的了。进去规劝君主,出来不使人知道,这是大臣宰相的事情,不是阳城所应当做的。那阳城本是平民,隐居草莽之中,主上赞赏他的品行,提拔到这个位置上。官职既名为谏议,实在应当有所作为来奉行他的职守,让天下的人和他们的后代,知道朝廷有直言敢谏的刚正臣子,天子有不滥赏赐和从谏如流的美名。这样就可使山野隐士,闻风羡

古文·论说·奏议

慕,束好衣带,结好头发,自愿来到宫阙陈述他们的意见,使我们君主的仁德和尧舜并列,美名光耀到千秋万代。至于《书经》所说的,是大臣宰相的事情,不是阳城所应当做的。而且阳城的用意,不是将使作君主的人厌恶听到自己的过失吗?这岂不是开了君主厌恶听到自己过失的先例。

【原文】

或曰:阳子之不求闻而人闻之,不求用而君用之,不得已而起,守其道而不变,何子过之深也?愈曰:自古圣人贤士,皆非有求于闻用也。闵其时之不平、人之不乂❶,得其道,不敢独善其身,而必以兼济天下也。孜孜矻矻❷,死而后已。故禹过家门不入,孔席不暇暖,而墨突不得黔。彼二圣一贤者,岂不知自安逸之为乐哉?诚畏天命而悲人穷也!夫天授人以贤圣才能,岂使自有余而已?诚欲以补其不足者也!耳目之于身也,耳司闻而目司见,听其是非,视其险易,然后身得安焉。圣贤者,时人之耳目也;时人者,圣贤之身也。且阳子之不贤,则将役于贤以奉其上矣;若果贤,则固畏天命而闵人穷也,恶得以自暇逸乎哉?

【注释】

❶乂(yì):治理,安定。❷孜(zī)孜矻(kū)矻:形容勤勉不懈的样子。孜孜,勤奋不懈;矻矻,吃苦耐劳。

【译读】

有人说:"阳城不求出名而人家都知道他,不求任用而君主任用了他,不得已才出来做官的,保持他的德行而不改变,为什么您要那样厉害的指责他呢?"我说:"自古以来的圣人贤士,都不是要求闻名和任用的,只是怜悯时世不太平,百姓不安定,有了道德学问,不敢独善其身,一定要用来普救天下,勤奋努力,到死方休。所以夏禹三过家门而不入,孔子回家座席还没有坐暖,墨子回家,烟囱还来不及烧黑,就又出行了。那两位圣人,一位贤人,难道不知道自己过安逸的日子是快乐的吗?实在是畏惧天命而怜悯人民穷困啊。上天把道德、智慧和才能授给人,难道只是让他自己有余而已,实在要用他弥补人家的不足。耳目对于人身,耳朵管听,眼睛管看,听清是非,看明安危,而后身体才得到安全。圣人贤人,就好比是世人的耳目;世人,就好比是圣人贤人的身体。再说,阳城假若不贤明,就应当为贤人所役使来侍奉他的君主;假若果真贤明,那么本来就应当畏惧天命而怜悯人民的穷困。怎么能够只图自己闲适安逸呢?"

【原文】

或曰:吾闻君子不欲加诸人,而恶讦以为直❶者,若吾子之论,直则直矣,无乃伤于德而费于辞乎?好尽言❷以招人过❸,国武子之所以见杀于齐也。吾子其亦闻乎?

愈曰:君子居其位,则思死其官;未得位,则思修其辞以明其道,我将以明道也,非以为直而加人也;且国武子不能得善人,而好尽言于乱国,是以见杀。《传》曰:"惟善人能受尽言。"谓其闻而能改之也。子告我曰:"阳子可以为有道之士也。"今虽不能及已,阳子将不得为善人乎哉?

【注释】

❶恶讦(jié)以为直:讨厌攻击别人不足来表现自己的正直。恶讦,讨厌攻击别人的短处,揭发别人的阴私。❷尽言:说话不留余地。❸招(qiáo)人过:指谪,显示别人的过失。

【译读】

有人说:"我听说君子不想把自己所不要的东西加在人家身上,而且憎恨那种把揭发别人的短处自以为直率的人。像您的议论,直率是直率了,只怕伤害道德,多费口舌了吧?喜欢直言不讳来揭发别人的过失,这就是国武子在齐国被杀的原因,您大概也听说过吧?"

我说:"君子有了官职,就想到以身殉职。没有做官,就想到修饰文辞来阐明道理。我要用言辞来阐明道理,不是自命正直而把自己所不要的东西加在他人身上。况且国武子因为没有遇到善良的人,却喜欢在乱国直言不讳,所以被杀。古书上说:'只有好人能接受直言规劝',这是说他听到规劝的意见后能够改正。你告诉我说:'阳城是一个有道德的人。'现在虽然还没有达到,难道阳城将来就不能做一个有道德的人吗?"

纵囚论

(宋)欧阳修

信义行于君子,而刑戮❶施于小人。刑人于死者,乃罪大恶极,此又小人之尤甚者也。宁以义死,不苟幸生❷,而视死如归,此又君子之尤难者也。

方唐太宗之六年,录大辟囚❸三百余人,纵使还家,约其自归以就死❹,是以君子之难能,期小人之尤者以必能也。其囚及期而卒自归无后者❺,是君子之所难,而小人之所易也。此岂近于人情?

或曰:"罪大恶极诚小人矣,及施恩德以临之,可使变而为君子。盖恩德入人之深而移人之速,有如是者矣。"

【注释】

❶刑戮:刑罚,杀戮。❷不苟幸生:意思是不会苟且偷生。❸录大辟囚:登录死刑囚犯。大辟,古代刑罚的一种,即砍掉脑袋。❹约其自归以就死:约定时间让他们自动回到监禁地接受死刑。❺卒自归无后者:终于都按期自动归来,没有一人滞后。

【译读】

信用、道义应该体现在品德好的人身上,刑罚、杀戮应该施加在品德坏的人身上。刑罚重到判处死罪的,一定是罪大恶极,这又是品德坏的人当中特别坏的人。

宁肯为正义而死，不肯随便侥幸地活着，因而把牺牲性命看作回家那样自然，这又是品德好的人当中尤其难得的人。

当唐太宗继位后的第六年，审查了判处杀头罪的三百多名罪犯，下令释放他们回家，约定他们到时候自己归来接受死刑。这是拿品德好的人难能做到的事情，要求品德最坏的人一定要做到。那些罪犯到了期限，终于自动归来，没有一个过期的，这是品德好的人难以做到的事，却成为品德不好的人容易做到的事。这难道跟人情相近吗？

有的人说：罪大恶极，的确是品德坏的人了；但是，等到施行恩德来对待他，可以使他转化成为品德好的人。因为恩德进入人的思想深，改变人的行为就快。是有这样的例子的。

【原文】

曰："太宗之为此，所以求此名也。然安知夫纵之去也，不意其必来以冀免，所以纵之乎？又安知夫被纵而去也，不意其自归而必获免，所以复来乎？夫意其必来而纵之，是上贼下之情❶也；意其必免而复来，是下贼上之心也。吾见上下交相贼以成此名也，乌有所谓施恩德与夫知信义者哉！不然，太宗施德于下下，于兹六年矣，不能使小人不为极恶大罪，而一日之恩，能使视死如归而存信义，此又不通之论也。"

"然则何为而可？"曰："纵而来归，杀之无赦，而又纵之，而又来，则可知为恩德之致尔。然此必无之事也。若夫纵而来归而赦之，可偶一为之尔，若屡为之，则杀人者皆不死，是可为天下之常法②乎？不可为常者，其圣人之法乎？是以尧、舜、三王之治，必本于人情，不立异③以为高，不逆情④以干誉⑤。"

【注释】

❶上贼下之情：上面人窥探下面人的心理活动。贼，窥探。❷常法：恒常之法条。❸立异：特别地与一般人不同。❹逆情：违背一般人情。❺干誉：求取荣誉。

【译读】

我说："唐太宗之所以做这件事，正是因为追求这种以德服人的好名气呀。然而，怎么知道唐太宗在

释放罪犯的时候,没有想到他们一定会回来希望赦免,所以释放他们的呢?又怎么知道罪犯们在被释放回去的时候,没有想到他们只要自动归案就必定获得赦免,所以又归来的呢?如果是唐太宗料到罪犯们一定会归来才释放他们,这就是上面窥测下面的心情;如果是罪犯们料到唐太宗一定会赦免他们才又归来,这就是下面窥测上面的心思。我只看到上面和下面互相窥测来凑成这种美名,哪儿有所谓施舍恩德的皇帝和那知道信义的罪犯呢?否则,唐太宗对全国人民施行恩德,到这时已有六年了,不能使品德坏的人不干最坏的事,不犯最大的罪;却用一个短时间的恩德,就能使罪犯们视死如归,而且坚守了信用和道义。这又是讲不通的论调呀。"

既然如此,那么怎样做才对呢?我说:"释放一批罪犯,如果他们到期归来,就杀掉他们,不要赦免。然后再释放一批罪犯,如果他们又归来,那就可以知道确实是被恩德所感召的了。然而,这是肯定没有的事情。至于释放后能归来就赦免他们,可以偶尔这样做一次;假如一再这样做,那么,杀人的都可以不偿命了。这能作为治天下的正常法制吗?不能做正常的法制,难道是圣人的法制吗?因此,唐尧、虞舜、夏禹、商汤、周文王的法制,一定要植根在人情之中,不标榜特殊来显示高明,不违背人情来追求名誉。"

五代史宦者传论

(宋)欧阳修

自古宦者乱人之国，其源深于女祸。女，色而已；宦者之害，非一端❶也。盖其用事也近而习❷，其为心也专而忍❸。能以小善中人之意❹，小信固人之心❺，使人主必信而亲之。待其已信，然后惧以祸福❻而把持之。

虽有忠臣硕士列于朝廷，而人主以为去己疏远，不若起居饮食、前后左右之亲为可恃也。故前后左右者日益亲，则忠臣硕士日益疏，而人主之势日益孤。势孤，则惧祸之心日益切，而把持者日益牢。安危出其喜怒，祸患伏于帷闼❼，则向之所谓可恃者，乃所以为患也。

患已深而觉之，欲与疏远之臣，图左右之亲近❽，缓之则养祸而益深，急之则挟人主以为质❾。虽有圣智，不能与谋❿。谋之而不可为，为之而不可成。至其甚，则俱伤而两败。故其大者亡国，其次亡身，而使奸豪得借以为资而起。至抉其种类，尽杀以快天下之心而后已。此前史所载宦者之祸常如此者，非一世也。

夫为人主者，非欲养祸于内，而疏忠臣硕士于外，盖其渐积而势使之然也。夫女色之惑，不幸而不

古文·论说·奏议

悟,则祸斯及矣⑪。使其一悟,捽而去之⑫可也。宦者之为祸,虽欲悔悟,而势有不得而去也。唐昭宗⑬之事是已⑭。故曰"深于女祸"者,谓此也。可不戒哉?

【注释】

①非一端:宦者的危害,不止一方面。②近而习:宦官每天亲近皇帝对其爱好非常了解。③专而忍:宦官专横而残忍。④中人之意:迎合君主的喜好。⑤固人之心:稳固君主对自己的信任。⑥惧以祸福:利用祸福变幻使皇帝感到恐惧。⑦伏于帷闼:祸患潜伏在帷幕宫门之间,即在皇帝身边。⑧图左右之亲近:图谋除掉皇帝左右的宦官亲信。⑨挟人主以为质:挟持君主作为人质相对抗。⑩与谋:参与谋划。⑪斯及矣:就会到来了。⑫捽而去之:揪住并除掉。⑬唐昭宗:即李晔。唐昭宗是被宦官拥立为帝的,由此宦官势力日渐强大,当昭宗与宰相崔胤谋诛宦官时,却反遭软禁,直到第二年才复位。⑭是已:正是如此。

【译读】

从古以来,太监搅乱人们的国家,那根源要比女人造成的祸害深。女人不过靠容貌漂亮罢了,太监的祸害不止一方面。因为他们在宫里做事,跟君主接近而且亲昵,他们的存心,专横而且凶狠。他们能够耍小聪明迎合君主的意旨,靠小信用抓牢君主的心理,使君主必然信任他们,而且亲近他们。等到他们已经取得君主的信任,然后借祸福来恫吓君主,从而把持君主。

这时候,虽然有忠心耿耿的大臣和学问渊博的谋士在朝堂上做官,君主却认为他们是距离自己疏远的人,不及生活在前后左右的亲近的太监可靠。所以，君主同生活在前后左右的太监一天天地更加亲密，就会跟忠心耿耿的大臣和学问渊博的谋士一天天地更加疏远，因而君主的势力就一天天地更加孤单。君主的势力孤单，害怕祸事的心理就一天天地更加急切，因而太监把持的权力一天天地更加牢固。君主的安宁或者危险，出自太监的欢乐或者恼怒，祸殃潜伏在宫廷内部，那么先前的认为可以依靠的人，竟然是造成祸害的根源了。

祸患已经很严重才觉察他们的奸邪，想要同疏远的臣子设谋除去生活在左右的亲近的太监，事情办得慢一点就会养成祸乱而且加深祸乱，事情办得快一点就会挟持君主把他作为人质。这时，即便有圣人的智谋，也不能参与想办法了。就是想出了办法也不能实行，实行也不能成功，弄到那最厉害时就两败俱伤。所以，祸患大的就丧失国家，小一点就毁灭自身，从而使奸雄能够把它作为借口乘机起来。直到挖出那些太监们及其党羽，把他们全部杀死让天下人的心里痛快方才罢休。这是过去史书上记载的，太监造成的祸害，常常如此，并不是一个朝代啊。

那些作为君主的，并不会想在内部养成祸害，在外面疏远忠臣和有大学问的谋士，而是太监们逐渐积累权势造成的。至于女色的蛊惑，不幸的是君主不觉悟，祸事这才降临；假使君主一觉悟，只要揪出她而且抛弃她就行了。而太监造成的祸事，君主就是想悔悟，有时也有着不能丢开他们的局势和种种原因。唐昭宗的事情就是如此。所以我说"太监造成的祸害要比女人造成的祸害深"，是指这种情况，作为君主可以不引起警惕吗？

管仲论

（宋）苏 洵

管仲相威公，霸诸侯，攘夷狄，终其身齐国富强，诸侯不敢叛。管仲死，竖刁、易牙、开方用，威公薨①于乱，五公子争立。其祸蔓延②，讫③简公，齐无宁岁。

夫④功之成，非成于成之日，盖必有所由起；祸之作，不作于作之日，亦必有所由兆。故齐之治⑤也，吾不曰管仲，而曰鲍叔。及其乱也，吾不曰竖刁、易牙、开方，而曰管仲。

何则⑥？竖刁、易牙、开方三子，彼固乱人国者，顾其用之者，威公也。夫有舜而后⑦知放四凶，有仲尼而后知去少正卯。彼威公何人也？顾其使威公得用三子者，管仲也。

【注释】

❶薨（hōng）：周代诸侯去世称为"薨"，后世袭用。❷蔓延：像蔓草一样地延伸。❸讫（qì）：通"迄"，到。❹夫（fú）：发语词，用于句首，起引出议论的作用。❺治：与"乱"相对，安定。❻何则：为什么。❼而后：同"然后"，这才。

【译读】

管仲辅佐齐桓公，称霸诸侯，排斥夷狄，直到他

死,齐国富强,诸侯不敢背叛。管仲死后,竖刁、易牙、开方被桓公重用,桓公在动乱中死去,五个儿子抢着要继承君位;从此,那祸乱不断扩大,直到简公时候,齐国没有安定的一年。

功业的成就,并不是在成就的那天成就的,一定有它的起因;祸乱的发生,并不是在发生的那天发生的,一定有它的迹象。所以齐国的安定,我不认为是管仲的功劳,而是鲍叔的功劳;到了动乱的时候,我不认为是竖刁、易牙、开方的罪过,而是管仲的罪过。

为什么呢?因为竖刁、易牙、开方三个人,他们固然是搅乱国家的人,但是任用他们的是齐桓公。众所周知,有了帝舜这才晓得流放共工等四个坏人;有了孔仲尼这才晓得除掉少正卯。那齐桓公是怎样的人呢?回想当年,使齐桓公能够信用这三个人的却是管仲啊!

【原文】

仲之疾也,公问之相。当是时也,吾意以仲且举天下之贤者以对,而其言乃不过曰竖刁、易牙、开方三子非人情不可近而已。

呜呼,仲以为威公果能不用三子矣乎❶?仲与威公处几年矣,亦知威公之为人乎?威公声不绝于耳,色不绝于目,而非三子者,则无以遂其欲。彼其初之所以不用者,徒以有仲焉耳。一旦无仲,则三子者,可以弹冠而相庆❷矣。

【注释】

❶矣乎:语气词连用,相当于"了吗"。❷弹冠而

相庆：指一个人做了官或升了官，他的同伙因此将得到援引，有官可做，也互相祝贺。后用来形容坏人得意。

【译读】

　　管仲病重的时候，齐桓公询问他接替相位的人。在这个时候，我认为管仲应当用推举天下贤人的话来回答，可是他却只不过说竖刁、易牙、开方三个人的行为不近人情、不能信用罢了。

　　唉！管仲认为只要他的一句话，桓公就真的能够不用那三个人了吗？管仲和桓公相处多少年了，也晓得桓公的为人了吧？桓公是个音乐在耳朵中不能停止，女色在眼睛里不能断绝的人，如果没有这三个人，就没有什么办法满足他的欲望。起初他们不被重用的原因，只是

有个管仲罢了,一旦没有了管仲,那么三个人就可以弹去帽子上的灰尘互相庆贺了。

【原文】

仲以为将死之言,可以絷①威公之手足耶!夫齐国不患有三子,而患无仲。有仲,则三子者,三匹夫②耳。不然,天下岂少三子之徒哉?虽威公幸而听仲,诛此三人,而其余者,仲能悉数③而去之耶?呜呼,仲可谓不知本者矣。因威公之问,举天下之贤者以④自代,则仲虽死,而齐国未为无仲也。夫何患三子者,不言可也。

【注释】

①絷(zhí):这里是束缚的意思。②匹夫:古代指平民中的男子,亦泛指平民百姓。③悉数:全数,全部。④以:同"而"。

【译读】

管仲认为自己快要死时说的话,可以束缚桓公的手脚吗?其实齐国不怕有这三个人,就怕没有管仲。有了管仲,这三个人不过是三个普通的人罢了。否则,天下像这三个人一样的人物难道还少吗?就是桓公幸而听信了管仲,杀掉这三个人,但是其余的那些人,管仲能够尽数除去他们吗?哎呀,管仲可以说是不懂得治本的了。假如乘桓公询问的时机,推荐国内的贤人来替代自己,那么管仲虽然死了,齐国却不能说没有管仲那样的人。为什么要怕这三个人呢,不说他们也行啊。

古文·论说·奏议

【原文】

五伯①莫盛于威、文；文公之才，不过威公，其臣又皆不及仲，灵公之虐，不如孝公之宽厚。文公死，诸侯不敢叛晋，晋袭文公之余威，犹得为诸侯之盟主百余年。

何者②？其君虽不肖，而尚有老成人焉。威公之薨也，一败涂地，无惑也。彼独恃一管仲，而仲则死矣。夫天下未尝无贤者，盖有有臣而无君者矣。威公在焉，而曰天下不复有管仲者，吾不信也。

【注释】

❶五伯（bà）：同"五霸"。《荀子·王霸》指齐桓公、晋文公、楚庄王、吴王阖闾、越王勾践。" ❷何者：同"何则"，为什么。

【译读】

春秋五霸，没有比齐桓公、晋文公更强盛的了。晋文公的才能不超过齐桓公，他的臣子又都不及管仲。晋灵公残暴，不如齐孝公的宽大、忠厚。但是，晋文公死后，各国都不敢叛离晋国，晋国承袭文公留下的威力，还能够做各国的盟主一百多年。

为什么呢？因为晋国的君主虽然不成才，但还有一些老成可靠的臣子在啊！桓公死后，齐国一败涂地，用不着疑惑，因为他只靠一个管仲，可是管仲已经死了。天下从来不曾没有贤能的人，只有有贤能的臣子却没有英明的君主。桓公在世的时候，说天下不会再有管仲的话，我是不相信的。

古典诗文精品选读

【原文】

仲之书,有记其将死,论鲍叔、宾胥无之为人,且各疏其短。是其心以为数子者,皆不足以托国,而又逆知其将死,则其书诞谩不足信也。吾观史䲡①以不能进蘧伯玉②,而退弥子瑕,故有身后之谏。萧何且死,举曹参以自代。大臣之用心,固宜如此也。夫国以一人兴,以一人亡。贤者不能悲其身之死,而忧其国之衰。故必复有贤者而后可以死。彼管仲者,何以死哉?

【注释】

❶史䲡(qiū):春秋时卫国的大夫,字子鱼,也称史鱼。❷蘧(qú)伯玉:名瑗,卫国人,卫灵公的大夫,有名的贤臣。

【译读】

管仲的书里记载他在将要死的时候,评论鲍叔、宾胥无的为人,而且分别指明他们的短处。这是在他的心里认为这几个人不足以托付治理国家的重任,而又预料到自己快要死亡,可见这部书荒诞无稽,不值得相信。我看春秋时期的史䲡,因为不能劝卫灵公进用蘧伯玉、罢斥弥子瑕,所以有死后的规劝;汉朝的萧何,在他将要死的时候举荐曹参来代替自己。大臣的用心,本来应当这样啊。一个国家,可以因为一个人而兴旺,也可以因为一个人而灭亡。贤能的人不担心自己死亡,却担心他的国家衰弱。所以,一定要再找一个贤能的继任者,然后才死去。那管仲,为什么不这样做就死去呢?

读孟尝君传

（宋）王安石

世皆称孟尝君能得士❶，士以故归之，而卒赖其力，以脱于虎豹之秦。

嗟乎！孟尝君特❷鸡鸣狗盗之雄耳，岂足以言得士？不然，擅❸齐之强，得一士焉，宜❹可以南面而制秦❺，尚何取鸡鸣狗盗之力哉？

鸡鸣狗盗之出其门，此士之所以不至也。

【注释】

❶得士：得到士的拥戴。❷特：只是。❸擅：拥有。❹宜：应当。❺南面而制秦：面向南方坐着而制服秦国。

【译读】

世上的人都说孟尝君能够罗致有真才实学的人，因此有真才实学的人都去投奔他，终于依靠这些人的力量，从虎豹一样凶狠的秦国脱逃出来。

唉！孟尝君不过是个鸡鸣狗盗之流的头目罢了，怎么说得上是能够罗致有真才实学的人呢？假如不是这样，那么他凭借齐国的强大，只要得到一个有真才实学的人，应该就可以南面称王，制服秦国，还要用什么鸡鸣狗盗的力量呢？

鸡鸣狗盗之流在他的门下出现，这就是有真才实学的人不到他那里去的原因啊。

信陵君救赵论

(明)唐顺之

论者以窃符❶为信陵君之罪,余以为此未足以罪信陵也。

夫强秦之暴亟矣,今悉兵以临赵,赵必亡。赵,魏之障也,赵亡,则魏且为之后;赵、魏,又楚、燕、齐诸国之障也,赵、魏亡,则楚、燕、齐诸国为之后。天下之势,未有岌岌于此者也。故救赵者,亦以救魏;救一国者,亦以救六国也。窃魏之符以纾❷魏之患,借一国之师以分六国之灾,夫奚不可者?

然则信陵果无罪乎?曰:又不然也。余所诛❸者,信陵君之心也。

【注释】

❶符:兵符,古时调动军队的凭证。国君与将帅各执一半,两者相契合,才能调动兵力、移交军权。❷纾(shū):解除。❸诛:指责,责备。

【译读】

评论家把偷窃兵符当作信陵君的错误,我以为这件事还不能够用它来谴责信陵君。

当时那个强大的秦国的凶暴行径已很紧迫了,它用全部兵力压到赵国身上,赵国就一定灭亡。赵国是魏国的屏障;假如赵国灭亡,魏国就将步它的后尘。赵国和魏国又是楚、燕、齐各国的屏障；假如赵国、魏国灭亡，楚、燕、齐各国就会步它们的后尘。天下的形势，没有比这更加危险的了。所以援救赵国，也是为了援救魏国；援救一个国家，也是为了援救六个国家。偷魏国的兵符去解除魏国的患难，拿一个国家的军队去分担六个国家的灾祸，这有什么不可以的？

那么，信陵君真的没有过错吗？我说：也不是这样。我要批评的是信陵君的用心。

【原文】

信陵，一公子耳。魏，固有王也。赵不请救于王，而谆谆焉❶请救于信陵，是赵知有信陵，不知有王也。平原君以婚姻❷激信陵，而信陵亦自以婚姻之故，欲急救赵，是信陵知有婚姻，不知有王也。其窃符也，非为魏也，非为六国也，为赵焉耳。

非为赵也，为一平原君耳。使祸不在赵，而在他国，则虽撤魏之障、撤六国之障，信陵亦必不救。使赵无平原，或平原而非信陵之姻戚，虽赵亡，信陵亦必不救。则是赵王与社稷之轻重，不能当❸一平原公子，而魏之兵甲所恃以固其社稷者，只以供信陵君一姻戚之用。

幸而战胜，可也；不幸战不胜，为虏于秦，是倾魏国数百年社稷以殉姻戚，吾不知信陵何以谢魏王也？夫窃符之计，盖出于侯生，而如姬成之也。侯生教公子以窃符，如姬为公子窃符于王之卧内，是二人亦知有信陵，不知有王也。

古典诗文精品选读

【注释】

❶谆谆焉：形容反复不休。❷婚姻：即姻亲，是指因婚姻关系而产生的亲属。❸当（dàng）：抵得上。

【译读】

信陵君仅仅是一个公子而已，魏国自有国王在啊。赵国不向魏王请求援救，却反反复复地向信陵君请求援救，这说明赵国只晓得有个信陵君，不晓得还有个魏王。平原君利用亲戚关系去激信陵君，信陵君自己也由于亲戚的缘故，想迅速援救赵国，这说明信陵君只晓得有一门亲戚，不晓得还有个国王。所以，他的偷窃兵符，不是为了魏国，更不是为了六国，仅仅是为了赵国罢了。

其实也不是为了赵国，仅仅是为了一个平原君罢了。倘使灾祸不在赵国，而在其他国家，那么，即便拆

去魏国的屏障，拆去六国的屏障，信陵君也必定不会援救。倘使赵国没有平原君，或者有平原君却不是信陵君的亲戚，那么，即便赵国亡了，信陵君也必定不会去援救。那就是赵王和赵国的轻重，不能抵一个平原君，而魏国的军队，本来是依靠它来巩固自己的国家的，现在却只能拿它来供给信陵君的一个亲戚使用。

　　幸亏打胜了，还可以；如果不幸打败了，自己被秦国捉去当俘虏，这是倾覆魏国几百年的江山，来给赵国殉葬，我不知道信陵君怎样来向魏王请罪？那个偷窃兵符的计策，原来是由侯生提出、如姬完成的。侯生把偷窃兵符的计策教给信陵君，如姬替信陵君从魏王的寝室偷出兵符，可见这两个人也只晓得有个信陵君，却不晓得还有个魏王啊。

【原文】

　　余以为信陵之自为计，曷若❶以唇齿之势，激谏于王，不听，则以其欲死秦师者，而死于魏王之前，王必悟矣；侯生为信陵计，曷若见魏王而说❷之救赵，不听，则以其欲死信陵君者，而死于魏王之前，王亦必悟矣；如姬有意于报信陵，曷若乘王之隙，而日夜劝之救，不听，则以其欲为公子死者，而死于魏王之前，王亦必悟矣。如此，则信陵君不负魏，亦不负赵；二人不负王，亦不负信陵君。何为计不出此？信陵知有婚姻之赵，不知有王。内则幸姬❸、外则邻国、贱则夷门❹野人，又皆知有公子，不知有王。则是魏仅有一孤王耳。

【注释】

❶曷若:哪如。❷说(shuì):说服。❸幸姬:得到帝王宠爱的姬妾。❹夷门:战国魏都城的东门,后泛指城门。

【译读】

我认为:如果信陵君替自己打算,倒不如拿赵国和魏国"唇亡齿寒"的形势,向魏王激切地劝告;万一魏王不听,就把自己想要到秦国军队那里去拼死的准备,在魏王的面前自杀,魏王一定会觉悟的。侯生替信陵君出谋划策,倒不如自己进见魏王劝说他援救赵国;万一魏王不听,就把自己想要为信陵君而死的准备,在魏王的面前自杀,魏王也一定会觉悟的。如姬有心报答信陵君的恩德,倒不如乘魏王空闲时,无论白天黑夜都劝他援救赵国;万一魏王不听,就把自己想要为信陵君而死的准备,在魏王的面前自杀,魏王也一定会觉悟的。这样,信陵君既不辜负魏国,也不辜负赵国;侯生和如姬两个人既不辜负魏王,也不辜负信陵君。为什么办法不从这里想呢?信陵君只晓得有亲戚关系的赵国,不晓得还有个魏王。内里是得宠的姬妾,外面是相邻的国家,卑贱的是看守城门的无知无识的人,又都只晓得有个信陵君,不晓得还有个魏王。那就是说魏国仅有一个孤独的国王而已。

【原文】

呜呼!自世之衰,人皆习于背公死党之行,而忘守节奉公之道,有重相❶而无威君,有私仇而无义愤。

古文·论说·奏议

如秦人知有穰侯,不知有秦王;虞卿知有布衣之交,不知有赵王。盖君若赘旒❷,久矣。

由此言之,信陵之罪,固不专系乎符之窃不窃也。其为魏也、为六国也,纵窃符犹可;其为赵也、为一亲戚也,纵求符于王而公然得之,亦罪也。虽然,魏王亦不得为无罪也。兵符藏于卧内,信陵亦安得窃之?信陵不忌魏王,而径请之如姬,其素窥魏王之疏也。如姬不忌魏王,而敢于窃符,其素恃魏王之宠也。

木朽而蛀生之矣,古者人君持权于上,而内外莫敢不肃。则信陵安得树私交于赵?赵安得私请救于信陵?如姬安得衔信陵之恩?信陵安得卖恩于如姬?履霜之渐,岂一朝一夕也哉!

由此言之,不特众人不知有王,王亦自为赘旒也。故信陵君可以为人臣植党之戒,魏王可以为人君失权之戒。《春秋》书:"葬原仲""翚帅师",嗟夫,圣人之为虑深矣。

【注释】

❶重(zhòng)相:权重的丞相。❷赘旒(liú):连缀于旌旗上的飘带,比喻实权旁落的君主。

【译读】

唉!自从社会风气败坏以后,人们都习惯于违背公共利益、拼命争夺小集团利益的行为,忘掉坚持节操、秉公办事的原则。朝内只有独断专行的宰相,却没有威权在手的君主；国内只有私人的仇恨，却没有正义的愤怒。例如秦国人只知道有个穰侯，不知道还有个秦昭王；虞卿只知道有个贫贱时的老朋友，不知道还有个赵孝成王。原来君主像旗帜上附属的飘带一样已经长久了。从这说来，信陵君的错误，本来不光是在兵符的偷还是不偷啊。如果是为了魏国，或者是为了六国，纵使偷窃兵符，还可以说得过去；如果是为了赵国，或者是为了一个亲戚，纵使向魏王请求兵符而且正当地得到了它，也是一种错误。

虽然如此，但是魏王也不能说没有错误。兵符藏在自己寝室内，信陵君又怎么能偷到它？信陵君不顾忌魏王，就直接向如姬请求偷窃兵符，那是他平素观察到魏王的疏忽。如姬不顾忌魏王，就敢于偷窃兵符，那是她一向依仗着魏王的宠爱。

好比木头腐烂后，蛀虫才会在它的上面生出来一样。古时候贤明的君主在上面掌握大权，朝廷内外没有人敢不严肃庄重的。假如这样，那么信陵君怎么能够在赵国建立私人的交情？赵国怎么能够向信陵君私下请求援救？如姬怎么能够牢记信陵君的恩德？信陵君怎么能够向如姬讨好？严寒的到来，难道是一朝一夕的事情吗？从这一点说来，不仅是许多人不知道有魏王，连魏王也把自己看作是旗帜上的附属品了。

所以，信陵君的错误可以作为臣子植党营私的鉴戒，魏王的错误可以作为君主丧失权力的鉴戒。《春秋》记载鲁国公子友私自去陈国参加陈国大夫原仲的葬礼和公子翚帅师迫使隐公让他领兵到宋国去这两件事。唉！可见圣人的考虑问题是非常深远的了。

奏议

石碏谏宠州吁

（春秋）左丘明

卫庄公娶于齐东宫得臣❶之妹，曰庄姜，美而无子，卫人所为赋《硕人》也。又娶于陈，曰厉妫，生孝伯，早死。其娣戴妫生桓公，庄姜以为己子。

公子州吁，嬖❷人之子也，有宠而好兵。公弗禁，庄姜恶之。石碏❸谏曰："臣闻爱子，教之以义方，弗纳于邪。骄、奢、淫、佚❹，所自邪也。四者之来，宠禄过也。将立州吁，乃定之矣，若犹未也，阶❺之为祸。夫宠而不骄，骄而能降，降而不憾，憾而能眕❻者，鲜矣。且夫贱妨贵，少陵❼长，远间❽亲，新间旧，小加❾大，淫破义，所谓六逆❿也。君义，臣行，父慈，子孝，兄爱，弟敬，所谓六顺也。去顺效逆，所以速⓫祸也。君人者将祸是务去⓬，而速之，无乃不可乎？"

弗听。其子厚与州吁游，禁之，不可。桓公立，乃老。

【注释】

❶得臣：齐太子名，与庄姜同母，齐庄公嫡长子。

❷嬖（bì）：宠妾。❸石碏（què）：卫国大夫。❹佚：通"逸"，放荡。❺阶：阶梯。这里用作动词，即为祸乱制造阶梯。❻眕（zhěn）：克制。❼陵：驾凌。陵通"凌"。❽间：因离间而取代。❾加：凌驾。加通"驾"。❿六逆：六种违背道义的行为。⓫速：动词，使动用法。速祸，即加速祸患到来。⓬将祸是务去：即"将务去祸"的倒装句式。

【译读】

卫庄公从齐国娶了齐世子得臣的妹妹做夫人，称为庄姜，长得很美丽，但是没有生儿子。卫国的人因此做了一首《硕人》的诗。庄公又从陈国娶一个夫人，称为厉妫，生了一个儿子叫孝伯，很早就夭折了。她的随嫁

妹妹叫戴妫，生了一个儿子，就是后来的卫桓公，庄姜把他当成自己的儿子来教养。

公子州吁，是庄公爱妾生的儿子，很得庄公的喜爱，欢喜弄刀动枪，庄公并不禁止他，庄姜却厌恶他。大夫石碏劝告庄公说："我听说，疼爱儿子，要把正当道理教导他，别让他走上邪路去。骄傲、奢侈、享乐腐化、贪图安逸，这些就是邪路的开端。而这四点的产生，是由于您溺爱他，生活享受太过分了。您要是准备立州吁做世子，就宣布它；要是还没有决定，那样放纵他，等于是引导他将来去闯出大祸来。做儿子的，受到父母溺爱却能不骄傲，或者虽然骄傲却能虚心接受批评，受了批评能不埋怨，或者虽然埋怨却仍能安守本分，这样的人实在太少了。再说地位低的妨害地位高的，年纪小的压过年纪大的，关系疏的离间关系近的，新的离间旧的，小的欺负大的，道德败坏的攻击道德高尚的，这是人们所说的六种悖逆行为。君主照章办事，臣子坚决服从，父亲慈爱儿子，儿子孝顺父亲，哥哥友爱弟弟，弟弟敬重哥哥，这是人们所说的六种正确行为。您现在抛弃正确行为，却照着悖逆行为去做，这是加速大祸的到来啊！统治民众的君主，要尽一切力量消除祸害，可您却加速它，只怕不可以吧？"

庄公不听。石碏的儿子石厚，和州吁往来密切，石碏阻止他，他不听。于是卫桓公一即位，石碏就告老回家了。

臧僖伯谏观鱼

（春秋）左丘明

春，公将如棠观鱼❶者。臧僖伯谏曰："凡物不足以讲大事，其材不足以备器用，则君不举焉。君将纳民于轨物者也。故讲事以度轨量谓之轨，取材以章❷物采❸谓之物，不轨不物谓之乱政。乱政亟行，所以败也。故春蒐，夏苗，秋狝，冬狩❹，皆于农隙以讲事也。三年而治兵，入而振旅，归而饮至❺，以数军实，昭文章，明贵贱，辨等列，顺少长，习威仪也。鸟兽之肉不登于俎❻，皮革、齿牙、骨角、毛羽不登于器，则君不射，古之制也。若夫山林川泽之实，器用之资，皂隶❼之事，官司之守，非君所及也。"

公曰："吾将略地焉。"遂往，陈鱼而观之。僖伯称疾，不从。

书曰"公矢鱼❽于棠"，非礼也，且言远地也。

【注释】

❶鱼：同"渔"，捕鱼。❷章：通"彰"，显明。❸采：通"彩"，❹蒐（gōu）、苗、狝（xiǎn）、狩：均为打猎，因四时不同而叫法不一。❺饮至：古礼，凡国君出外，临行时一定要告于宗庙，归来时也要告于宗庙，同时要宴请臣下，犒赏随从，称为"饮至"。❻俎（zǔ）：祭器。❼皂隶：奴隶中的等级，这里泛指贱役。❽矢鱼：射鱼，捕鱼。

【译读】

鲁隐公即位后第五年春天,准备到棠国去看捕鱼。臧僖伯劝告隐公说:"凡是鸟兽一类东西,够不上拿来作祭祀、战斗用的,它们的皮革齿牙、骨角毛羽,够不上拿来作军队、国家的材料的,那么,国君就不和它们打交道。国君是要率领民众守法律、走正路的。所以讲习祭祀与战斗的大事,按照规定的制度去做,这叫轨。选取鸟兽的材料,用来装饰祭器和军用物资,这叫物。国君如果不守制度,服色不当,这叫荒谬的施政活动。荒谬的施政活动多次进行,国家就会因此败坏。所以春夏秋冬四季定期打猎,都是利用农闲来进行军事训练。每隔三年还要大规模地操练一次,训练完毕,整好队伍回来。回到宗庙,举行会餐庆祝胜利,检查所有铠甲武器。通过这种演习,竖起各种军旗,显示贵贱身份,分清全部行伍,理清少长顺序,讲习行军纪律。鸟兽的肉不能放在祭器里面的,它们的皮革齿牙骨角毛羽不能用来装饰祭器和武器的,那国君是不会去猎取它们的,这是从古以来的老规矩。至于山里的木料,河里的菱藕鱼蟹之类,都是祭器和武器所需要的,但都是仆役们的事,有关官吏们的职责,不是国君需要过问的。"

隐公说:"我准备去检查一下边境。"就去到棠国,举行一次大规模的捕鱼活动给自己看。臧僖伯借口有病不跟去。

史书记载道:"鲁侯在棠国举行大型捕鱼活动。"这是说明这种活动不合礼制,并且指明是随便走到了边远的地方。

苏秦以连横说秦

（先秦）佚 名

苏秦❶始将连横❷说❸秦惠王，曰："大王之国，西有巴、蜀、汉中之利，北有胡貉❹、代马之用，南有巫山、黔中之限，东有殽❺、函之固。田肥美，民殷富，战车万乘，奋击百万。沃野千里，蓄积饶多，地势形便，此所谓天府，天下之雄国也。以大王之贤，士民之众，车骑之用，兵法之教，可以并诸侯，吞天下，称帝而治。愿大王少留意，臣请奏其效。"

秦王曰："寡人闻之：毛羽不丰满者，不可以高飞；文章不成者，不可以诛罚；道德不厚者，不可以使民；政教不顺者，不可以烦大臣。今先生俨然不远千里而庭教之，愿以异日❻。"

【注释】

❶苏秦：字季子，战国时洛阳人，著名策士，纵横派代表人物，先用连横之说说秦，后又主张合纵，为东方六国所任用，后因在齐国为燕昭王从事反间活动被发觉，车裂而死。❷连横：战国时代，合六国抗秦，称为约从，或"合纵"；秦与六国中任何一国联合以打击别的国家，称为连横。❸说（shuì）：劝说，游说。❹貉（hé）：一种形似狐狸的动物，毛皮可作裘。❺殽（xiáo）：同"崤"，即崤山。一作"嵪山"。在今河南省洛宁县西。❻愿以异日：愿改在其他时间。

【译读】

苏秦当初用连横的主张去游说秦惠王,说:"大王的国家,西有巴蜀、汉中的出产之利,北有胡地的貉、代地的马供使用,南有巫山、黔中的险阻,东有肴山、函谷关的坚固。田地肥美,民众富足,战车万辆,勇士百万,肥沃的原野有千里之广,国家的积累很多,又得地势的险要和便利。这称得上是天然的府库,是天下的强国啊。凭着大王您的贤明,士民的众多,军队的效力,兵法的训练,您可以兼并诸侯,吞并天下,做皇帝而统治天下。请大王稍稍留意听,让我来陈述秦统一天下的办法!"

秦王说:"我听说,羽毛没有长丰满的,不可以飞向高空;法令不完备的,不可以使用刑罚;道德不深厚的,不可以驱使民众;政教不和顺的,不可以劳烦大臣。现在先生郑重其事地不远千里来,在当朝上指教我,请您改日来谈吧。"

【原文】

苏秦曰:"臣固疑大王之不能用也。昔者神农伐补遂❶,黄帝伐涿鹿而禽❷蚩尤,尧伐驩兜❸,舜伐三苗,禹伐共工,汤伐有夏,文王伐崇,武王伐纣,齐桓任战而霸天下。由此观之,恶有不战者乎?古者使车毂击❹驰,言语相结,天下为一;约从连横,兵革不藏;文士并饬❺,诸侯乱惑;万端俱起,不可胜理;科条既备,民多伪态;书策稠浊,百姓不足;上下相愁,民无所聊;明言章❻理,兵甲愈起;辩言伟服,

战攻不息；繁称文辞，天下不治；舌敝耳聋，不见成功；行义约信，天下不亲。于是乃废文任武，厚养死士，缀甲厉⁷兵，效胜于战场。

夫徒处而致利，安坐而广地，虽古五帝三王五霸，明主贤君，常欲坐而致之，其势不能，故以战续之。宽则两军相攻，迫则杖戟相撞，然后可建大功。是故兵胜于外，义强于内；威立于上，民服于下。今欲并天下，凌万乘，诎⁸敌国，制海内，子元元，臣诸侯，非兵不可。今之嗣主，忽于至道，皆惽⁹于教，乱于治，迷于言，惑于语，沉于辩，溺于辞。以此论之，王固不能行也。"

【注释】

❶补遂：古国名。❷禽：通"擒"。❸驩（huān）兜：尧的大臣，传说曾与共工一起作恶。❹使车毂击：使臣的车毂互相撞击，指使者来往频繁。毂，车轮中间车轴贯入处的圆木。❺饬：通"饰"，巧为游说。❻章：同"彰"，显明。❼厉：通"砺"，磨砺。❽诎（qū）：同"屈"，屈服。❾惽（mǐn）：不明。

【译读】

苏秦说："我本来就怀疑大王不能用我的主张。从前神农讨伐补遂，黄帝攻打涿鹿而擒获蚩尤，唐尧讨伐驩兜，虞舜讨伐三苗，夏禹讨伐共工，商汤讨伐夏桀，周文王讨伐崇国，周武王讨伐商纣，齐桓公使用战争的手段而成为天下的霸主。从这些情况来看，哪有不进行战争的呢?古时候使者的车辆互相碰撞地频繁来往,用言语互相缔结和约,天下联为一体。后来进行合纵连横,不用武器,全凭辩士们用花言巧语进行游说,各国的诸侯产生混乱和疑惑,各种各样的事端都产生出来了而得不到治理,规章制度虽然制定得很完备,民众却多是虚伪地应付,文件和政令多而混乱,百姓衣食不足,举国上下互相忧愁,人民无所依靠。越是讲些冠冕堂皇的大道理,战争就愈是发生,辩士越是穿着漂亮的服装进行游说,战争就越是没有停息,越是用巧饰的言辞进行繁杂的说教,天下就越是得不到治理,游说的人舌头磨破了,听的人耳朵震聋了,却得不到成功,各国以礼仪相结以诚信相约,天下却不得相亲。于是就弃文用武,厚养不怕死的勇士,整治军服磨利武器,决胜于战场之上。

空手等着而得到利益,安稳坐着而扩大土地,即使

是古代的五帝三王五霸，以及别的贤明的君主，常常想坐着得到这些，但客观形势却不可能，所以便用战争来接替文治，两军相距得远时就互相攻打，相距得近时就用杖戟互相刺杀，然后才可以建立大的功业。所以在国外打了胜仗，在国内加强礼仪，君主建立了威望，民众才会服从。现在想要兼并天下，超越拥有兵车万辆的大国，压服敌国，统治天下，抚育民众，臣服诸侯，非通过战争不可。现在继承王位的君主，忽视了通过战争统一天下的重要道理，都不懂得政教，把统治国家的工作搞乱了，被辩士的花言巧语弄迷惑了，沉溺于他们的辩论和言辞之中。照这样讲来，大王您本来就不能实行我的主张啊。"

【原文】

说秦王书十上而说不行。黑貂之裘弊，黄金百斤尽，资用乏绝，去秦而归。羸縢履蹻❶，负书担囊❷，形容枯槁，面目犁❸黑，状有愧❹色。归至家，妻不下纴，嫂不为炊，父母不与言。苏秦喟然叹曰："妻不以我为夫，嫂不以我为叔，父母不以我为子，是皆秦之罪也。"乃夜发书，陈箧数十，得太公《阴符》之谋，伏而诵之，简练以为揣摩。读书欲睡，引锥自刺其股，血流至足。曰："安有说人主不能出其金玉锦绣、取卿相之尊者乎？"期年，揣摩成，曰："此真可以说当世之君矣。"

【注释】

❶羸（léi）縢履蹻（jué）：裹着绑腿布，踏着草

鞋。赢,缠绕;縢,绑腿布;蹻,草鞋。❷囊:行囊,行李。❸犁:通"黧",黑色。❹愧:惭愧的样子。

【译读】

苏秦劝说秦王的奏章上了十次,他的主张秦王不肯实行。苏秦的黑貂皮的衣服穿破了,黄金一百斤用光了,物资费用没有了,只好离开秦国回家去。他绑上裹腿,穿上草鞋,背着书箱,挑着行囊,模样憔悴瘦弱,脸色黑里带黄,看上去一副惭愧的样子。他回到家里,妻子不下织布机来接待,嫂子不煮饭给他吃,父母不同他说话。苏秦深深感慨地叹息说:"妻子不把我当丈夫,嫂子不把我当叔叔,父母不把我当儿子,这都是苏秦我的过错啊。"于是连夜把书找出来,把几十只书箱打开,得到姜太公吕望的兵书《阴符》,伏在桌上诵读它,熟记精要并仔细研究它的含意。读书读到想打瞌睡的时候,就拿锥子刺自己的大腿,鲜血流到脚上,他说:"怎么会有去游说君主,不能叫君主拿出他的金玉宝贝和锦绣衣物、让我取得公卿宰相的尊位的呢?"过了整整一年,他对兵法研究透彻了,说:"这次真可以去游说当代的君主了。"

【原文】

于是乃摩燕乌集阙,见说赵王于华屋之下,抵掌而谈,赵王大说❶,封为武安君,受相印。革车百乘,锦绣千纯,白璧百双,黄金万镒,以随其后,约从散横,以抑强秦。故苏秦相于赵而关不通。当此之时,天下之大,万民之众,王侯之威,谋臣之权,皆欲决

于苏秦之策。不费斗粮,未烦一兵,未战一士,未绝一弦,未折一矢,诸侯相亲,贤于兄弟。夫贤人在而天下服,一人用而天下从。故曰:式于政,不式于勇;式于廊庙之内,不式于四境之外。当秦之隆,黄金万镒为用,转毂连骑,炫熿❷于道,山东之国,从风而服,使赵大重。且夫苏秦特穷巷掘❸门、桑户棬枢之士耳,伏轼撙衔,横历天下,廷说诸侯之王,杜左右之口,天下莫之能伉。

将说楚王,路过洛阳。父母闻之,清宫除道,张乐设饮,郊迎三十里。妻侧目而视,倾耳而听。嫂蛇行匍伏,四拜自跪而谢。苏秦曰:"嫂何前倨而后卑也?"嫂曰:"以季子位尊而多金。"苏秦曰:"嗟乎!贫穷则父母不子,富贵则亲戚畏惧。人生世上,势位富厚,盖❹可以忽乎哉!"

【注释】

❶说:通"悦",高兴。❷炫熿(huáng):辉煌显赫。熿,同"煌",光亮。❸掘:通"窟"。❹盖:通"盍",怎么。

【译读】

于是苏秦来到燕乌集宫中,在华丽的房屋下会见和劝说赵国的国王,和赵王谈得很投机。赵王非常高兴,封苏秦为武安君,并授给相印。赵王拿出兵车一百辆,锦缎一千匹,白璧一百双,黄金一万镒,跟随在苏秦的身后,去游说六国联合抗秦,解除各国和秦国的盟约,以此来抑制强大的秦国。所以，苏秦在赵国做宰相而使得六国与秦国断绝了交往。在那个时候，天下那样大，人民那样多，王侯那样有威风，谋臣那样有权势，都取决于苏秦的策略。没有耗费一斗粮饷，没有劳烦一个士兵，没有一位将士领兵打仗，没有断绝一根弓弦，没有损失一支箭镞，六国的诸侯友好相亲，胜过兄弟。任用贤人而使天下的人心都归服，重用一个有才能的人就使天下的人都听从。所以说："运用政治，不运用武力，运用在朝廷之内决策，不运用在国境之外打仗。"当苏秦隆盛得意之时，黄金一万镒供他使用，车轮飞转，马车相连，他威风凛凛地坐车显耀在大路上，华山以东的国家望风而从，使赵国大受其他国家的尊重。这个苏秦，只不过是出生在穷巷陋屋之中的一个书生罢了。后来他乘车骑马，游历天下，在朝廷上游说诸侯国的国君，把国君身边持反对意见的人说得哑口无言，天下没有人抵得过他。

　　苏秦将去游说楚王的时候，路过洛阳老家，他的父母听到这个消息，打扫房屋，清除道路，演奏乐器，摆设酒宴，到郊外三十里迎接他。他的妻子不敢正眼看他，侧着耳朵听他说话。他的嫂子伏在地上爬行，对他作了四个揖，自己跪在地上向他道歉。苏秦说："嫂子！你为什么以前那么傲慢而现在这样谦卑呢？"嫂子说："因为季子现在地位尊贵而且有很多金钱。"苏秦说："唉！贫穷的时候就父母不认儿子，富贵的时候亲戚也畏惧。一个人活在世上，对于权势地位和荣华富贵，怎么可以忽视大意啊！"

谏逐客书

(秦)李 斯

秦宗室大臣皆言秦王曰:"诸侯人来事秦者,大抵为其主游间于秦耳!请一切逐客。"李斯议亦在逐中。斯乃上书曰:"臣闻吏议逐客,窃以为过矣。"

"昔穆公求士,西取由余于戎,东得百里奚于宛,迎蹇叔❶于宋,求丕豹、公孙支于晋。此五子者,不产于秦,而穆公用之,并国二十,遂霸西戎。孝公用商鞅之法,移风易俗,民以殷盛,国以富强,百姓乐用,诸侯亲服,获楚、魏之师,举地千里,至今治强。"

"惠王用张仪之计,拔三川之地,西并巴、蜀,北收上郡,南取汉中,包九夷,制鄢、郢,东举成皋之险,割膏腴之壤,遂散六国之从,使之西面事秦,功施到今。昭王得范雎,废穰侯,逐华阳,强公室,杜私门❷,蚕食诸侯,使秦成帝业。此四君者,皆以客之功。由此观之,客何负于秦哉!向使四君却客而不内,疏士而不用,是使国无富利之实,而秦无强大之名也。"

【注释】

❶蹇(jiǎn)叔:百里奚的好友,经百里奚推荐,秦穆公把他从宋国请来,委任为上大夫。❷杜私门:堵塞贵族豪门的特权。

古文·论说·奏议

【译读】

　　秦国的宗室大臣都对秦王说："各诸侯国来侍奉秦国的人，大都是替他们的君主来做说客、作间谍的，请一律驱逐客卿。"李斯也在他们所列被驱逐的对象之中。李斯就对秦王写了一封信，说："我听说官吏们商议驱逐所有客卿，我个人认为这是错误的。"

　　"从前秦穆公招募贤士，从西边的西戎得到了由余，从东边的宛地得到了百里奚，从宋国迎来了蹇叔，从晋国得到了丕豹、公孙支，这五人都不生在秦国，而穆公任用他们，结果兼并了二十个诸侯国，成了西戎地区的霸主。孝公用了商鞅的新法，移风易俗，百姓因此富足，国家因此富强，百姓都乐于为国家出力，各诸侯国都对秦国亲近服从，秦国战胜了楚国、魏国的军队，攻取了千里之广的土地，直到现在仍然安定强盛。"

　　"惠王用了张仪的计策，攻取了三川的土地，西面兼并了巴国、蜀国，北面攻占了上郡，南面取得了汉中，吞并了楚国境内的许多少数民族。控制了楚国的鄢、郢二城，东边据有成皋的险塞，割取了肥沃富饶的土地，于是离散了韩、魏、赵、齐、楚、燕六国的合纵，使它们都尊崇、侍奉秦国，这功劳一直延续到如今。昭王得到范雎，废掉穰侯，驱逐华阳君，强化了朝廷的权力，限制了私家的势力，渐渐地吞并了诸侯各国，使秦国建成了帝王的事业。这四个君主，都凭借了客卿的功劳。由此看来，客卿哪里辜负了秦国呢！假使这四个君主都拒绝不接纳客卿，疏远贤士而不任用的话，这就使国家没有富足的实力，而秦国也就没有强大的名声了。"

古典诗文精品选读

【原文】

"今陛下致昆山之玉,有随和之宝❶,垂明月之珠❷,服太阿❸之剑,乘纤离❹之马,建翠凤之旗❺,树灵鼍❻之鼓。此数宝者,秦不生一焉,而陛下说之,何也?"

"必秦国之所生然后可,则是夜光之璧不饰朝廷,犀象之器不为玩好,郑、卫之女不充后宫,而骏马駃騠❼,不实外厩,江南金锡不为用,西蜀丹青不为采。所以饰后宫充下陈❽娱心意悦耳目者,必出于秦然后可,则是宛珠之簪,傅玑之珥,阿缟之衣,锦绣之饰不进于前,而随俗雅化,佳冶窈窕赵女不立于侧也。"

"夫击瓮叩缶,弹筝搏髀,而歌呼呜呜快耳目者,真秦之声也;郑、卫、桑间、《韶虞》《武象》者,异国之乐也。今弃击瓮叩缶而就郑卫,退弹筝而取《韶虞》,若是者何也?快意当前,适观而已矣。今取人则不然。不问可否,不论曲直,非秦者去,为客者逐。然则是所重者在乎色乐珠玉,而所轻者在乎人民也。此非所以跨海内❾制诸侯之术也。"

【注释】

❶随和之宝:即随侯珠及和氏璧。❷明月之珠:指夜光珠,在夜间光如明月。❸太阿:宝剑名,相传为春秋时吴国名匠干将和欧冶子合铸。❹纤离:良马名。❺翠凤之旗:即用翠凤鸟的羽毛装饰的旗帜。❻灵鼍(tuó):俗名猪婆龙,其皮制鼓,声音宏亮。❼駃

古文·论说·奏议

（jué）騠（tí）：骏马名。❽下陈：说法不一。一说为古代统治阶级堂下陈放礼品、站立婢妾的地方。借指帝王的姬妾。一说下陈为"后列"，即侍妾。❾跨海内：统一中国的意思。古人认为中国四周都是海，海内是国土。跨，凌驾，比喻统一。

【译读】

"现在陛下您得到了昆仑山的美玉，有随侯珠、和氏璧，垂挂着明月珠，佩带着太阿剑，乘坐着纤离马，树立着翠凤旗，摆设着灵鼍鼓。这几种宝贝，秦国不出产一种，而您陛下都喜欢用它们，这是为什么呢？"

"如果一定要秦国出产的然后才可以用，那么这种夜光璧就不能装饰在朝廷，犀牛角和象牙制的器物就不能做您的玩物，郑国、卫国的美女就不能充满在您的后

宫，而且骏马駃騠不能挤满在您的马厩，江南的金锡不能用来做器具，西蜀的丹青不能用来做颜料。用来装饰后宫的珠宝、充满台阶下面的姬妾、娱乐心意的器物、悦耳目的音乐图画等，如果一定要秦国出产的然后才可以用，那么这些嵌着宛珠的簪子、镶着珠子的耳环、东阿白绢做成的衣服、锦绣的饰物就不能进献到您面前，而且打扮时髦、艳丽苗条的赵国女子也不能侍立在您的身边了。"

"如果叩打瓮、缶，弹奏竹筝，拍腿打拍子，唱着呜呜的歌曲来娱人耳目的，才真正是秦国的音乐呢，那么郑、卫、桑间的音乐，以及《韶虞》《武象》是别国的音乐，那么现在您不要听敲瓮而要听郑、卫的音乐，不要听弹筝而要听韶虞的乐曲，这样做的原因是什么呢？还不是为了使心情愉快、看得舒服罢了。现在您用人就不是这样，不问是非，不论曲直，凡不是秦国人都赶走，凡是客卿都驱逐。这样做就是重视美女、音乐、珍珠、宝玉，而轻视世人了。这不是用来统一天下、征服诸侯的办法。"

【原文】

"臣闻地广者粟多，国大者人众，兵强则士勇。是以太山不让土壤，故能成其大；河海不择细流，故能就其深；王者不却众庶❶，故能明其德。是以地无四方，民无异国，四时充美，鬼神降福，此五帝、三王之所以无敌也。今乃弃黔首❷以资敌国，却宾客以业诸侯，使天下之士退而不敢西向，裹足❸不入秦，此所谓'藉寇兵而赍盗粮❹'者也。"

"夫物不产于秦，可宝者多；士不产于秦，而愿忠者众。今逐客以资敌国，损民以益仇，内自虚而外树怨于诸侯，求国之无危，不可得也。"

秦王乃除逐客之令，复李斯官。

【注释】

❶众庶：众民，百姓。❷黔首：古代对老百姓的称呼。❸裹足：裹脚，喻指停足不前。❹藉寇兵而赍（jī）盗粮：把武器借给了贼兵，把粮食送给了盗匪。比喻帮助自己的敌人增强力量。赍，资助。

【译读】

"我听说土地宽广的粮食才富足，国家广大的百姓才众多，武器精锐的战士才勇猛。因此，泰山不舍弃土壤，所以能形成它的高大；河海不排除细流，所以，形成它的深广；君主不拒绝庶民，所以能显示他的德厚。因此，地方不分东西南北，民众不分本国别国，春夏秋冬都很美好，鬼神都来降福，这就是五帝、三王无敌于天下的原因。现在您竟然抛弃百姓以资助敌国，拒绝宾客以成就别国诸侯的事业，使天下的贤士，退避不敢向西边来，裹足不肯进入秦国，这就叫作借武器给敌人而送粮食给盗贼啊。"

"物品不出产在秦国的，可宝贵的很多；贤士不出生在秦国而愿效忠秦国的很多。现在驱逐客卿以资助敌国，损害百姓而有益仇人，国内自己搞得很虚弱而国外又结怨于诸侯，想求得国家安宁，是不可能的啊。"

秦王于是就撤销了逐客的命令，恢复李斯的官职。

上书谏猎

（汉）司马相如

相如从上至长杨猎。是时天子方好自击熊豕，驰逐野兽。相如因上疏谏曰：

"臣闻物有同类而殊能者，故力称乌获，捷言庆忌，勇期贲、育。臣之愚，窃以为人诚有之，兽亦宜然。"

"今陛下好陵阻险❶，射猛兽，卒然❷遇逸材❸之兽，骇不存之地，犯属车之清尘，舆不及还辕❹，人不暇施巧，虽有乌获、逢蒙❺之技不得用，枯木朽株尽为难矣。是胡越起于毂下，而羌夷接轸也，岂不殆哉？"

【注释】

❶阻险：即"险阻"。❷卒然：突然。"卒"通"猝"。❸逸材：一作逸才，才能出众。❹还辕：掉转车头。❺逢蒙：古代善射者。

【译读】

相如跟从皇上到长杨宫打猎，这时的天子正爱好亲自射杀熊和野猪，追逐野兽。相如因此上了一个奏疏劝谏说：

"臣子听说物有族类相同而能力不一样的，所以力气要称誉乌获，速度要说起庆忌，勇敢要数到孟贲、夏育。臣子愚蠢，私下认为人确实有这种力士勇士，兽类也应该是这样。"

"现在陛下喜欢登险峻难行之处，射猎猛兽，要是突然遇到特别凶猛的野兽，它们因为没有藏身之地而惊起，冒犯了您圣驾车骑的正常前进，如果车子来不及掉头，人来不及随机应变，即使有乌获、逢蒙的技术也施展不开，枯树朽枝全都成了障碍。这就像胡人越人从车轮下窜出，羌人夷人紧跟在车子后面，岂不危险啊！即使一切安全不会有危险，但这类事情本来不是皇上应该接近的啊。"

【原文】

"虽万全而无患，然本非天子之所宜近也。且夫清道而后行，中路而驰，犹时有衔橛之变❶，况乎涉丰草，骋丘墟，前有利兽之乐，而内无存变之意，其为害也不难矣！夫轻万乘之重，不以为安，乐出万有一危之途以为娱，臣窃为陛下不取。"

"盖明者远见于未萌，而知者避危于无形，祸固多藏于隐微，而发于人之所忽者也。故鄙谚❷曰：'家累千金，坐不垂堂❸'，此言虽小，可以喻大，臣愿陛下留意幸察。"

【注释】

❶衔橛之变：指发生脱衔、断橛，人仰马翻那样的意外。衔橛，勒在马口中的嚼子。❷鄙谚：俗谚。❸垂堂：靠近屋檐之处，屋瓦可能落下来砸伤人，所以把它喻为危险之处。

古典诗文精品选读

【译读】

"况且清扫了道路而后行车,驰骋在大路中间,尚且不时会出现拉断了马嚼子之类的事故。何况在丛密的草丛里穿过,在小丘土堆里奔驰,前面有猎获野兽的快乐在引诱,心里却没有应付事故的准备,这样造成祸害也就不难了。看轻皇帝的贵重不以为安逸,乐于外出到可能发生万一的危险道路上去以为有趣,臣子以为陛下这样不可取。"

"聪明的人在事端尚未萌生时就能预见到,智慧的人在危险还未露头时就能避开它,灾祸本来就多藏在隐蔽细微之处,而暴发在人忽视它的时候。所以俗语说:'家里积聚了千金,就不坐在近屋檐的地方。'这说的虽是小事,却可以引申到大的问题上。臣子希望陛下留意明察。"

前出师表

(三国)诸葛亮

臣亮言:先帝创业未半,而中道崩殂❶。今天下三分❷,益州疲敝❸,此诚危急存亡之秋❹也。然侍卫之臣,不懈于内,忠志之士,忘身于外者,盖追先帝之殊遇,欲报之于陛下也。

诚宜开张圣听,以光先帝遗德,恢宏志士之气。不宜妄自菲薄,引喻失义,以塞忠谏之路也。宫中府中,俱为一体,陟罚臧否❺,不宜异同❻。若有作奸犯科,及为忠善者,宜付有司,论其刑赏,以昭陛下平明之治,不宜偏私,使内外异法也。

【注释】

❶崩殂(cú):古代天子死亡称崩,也称殂。❷三分:当时魏、蜀、吴三分天下,鼎足而立。❸疲敝:也作"疲弊",穷困贫乏。❹秋:时刻。❺陟(zhì)罚臧否(pǐ):赏罚褒贬。陟,提升,奖励;臧,好;否,坏。❻异同:为偏义复词,侧重于"异"。

【译读】

臣诸葛亮有话启奏:先帝创建大业还没有到一半,却中途逝世了。现在天下分成三国,我们益州贫困匮乏,这实在是危急存亡的紧要时刻啊。然而侍奉陛下的臣子们,在内毫不懈息,在外的将士忠心耿耿奋不顾身,这是追念先帝对他们特别优厚的待遇,想报答这种

恩情在陛下身上呢。

陛下实在应该广泛地听取意见，以发扬先帝遗留下来的美德，激励志士们的志气，不应该随便看轻自己，说一些不该说的话，以致堵塞忠诚进谏之路啊。皇宫内和丞相府内，都是一个整体，提升、处罚、表扬、批评，不应该有所不同。如果有作奸犯法的人，或者为国尽忠做好事的人，应该交给主管部门的官员论定对他们的处罚和奖励，以显示陛下公平而英明的法治，不应该有偏见和私心，使宫中、府中有不同的法规啊。

【原文】

侍中、侍郎郭攸之、费祎、董允等，此皆良实，志虑忠纯，是以先帝简拔以遗陛下。愚以为宫中之事，事无大小，悉以咨之，然后施行，必能裨补阙漏❶，有所广益。将军向宠，性行淑均，晓畅军事，试用于昔日，先帝称之曰能，是以众议举宠以为督。愚以为营中之事，事无大小，悉以咨之，必能使行阵和穆❷，优劣得所也。

亲贤臣，远小人，此先汉所以兴隆也；亲小人，远贤臣，此后汉所以倾颓也。先帝在时，每与臣论此事，未尝不叹息痛恨于桓、灵也。侍中、尚书、长史、参军，此悉亮死节之臣也，愿陛下亲之信之，则汉室之隆，可计日而待也。

【注释】

❶裨补阙漏：指弥补过失、疏漏。阙，通"缺"。
❷和穆：和睦。穆，通"睦"。

【译读】

　　侍中郭攸之、费祎，侍郎董允等，这些人都是善良诚实，思想忠诚专一的，所以先帝选拔出来留给陛下。我认为宫廷中的事情，无论大小，都应先问他们，然后再实行，一定能够补救缺点和疏忽之处，获得更大的收益。将军向宠，和善公正，通晓军事，往日试用过他，先帝称赞他能干，所以大家推举他做都督。我认为军营中的事情，都先问他，一定能够使军队内部协调一致，将士才能的大小和军队的强弱得到合理的调配使用。

　　亲近贤臣，疏远小人，这是西汉兴隆的原因啊；亲近小人，疏远贤臣，这是东汉颓败的原因啊。先帝在世的时候，每次跟我谈论这件事，没有不对桓帝、灵帝感到惋惜痛心的。侍中、尚书、长史、参军，这些都是坚贞诚实、能为节义而死的臣子，希望陛下亲近他们，信任他们，那么汉朝王室的兴隆，就指日可待了。

【原文】

　　臣本布衣，躬耕于南阳，苟全性命于乱世，不求闻达于诸侯。先帝不以臣卑鄙，猥自枉屈，三顾❶臣于草庐之中，咨臣以当世之事。由是感激，遂许先帝以驱驰。后值❷倾覆，受任于败军之际，奉命于危难之间，尔来二十有一年矣。

　　先帝知臣谨慎，故临崩寄臣以大事也。受命以来，夙夜忧叹，恐托付不效，以伤先帝之明，故五月渡泸，深入不毛。今南方已定，兵甲已足，当奖帅三军，北定中原，庶竭驽钝❸，攘除奸凶，兴复汉室，还

于旧都。此臣之所以报先帝而忠陛下之职分也。

至于斟酌损益，进尽忠言，则攸之、祎、允之任也。愿陛下托臣以讨贼兴复之效，不效，则治臣之罪，以告先帝之灵。若无兴德之言，则责攸之、祎、允之咎，以彰其慢。

陛下亦宜自谋，以咨诹善道，察纳雅言，深追先帝遗诏。臣不胜受恩感激。今当远离，临表涕零，不知所云。

【注释】

❶顾：访问。❷值：碰上。❸驽钝：自谦之词，指才能低劣。驽，劣马；钝，刀刃不锋利。

【译读】

我本来是个平民，亲自在南阳种田，在动乱的时代中只想苟且保全性命，不要求在诸侯之中做官扬名。先帝不因为我卑贱鄙俗，不惜降低身份，委屈自己，三次到茅屋之中来看望我，把当代的大事来和我商讨。我因此感动了，就答应先帝愿意为他奔走效劳。后来遭到失败，我接受任务在战败之际，承受使命在危难的时刻，从那时以来已经二十一年了。

先帝了解我为人谨慎，所以临死的时候把国家大事托付给我。我接受使命以来，日夜忧虑，担心先帝托付给我的大事没有成效，以致损伤先帝知人之明，所以五月里渡过泸水，深入到草木不生的荒凉之地。现在南方已经平定，兵力已经充足，应当奖励和统率全军，北面平定中原地区，希望能竭尽我低下的能力，铲除奸诈凶

古文·论说·奏议

恶的敌人，复兴汉朝王室，回到原来的京都，这就是我用来报答先帝和尽忠于陛下的职责啊。

至于对国家政事的反复考虑，增减兴废，尽量提出忠直的意见，那就是郭攸之、费祎、董允的责任了。希望陛下把讨伐奸贼、兴复汉室的任务委托给我，如果没有成效就给我判罪，以告先帝的在天之灵。如果没有发扬德行的忠言，就责备郭攸之、费祎、董允等人的过失，以显示他们的怠慢。

陛下也应该自己多加考虑，征求正确的意见，采纳人们的建议，深切地追念先帝的遗诏。那我对陛下的恩德就感激不尽了！我现在就要远离陛下，面临着刚写的表文不断地落下眼泪，不知道自己说了些什么。

后出师表

(三国)诸葛亮

先帝虑汉、贼❶不两立,王业不偏安❷,故托臣以讨贼也。以先帝之明,量臣之才,固知臣伐贼,才弱敌强也。然不伐贼,王业亦亡;惟坐而待亡,孰与伐之?是故托臣而弗疑也。臣受命之日,寝不安席,食不甘味,思惟北征,宜先入南。故五月渡泸,深入不毛,并日而食❸。臣非不自惜也,顾❹王业不可偏安于蜀都,故冒危难以奉先帝之遗意。而议者谓为非计。今贼适疲于西,又务于东,兵法乘劳,此进趋之时也。谨陈其事如左:

高帝明并日月,谋臣渊深❺,然涉险被创,危然后安。今陛下未及高帝,谋臣不如良、平,而欲以长策取胜,坐定天下,此臣之未解一也。

【注释】

❶贼:指曹魏。古时往往把敌方称为贼。❷偏安:指王朝局处一地,自以为安。❸并日而食:两天只吃一天之饭。❹顾:但。❺渊深:学识广博,计谋高深莫测。

【译读】

先帝考虑到汉朝和魏贼不能并立,帝王的事业不能偏安于一隅之地,所以托付我去讨伐魏贼。凭着先帝的圣明,估量我的才能,本来就知道我去讨伐魏贼,我的才能弱小而魏贼的力量强大。但是,不讨伐魏贼,汉朝的王业也要灭亡;与其坐在这里等待灭亡,还不如去讨伐它呢?因此,先帝托我讨伐魏贼就毫不犹豫。我接受使命以来,寝不安席,食不甘味。想到,向北面去讨伐,应该先安定南方,所以五月渡过泸水,深入不长草木的荒凉之地,两天只能吃到一天的饭食。我不是不爱惜自己,是想到汉朝的王业不可以偏安在蜀都,所以冒着危险和艰难,去实现先帝的遗志。但是,议论的人却说这是不正确的计策。现在魏贼恰好疲惫于西方,又忙着在东方作战,兵法说,要乘敌人疲劳之时进攻,所以这是进攻的好时机啊。我现在恭恭敬敬地把这些事情陈述如下:

高帝的圣明好像日月,出谋划策的臣子好像潭水一样清深,但是他也历尽艰险,受过创伤,经过了许多危险,然后才得到安定。现在陛下的圣明比不上高帝,出谋划策的臣子不如张良、陈平,而想用长远的计策取得胜利,坐在这里等着统一天下,这是我不理解的第一件事情。

【原文】

刘繇、王郎,各据州郡,论安言计,动引圣人,群疑满腹,众难塞胸,今岁不战,明年不征,使孙策❶坐大,遂并江东,此臣之未解二也。曹操智计,殊绝❷于人,其用兵也,仿佛孙、吴。然困于南阳,险于乌巢,危于祁连,逼于黎阳,几败北山,殆死潼关,然后伪定一时尔。况臣才弱,而欲以不危而定之,此臣之未解三也。曹操五攻昌霸不下,四越巢湖不成,任

用李服而李服图之，委用夏侯而夏侯败亡。先帝每称操为能，犹有此失，况臣驽下，何能必胜？此臣之未解四也。

【注释】

❶孙策：东汉末年割据江东一带的军阀，汉末群雄之一，孙吴政权的奠基者之一。❷殊绝：超群绝伦。

【译读】

刘繇、王朗，各人占据州郡，议论安危、谈论计策，动不动就引用圣人的言论，但他们的腹中全是疑虑，胸中充满畏难情绪，今年不战，明年不征，使得孙策安然强大起来，于是并吞了江东，这是我不理解的第二件事情。曹操的谋略，确实高超过人，他的用兵就像孙膑、吴起，但是他也困败于南阳，遇险于乌巢，遭危于祁连，被逼于黎阳，几乎失败于北山，差点儿战死在潼关，然后才建立伪政于一时之间罢了。何况我的才能薄弱，却想着不遭遇危险而去安定天下？这是我不理解的第三件事情。曹操五次攻打昌霸不下，四次越过巢湖不成，任用李服而李服反而谋害他，委任夏侯渊而夏侯渊战败被杀。先帝常常称赞曹操能干，曹操还有这样的失败，何况我才能低下，哪里能够一定取胜？这是我不理解的第四件事情。

【原文】

自臣到汉中，中间期年耳，然丧赵云、阳群、马玉、阎芝、丁立、白寿、刘郃、邓铜等，及曲长、屯将❶七十余人，突将无前；賨叟青羌，散骑武骑❷，

古文·论说·奏议

一千余人。此皆数十年之内,所纠合四方之精锐,非一州之所有。若复数年,则损三分之二也,当何以图敌?此臣之未解五也。

今民穷兵疲,而事❸不可息。事不可息,则住与行,劳费正等。而不及早图之,欲以一州之地,与贼持久,此臣之未解六也。

夫难平❹者,事也。昔先帝败军于楚,当此时,曹操拊手❺,谓天下已定。然后先帝东连吴、越,西取巴、蜀,举兵北征,夏侯授首。此操之失计,而汉事将成也。然后吴更违盟,关羽毁败,秭归蹉跌❻,曹丕称帝。凡事如是,难可逆料。臣鞠躬尽瘁,死而后已。至于成败利钝,非臣之明所能逆睹也。

【注释】

❶曲长、屯将:军队里曲、屯的长官;曲、屯是古代军队的编制单位。❷散骑武骑:骑兵。❸事:战事。❹平:此处指预测。❺拊(fǔ)手:拍手。❻蹉跌:失足跌倒,指失败。刘备为替关羽复仇,挥师伐吴,至夷陵为吴将陆逊所败,逃至秭归,收拾残兵回蜀。

【译读】

从我出师到汉中以来,才经过一周年罢了,但是已经丧失了赵云、阳群、马玉、阎芝、丁立、白寿、刘郃、邓铜等大将,以及部曲的长官、屯兵的将领七十多人,他们都是冲锋陷阵所向无敌的将士,还丧失了賨族、羌族年老年轻的骑兵一千多人,这都是几十年之内从四方纠集起来的精锐兵力,不是一个州所有的。如果再过几年,就要损失三分之二了,还用什么去消灭敌人?这是我不理解的第五件事情。

现在百姓穷困战士疲累,而战事不能停息。战事不能停息,那么驻守和进攻,其劳苦和费用是相等的。既然如此,而不及早攻打敌人,想凭着一州的地方,与敌人长久相持,这是我不理解的第六件事情。

天下的事情很难料定啊。从前先帝战败于长坂,曹操拍手称快,认为天下已经安定。后来先帝东面联合吴越,西面夺取巴蜀,兴师北伐,夏侯渊被斩首,这是曹操的失计,而兴复汉朝王室的事情将要成功了。后来东吴违背了盟约,关云长败死,先帝在秭归又失误,曹丕做了皇帝。凡事都是这样,难以预料。我小心谨慎地贡献全部力量,死了之后才算完结。至于成败得失,不是我的眼光所能预见的啊。

谏❶太宗十思疏❷

(唐) 魏 征

臣闻求木之长者,必固其根本;欲流之远者,必浚其泉源;思国之安者,必积其德义。源不深而望流之远,根不固而求木之长,德不厚而思国之安,臣虽下愚,知其不可,而况于明哲乎?人君当神器之重,居域中之大,不念居安思危,戒奢以俭,斯亦伐根以求木茂,塞源而欲流长也。

凡昔元首,承天景命,善始者实繁,克终者盖寡,岂取之易,守之难乎?盖在殷忧,必竭诚以待下;既得志。则纵情以傲物。竭诚,则吴越为一体;傲物,则骨肉为行路。虽董之以严刑,振之以威怒,终苟免而不怀仁,貌恭而不心服。怨不在大,可畏惟人;载舟覆舟,所宜深慎。

【注释】

❶谏:古代下对上直言规劝。❷疏:奏疏,奏议的一种,是封建时代臣子向皇帝陈述意见的一种文体。

【译读】

我听说要使树木长得好,必定要加固它的根本;希望江河流得远,必定要疏通它的来源;想要国家太平,皇帝一定要不断提高自己的道德和仁义。来源不深却希望水流得远,根不牢却要求树长得好,皇帝的道德不高却想要国家太平，我虽然非常愚蠢，却知道这办不到，何况像陛下这样聪明的人呢！做皇帝的承受着帝王的重任，处在天下最伟大的地位，不考虑在平安时候要想到危险时候，力戒浪费，厉行节约，这就像用斧头砍树根却要求树长得茂盛，堵塞了水源却想要水流得很远呀！

　　过去所有的帝王，承受上天的大命，开始时表现好的很多，能够坚持到底的却很少。难道是得到天下容易而守住天下却困难吗？原来，处在非常困难时期的创业者一定会十分诚恳地对待部下；已经达到目的得到天下了，就会任意妄为，轻视别人。待人十分诚恳，本来是仇人也能团结起来；轻视别人，任意妄行，就是亲骨肉也会变成毫不相干的路人。即使用残酷的刑罚镇压他们，用严厉的权势警戒他们，始终是但求无罪，并不感念皇帝的恩德，表面恭顺，内心并不服从。别人对自己的怨恨并不需要在重大的事情上，最可怕的是人们反对自己。古人说：皇帝是船，老百姓是水；水能浮起船来，也能淹没它。这话是应该特别警惕的。

【原文】

　　诚能见可欲，则思知足以自戒；将有作，则思知止以安人❶；念高危，则思谦冲而自牧；惧满盈，则思江海下百川；乐盘游❷，则思三驱以为度；忧懈怠，则思慎始而敬终❸；虑壅蔽，则思虚心以纳下；惧谗邪，则思正身以黜恶；恩所加，则思无因喜以谬赏；罚所及，则思无以怒而滥刑。

　　总此十思，宏兹九德。简能而任之，择善而从之，则智者尽其谋，勇者竭其力，仁者播其惠，信者

古文·论说·奏议

效其忠；文武并用，垂拱④而治，何必劳神苦思，代百司之职役哉！

【注释】

❶安人：安民，使百姓安宁。❷盘游：指打猎取乐。❸敬终：谨慎地把事情做完。❹垂拱：垂衣拱手。比喻很轻易的天下就实现大治了。

【译读】

真正能够看得见可爱的东西就想到应该知足，从而警诫自己；准备大兴土木就应该想到不要太过分，从而安定百姓；想到君位高而险，就要注意谦虚待人，从而培养自己的品德；害怕自己会骄傲自大，就想到江海之所以伟大，是因为处在一切河流的下面；喜欢打猎，就想到围住三面，让开出一条路让野兽逃出一些，拿这个作限度；担心自己会偷懒，就想到不但开头要认真，而且还要坚持到底；怕自己被封锁，就想到虚心接受下级的意见；怕有坏人陷害好人，就想到自己要坚持原则，撤换那些奸臣；施恩典给某人的时候，就想到不要因为自己一时高兴便乱赏；处罚某人的时候，就想到不要因为自己一时发脾气就随便处罚别人。

完全做到这十点，再扩大九德的修养，选择有才能的人使用他们，辨别出正确的意见照着办，那么，聪明的人就会全部献出他们的计策，勇敢的人就会彻底用出他们的力量，仁爱的人就会散布他们的恩惠，忠诚的人就会贡献他们的忠心。文武人才都能充分发挥才干，皇上您只管安安稳稳地坐着，天下自然治好了，何必要您费神，脑子转个不停，事事过手，代替百官的职务呢！

谏院题名记

(宋)司马光

古者谏无官,自公卿大夫至于工商,无不得谏者。汉兴以来,始置官❶。夫以天下之政,四海之众,得失利病❷,萃于一官❸使言之,其为任亦重矣。

居是官者,当志其大❹,舍其细❺,先其急❻,后其缓❼。专利国家,而不为身谋。彼汲汲于名者,犹汲汲于利也。其间相去何远哉!

【注释】

❶始置官:从汉代开始设置谏官。汉、唐有谏议大夫,唐又有补阙、拾遗,宋有左右谏议大夫、司谏、正言等。❷利病:利与弊。❸萃于一官:集中在某一官吏身上,让他说出话来。❹当志其大:应当铭记有关朝政得失利弊的大事。志,铭记。❺舍其细:舍弃那些细微的小事。❻先其急:首先要启奏那些急待解决的事。❼后其缓:然后再启奏那些可以延缓的事。

【译读】

古时,没有专职规劝君主的官员,从公、卿、大夫一直到工匠、商人,没有谁不可以规劝君主的。汉朝开国以后,才设置专职的谏官。把天下的政事,全国的人民,一切好的、坏的、有利的和有害的事情,统统集中在一个官员的身上,要他讲清楚,他担任的职务是很繁重的了。

而且做这种官的人,应当牢记那些大事,丢开那些小事;先办那些必须急办的事,后办那些可以缓办的事;专门为国家谋利,却不给自身打算。那些对个人名誉迫切追求的人,如同那些对私人利益迫切追求的人一样。这二者之间的距离何等遥远啊!

【原文】

天禧❶初,真宗诏❷置谏官六员,责其职事。庆历中,钱君始书其❸名于版❹。光❺恐久而漫灭,嘉祐❻八年,刻著于石。后之人将历指其名而议之曰:某也忠,某也诈,某也直,某也曲❼。呜呼!可不惧哉?

【注释】

❶天禧:宋真宗年号,公元1017—1021年。❷诏:下诏,下命令。❸其:指谏官们。❹版:通"板",版筑的土墙。这里指谏院的厅壁。❺光:司马光。❻嘉祐:宋仁宗年号之一,公元1056—1063年。❼曲:奸邪,不正当。

【译读】

天禧初年,真宗皇帝下诏设置六名谏官,规定他们负责那些事务。庆历年间,钱君开始在册子上写下他们的姓名。我恐怕时间一长就会磨灭,到嘉祐八年,叫人刻记在石碑上。后来的人会一边逐个指着他们的姓名一边议论他们说:某人忠诚,某人奸诈,某人正直,某人邪恶。哎呀!能够不令人戒惧吗?

乞校正陆贽奏议进御札子

（宋）苏　轼

臣等猥❶以空疏，备员讲读，圣明天纵，学问日新。臣等才有限而道无穷，心欲言而口不逮，以此自愧，莫知所为。窃谓人臣之纳忠，譬如医者之用药，药虽进于医手，方多传于古人。若已经效于世间，不必皆从于己出。

伏见❷唐宰相陆贽❸，才本王佐，学为帝师。论深切于事情，言不离于道德。智如子房而文则过，辩如贾谊而术不疏。上以格君心之非，下以通天下之志。但其不幸，仕不遇时。德宗以苛刻为能，而贽谏之以忠厚；德宗以猜疑为术，而贽劝之以推诚；德宗好用兵，而贽以消兵为先。德宗好聚财，而贽以散财为急。至于用人听言之法，治边驭将之方，罪己以收人心，改过以应天道，去小人以除民患，惜名器以待有功，如此之流，未易悉数，可谓进苦口之药石，针害身之膏肓。使德宗尽用其言，则贞观可得而复。

【注释】

❶猥（wěi）：谦词，表示鄙贱。❷伏见：敬词，私下认为。❸陆贽：唐朝著名政治家、文学家、政论家。

【译读】

臣等凭着空虚浅薄的才学，在翰林讲读人员中充个数目。皇上的聪明智慧是上天赋予的,学问天天更新。小臣等才学有限,可是圣贤之道没有穷尽,心里想讲清楚,口头却不能表达。因此自觉惭愧,不知道怎么办。小臣等私下认为,臣子敬纳忠言,譬如医生使用药物。药物虽然从医生手里取得,药方却多数是由古人传下来的;假使已经在社会上经过实践确有疗效,就不一定都要从自己手里创造出来。

臣等听说,唐朝宰相陆贽,才能本来是帝王的辅佐,学识可以做帝王的师傅。他的议论很切合事理人情,语言从不离开圣贤的道德。智慧像张良,文才却胜过张良;口才象贾谊,方法却并不粗疏。上可以纠正君王想法的错误,下可以开导天下百姓的思想。不过他很不幸,出来做官没有碰上适当的时候。唐德宗把苛细深刻当作自己的本事,陆贽却拿忠实仁厚来规劝他;德宗把猜疑嫉妒当作看待人的方法,陆贽却拿赤诚相见来规劝他;德宗喜欢出兵打仗,陆贽却认为消除战争是目前首先要做的事情;德宗喜欢搜刮钱财,陆贽却认为散发钱物给天下臣民是当前的急务。至于任用人才、倾听意见的方法,治理边地、驾驭将帅的策略,归罪自己来收拾人心,改正过错来顺应天象,罢斥奸臣来消除百姓的隐患,珍惜爵位和车服仪制来等待有功之臣。像这一类的合理建议,是不容易完全举出来的。可以说是进献了苦口的良药,针治了危害身体的重病。倘使德宗全部采纳了他的建议,那么"贞观之治"就有可能再次出现。

【原文】

臣等每退自西阁,即私相告言,以陛下神明,必

喜赞议论，但使圣贤之相契，即如臣主之同时。昔冯唐论颇、牧之贤，则汉文为之叹息。魏相条晁、董之对，则孝宣以致中兴。若陛下能自得师，则莫若近取诸赞。夫六经三史，诸子百家，非无可观，皆足为治。但圣言幽远，末学①支离，譬如山海之崇深，难以一二而推择。如赞之论，开卷了然，聚古今之精英，实治乱之龟鉴②。

臣等欲取其奏议，稍加校正，缮写进呈。愿陛下置之坐隅，如见赞面。反复熟读，如与赞言。必能发圣性之高明，成治功于岁月。臣等不胜区区③之意。取进止④。

【注释】

❶末学：儒学之外的诸子杂家学问。❷龟鉴：借鉴。龟，古代用龟甲占卜；鉴，镜。❸区区：忠爱，诚挚。❹取进止：公文用语。意思是说这件事该如何办，请指示，以便行动。取，听取；进止，进退。

【译读】

小臣等每次从西阁下来，就私下相互谈论，认为皇上天赋聪明，一定喜欢陆贽的议论。只要皇上这样的圣主和陆贽那样的贤臣意见相合，那就如同圣主、贤臣处在同一个时代了。过去，冯唐评论廉颇、李牧的贤能，汉文帝为不能使用他们而长长地叹气；魏相分别陈述了晁错；董仲舒回答当时皇帝的言论，汉宣帝就用这些意见获得中兴。假如皇上能够自己找寻师傅，那就不如近

古文 · 论说 · 奏议

一点从唐朝选取陆贽。从前的六部经书和三部史书,以及诸子百家的著作,并非没有可以效法的,而且都能够用它来治理国家。不过圣人的言论精深奥妙,后人的注释却支离破碎,好比山海的高大深广,很难凭一两个方面来选择那些有用的东西。像陆贽的议论,一打开书就清清楚楚的。它汇集了从古到今政见的精华,确实是国家治乱的很好借鉴。

小臣等想选取他的建议,稍微加以校正,抄写一部献上。希望皇上把它放在座位的旁边,如同亲见陆贽的面一样;反复熟读它,好像同陆贽谈话一般。这样,它一定能够启发皇上神明的天资,在短时间内完成太平盛世的崇高事业。小臣等说不尽愚笨的心意,请决定用或者不用!

© 民主与建设出版社，2022

图书在版编目（CIP）数据

古文·论说·奏议/郭艳红主编. —— 北京：民主与建设出版社，2019.11

（古典诗文精品选读）

ISBN 978-7-5139-2683-6

Ⅰ.①古… Ⅱ.①郭… Ⅲ.①中国文学—古典文学—作品综合集 Ⅳ.①I212.01

中国版本图书馆CIP数据核字（2019）第253501号

古文·论说·奏议

GU WEN · LUN SHUO · ZOU YI

主　　编	郭艳红
责任编辑	韩增标
封面设计	大华文苑
出版发行	民主与建设出版社有限责任公司
电　　话	（010）59417747　59419778
社　　址	北京市海淀区西三环中路10号望海楼E座7层
邮　　编	100142
印　　刷	廊坊市国彩印刷有限公司
版　　次	2022年1月第1版
印　　次	2022年1月第1次印刷
开　　本	880毫米×1230毫米　　1/32
印　　张	3
字　　数	38千字
书　　号	ISBN 978-7-5139-2683-6
定　　价	148.00元（全10册）

注：如有印、装质量问题，请与出版社联系。

古文·传记·铭祭

郭艳红 主编

民主与建设出版社
·北京·

前言

习近平总书记在十九大报告中指出:"深入挖掘中华优秀传统文化蕴含的思想观念、人文精神、道德规范,结合时代要求继承创新,让中华文化展现出永久魅力和时代风采。"

习总书记还曾指出:"'去中国化'是很悲哀的,应该把这些经典嵌在学生脑子里,让经典成为中华民族文化的基因。"

是的,泱泱中华五千载,悠悠国学民族魂。我们中华国学"为天地立心,为生民立命,为往圣继绝学,为万世开太平",是中华民族生生不息的根本,是华夏儿女遗传基因和精神支柱。

国学就是中国之学,中华之学,是以母语汉语为基础,表达中华民族的精神价值和处世态度的,有利于凝聚中华民族的文化向心力,有利于中华民族大团结,是炎黄子孙的生命火炬,我们要永远世代相传和不断发扬光大。

中华优秀传统文化在思想上有大智,在科学上有大真,在伦理上有大善,在艺术上有大美。在中华民族艰难而辉煌发展历程中,优秀传统文化薪火相传、历久弥新,始终为国人提供精神支撑和心灵慰藉。所以,更多从传统优秀国学经典中汲取丰富营养,丰盈的不只是灵魂,而是能够拥有神圣而崇高的家国情怀。

中华传统国学是指以儒学为主体的中华传统文化与学术,包括非常广泛,内涵十分丰富,凝聚了我国五千年的文明史和传统文化,体现了中华民族博大精深的文化精髓,是经过多少代人实践检验过

的文化瑰宝，承载着中华民族伟大复兴的梦想。

中华传统国学经典，蕴含了中华儿女内圣外王的个体修养和自强不息的群体精神，形成了重义轻利的处世态度以及孝亲敬长的人伦约定，包含着辩证理智的心智思维和天人合一的整体观念。历经数千年发展，逐渐形成了以儒释道为主干的传统文化和兼容并包、多元一体的开放型现代文化。

作为国学经典，是广大读者必备的精神食粮。读者们阅读国学经典，能够秉承国学仁义精神，学会谦和待人、谨慎待己、勤学好问等优良品行，能够达到内外兼修与培养刚健人格。

我们欣喜地看到，在党和政府的积极号召下，教育部印发了《完善中华优秀传统文化教育指导纲要》，各级教育机构启用了《中华优秀传统文化》教材，中小学语文新课标中也增强了青少年学生阅读和学习国学的分量，许多中小学开设了专门的国学课程，全国各族人民掀起了学习和传承中国传统文化的热潮。

为此，在有关专家指导下，特别编辑了这套"古典诗文精品选读"作品。古诗泛指古代中国诗歌，本套作品主要包括《诗经》《楚辞》《乐府诗》等，没有选入唐诗宋词元曲等；古文是指古代散文，主要包括传记、铭祭、论说、奏议、游记、杂记、书信、序跋等，本套作品还包括寓言、故事以及古代韵文的辞赋和骈体文的骈文等。这些古典诗文是中华辉煌灿烂文化的奇葩，具有独特的艺术价值。

本套作品主要根据广大读者特别是青少年读者学习吸收特点，精选了许多经典古诗文，增设了简单明白的注释和白话解读等，还配有精美图片等，能够培养广大青少年读者的国学阅读兴趣和传统文化素养，能够增强对中国传统文化的热爱、传承和发展，能够激发并积极投身到中华复兴的伟大梦想之中。

目录

传记

伯夷列传……………………………（汉）司马迁 006

管晏列传……………………………（汉）司马迁 013

屈原列传……………………………（汉）司马迁 021

五柳先生传…………………………（东晋）陶渊明 033

种树郭橐驼传………………………（唐）柳宗元 035

梓人传………………………………（唐）柳宗元 040

李贺小传……………………………（唐）李商隐 048

方山子传……………………………（宋）苏　轼 052

徐文长传……………………………（明）袁宏道 055

铭祭

祭十二郎文……………………………	（唐）韩　愈	061
祭小侄女寄寄文…………………………	（唐）李商隐	069
祭石曼卿文………………………………	（宋）欧阳修	072
祭欧阳文忠公文…………………………	（宋）王安石	075
祭欧阳文忠公文…………………………	（宋）苏　轼	078
祭外姑文…………………………………	（明）归有光	081
五人墓碑记………………………………	（明）张　溥	084
祭妹文……………………………………	（清）袁　枚	089

传记

伯夷列传

(汉)司马迁

夫学者载籍❶极博,犹考信于六艺❷。《诗》《书》虽缺❸,然虞夏之文❹可知也。尧将逊位❺,让于虞舜,舜、禹之间,岳牧咸❻荐,乃试之于位,典职❼数十年,功用❽既兴,然后授政。示天下重器❾,王者大统❿,传天下若斯之难也。

而说者⓫曰尧让天下于许由,许由不受,耻之,逃隐。及夏之时,有卞随、务光者。此何以称焉?

太史公曰:余登箕山,其上盖有许由冢⓬云。孔子序列古之仁、圣、贤人,如吴太伯、伯夷之伦详矣。余以所闻由、光义至高,其文辞不少概见⓭,何哉?

【注释】

❶载籍:书籍。❷六艺:指《诗》《书》《礼》《乐》《易》《春秋》。❸《诗》《书》虽缺:相传孔子曾经删定《诗经》和《尚书》,经秦始皇焚书后,多有缺亡。❹虞(yú)、夏之文:指《尚书》中的《尧典》《舜典》《大禹谟》,其中详细记载了虞夏禅让的经过。❺逊位:这里指让位。逊,退位。❻咸:全,都。

❼典职：任职，代理职务。典，主持。❽功用：业绩，成就。❾重器：宝器。此处用以象征国家政权。❿大统：帝位。⓫说者：诸子杂记。⓬冢（zhǒng）：坟墓。⓭概见：概略的记载。

【译读】

大凡是学者，阅读的书籍要非常广博，还要到六经中去进行考证。《诗经》《尚书》虽有缺失，但记叙虞舜和夏朝的事情还可以从中看见。唐尧将要退位的时候，禅让给虞舜。虞舜和夏禹接受君位，是四岳和九牧都推荐，于是他们在君位上试政，掌管职务几十年，等到功业已经建立，然后才把国家的政权授给他们。这表示君位是极宝贵的，天子是最大的统治者，把天下传给他人是不容易的。

而有的人却说："唐尧把天下让给许由，许由不接受，并以此为耻，逃去隐居了。到了夏朝的时候，又有卞随、务光不肯接受君位"。这话是根据什么说的呢？

太史公说：我登箕山的时候，那上面据说有许由的坟墓。孔子依次记叙古代圣贤仁人的事迹，如吴太伯、伯夷之类的事迹，都记叙得很详细。从我所听到的，许由、务光的义气非常高，但记叙他们事迹的文辞却很少，这是为什么呢？

【原文】

孔子曰："伯夷、叔齐，不念旧恶，怨是用希。""求仁得仁，又何怨乎？"余悲伯夷之意，睹轶诗可异焉。其传曰：伯夷、叔齐，孤竹君之二子也。父欲立叔齐，及父卒，叔齐让伯夷。伯夷曰：

"父命也。"遂逃去。叔齐亦不肯立而逃之。国人立其中子。

于是伯夷、叔齐闻西伯昌善养老,盍❶往归焉。及至,西伯卒,武王载木主,号为文王,东伐纣。伯夷、叔齐叩马而谏曰:"父死不葬,爰及干戈,可谓孝乎?以臣弑君,可谓仁乎?"左右欲兵之。太公曰:"此义人也。"扶而去之。

武王已平殷乱,天下宗周,而伯夷、叔齐耻之,义不食周粟,隐于首阳山,采薇❷而食之。及饿且❸死,作歌。其辞曰:"登彼西山兮,采其薇矣。以暴易暴兮,不知其非矣。神农、虞、夏忽焉没兮,我安适归矣?于嗟徂兮,命之衰矣!"遂饿死于首阳山。

【注释】

❶盍(hé):何不,为什么不。❷薇:指一种野菜。❸且:副词,将。

【译读】

孔子说:"伯夷、叔齐,不计较旧仇,所以怨气很少。""他们求仁义而得到了仁义,又有什么怨气呢?"我对伯夷的用心感到悲苦,看了他们遗下来的充满怨气的诗句,又感到与孔子所说的不同呢。他们的传记上说:伯夷、叔齐,是孤竹君的两个儿子。父亲想立叔齐继承君位。当父亲死后,叔齐让伯夷继承君位,伯夷说:"父亲的遗命是叫你继承君位。"伯夷就逃走了。叔齐也不肯继承君位而逃走。孤竹国人就立孤竹君的另一个儿子做国君。

古文·传记·铭祭

　　当时伯夷、叔齐听说西伯昌能够很好地奉养老人，就去归附他。当他们赶到，西伯昌死了，正碰上武王载着西伯昌的神主，追称他父亲为文王，向东出兵讨伐商纣。伯夷、叔齐扯住武王的马缰绳劝阻说："父亲死了没有埋葬，就大动干戈，可以算得孝吗？作为一个臣子去杀国君，可以算得仁吗？"武王左右的人想把他们杀掉。姜太公说："这是有义气的人啊！"就扶起他们来，让他们离去。

　　武王已经平定了殷末之乱，天下的人都尊崇周朝，而伯夷、叔齐却耻于当周朝的百姓，为了保持义气而不吃周朝的粮食，于是隐居在首阳山，采野菜充饥。到饿得快要死的时候，他们写了一首歌，歌词说："登上西山，采那薇菜啊！用暴政代替暴政，还不知道自己的错误啊！神农、虞、夏之世，很快地过去了，我们去归附

谁啊!唉,唉!死期到啦,命运这样衰薄啊!"他们就这样饿死在首阳山上。

【原文】

由此观之,怨耶非耶?

或曰:"天道无亲,常与善人。"若伯夷、叔齐,可谓善人者,非耶?积仁洁行如此而饿死!且七十子之徒,仲尼独荐颜渊为好学。然回也屡空,糟糠不厌,而卒早夭。天之报施善人,其何如哉?

盗跖❶日杀不辜,肝人之肉,暴戾恣睢❷,聚党数千人横行天下,竟以寿终。是遵何德哉?此其尤大彰明较著者也。

若至近世,操行不轨,专犯忌讳,而终身逸乐,富厚累世不绝。或择地而蹈之,时然后出言,行不由径,非公正不发愤,而遇祸灾者,不可胜数也。余甚惑焉,倘所谓天道,是耶非耶?

【注释】

❶盗跖(zhí):传说是春秋时期的率领盗匪数千人的大盗。❷暴戾恣睢(zì suī):形容凶残横暴,想怎么干就怎么干。恣睢,任意做坏事。

【译读】

由此看来,伯夷、叔齐是怨呢还是不怨呢?

有人说:"天是没有偏爱的,它常常帮助好人。"像伯夷、叔齐这样的人,可以算是好人,还是不算好人呢?他们讲仁义,品行高洁,却这样地被饿死。还有,七十名弟子,孔子单称颜渊是好学的人,可是颜渊经常贫困,连糟糠都吃不饱,而终于早死了。天施善好人,究竟怎样呢?

盗跖天天杀死无罪的人,吃人的心肝,残暴凶横,肆无忌惮,聚集党徒几千人横行天下,而他竟然寿终正寝,这是遵循什么道德呢?这是特别明显的例子啊。

就像近世,有些人操行不端正,尽干犯法的事,却终身安逸享乐,有钱有势接连几代不断。有的人选择好了地方才踏上去,选择好了时机才说话,走路也不走小道,不是公正的事情不发奋去做,而这种人遭遇灾祸的却多得数不清啊。我十分怀疑,若说这就是所谓天道,到底是正确呢还是错误呢?

【原文】

子曰:"道不同不相为谋",亦各从其志也。故曰:"富❶贵如可求❷,虽执鞭之士❸,吾亦为之。如不可求,从吾所好""岁寒,然后知松柏之后凋"。举世混浊,清士乃见,岂以其重若彼,其轻若此哉?

"君子疾没世而名不称焉。"贾子曰:"贪夫徇财,烈士徇名,夸者死权,众庶冯生。""同明相照,同类相求。""云从龙,风从虎,圣人作而万物睹。"

伯夷、叔齐虽贤,得夫子而名益彰。颜渊虽笃学,附骥尾而行益显。

岩穴之士,趣舍有时若此,类名湮灭而不称,悲夫!闾巷之人,欲砥行立名者,非附青云之士,恶能施❹于后世哉?

【注释】

❶富:升官发财。❷求:合于道,可以去求。❸执鞭之士:古代为天子、诸侯和官员出入时手执皮鞭开路的人。意思指地位低下的职事。❹施:延续,留传。

【译读】

孔子说:"主张不同,不要互相商量。"也就是说各人顺着自己的意志去办事吧。孔子又说:"富贵如果可以求得到,就是替人执鞭当马夫,我也愿意干;如果富贵不可求得,那就顺着我的爱好去干。""天气严寒以后,才知道松柏是最后凋谢的。"整个世界都混浊了,品行廉洁之士才会显露出来。难道不是因为他们重视德行,而轻视富贵吗?

"君子最恨死后名声不能称扬于世。"贾谊说:"贪利的人为财而死,壮烈的人为名而死,矜夸的人为权而死,一般的老百姓只知道保持自己的生命。""同是光明的就会互相照映,同是一类事物就会互相应求。""云跟着龙,风跟着虎,圣人出现就能够看见一切事物。"

伯夷、叔齐虽然是贤人,得到孔子的称赞才使名声更加昭著;颜渊虽然好学,那是因为追随孔子才使德行更加显明。

乡野间的隐士,他们出仕和隐退都是因为时运的关系;像这类人,名声埋没而无人称扬,真是可悲啊!那些穷巷小户的人,想培养德行建立名声,不依附那些德高望重的人,怎能传名声于后世啊!

管晏列传

(汉)司马迁

管仲❶夷吾者,颍上❷人也。少时常与鲍叔牙❸游,鲍叔知其贤。管仲贫困,常欺鲍叔,鲍叔终善遇之,不以为言。已而鲍叔事齐公子小白,管仲事公子纠。

及小白立为桓公,公子纠死,管仲囚焉。鲍叔遂进管仲。管仲既用,任政于齐,齐桓公以霸,九合诸侯,一匡天下,管仲之谋也。

管仲曰:"吾始困时,尝与鲍叔贾,分财利多自与,鲍叔不以我为贪,知我贫也。吾尝为鲍叔谋事而更穷困,鲍叔不以我为愚,知时有利不利也。吾尝三仕三见逐❹于君,鲍叔不以我为不肖,知我不遭时也。吾尝三战三走,鲍叔不以我为怯,知我有老母也。公子纠败,召忽死之,吾幽囚受辱,鲍叔不以我为无耻,知我不羞小节而耻功名不显于天下也。生我者父母,知我者鲍子也。"

【注释】

❶管仲:春秋时期齐国著名政治家。❷颍(yǐng)上:地名,在今安徽颍上一带。❸鲍叔牙:春秋时期齐国大夫,以知人善任闻名于世。❹见逐:被辞退。

【译读】

管仲,名夷吾,是颍上人。他年轻时经常和鲍叔牙交游，鲍叔牙知道他有才干。管仲家里贫穷，经常要占鲍叔牙的便宜，鲍叔牙始终很好地待他，不因为管仲占便宜而说他的闲话。后来鲍叔牙侍奉齐国的公子小白，管仲侍奉公子纠。

当小白立为齐国的国君桓公的时候，公子纠被杀，管仲被囚禁，鲍叔牙就向齐桓公推荐管仲。管仲被齐桓公任用，在齐国主持政事。后来，齐桓公成就了霸业，多次召集各国的诸侯，一举整顿了天下，这主要是依靠了管仲的计谋。

管仲说："我当初穷困时，曾和鲍叔牙一起做生意，分钱财时，我自己多拿，鲍叔牙不认为我贪财，因为他知道我贫穷。我曾经替鲍叔牙办事，结果使他

处境很困难，鲍叔牙不认为我愚笨，他知道时运有利和不利。我曾经三次做官，三次被国君辞退，鲍叔牙不认为我没有才能，他知道我没遇到好时遇。我曾经三次作战，三次逃跑，鲍叔牙不认为我胆怯，他知道我家里有老母亲。公子纠失败了，召忽因之而死，我却被囚受辱，鲍叔牙不认为我不懂得耻辱，他知道我不为小节而羞辱，而耻于功名没有显露于天下。生我的是父母，了解我的是鲍叔牙呀。"

【原文】

鲍叔既进管仲，以身下之❶。子孙世禄于齐，有封邑者十余世，常为名大夫。天下不多❷管仲之贤，而多鲍叔能知人也。

管仲既任政相齐，以区区❸之齐在海滨，通货积财，富国强兵，与俗同好恶。故其称曰："仓廪实而知礼节，衣食足而知荣辱，上服度则六亲固。四维不张，国乃灭亡。下令如流水之原，令顺民心。"故论卑而易行。俗之所欲，因而予之；俗之所否，因而去之。

其为政也，善因祸而为福，转败而为功。贵轻重，慎权衡。桓公实怒少姬，南袭蔡，管仲因而伐楚，责包茅不入贡于周室。桓公实北征山戎，而管仲因而令燕修召公之政。

于柯之会，桓公欲背曹沫之约，管仲因而信之，诸侯由是归齐。故曰："知与之为取，政之宝也。"

【注释】

❶以身下之：使自身居人之下。下，方位名词用作动词。❷多：赞美，推重。❸区区：微小的样子。

【译读】

鲍叔牙已经推荐管仲做宰相，自己甘愿做管仲的下属。管仲的子孙世世代代在齐国吃俸禄，得到了封地的有十多代，常常当上了有名的大夫。天下的人不赞美管仲的才干，而赞美鲍叔牙能够了解人。

管仲在齐国当宰相掌权，凭着小小的齐国在海边的条件，沟通货物往来，积蓄钱财，富国强兵，办事与百姓同好恶。所以他自己说："谷仓充实了才知道礼节，衣食充足了才知道荣辱，君主遵循法度才会使父母兄弟妻子和睦团结。礼、义、廉、耻不发扬，国家就会灭亡。下命令就像流水的源头，命令要顺从民心。"这样命令的内容浅显而容易实行。符合百姓愿望的，就采用实行；不符合百姓愿望的，就抛弃废止。

管仲掌管政治，善于把坏事转变为好事，把失败转变为成功，重视区分事物的轻重缓急，谨慎地对事物进行衡量比较。齐桓公实际上是怀恨蔡国嫁了少姬，所以向南袭击蔡国，管仲就乘机讨伐楚国，责备楚国不向周天子进贡包茅。齐桓公实际上是北征山戎，而管仲就乘便命令燕国修复召公时候的政治。

齐桓公与鲁国在柯地会盟，后来桓公想背弃和鲁国的曹沫盟约，管仲因此劝桓公坚守信用不要背约，各国诸侯因此归附齐国。所以说："认识到给是为了取，这是为政的一个法宝。"

【原文】

　　管仲富拟于公室，有三归、反坫，齐人不以为侈。管仲卒，齐国遵其政，常强于诸侯。后百余年而有晏子焉。

　　晏平仲婴者，莱之夷维人也。事齐灵公、庄公、景公，以节俭力行重于齐。既相齐，食不重肉，妾不衣帛。

　　其在朝，君语及之，即危言；语不及之，即危行❶。国有道，即顺命；无道，即衡命❷。以此三世显名于诸侯。

　　越石父贤，在缧绁❸中。晏子出，遭之涂，解左骖赎之，载归。弗谢，入闺。久之，越石父请绝。晏子戄然❹，摄衣冠谢曰："婴虽不仁，免子于缌，何子求绝之速也？"

　　石父曰："不然。吾闻君子诎于不知己而信于知己者。方吾在缧绁中，彼不知我也。夫子既已感寤而赎我，是知己；知己而无礼，固不如在缧绁之中。"晏子于是延入为上客。

　　晏子为齐相，出，其御之妻从门间而窥其夫。其夫为相御，拥大盖，策驷马，意气扬扬，甚自得也。既而归，其妻请去。

　　夫问其故。妻曰："晏子长不满六尺，身相齐国，名显诸侯。今者妾观其出，志念深矣，常有以自下者。今子长八尺，乃为人仆御，然子之意自以为

足，妾是以求去也。"其后夫自抑损。晏子怪而问之，御以实对。晏子荐以为大夫。

【注释】

❶危行：正直行事。❷衡命：权衡命令而后行。❸缧绁（léi xiè）：捆绑犯人的黑绳索。这里指监狱，囚禁。❹憝（jué）然：惊异的样子。

【译读】

管仲的财富可以和王公大臣相比，有三归台和反坫，齐国人不认为他奢侈。管仲死了以后，齐国遵循他的政令办事，常常比其他诸侯国强盛。一百多年以后，齐国又出了个晏子。

晏平仲，名婴，是莱这个地方的夷维人。他侍奉齐灵公、庄公、景公，以节俭和身体力行受到齐国人的敬重。他当了齐国的宰相，每顿饭不吃两种肉菜，他的妾也不穿丝织品的衣服。

他在朝廷上，国君有话问他，他就直言相告；国君没有话告诉他，他就正直行事。国君讲道理，他就遵照命令办事；国君不讲道理，他就要对命令考虑以后再办。因此，晏子在灵公、庄公、景公三朝办事都扬名于各国诸侯。

越石父是齐国的一个贤人，犯了法被拘捕。晏子外出，在路上遇见他，就解下左边驾车的马赎他，让他一同坐车回去。晏子没有向他辞别，进入内室很久，越石父就请求绝交。晏子大吃一惊，赶紧整理衣冠道歉说："我虽然没有仁义，但是我也帮助你脱离了困境，为什么你这么迅速地要求和我绝交呢？"

石父说:"不是这样。我听说君子受屈于不了解他的人,而申冤于了解他的人。刚才我被拘捕,是他们不了解我。您已经感到这一点而赎了我,就是了解我的人,了解我而对我无礼,倒不如让我仍在拘禁之中。"晏子因此请他作为上客。

晏子当了齐国的宰相,乘车外出,他的车夫的妻子从门缝中偷偷地看她的丈夫。她的丈夫替宰相驾车,支起大的车盖,赶着四匹马,意气扬扬,显得非常得意。后来这个车夫回到家里,他的妻子请求离去。

丈夫问她是什么缘故,妻子说:"晏子身长不到六尺,身为齐国的宰相,名扬诸侯,刚才我看他外出,思想沉着,常有自居人下的样子。现在你身长八尺,竟替人当车夫,可是看你的意气,却自以为满足,我因此要求离去。"从此以后,她的丈夫就自己谦虚谨慎起来。晏子对他这种态度的改变感到奇怪,就问他,车夫如实地回答了晏子,晏子便推荐他当了大夫。

【原文】

太史公曰:吾读管氏《牧民》《山高》《乘马》《轻重》《九府》,及《晏子春秋》,详哉其言之也。既见其著书,欲观其行事,故次其传。至其书,世多有之,是以不论,论其轶事。

管仲,世所谓贤臣,然孔子小之。岂以为周道衰微,桓公既贤,而不勉之至王,乃称霸哉?语曰"将顺❶其美❷,匡救❸其恶,故上下能相亲也"。岂管仲之谓乎?

方晏子伏庄公尸哭之，成礼然后去，岂所谓"见义不为无勇"者耶？至其谏说，犯君之颜，此所谓"进④思尽忠，退⑤思补过"者哉！假令晏子而在，余虽为之执鞭，所忻慕焉。

【注释】

❶将顺：顺势助成。❷美：美德。❸匡救：挽救而使回到正路上来。❹进：在朝廷做官。❺退：辞官隐退。

【译读】

太史公说：我读了管仲的《牧民》《山高》《乘马》《轻重》《九府》和《晏子春秋》，他们的言论已记载得很详细了。已经看见他们著的书，还想看看他们的事迹，所以给他们编写传记。他们著的书，世上有很多，因此不再讲述，只讲述他们的轶事。

管仲是世人所说的贤臣，可是孔子瞧不起他。难道这是因为在周朝的统治衰落时，齐桓公既然贤明，而管仲却不勉励他实行王道，竟帮助他称霸吗？古话说："帮助他发扬优点，改正缺点，所以上下能够互相亲近。"这岂不是讲管仲的吗？

当晏子伏在庄公的尸体上痛哭，完成了哀悼的礼节而后离去的时候，岂不是孔子说的"见义不为就是没有勇气"的人吗？至于他进行劝谏，敢于冒犯君颜，这就是所谓"在朝当官就想着尽忠，退职回家就想着补过"的人吗！假使晏子还活着，我就是替他执鞭赶车，也是很羡慕的呀。

屈原列传

(汉)司马迁

屈原者,名平,楚之同姓❶也。为楚怀王❷左徒❸。博闻强志❹,明于治乱,娴于辞令❺。入则与王图议国事,以出号令;出则接遇❻宾客,应对诸侯。王甚任之。

上官大夫与之同列❼,争宠而心害其能。怀王使屈原造为宪令❽,屈平属❾草稿未定。上官大夫见而欲夺之,屈平不与。

因谗之曰:"王使屈平为令,众莫不知,每一令出,平伐❿其功,以为'非我莫能为也'。"王怒而疏屈平。

【注释】

❶楚之同姓:楚王族本姓芈(mǐ),楚武王熊通的儿子瑕封于屈,他的后代遂以屈为姓,瑕是屈原的祖先。❷楚怀王:楚威王的儿子,名熊槐,公元前328年至前299年在位。❸左徒:楚国的官名,职位仅次于令尹。❹博闻强志:见识广博,记忆力强。志,同"记",记忆。❺娴(xián)于辞令:擅长讲话。娴,熟悉;辞令,指外交方面应酬交际的语言。❻接遇:接待,接见。❼同列:这里指地位相同。❽宪令:法令,制度。❾属(zhǔ):写作。❿伐:自夸,炫耀。

【译读】

屈原,名平,是楚国王族同姓。担任楚怀王左徒。他学识渊博,记忆力强,懂得国家治乱道理,熟习外交应酬的辞令。对内他同怀王商议国事、发布号令,对外他就接待外国使节、与各国诸侯交际。怀王很信任他。

上官大夫与屈原官位相当,为了在怀王面前争宠,心里很嫉妒屈原才能。怀王叫屈原制定法令,屈原写的草稿尚未定稿,上官大夫就想夺去,屈原不给他。

上官大夫便对怀王说:"大王叫屈原制定法令,但每个法令颁布出来,屈原就炫耀说:'制定法令除了我谁也干不了。'"怀王便发怒,于是就把屈原疏远了。

【原文】

屈平疾王听之不聪也,谗谄之蔽明也,邪曲❶之害公也,方正之不容也,故忧愁幽思而作《离骚》❷。离

骚者，犹离忧也。

夫天者，人之始也；父母者，人之本也。人穷则反本❸，故劳苦倦极，未尝不呼天也；疾痛惨怛❹，未尝不呼父母也。

屈平正道直行，竭忠尽智以事其君，谗人间之，可谓穷矣。信而见疑，忠而被谤，能无怨乎？屈平之作《离骚》，盖自怨生也。

《国风》好色而不淫，《小雅》怨诽而不乱，若《离骚》者，可谓兼之矣。上称帝喾❺，下道齐桓，中述汤武，以刺世事。

明道德之广崇，治乱之条贯❻，靡不毕见❼。其文约，其辞微，其志洁，其行廉，其称文小而其指❽极大，举类迩❾而见义远。

其志洁，故其称物芳。其行廉，故死而不容自疏。濯淖❿污泥之中，蝉蜕⓫于浊秽，以浮游尘埃之外，不获世之滋⓬垢，皭然⓭泥⓮而不滓⓯者也。推此志也，虽与日月争光可也。

【注释】

❶邪曲：邪恶。❷《离骚》：屈原作品。❸反本：追思根本。反，通"返"。❹惨怛（dá）：忧伤。❺帝喾（kù）：传说帝王名。❻条贯：条理。❼见：同"现"，显现。❽指：同"旨"，主旨，含意。❾迩（ěr）：近，不远。❿濯淖（zhuó nào）：污浊。⓫蝉蜕（tuì）：摆脱。⓬滋：通"兹"，黑。⓭皭（jiào）然：洁白样子。⓮泥（niè）：通"涅"，染黑。⓯滓（zǐ）：污黑。

【译读】

屈原痛恨怀王的耳朵听不出好话坏话,谗谄的人遮蔽了他的眼睛,邪恶的小人陷害大公无私的人,端方正直的人为当世所不容,所以内心十分愁苦忧思而创作了《离骚》。"离骚"就是遭受忧患的意思。

天是人的始创者,父母是人的本源。人在处境困难的时候就要追念本源。所以人在劳累、痛苦、疲倦、穷困的时候,没有不呼叫上天的;在身体和精神上感到痛苦的时候,没有不呼叫爹娘的。

屈原思想和行为正直,忠心耿耿地用尽自己才智为他国君效力,谗人却来挑拨离间,可以说是处境穷困啊!诚心诚意而被怀疑,忠心耿耿而受诽谤,能够没有怨恨吗?屈原创作《离骚》大概是由于怨恨而引起的。

《国风》写男女相爱而不过分,《小雅》写失意臣子讽刺政治而不犯上作乱,像《离骚》兼有《国风》和《小雅》特色。在《离骚》中,远古讲到帝喾,近古谈到齐桓公,中古说到商汤、周武王,都是以古讽今。

对于道德的重要性,国家兴亡盛衰的道理,在《离骚》中做了充分的阐述。他的文章简练,他的辞意深刻,他的志向高洁,他的行为正直,他的文章讲一些小事情而含意重大,举一些眼前的事例而意义很深远。

他的志向高洁,所以他的文章多引用芳香之物;他的行为正直,所以至死而不为奸佞之徒所容。他自己避开污泥浊水,像蝉脱壳一样摆脱污浊,遨游在尘世之外,没有被尘世的脏物所污染,是一个处在污泥之中而能保持清白品质的人呢。推断屈原这种高洁的志向,就是与日月争光也是可以的啊!

【原文】

屈平既绌❶，其后秦欲伐齐，齐与楚从❷亲，惠王患之，乃令张仪详❸去秦，厚币委质❹事楚，曰："秦甚憎齐，齐与楚从亲，楚诚能绝齐，秦愿献商、於❺之地六百里。"

楚怀王贪而信张仪，遂绝齐，使使如秦受地。张仪诈之曰："仪与王约六里，不闻六百里。"

楚使怒去，归告怀王。怀王怒，大兴师伐秦。秦发兵击之，大破楚师于丹、淅❻，斩首八万，虏楚将屈匄❼，遂取楚之汉中地。怀王乃悉发国中兵以深入击秦，战于蓝田。

魏闻之，袭楚至邓。楚兵惧，自秦归。而齐竟怒不救楚，楚大困。

明年，秦割汉中地与楚以和。楚王曰："不愿得地，愿得张仪而甘心焉。"

张仪闻，乃曰："以一仪而当汉中地。臣请往如楚。"

如楚，又因厚币用事者臣靳尚，而设诡辩于怀王之宠姬郑袖。怀王竟听郑袖，复释去张仪。

是时屈平既疏，不复在位，使于齐，顾反❽，谏怀王曰："何不杀张仪？"怀王悔，追张仪不及。

【注释】

❶绌（chù）：通"黜"，废黜。指屈原被免左徒职位。❷从（zòng）：同"纵"。从亲，合纵相亲。当

时楚、齐等六国联合抗秦称为合纵,楚怀王曾为纵长。❸详:通"佯",假装。❹质:通"贽",信物。❺商、於(wū):秦地名。❻丹、淅(xī):两个水名。❼屈匄(gài):楚大将军。❽顾反:回来。反,通"返"。

【译读】

屈原已被罢黜免官。后来秦国想攻打齐国,齐国与楚国缔结了合纵友好联盟。秦惠王为这事担忧,就叫张仪假装离开秦国,以丰厚的礼物作为信物表示愿意效忠楚国,说:"秦国最憎恨齐国。现在齐国和楚国有合纵友好关系,如果楚国真正能与齐国绝交,秦国愿意把商、於六百里土地进献给楚国。"

楚怀王贪图六百里土地而听信了张仪的话,于是就和齐国绝交。楚国派遣使者,到秦国去接受土地,张仪欺骗楚国的使者说:"我张仪与你们的国王约好只给六里地,没有听说给六百里。"

楚国的使者生气地离开秦国,回国报告怀王。怀王发怒,发动大军攻打秦国。秦国出兵迎击,大破楚军于丹水、淅水,杀死八万人,俘虏楚国的将军屈匄,夺取了楚国的汉中地区。怀王就把国中的军队全部出动,深入抗击秦军,两军交战于兰田。

魏国听到这个消息,乘机偷袭楚国,打到楚国的邓地。楚军害怕了,就从秦国回来。齐国一直为楚国与之绝交而发怒,不援救楚国,楚国处于极端困难的境地。

第二年,秦国愿把汉中割回给楚国,与楚国讲和。楚怀王说:"不希望得到土地,得到张仪就甘心了。"

张仪听到了,就说:"用一个张仪抵汉中的土地,我要求前往楚国。"

张仪到了楚国，又利用丰厚的礼物贿赂当权的大臣靳尚，通过靳尚在怀王的宠姬郑袖面前说了一套诡辩之辞。怀王竟然听信了郑袖的话，把张仪释放了。

当时屈原已被疏远，不再在朝廷做官，正出使在齐国，等他从齐国回来的时候，劝谏怀王说："为什么不杀掉张仪？"怀王后悔了，派人追张仪，没有追到。

【原文】

其后诸侯共击楚，大破之，杀其将唐眛。

时秦昭王与楚婚，欲与怀王会。怀王欲行，屈平曰："秦，虎狼之国，不可信，不如毋行。"怀王稚子子兰劝王行："奈何绝秦欢！"

怀王卒行。入武关，秦伏兵绝其后。因留怀王，以求割地。怀王怒，不听。亡走赵，赵不内❶。复之秦，竟死于秦而归葬。

长子顷襄王立，以其弟子兰为令尹。楚人既咎子兰以劝怀王入秦而不反也。

屈平既嫉之，虽放流，眷顾楚国，系心怀王，不忘欲反，冀幸君之一悟，俗之一改也。

其存君兴国而欲反覆之，一篇之中三致志焉。然终无可奈何，故不可以反，卒以此见怀王之终不悟也。

人君无愚智贤不肖，莫不欲求忠以自为，举贤以自佐，然亡国破家相随属，而圣君治国累世❷而不见者，其所谓忠者不忠，而所谓贤者不贤也。

怀王以不知忠臣之分，故内惑于郑袖，外欺于张

仪,疏屈平而信上官大夫、令尹子兰。兵挫地削,亡其六郡,身客死于秦,为天下笑。此不知人之祸也。

《易》❸曰:"井渫❹不食,为我心恻,可以汲。王明,并受其福。"王之王明,岂足福哉!

【注释】

❶内:同"纳"。❷世:三十年为一世。❸《易》:即《周易》,又称《易经》。❹渫(xiè):淘去泥污。这里以淘干净的水比喻贤人。

【译读】

后来,各诸侯国共同攻打楚国,把楚军打得大败,杀掉了楚国将军唐眛。当时,秦昭王与楚国通婚,想和怀王会见。怀王想去,屈原说:"秦国是像老虎豺狼一样凶狠的国家,不可相信,不如不去。"怀王最小儿子子兰劝怀王去,子兰说:"怎能拒绝和秦国友好呢?"

怀王终于去了。怀王进入武关,秦国的伏兵就截断他的后路,于是扣留怀王,要求楚国割让土地。怀王发怒,不同意割地,就逃走到赵国,赵国不接纳,又到秦国去,终于死在秦国而把尸体运回楚国埋葬。

怀王的长子顷襄王继位做国君,任用他的弟弟子兰做令尹。楚国人抱怨子兰劝怀王到秦国去而没有回来。

屈原也痛恨他。即使放逐在外,屈原还是眷恋楚国,关心怀王,念念不忘回到朝廷,希望国君终有一天能醒悟,败坏了的风俗终有一天能改变。

他那种爱护君主、振兴国家而使楚国从当时衰败的状态返回从前兴旺的局面的愿望,在一篇作品之中,再三地表现出来。然而终于无可奈何,他仍然不能返回朝廷,由此可见怀王始终没有醒悟啊。

国君无论是愚笨、智慧、贤明的和不贤的,没有不希望求得忠臣来帮助自己,推举贤臣来辅佐自己,然而亡国破家的情况接连发生,贤明的君主、兴旺的国家却很多世代没有出现,其原因就在于国君认为是忠臣的其实不忠,国君认为是贤臣的其实不贤。

怀王因为不懂忠臣职分,所以在内受到郑袖迷惑,在外受到张仪欺骗,疏远屈原而信任上官大夫、令尹子兰,以致战争失利、国土削减,丧失了汉中六郡,自己死在秦国,被天下人耻笑,这是不知道用人的祸害啊!

《易经》说:"水井淘洗干净了还没有人来汲饮,这是使人难过的事,因为井水清洁可以汲饮;如果君主圣明使用贤人,人民就会共享幸福。"君主如果不贤明,怎么会有幸福啊!

【原文】

令尹子兰闻之大怒,卒使上官大夫短❶屈原于顷襄王,顷襄王怒而迁之。

屈原至于江滨,被发❷行吟泽畔。颜色憔悴,形容枯槁。渔父见而问之曰:"子非三闾大夫欤?何故而至此?"

屈原曰:"举世混浊而我独清,众人皆醉而我独醒,是以见放。"

渔父曰:"夫圣人者,不凝滞于物而能与世推移。举世混浊,何不随其流而扬其波?众人皆醉,

何不哺③其糟而啜④其醨⑤？何故怀瑾握瑜而自令见放为？"

屈原曰："吾闻之，新沐者必弹冠，新浴者必振衣，人又谁能以身之察察，受物之汶汶⑥者乎！宁赴常流而葬乎江鱼腹中耳，又安能以皓皓⑦之白而蒙世俗之温蠖⑧乎！"乃作《怀沙》之赋。于是怀石，遂自投汨罗以死。

【注释】

❶短：毁谤。❷披发：头发散乱。被，通"披"，披散。❸哺（bū）：吃，食。❹啜（chuò）：喝。❺醨（lí）：薄酒。❻汶（mén）汶：浑浊样子。❼皓（hào）皓：莹洁的样子。❽温蠖（huò）：尘滓重积的样子。

【译读】

令尹子兰听说屈原恨他，非常愤怒，叫上官大夫在顷襄王面前说屈原坏话，顷襄王发怒而把屈原放逐了。

屈原来到江边，披散着头发，在水泽旁一边行走一边吟诵，脸色憔悴，身体瘦弱。一个渔父看见了，问他说："您不是三闾大夫吗？怎么到这个地方来了呢？"

屈原说："举世混浊而只有我洁白，众人皆醉而只有我清醒，因此被放逐。"

渔父说："聪明圣哲的人，对事物不拘泥而能随着时代的潮流转变自己的态度。举世混浊，你为什么不跟着大家随波逐流呢？众人皆醉，你为什么不吃他们的酒糟、喝他们的薄酒呢？你为什么坚守美好的节操，而自己招来被放逐的下场？"

屈原说："我听说：'刚洗过头的人一定要弹掉帽子上的灰尘，刚洗过澡的人一定要抖掉衣服上的灰尘。'谁能让自己洁白的身躯，去接受外界事物的污染呢？我宁愿跳进长长的江水之中，葬身在江鱼的肚子里面。又怎么能让自己高洁的情操，蒙受世俗的玷辱呢？"屈原就写了一篇《怀沙》赋。于是他抱着石头，自己投入汨罗江而死。

【原文】

屈原既死之后，楚有宋玉❶、唐勒、景差之徒者，皆好辞而以赋见称。然皆祖屈原之从容辞令，终莫敢直谏。

其后楚日以削，数十年竟为秦所灭。自屈原沉汨罗后百有余年，汉有贾生❷，为长沙王太傅，过湘水，投书以吊屈原。

太史公曰：余读《离骚》《天问》《招魂》《哀

郢》,悲其志。适长沙,观屈原所自沉渊,未尝不垂涕,想见其为人。

及见贾生吊之,又怪屈原以彼其材,游诸侯,何国不容,而自令若是。读《鵩鸟赋》❸,同死生,轻去就❹,又爽然❺自失矣!

【注释】

❶宋玉:又名子渊,楚国辞赋作家。❷贾生:即贾谊,西汉初年著名政论家、文学家。❸《鵩(fú)鸟赋》:汉代文学家贾谊的赋作。鵩,古书上说的一种不吉祥的鸟,形似猫头鹰。❹去就:指贬官放逐与在朝供职。❺爽然:茫然。

【译读】

屈原死后,楚国有宋玉、唐勒、景差等人,都爱好文学创作而以善于作赋被人称赞。然而他们都只是效法屈原委婉的文辞,始终没有谁敢于直言进谏。

从此以后,楚国领土一天一天削减,几十年后终于被秦国消灭。从屈原投江一百多年后,汉代有个贾谊担任长沙太傅,路过湘江,写了一篇凭吊屈原的文章。

太史公说:我读《离骚》《天问》《招魂》《哀郢》,悲叹屈原志愿没有实现。我到长沙寻访屈原投江地方,不能不流下眼泪,追思他是一个品质高尚的人。

看到贾谊凭吊文章,又责怪屈原,凭着他才能去游说诸侯,哪一国不能容纳他?而他招来这样下场!读了《鵩鸟赋》,体会到他们把生和死看成一样,把做官和弃官看得很轻,心情才舒适起来,感到原来想法错了。

古文·传记·铭祭

五柳先生传

(东晋)陶渊明

先生不知何许①人也,亦不详其姓字。宅边有五柳树,因以为号焉。

闲静少言,不慕荣利。好读书,不求甚解②;每有会意③,便欣然忘食。性嗜酒,家贫不能常得。亲旧知其如此,或置酒而招之。造④饮辄尽,期在必醉,既醉而退,曾不⑤吝情⑥去留。

【注释】

①何许:什么地方。②不求甚解:不刻意、过分穿凿字句。③会意:心领神会。④造:到。⑤曾不:从不。⑥吝情:拘泥,在意。

【译读】

先生不知道是什么地方人,也不知道他姓什么叫什么名字,他的住宅旁边有五棵柳树,因此就用"五柳先生"来称呼他。

这位五柳先生喜欢清静,很少讲话,也不羡慕荣华利禄。他喜欢读书,不会死抠字眼,每当有心得体会的时候,他就会高兴得忘了吃饭。他特别喜爱喝酒,因为家里贫穷不能够常常得到酒喝,亲戚朋友们知道他的这种情况,有时备了酒招待他。他到亲友家去喝酒,总是一饮而尽,希望一定喝醉,喝醉以后就回去,从不徘徊滞留。

【原文】

环堵①萧然②，不蔽风日；短褐③穿结④，箪⑤瓢屡空，晏如⑥也。常著文章自娱，颇示己志。忘怀得失，以此自终。

赞曰：黔娄⑦有言："不戚戚⑧于贫贱，不汲汲⑨于富贵。"其言兹若人之俦⑩乎？衔觞⑪赋诗，以乐其志。无怀氏之民欤？葛天氏⑫之民欤？

【注释】

①堵：这里指墙壁。②萧然：冷落空荡的样子。③褐（hè）：粗布衣服。④结：打补丁。⑤箪（dān）：古代盛饭的圆形竹器。⑥晏如：安然。⑦黔娄：战国时齐国名士，清贫自守，不求仕进。著有《黔娄子》四篇。⑧戚戚：忧愁的样子。⑨汲汲：急切的样子。⑩俦（chóu）：同类。⑪觞（shāng）：酒杯。⑫无怀氏、葛天氏：二者都是传说中的上古帝王。

【译读】

他家里空空的，房屋破败得遮不住风雨和太阳，他穿的粗布短衣也是穿洞打补丁的，经常缺吃少喝，但他感到很安乐自在。他常常写文章来娱乐自己，文章中颇能表达自己的志趣。他忘掉了患得患失的世俗之情，就这样度过了自己的一生。

赞语说：黔娄有句话："不忧愁于贫贱，不追求于富贵。"仔细体会这句话，这五柳先生就是黔娄一类的人吧？饮酒写诗，以抒发志趣。他是无怀氏的百姓吧？是葛天氏的百姓吧？

古文·传记·铭祭

种树郭橐驼传

(唐)柳宗元

郭橐驼❶,不知始何名。病偻❷,隆然伏行❸,有类橐驼者,故乡人号之"驼"。

驼闻之曰:"甚善,名我固当❹。"因舍其名,亦自谓橐驼云。

其乡曰丰乐乡,在长安西。驼业种树,凡长安豪富人为观游及卖果者,皆争迎取养❺。视驼所种树,或移徙,无不活,且硕茂❻蚤实❼以蕃❽。他植者虽窥伺❾效慕❿,莫能如也。

【注释】

❶橐(tuó)驼:骆驼,这里指驼背。❷偻:脊背向前弯曲。❸隆然伏行:驼背低着头走路。❹名我固当:这样称呼我本来就很恰当。❺争迎取养:争着迎接和奉养。❻硕茂:高大而茂盛。❼蚤实:较早结出果实。蚤,同"早"。❽蕃(fán):形容草木茂盛。❾窥伺:暗中观察或监视。❿效慕:效法,摹仿。

【译读】

郭骆驼,不晓得他原先叫什么名字。害了曲背的毛病,背部高耸,身体前倾,面向下走路,好像骆驼的样子,所以乡里的人叫他"骆驼"。

驼子听到这个绰号,就说:"很好,这样叫我本来就很适当。"于是,他就把自己的名字丢掉,也自称为

"骆驼"。

他住的乡叫丰乐乡,在长安城的西面。骆驼把种树作为职业,所有长安的豪富人家要种花木供玩赏的,以及卖水果的,都抢着接他到家里养着。人们看见骆驼栽种的树,或者移植的树,没有哪一棵不成活的,而且长得又高又茂盛,果实结得早而且多。别的种树的人即使偷看仿效,也没有哪一个能够赶上他的。

【原文】

有问之,对曰:"橐驼非能使木寿且孳❶也,能顺木之天❷,以致其性❸焉尔❹。凡植木之性❺,其本欲舒,其培欲平,其土欲故,其筑欲密。"

"既然已❻,勿动勿虑,去不复顾。其莳也若子❼,其置❽也若弃,则其天者全而其性得矣。故吾不害❾其长而已,非有能硕茂之也;不抑耗其实❿而已,非有能蚤而蕃之也。"

"他植者则不然,根拳⓫而土易,其培之也,若不过焉则不及。苟有能反是者,则又爱之太恩,忧之太勤,旦视而暮抚,已去而复顾,甚者爪其肤以验其生枯,摇其本以观其疏密,而木之性日以离⓬矣。虽曰爱之,其实害之;虽曰忧之,其实仇之。故不我若也。吾又何能为哉?"

【注释】

❶寿且孳(zī):活得长久而且繁殖茂盛。孳,繁殖。❷天:指自然生长规律。❸致其性:使它按照自己的

古文·传记·铭祭

本性成长。❹焉尔：句末语气词，罢了。❺性：本性，这里指树木固有的特点。❻既然已：已经这样做好了。❼其莳（shì）也若子：栽种时要像对待子女一样。莳，栽种。❽置：放在一边。❾害：妨碍，阻碍。❿不抑耗其实：不抑制损耗它的果实。⓫拳：拳曲。⓬日以离：一天一天地丧失。

【译读】

有人问他是什么缘故，他回答说："骆驼并不能使树木活得长久而且繁殖得快的，不过能够顺着树木的生长规律，让它的本性得到充分发展罢了。大凡种树的方法，树木的根要舒展，树根的土要培得平，根旁的土要用原来的，根周围的土要砸结实。"

"种好以后,别动它,也别担心它,离开了就不再管它。树木栽种的时候应该像爱护子女一样,栽下以后应该像丢弃一样。那么,它的天性能够保持不变,它的本性也就能够充分发展了。所以,我仅仅是不妨害它们的生长罢了,不是有能力使它们长得又高大又茂盛啊;仅仅是不压抑、不损坏它们的花果罢了,不是有能力使果实结得早而且多啊。"

"别的种树的人却不是这样。栽种时,树根拳曲,泥土又换了新的;他们培土,不是过多,就是不够。假如有人能够不这样做,但又爱护它们太深厚,忧虑它们太过分,早上看看,晚上摸摸,已经离开,又回来望望;严重的,抓破树皮来验看它们是死还是活,摇动树根来观察培的土是松还是实,于是树木的本性就一天天地受到损害了。虽说是爱它,其实是害它;虽说是担心它,其实是仇视它。所以他们栽的树不如我。我又有什么别的特殊的本领呢?"

【原文】

问者曰:"以子之道❶,移之官理❷,可乎?"驼曰:"我知种树而已,官理非吾业也。然吾居乡,见长人者好烦其令❸,若甚怜焉,而卒以祸。旦暮吏来而呼曰:'官命促尔耕,勖❹尔植,督尔获,早缫❺而绪,早织而缕,字❻而幼孩,遂而鸡豚。'鸣鼓而聚之,击木❼而召之。吾小人辍飧饔❽以劳吏者,且不得暇,又何以蕃吾生而安吾性邪?故病且怠。若是,则与吾业者其亦有类乎?"

古 文 · 传 记 · 铭 祭

问者曰:"嘻,不亦善夫!吾问养树,得养人术❾。"传其事以为官戒也。

【注释】

❶道:指植树的经验。❷官理:为官治民。❸烦其令:频繁地发号施令。烦,使繁多。❹勖(xù):勉励。❺缫(sāo):即把蚕茧浸在热水里抽丝。❻字:抚养,抚育。❼击木:指敲梆子。❽飧饔(sūn yōng):晚饭和早饭。❾养人术:指治民的办法。

【译读】

有人问他说:"按照你说的种树的方法,搬到做官治民方面去可以吗?"骆驼说,"我只晓得种树罢了,做官治民不是我的事啊。可是我在乡下,看到当官的老是喜欢烦琐地发布政令,好像很爱百姓那样,结果却给他们带来了灾祸。一天到晚,差役一到就呼喊,'官府命令,催促你们耕耘,勉励你们种植,督促你们收割,早些缫好你们的丝,早些织好你们的布,养育好你们的孩子,饲养好你们的家禽和牲畜!'一会儿,擂起鼓来集合他们,一会儿,敲起梆子来召唤他们。我们小百姓不吃早晚饭来慰劳公差还来不及,又靠什么来增加我们的生产、安定我们的生活呢?所以困苦而且劳累。像这样,那和我种树或许也有些类似吧!"。

问的人赞叹着说:"这不也很好吗!我问种树,得到了治民的方法。"于是记下这件事,把它作为官戒。

梓人传

(唐)柳宗元

裴封叔之第,在光德里,有梓人款其门,愿佣隙宇而处焉。所职寻引❶、规矩绳墨,家不居砻斫之器❷。

问其能,曰:"吾善度❸材,视栋宇之制,高深圆方短长之宜,吾指使而群工役焉。舍我,众莫能就一宇。故食于官府,吾受禄三倍;作于私家,吾收其直❹大半焉。"

他日,入其室,其床阙❺足而不能理,曰:"将求他工。"余甚笑之,谓其无能而贪禄嗜货者。

【注释】

❶寻引:古代长度单位。一寻为八尺,一引为一丈。❷砻斫(lóng zhuó)之器:指木工备用的磨刀石与刀斧之类工具。❸度(duó):度量。❹直:同"值",指报酬,工钱。❺阙:同"缺",缺少。

【译读】

裴封叔的住宅,在光德里。有个木匠师傅叩开他的大门,要求租赁空屋在那里居住。他随身带的只是些量尺,圆规、曲尺、墨线和墨斗等东西,家里不备木工用的磨刀石和刀斧等工具。

询问他的技能,他说:"我善于计算建筑材料。看房屋建筑的规模,考虑用料怎样适合高低、深浅,方圆和长短的需要，随后我就指挥工匠们操作。假如离开了我，工匠们就没有谁能够建成一座房屋的。所以，到官府干活，我获得的工资是工匠们的三倍；如果到私家工作，我获得的工钱是总收入的大半。"

有一天，我走进他的屋，看见他睡的床缺一只脚，自己却不会修理，说："准备请别的木工来修。"我觉得他非常可笑，以为他是个没有技术却贪图工钱、喜爱财物的人。

【原文】

其后京兆尹将饰官署，余往过焉。委群材，会众工，或执斧斤，或执刀锯，皆环立向之。

梓人左持引，右执杖，而中处焉。量栋宇之任，视木之能举，挥其杖曰："斧！"彼执斧者奔而右；顾而指曰："锯！"彼执锯者趋而左。俄而斤者斫，刀者削，皆视其色，俟其言，莫敢自断者。其不胜任者，怒而退之，亦莫敢愠❶焉。

画宫于堵，盈尺❷而曲尽其制❸，计其毫厘而构大厦，无进退焉。既成，书于上栋曰："某年某月某日某建。"则其姓字也。凡执用之工❹不在列。

余圜视❺大骇❻，然后知其术之工大矣！继而叹曰："彼将舍其手艺，专其心智，而能知体要者欤？"

【注释】

❶愠（yùn）：怨怒。❷盈尺：一尺见方。施工图样仅一尺见方。❸曲尽其制：详尽地描绘了房屋的规模。

❹执用之工：具体操作的工人。❺圜视：四顾，观察四周。圜，同"环"。❻大骇（hài）：十分震惊。

【译读】

打那以后，京兆尹要修建衙门，我经过那里，看到许多建筑材料已经集中了，工匠们也都集合了。他们有的拿着斧头，有的拿着刀锯，都围成圈子站着，面对那个木匠师傅。

木匠师傅左手拿着计算工具，右手拿着一根棒站在中间。他估量房屋的规格，观察哪根木头能够胜任，然后挥着手里的那根木棒说："砍！"那拿斧头的工人们就奔向右边。回过头去指着说："锯！"那拿锯子的工人们就奔向左边。一会儿，拿斧头的在砍，拿刀子的在削，都看他的脸色，等他的说话，没有哪一个敢自己决定怎样干的。其中有个别担当不起任务的，他就恼火地斥退那个工匠，也没有谁敢怨恨他。

他在墙上画了一座房屋的图样，只有一尺见方的地位，却能够把房屋结构丝毫不差地全部勾画出来，照着图样的尺寸计算来建造大厦，不会有出入。房屋落成以后，在正梁上题字说："某年某月某日某人建造。"就是他的姓名。所有实际动手造房子的工匠们都不列名。

我向四周看看，大吃一惊，这才知道那个木匠师傅的技术确实是高超得很。接着，我叹口气说：那个木匠师傅可能是放弃了他的手艺，专门发挥他的智力，而且能够了解、掌握建筑学的关键的人吧！

【原文】

吾闻劳心者役人，劳力者役于人，彼其劳心者欤？能者用而智者谋，彼其智者欤？是足为佐天子相天下法矣，物莫近乎此也。

彼为天下者，本于人。其执役者，为徒隶，为乡师里胥，其上为下士，又其上为中士，为上士；又其上为大夫，为卿，为公。离而为六职，判而为百役。

外薄四海，有方伯连帅；郡有守，邑有宰，皆有佐政。其下有胥吏，又其下皆有啬夫❶版尹，以就役焉，犹众工之各有执技以食力也。

彼佐天子相天下者，举而加焉，指而使焉，条其纲纪而盈缩焉，齐其法制而整顿焉，犹梓人之有规❷矩❸绳墨❹以定制也。择天下之士，使称其职；居天下之人，使安其业。

【注释】

❶啬（sè）夫：掌管诉讼、赋税的小吏。❷规：圆规。❸矩：曲尺。❹绳墨：墨斗。

【译读】

我听说用脑力的人指挥人，用体力的人被人指挥，他大约就是用脑力的人吧！有手艺的人使用他的技能，有智慧的人出计谋，他或许就是有智慧的人吧！这完全可以成为辅佐皇帝，治理国家的法则，事情没有什么比这更近似的了。

那治理国家的根本，就在于用人。那些干工作的人，最低是服劳役的，稍高的是乡长、里长。在他们上面是下士，再上面是中士，是上士。再上面是大夫，是卿，是公。分开来说，上头是从下士到公，有六种官职，下面是各类搞具体工作的人。

在京城外面，远地有方伯、连帅。郡有郡守，邑有邑宰，他们都有协助工作的副职。在他们下面，有胥吏，再下面还有啬夫、版尹，各按职务来搞工作。这就像工人们各自拿出一技之长来从事劳动那样。

那辅佐皇帝治理国家的宰相，选拔、任命官吏，指挥、使用官吏，分别按照国家的大法来升降他们，一律根据政府的制度来整顿他们，如同那个木匠师傅依靠规矩绳墨来决定房屋的规格一样。选择天下的官吏，使他们适合担任的职务；安定天下的百姓，使他们专心从事的职业。

【原文】

视都知野，视野知国，视国知天下，其远迩细大，可手据其图而究焉，犹梓人画宫于堵而绩于成也。能者进而由之，使无所德；不能者退而休之，亦莫敢愠。不炫能❶，不矜名❷，不亲小劳，不侵众官，日与天下之英才讨论其大经，犹梓人之善运众工而不伐艺也。夫然后相道得而万国理矣。相道既得，万国既理，天下举首而望曰："吾相之功也。"

后之人循迹而慕曰"彼相之才也。"士或谈殷周之理者，曰伊、傅、周、召，其百执事之勤劳，而不得纪焉，犹梓人自名其功，而执用者不列也。大哉相乎！通是道者，所谓相而已矣。其不知体要者反此，以恪勤为公，以簿书为尊，炫能矜名，亲小劳，侵众官，窃取六职❸百役之事，听听❹于府庭，而遗其大者远者焉。所谓不通是道者也。犹梓人而不知绳墨之曲直、规矩之方圆、寻引之短长，姑夺众工之斧斤❺刀锯，以佐其艺，又不能备其工，以至败绩，用而无所成也，不亦谬欤？

【注释】

❶炫能：夸示能力。❷矜（jīn）名：崇尚名声。❸六职：指中央政府的吏、户、礼、兵、刑、工六部。❹听听（yínyín）：这里指斤斤计较，争辩不休。❺斧斤：砍木的工具。

【译读】

观察了京城就了解郊区，观察了郊区就了解各地，观察了各地就了解全国。那些远的近的小的大的各样事情，都可以用手按着那图纸来研究决定怎样处理它们。这就像那个木匠师傅在墙上画一幅房屋草图照着它建造到完成一般。有才能的人提拔上来重用他们，使他们不感激自己的恩德；没有才能的人辞退他们，停止他们的工作，也没有人敢怨恨自己。不炫耀自己的才能，不夸张自己的名气，不亲自参加琐碎的事务，不干预官吏们的职权，每天同国家的有高尚德才的人，商讨那些有关国计民生的大事，就像那个木匠师傅的善于使用每个工匠而不卖弄自己的才艺一样。只有这样，才真正掌握了做宰相的方法，全国各地也就能治理好了。做宰相的方法真正掌握好了，全国各地真正治理好了，天下的人就会抬头仰望着说："这是我们宰相的功劳呀！"

后来的人也会根据史书记载的事迹向往着说："这是那个宰相的才能呀！"读书人有时谈论殷、周两代的政绩，总是说伊尹、傅说、周公、召公，那许许多多的官吏的功劳却不能记载在史书上。好像那个木匠师傅把自己的劳绩写明在梁上，而实际动手造房子的工匠们却不能列名一样。宰相实在是伟大呀！懂得这个道理的，这才是我们所说的宰相。那些不晓得宰相职务的人正相反。他们把谨慎勤劳当作唯一的美德，把批阅文件当作最高的职务，炫耀自己的才能，夸张自己的名气，亲自参加琐碎的事务，干预下属官员们的职权，侵夺大大小小内外官吏的本职工作，在朝堂上争论不休，却把那些重大的深远的国家政事丢开了。这就是我们所说的不晓得做宰相的方法的人。好比当了木匠师傅却不晓得：绳墨的作用是校正曲直、规矩的作用是确定方圆、寻引的作用是计量长短，随便地夺去工匠们的斧头和刀锯，来帮助他们干活，又不能完全替代他们所干的各个工种，以致破坏功用而没有成就，这不是很荒谬吗？

【原文】

或曰："彼主为室者，傥❶或发其私智❷，牵制梓人之虑，夺其世守，而道谋❸是用，虽不能成功，岂其罪邪？亦在任之而已。"余曰不然。夫绳墨诚陈，规矩诚设，高者不可抑而下也，狭者不可张而广也，由我则固，不由我则圮❹。彼将乐去固而就圮也，则卷❺其术，默其志，悠尔而去，不屈吾道，是诚良梓人耳。其或嗜其货利，忍而不能舍也；丧其制量，屈而不能守也。栋桡❻屋坏，则曰："非我罪也。"可乎哉？可乎哉？余谓梓人之道类于相，故书而藏之。梓人盖古

之审曲面势者,今谓之都料匠云。余所遇者杨氏,潜其名。

【注释】

❶傥:同"倘",如果。❷私智:偏私的识见。❸道谋:过路人的意见。❹圮(pǐ):倒塌。❺卷:收藏,收起。❻桡:弯曲。

【译读】

有人说:"那主管造屋的人,倘然拿出他的个人偏见,牵制木匠师傅的设计,迫使他放弃固有的经验,听用外行人的意见,虽然不能成功,难道是那个木匠师傅的错误吗?不过是任用他的人怎样罢了。"我以为不能这样说。想那绳墨已经确实完备、规矩已经真正定下来,高的就不能压成低的,狭的就不能扩成宽的。照我的设计,房屋就坚固;不照我的设计,房屋就会倒塌。他假使乐意不要坚固而要倒塌,那么,我就藏起自己的技术,收起自己的设计,心安理得地离去,不使我的法则遭受屈辱,这才是真正优秀的木匠师傅。或者贪图那些钱财,忍受着不愿意离开他;抛弃自己的正确设计,甘受委屈不能坚持;等到梁断屋塌的时候,却说:这不是我的错误。可以吗?可以吗?我以为做木匠师傅的道理跟做宰相的道理类似,所以写了这篇文章并且把它保存起来。梓人,大约就是古代的审察木材曲直正反形状的人,现在把他叫作"都料匠"。我所碰到的梓人,姓杨名潜。

李贺小传

(唐)李商隐

京兆杜牧为《李长吉集序》,状长吉之奇甚尽,世传之。长吉姐嫁王氏者,语长吉之事尤备。

长吉细瘦,通眉❶,长指爪。能苦吟疾书。最先为昌黎韩愈所知。所与游者❷,王参元、杨敬之、权璩、崔植辈为密,每旦日❸出与诸公游,未尝得题然后为诗,如他人思量牵合以及程限为意。

恒从小奚奴,骑疲驴❹,背一古破锦囊,遇有所得,即书投囊中。及暮归,太夫人使婢受囊出之,见所书多,辄曰:"是儿要当呕出心始已耳。"上灯与食。

长吉从婢取书,研墨叠纸足成之,投他囊中。非大醉及吊丧日,率如此。过亦不复省,王杨辈时复来探取写去。长吉往往独骑往还京洛,所至或时有著,随弃之,故沈子明家所余,四卷而已。

【注释】

❶通眉:两眉相连。❷所与游者:他往来交往的人。❸旦日:白天。❹疲驴:一作"距驴",似骡。

【译读】

京兆杜牧给李长吉的诗集作序,描绘李长吉的奇特之处特别详尽,世上流传李长吉的这些事迹。李长吉的嫁入王家的姐姐说起这些事来尤其完备。

李长吉身材纤瘦，双眉相连，手指很长，写诗反复推敲，能快速书写。最先他被昌黎人韩愈所了解。与长吉一起往来交游的人，以王参元、杨敬之、权璩、崔植这些人最为密切。长吉每天早上出去与他们一同出游，从未先确立题目而后写诗，像他人那样凑合成篇，把符合作诗的规范放在心里。

长吉常带小书童，骑着弱驴，背着一个又旧又破的锦帛制作的袋子，碰到有心得感受的，就写下来放入囊中。等到晚上回来，他的母亲就让婢女拿过袋子取出里面的诗稿，见所写的稿子很多，就说："这个孩子要呕出心才肯罢休啊！"说完就点灯，送上饭给长吉吃。

长吉让婢女取出草稿，研好墨，铺好纸，他把那些诗稿再补写成完整的诗，放入其他的袋子，只要不是大醉或是吊丧的日子，他都是这样做的，之后他也不再去看那些作品了，王参元、杨敬之等经常过来从袋子中取出诗稿抄好带走。长吉常常独自骑驴来往于京城长安和洛阳两地，所到之处有时写了作品，也会随意丢弃，所以沈子明家仅仅保存下来的李贺的诗作只有四卷罢了。

【原文】

长吉将死时，忽昼见一绯衣人，驾赤虬，持一板书若太古篆或霹雳石文者，云："当召长吉。"长吉了不能读，欻[1]下榻叩头，言："阿弥老且病，贺不愿去。"绯衣人笑曰："帝成白玉楼，立召君为记，天上差乐不苦也。"

长吉独泣，边人尽见之。少之[2]，长吉气绝。长所

居宿中，勃勃有烟气，闻行车嚖管之声。太夫人急止人哭，待之，如炊五斗黍许时，长吉竟死。王氏姐非能造作谓长吉者，实所见如此。

呜呼，天苍苍而高也，上果有帝邪③？帝果有苑囿宫室观阁之玩邪？苟信然，则天之高邈，帝之尊严，亦宜有人物文采愈此世者，何独眷眷于长吉而使其不寿邪？

噫，又岂世所谓才而奇者，不独地上少，即天上亦不多邪？长吉生二十七年，位不过奉礼太常，当时人忌，亦多排摈毁斥之，又岂才而奇者，帝独重之，而人反不重邪？又岂人见会胜帝邪？

【注释】

❶欻（xū）：忽然。❷少之：过了一会儿。❸邪：同"耶"，表示疑问语气。

【译读】

李长吉将要去世的时候，在大白天里忽然看见一个穿着红色丝帛衣服的人驾着红色的苍龙，手里拿着一块木板，上面写着篆体字或石鼓文，说是来召唤长吉，长吉完全都不认识，忽然下床磕头说："我母亲老了并且生着病，我不愿意去啊。"红衣人笑着说："天帝刚刚建成一座白玉楼，马上召你去为楼写记。天上的生活也算快乐，并不痛苦啊！"

长吉独自哭泣，一旁的人都看见了。一会儿，长吉气绝。他长住的房屋中，有烟气，袅袅向上空升腾，还听到行车的声音和微微的奏乐声。长吉的母亲赶紧制止

古文·传记·铭祭

他人的哭声，等了如同煮熟五斗小米那么的长时间，长吉最终死了。嫁入王家的姐姐不是那种编造、虚构故事来描述长吉的人，她所见到的的确是这样的。

唉！天空碧蓝而又高远，天上确实有天帝吗？天帝确实有林苑园圃、宫殿房屋、亭观楼阁这些东西吗？如果确实是这样，那么上天这么高远，天帝这么尊贵，天上也应当有文学才华超过这个世上的人物啊，为什么唯独对长吉眷顾而使他不长寿呢？

唉，又难道是世上所说的有才华且奇异的人，不仅仅地上少，就连天上也是不多吗？长吉活了二十七年，职位不过奉礼太常，当时的人也多排挤诽谤他。又难道是有才华且奇异的人，天帝也特别看中他，而世人反倒不重视吗？又难道是人的见识会超过天帝吗？

方山子传

（宋）苏　轼

方山子，光、黄间隐人也。少时慕朱家、郭解为人，闾里之侠皆宗之。稍壮，折节❶读书，欲以此驰骋当世，然终不遇❷。

晚乃遁于光、黄间，曰岐亭。庵居❸蔬食❹，不与世相闻。弃车马，毁冠服，徒步往来山中，人莫识也。见其所著帽，方屋❺而高，曰："此岂古方山冠之遗象乎？"因谓之方山子。

余谪居于黄，过岐亭，适见焉，曰："呜呼！此吾故人陈慥季常也，何为而在此？"方山子亦矍然❻问余所以至此者。余告之故，俯而不答，仰而笑，呼余宿其家。环堵萧然❼，而妻子奴婢皆有自得之意。

余既耸然异之。独念方山子少时，使酒好剑，用财如粪土。前十有九年，余在岐山下，见方山子从两骑，挟二矢，游西山，鹊起于前，使骑逐而射之，不获；方山子怒马独出，一发得之。因与余马上论用兵及古今成败，自谓一世豪士。今几日耳，精悍之色，犹见于眉间，而岂山中之人哉！

然方山子世有勋阀，当得官；使从事于其间，今已显闻。而其家在洛阳，园宅壮丽与公侯等；河北有田，岁得帛千匹❽，亦足以富乐。皆弃不取，独来穷山中，此岂无得而然哉。

余闻光、黄间多异人，往往佯狂垢污，不可得而见，方山子傥❾见之与？

【注释】

❶折节：改变平日的志节行为。❷不遇：不得志；不被赏识。❸庵居：住草屋。❹蔬食：吃素。❺方屋：方形的帽顶。❻矍（jué）然：惊视的样子。❼环堵萧然：环堵：周围环着四堵墙壁，形容居室简陋。萧然：清静冷落。❽岁得帛千匹：每年收的租税，可折合一千匹帛。❾傥：也许，或者。

【译读】

方山子是在光州和黄州之间山里隐居的人。他年轻时向往并学习汉朝侠客朱家、郭解的为人，乡里的讲义侠的人都敬重他。年纪渐渐大了，改变从前的志向和行为，努力读书，想凭借这条道路在当代大干一场，可是始终碰不到机会。

到了晚年，就隐居在光州和黄州之间山里的一个名叫岐亭的小镇上，住草屋，吃蔬菜，不同社会接触；放弃原有的车子和马不坐，毁坏原有的帽子和衣服不穿戴，平时总是步行往来。山里的人没有谁认识他，看见他戴的帽子方方地耸起，而且很高，猜测说："这莫非是古代方山冠的老式样吧！"因此都叫他方山子。

我降职外调到黄州，跨过岐亭镇，刚巧碰见他，吃惊地说："哎呀！这是我的老友陈慥季常啊。为什么在这里？"方山子也吃惊地注视我，问我为什么到这里来。我把缘故告诉了他。他低着头不回答,接着抬起头来大笑,招待我住宿在他的家里。他家里空空的只有周围有四堵墙,可是他的妻子、儿女和奴婢都有自得其乐的神气。

我既惶恐地觉得他很奇怪,又想到方山子年轻的时候纵酒任性,喜弄刀剑,用钱如同丢弃粪便和泥土那样。十九年前,我在岐山下看见方山子带领两个骑马的仆人,自己挂了两袋箭,到西山打猎游玩。一只喜鹊在前边惊飞起来,方山子叫骑马的仆人追上去射它,没有射中;方山子猛抽坐骑独个儿奔驰出去,放了一支箭就射中了那只喜鹊。于是,他就在马上跟我谈论用兵方法和古往今来成败的道理,自以为是当代杰出的人才。到今天已经过去多少日子了,但他那精明强悍的神色,还在两条眉毛之间隐隐显露,难道他真正是个在荒山里隐居的人吗?

方山子家里世代有功勋,应当得到庇荫做官,假使能够让他从事政事,那么现在已经是个有名望、有地位的人了。再说,他的家原在洛阳,花园住宅宏伟华丽,跟公侯的府第一样;在黄河北岸还有大片土地,每年可以收取成千匹丝织品,也足够他享受富裕快乐的生活。他都放弃不要,偏偏来这荒山里受苦,这难道是一个没有自得其乐的人就这样吗?

我听说光州和黄州之间多不平常的人,他们往往装疯,弄脏自己,不能够见到他们的真面目。方山子或者见过他们吧!

徐文长传

(明)袁宏道

余一夕❶坐陶太史楼,随意抽架上书,得阙编❷诗一帙。恶楮毛书❸,烟煤败黑,微有字形,稍就灯间读之。读未数首,不觉惊跃,急呼周望:"《阙编》何人作者?今耶,古耶?"周望曰:"此余乡徐文长先生书也。"两人跃起,灯影下读复叫,叫复读,僮仆睡者皆惊起;盖不佞❹生三十年,而始知海内有文长先生。噫,是何相识之晚也?因以所闻于越人士者,略为次第,为徐文长传。

徐渭,字文长,为山阴诸生,声名藉甚❺。薛公蕙校越时,奇其才,有国士之目,然数奇❻,屡试辄蹶❼。中丞胡公宗宪闻之,客诸幕,文长每见,则葛衣乌巾❽,纵谈天下事,胡公大喜。

是时,公督数边兵,威振东南,介胄之士,膝语蛇行,不敢举头,而文长以部下一诸生傲之。议者方之刘真长,杜少陵云。会得白鹿,属文长作表。表上,永陵喜。公以是益奇之。一切疏计,皆出其手。文长自负才略,好奇计,谈兵多中;视一世士,无可当意者,然竟不偶。

【注释】

❶一夕:指万历二十五,即1597年的三月,作者游

绍兴时的一天晚上。❷阙编：指非全集。❸恶楮（chǔ）毛书：粗糙的纸质，拙劣的书写。楮，毂树，树皮可造纸。❹不佞：自谦词，意同"不才""小可"之类。❺声名藉甚：名声很大。藉甚，盛大，很多。❻数奇（jī）：命运坎坷，遭遇不顺。❼辄蹶（jué）：总是失败。❽葛衣乌巾：身着布衣，头戴黑巾。此为布衣装束。

【译读】

　　一天晚上，坐在陶编修家楼上，随意抽阅架上陈放的书，得到《阙编》诗集一函。纸张装订很差，刷板墨质低劣，字迹模糊不清。稍微凑近灯前阅读。读了没几首，不由得惊喜雀跃，连忙叫周望，问他："《阙编》这本书是谁写的？是今人还是古人？"周望说："这是我的同乡前辈徐天池先生写的书。"我们俩跳起来，在灯影下，读了又叫，叫了又读，睡着的佣人们都被惊起；枉我三十几年不晓，方得世间有徐文长先生。哎，为何相识如此之晚呀？把他的事迹分年代先后顺序编写，为徐文长先生作传。

　　徐渭，字文长，是山阴县里的学生，名声很大。薛蕙主持越中考试，认为他是奇才，把他看作国士，可是他命运多舛，屡次应试都失败了。中丞胡宗宪听说了，延请他为幕府宾客，徐文长每次拜见时，都穿粗布衣服，戴黑色头巾，纵谈天下大事，胡宗宪非常高兴。

　　这时，胡宗宪率领多方军队，威震东南，在他面前军队将士，都跪着说话匍匐前行，不敢抬头，而徐文长凭一届诸生的身份傲视他，议论的人把他比作刘真长和杜甫。适逢胡宗宪得到白鹿，吩咐徐文长作表文。表文送上,嘉靖皇帝非常高兴。胡宗宪也因此更加欣赏他的才能。此后,一切奏疏表记,全都出自他手。徐文长以才略自负,喜好谋划奇计,谈论兵法深得要领;看当时之士,没有一个看上眼的,然而最终一直遭遇不顺利。

【原文】

文长既已不得志于有司,遂乃放浪❶曲糵❷,恣情山水,走齐鲁燕赵之地,穷览朔漠。其所见山奔海立,沙起云行,风鸣树偃,幽谷大都,人物鱼鸟,一切可惊可愕之状,一一皆达之于诗。

其胸中又有勃然不可磨灭之气,英雄失路,托足无门之悲。故其为诗,如嗔如笑,如水鸣峡,如种出土,如寡妇之夜哭,羁人之寒起,虽其体格时有卑者,然匠心独出,有王者气,非彼巾帼❸而事人❹者所敢望也。

文有卓识,气沉而法严,不以模拟损才,不以议论伤格,韩曾之流亚也。文长既雅不与时调合,当时所谓骚坛主盟者,文长皆叱而奴之,故其名不出于越,悲夫!喜作书,笔意奔放如其诗,苍劲中姿媚跃出,欧阳公所谓妖韶女老,自有余态者也。间以其余,旁溢为花鸟,皆超逸有致。

【注释】

❶放浪:放纵不受拘束。❷曲糵(niè):酒曲,这里指酒。❸巾帼:本为妇女的头巾和发饰,此处喻指那些故作卑屈,讨好权贵的人。❹事人:侍奉他人。

【译读】

徐文长已经不被考官所赏识,便放浪饮酒,纵情山水,奔走于齐、鲁、燕、赵之地,尽览北方沙漠。他把看到的山崩海啸,沙起云飞,风鸣树倒,深谷大都,人物鱼鸟,一切可惊可愕的行状,全都用诗表达出来。

他胸中又有不可磨灭的豪气,英雄无路、无所依托的悲伤。所以他作诗,如怒,如笑,如水鸣峡谷,如种子出土,如寡妇夜哭,旅人寒起。虽然他的诗作体式时常有低下的,可是匠心独出,有王者气度,并非那些像女人一样伺候人的人所能企及的。

文章有卓越的见识,文气沉郁而法度严整,不因为模拟而损失才华,不因为议论而伤格调,是韩愈、曾巩一类的人物。徐文长既然高雅,不与流行风气相合,当世所谓文坛主盟的人,徐文长都大声呵斥,视为奴仆,所以他的名气没有超出越地。可悲啊!他喜欢写书法,

笔意奔放，风格和他的诗作一样，苍劲中跳跃出姿媚，正是欧阳修所说的"妖韶女老自有余态"。有时他在业余时间，偶然画些花鸟，也都高超飘逸，很有情趣。

【原文】

卒以疑❶杀其继室，下狱论死。张太史元汴力解，乃得出。晚年愤益深，佯狂益甚。显者至门，或拒不纳。时携钱至酒肆，呼下隶与饮，或自持斧，击破其头，血流被面，头骨皆折，揉之有声。或以利锥，锥其两耳，添入寸余，竟不得死。

周望言：晚岁诗文益奇，无刻本，集藏于家。余同年有官越者，托以抄录，今未至。余所见者，《徐文长集》《阙编》二种而已。然文长竟以不得志于时，抱愤而卒。

石公曰："先生数奇不已，遂为狂疾；狂疾不已，遂为囹圄❷。古今文人牢骚困苦，未有若先生者也。虽然，胡公间世❸豪杰，永陵英主，幕中礼数异等，是胡公知有先生矣。表上，人主悦，是人主知有先生矣。独身未贵耳。先生诗文崛起，一扫近代芜秽❹之习，百世而下，自有定论，胡为不遇哉？梅客生尝寄余书曰：'文长吾老友，病奇于人，人奇于诗。'余谓文长无之而不奇者也，无之而不奇，斯无之而不奇也，悲夫！"

【注释】

❶卒以疑：最终由于疑心。❷囹圄（líng yǔ）：监

狱。这里指身陷囹圄。❸间世：间隔几世。古称三十年为一世。形容不常有的。❹芜秽：杂乱，繁冗。

【译读】

最终徐文长因为疑忌杀了自己的继室，被捕入狱判处死刑。太史张元汴极力解救，才得以出狱。晚年悲愤更深，有意作出一种更为狂放的样子。显贵登门，有时拒不接待；时常带钱到酒店，叫下人仆隶和他一起喝酒；有时他自己拿斧子打破头，血流满面，头骨破碎，用手揉摩，碎骨咔咔作响；他还曾用尖利的锥子锥入自己双耳一寸多深，却竟然没有死。

周望声称文长的诗文到晚年愈加奇异，没有刻本行世，诗文集稿都藏在家中。我有在浙江做官的科举同年，曾委托他们抄录文长的诗文，至今也没有得到。我所见到的，只有《徐文长集》《徐文长集阙编》二种而已。可是徐文长最终因为在当时不得志，抱愤而死。

袁石公说："先生的命运多舛，以致得了癫狂病；癫狂病一直没有痊愈，以致犯罪入狱。古今文人，忧愁困苦没有像先生那样的。虽然如此，胡宗宪，是一世豪杰；嘉靖皇帝，是英明君主。幕府中与身份不相称的礼节，这表明胡宗宪认识到了他的价值；上奏的表文博得皇帝欢心，这表明皇帝也认识到了他的价值。只是他未能显贵罢了。先生诗文崛起，一扫近代芜秽的风气，百年之后，自有定论。怎么会怀才不遇呢！梅客生曾经寄信给我说：'徐文长是我的老朋友，他的病比人奇特，人比诗奇特。'我则认为徐文长没有一处地方不怪异奇特，正因为没有一处不怪异奇特，所以也就注定他一生命运没有一处不艰难，不坎坷。令人悲哀呀。"

铭祭

祭十二郎文

(唐)韩 愈

年月日❶,季父❷愈闻汝丧之七日,乃能衔哀致诚,使建中远具❸时羞❹之奠,告汝十二郎之灵:

呜呼!吾少孤,及长,不省所怙,惟兄嫂是依。中年,兄殁南方,吾与汝俱幼,从嫂归葬河阳;既又与汝就食❺江南,零丁孤苦,未尝一日相离也。

吾上有三兄,皆不幸早世。承先人后者,在孙惟汝,在子惟吾,两世一身,形单影只。嫂尝抚汝指吾而言曰:"韩氏两世,惟此而已!"汝时尤小,当不复记忆;吾时虽能记忆,亦未知其言之悲也。

【注释】

❶年月日:写祭文的时间,大约贞元十九年。❷季父:古时称父亲最小弟弟为季父。❸远具:从远方采办。❹时羞:应时的鲜美食品。❺就食:谋生。

【译读】

某年某月某日,你叔叔愈听到你去世消息后的第七天,方才能够含悲忍痛来表示心意,派建中从远道送来

时新美味的祭品,祭告你十二郎的灵魂:

唉!我从小死去父亲,等到长大,早已不记得父亲的样子,只是依靠哥哥和嫂嫂抚养。哥哥于中年时死在南方,我和你都很小,跟着嫂嫂把哥哥的棺木送回河阳安葬。后来又和你到江南谋生,孤苦伶仃,从来不曾有一天彼此离开过。

我上面有三个哥哥,可是都不幸很早逝世。继承先人后代的,在孙子一辈中只剩下你,在儿子一辈中只剩下我,我们两代单传,连身影也感到孤单。嫂嫂曾经一边抚摸着你一边指着我说:"韩家两代,只剩下你们这两个人了!"你那时比我更小,当然不记得了;我当时虽然已经能够记忆,可是也不懂得她这说话的悲痛啊!

【原文】

吾年十九,始来京城。其后四年,而归视汝。又四年,吾往河阳省❶坟墓,遇汝从嫂丧来葬。又二年吾佐董丞相于汴州,汝来省吾,止一岁,请归取其孥❷。明年,丞相薨❸,吾去汴州,汝不果来。是年,吾佐戎徐州,使取汝者始行,吾又罢去,汝又不果来。

吾念汝从于东,东亦客也,不可以久;图久远者,莫如西归,将成家而致汝。呜呼!孰谓汝遽去吾而殁乎!吾与汝俱少年,以为虽暂相别,终当久相与处,故舍汝而旅食京师,以求斗斛之禄❹;诚知其如此,虽万乘之公相,吾不以一日辍汝而就也!

【注释】

❶省(xǐng):探望,这里指凭吊。❷孥(nú):妻

和子的统称。❸薨：唐代二品以上官员死亡称为"薨"。
❹斗斛（hú）之禄：微薄的俸禄。古代以十斗为斛。

【译读】

　　我十九岁的时候，方才到京城里来。打那以后过了四年，才回去看望你。又过了四年，我到河阳去扫墓。碰着你送嫂嫂的灵柩来安葬，又过了两年，我在汴州辅助董丞相，你来探望我，住了一年，要求回去接家眷。第二年，董丞相去世，我离开汴州，结果你没有来成。这一年，我在徐州协理军务，派去接你的人刚走，我又离职，结果你又没有来成。

　　我考虑，你跟我到东边，东边也是客地，不可能长久住下去。如果作长远的打算，倒不如回到西边去，准备安顿好家庭，然后来接你。唉！谁想到你会很快地离开我就去世呢？先前，我和你都是青年，认为虽然暂时彼此分别，终归要长久在一起住的。所以我离开你到京

城去，旅居以求得微不足道的俸禄。假使真的晓得事情会发展到现在这样，即使让我做极其显赫的公侯卿相，我也不愿意有一天离开你而去就职的！

【原文】

去年，孟东野往，吾书与汝曰："吾年未四十，而视茫茫，而发苍苍，而齿牙动摇。念诸父与诸兄，皆康强而早世，如吾之衰者，其能久存乎？吾不可去，汝不肯来，恐旦暮死，而汝抱无涯之戚❶也。"孰谓少者殁而长者存，强者夭而病者全乎？

呜呼！其信然邪？其梦邪？其传之非其真邪？信也，吾兄之盛德而夭其嗣乎？汝之纯明❷而不克❸蒙❹其泽乎？少者强者而夭殁，长者衰者而存全乎？未可以为信也。

梦也，传之非其真也？东野之书，耿兰之报，何为而在吾侧也？呜呼！其信然矣！吾兄之盛德而夭其嗣矣！汝之纯明宜业其家❺者，不克蒙其泽矣！所谓天者诚难测，而神者难明矣！所谓理者不可推，而寿者不可知矣！

【注释】

❶无涯之戚：指无穷的悲伤。涯，边；戚，忧伤。❷纯明：纯正贤明。❸不克：不能。❹蒙：承受。❺业其家：继承其家业。

【译读】

去年，孟东野捎去我给你的一封信，说："我年龄还不满四十岁，视力就模糊，头发就花白，牙齿就动摇。想起伯父、叔父和哥哥们，都是在身强力壮的中年就相继逝世，像我这样衰弱的人，怎么能够长久地活着呢？我不能离开职守，你又不肯来，只怕早晚间我死去，你就要抱着无穷的悲哀了。"谁想到，年轻的人会死去，年长的人反而活着，强壮的人会早死，老病的人反而生存呢？

　　唉！难道确实是这样吗？是做梦呢？还是传来的消息不真实呢？假使确实是这样，那么我哥哥有很好的德行却使他的儿子短命吗？你有忠厚聪明的品质却不能承受他的德泽吗？年轻的强壮的却早死，年长的衰弱的却生存吗？不能够认为这是真实的。

　　也许是做梦，也许是传来的消息不真实，那么东野的信件，耿兰送来的消息为什么会在我的身旁呢？哎呀！可能是真实的了！我哥哥有很好的德行却使他的儿子短命死了！你有忠厚聪明的品质应当继承他的家风的，如今却不能承受他的德泽了！所说的天命的确难以猜测，神意的确难以明白了！所说的事理不能推究，寿命不能预料了！

【原文】

　　虽然，吾自今年来，苍苍者或化而为白矣，动摇者或脱而落矣，毛血日益衰，志气日益微，几何不从汝而死也！

　　死而有知，其几何离❶？其无知，悲不几时，而不悲者无穷期矣！汝之子始十岁，吾之子始五岁，少而强者不可保，如此孩提❷者，又可冀其成立邪？呜呼哀

哉！呜呼哀哉！

汝去年书云："比③得软脚病④，往往而剧。"吾曰："是疾也，江南之人，常常有之。"未始以为忧也。呜呼！其竟以此而殒其生乎？抑别有疾而至斯乎？

汝之书，六月十七日也。东野云：汝殁以六月二日。耿兰之报无月日。盖东野之使者，不知问家人以月日。如耿兰之报，不知当言月日，东野与吾书，乃问使者，使者妄称以应之耳。其然乎？其不然乎？

今吾使建中祭汝，吊⑤汝之孤与汝之乳母。彼有食可守以待终丧，则待终丧而取以来；如不能守以终丧，则遂取以来；其余奴婢，并令守汝丧。吾力能改葬，终葬汝于先人之兆，然后惟其所愿。

【注释】

❶其几何离：即分离能有多久。❷孩提：本指二三岁的幼儿，这里指年纪尚小。❸比（bì）：近来。❹软脚病：即脚气病。❺吊：此指慰问。

【译读】

虽然如此，但是我从今年以来，花白的头发有的变成全白了，动摇的牙齿有的脱落了，身体一天天地更加衰弱，精神一天天地更加衰败，还有多少时候不跟着你死去呢！

死了以后假使有知觉，那么我们现在又能分别多少时候呢？假使没有知觉，那么我的悲伤也就不会有多久，可是不悲伤的时候就没有穷尽了。你的儿子才十岁，我的儿子才五岁，年轻而强壮的人不能保全，像这样的小孩子，还能希望他们成立吗？哎呀，伤心啊！哎呀，伤心啊！

你去年来信说："近来得了软脚病，常常发作，而且很厉害。"我说："这种病是江南人常常有的。"不曾把它当作可虑的事。唉！难道竟然因为这种病就丧失了你的生命吗？还是另有毛病才弄到这样的呢？

你的来信，是六月十七日发的。东野说：你死在六月初二；耿兰报来的消息没有你死的日期。可能东野的使者不知道问家里人日期，耿兰的报告，又不懂应该讲明日期。也许东野在给我写信时，才问使者，使者就胡乱说个日期来应付罢了。大概是这样还不是这样的呢？

如今，我派建中来祭你，慰问你的孩子和你的乳母。他们假如还有粮食能守到丧期结束，就等到丧期结束以后接他们来；假如不能守到丧期结束，就马上接他们来。其余的奴婢，都叫他们守你的丧。我有力量能够改葬，最终要把你葬在祖先的墓地上，这样才了却我的心愿。

【原文】

呜呼！汝病吾不知时，汝殁吾不知日，生不能相养以共居，殁不得抚汝以尽哀，敛不凭其棺，窆❶不临其穴。吾行负神明而使汝夭，不孝不慈，而不得与汝相养以生，相守以死；一在天之涯，一在地之角，生而影不与吾形相依，死而魂不与吾梦相接，吾实为之，其又何尤❷！彼苍者天，曷其有极！自今已往，吾其无意于人世矣！当求数顷之田，于伊颍之上，以待

余年,教吾子与汝子幸其成,长吾女与汝女待其嫁,如此而已!

呜呼!言有穷而情不可终,汝其知也邪?其不知也邪?呜呼哀哉!尚飨❸!

【注释】

❶窆(biǎn):葬时下棺入穴。❷尤:怨恨。❸尚飨(xiǎng):亦作"尚享",为祭文常用的结束话。

【译读】

唉!你生病我不晓得时间,你死亡我不晓得日期,活着不能互相照顾,在一起生活,死时又不能抚着你的遗体,充分表达我的哀痛,入殓时不能靠在你的棺旁,安葬时不能亲临你的墓穴。我的行为对不起神灵,因而使你短命死亡,我不孝不慈,不能和你互相照顾着生活,厮守着死去。一个在天边,一个在地角。你活着的时候身影也不同我形体互相依傍,死亡以后魂灵又不跟我的睡梦互相接触,我是自己造成这种情况的,还能怨恨谁呢?那苍苍的天啊,悲痛怎么会有尽头!从今以后,我对人世没有什么留恋了!还是回到故乡去,在伊水或者颍水旁边买几顷地,来度过我的晚年。教育我的儿子和你的儿子,希望他们成长;抚养我的女儿和你的女儿,等待她们出嫁;这样罢了。

唉!话有说完的时候,可是哀痛的心情不可能完结。你大概知道?还是不知道呢?唉,伤心啊!希望你的灵魂来享用祭品!

祭小侄女寄寄文

(唐)李商隐

正月二十五日,伯伯以果子、弄物❶,招送寄寄体魄,归大茔❷之旁。哀哉!尔生四年,方复本族。既复数月,奄然归无❸。于鞠育❹而未深,结悲伤而何极!尔来也何故,去也何缘?念当稚戏之辰,孰测死生之位?

时吾赴调京下,移家关中,事故纷纶,光阴迁贸❺,寄瘗❻尔骨,五年于兹。白草枯荄❼,荒途古陌,朝饥谁饱,夜渴谁怜?尔之栖栖❽,吾有罪矣!今我仲姊,反葬有期。遂迁尔灵,来复先域。平原卜穴,刊石书铭。明知过礼之文,何忍深情所属!

【注释】

❶弄物:儿童的玩具。❷大茔(yíng):祖坟墓地。❸奄然归无:很快死亡。奄,奄忽,急遽的样子。❹鞠育:抚养,养育。❺迁贸:改换变迁。❻瘗(yì):掩埋,埋葬。❼荄(gāi):草根。❽栖栖:不安的样子。

【译读】

正月二十五日,伯伯用瓜果、玩具,召唤寄寄的魂魄,回归祖坟之旁。伤心啊!你出生四年后,才回到自己家中。然而只过了几个月,便逝去了。家人养育之情还不是很深,悲伤却已经到了极致!你为何出生,又为

何死去?怀念你玩耍之时,怎奈我们都预测不了生死。

那时我在京都等待调补官职,移家到关中,世事纷乱,光阴迁移,在外地寄埋你的遗骨,现在已经五年了。白草萋萋,荒凉小路,白天饿了,谁来喂饱你?夜晚渴了,谁来怜爱你?你孤孤寂寂的,我的罪过啊!如今我的二姐,已经归返祖坟。于是也把你的魂灵迁葬至此。为你建造墓穴,写文作碑。明明知道这样违反礼数,怎奈实在是对你一片疼爱之情。

【原文】

自尔殁后,侄辈数人,竹马玉环,绣襜文褥❶。堂前阶下,日里风中,弄药❷争花,纷吾左右。独尔精诚,不知所之。况吾别墅已来,胤绪❸未立。犹子❹之义,倍切他人。念往抚存,五情空热。

呜呼!荥水之上,坛山之侧。汝乃曾乃祖,松槚❺森行;伯姑仲姑,冢坟相接。汝来往于此,勿怖勿惊。华彩衣裳,甘香饮食。汝来受此,无少无多。汝伯祭汝,汝父哭汝,哀哀寄寄,汝知之耶?

【注释】

❶绣襜(chān)文褥:绣花的短袄,有纹饰的被子。❷弄药:在芍药花边玩耍。❸胤绪:嗣子,儿子。❹犹子:侄子辈,包括侄女。❺槚(jiǎ):即楸树,古时通常同松树一起种在墓旁。

【译读】

自从你离世之后,侄子辈的几个人都还小,在明月下玩竹马，穿绣花衣，堂前阶下，日里风中，在我的左右玩耍吵闹。唯独你的灵魂，不知道去了哪里。况且我另娶以来，依然没有儿子。尤其对你的疼爱，更是甚于他人。怀念往昔，抚摸着还在的你的同辈人，空有满腹的深情！

　　唉！荥水之上，坛山之侧。你的祖辈墓旁，松树与槚树成行；你的大姑二姑，坟地相接。你在这里来来往往，不要害怕惊讶。这些美丽的衣服，好吃的东西你尽管来享用吧。我来祭奠你，你的父亲在哭送你。悲哀啊寄寄，你知道吗？

祭石曼卿文

(宋)欧阳修

维治平❶四年❷七月日❸,具官❹欧阳修,谨遣尚书都省❺令史❻李敭,至于太清❼,以清酌❽庶羞❾之奠,致祭于亡友曼卿之墓下,而吊之以文,曰:

呜呼曼卿!生而为英,死而为灵,其同乎万物生死,而复归于无物者,暂聚之形;不与万物共尽,而卓然其不朽者,后世之名。此自古圣贤,莫不皆然。而著在简册❿者,昭⓫如日星。

【注释】

❶治平:即宋英宗赵曙年号。❷四年:公元1067年。❸七月日:七月某日。❹具官:唐宋以后,在公文函牍等底稿上,常用"具官"代表需写明的官爵等级。❺尚书都省:官署名,即尚书省。❻令史:官名,属尚书省的一种低级办事员。❼太清:乡名。故址在今河南商丘市南。❽清酌:祭奠时所用的酒。❾庶羞:多种佳肴。❿简册:指史籍。⓫昭:明亮。

【译读】

大宋治平四年七月某日,具官欧阳修恭恭敬敬地派尚书都省令史李敭到太清乡,拿着美酒佳肴等祭品,在亡友石曼卿的墓前举行祭礼,并且写了一篇文章悼念他,说道:

哎哟曼卿!您活着是杰出的人才,死后一定成为神灵！那跟随万物一样出生、死亡又回到乌有境界的，是暂时由气血骨肉等凝聚的身形；而那不跟随万物一道完结永垂不腐朽的，是留传到后代的声名。从古以来的圣贤都是这样的；那记载在史册上的，如同太阳和星星一样明亮。

【原文】

呜呼曼卿！吾不见子久矣，犹能仿佛子之平生。其轩昂①磊落②，突兀峥嵘③，而埋藏于地下者，意其不化为朽壤，而为金玉之精。不然，生长松之千尺，产灵芝④而九茎。奈何荒烟野蔓，荆棘纵横，风凄露下，走磷⑤飞萤。但见牧童樵叟，歌吟而上下⑥。与夫惊禽骇兽，悲鸣踯躅⑦而咿嘤⑧。今固如此，更千秋而万岁兮，安知其不穴藏狐貉与鼯鼪⑨？此自古圣贤亦皆然兮，独不见夫累累⑩乎旷野与荒城！

呜呼曼卿！盛衰⑪之理，吾固知其如此，而感念畴昔，悲凉凄怆，不觉临风而陨涕⑫者，有愧乎太上⑬之忘情⑭。尚飨⑮！

【注释】

①轩昂：气度非凡。②磊落：胸襟开阔，光明正大。③突兀峥嵘：山势高耸貌，比喻才华出众。④灵芝：菌类植物，古人称之为为瑞草。有九茎的灵芝，更被视为祥瑞之物。⑤磷：磷火，俗称鬼火。⑥上下：来回走动。⑦踯躅：徘徊不前。⑧咿嘤：象声词，鸟鸣叫声。⑨狐貉（hào）与鼯（wú）鼪（shēng）：狐狸和狗獾。

鼯，鼠名，飞鼠；鼪，兽名，又称"鼬"（yòu），善捕鼠，黄鼠狼一类动物。⑩累累：重叠的样子。这里指旷野坟冢很多。⑪盛衰：指生与死。⑫陨（yǔn）涕：掉泪。⑬太上：最上的人，也指上圣之人。⑭忘情：指忘掉人世间喜怒哀乐之事。⑮尚飨（xiǎng）：旧时祭文套语，即希望亡者来享用祭品。飨，同"享"。

【译读】

哎曼卿！我不看见您很久了，似乎还能够看到您过去的一生。那开朗昂扬的风度，光明坦白的胸襟，崇高的品德，优异的才情，尽管埋藏在地下，料想它们必定不会化作腐烂的土壤，而会变成金玉的精英。否则，会长出苍松，高达千尺；或者生出灵芝，多达九茎。然而无可奈何，您墓前一片荒烟野草，灌木丛生，阴风凄厉，寒露降临，游动着星星磷火，飞舞着点点流萤；只看到放牧的孩子和打柴的老人边唱边行，上上下下，以及那些受惊的鸟兽徘徊不前，发出悲哀的声音？现在已经这样，再过千秋万岁以后，怎么会知道墓穴中不深藏着狐貉与鼯鼪？这也是从古以来的圣贤都如此的，难道没有看到那接连不断的空地和荒坟！

哎哟曼卿！一个人从壮盛到老死的规律，我本来晓得它是这样的。但是缅怀过去，心里免不了悲哀凄凉，忍不住迎风落泪，实在有愧于古代圣人，我可做不到像圣人那样能够忘情。唉！请您来享用祭品吧！

祭欧阳文忠公文

（宋）王安石

夫事有人力之可致，犹不可期，况乎天理之溟漠❶，又安可得而推！

惟公生有闻于当时，死有传于后世，苟能如此足矣，而亦又何悲！如公器质❷之深厚，智识❸之高远，而辅学术之精微，故充于文章，见于议论，豪健俊伟，怪巧瑰琦❹。

其积于中者，浩如江河之停蓄；其发于外者，烂如日月之光辉。其清音幽韵❺，凄如飘风急雨之骤至；其雄辞闳辩❻，快如轻车骏马之奔驰。世之学者，无问识与不识，而读其文，则其人可知。

【注释】

❶溟漠：幽暗寂静，这里是渺茫的意思。❷器质：才能、度量和品质。❸智识：智力，识见。❹瑰琦：奇特，美好。形容事物、文章卓尔不凡。❺幽韵：优雅的韵调。❻闳辩：博大的辩论。

【译读】

人的力量能够做到的事情，还不一定能够获得成功，更何况是渺茫不可捉摸的天理，又怎么能够把它推测知晓呢！

先生生时，闻名于当时；先生死后，有著述流传

于后世。有这样的成就已经很好了，我们还有什么可悲切的呢！先生具有那样深厚的气质，高远的见识，加以精微的学术功力，因此作为文章，发表议论，豪放、强劲、英俊、奇伟，神奇、巧妙、灿烂、美好。

在心中的才力，浩大就像江水的积蓄；一旦写成文章，明亮就像日月的光辉。清亮幽雅的韵调，就像凄凄切切如急雨飘风的突然来到；雄伟宏广的文辞，就好像明快敏捷如轻车骏马的奔驰。世上的学者，不管他是否认识先生，但是只要读到他的著作，就一定能够知道他的为人。

【原文】

呜呼！自公仕宦四十年，上下往复❶，感世路之崎岖；虽屯邅❷困踬❸，窜斥流离，而终不可掩者，以其公议之是非。既压复起，遂显于世；果敢之气，刚正之节，至晚而不衰。

方仁宗皇帝临朝之末年，顾念后事，谓如公者，可寄以社稷之安危；及夫发谋决策，从容指顾，立定大计，谓千载而一时。功名成就，不居而去，其出处进退，又庶乎❹英魄灵气，不随异物腐散，而长在乎箕山之侧与颖水之湄。

然天下之无贤不肖，且犹为涕泣而歔欷❺。而况朝❻士大夫，平昔游从，又予心之所向慕而瞻依！

呜呼！盛衰兴废之理，自古如此，而临风想望，不能忘情者，念公之不可复见而其谁与归！

【注释】

❶上下往复：这里指官位的升降、外贬召回。❷屯邅（zhān）：处境艰难困苦。❸困踬（zhì）：困厄不得升进。踬，跌倒，受挫。❹庶乎：大概，几乎。❺歔欷（xūxī）：感叹、抽泣声。❻朝：一同上朝，作动词用。

【译读】

唉！先生做官四十年来，升升降降，调出调进，使人感到这世上道路的坎坷不平。虽然处境艰难困苦，到边远州郡流放，但到底不会埋没无闻，因为是是非非，自有公论。既经压抑，再又起用，就名闻于全国。先生果敢刚正的气节，到老年还保持不衰。

当仁宗皇帝在朝的最后几年，考虑到他身后事，曾说过，像先生这样的人才，可以把国家的前途委托。后来确定方针，从容行动，当机立断，辅助今上即位，可以说是千载难逢的大事便一朝决定。功成名就，不自居有功而请求退职，从出任官职，到居家隐退，像这样的英灵，想来定不会随着躯体的消灭，而长留在箕山之旁与颖水之滨。

现今全国上下的人士，都在为先生的逝去而哭泣哽咽，何况我等是同朝的士大夫，长期交游往来，失去的并且又是我向来仰慕而亲近的人呢！

啊！万物兴盛衰废的规律，自古以来就是这样，而伫立风中怀念，情感上不能忘记，就是因为此后再也见不到先生了，我将还能和谁在一起呢？

祭欧阳文忠公文

(宋)苏 轼

呜呼哀哉！公之生于世，六十有六年。民有父母，国有蓍龟❶；斯文有传，学者有师；君子有所恃而不恐，小人有所畏而不为。譬如大川乔岳，不见其运动，而功利之及于物者，盖不可以数计而周知。

今公之没也，赤子无所仰芘❷；朝廷无所稽疑❸；斯文化为异端，而学者至于用夷❹；君子以为无为为善，而小人沛然自以为得时——譬如深渊大泽，龙亡而虎逝，则变怪杂出，舞鳅❺而号狐狸。

【注释】

❶蓍龟（shī guī）：古人以蓍草与龟甲占卜凶吉，因以指占卜。❷芘：通"庇"，庇护。❸稽疑：决断疑事。❹夷：指外来的佛教。❺鳅：同"鳅"，泥鳅。

【译读】

悲痛啊！先生来到这个世上，已经有66年了。因为有了先生，百姓才有了父母官，国家才有了可以像蓍草和龟甲一样解决疑问的人；文化因此得到传授，求学的人才有了老师；有德行的人有所依仗因此才不会害怕，小人因为害怕先生所以才有了不敢做的事情。先生就像高山大川，看不到他运动，但受他恩惠的事物，不可以用数字来衡量、不可以全部知晓。

现在先生去世了，有抱负的人没有了仰仗庇护的人,朝廷没有了查找疑问的人。文人被说成异端,学者被用到边远的地方;君子只能以不作为来为朝廷做贡献,小人高兴的认为时机来了——就像深渊沼泽,神龙没有了老虎也离开了,变端和怪异就层出不穷,像鲯鲤飞舞又像狐狸号叫。

【原文】

昔其未用也,天下以为病;而其既用也,则又以为迟;及其释位❶而去也莫不冀其复用;至其请老❷而归也,莫不惆怅失望,而犹庶几于万一者,幸公之未衰。

孰谓公无复有意于斯世也,奄一去而莫予追!岂厌世混浊,洁身而逝乎?将民之无禄,而天莫之遗?

昔我先君怀宝❸遁世❹,非公则莫能致;而不肖无状,因缘出入,受教于门下者,十有六年于兹。

闻公之丧,义当匍匐❺往吊,而怀录不去,愧古人以忸怩。缄词千里,以寓一哀而已矣!盖上以为天下恸,而下以哭其私。呜呼哀哉!尚享!

【注释】

❶释位:解职。❷请老:请求退休养老。❸怀宝:怀才,比喻自藏其才。❹遁世:独自隐居,避开俗世。❺匍匐:竭力。

【译读】

以前先生还没得到朝廷重用时,所有人把先生当成隐患心病;等到先生得到重用后,又认为先生跟不上形势;到了先生放弃官职时,没有不希望他再次得到起用的；到了先生告老还乡时，没有不惆怅失望的，又还抱着期望的心情，是因为先生还没有老去衰弱。

谁知道先生不再留恋这世间，就这样不再给我们追赶的机会就走了。难道是厌倦了这世间的混浊，洁身自好地走了吗？又难道是百姓没有这样的福分，上天不肯留下先生来吗？

以前我的父辈胸怀大略隐居于世，不是先生就不能够招致到他；而那时没有才能的我，因为这样才得以跟随先生，在先生门下受到教育，到现在已经16年了。

听说先生逝世的消息，按情理应当跪着前去凭吊，但是身有公务不能前往，我也愧对过世的人而感到不安。只能从千里之外写信，来抒发心中的悲哀。这样做是为天下苍生感到悲痛，也是我自己对先生的痛哭。悲痛啊！先生您安息吧！

祭外姑文

(明)归有光

昔吾亡妻,能孝于吾父母,友于吾女兄弟,知夫人之能教也。粗食之养,未尝不甘,知夫人之俭也;婢仆之御❶,未尝有疾言厉色,知夫人之仁也。

癸巳之岁,秋冬之交,忽遘❷危疾,气息掇掇❸,犹日念母,扶而归宁❹。疾既大作,又扶以东。沿流二十里,如不能至。

十月庚子,将绝之夕,问侍者曰:"二鼓❺矣?"闻户外风淅淅,曰:"天寒,风且作,吾母其不能来乎?吾其不能待乎?"呜呼!颠危困顿,临死垂绝之时,母子之情何如也!

【注释】

❶御:管理,管束。❷遘(gòu):遇,遭遇。❸掇(duó)掇:疲惫的样子。❹归宁:已婚女子回娘家看望父母称归宁。❺二鼓:即二更,相当于现代的九时至十一时。

【译读】

我已经去世的妻子,能够孝顺我的父母,和我的姐妹和睦相处,因而可以知道岳母大人是很有教养的人。妻子和我粗茶淡饭过日子,从来没有说过不好,因而可以知道岳母大人是非常节俭的;妻子管理家里的奴婢仆

人,从来没有说话尖刻脸色不好看的行为,因而可以知道岳母大人是非常仁慈的人。

嘉靖十二年,秋冬交替时,妻子忽然患上了严重的疾病,神色非常疲惫,但依然每天思念着母亲,因而才回到娘家去。疾病发作的厉害了,却仍然向东走。又走了近二十里,却不能如期到家。

农历十一月初二日,临死之前,问服侍的人:"是二更了吗?"听到窗外风声淅淅,说:"天冷风又大,我的母亲不能来吗,我等不到那个时候了吗?"唉!如此极端危难临死的时候,还想着母亲,可见母女之间的感情深厚啊!

【原文】

甲午、丙申三岁中,有光应有司之贡,驰走二京,提携二孤,属❶之外母。夫人抚之,未尝不泣。自是每见之必泣也。呜呼!及今儿女几有成矣,夫人奄忽长逝❷。闻讣之日,有光寓松江之上,相去百里,戴星而往,则就木❸矣。

悲夫!吾妻当夫人之生,即以遗夫人之悲,而死又无以悲夫人。夫人五女,抚棺而泣者,独无一人焉。今兹岁輀车将次于墓门。呜呼!死者有知,母子相聚,复已三年也。哀哉!尚享❹。

【注释】

❶属(zhǔ):通"嘱",托付。❷奄忽长逝:突然死亡。❸就木:入棺,指装殓完毕。❹尚享:或作"尚飨",即享用祭品,是古代祭文结尾的惯用套语。

【译读】

　　嘉靖十三年到十五年的三年中,我应试被选为有司,奔走在南京和北京之间,我带着两个孩子,把他们托付给外祖母。岳母大人您抚摸着他们,泣不成声。从此以后,每次见面都要哭泣。

　　呜呼!到现在我的儿女差不多长大成人了,岳母大人却突然去世了。听到讣告时,我正住在松江县,距离数百里,披星戴月的赶了过去,却已经装殓完毕了。

　　悲伤啊!我的妻子是岳母大人生的,去世时岳母大人为之悲痛,却无法来为岳母大人悲伤。岳母大人共生了五个女儿,扑在棺木上痛哭流涕的人中,独少了这一个女儿啊。今年装着灵柩的车子停在的墓门外,安葬的事结束了。呜呼!死去的人如果泉下有知的话,母子会相聚吧,到现在也已经三年了。哀哉!安息吧!

五人墓碑记

(明)张 溥

　　五人者,盖当蓼洲周公❶之被逮,激于义而死焉者也。至于今,郡❷之贤士大夫❸请于当道❹,即除逆阉❺废祠之址以葬之;且立石于其墓之门,以旌其所为。呜呼,亦盛矣哉!

　　夫五人之死,去今之墓❻而葬焉,其为时止十有一月耳。夫十有一月之中,凡富贵之子,慷慨得志之徒,其疾病而死,死而湮没不足道者,亦已众矣;况草野之无闻者欤?独五人之皦皦❼,何也?

【注释】

　　❶蓼(liǎo)洲周公:即周顺昌,字景文,号蓼洲,万历四十一年进士,居官清正。后被魏忠贤党迫害死于狱中。❷郡:指吴郡,指苏州府。❸贤士大夫:与应社有关系的上层人物。❹当道:当权的人。❺逆阉:对魏忠贤的贬称。❻墓:用作动词,指修墓。❼皦(jiǎo)皦:光明显耀的样子。

【译读】

　　这五个人,就是当周蓼洲先生被逮捕的时候,因为正义所激奋而死于这件事情的。到了现在,本郡有声望的士大夫们向有关当局请示,在已经被废除的魏忠贤生祠旧址来安葬他们;并且在他们的墓门立碑,以此表彰他们的事迹。啊,也够隆重呀!

他们五个人牺牲后,距离现在修墓安葬他们,不过十一个月而已。在这十一个月里,那些富贵人家的子弟和志得意满、官运亨通的人,因为患病而死,死后埋没不足称道的人也太多了;更何况是那些乡间没有声名的人呢?但是唯独这五个人光荣显耀,是什么原因呢?

【原文】

予犹记周公之被逮,在丁卯❶三月之望❷。吾社之行为士先者,为之声义❸,敛赀财❹以送其行,哭声震动天地。缇骑❺按剑而前,问:"谁为哀者?"众不能堪,抶而仆之。是时以大中丞抚吴者为魏之私人毛一鹭,公之逮所由使也;吴之民方痛心焉,于是乘其厉声以呵,则噪而相逐。中丞匿于溷藩❻以免。既而以吴民之乱请于朝,按诛五人,曰颜佩韦、杨念如、马杰、沈扬、周文元,即今之傫然❼在墓者也。

然五人之当刑也,意气扬扬,呼中丞之名而詈❽之,谈笑以死。断头置城上,颜色不少变。有贤士大夫发五十金,买五人之脰而函之,卒与尸合。故今之墓中全乎为五人也。

【注释】

❶丁卯:公元1627年,即明熹宗天启七年。❷望:指农历每月十五。❸声义:伸张正义。❹赀(zī)财:钱财,财物。赀,同"资"。❺缇(tí)骑:为逮治犯人的禁卫吏役的通称。❻溷(hùn)藩:古时指厕所。❼傫(lěi)然:重叠相连的样子。❽詈(lì):骂。

【译读】

　　我依然记得周先生被逮捕的时间,是天启七年农历三月十五日。我们社里那些品德高尚,可以作为读书人表率的人替他伸张正义,并且募集钱财送他起行,哭泣的声音足以震动天地。阉党爪牙红衣马队按着剑柄上前喝问道:"谁在替他哀哭呢?"大家再也无法忍受,就把他们打倒在地。当时以大中丞职衔作苏州府巡抚的是魏忠贤的党羽,周先生被捕就是由他主使的;苏州的老百姓正对他痛恨到了极点,于是趁他严厉高声呵斥的时候,就一齐呼喊着追打他。这位巡抚最终躲到厕所里才逃脱掉。没过多久,他以苏州老百姓暴动的罪名向朝廷请示,追究这件事情,就处死了这五个人,他们名分别叫颜佩韦、杨念如、马杰、沈杨、周文元,也就是现在一起埋在坟墓里的五个人。

　　然而,这五个人临刑时,他们神情昂然自若,不断喊着巡抚的名字骂他,最终在谈笑中死去。他们五人砍下的头被放在城上示众,脸色一点没有改变。有位贤士拿出五十两银子,买了这五个人的头放在匣子里,终于同尸身合到一起。所以现在墓中,是五个完整的失身。

【原文】

　　嗟乎!大阉之乱,缙绅❶而能不易其志者,四海之大,有几人欤?而五人生于编伍❷之间,素不闻诗书之训,激昂大义,蹈死不顾,亦曷故哉?且矫诏❸纷出,钩党之捕遍于天下,卒以吾郡之发愤一击,不敢复有株治;大阉亦逡巡❹畏义,非常之谋难于猝发,待圣人之出而投缳❺道路,不可谓非五人之力也。

由是观之，则今之高爵显位，一旦抵罪，或脱身以逃，不能容于远近，而又有剪发杜门⑥，佯狂不知所之者，其辱人贱行⑦，视五人之死，轻重固何如哉？是以蓼洲周公忠义暴于朝廷，赠谥褒美，显荣于身后；而五人亦得以加其土封，列其姓名于大堤之上，凡四方之士无不有过而拜且泣者，斯固百世之遇也。不然，令五人者保其首领，以老于户牖⑧之下，则尽其天年⑨，人皆得以隶使之，安能屈豪杰之流，扼腕墓道，发其志士之悲哉？故余与同社诸君子，哀斯墓之徒有其石也，而为之记，亦以明死生之大，匹夫之有重于社稷也。

贤士大夫者，冏卿⑩因之吴公，太史文起文公、孟长姚公也。

【注释】

❶缙（jìn）绅：古代称有官职的或者做过官的人。❷编伍：指民间。古代编制户口，五家为伍。❸矫诏：假托的皇帝诏书。❹逡（qūn）巡：有所顾虑而徘徊或不敢前进。❺投缳（huán）：上吊，自缢。❻剪发杜门：剪发为僧，闭门不出。❼辱人贱行：可耻的人格，卑贱的行为。❽户牖（yǒu）：指家里。❾天年：自然寿命。❿冏（jiǒng）卿：太仆卿的别称，掌管舆马和畜牧等事。

【译读】

唉！在魏忠贤乱政的时候，那些可以不改变自己志节做官的人，在全国这样广大的地域，又有几个人呢？可是这五个人出生在民间，他们平日里虽然没有受到诗书的教诲，却能够为了大义所激奋，踏上死地毫无反顾，这又是什么原因呢？况且，当时纷纷发出假的圣旨，株连同党的搜捕遍布天下，终于因为我们苏州百姓的发愤一击，魏忠贤就不敢再株连治罪了；魏忠贤迟疑不决，他害怕正义，没有立即发动篡位的阴谋，直到当今皇帝即位，魏忠贤畏罪在路上上吊了，这不能说不是这五个人的功劳呀。

　　由此可以看出，那么如今那些爵位显赫的官僚，一旦犯罪应受惩治时，有的脱身逃走了，远近各地无法收留他们，还有的人削发成为僧人，闭门不出，甚至有些人装疯出走，不知道跑到什么地方去了，他们这种可耻的人格，卑贱的行为，与这五个人的死比起来，轻重的差别到底怎么样呢？因此，周蓼洲先生的忠义在朝廷显扬，赐给他的官爵谥号美好而高贵，即使死了也非常荣耀；而这五个人也能够安葬在修建的大坟墓里，在大堤上立碑记得上他们的名名，而那些四方有志之士在经过他们坟墓时也都会跪拜流泪，这可以说是百代难逢的际遇呀！如果不这样的旖，假如这五个人保全他们的性命在家中终老，虽然他们享尽天年，但是人们都会像奴仆一样使唤他们，又怎么可能会使英雄豪杰们下拜，在他们的墓道上扼腕叹息，抒发有志之士心中的悲愤呢！所以，我和同社的各位先生，为这座坟墓只有一块石碑感到惋惜，就替他写了这篇碑记，并借以说明死生的重大意义，即使是普通的百姓对国家也有重要作用啊。

　　几位有声望的士大夫是：太仆卿吴因之先生，太史文文起先生，姚孟长先生。

祭妹文

（清）袁　枚

乾隆丁亥冬，葬三妹素文❶于上元之羊山，而奠以文曰：呜呼！汝生于浙而葬于斯；离吾乡七百里矣。当是时虽觭梦❷幻想；宁知此为归骨所耶？

汝以一念之贞，遇人仳离，致孤危托落。虽命之所存，天实为之。然而累汝至此者，未尝❸非予之过也。予幼从先生授经，汝差肩而坐，爱听古人节义事；一日长成，遽❹躬❺蹈之。呜呼！使汝不识诗书，或未必艰贞若是。余捉蟋蟀，汝奋臂出其间；岁寒虫僵，同临其穴。今予殓汝葬汝，而当日之情形，憬然赴目。

【注释】

❶素文：名机，字素文，别号青琳居士。❷觭（qí）梦：这里是做梦的意思。觭，得。❸未尝：义同"未始"，这里不作"未曾"解。❹遽（jù）：骤然，立即。❺躬（gōng）：身体。

【译读】

乾隆丁亥年冬季，安葬我的三妹素文于上元县羊山，作文祭奠她说：唉！你生在浙江，却葬在此地，远离故乡七百里；当你初生的时候，即使做离奇的梦，做虚幻的想象，又怎么料到这里是你埋葬骸骨的地方呢？

你由于坚守从一而终的贞节观念，嫁了一个品德败坏的丈夫而被遗弃，以致陷在孤苦落拓的境地，虽然这是命中注定，是上天的安排，然而连累你到这种地步，也未尝不是我的过错。我小时候听先生讲授经书，你同我并肩坐着，喜欢听古人讲求节操的事例；一旦长大成人，就亲自付诸实践。唉！假使你不懂得诗书，也许未必这样苦守贞节啊。记得儿时，我捉蟋蟀，你紧跟我捋袖伸臂，抢着捕捉；天冷时蟋蟀冻僵了，我们一同到它的穴边。今天我装殓你安葬你，当日的情景便清楚地呈现在眼前。

【原文】

予九岁憩书斋，汝梳双髻，披单缣来，温《缁衣》一章。适先生㛃入户，闻两童子音琅琅然，不觉莞尔，连呼则则①。此七月望日事也。汝在九原，当分明记之。予弱冠粤行，汝掎裳悲恸。逾三年，予披宫锦还家，汝从东厢扶案出，一家瞠视而笑②；不记语从何起，大概说长安登科，函使报信迟早云尔。凡此琐琐，虽为陈迹，然我一日未死，则一日不能忘。旧事填膺③，思之凄梗，如影历历，逼取便逝。悔当时不将婴婗④情状，罗缕纪存。然而汝已不在人间，则虽年光倒流，儿时可再，而亦无与为证印者矣。

【注释】

①则则：即啧啧，赞叹声。②瞠（chēng）视而笑：瞪眼看着笑，形容惊喜激动的情状。③填膺（yīng）：充满胸怀。④婴婗（yī ní）：婴儿。这里引申为儿时。

古文·传记·铭祭

【译读】

我九岁时，有一次在书斋休息，你梳着成对的发髻，披着细绢单衣来到，共同温读《缁衣》一章，正好先生开门进来，听到两个童子书声琅琅，不觉微微含笑，连连发出"啧啧"的赞叹声。这是七月望日的事，你在地下应当清楚地记得这一情景。我刚成年到广西去，你牵着我的衣裳伤心大哭。过了三年，我考中进士，衣锦还乡，你从东厢房扶着长桌出来，一家人瞪着眼相视而笑，记不得当时话是从哪里说起，大概是说了些在京城考进士的经过情况以及报信人来得早晚等等吧。所有这些琐事，虽然已经成为过去，但只要我一天没死，就一天不能忘掉。过去的事充满心胸，想起来，心头悲切得像被堵塞似的。就像影子一样清清楚楚，逼近捕捉时，却消失无踪。我后悔当时没有将童稚时的情况，详细地记录保存下来。然而你已经不在人间，即使光阴倒流，儿童时代可以再次出现，也没有给它印证的人了。

【原文】

汝之义绝高氏而归也，堂上阿奶，仗汝扶持；家中文墨❶，眎❷汝办治。尝谓女流中最少明经义，谙雅故❸者；汝嫂非不婉嫕❹，而于此微缺然。故自汝归后，虽为汝悲，实为予喜。予又长❺汝四岁，或人间长者先亡，可将身后托汝，而不谓汝之先予以去也。前年予病，汝终宵刺探，减一分则喜，增一分则忧。后虽小差❻，犹尚殗碟❼，无所娱遣，汝来床前，为说稗

官野史可喜可愕之事，聊资一欢。呜呼！今而后，吾将再病，教从何处呼汝耶？

汝之疾也，予信医言无害，远吊扬州。汝又虑戚吾心，阻人走报；及至绵惙已极，阿奶问望兄归否？强应曰："诺"。已予先一日梦汝来诀，心知不详，飞舟渡江。果予以未时还家，而汝已辰时气绝。四支⁸犹温，一目未瞑，盖犹忍死待予也。呜呼痛哉！早知诀汝，则予岂肯远游？即游，亦尚有几许心中言，要汝知闻，共汝筹画也。而今已矣！除吾死外，当无见期。吾又不知何日死，可以见汝；而死后之有知无知，与得见不得见，又卒难明也。然则抱此无涯之憾，天乎？人乎？而竟已乎！

【注释】

①文墨：有关文字方面的事务。②睒（shùn）：用眼色示意。这里有期望的意思。③谙（ān）雅故：了解古书古事，熟悉典故。④婉嫕（yì）：温柔和顺。⑤长（zhǎng）：年纪大。⑥小差：病情稍有好转。差（chài），同"瘥"。⑦殗殜（yè dié）：病得不太厉害，但还没有痊愈。⑧支：同"肢"，肢体。

【译读】

你秉持道义与高氏离婚回来后，堂上阿母依靠你扶持，家中文字方面的事务期待着你去办理。我曾经说过女人中很少有明了经书的旨意和熟悉典故的，你嫂子不是不柔顺和静，但是在这方面稍有欠缺。所以自你回来后，虽然替你悲伤，其实又替我自己高兴。我又比你年长四岁，或许像世间通常那样年长的先死，那就可以将身后之事托付给你；却不料你在我之前离开了人世啊！前年我患病时，你通宵探问，病情减一分就高兴，增加一分就担忧。后来虽然病情稍稍好一些，还是半坐半卧，没有什么可以娱乐消遣。你来到床前，替我讲小说野史上的使人高兴和惊讶的故事，姑且给我一点欢乐。唉！自今以后，我如果有病痛，教我从哪里呼唤你呢？

你的病，我相信医生的话以为不要紧，所以才远游去扬州。你又怕我心中忧虑，不让别人来给我报信。直到病已垂危时，母亲问你："盼望哥哥回来吗？"，你才勉强答应说："好。"我已经先一天梦见你来永诀，心知不吉利，飞舟渡过长江。果然，我在未时回到家中，而你在辰时已经气绝。四肢尚有余温，一只眼睛还

未闭紧,大概你还在忍受着临死的痛苦等待我回来吧。唉,悲痛啊!早知道会和你永别,那么我怎么肯远行!即使要远行,也还有多少心里话要让你听到、了解,有多少事要和你一同商量啊!可是现在一切都完了!除了我死之外,将没有相见的日子。我又不知哪一天死,可以见到你,并且死后有没有知觉,能不能和你相见,也终究难以明白。如果如此,那么我将终身抱着这无穷的遗恨,天啊!人啊!竟然这样完了吗!

【原文】

汝之诗,吾已付梓;汝之女,吾已代嫁;汝之生平,吾已作传;惟汝之窀穸❶,尚未谋耳。先茔❷在杭,江广河深,势难归葬,故请母命而宁汝于斯,便祭扫也。其旁葬汝女阿印;其下两冢,一为阿爷侍者朱氏,一为阿兄侍者陶氏。

羊山旷渺,南望原隰,西望栖霞,风雨晨昏,羁魂❸有伴,当不孤寂。所怜者,吾自戊寅年读汝哭侄诗后,至今无男,两女牙牙,生汝死后,才周晬❹耳。

予虽亲在,未敢言老,而齿危❺发秃,暗里自知,知在人间,尚复几日!阿品远官河南,亦无子女,九族无可继者。汝死我葬,我死谁埋?汝倘有灵,可能告我?

呜呼!身前既不可想,身后又不可知;哭汝既不闻汝言,奠汝又不见汝食。纸灰飞扬,朔风野大,阿兄归矣,犹屡屡回头望汝也,呜呼哀哉!呜呼哀哉!

古文·传记·铭祭

【注释】

❶窀穸（zhūn xī）：墓穴。❷先茔（yíng）：祖先的墓地。❸羁（jī）魂：飘荡在他乡的魂魄。❹周晬（zuì）：周岁。❺齿危：牙齿摇摇欲坠。

【译读】

你的诗，我已经付印了；你的女儿，我已替你嫁了出去；你的生平，我已写了传记；只有你的墓穴还没有筹划。祖先的坟墓在杭州，江广河深，势必难以运回家乡安葬，所以请得母亲的吩咐权且把你安葬在这里，为的是便于祭吊扫墓。你墓旁葬着你的女儿阿印。在下面还有两个坟墓，一个是父亲的侍妾朱氏，一个是我的侍妾陶氏。

羊山空旷辽阔，朝南是一片宽广的平地，朝西可望见栖霞山，刮风下雨，早晨黄昏，你寄居他乡的魂灵也有个伴侣，应当不会孤单寂寞。可怜的是，我自从戊寅年读你写的哭侄诗后，至今没有男孩，两个女孩正在牙牙学语，出生在你死后，不过刚刚周岁。

我虽因母亲健全而不敢说自己老，但齿牙摇动，头发已秃，自己心里知道，知道在人世间还能有几天啊！阿品远远地在河南作官，也没有子女，九族没有可以继承的人。你死有我安葬，我死后由谁来埋葬呢？你如果死后有灵的话，能不能告诉我？

唉！你身前的事既已不堪回首，你身后的事又不能知道；哭你既听不到你回话，祭你又看不到你来享食。纸钱的灰烬飞扬着，北风在旷野里显得更猛，我回去了，但又回过头来看你。唉，悲伤啊！唉，悲伤啊！

© 民主与建设出版社，2022

图书在版编目（CIP）数据

古文·传记·铭祭/郭艳红主编. —— 北京：民主与建设出版社，2019.11

（古典诗文精品选读）

ISBN 978-7-5139-2683-6

Ⅰ.①古… Ⅱ.①郭… Ⅲ.①中国文学－古典文学－作品综合集 Ⅳ.①I212.01

中国版本图书馆CIP数据核字（2019）第253504号

古文·传记·铭祭
GUWEN·ZHUANJI·MINGJI

主　　编	郭艳红
责任编辑	韩增标
封面设计	大华文苑
出版发行	民主与建设出版社有限责任公司
电　　话	（010）59417747　59419778
社　　址	北京市海淀区西三环中路10号望海楼E座7层
邮　　编	100142
印　　刷	廊坊市国彩印刷有限公司
版　　次	2022年1月第1版
印　　次	2022年1月第1次印刷
开　　本	880毫米×1230毫米　　1/32
印　　张	3
字　　数	38千字
书　　号	ISBN 978-7-5139-2683-6
定　　价	148.00元（全10册）

注：如有印、装质量问题，请与出版社联系。

古文·游记·杂记

郭艳红 主编

民主与建设出版社
·北京·

前言

　　习近平总书记在十九大报告中指出:"深入挖掘中华优秀传统文化蕴含的思想观念、人文精神、道德规范,结合时代要求继承创新,让中华文化展现出永久魅力和时代风采。"

　　习总书记还曾指出:"'去中国化'是很悲哀的,应该把这些经典嵌在学生脑子里,让经典成为中华民族文化的基因。"

　　是的,泱泱中华五千载,悠悠国学民族魂。我们中华国学"为天地立心,为生民立命,为往圣继绝学,为万世开太平",是中华民族生生不息的根本,是华夏儿女遗传基因和精神支柱。

　　国学就是中国之学,中华之学,是以母语汉语为基础,表达中华民族的精神价值和处世态度的,有利于凝聚中华民族的文化向心力,有利于中华民族大团结,是炎黄子孙的生命火炬,我们要永远世代相传和不断发扬光大。

　　中华优秀传统文化在思想上有大智,在科学上有大真,在伦理上有大善,在艺术上有大美。在中华民族艰难而辉煌发展历程中,优秀传统文化薪火相传、历久弥新,始终为国人提供精神支撑和心灵慰藉。所以,更多从传统优秀国学经典中汲取丰富营养,丰盈的不只是灵魂,而是能够拥有神圣而崇高的家国情怀。

　　中华传统国学是指以儒学为主体的中华传统文化与学术,包括非常广泛,内涵十分丰富,凝聚了我国五千年的文明史和传统文化,体现了中华民族博大精深的文化精髓,是经过多少代人实践检验过

的文化瑰宝,承载着中华民族伟大复兴的梦想。

中华传统国学经典,蕴含了中华儿女内圣外王的个体修养和自强不息的群体精神,形成了重义轻利的处世态度以及孝亲敬长的人伦约定,包含着辨证理智的心智思维和天人合一的整体观念。历经数千年发展,逐渐形成了以儒释道为主干的传统文化和兼容并包、多元一体的开放型现代文化。

作为国学经典,是广大读者必备的精神食粮。读者们阅读国学经典,能够秉承国学仁义精神,学会谦和待人、谨慎待己、勤学好问等优良品行,能够达到内外兼修与培养刚健人格。

我们欣喜地看到,在党和政府的积极号召下,教育部印发了《完善中华优秀传统文化教育指导纲要》,各级教育机构启用了《中华优秀传统文化》教材,中小学语文新课标中也增强了青少年学生阅读和学习国学的分量,许多中小学开设了专门的国学课程,全国各族人民掀起了学习和传承中国传统文化的热潮。

为此,在有关专家指导下,特别编辑了这套"古典诗文精品选读"作品。古诗泛指古代中国诗歌,本套作品主要包括《诗经》《楚辞》《乐府诗》等,没有选入唐诗宋词元曲等;古文是指古代散文,主要包括传记、铭祭、论说、奏议、游记、杂记、书信、序跋等,本套作品还包括寓言、故事以及古代韵文的辞赋和骈体文的骈文等。这些古典诗文是中华辉煌灿烂文化的奇葩,具有独特的艺术价值。

本套作品主要根据广大读者特别是青少年读者学习吸收特点,精选了许多经典古诗文,增设了简单明白的注释和白话解读等,还配有精美图片等,能够培养广大青少年读者的国学阅读兴趣和传统文化素养,能够增强对中国传统文化的热爱、传承和发展,能够激发并积极投身到中华复兴的伟大梦想之中。

目录

游记

桃花源记	（东晋）陶渊明	006
钴鉧潭西小丘记	（唐）柳宗元	009
至小丘西小石潭记	（唐）柳宗元	012
小石城山记	（唐）柳宗元	014
岳阳楼记	（宋）范仲淹	016
醉翁亭记	（宋）欧阳修	020
游褒禅山记	（宋）王安石	024
石钟山记	（宋）苏　轼	028
黄州快哉亭记	（宋）苏　辙	032
过小孤山大孤山	（宋）陆　游	036
阅江楼记	（明）宋　濂	041
西湖七月半	（明）张　岱	046
登泰山记	（清）姚　鼐	050

杂记

卜居	（战国）屈 原	054
宋玉对楚王问	（战国）宋 玉	057
吊古战场文	（唐）李 华	059
杂说一·龙说	（唐）韩 愈	064
杂说四·马说	（唐）韩 愈	066
师说	（唐）韩 愈	068
捕蛇者说	（唐）柳宗元	072
陋室铭	（唐）刘禹锡	076
黄冈竹楼记	（宋）王禹偁	077
丰乐亭记	（宋）欧阳修	080
喜雨亭记	（宋）苏 轼	084
卖柑者言	（明）刘 基	087
沧浪亭记	（明）归有光	090
《吴山图》记	（明）归有光	093

游记

桃花源记

（东晋）陶渊明

晋太元中，武陵人捕鱼为业。缘溪行，忘路之远近。忽逢桃花林，夹岸数百步，中无杂树，芳草鲜美，落英缤纷。渔人甚异之。复前行，欲穷其林。

林尽水源，便得一山。山有小口，仿佛若有光。便舍船，从口入，初极狭，才通人❶。

复行数十步，豁然开朗。土地平旷，屋舍俨然，有良田❷、美池❸、桑竹之属。阡陌❹交通❺，鸡犬相闻。其中往来种作，男女衣着，悉如外人。黄发❻垂髫❼，并怡然自乐。

【注释】

❶才通人：仅仅只能让一个人通过。❷良田：肥田沃土。❸美池：清秀的池塘。❹阡陌（qiān mò）：田间小路。❺交通：相互通连。❻黄发：指老人。因为老年人发色自白转黄。❼垂髫（tiáo）：指儿童。

【译读】

晋朝太元年间，武陵地方有一个以捕鱼为业的人，沿着一条溪水捕鱼，忘记了走了多远的路。忽然碰到一片桃花林，这片桃花林夹着两岸有几百步宽，中间没有别的树，香草新鲜美好，落在地上的桃花彩色缤纷。渔人对此很诧异。他再向前行，想走完这片桃花林看一个究竟。

桃林尽头是溪水的发源地，那里有一座山。山上有一个小洞，洞里面好像有光。渔人便离开船，从那个洞口走进去。起初非常狭窄，只能容一个人通过。

再向前走几十步，变得既开阔又敞亮。里面的土地平坦开阔，房屋整齐分明，有肥沃的田地、美好的池塘和桑树、竹林之类。田间的小路四通八达，可以听到鸡鸣狗吠交鸣的声音。里面的人来来往往地耕田种地，男男女女穿的衣服，都和外面的人一样。无论老年人和小孩子，都很安适愉快。

【原文】

见渔人，乃大惊，问所从来，具❶答之。便要❷还家，设酒杀鸡作食。村中闻有此人，咸来问讯。自云先世避秦时乱，率妻子邑人来此绝境，不复出焉，遂与外人间隔。

问今是何世，乃不知有汉，无论魏、晋。此人一一为具言所闻，皆叹惋。馀人各复延至其家，皆出酒食。停数日，辞去。此中人语云："不足为外人道也。"

既出，得其船，便扶向路，处处志❸之。及郡下，诣❹太守，说如此。太守即遣人随其往，寻向所志❺，

遂迷,不复得路。南阳刘子骥,高尚士也,闻之,欣然规往。未果,寻病终。后遂无问津者。

【注释】

❶具:通"俱",全。❷要(yāo):通"邀",邀请。❸志:记,作标记。❹诣(yì):前往拜见。❺寻向所志:寻找先前回来时所做的标记。

【译读】

  洞里面的人看见渔人,便大吃一惊,问他是从哪里来的。渔人全部回答了。里面的人便邀请渔人一同回家,备了酒,杀了鸡给渔人吃。村里的人听说来了这么一个渔人,便都来打听消息。他们自己说,祖先为了躲避秦朝的乱世,带领妻子儿女和同乡来到这个与世隔绝的地方,不再出去了,就这样同外面的人断绝了来往。

  他们问现在是什么朝代,竟然不知道有汉朝,更不要说魏、晋了。这个渔人把他所知道的事情一件一件详细地告诉他们,里面的人听了以后都惊叹。其余的人也各自再请渔人到他们家里去做客,都用酒饭款待他。住了几天,渔人便告辞回去。这里面的人说:"不必把这里的情况对外面的人说呀"。

  渔人出来后找到船,便顺着原路回去,一路上处处做了记号。他到了武陵郡,来到太守处报告了这些情况。太守立即派人跟他去,寻找以前作的记号,结果迷失了方向,再也找不到那条去路。南阳刘子骥,是一个高尚的读书人,听到这件事,高兴地打算前去寻找,没有去成,不久他就病死了。以后就没有人再去寻找了。

钴鉧潭西小丘记

（唐）柳宗元

得西山后八日，寻山口西北道二百步，又得钴鉧潭。潭西二十五步，当湍而浚者为鱼梁。梁之上有丘焉，生竹树，其石之突怒❶偃蹇❷，负土而出，争为奇状者，殆不可数。其嵚然❸相累而下者，若牛马之饮于溪；其冲然角列而上者，若熊罴之登于山。

丘之小不能一亩，可以笼而有之。问其主，曰："唐氏之弃地，货而不售。"问其价，曰："止四百。"余怜而售之。李深源、元克己时同游，皆大喜，出自意外。即更取器用，铲刈秽草，伐去恶木，烈火而焚之。嘉木立，美竹露，奇石显。由其中而望，则山之高，云之浮，溪之流，鸟兽之遨游，举熙熙然❹回巧献技❺，以效兹丘之下。枕席而卧，则清泠之状与目谋；瀯瀯❻之声与耳谋；悠然而虚者❼与神谋；渊然而静者❽与心谋。不匝旬❾而得异地者二，虽古好事之士，或未能至焉。

噫！以兹丘之胜，致之沣、镐、鄠、杜，则贵游之士争买者，日增千金而愈不可得。今弃是州也，农夫、渔夫过而陋之❿，价四百，连岁不能售。而我与深源、克己独喜得之，是其果有遭乎？书于石，所以贺兹丘之遭也。

【注释】

❶突怒：山石突出如怒的样子。❷偃蹇（jiǎn）：山石高耸起伏的样子。❸嶔然：山石耸立的样子。❹熙熙然：和悦的样子。❺回巧献技：运巧献技。❻嵤（yīng）嵤：水流回荡声。❼悠然而虚者：指幽远空阔的意境。❽渊然而静者：指渊深恬静的意境。❾匝旬：满十天。匝，周；旬，十日为一旬。❿陋之：看不起它。

【译读】

　　找到西山以后的第八天，我们沿着山口向西北走了约二百步，又找到一个钴鉧潭。潭的西面约二十五步，在流急水深处有一座鱼梁。鱼梁上面有个小土山，生长着不少竹和树。小土山上面的石头，有的突起，有的仰卧，它们背着泥土钻出来，争先恐后地做出各种奇形怪状，几乎数都数不清。那些高高耸起、互相重叠挤压而向下的石头，如同牛马在溪旁喝水；那些冲突着要想排到上面行列中去的石头，就像熊罴向山上攀登。

　　土山很小，不到一亩，简直可以用一个小笼子全部把它装下。我们打听这个小土山的主人是谁，当地的人说："这是唐家废弃的土地，要卖却卖不掉。"再问它的价钱，说："只要四百文。"我爱惜小土山，就买下它。李深源、元克己当时和我一道游玩，他们都很高兴，认为出于意料之外。我们就一次次地拿着器具铲除杂乱的草，砍去不好的树，点燃大火烧毁它们。于是美好的树木站出来了，漂亮的竹子露出来了，奇怪的石头显出来了。从其中眺望，山的高峻，云的飘浮，溪水的流动，以及飞鸟走兽的游嬉，都和乐地在这个小土山下

古文·游记·杂记

面,呈现巧妙的姿态,尽力献出它们各自的特色。如果在这里垫着枕头、铺上席子睡下,那么,清凉的景色就会和眼睛接触,潺潺的水声就会跟耳朵接触,遥远而虚寂的境界就会同精神接触,深沉而安静的气氛就会与思想接触。在不满十天的时间里就找到了两处景色优异的地方,即使古时爱好山水的人,恐怕也不能做到吧!

唉!照这个小土山的美好景致,把它搬到沣、镐、鄠、杜等地方,那么,富贵而又爱好游赏的人争相购买,就是每天加价一千金也还不能买到。如今抛弃在这个州里,来往路过的农民和渔夫都轻视它。价钱不过四百文,一连几年不能卖出去。我和李深源、元克己却偏偏高兴地买下它,这个小土山果真有所谓运气吗?把这些话写在岩石上面,用来祝贺这个小土山的好运气。

至小丘西小石潭记

(唐)柳宗元

从小丘西行百二十步,隔篁竹❶,闻水声如鸣佩环❷,心乐之。伐竹取道,下见小潭,水尤清冽,石以为底,近岸,卷石底以出,为坻❸,为屿,为嵁❹,为岩。青树翠蔓,蒙络摇缀,参差披拂。潭中鱼可百许头,皆若空游无所依;日光下彻,影布石上,佁❺然不动;俶尔❻远逝,往来翕忽,似与游者相乐。

【注释】

❶篁(huáng)竹:成林的竹子。❷如鸣珮环:好像人身上佩带的珮环相碰击发出的声音。❸坻(chí):水中高地。❹嵁(kān):高深的山岩。❺佁(yǐ):痴呆的样子。❻俶(chù)尔:动的样子。

【译读】

从小土丘向西走大约一百二十步,隔着竹林,听到水声,就好像身上佩戴的玉佩、玉环相互碰撞的发出声音,心里十分高兴。砍伐竹子,开辟出一条道路,下面显现出一个小小的水潭,潭水特别清凉。潭以整块石头为底,靠近岸边,石底向上弯曲,露出水面,像各种各样的石头和小岛。青葱的树木,翠绿的藤蔓,遮掩缠绕,摇动下垂,参差不齐,随风飘动。潭中大约有一百来条鱼,都好像在空中游动,没有什么依靠似的。阳光往下一直照到潭底,鱼儿的影子映在水底的石上。鱼儿

古文·游记·杂记

呆呆地一动不动，忽然向远处游去，来来往往，轻快敏捷，好像在和游玩的人逗乐。

【原文】

潭西南而望，斗折❶蛇行，明灭可见，其岸势犬牙差互❷，不可知其源。坐潭上，四面竹树环合，寂寥无人，凄神寒骨，悄怆❸幽邃，以其境过清，不可久居，乃记之而去。

同游者：吴武陵，龚古，余弟宗玄。隶而从者，崔氏二小生，曰恕己，曰奉壹。

【注释】

❶斗折：像北斗星那样曲折。❷犬牙差（cī）互：形容地势像犬牙一样参差不齐。❸悄（qiǎo）怆：寂静得使人感到忧伤。

【译读】

向石潭的西南方向望去，小溪像北斗七星那样的曲折，又像蛇爬行一样的蜿蜒，有时看得见，有时看不见。小潭两岸的形状像狗的牙齿那样互相交错，不能知道溪水的源头在哪里。我坐在石潭旁边，四周竹林和树木环绕合抱，静悄悄的，空无一人，使人感到心神凄凉，寒气透骨，真是寂静极了，幽深极了。因为这里的环境太过凄清，不能长时间地待下去，于是记录下了当时的情景就离开了。

一同去游览的有吴武陵、龚古和我的弟弟宗玄。作为随从跟着一同去的还有姓崔的两个年轻人，一个叫恕己，一个叫奉壹。

小石城山记

(唐)柳宗元

自西山道口径北❶,逾黄茅岭而下,有二道,其一西出,寻之无所得;其一少北而东❷,不过四十丈,土断❸而川分,有积石横当其垠。

其上为睥睨❹梁欐❺之形,其旁出堡坞❻,有若门焉。窥之正黑,投以小石,洞然有水声,其响之激越❼,良久乃已。环之可上,望甚远。无土壤而生嘉树美箭,益奇而坚。其疏数偃仰,类智者所施设也。

噫!吾疑造物者之有无久矣。及是,愈以为诚有。又怪其不为之于中州,而列是夷狄❽。更千百年不得一售其伎,是固劳而无用。神者倘不宜如是,则其果无乎?或曰:"以慰夫贤而辱于此者。"或曰:"其气之灵,不为伟人,而独为是物,故楚之南❾,少人而多石。"是二者,余未信之。

【注释】

❶径北:径直向北,一直往北。❷少北而东:稍偏北然后向东。❸土断:指黄茅岭北至小石城山前突然断落,形成一个峡谷。❹睥睨(pì nì):同"俾倪",城墙上的小墙,又叫女墙。❺梁欐(lì):栋梁,此处指房屋。❻堡坞:堡垒,小城墙。❼激越:响亮清脆。❽夷狄:古代称边远地区的少数民族,这里指永州。❾楚之南:指永州。

【译读】

　　从西山的路口一直往北,爬过黄茅岭然后向下走,有两条路:其中的一条路向西伸展出去,沿路搜寻景色,没有什么收获;其中的另一条路稍微偏北又转向东,朝前走不超过四十丈,山路中断,被水流分开,有一座石头堆成的小山横亘在路边。

　　小山的上面,有些石头环绕着像城墙上的小墙那样,有些石头搁在上边像屋梁的形状;小山的旁边突出一座天然的碉堡,中间有像门之类的。朝里看黑乎乎的,拿小石块投进去,咚的一声,似乎落在水里发出来的音响,那音响的清脆响亮,过了很长时间才停止。绕着它可以走上去,可以眺望得很远。上面没有泥土,却在石缝中长着不少美好的树木和竹子,看上去格外奇异而且结实。它们长得疏密相间,高低适宜,就像聪明的人安排布置的一般。

　　唉!我很久就怀疑究竟有还是没有创造万物的上帝。等到看了这里的景物,我才越发认为它的确是有的。可是,又责怪它不在中原地区创造这种美景,却安排在这边远的地区。使它们经过了千百年也得不到一次机会向人们贡献出它的优美的姿态,这实在是花了劳动却没有功效。有灵的上帝恐怕不应该这样,那么上帝果真是没有的吧!有人说:"这是用它来宽慰那些有才能却辱没在这里的人的。"也有人说:"这里地气的灵秀,不创造伟大人物,却偏偏创造这种优美景色,所以古楚国的南部缺少人才而多怪石。"这两种解释,我都不相信它。

岳阳楼记

(宋)范仲淹

庆历四年春,滕子京谪守巴陵郡。越明年,政通人和,百废❶具兴。乃重修岳阳楼,增其旧制,刻唐贤今人诗赋于其上,属❷予作文以记之。

予观夫❸巴陵胜状❹,在洞庭一湖。衔远山,吞长江,浩浩汤汤,横无际涯;朝晖夕阴,气象万千。此则岳阳楼之大观也。前人之述备矣。然则❺北通巫峡,南极潇湘,迁客骚人,多会于此,览物之情,得无❻异乎?

【注释】

❶百废:指许多废弛的事。具,同"俱",全;兴,兴办。❷属(zhǔ):通"嘱",嘱咐,委托。❸夫(fú):指示代词,那。❹胜状:美景,好景色。❺然则:既然这样,那么。❻得无:怎能不,表示反问语气。

【译读】

庆历四年的春季,滕子京被贬谪到巴陵郡做太守。到了第二年,政事推行顺利,百姓和睦相处,许多以前废置的事情统统兴办起来了。于是重修岳阳楼,扩大了它的原有规模,在楼上镌刻了唐朝和当代名人的诗赋,嘱托我写文章,记下重修岳阳楼这件事。

我看那岳州的壮丽景色,集中在一个洞庭湖上。它含着远山，吞吐长江，滔滔滚滚，宽广得无边无际；清晨的阳光和傍晚的夕照，气象千变万化。这就是岳阳楼上的大好风光啊，前人的描述已经很详尽了。然而，这儿北面通向巫峡，南面直达潇水和湘江，受处分被降职的官员，多愁善感的诗人，大多数在这里聚会，他们看到这自然景色所产生的情绪，只怕会不同吧？

【原文】

若夫❶霪雨霏霏，连月不开，阴风怒号，浊浪排空❷；日星隐曜❸，山岳潜形；商旅不行，樯倾楫摧；薄暮❹冥冥，虎啸猿啼。登斯楼也，则有去国怀乡，忧谗畏讥，满目萧然，感极而悲者矣。

至若❺春和景❻明，波澜不惊，上下天光，一碧万顷；沙鸥翔集，锦鳞游泳；岸芷汀兰，郁郁青青。而或长烟一空，皓月千里；浮光耀金，静影沉璧，渔歌互答，此乐何极？登斯楼也，则有心旷神怡，宠辱皆忘，把酒临风，其喜洋洋者矣。

【注释】

❶若夫（fú）：发语词，用在一段话的开头引起论述，近似于"像那"。❷排空：冲向天空。❸隐曜（yào）：隐藏了光辉。曜，日光。❹薄（bó）暮：太阳落山的时候。薄，迫近。❺至若：连词，至于，又如。❻景：日光。

【译读】

至于阴雨连绵，一连几个月不放晴；阴森森的风愤怒地号叫着，混浊的浪头翻滚着直扑到天空；太阳和星星都隐没了光辉，高山也潜藏起形体；船桅倒下，船桨折断，经商和旅行的人都不能坐船航行了。傍晚天色昏暗，只听见老虎在长啸，猿猴在悲啼。如果在这个时候登上这座楼，就会产生远离京城、怀念家乡、担心诽谤、害怕讥笑的心情，满眼凄凉，感慨到极点，就悲伤起来了。

到了春天，气候温和，景物鲜明，洞庭湖上波浪平静；天空和它在水里的倒影连成一片碧绿的颜色，非常广阔；沙鸥时而飞翔，时而停歇聚拢，美丽的鱼时而浮出水面，时而潜入水底；岸旁的芷草，和沙洲上的兰花，气味浓郁，生长茂盛。有时湖面上的雾气完全消失，皎洁的月光一泻千里，水面上闪动着金色的光辉，月影映在静静的水里，宛如沉在水中的一块玉璧。捕鱼

古 文 · 游 记 · 杂 记

人的歌声此起彼伏,互相应答,这种乐趣哪里会有穷尽的呢?如果在这个时候登上这座楼,就会心情舒畅、精神愉快,荣宠耻辱全都忘却,对着清风端起酒杯,高兴到极点而得意扬扬的了。

【原文】

嗟夫!予尝求古仁人❶之心,或异二者之为,何哉?不以❷物喜,不以己悲;居庙堂❸之高,则忧其民;处江湖之远,则忧其君。是进❹亦忧,退❺亦忧。然则何时而乐耶?其必曰:"先❻天下之忧而忧,后天下之乐而乐"欤。噫!微斯人❼,吾谁与归❽?

【注释】

❶古仁人:古代品德高尚的人。❷以,因为。❸庙堂:指朝廷。❹进:在朝廷做官。❺退:不在朝廷做官。❻先:在……之前。❼斯人:这样的人。❽谁与归:就是"与谁归"。归,归依。

【译读】

唉!我曾经探求过古代品德高尚之人的思想感情,有的跟上面两种思想感情都不同,这是为什么呢?他们不因为环境称心而快乐,也不因为个人失意就悲哀。处在朝廷的高位上,就担忧那些百姓;处在偏远的江湖上,就担忧他的君主。这样,入朝做官要担忧,退处江湖也要担忧,那么什么时候才能享受欢乐呢?他们一定会说:"要在天下人担忧之前先担忧,在天下人享乐以后才享乐"吧!唉!假使没有这种人,我跟谁一道呢!

醉翁亭记

(宋) 欧阳修

环滁皆山❶也。其西南诸峰，林壑❷尤美，望之蔚然❸而深秀❹者，琅琊❺也。

山行六七里，渐闻水声潺潺，而泻出于两峰之间者，酿泉也。峰回路转，有亭翼然❻临于泉上者，醉翁亭也。作亭者谁？山之僧曰智仙也。名之者谁？太守自谓也。

【注释】

❶环滁皆山：滁州四周群山环绕。滁，滁州。❷林壑：树木山谷。❸蔚然：草木茂盛的样子。❹深秀：幽深秀丽。❺琅琊：山名，在滁县西南十里。❻翼然：像鸟张开翅膀一样。

【译读】

环绕着滁州的都是山。滁州西南方的许多山，林木山谷格外优美。望上去草木茂盛并且幽深秀丽的，那就是琅琊山。

沿着山路走六、七里，渐渐地听到水声潺潺，一抬头就看到有一股泉水从两座山峰之间倾泻出来，那是酿泉。山峰回环，道路盘绕，那里有座亭子像鸟儿展翅那样高踞在酿泉上面的，是醉翁亭。建造亭子的是谁？是琅琊山开化寺中的和尚智仙。给它命名的是谁？是滁州太守用自己的别号命名的。

古文·游记·杂记

【原文】

太守与客来饮于此，饮少辄❶醉，而年又最高，故自号曰醉翁也。醉翁之意不在酒，在乎山水之间也。山水之乐，得之心而寓❷之酒也。

若夫日出而林霏❸开，云归而岩穴暝，晦明❹变化者，山间之朝暮也。野芳发而幽香，佳木秀而繁阴，风霜高洁，水落而石出者，山间之四时也。朝而往，暮而归，四时之景不同，而乐亦无穷也。

【注释】

❶辄（zhé）：就。❷寓：寄托。❸林霏：山林中的雾气。❹晦明：指天气阴晴明暗。

【译读】

太守和客人到这里来喝酒，太守稍微喝了一点儿就醉了。而且年纪又最大，所以自己给自己起个别号叫'醉翁"。醉翁的心思并不在酒上，而是在山水之间。他对游山玩水的乐趣，是领会在心里而寄托在酒中。

有时太阳出来，树林中的雾气消散；有时云雾积聚在山间，岩洞昏暗；这些阴暗明亮、变化莫测的景象，是山里的早晨和晚上。野花开放了，闻到阵阵幽香；树木长高了，成为一片浓荫；天高气爽，霜色洁白；水位低落，石头显露，这就是山里的四季。早晨出去，傍晚归来，四季的景色不同，乐趣也就没有穷尽。

【原文】

至于负者歌于途，行者休于树，前者呼，后者应，

伛偻提携❶，往来而不绝者，滁人游也。临溪而渔，溪深而鱼肥，酿泉为酒，泉香而酒洌，山肴野蔌❷，杂然而前陈者，太守宴也。

宴酣之乐，非丝非竹❸，射者中，弈者胜，觥筹交错，起坐而喧哗者，众宾欢也。苍颜白发，颓然乎其间者，太守醉也。

已而夕阳在山，人影散乱，太守归而宾客从也。树林阴翳❹，鸣声上下，游人去而禽鸟乐也。

然而禽鸟知山林之乐，而不知人之乐；人知从太守游而乐，而不知太守之乐其乐也。醉能同其乐，醒能述以文者，太守也。太守谓谁？庐陵欧阳修也。

【注释】

❶伛偻提携：老人小孩。伛偻，腰背弯曲的样子，指老人；提携，搀手领着走，指小孩。❷山肴野蔌（sù）：山产野味。山肴，山里得来的鱼肉等荤菜；野蔌，野菜。❸非丝非竹：没有音乐。丝、竹，管弦乐器。❹阴翳（yì）：树荫浓密。翳，遮盖。

【译读】

至于背负东西的人在路上唱歌，行路的人在树下休息，前边的人呼唤，后边的人答应，弯腰曲背的老人和被人搀扶着的孩子，来来往往，络绎不绝，这是滁州人在这里游赏。到溪边捕鱼，溪水深，鱼很肥；用泉水酿成酒，泉水香，酒清澈；野味和蔬菜，错杂地摆在前面，这是太守在举行宴会。

古文·游记·杂记

　　宴会的快乐，不只是音乐，而是投壶的人投中了，下围棋的人胜利了，酒杯酒筹在人们手里递来递去，交互错杂；有的人坐着，有的人站起来，嘴里不停地呼喊，这是客人们在尽情欢乐。苍老的脸庞，雪白的头发，倒在客人中间的，这是太守喝醉了。

　　不久，傍晚的太阳挂在山上，人们的影子散乱地留在地上，这是太守回归、客人跟着走了。树荫覆盖着，鸟的叫声忽上忽下，这是游人离开以后鸟儿在欢乐。

　　可是，鸟儿只知道山林中的欢乐，却不知道人们的欢乐；人们只知道跟着太守游玩而欢乐，却不知道太守是为着人们的欢乐而欢乐啊。喝醉酒后能够和人们共同欢乐，酒醒以后能够写文章描述欢乐情景的，是太守；太守是谁？是庐陵欧阳修。

游褒禅山记

（宋）王安石

褒禅山亦谓之华山，唐浮图❶慧褒始舍于其址，而卒葬之，以故其后名之曰"褒禅"。今所谓慧空禅院者，褒之庐冢❷也。

距其院东五里，所谓华山洞者，以其乃华山之阳名之也。距洞百余步，有碑仆道❸，其文漫灭，独其为文犹可识❹，曰"花山"。今言"华"如"华实"之"华"者，盖音谬也。

其下平旷，有泉侧出，而记游者甚众，所谓"前洞"也。由山以上五六里，有穴窈然，入之甚寒。问其深，则其好游者不能穷也，谓之"后洞"。

【注释】

❶浮图：梵语，亦作"浮屠"，此处指僧人。址：此指山脚下。❷冢：坟墓。❸仆道：伏倒在路上。❹独其为文犹可识：只是碑上作为单个的字还可以认出来。

【译读】

褒禅山，也叫华山，唐朝和尚慧褒开始在这个地方定居，最后就葬在这里，因此从那以后就把这座山称为褒禅山。今天所说的慧空禅院，就是当年慧褒和尚住屋和坟墓的所在地。

距离慧空禅院东面五里路，有个叫华山洞的，因为

古文·游记·杂记

它是在华山的南面,所以这样称呼它。离开华山洞一百多步,有块石碑倒在路旁,碑上的文字已经模糊不清,不过其中残存成字形的,还可以辨认出是"花山"。如今讲"华",好像华实的"华",可能是读音错了。

洞的下面平坦开阔,有一股泉水在它的旁边涌出来,洞壁上题字留念的人很多,这就是所谓前洞。从山路向上走五、六里,有一个洞,幽暗深邃,走进洞内感到身上很冷;问问它的深度,就是那些喜欢游览的人也不能走到它的尽头,人们称它作后洞。

【原文】

余与四人拥火❶以入,入之愈深,其进愈难,而其见❷愈奇。有怠而欲出者,曰:"不出,火且❸尽。"遂与之俱出。盖予所至,比好游者尚不能十一❹,然视其左右,来而记之者已少。盖其又深,则其至❺又加少矣。方是时,予之力尚足以入,火尚足以明也。既其出,则或咎其欲出者,而予亦悔其随之,而不得极❻夫游之乐也。

【注释】

❶拥火:拿着火把。❷见:看到的景象。❸且:将,将要。❹不能十一:不及十分之一。不能,不及,不到。❺至:到达的人。❻极:尽,这里指尽情享受。

【译读】

我和四个人拿着火把走进去,进洞越深,前进越困难,看到的情景却越奇妙。有个人懒得前进想要出去的，就说："不出去，火把快要烧完了。"于是就跟他们一道退出。大约我们所到的地方，跟爱好游览的人相比还不到十分之一，可是观察洞的两旁，到过而且题字留念的人已经不多。因为洞越深，到的人就越少了。当这个时候，我的体力还能够前进，火把还能够照明。大家出来以后，就有人责怪那个要退出的人，我也懊悔自己跟着他们一道走了出来，因而不能竭尽游览的乐趣。

【原文】

于是予有叹焉。古之人观于天地、山川、草木、虫鱼、鸟兽，往往有得，以其求思之深，而无不在也。夫夷❶以近，则游者众；险以远，则至者少。而世之奇伟、瑰怪、非常之观，常在于险远，而人之所罕至焉。故非有志者，不能至也；有志矣，不随以止也，然力不足者，亦不能至也；有志与力而又不随以怠，至于幽暗昏惑，而无物以相之❷，亦不能至也。然力足以至焉，于人可为讥，而在己为有悔；尽吾志也而不能至者，可以无悔矣，其孰能讥之乎？此予之所得也。

余于仆碑，又以悲夫古书之不存，后世之谬其传而莫能名者❸，何可胜道也哉！此所以学者不可以不深思而慎取之也。

四人者：庐陵萧君圭君玉，长乐王回深父，余弟安国平父，安上纯父❹。

至和元年七月某日，临川王某记。

【注释】

❶夷：平坦。❷无物以相之：没有外物辅助他。❸莫能名者：不能弄清真相。❹安上纯父：王安上，字纯父。

【译读】

因此，我有些感慨。古代的人对于天地、山水、草木、虫鱼、鸟兽等经过观察，往往会有心得，这是由于他们研究问题深刻而且没有什么不思考到的。那些平坦且近的地方，来游的人就多；危险且远的地方，来到的人就少。然而世上的奇妙、雄伟、壮丽、怪异、不同寻常的景色，常常在危险而且远的地方，人们却很少到那里。所以，不是有坚强意志的人是不能到达的；有了坚强意志，又不随便地停止不前，但是体力不够的人，也是不能到达的；有了坚强意志和充沛体力，又不马虎、懒惰，碰到幽深昏暗看不清楚的地方，却没有像火把那样的东西去帮助他，也是不可能到达的。可是体力足够到达而停止不前，这在旁人是可以讥讽的，在自己是应当懊悔的；假如尽到了我的最大努力还不能到达的，可以不用懊悔了，谁能够讥讽他呢？这是我的心得啊。

我对于倒在地上的石碑，又有些可惜，那古代书籍的不容易保存，后代人错误地传下去不能弄清真相的事情，怎么能够说得完呢！这就是做学问的人不能不深刻地思考、慎重地选取的啊。

同我一道游览的四个人，是庐陵萧君圭，表字君玉；长乐王回，表字深父；我的弟弟安国，表字平父；安上，表字纯父。

至和元年间，七月某日，临川的王某记载。

石钟山记

（宋）苏 轼

《水经》❶云："彭蠡❷之口，有石钟山焉。"郦元以为下临深潭，微风鼓浪，水石相搏，声如洪钟。是说也，人常疑之：今以钟磬❸置水中，虽大风浪不能鸣也，而况石乎？至唐李渤始访其遗踪，得双石于潭上，扣而聆之，南声函胡，北音清越，桴止响腾，余韵徐歇❹，自以为得之矣。然是说也，余尤疑之：石之铿然有声者，所在皆是也，而此独以钟名，何哉？

元丰七年六月丁丑，余自齐安舟行适临汝，而长子迈将赴饶之德兴尉，送之至湖口，因得观所谓石钟者。寺僧使小童持斧，于乱石间择其一、二扣之，硿硿❺焉，余固笑而不信也。

至暮夜月明，独与迈乘小舟至绝壁下。大石侧立千尺，如猛兽奇鬼，森然欲搏人。而山上栖鹘，闻人声亦惊起，磔磔云霄间。又有若老人咳且笑于山谷中者，或曰："此鹳鹤❻也。"

余方心动欲还，而大声发于水上，噌吰❼如钟鼓不绝。舟人大恐。徐而察之，则山下皆石穴罅，不知其浅深，微波入焉，涵澹澎湃而为此也。

舟回至两山间，将入港口，有大石当中流，可坐百人，空中而多窍，与风水相吞吐，有窾坎镗鞳❽之

古文·游记·杂记

声，与向之噌吰者相应，如乐作焉。因笑谓迈曰："汝识之乎？噌吰者，周景王之无射也；窾坎镗鞳者，魏庄子之歌钟也，古之人不余欺也。"

事不目见耳闻而臆断其有无，可乎？郦元之所见闻，殆⁹与余同，而言之不详；士大夫终不肯以小舟夜泊绝壁之下，故莫能知；而渔工、水师，虽知而不能言，此世所以不传也。而陋者乃以斧斤考击而求之，自以为得其实。余是以记之，盖叹郦元之简，而笑李渤之陋也。

【注释】

❶《水经》：即《水经注》，是我国第一部记录河道水系的地理专著。❷彭蠡（lǐ）：即鄱阳湖。❸磬：与钟皆为打击乐器。❹桴（fú）止响腾，余韵徐歇：停止敲击后，其声响还徐徐扬起，余音慢慢地才消失。桴，鼓槌。❺硿（kōng）硿：形容用斧击石的声音。❻鹳鹤：一种与鹤、鹭相似的水鸟。❼噌吰：形容沉重而响的声音。❽窾（kuǎn）坎镗鞳（tāng tà）：形容钟鼓撞击的声音。❾殆：大体上。

【译读】

《水经》说：彭蠡湖的口上，有一座石钟山。郦元认为山下面对深潭，轻风吹动波浪，湖水和石头互相磕碰，发出像撞击大钟一样的声响，所以名叫石钟山。这个说法，人们往往怀疑。因为如果把钟磬放在水里，就是有大风浪也不能发出声响啊，何况石头呢？到了唐朝，李渤探访了石钟山传说的真实情况，在深潭边上找到了两块石头,敲打石头听它们的声音,南面的一块声音低沉模糊,北面的一块声音清脆高昂,鼓槌停止敲打了,声音还在翻腾,余声过了一段时间才慢慢地停下来。于是他自认为找到石钟山命名的缘由了。然而这个说法,我尤其怀疑它。因为石头经过敲打铿铿地发出声响的,到处都这样,为什么这座山独用钟石来命名,是什么道理呢?

元丰七年六月初九丁丑日,我从齐安乘船到临汝去。大儿子迈要往饶州德兴县就任县尉,我送他到湖口,因而能够看到传说的石钟。庙里的和尚叫小童拿着斧头,在乱石间挑了其中的一、二块来敲打,硿硿地,我当然觉得好笑而不相信。

到了那天夜里,月光明亮,独自和儿子迈乘坐小船,到陡峭的崖壁下面。高大的岩石耸立旁边,高达千

尺，像凶猛的野兽、奇怪的鬼魅，阴沉沉地想要扑击人似的。山上宿巢的猛禽，听见人声也惊醒高飞，在云端里磔磔地乱叫。又有如同老年人在山谷中边咳边笑的声音，有人说：这就是鹳鹤。

我心有所动，刚想回去，忽然从水上发出一种很大的声音，噌噌得像撞钟击鼓一般连续不断。船家很害怕。我慢慢地察看它，原来山下都是小石洞和石缝，不晓得它们的深浅，微小的波浪冲进小洞和裂缝，震荡撞击，才造成这种声音。

小船回到两座山之间，快要进入港口，有一块大石头挡在水中，大约可坐百把人，里面空空的，有很多小洞，同风浪互相吞吐，发出窾坎镗鞳的声音，跟刚才的噌噌的声音彼此应和，就像乐队演奏那样。我就笑着对迈说："你懂得这种音乐吗？那噌噌响的是周景王的无射钟，那窾坎镗鞳响的是魏庄子的歌钟。古代的人并没有欺骗我们呀。"

事情如果不是亲眼看见，亲耳听到，就凭主观想象断定它们有或者没有，可以吗？郦元看到听到的，可能和我相同，但是说得不详细。那些大人先生们是始终不肯在夜里把小船停泊在悬崖峭壁下面的，所以没有人能够知道真相。而渔夫船夫，虽然知道却不能讲清楚，这就是石钟山名称的由来在世上不流传的缘故啊。可是那浅见薄识的人，居然拿斧头去敲石块来寻求它，自以为得到了石钟山命名的真情实况。我所以记下这件事，是因为叹惜郦元的简略，可笑李渤的浅陋啊。

黄州快哉亭记

(宋)苏 辙

江出西陵,始得平地。其流奔放❶肆大❷,南合❸沅湘,北合汉沔。其势益张。至于赤壁之下,波流浸灌,与海相若。清河张君梦得,谪居齐安,即其庐之西南为亭,以览观江流之胜,而余兄子瞻名之曰"快哉"。

盖亭之所见,南北百里,东西一舍❹。涛澜汹涌,风云开阖❺。昼则舟楫出没于其前,夜则鱼龙悲啸于其下,变化倏忽,动心骇目,不可久视。

今乃得玩❻之几席之上,举目而足。西望武昌诸山,冈陵起伏,草木行列,烟消日出,渔夫樵父之舍皆可指数。此其所以为"快哉"者也。至于长洲之滨,故城之墟,曹孟德、孙仲谋之所睥睨,周瑜、陆逊之所骋骛,其流风遗迹,亦足以称快世俗。

【注释】

❶奔放:江流奔腾迅疾。❷肆大:水势浩大。❸合:汇合,纳入。❹一舍:三十里。❺风云开阖:风云变化,天气阴晴。❻玩:赏玩。

【译读】

长江从西陵峡流出来,方才得到平坦的地形,它的水流逐渐奔放强大起来。当它同南面的沅水和湘水、北面的汉水和沔水汇合时,它的水势越发强大。到了赤壁的下面,水流越来越浩大,简直跟大海相似了。清河张君梦得,降职到齐安,在靠近他的住宅的西南方建造了一座亭子,用它来观赏江水的美景。我的哥哥子瞻给它起了个名字叫"快哉"。

在亭子上能望到的,从南到北约有一百里,从东到西约有三十里。波浪汹涌澎湃,风吹着云忽然散开忽然合拢。白天,看见来往的船只在亭子的前面忽隐忽现;夜晚,听到鱼龙在亭子的下面悲壮地号叫。景色变化迅疾,惊心骇目,不能长时间观赏。

如今却能够靠在几案边,坐在位子上,玩赏这些景色,只要抬起眼皮就可以看够。向西眺望武昌的许多山,冈峦丘陵,高低起伏,草木一行行,一排排,雾气消散,太阳出来,打鱼人和砍柴人的住屋都可以指明数清。这就是起名叫"快哉"的原因啊。至于长洲的边上,故城的废墟,曹孟德、孙仲谋窥伺的地方,周瑜、陆逊奔驰角逐的场所,他们留下来的影响和事迹,也足够在社会上一般人中间夸赞为畅快的事情。

【原文】

昔楚襄王从宋玉、景差于兰台之宫,有风飒然至者,王披襟当之,曰:"快哉此风!寡人所与庶人共者耶?"宋玉曰:"此独大王之雄风耳,庶人安得共之!"

玉之言,盖有讽焉。夫风无雌雄之异,而人有遇不遇之变。楚王之所以为乐,与庶人之所以为忧,此则人之变也,而风何与焉❶?

古典诗文精品选读

士生于世,使其中不自得②,将何往而非病?使其中坦然,不以物伤性,将何适而非快?今张君不以谪为患,窃会计之余功③,而自放山水之间,此其中宜有以过人者。

将蓬户瓮牖④无所不快,而况乎濯长江之清流,揖西山之白云,穷耳目之胜以自适也哉!不然,连山绝壑,长林古木,振之以清风,照之以明月,此皆骚人思士之所以悲伤憔悴而不能胜者,乌睹其为快也哉?

元丰六年十一月朔⑤日,赵郡苏辙记。

【注释】

❶风何与焉:与风有什么相干?与,参与。❷使其中不自得:假使他心中不如意。❸窃会计之余功:利用征收钱粮等公务的余暇。❹蓬户瓮牖(yǒu):指简陋的居处。❺朔:每月初一叫朔。

【译读】

过去,楚襄王带领宋玉、景差在兰台宫玩赏,有一阵风飒飒地吹来,襄王敞开衣襟对着它,说:"这阵风畅快呀!大概是我跟百姓共同享受到的吧?"宋玉说:"这不过是大王的雄风罢了,百姓怎么能够跟大王共同享受它呢?"

宋玉的话原来是含有讥讽意味的。风并没有雄雌的差异,人却有得意和不得意的区别。楚襄王觉得欢快的原因,同老百姓觉得愁苦的原因,这就是人的境遇的差别,跟风有什么关系呢?

读书人活在世上,假使他的心里不能泰然自得,那

古文·游记·杂记

么走到哪里会不愁苦呢？假使他的心里坦然，不因环境影响而伤害性情，那么走到哪里会不快乐呢？现在，张君不因为降职在外而感到愁苦，利用办公以外余下的精力和时间，让自己在山水之间尽情游赏，这在他的心里大概是有着超越一般人的东西吧。

这样，他就是在极贫困的环境中也没有什么不快乐的了，更何况在长江的清流中洗涤污垢，从西山的白云中汲取欢乐，竭尽耳目所能取得的美好景物，从而使自己畅快呢！如果不是如此，那绵延的山岭，幽深的峡谷，高大的森林，古老的树木，用清风来吹动它，用明月来照映它，这些景色都能成为诗人和思念志士悲伤而不能忍受的原因，哪能看到它有什么快活的地方呢！

元丰六年十一月初一，赵郡苏辙记。

过小孤山大孤山

（宋）陆 游

八月一日，过烽火矶❶。南朝自武昌至京口，列置烽燧❷，此山当是其一也。自舟中望山，突兀而已。及抛江过其下，嵌岩窦穴，怪奇万状，色泽莹润，亦与它石迥异。又有一石，不附山，杰然特起，高百余尺，丹藤翠蔓，罗络其上，如宝装屏风❸。

是日风静，舟行颇迟，又秋深潦缩❹，故得尽见。杜老所谓"幸有舟楫迟，得尽所历妙"也。过澎浪矶、小孤山，二山东西相望。小孤属舒州宿松县，有戍兵。凡江中独山，如金山、焦山、落星之类，皆名天下，然峭拔秀丽皆不可与小孤比。

【注释】

❶烽火矶：设置烽火台的江边小山。矶，水边突出的岩石。❷烽燧：也称烽火台、烽台、烟墩、烟火台。如有敌情，春秋时白天燃烟叫烽，夜晚放火叫燧；而唐时白天燃烟叫燧，夜晚放火叫烽，是古代传递军事信息最快最有效的方法。❸宝装屏风：宝石镶嵌的屏风。❹潦缩：水位下降。潦，积水。

【译读】

八月一日，船经过烽火矶。南朝以来，从武昌到京口，依次设置了很多烽火台，这座山应该是其中之一。

从船上看山，只是见到高耸的山峰罢了。等到抛锚停船后，走过山下，看到裂缝的岩石和各式的洞穴，奇形怪状，色彩光亮润泽，也和别的石头不大一样。又有一块巨石，与烽火矶不相连。高峻雄伟地拔地而起，高一百多尺，有红藤绿蔓蒙络在它上面，像宝石镶嵌的屏风。

这一天，风平浪静，船走得很慢，又因为深秋，江水较浅，所以能看到这里的一切美景，正如杜甫所说的"幸有舟楫迟，得尽所历妙"。经过澎浪矶、小孤山，两座山东西相望。小孤山属于舒州宿松县，山上有兵戍守着。所有江中的独山，如金山、焦山、落星山之类，都是名闻天下的，但从峭拔秀丽上看，都不能和小孤山相比。

【原文】

自数十里外望之，碧峰巉❶然孤起，上干云霄，已非它山可拟，愈近愈秀，冬夏晴雨，姿态万变，信造化❷之尤物❸也。但祠宇极于荒残，若稍饰以楼观亭榭，与江山相发挥❹，自当高出金山之上矣。

庙在山之西麓，额曰"惠济"，神曰"安济夫人"。绍兴初，张魏公自湖湘还，尝加营葺❺，有碑载其事。又有别祠在澎浪矶，属江州彭泽县，三面临江，倒影水中，亦占一山之胜。

【注释】

❶巉（chán）：险峻陡峭。❷造化：自然界，天地。❸尤物：指风景最美的地方。❹发挥：互相辉映。❺营葺：修建，修缮。

【译读】

　　自数十里外望之,碧峰巉然孤起,上干云霄,已经不是别的山可以相比的了,愈近愈秀,冬夏晴雨,姿态变化万千,确实是自然界风景最优美的地方。但山上的祠宇近于荒残,如果稍饰以楼观亭榭,与江山相发挥,自然会比金山更漂亮了。

　　庙在山之西麓,额曰"惠济",神曰"安济夫人"。绍兴初年,张魏公自湖湘回来,曾经修缮过,有碑记载了这件事。又有别祠在澎浪矶,属江州彭泽县,三面临江,倒影水中,亦占一山之胜。

【原文】

　　舟过矶,虽无风,亦浪涌,盖以此得名也。昔人诗有"舟中估客莫漫狂,小姑前年嫁彭郎"之句,传者因谓小孤庙有彭郎像,澎浪庙有小姑像,实不然也。

　　晚泊沙夹,距小孤一里。微雨,复以小艇游庙中,南望彭泽、都昌诸山,烟雨空濛,鸥鹭灭没,极登临之胜,徙倚❶久之而归。方立庙门,有俊鹘抟❷水禽,掠江东南去,甚可壮也。庙祝❸云,山有栖鹘甚多。

【注释】

　　❶徙倚:徘徊不忍去。❷抟:持,抓。这里指俊鹘用利爪抓住水禽。❸庙祝:庙堂里管香火的人。

【译读】

　　舟过矶,虽无风,亦浪涌,盖以此得名也。船过澎浪矶,即使无风,浪也很大,澎浪矶大概因此而得名吧。古人有诗:"舟中估客莫漫狂,小姑前年嫁彭郎。"传说的人说小孤山的庙里有彭郎像,澎浪矶庙里有小姑像,其实并非这样。

这天晚上,船就停在沙夹,距小孤山大约一里远。天下着雨,又乘小艇到小孤山的庙中观赏。向南远望,彭泽、都昌一带山峦,烟雨迷茫,沙鸥和白鹭时隐时现。登山临水浏览名胜可算登峰造极了,徘徊了很长时间才回去。刚到庙门口站着,就看到有一只健美的鹘鹰正在追逐水鸟,掠过江面东南方向飞去,非常壮观。守庙的人说,山上栖息着很多鹘鹰。

【原文】

二日早,行未二十里,忽风云腾涌,急系缆。俄复开霁,遂行。泛彭蠡口,四望无际,乃知太白"开帆入天镜"之句为妙。始见庐山及大孤。大孤状类西梁,虽不可拟小姑之秀丽,然小孤之旁,颇有沙洲葭苇❶,大孤则四际渺弥❷皆大江,望之如浮水面,亦一奇也。

江自湖口分一支为南江,盖江西路也。江水浑浊,每汲用,皆以杏仁澄之,过夕乃可饮。南江则极清澈,合处如引绳,不相乱。晚抵江州。州治❸德化县,即唐之浔阳县,柴桑、栗里,皆其地也;南唐为奉化军节度❹,今为定江军。

岸土赤而壁立,东坡先生所谓"舟人指点岸如赪❺"者也。泊湓浦,水亦甚清,不与江水乱。自七月二十六日至是,首尾才六日,其间一日阻风不行,实以四日半溯流行七百里云。

【注释】

❶葭(jiā)苇：芦苇。❷渺弥：形容水势浩淼，广阔无边。❸州治：州的官署所在地。治，旧时称地方政府所在地为"治"。❹节度：管辖。❺赪(chēng)：红色。

【译读】

  第二天早晨，船行不到二十里，忽然风起云涌，急忙系上缆绳。不一会儿，天转晴，又继续前行。泛舟到彭蠡口，四面望去，没有边际，这时我才领会李白"开帆入天镜"这句诗的妙处。这时才看到庐山和大孤山。大孤山的样子像西梁山，虽然比不上小孤山那样秀丽，但是小孤山的旁边，很有几块沙洲和初生的芦苇；大孤山的四周却是茫茫无际的江水，远望它像浮在水面上一样，也是一种奇观呀！

  长江从湖口分出一支成为南江，是江西路一带水域。此段长江的水很浑浊，每逢要汲用江水时，都需要用杏仁来澄清，过一个晚上才可以喝。南江的水却很清澈，两江的水合流处像用绳尺划分过一样，不相混淆。晚上到达了江州，州府设在德化县，也就是唐代的浔阳县。柴桑、栗里，都属于江州地面；南唐时由奉化军管辖，如今是定江军。

  岸上的土是红色的，像墙一样直立着，东坡先生所说的"舟人指点岸如赪"，说的就是这个。船停泊在湓浦口，水是很清的，不和江水相混。从七月二十六日到现在，前后才六天，其中有一天因为风阻船没有航行，实际用了四天半的时间，逆水而上，航行了七百里。

阅江楼记

(明)宋　濂

金陵为帝王之州，自六朝迄于南唐，类皆偏据一方，无以应山川之王气。逮我皇帝，定鼎于兹，始足以当之。由是声教所暨，罔❶间朔南，存神穆清，与天同体，虽一豫一游❷，亦可为天下后世法。

京城之西北有狮子山，自卢龙蜿蜒而来。长江如虹贯，蟠绕其下。上以其地雄胜，诏建楼于巅，与民同游观之乐，遂锡嘉名为"阅江"云。

登览之顷，万象森列，千载之秘，一旦轩露❸，岂非天造地设，以俟夫一统之君而开千万世之伟观者欤！当风日清美，法驾幸临，升其崇椒，凭阑❹遥瞩，必悠然而动遐思。

【注释】

❶罔：同"无"。❷一豫一游：指娱乐巡游。❸轩露：显露。❹阑：亦可指代栏杆。

【译读】

金陵是帝王建都的地方。但是，从六朝到南唐，大都是局部割据一个地方，没有统一全国来适应金陵山水所集中的帝王之气。直到我大明朝皇帝在这里建都，方才能够适应它。从此风声教化所到之处，不分北方和南边。皇帝保养精神，用清和之风化育万物，与和上天合

成一体,就是一次娱乐,一次游玩,也可以成为天下后代人学习的准则。

京城的西北有座狮子山,从卢龙山曲折延伸过来。长江像彩虹一般横贯,环绕在它的下面。皇上因为那里地势雄壮,景色优美,就下令在山顶造一座楼,跟百姓同享游览的欢乐。于是,赐这座楼美名叫"阅江"。

登楼游览的时候,宇宙间的各种现象纷纷罗列在眼前,某些在很长时间内认为是秘密的,也一下子显露出来。这难道不是天地神灵早就安排好来等待那统一江山的有道明君,才完全揭开千年万代的雄伟景色的吗?在风和日丽时,皇帝驾到,登上那座高山的顶峰,靠着那座高楼的阑干远眺,必定会悠然产生深远的考虑。

【原文】

见江汉之朝宗、诸侯之述职、城池之高深、关阨之严固,必曰:"此朕栉风沐雨❶、战胜攻取之所致也。"中夏之广,益思有以保之。见波涛之浩荡、风帆之上下、番舶接迹而来庭、蛮琛联肩而入贡,必曰:"此朕德绥威服,罩及❷内外之所及也。"四陲之远,益思有以柔之。见两岸之间、四郊之上,耕人有炙肤皲足之烦,农女有捋桑行馌之勤,必曰:"此朕拔诸水火,而登于衽席者也。"

万方之民,益思有以安之。触类而思,不一而足。臣知斯楼之建,皇上所以发舒精神,因物兴感,无不寓其致治之思,奚❸止阅夫长江而已哉!彼❹临春结绮❺,非不华矣;齐云落星,非不高矣。不过乐管弦之淫声，藏燕赵之艳姬，不旋踵间而感慨系之，臣不知其为何说也！

【注释】

❶栉（zhī）风沐雨：以风梳头，用雨洗发，形容奔波劳碌，风雨不停。❷覃（tán）及：遍及。❸奚：何，哪里。❹彼：远的指代词，犹"那"。❺临春、结绮：南朝陈后主曾建临春、结绮、望仙三阁，皆以沉檀香木为材，饰以金玉珠翠，瑰丽奢华。

【译读】

看到长江、汉水奔向大海，全国各地的官员都来京城述职汇报，城墙很高，护城河很深，关隘很巩固，皇上一定会说："这是我当初不避风雨，战胜敌人，夺取天下所获得的啊。"因而想到中国幅员的广阔，更加考虑用什么方法来保有它。看到长江波浪盛大，乘风的帆船往来不断，西方各国的船只后面的紧跟前面的来朝见，南方各国的珍宝由使者们肩并肩地携带着来进贡。皇上一定会说："这是我用恩德感化，威力慑服，广泛影响国内外才做到的啊。"因而想到四面边境的遥远，更加考虑用什么方法来安抚那里的军民。看到长江两岸的旁边，四周原野的上面，农民们男的有烈日烤晒皮肤、严寒冻裂手脚的辛苦；女的有采桑叶养蚕、去田间送饭的勤劳。皇上一定会说："这是我把他们从极端困苦的环境中拯救出来，又把他们安置在能够安稳地睡眠休息的和平生活中的啊。"

因而想到全国百姓，更加考虑用什么方法使他们安定。接触类似的事物所引起的推想,那就不是一两句话所能够概括得了。小臣知道,这座楼的建造,是皇上用它来发扬精力,通过观看景物引起感想,寄托着皇上要达到太平盛世的思想,何止是看看那长江的美景就罢了呢!那临春阁和结绮阁,不能说不华丽吧,齐云楼和落星楼,不能说不高大吧。然而它们的主人不过在那里演奏淫曲艳调,收藏燕赵的美女,在很短时间内就消失了,徒使后人为之感叹,小臣不晓得那应该怎样说啊。

【原文】

虽然,长江发源岷山,委蛇❶七千余里而入海,白涌碧翻,六朝之时,往往倚之为天堑。今则南北一家,视为安流,无所事乎战争矣。然则果谁之力欤?逢掖之士,有登斯楼而阅斯江者,当思圣德如天,荡荡难名,与神禹疏凿之功同一罔极,忠君报上之心,其有不油然而兴耶?臣不敏,奉旨撰记,欲上推宵旰❷图治之功者,勒诸贞珉。他若留连光景之辞,皆略而不陈,惧亵也。

【注释】

❶委蛇(wēi yí):同"逶迤",指绵延曲折。❷宵旰(gàn):宵衣旰食的省称。指天不亮就穿衣起床,天很晚才吃饭,用以称颂帝王勤于政事。

【译读】

虽然这样,但是长江发源于岷山,蜿蜒曲折地经过七千多里才流入大海,白浪滔滔,碧波滚滚,在六朝的时候，往往依靠它做天然的壕沟。今天是从南到北成为一家，看长江是一条安静的河流，无须用来进行战争了。那么，这到底是谁的功劳呢？那些宽袍大袖的读书人中有登上这座楼，来观看这条长江的，应该想到皇上恩德像天一样，广大得令人难以指明，同神禹治平洪水的功勋，同样都是无穷无尽的。这样，尽忠皇上、报答皇上的心意，难道会不自然而然地兴起吗？小臣不聪敏，奉旨撰写这篇记。想把皇上天不亮就起来穿衣，傍晚才吃饭，尽力谋求太平的事迹，写下来刻在美石上。至于其他像留恋美好景色的话，都省去不讲，因为怕玷污了皇上的圣意。

西湖七月半

（明）张　岱

西湖七月半，一无可看，只可看看七月半之人。看七月半之人，以五类看之。

其一，楼船箫鼓，峨冠❶盛装，灯火优傒❷，声光相乱，名为看月而实不见月者，看之。

其一，亦船亦楼，名娃闺秀，携及童娈❸，笑啼杂之，还坐露台，左右盼望，身在月下而实不看月者，看之。

其一，亦船亦声歌，名妓闲僧，浅斟低唱，弱管轻丝，竹肉相发，亦在月下，亦看月，而欲人看其看月者，看之。

其一，不舟不车，不衫不帻，酒醉饭饱，呼群三五，跻❹入人丛，昭庆、断桥，嚣呼嘈杂，装假醉，唱无腔曲，月亦看，看月者亦看，不看月者亦看，而实无一看者，看之。

其一，小船轻幌❺，净几煖炉，茶铛❻旋❼煮，素瓷静递，好友佳人，邀月同坐，或匿影树下，或逃嚣里湖，看月而人不见其看月之态，亦不作意看月者，看之。

【注释】

❶峨冠：头戴高冠，指士大夫。❷优傒（xī）：优伶

和仆役。❸童娈（luán）：指容貌美好的家僮。❹跻：通"挤"。❺幌（huàng）：窗幔。❻铛（chēng）：温茶、酒的器具。❼旋（xuàn）：随时，随即。

【译读】

西湖的七月半，没有什么可看的，只能观看七月十五日的游人。观看七月十五日的游人，可以按照五种类型来观看他们。

第一类，坐在有楼饰的游船上，吹箫击鼓，戴着高冠，穿着漂亮整齐的衣服，灯火明亮，优伶、仆从相随，乐声与灯光相错杂，名为看月而事实上并未看见月亮的人，我就看看他们。

第二类，也坐在游船上，船上也有楼饰，有名门的美女，大户的小姐，带领着美貌的男孩，嬉笑中夹着打趣的啼哭，在船台上团团而坐，左盼右顾，置身月下而事实上并不看月的人，我就看看他们。

第三类，也有船，也有音乐歌声，名妓助欢，闲僧佐谈，慢慢地喝酒，曼声歌唱，箫笛、琴瑟之乐轻柔细缓，丝竹声与歌声相互生发，也置身月下，也看月，而又希望别人看他们看月，这样的人，我就看看他们。

第四类，不坐船不乘车，不穿上衣不带头巾，喝足了酒吃饱了饭，叫上三五个人，成群结队地挤入人丛中，在昭庆寺、断桥一带高声乱嚷喧闹，他们假装发酒疯，唱着不成腔调的歌曲，月也看，看月的人也看，不看月的人也看，而实际上什么也没有看见的人，我就看看他们。

第五类，乘着带有细薄帷幔的小船，茶几洁净，茶

炉温热，一小锅茶不久就煮好了，用白色瓷碗轻轻地传递，约了好友美人，对着明月坐在一起，有的藏身于树下，有的为逃避喧闹而躲入里湖，他们在认真赏月但别人却看不到他们赏月的情态，他们自己也不是故意做作的赏月之人，这样的人，我就看看他们。

【原文】

杭人游湖，巳出酉归，避月如仇。是夕好名，逐队争出，多犒门军酒钱，轿夫擎燎，列俟岸上。一入舟，速舟子急放断桥，赶入胜会。以故二鼓以前，人声鼓吹，如沸如撼，如魇如呓，如聋如哑；大船小船一齐凑岸，一无所见，止见篙击篙，舟触舟，肩摩肩，面看面而已。

少刻兴尽，官府席散，皂隶喝道去。轿夫叫船上人，怖以关门。灯笼火把如列星，一一簇拥而去。岸上人亦逐队赶门，渐稀渐薄，顷刻散尽矣。吾辈始舣❶舟近岸。断桥石磴始凉，席其上，呼客纵饮。

此时月如镜新磨，山复整妆，湖复颒面❷。向之浅斟低唱者出，匿影树下者亦出，吾辈往通声气，拉与同坐。韵友来，名妓至，杯箸安，竹肉发……

月色苍凉，东方将白，客方散去。吾辈纵舟，酣睡于十里荷花之中，香气拘人，清梦甚惬。

【注释】

❶舣（yǐ）：通"移"，移动船使船停靠岸边。❷颒（huì）面：洗脸。

【译读】

　　杭州人游西湖，上午十点左右出门，下午六点左右回来，躲避月亮好像躲避仇人似的。这天晚上爱虚名，一群群人争相出城，多赏把守城门的士卒一些小费，轿夫高举火把，在岸上列队等候。一上船，就催促船家迅速把船划到断桥，赶去参加盛会。因此二鼓以前人声和鼓乐声恰似水波涌腾、大地震荡，又犹如梦魇和呓语，周围的人们既听不到别人的说话声，又无法让别人听到自己说话的声音；无论大船、小船，一齐凑到岸边，什么也看不见，只看到船篙与船篙相撞，船与船相碰，肩膀与肩膀相摩擦，脸和脸相对而已。

　　一会儿兴致尽了，官府宴席已散，由衙役吆喝开道而去。轿夫招呼船上的人，以关城门来恐吓游人，使他们早归，灯笼和火把象一行行星星，一一簇拥着回去。岸上的人也一批批急赴城门，人群慢慢稀少，不久就全部散去了。这时，我们才把船靠近湖岸。断桥边的石磴也才凉下来，大家坐在上面，招呼客人开怀畅饮。

　　这时，天上的明月，好像刚磨出的镜面；远处的青山好像重新梳妆打扮过一般；眼前的湖面，好像刚洗过脸似的又恢复了平静光洁。原来慢慢喝酒、曼声歌唱的人出来了，隐藏树荫下的人也出来了，我们这批人去和他们打招呼，拉来同席而坐。风雅的朋友来了，出名的妓女也来了，杯筷安置，歌乐齐发……

　　直到天上的月色变得灰白清凉，东方将要露出白光，客人才分散离去。我们这些人任船在湖面漂流，在十里的荷花丛里酣睡，花的香气扑人，连做梦都感到清香，真是畅快舒服极了。

登泰山记

(清)姚 鼐

泰山之阳,汶水西流;其阴,济水东流。阳谷皆入汶,阴谷皆入济。当其南北分者,古长城也。最高日观峰,在长城南十五里。

余以乾隆三十九年十二月,自京师乘❶风雪,历齐河、长清❷,穿泰山西北谷,越长城之限,至于泰安。是月丁未,与知府朱孝纯子颖由南麓登。四十五里,道皆砌石为磴,其级七千有余。

泰山正南面有三谷。中谷绕泰安城下,郦道元所谓环水也。余始循以入,道少半,越中岭,复循西谷,遂至其巅。

古时登山,循东谷入,道有天门。东谷者,古谓之天门溪水,余所不至也。今所经中岭及山巅,崖限❸当道者,世皆谓之天门云。道中迷雾冰滑,磴几不可登。及既上,苍山负雪,明烛天南;望晚日照城郭,汶水、徂徕如画,而半山居雾若带然。

【注释】

❶乘:趁,冒着。❷齐河、长清:山东两县名,在泰安西北。❸限:门槛,这里指像一道门槛的城墙。

【译读】

泰山的南面,汶河向西流去;泰山的北面,济水向东流去。南面山谷的水都流入汶水，北面山谷的水都流入济水。在那南北山谷分界的地方，是古长城。最高的日观峰，在古长城以南十五里。

我在乾隆三十九年十二月，从京城冒着风雪起程，经过齐河、长清两地，穿过泰山西北部的山谷，越过古长城的界限，抵达泰安府。这个月的丁未那一天，我和知府朱孝纯从南面山脚登山。攀行四十五里的山路，全是用石板砌成的，台阶有七千多级。

泰山正南面有三个山谷，中间山谷中的水绕过泰安城下，这就是郦道元所说的"环水"。我们开始顺着中谷进去，道路不到一半，翻过中岭，再顺着西边的山谷走，就到了山巅。

古时候登泰山，沿着东面的山谷进去，道路上有天门。东边的那道山谷，古时候称它为"天门溪水"，我们没有到达。这次经过中岭到山顶，挡在路上的像门槛一样的山崖，世上人都称它为"天门"。一路上云雾迷漫，有冰很滑，石级几乎不能够攀登。等到登上了山顶，只见深青色的山驮着白雪，明亮地照耀着南方的天空。远望夕阳映照下的泰安城，汶水、徂徕山如同图画一样，停留在半山腰处的云雾，又像是一条舞动的飘带似的。

【原文】

戊申晦，五鼓，与子颍坐日观亭，待日出。大风扬积雪击面。亭东自足下皆云漫。稍见云中白若摴蒱❶，数十立者，山也。极天云一线异色，须臾成五采。日上，正赤如丹，下有红光，动摇承之。或曰，

此东海也。回视日观以西峰，或得日或否，绛皓驳色，而皆若偻。

亭西有岱祠，又有碧霞元君祠；皇帝行宫在碧霞元君祠东。是日，观道中石刻，自唐显庆以来，其远古刻尽漫失。僻不当道者，皆不及往。

山多石，少土；石苍黑色，多平方，少圜❷。少杂树，多松，生石罅❸，皆平顶。冰雪，无瀑水，无鸟兽音迹。至日观数里内无树，而雪与人膝齐。

桐城姚鼐记。

【注释】

❶樗蒱（chū pú）：古代的一种博戏。掷骰子，俗称色（shǎi）子。❷圜：同"圆"。❸石罅（xià）：石缝。

【译读】

戊申这天是月底，五更的时候，我和子颖一起坐在日观亭上，等待着日出。这时大风卷起积雪扑打在脸上。日观亭东面从脚下起一片云雾弥漫。依稀可见在云雾中有几十颗像白色的骰子一样的东西站立着，那是一些山峰。在天的尽头，云层中有一线奇特的色彩，片刻之间，变成了五光十色的彩霞，太阳升起，颜色纯红象朱砂，底下有一片晃动的红光托着它。有人说，这就是东海。回头看日观峰以西的山峰，有的被日光照着，有的没照着，或红或白，颜色错杂，像弯腰曲背的样子。

日观亭的西面有岱祠，还有碧霞元君祠。皇帝的行宫在碧霞元君祠的东面。这天，观赏了沿途的各种石刻，都是唐高宗显庆年间以后的，那些年代更久远的石刻都已经模糊或缺失了。那些偏僻不对着道路的石刻，都赶不上去看了。

　　泰山上石头多，泥土少。石头是青黑色的，大多方正有棱角，很少有圆形的。杂树很少，松树很多，都生长在石头缝里，都是平顶的。到处是冰雪，没有瀑布，也没有鸟兽的声音和踪迹。到日观峰的几里内没有树，而积雪厚得同人的膝盖一样平齐。

　　桐城姚鼐写这篇记。

杂记

卜居

（战国）屈　原

屈原既放，三年不得复见。竭智尽忠，而蔽障于谗，心烦虑乱，不知所从。乃往见太卜郑詹尹曰："余有所疑，愿因先生决之。"詹尹乃端策❶拂龟❷曰："君将何以教之？"

屈原曰："吾宁悃悃款款❸朴以忠乎？将送往劳来斯无穷乎？宁诛锄草茆❹以力耕乎？将游大人以成名乎？宁正言不讳以危身乎？将从俗富贵以偷生乎？宁超然高举以保真❺乎？将哫訾❻栗斯，喔咿❼嚅唲以事妇人乎？宁廉洁正直以自清乎？将突梯❽滑稽❾，如脂如韦以絜楹乎？宁昂昂若千里之驹乎？将氾氾❿若水中之凫乎？与波上下偷以全吾躯乎？宁与骐骥亢⓫轭乎？将随驽马之迹乎？宁与黄鹄比翼乎？将与鸡鹜争食乎？此孰吉孰凶？何去何从？世混浊而不清：蝉翼为重，千钧⓬为轻；黄钟毁弃，瓦釜雷鸣；谗人高张，贤士无名。吁嗟默默⓭兮，谁知吾之廉贞？"

詹尹乃释策而谢曰："夫尺有所短，寸有所长；

古文·游记·杂记

物有所不足，智有所不明；数有所不逮，神有所不通。用君之心，行君之意，龟策诚不能知此事！"

【注释】

❶端策：放正筮草。❷拂龟：拂去卜龟壳上的灰尘。这是指虔诚的准备动作。❸悃（kǔn）悃款款：诚恳忠实的样子。❹诛锄草茆：剪除杂草。茆，通"茅"，茅草。❺保真：保全自己真实的本性。❻哫訾（zú zǐ）：阿谀奉迎。❼喔咿（wō yī）：强笑。❽突梯：圆滑的样子。❾滑稽：原是一种酒器，转注吐酒不止。形容圆转自如。❿譞（zhào）譞：浮游无定的样子。⓫亢：通"伉"，匹敌。⓬钧：三十斤为一钧。⓭默默：无言的样子。

【译读】

屈原已经被放逐，三年不能再见楚怀王。他用尽智慧来效忠楚国，却被谗人把他和楚怀王遮蔽阻隔了。他心烦意乱，不知道该走什么路才好。于是他就去见太卜郑詹尹说："我有些事情疑惑不解，希望通过您的占卜来决定。"郑詹尹就摆正蓍草、拂去龟壳上的灰尘说："您将用什么来指教我呢？"

屈原说："我宁可诚诚恳恳、朴实忠诚呢，还是去送往迎来使自己不至于穷困呢？宁可锄草开荒努力耕种呢，还是去游说达官贵人取得荣誉呢？宁可直言不讳使自己遭到危险呢，还是去追随世俗、贪图富贵而苟且偷生呢？宁可远走高飞以保持自己纯真的本性呢，还是阿谀逢迎、强作欢笑去侍奉那个妇人呢？宁可廉洁正直以保持自己的清白呢,还是察言观色、见风使舵去趋炎附势呢?宁可昂首阔步像千里马呢,还是像浮在水中的野鸭随波逐流、苟且偷生以保全自己的性命呢?宁肯与骐骥并驾齐驱呢,还是跟着劣马的足迹走呢?宁肯与天鹅比翼齐飞呢,还是去和鸡鸭争食呢?以上这些,哪个属吉哪个属凶,应该舍弃什么遵从什么?当今的世道混浊不清,蝉翼被认为是重的,千钧被认为是轻的;黄钟遭到毁坏遗弃,瓦釜发出雷鸣般的声音;谗人趾高气扬,贤士默默无闻。唉,还是默不作声吧,谁了解我的廉洁忠贞!"

郑詹尹于是放下蓍草而辞谢说:"尺比寸长也有它的短处,寸比尺短也有它的长处;世间的物件有欠缺不全的地方;人的智慧有不能明白的地方,卦数有占卜不到之处,神灵有不能通达之处。请您自己思考,照您的意志行事。我的龟壳和蓍草实在不能预知这些事。"

宋玉对楚王问

(战国)宋 玉

楚襄王问于宋玉曰:"先生其❶有遗行❷与?何士民众庶不誉之甚也?"

宋玉对曰:"唯❸。然。有之。愿大王宽其罪,使得毕其辞。客有歌于郢❹中者,其始曰《下里》《巴人》❺,国中❻属❼而和❽者数千人。其为《阳阿》《薤露》,国中属而和者数百人。其为《阳春》《白雪》,国中属而和者不过数十人。引商刻羽,杂以流徵,国中属而和者不过数人而已。是其曲弥高,其和者弥寡。故鸟有凤而鱼有鲲❾。凤凰上击九千里,绝云霓、负苍天,足乱浮云,翱翔乎杳冥之上。夫藩篱之鷃,岂能与之料天地之高哉?鲲鱼朝发昆仑之墟,暴鬐于碣石,暮宿于孟诸。夫尺泽之鲵,岂能与之量江海之大哉?故非独鸟有凤而鱼有鲲也,士亦有之。夫圣人瑰意❿琦行⓫,超然独处,世俗之民,又安知臣之所为哉?"

【注释】

❶其:表示询问,大概。❷遗行:可遗弃的行为,即不检点的行为。❸唯:独立成句,恭谨答应的意思。❹郢:楚都,在今湖北省江陵县西北。❺《下里》《巴人》:楚国民间通俗歌曲名,当时认为是一种较低级的

音乐。❻国中：国都中。❼属：跟着。❽和：以声相应。❾鲲：古代传说中的大鱼。❿瑰意：卓越的思想。⓫琦行：奇伟的行为。

【译读】

楚襄王问宋玉说："先生您大概有不好的行为吧？为什么众多的士人百姓那样不称誉您呀？"

宋玉回答说："是，是这样的，我有不好的行为。希望大王宽恕我的罪，让我把话说完。有一个在郢都唱歌的客人，他开始唱低俗的《下里巴人》，国都中跟着唱的有几千人；他唱《阳阿薤露》，国都中跟着唱的有几百人；他唱《阳春白雪》，国都中跟着唱的不过几十人；而当他唱着商音，降低羽音，再配上流利的徵音，国都中跟随他唱的不过几个人罢了。这是说，他唱的歌曲愈高雅，跟着他唱的人就愈少。所以鸟中有凤凰，鱼中有鲲鱼。凤凰拍击翅膀腾空而上九千里，超越云霓，背负青天，踏乱了浮云，飞翔在极远的高空。那些飞翔在篱笆间的鷃雀，怎能和凤凰来估量天地之高啊！鲲鱼早晨从昆仑山脚下出发，中午在渤海畔的碣石山边露鳍，晚上在孟诸湾住宿。那小池沼中的鲵鱼，怎么能和鲲鱼计量江海之大啊！所以不但鸟中有凤凰而鱼中有鲲鱼，士人中也有凤凰和鲲鱼，这就是圣人有宏大的志向和美好的德行。所以，圣贤者的高贵品德，庸俗的世人又怎能理解啊！"

吊古战场文

(唐)李 华

浩浩乎平沙无垠,夐不见人。河水萦带❶,群山纠纷。黯兮惨悴,风悲日曛。蓬断草枯,凛若霜晨。鸟飞不下,兽铤❷亡群。亭长告余曰:"此古战场也,尝覆三军。往往鬼哭,天阴则闻。"伤心哉!秦欤!汉欤!将近代欤!

吾闻夫齐魏徭戍,荆韩召募,万里奔走,连年暴露❸。沙草晨牧,河冰夜渡,地阔天长,不知归路。寄身锋刃,腷臆❹谁诉?秦汉而还,多事四夷;中州耗斁❺,无世无之。古称戎夏,不抗王师。文教失宣,武臣用奇。奇兵有异于仁义,王道迂阔而莫为。呜呼噫嘻!

【注释】

❶萦带:像带子一样弯曲环绕。❷铤(tǐng):疾走。❸暴(pù)露:连年征战,不分寒暑,流落在外。❹腷(bì)臆:郁闷的心情。❺耗斁(dù):耗损破坏。

【译读】

浩浩荡荡的平旷的沙漠,无边无际,荒远得不见人迹。河水像带子一样地萦绕着,群山杂乱地耸立着。气象黯淡愁惨,风声悲鸣,日光昏暗。飞蓬折断,野草枯黄,寒气凛冽像下了霜的早晨。鸟儿惊飞不敢停下,

野兽疾走离群失散。亭长告诉我说："这是古时候的战场啊,在这个地方常常覆没三军的人马。往往有鬼的哭声,在天阴的日子里就可以听见。"真令人伤心啊!这是秦时的战场呢?汉时的战场呢?还是近代的战场呢?

我听说从前齐国、魏国派人服徭役去戍守边地,楚国、韩国招募兵员去打仗。士卒奔走在万里途中,连年流落在外面。清晨放牧战马在沙草之上,夜晚渡过结冰的河流。离家远了,日子久了,不知道回家的路途。寄身在枪锋刀刃之间,苦闷的心情向谁倾诉?秦朝、汉朝以来,四方边境上战事频繁,中原遭受损失破坏,没有哪一代没有发生这种情形。古人认为无论是外族还是中原,都不和帝王的军队相抗拒。后来礼乐不再被宣扬提倡,武将就用奇诡之计发动战争。出奇制胜的战争不同于仁义之师,人们认为王道迂阔而不实行。唉!唉!

【原文】

吾想夫北风振漠,胡兵伺便。主将骄敌,期门受战。野竖旄旗,川回组练。法重心骇,威尊命贱。利镞穿骨,惊沙入面;主客相搏,山川震眩;声析江河,势崩雷电。

至若穷阴凝闭,凛冽海隅;积雪没胫❶,坚冰在须;鸷鸟休巢❷,征马踟蹰;缯纩❸无温,堕指裂肤。当此苦寒,天假强胡,凭陵杀气,以相剪屠。径截辎重,横攻士卒;都尉新降,将军覆没;尸填巨港之岸,血满长城之窟。无贵无贱,同为枯骨。可胜言哉!

鼓衰兮力尽,矢竭兮弦绝,白刃交兮宝刀折,两军蹙❹兮生死决。降矣哉,终身夷狄!战矣哉,骨暴沙砾!鸟无声兮山寂寂,夜正长兮风淅淅,魂魄结兮天沉沉,鬼神聚兮云幂幂❺,日光寒兮草短,月色苦兮霜白,伤心惨目,有如是耶!

【注释】

❶胫(jìng):小腿。❷鸷鸟(zhì)休巢:凶猛的鸟。休巢,躲在巢中不出。❸缯纩(zēng kuàng):丝织品称缯,棉絮称纩。此泛指丝、棉做成的衣服。❹蹙(cù):迫近,相接触。❺幂幂:阴森惨淡的样子。

【译读】

我想北风振起沙漠的时候,胡人的士兵便乘机入侵。主将骄傲轻敌,敌人袭到营门前才仓皇应战。原野上竖起了战旗,平川上来回奔驰着士兵。军法严厉而使战士心中害怕,军威尊重而使战士不顾生命。锋利的箭头穿入骨中,惊飞的沙石扑打脸颊。主客两军互相搏斗,山川震得天昏地暗。杀声连天可以分裂江河,交战的威势好像雷鸣电闪。

至于极其阴暗的日子,彤云凝聚密闭,海隅寒气凛冽,积雪深得没腿,坚冰冻结胡须,猛鸟躲在巢中,征马徘徊不前,棉衣没有暖气,指头和皮肤冻得断裂。当这严寒的时候,天助强横的胡人,胡人凭着肃杀的天气,前来大肆屠杀,恣意截击军用物资,野蛮地攻杀士卒。都尉刚刚投降,将军覆没死亡。死尸填塞在大河的岸上,鲜血流满了长城的孔穴。不分贵贱,都变成了枯骨。这种悲惨的情形可以说得尽吗?

战鼓声低沉了，战士的气力使尽了；箭矢射尽了，弓弦断绝了；白刃交加，宝刀砍折；两军相迫，拼个死活。投降吧，终生要做夷、狄之人。战斗吧，尸骨要暴露在沙石之上。鸟儿没有声音，山上十分静寂；黑夜漫长，风声萧瑟。魂魄相结啊，天空昏昏沉沉；鬼神聚集啊，乌云惨淡阴森。日光寒凉，草木短折；月色凄苦，霜露洁白。世间伤心惨目的事情，有像这样的吗？

【原文】

吾闻之，牧用赵卒，大破林胡；开地千里，遁逃匈奴。汉倾天下❶，财殚力痡❷，任人而已，其在多乎？周逐猃狁❸，北至太原，既城朔方，全师而还。饮至策勋，和乐且闲，穆穆棣棣，君臣之间。秦起长城，竟海为关；荼毒生灵，万里朱殷。汉击匈奴，虽得阴山，枕骸遍野，功不补患。

苍苍蒸民，谁无父母？提携捧负，畏其不寿。谁无兄弟？如足如手；谁无夫妇？如宾如友。生也何恩？杀之何咎？

其存其没，家莫闻知。人或有言，将信将疑；悁悁❹心目，寝寐见之。布奠倾觞❺，哭望天涯。天地为愁，草木凄悲。吊祭不至，精魂何依？必有凶年，人其流离。呜呼噫嘻！时耶命耶？从古如斯！为之奈何，守在四夷。

【注释】

❶汉倾天下：汉朝从文帝到武帝，积蓄全国力量发

古文·游记·杂记

动三次大规模抗击匈奴入侵战争。❷痡（pū）：病，这里指疲劳。❸周逐猃狁（xiǎn yǔn）：周宣王时曾击败猃狁进犯。猃狁，我国古代北方民族之一，周朝称猃狁，秦汉称匈奴。❹悁（juān）悁：忧愁的样子。❺布奠倾觞：洒酒祭奠。

【译读】

我听说：李牧只用赵国的士卒，大破林胡的军队，开拓地方有千里之大，匈奴赶快逃跑。汉朝使尽天下的力量攻打匈奴，结果弄得财尽力疲。这是用人是否得当罢了，岂在人数的多少吗？周朝驱逐猃狁，北面打到太原，在朔方筑了城墙，就保全军队班师回朝。祷告太庙，记载功勋，和乐安闲，君臣之间是和顺恭敬，雍容娴雅。秦朝修筑长城，到海边修筑关塞，残害了无数百姓，死人的血流遍万里。汉朝攻击匈奴，虽然得到了阴山，但是漫山遍野尸骸相枕，功劳抵不过损失。

天生众民，谁无父母？父母精心抚养，怕儿女不得长寿。谁无兄弟？兄弟就像手足一般亲近。谁无夫妇？夫妇就像宾客、朋友一样相处。他们活着时受到了帝王的什么恩惠？杀害了他们又犯了什么罪过呢？

他们的存亡死活，家里人都不知道。有人传来消息，家里人还半信半疑。心忧目愁，梦中相见。倒酒祭奠，哭望天涯。天地为之忧愁，草木为之凄悲。吊祭不到，死者的精魂何所归依？大军之后必有荒年，百姓又要流离失所。唉！唉！这是没有遇时呢？还是命运不好呢？从古以来都是这样的。怎样才能避免这种祸害呢？只有实行王道，使四夷各为天子守土。

杂说①一·龙说

(唐)韩 愈

龙嘘气②成云,云固弗灵于龙也。然龙乘是气,茫洋③穷乎玄间,薄④日月,伏光景⑤,感震电,神⑥变化,水下土⑦,汩⑧陵谷,云亦灵怪矣哉!

【注释】

❶杂说:指一种随感性的议论文。❷嘘气:吹气,吐气。❸茫洋:深远广大的样子。❹薄:迫近。❺伏光景:日月的光辉被云遮住了。伏,遮蔽。❻神:变化莫测。❼水下土:云化为雨,润泽大地万物。水,用作动词,滋润。❽汩(gǔ):水流。

【译读】

龙吐出气来成为云,云本来没有龙那样灵异。然而龙乘了这种云气,腾云驾雾地游遍天空,接近太阳和月亮,遮蔽日月的光辉,撼动那雷电,变化那风雨,下雨到地上,淹没丘陵山谷,那么云也是灵异的哩!

【原文】

云,龙之所能使为灵也,若龙之灵,则非云之所能使为灵也。然龙弗得云,无以❶神其灵矣,失其所凭依,信❷不可欤!异哉!其所凭依,乃其所自为也。

《易》曰:"云从龙❸。"既曰龙,云从之矣。

【注释】

❶无以：没有可以用来。❷信：确实，的确。❸云从龙：《易·乾卦·文言》："云从龙，风从虎，圣人作而万物睹。"从，随，跟随。

【译读】

云，是龙使它变为灵异的。而龙的灵异，就不是云能够使它变为灵异的。但是龙没有得到云，就无法显示它的灵异。失掉它所依靠的，实在不行哩。奇怪啊！它所依靠的，就是它自己吐出来的。

《易经》说："云是跟着龙的。"既然是龙，要云跟着它呢。

杂说四·马说

(唐) 韩 愈

世有伯乐❶，然后有千里马。千里马常有，而伯乐不常有。故虽有名马，祇❷辱❸于奴隶人❹之手，骈❺死于槽枥❻之间，不以千里称❼也。

马之千里者，一食❽或❾尽粟一石❿。食⓫马者，不知其能千里而食之；是马也，虽有千里之能，食不饱，力不足，才美不外见⓬，且⓭欲与常马等不可得，安求其能千里也！

策⓮之不以其道，食之不能尽其材⓯，鸣之而不能通其意⓰，执策而临之曰："天下无马。"呜呼！其⓱真无马邪！其真不知马也？

【注释】

❶伯乐：秦穆公时人，善于相马。❷祇（zhǐ）：只，仅仅。❸辱：委屈。❹奴隶人：低贱的人，这里指马夫。❺骈（pián）：和一般马一起死去。骈，两马相并曰骈。❻槽枥（lì）：马槽。❼不以千里称：不以千里马而著称，指人们并不知道。❽一食（shí）：吃一次。❾或：有时。❿石（dàn）：容量单位，十斗为一石。⓫食（sì）：同"饲"，喂养。⓬外见（xiàn）：表现在外面。见，同"现"。⓭且：犹，尚且。⓮策：马鞭，这里指驾驭。⓯材：才能，才干。⓰通其意：了解知晓千里马鸣叫的意思。⓱其：表示诘问，岂、难道。

古文·游记·杂记

【译读】

　　世上有伯乐，然后才有千里马。千里马常有，而伯乐却不常有。所以即使有名马，只是辱没在普通马夫手里，和一般的马同死在马厩之中，不被人称为千里马。

　　马之中能日行千里的，一顿有时要吃完一石小米，饲马的人不知道它能日行千里而不喂饱它。这匹马，即使有日行千里的才能，没有吃饱，力气不足，才能和优点不能显露出来，甚至想和普通的马相等都办不到，怎么能要求它日行千里呢？

　　驾驭它不能掌握它的特性，饲养它不能满足它的食量，吆喝它不能了解它的心意，拿着马鞭对着它，说："天下没有好马！"唉！是真的没有好马呢？还是真的不能识别好马呢！

师说

(唐)韩 愈

古之学者❶必有师。师者,所以传道❷、受业❸、解惑❹也。人非生而知之者,孰能无惑?惑而不从师,其为惑也,终不解也。

生乎吾前,其闻道也固先乎吾,吾从而师之;生乎吾后,其闻道也亦先乎吾,吾从而师之。吾师道也,夫庸知❺其年之先后生于吾乎?是故无贵无贱,无长无少,道之所存,师之所存也。

嗟乎!师道之不传也久矣,欲人之无惑也难矣。古之圣人,其出人也远矣,犹且从师而问焉;今之众人,其下圣人也亦远矣,而耻学于师;是故圣益圣,愚益愚。圣人之所以为圣,愚人之所以为愚,其皆出于此乎!

【注释】

❶学者:这里指求学的人。❷传道:传授道理。这里的道指儒家之道。❸业:此指"六艺",即《诗》《书》《易》《礼》《乐》《春秋》。❹解惑:解答疑问。❺庸知:何必知道。

【译读】

古时候求学的人一定有老师。老师,是传授道理、教授学业、解答疑难问题的。人不是生下来就懂道理、有知识的，谁能够没有疑难问题呢？有疑难问题却不请教老师，那些成为疑难的问题，终究得不到解决了。

出生在我前面的，他懂得道理本来比我早，我向他学习；出生在我后面的，他懂得道理如果也比我早，我也向他学习。我学的是道理，哪里用得着管他出生在我之前、还是在我之后呢？因此，不论地位高贵还是卑贱，不论年龄大还是年龄小，道理在哪里，老师也就在哪里。

唉！从师学习的风气失传已经很久了，要人们没有疑难问题确是很困难的。古时候的圣人，他们超出一般人很远，尚且跟着老师学习请教；现在的一般人，他们低于圣人也很远，却把从师学习当作羞耻。因此，圣人就更加圣明，愚人就更加愚笨。圣人之所以成为圣人，愚人之所以成为愚人，大概都是由于这个原因吧？

【原文】

爱其子，择师而教之；于其身也，则耻师焉，惑矣！彼童子之师，授之书而习其句读者，非吾所谓传其道解其惑者也。句读之不知，惑之不解，或师焉，或不焉；小学而大遗，吾未见其明也。

巫医、乐师、百工❶之人，不耻相师；士大夫之族❷，曰师曰弟子云者，则群聚而笑之。问之，则曰："彼与彼年相若也，道相似也。位卑则足羞，官盛❸则近谀。"呜呼！师道之不复可知矣！巫医、乐师、百工之人，君子不齿，今其智乃反不能及，其可怪也欤！

圣人无常师。孔子师郯子❹、苌弘❺、师襄❻、老聃；郯子之徒，其贤不及孔子。孔子曰："三人行，则必有我师。"是故弟子不必不如师，师不必贤于弟子；闻道有先后，术业有专攻，如是而已。

李氏子蟠，年十七，好古文，六艺经传，皆通习之，不拘于时，学于余。余嘉其能行古道，作《师说》以贻之。

【注释】

❶百工：各种有专门技术的工业者。❷族：种类。❸官盛：官位显达。❹郯（tán）子：春秋时郯国国君。❺苌弘：周敬王时大夫。孔子曾向苌弘学习过音乐。❻师襄：春秋时鲁国乐师，孔子曾向师襄学琴。

【译读】

人们爱他们的孩子，就选择老师来教他；对于他自己，却把从师学习当作羞耻，这太糊涂了。那些儿童们的老师，是教给儿童们读书和学习书中句读的，不是我所说的那种传授道理、解释疑难问题的。读书不懂得断句，疑难问题不得解释，有的从师学习，有的却不向老师学习，小事学习，大事却反而丢弃了学习，我看不出他们明理的地方。

巫、医、乐师、各种手工业工人，不把从师学习当作耻辱。士大夫等一类人，若是称谁是"老师"、谁是"学生"等等，就有许多人聚集在一起讥笑人家。问他们为什么这样，他们就说："他和他年纪差不多，学问也相仿。"称地位低的人为师，就感到可耻，称官职高

古文·游记·杂记

的人为老师,就近于奉承。唉!从师学习的风气不能恢复,从这里可以知道了。巫、医、乐师和各种手工业工人,是士大夫们看不起的。现在士大夫们的智慧反而不如他们,真是太奇怪了啊!

圣人没有固定的老师。孔子向郯子,苌弘、师襄、老聃请教。郯子这些人,他们的贤能不如孔子。孔子说:"三个人一起走,一定有可以作为我的老师的人。"所以,学生不一定不及老师,老师不一定比学生高明。懂得道理有先有后,技能、业务各有专长,不过这样罢了。

李蟠十七岁,爱好古文,六经的经文和传,全都学了,他不受时俗的拘束,来向我学习。我赞许他能实行古人从师学习的正道,写一篇《师说》来赠给他。

捕蛇者说

（唐）柳宗元

永州之野产异蛇，黑质❶而白章❷，触草木尽死，以啮人，无御之者。然得而腊❸之以为饵❹，可以已❺大风❻、挛踠❼、瘘❽、疠❾，去死肌，杀三虫❿。其始，太医以王命聚之，岁赋其二，募有能捕之者，当其租入，永之人争奔走焉。

有蒋氏者，专其利三世矣。问之，则曰："吾祖死于是，吾父死于是，今吾嗣为之十二年，几死者数矣。"言之，貌若甚戚者。余悲之，曰："若毒之乎？余将告于莅事者⓫，更若役，复若赋，则何如？"

【注释】

❶质：质地，底子。❷章：花纹。❸腊：晾干，做成肉干。❹饵：药饵。❺已：止，治疗好。❻大风：麻风病。❼挛踠：手脚弯曲不能伸展的病，即痉挛症。❽瘘：脖子肿大。❾疠：恶疮。❿三虫：三尸虫，道家把人的脑、胸、腹叫作三尸，使三尸得病的虫叫三虫。⓫莅事者：管事的，地方官员。

【译读】

永州的野外出产一种奇异的蛇，黑的质地，白的花纹。它只要一接触到草木，草木就要枯死。假如咬了人，没有能够医治好的。可是人们捉到它把它风干制成药物，可以治好麻风、四肢弯曲、脖子肿和各种恶疮，还可以除去坏死的肌肉，杀死人体内的各类寄生虫。开始时，太医奉皇帝的命令征集这种蛇，每年征收两次。招募有人能捉到毒蛇的，就以之抵他的应交的赋税。永州的贫民都为这件事竞相奔走。

有一个姓蒋的，独享这种捕蛇免税的好处已经三代了，我问他，他就说："我祖父死在捕蛇这件事上，我父亲死在捕蛇这件事上，如今我接着干这件事已经十二年，几乎送命的也有过很多次了。"谈起这件事，脸色似乎很悲痛的样子。我可怜他，并且对他说："你怨恨这件事吗？我准备告诉管这件事的官吏，更换你的差使，恢复你的赋税，怎么样？"

【原文】

蒋氏大戚，汪然出涕，曰："君将哀而生之乎？则吾斯役之不幸，未若复吾赋不幸之甚也。向吾不为斯役，则久已病矣。自吾氏三世居是乡，积于今六十岁矣。而乡邻之生日蹙❶。殚❷其地之出，竭其庐之入，号呼而转徙，饥渴而顿踣❸，触风雨，犯寒暑，呼嘘毒疠，往往而死者相藉❹也。曩❺与吾祖居者，今其室十无一焉；与吾父居者，今其室十无二、三焉；与吾居十二年者，今其室十无四、五焉；非死则徙尔，而吾以捕蛇独存。悍吏之来吾乡，叫嚣乎东西，隳突❻乎南北，哗然而骇者，虽鸡犬不得宁焉。吾恂恂❼而起，视其缶，而吾蛇尚存，则弛然而卧。谨食之，时而献焉。退而甘食其土之有，以尽吾齿。盖一岁之犯死者

古典诗文精品选读

二焉,其余,则熙熙而乐。岂若吾乡邻之旦旦有是哉!今虽死乎此,比吾乡邻之死,则已后矣,又安敢毒耶?"

余闻而愈悲。孔子曰:"苛政猛于虎也!"吾尝疑乎是,今以蒋氏观之,犹信。呜呼!孰知赋敛之毒有甚是蛇者乎!故为之说,以俟夫观人风者得焉。

【注释】

❶蹙(cù):窘迫。❷殚(dān):尽,竭尽。❸顿踣(bó):跌倒在地上。❹死者相藉(jiè):形容尸体互相压着。藉,枕垫。❺曩(nǎng):从前。❻隳(huī)突:破坏,骚扰。❼恂(xún)恂:小心谨慎的样子。

【译读】

姓蒋的更加悲痛,眼泪汪汪地说:"您打算可怜

我让我活下去吗?那么,我这个差使的不幸,还不如恢复我赋税的不幸厉害呀!假使我以前不干这个差使,我早就困苦不堪了。自从我家三代住在这个乡里,到现在已经六十年了。乡邻们的生活一天比一天困苦。他们使完了自己地里的出产,用尽了自己家里的收入,哭喊着到处流亡,饥渴劳累得倒下来,冒着风雨,犯着寒暑,呼吸着瘟疫毒气,往往因而死掉的尸体一具一具地相互叠压着。过去同我祖父住在一村的,今天十家中没有一家了;同我父亲住在一村的,今天十家中没有两三家了;同我住在一村十二年的,今天十家中没有四五家了。不是死光就是搬走了。可是我们家因为捕蛇单独保存下来。蛮横的公差到我们乡里来的时候,到处吵闹,到处骚扰,老百姓就吓得乱嚷嚷的,就是鸡狗也不得安宁呀。我担心地起来,看看那只瓦罐,我捉到的蛇还在里面,就放心地去睡觉。平时谨慎地饲养它,按时献上它。回家来就津津有味地吃着自己地里出产的东西,来度过我的余年。大概一年中冒着死亡危险的时候只有两次。其余时间就舒服地过着安乐的日子,怎么会像我的乡邻们天天受这种死亡的威胁呢?如今我即便死在捕蛇这件事上,比我的乡邻们的死已经算是死得晚的了,又怎么敢怨恨呢?"

我听完这一席话,更加悲伤了。孔子说:"苛刻的政令比老虎还凶啊!"我曾经对这句话怀疑过。现在拿姓蒋的事情来看,还是可信的。唉!谁知道赋税的毒害,比这种毒蛇更厉害呢!所以,我写了这篇文章,来等待那些视察民情的人采集到它。

陋室铭[1]

(唐)刘禹锡

山不在高,有仙则名。水不在深,有龙则灵。斯是陋室,惟吾德馨。苔痕上阶绿,草色入帘青。

谈笑有鸿儒[2],往来无白丁[3]。可以调素琴[4],阅金经[5]。无丝竹[6]之乱耳,无案牍[7]之劳形。

南阳诸葛庐,西蜀子云亭,孔子云:"何陋之有?"

【注释】

[1]铭:一种文体。[2]鸿儒:大儒,指学识渊博的学者。[3]白丁:白衣,即平民。这里指缺少文化修养的人。[4]素琴:朴实无华的琴。[5]金经:指用泥金书写的佛经。[6]丝竹:泛指音乐。[7]案牍:指官府文书。

【译读】

山不在于高,只要有仙就有名气。水不在于深,只要有龙就有灵异。这是一间陋室,只有我住了才使美好的德行远闻。青苔长上台阶,使台阶都绿了;草色映入竹帘,使室内呈现青色。

在一起谈笑的是学问渊博的学者,来来往往的人中没有平民。在这间陋室中可以以弹弹朴素无华的琴,可以安安静静地阅读佛经。没有那些嘈杂的音乐声来扰乱我的听觉,没有那些公事文书来劳累我的身体。

这是南阳诸葛亮的草庐,也是西蜀扬子云的玄亭。孔子说:"这有什么鄙陋呢?"

黄冈竹楼记

(宋)王禹偁

黄冈之地多竹,大者如椽。竹工破之,刳❶去其节,用代陶瓦,比屋皆然,以其价廉而工省也。

子城西北隅,雉堞❷圮毁,榛莽❸荒秽。因作小楼二间,与月波楼通。远吞山光,平挹❹江濑,幽阒❺辽敻❻,不可具状。

夏宜急雨,有瀑布声;冬宜密雪,有碎玉声;宜鼓琴,琴调和畅;宜咏诗,诗韵清绝;宜围棋,子声丁丁然;宜投壶,矢声铮铮然。皆竹楼之所助也。

【注释】

❶刳(kū):剖,削。此处指刮去竹节。❷雉堞(dié):城墙上呈凹凸形的女墙。❸榛(zhēn)莽:杂草丛生。❹挹(yì):汲取,此处为观赏。❺幽阒(qù):静寂无声。❻辽敻(xiòng):遥远。

【译读】

黄冈这个地方盛产竹子,大的像椽子一样。竹工劈开它,挖去它的节,用它替代土制的瓦片;家家房屋都是这样,因为它价钱便宜,而且人工节省。

子城的西北角上,女墙塌坏,杂草丛生,一片荒凉肮脏的景象。我就叫人稍加整理,造了两间小楼,同原有的月波楼衔接起来。登上这座小楼,远望可以尽览山

色，平视可以看到江滩波浪。幽雅、寂静、辽阔、遥远的景色，不能详尽地描绘出来。

这里到了夏天，适宜听急骤的雨，有些像瀑布冲泻的声音；到了冬天，适宜听密集的雪，有些像洒下碎玉屑的声音；平时，适宜弹琴，琴的声音和谐流畅；适宜吟诗，诗的声韵清新高远；适宜下围棋，棋子的声音丁丁的；适宜玩投壶，箭筹的声音铮铮的。这些动听的声音都是由竹楼助成的。

【原文】

公退之暇，被❶鹤氅❷衣，戴华阳巾，手执《周易》一卷，焚香默坐，消遣世虑。江山之外，第见风帆沙鸟、烟云竹树而已。待其酒力醒，茶烟歇，送夕阳，迎素月，亦谪居之胜概也。

彼齐云、落星，高则高矣！井干、丽谯，华则华矣。止于贮妓女，藏歌舞，非骚人之事，吾所不取。

吾闻竹工云："竹之为瓦，仅十稔❸，若重覆之，得二十稔。噫！吾以至道乙未岁，自翰林出滁上，丙申移广陵，丁酉又入西掖，戊戌岁除日有齐安之命，己亥闰三月到郡。四年之间，奔走不暇，未知明年又在何处，岂惧竹楼之易朽乎？后之人与我同志，嗣而葺之，庶斯楼之不朽也。"

咸平二年八月十五日记。

【注释】

❶被（pī）：同"披"，穿着。❷鹤氅（chǎng）：

鸟羽制成的裘。此处指道袍。❸稔（rěn）：谷物一熟称稔。此处引申为一年。

【译读】

  在公事办完后的空闲时间里，披上一件羽毛织成的衣服，戴上一顶道士的帽子，手里拿着一本《周易》，烧一炉香，静静地坐着，消除一切世俗的杂念。眼里除了江山的景色以外，只看到趁风的帆，沙洲上的鸟和烟云、竹树罢了。等到那酒力消失，清醒过来，茶尽烟消，送走傍晚的太阳，迎来皎洁的月亮，也算是贬官在外的良好的境况吧！

  那齐云楼和落星楼，高是高了；井斡楼和丽谯楼，美是美了；可是，它们只是安置一些美女和能歌善舞的人，这不是风雅的人所干的事，我以为是不足取的。

  我听竹工说："竹做的瓦，差不多可以用十年；如果加盖一层，就可以用二十年。唉！我在至道乙未年，从翰林学士被降职到滁州，丙申年改任广陵，丁酉年又回京在中书省任职，戊戌年除夕，又有齐安的任命，己亥年闰三月来到齐安郡。四年之间，奔走跋涉，没有什么空闲，不知道明年又在哪里，怎么会害怕竹楼的容易腐朽呢？只希望后来的人跟我有共同的想法，继续维修它，或者能够使这座竹楼永久不坏。"

  咸平二年八月十五日撰记。

丰乐亭记

（宋）欧阳修

修既治滁之明年夏，始饮滁水而甘，问诸滁人，得于州南百步之近。其上丰山，耸然而特立，下则幽谷，窈然而深藏，中有清泉，滃然❶而仰出❷。俯仰左右，顾而乐之。于是疏泉凿石，辟地❸以为亭，而与滁人往游其间。

【注释】

❶滃然（wěng rán）：水势盛大的样子。❷仰出：由地面向上涌出。❸辟地：清理地方。

【译读】

我治理滁州后的第二年夏天，才喝到滁州的泉水，觉得甘甜，向滁州人询问泉水的所在地，就在距离滁州城南面一百步的近处。它的上面是丰山，高耸地矗立着；下面是深谷，幽暗地潜藏着；中间有一股清泉，水势汹涌，向上涌出。我上下左右都看过，很爱这里的风景。于是，我就叫人疏通泉水，凿开石头，拓出空地，造了一座亭子，同滁州人在那里游玩。

【原文】

滁于五代❶干戈❷之际，用武之地也。昔太祖皇帝，尝以周师破李景兵十五万于清流山下，生擒其将皇甫晖、姚凤于滁东门之外，遂以平滁。

古文·游记·杂记

修尝考其山川，按其图记❸，升高以望清流之关，欲求晖、凤就擒之所，而故老皆无在者。盖天下之平久矣。自唐失其政，海内分裂，豪杰并起而争，所在为敌国者，何可胜数！及宋受天命，圣人出而四海一。

【注释】

❶五代：指后梁、后唐、后晋、后汉、后周。❷干戈：古代兵器，这里指战争。❸图记：附有图画、地图的书籍或地理志。

【译读】

滁州在五代混战的时候，是个互相争夺的地区。过去，太祖皇帝曾经率领后周兵在清流山下，击溃李景的十五万军队，在滁州东门外面活捉了他的大将皇甫晖、

姚凤,就此平定了滁州。

我曾经考察过滁州地区的山水,查核过滁州地区的图籍,登上高山来眺望清流关,想寻找皇甫晖、姚凤被捉的地方。可是,当时的人都已经不在,因为天下太平的时间长久了。自从唐朝的政局败坏了,国家四分五裂,英雄们全都起来争夺天下,到处成为敌国的,哪能数得清呢?到了大宋朝接受天命,圣人出现,全国就统一了。

【原文】

向之凭恃险阻,划削消磨❶,百年之间,漠然徒见山高而水清。欲问其事,而遗老尽矣。

今滁介于江、淮之间,舟车商贾、四方宾客之所不至,民生不见外事,而安于畎亩❷衣食,以乐生送死❸,而孰知上之功德,休养生息,涵煦❹百年之深也?

修之来此,乐其地僻而事简❺,又爱其俗之安闲。既得斯泉于山谷之间,乃日与滁人仰而望山,俯而听泉,掇幽芳而荫乔木,风霜冰雪,刻露❻清秀,四时之景无不可爱。

又幸其民乐其岁物❼之丰成,而喜与予游也。因为本其山川,道其风俗之美,使民知所以安此丰年之乐者,幸生无事之时也。

夫宣上恩德,以与民共乐,刺史之事也,遂书以名❽其亭焉。庆历丙戌六月日,右正言、知制诰、知滁州军州事欧阳修记。

【注释】

❶划削消磨：铲除消灭。❷畎（quǎn）亩：田地。❸乐生送死：使生的快乐，礼葬送死。❹涵煦（hán xù）：滋润教化。❺事简：公务简单。❻刻露：清楚地显露出来。❼岁物：收成。❽名：起名，命名。

【译读】

以前的凭借险要的割据势力都被削平消灭，在一百年之间，静静地只看到山高水清；要想问问那时的情形，可是留下来的老年人已经死光了。

如今，滁州处在长江、淮河之间，是乘船坐车的商人和四面八方的旅游者都不到的地方，百姓活着不知道外面的事情，安于耕田种地和穿衣吃饭，欢乐地度过一生，死后被人送进坟墓。有谁晓得这是皇帝的功德，让百姓休养生息、滋润化育到一百年之久呢！

我来到这里，喜欢这地方僻静，而且政事简单，又喜爱它的风俗安宁闲适。在山谷之间找到这泉水以后，就经常同滁州人在这里抬头望丰山，低头听泉声；春天采摘幽香的山花，夏天托庇在乔木下乘凉，到了秋冬两季，经过风霜冰雪，山水更加清楚地显露出明净秀美，一年四季的景色，没有什么不可爱的。

这里的百姓喜庆年景的丰收，高兴同我一起游玩。因此我根据这里的山水，称道这里风俗的美好，使百姓知道为什么能够安享这丰收年景的欢乐，为什么能幸运地生活在这太平无事的时代。

以宣扬皇上的恩德，来和百姓共同欢乐，这是州官的事情。因此，我写下这篇文章，给这座亭子命名。

喜雨亭记

(宋)苏 轼

亭以雨名,志❶喜也。古者有喜,则以名物,示不忘也。周公得禾,以名其书;汉武得鼎,以名其年❷;叔孙胜狄,以名其子。其喜之大小不齐,其示不忘一也。

余至扶风之明年,始治官舍,为亭于堂之北,而凿池其南,引流种树,以为休息之所。是岁之春,雨麦于岐山之阳,其占为有年❸。既而弥❹月不雨,民方以为忧。

越三月乙卯乃雨,甲子又雨,民以为未足;丁卯大雨,三日乃止。官吏相与庆于庭,商贾相与歌于市,农夫相与忭于野,忧者以乐,病者以愈,而吾亭适成。

【注释】

❶志:记录。❷汉武得鼎,以名其年:汉武帝元狩七年(前117)夏,得宝鼎于汾水上,遂改年号为元鼎。❸有年:年将有粮,引申为大丰收。❹弥:整,满。

【译读】

亭子用"雨"命名,是为了记一件喜事。古代有了喜事,就用它来命名人或事物,表示永不忘记。例如周公得到了周成王送给他的一株长得特别茁壮的禾苗,就用它命名自己的文章；汉武帝获得了宝鼎，就用它命名自己的年号；叔孙得臣战胜敌人，俘虏了敌方国君，就用他的名字来命名自己的儿子。他们的喜事大小不等，可是他们表示永不忘记是完全一样的。

我到扶风的第二年，修建了一座地方官住的房屋，在厅堂的北面造了一座亭子，又在它的南面开凿了一个池塘，引水进来，种植树木，把它作为休息的地方。这年的春天，在岐山的南面，麦田得雨，经过占卜，那卦辞说年成很好。后来整个月不下雨，百姓为此担心。

过了三个月，到四月初二才下雨，十一日又下雨，百姓还以为不够。十四日下大雨，下了三天方才停止。官吏们在官厅里共同庆贺，商人在市场上和乐歌唱，农民在田野中欢欣鼓舞。忧愁的人因而喜悦，患病的人因而痊愈，我的亭子刚好在这个时候落成。

【原文】

于是举酒于亭上以属❶客，而告之曰："五日不雨可乎？"曰："五日不雨则无麦。""十日不雨可乎？"曰："十日不雨则无禾❷。"无麦无禾，岁且荐饥❸，狱讼繁兴，而盗贼滋炽，则吾与二三子，虽欲优游以乐于此亭，其可得耶！今天不遗斯民，始旱而赐之以雨，使吾与二三子，得相与优游而乐于此亭者，皆雨之赐也。其又可忘耶？

既以名亭，又从而歌之曰："使天而雨珠，寒者不得以为襦；使天而雨玉，饥者不❹得以为粟。一雨三日，伊谁之力？民曰'太守'，太守不有。归之天

子,天子曰'不然,归之造物。'造物不自以为功,归之太空。太空冥冥⑤,不可得而名,吾以名吾亭。"

【注释】

❶属:同"嘱",劝酒。❷禾:谷子,即小米。❸岁且荐饥:这里泛指年荒收成不好。❹不:通"否",不然。❺冥冥:遥远浩渺。

【译读】

这样,就在亭子上设宴,我向客人劝酒并且问道:"再过五天不下雨,可以吗?"回答道:"再过五天不下雨,就会收不到麦子。""那么,再过十天不下雨,行吗?"回答说:"再过十天不下雨,就没有稻子。"如果既收不到麦子,又收不到稻子,就会接连发生灾荒,案子就会不断多起来,盗贼就会更加猖獗,那么我和诸位先生虽然想悠闲自得地在这座亭子里游乐,怎么能够做到呢?现在,老天爷不忘记这里的百姓,开始干旱,但就把大雨赐给他们,而且使我和诸位先生能够一道悠闲自得地在这座亭子里喝酒取乐,都是雨的恩赐呀。难道可以忘记吗?

我既然用它命名亭子,又接着歌唱它,说:倘使老天爷下珍珠,身上冷的人不能拿它做衣服;倘使老天爷下宝玉,肚里饿的人不能拿它当粮食。一场雨下了三天,是谁的力量?百姓说是太守,太守不敢占为己有;把它归功于皇帝,皇帝说不对,把它归功于上帝;上帝不认为这是自己的功劳,把它归功于太空,太空深远昏暗,不能明白表示。于是,我就用它来命名我的亭子。

卖柑者言

（明）刘 基

杭有卖果者，善藏柑，涉寒暑不溃，出之烨然❶，玉质而金色。剖其中，干❷若败絮。

予怪而问之曰："若所市于人者？将以实笾豆、奉祭祀、供宾客乎？将炫外以惑愚瞽❸乎？甚矣哉，为欺也❹！"

卖者笑曰："吾业是有年矣。吾业赖是以食吾躯，吾售之，人取之，未闻有言，而独不足子所乎？世之为欺者不寡矣，而独我也乎？吾子未之思也。"

"今夫佩虎符❺、坐皋比❻者，洸洸乎❼干城之具也，果能授孙吴之略耶？峨大冠、拖长绅者，昂昂乎庙堂之器也，果能建伊皋之业耶？盗起而不知御，民困而不知救，吏奸而不知禁，法斁❽而不知理❾，坐縻❿廪粟而不知耻。"

"观其坐高堂⓫，骑大马，醉醇醴而饫肥鲜者，孰不巍巍乎可畏，赫赫乎可象也？又何往而不金玉其外，败絮其中也哉！今子是之不察，而以察吾柑。"

予默默无以应。退而思其言，类东方生滑稽之流。岂其忿世嫉邪者耶？而托于柑以讽耶？

【注释】

❶烨（yè）然：光亮。❷干：干枯。❸愚瞽：傻子

古典诗文精品选读

和瞎子。❹甚矣哉,为欺也:倒装感叹句,意为你做的欺人之举,太过分了!❺虎符:虎形兵符,古时朝廷用以调兵遣将的凭信。❻皋比(gāo pí):虎皮。此处代指武将的座席。❼恍(guāng)恍乎:很威武的样子。❽斁(dù):败坏。❾理:整治。❿坐糜(mí):白白浪费,徒然耗费。⓫坐高堂:居住在高屋大厦之中。

【译读】

杭州有一个卖水果的人,擅长保藏柑子,经过严寒酷暑都不会腐烂。出售时柑子光洁新鲜,如同玉石般的质地,黄金般的色泽。剖开来,它的当中却干枯得像破棉絮那样。

我觉得奇怪，就问他道："你卖给顾客的柑子，是打算让顾客拿它去充实盘子，来供奉祭祀或者款待客人呢？还是炫耀好看的外表，去欺骗愚人和盲人呢？你玩弄诈骗手段也太厉害了啊！"

　　那个卖水果的笑着回答我，说："我做这个生意多年了，我靠这个生意来养活我自身。我出售它，顾客买进它，还不曾听到有什么意见，为什么独独不能满足您的需要呢？社会上玩弄诈骗手段的人不算少，难道就只有我一个人吗？您是没有考虑过这个问题吧。"

　　"如今那些佩带兵符、高坐虎皮交椅的人，雄赳赳地煞像是个捍卫国家的人才，他们真的能够具有孙武、吴起的韬略吗？还有那些戴着高帽子、拖着长带子的人，气昂昂地煞像是个治理国家的人才，他们真的能够建立伊尹、皋陶的功业吗？盗贼起来却不晓得怎样处理，百姓穷困却不晓得怎样救助，官吏奸邪却不晓得怎样禁止，法制败坏却不晓得怎样整顿，他们不动心，不用力，白白地浪费国家的粮食却不知道羞耻。"

　　"看看那些坐在官署的大堂上、骑在高大的骏马上、喝醉美酒、吃饱鱼肉的人，哪一个不是高贵得可以使人害怕，显赫得可以令人羡慕仿效呢？其实又哪里不都是金玉是他的外表，破絮是他的内容的呢？现在，您不去查究这些问题，却来查究我的柑子！"

　　我默默地没有什么话好反驳他。回来考虑他的话，大概他是像东方朔那样，属于滑稽一类的人吧。难道他是愤怒世事、痛恨邪恶的人吗？他是把讽刺寄托在柑子上吗？

沧浪亭❶记

（明）归有光

浮图❷文瑛，居大云庵，环水，即苏子美沧浪亭地也。亟求余作《沧浪亭记》，曰："昔子美之记，记亭之胜也，请子记吾所以为亭者。"

余曰：昔吴越有国时，广陵王镇吴中，治园于子城之西南。其外戚孙承佑，亦治园于其偏。迨淮南纳土，此园不废。

苏子美始建沧浪亭，最后禅者居之，此沧浪亭为大云庵也。有庵以来二百年，文瑛寻古遗事❸，复子美之构于荒残灭没之余，此大云庵为沧浪亭也。

夫古今之变，朝市❹改易。尝登姑苏之台，望五湖之渺茫、群山之苍翠。太伯虞仲之所建、阖闾夫差之所争、子胥种蠡之所经营，今皆无有矣，庵与亭何为者哉❺？

虽然，钱镠因乱攘窃，保有吴越，国富兵强，垂及四世。诸子姻戚，乘时❻奢僭❼，宫馆苑囿，极一时之盛。而子美之亭，乃为释子❽所钦重如此，可以见士之欲垂名于千载，不与其澌然而俱尽❾者，则有在矣。

文瑛读书喜诗，与吾徒游，呼之为"沧浪僧"云。

【注释】

❶沧浪亭：在江苏苏州市城南。五代末年此处为吴

越中吴军节度使孙承佑别墅，北宋诗人苏舜钦买此地临水筑亭，因有感于渔父《沧浪之水》而命名，元代园废，改为寺庵。明代复建沧浪亭。❷浮图：和尚。❸遗事：前人或前代留下来的痕迹。❹朝（cháo）市：人世，尘市。❺何为者哉：又算什么呢？❻乘时：趁机。❼奢僭：奢侈豪华过度而不合礼制法度。❽释子：称佛家子弟。❾澌然而俱尽：一同消亡。

【译读】

　　文瑛和尚住在大云庵，四面环绕着水，就是宋朝苏子美沧浪亭的遗址。他屡次要求我做一篇《沧浪亭记》，说："从前苏子美的记文，是记沧浪亭的优美景色，今天，我是请您记下我重建沧浪亭的原由。"

　　我说：以前吴越王建国的时候，广陵王镇守苏州，他在子城的西南方修建了一座花园；他的亲眷孙承佑，在那座花园的旁边也建了一座花园，等到吴越国归顺宋朝献出土地后，这座花园没有毁坏。

　　苏子美在这里开始建造了一座沧浪亭，最后是佛教徒住在那里，这是沧浪亭变为大云庵。自有大云庵以来已经二百年，文瑛访求古人遗迹，在荒废、破败和埋没的残留痕迹上重建了苏子美的亭子，这是大云庵又变为沧浪亭。

　　那古今的变化，连朝廷和街市都常常改变。我曾经登上姑苏台，远眺五湖的广阔浩荡，许多山峦的青翠葱郁，过去太伯、虞仲创立的吴国，阖闾、夫差争夺的楚国和越国，伍子胥、文种、范蠡经营的吴国和越国，今天都没有了，为什么还要记大云庵和沧浪亭的变化呢？

　　虽然钱镠趁着混乱抢夺土地，占有了浙江和江苏、福建的一部分，国富兵强，一直传到第四代，他的那些儿子和亲眷，乘机挥霍，放肆地享受，争着建造住宅、花园，一时的盛况达到了顶点。可是苏子美的亭子，竟然被佛教徒这样敬重。从这里我们可以看出读书人要想留名千百年，不像冰的溶解那样消灭净尽，是另有原因的了。

　　文瑛也爱读书，喜欢作诗，时常跟我们一流人来往，我们都叫他做"沧浪和尚"。

《吴山图》记

(明)归有光

吴、长洲二县,在郡治所,分境而治。而郡西诸山,皆在吴县。其最高者,穹窿、阳山、邓尉、西脊、铜井,而灵岩,吴之故宫在焉,尚有西子❶之遗迹。若虎丘、剑池,及太平、尚方、支硎,皆胜地也。而太湖汪洋三万六千顷,七十二峰沉浸其间,则海内之奇观矣。

余同年友魏君用晦为吴县,未及三年,以高第❷召入为给事中❸。君之为县有惠爱,百姓扳留❹之不能得,而君亦不忍于其民,由是,好事者绘《吴山图》以为赠。

【注释】

❶西子:西施,春秋越国美女,越国败于吴国,以西施献吴王夫差,使其迷色忘政,越遂灭吴。❷高第:指官吏的考绩优等。❸给事中:官名,时职掌侍从规谏,稽察六部之弊误。❹扳(bān)留:挽留。

【译读】

吴、长洲两个县都在苏州府衙门所在地,两个县根据划分的县境各自管理。苏州府西部的许多山,都在吴县境内。它们之中最高的,有穹窿山、阳山、邓尉山、西脊山和铜井山、而灵岩山曾是春秋时吴国馆娃宫的所

在地，那里还有西施的遗迹。像虎丘、剑池以及天平山、尚方山、支硎山，都是著名的风景区。太湖一片汪洋，号称有三万六千顷，七十二峰沉浸在它的当中，那是国内雄伟美丽而又罕见的景色。

我同榜考中的朋友魏君用晦，做吴县知县，不到三年，因成绩优等被召进京，升为给事中。魏君做知县时对百姓有恩德，百姓挽留他不能做到，魏君对于那些百姓也舍不得离开，因此有一位热心人描绘了一幅《吴山图》，把它作为赠别的礼物。

【原文】

夫令之于民诚重矣，令诚贤也，其地之山川草木亦被其泽❶而有荣也；令诚不贤也，其地之山川草木亦被其殃❷而有辱也。

君于吴之山川，盖增重❸矣。异时，吾民将择胜于岩峦之间，尸祝于浮屠老子之宫也，固宜。而君则亦既去矣，何复惓惓于此山哉？

昔苏子瞻称韩魏公去黄州四十余年，而思之不忘，至以为《思黄州》诗，子瞻为黄人刻之于石。然后知贤者于其所至，不独使其人之不忍忘而已，亦不能自忘于其人也。

君今去县已三年矣，一日，与余同在内庭，出示此图，展玩太息❹，因命余记之。

噫！君之于吾吴，有情如此，如之何而使吾民能忘之也！

【注释】

❶被其泽：蒙受到他的恩泽。❷被其殃：遭受他带来的灾祸。❸增重（zhòng）：增加光彩。❹太息：大声叹息。

【译读】

知县对于百姓来说，的确是重要的。知县假使好，那个地方的一山一水、一草一木，也会沾到他的恩德，显得无比光荣；知县假使不好，那个地方的一山一水、一草一木，也会遭到他的祸殃，蒙受无限耻辱。

魏君对吴县的山山水水，是增添了无比光彩的。将来本县百姓如果要在各山之间选择一块风景优美的地方，在佛教或者道教的寺、观里为魏祝福，本来是应当的。可是魏早已离开了，为什么对这里的山水还恋恋不舍呢？

以前，苏子瞻说韩魏公离开黄州四十多年，还思念它，不忘记它，甚至把这种情绪写成思念黄州的诗，子瞻为黄州人把这首诗刻在石碑上。我这才知道有崇高德行的人对于他到过的地方，不仅使那里的百姓不忍心忘记他，而且自己对那里的百姓也不能忘记啊。

现在，魏君离开吴县已经三年了。一天，他和我同在宫廷里，他拿出这幅《吴山图》给我看，一边欣赏，一边感慨怀念，就嘱咐我记下这件事。

唉！魏君对于我们吴县这样有感情，怎么能够使我们吴县百姓忘记他呢？

© 民主与建设出版社，2022

图书在版编目（CIP）数据

古文·游记·杂记 / 郭艳红主编. -- 北京：民主与建设出版社，2019.11

（古典诗文精品选读）

ISBN 978-7-5139-2683-6

Ⅰ.①古… Ⅱ.①郭… Ⅲ.①中国文学—古典文学—作品综合集 Ⅳ.①I212.01

中国版本图书馆CIP数据核字（2019）第253499号

古文·游记·杂记
GUWEN·YOUJI·ZAJI

主　　编	郭艳红
责任编辑	韩增标
封面设计	大华文苑
出版发行	民主与建设出版社有限责任公司
电　　话	（010）59417747　59419778
社　　址	北京市海淀区西三环中路10号望海楼E座7层
邮　　编	100142
印　　刷	廊坊市国彩印刷有限公司
版　　次	2022年1月第1版
印　　次	2022年1月第1次印刷
开　　本	880毫米×1230毫米　1/32
印　　张	3
字　　数	38千字
书　　号	ISBN 978-7-5139-2683-6
定　　价	148.00元（全10册）

注：如有印、装质量问题，请与出版社联系。

古文·书信·序跋

郭艳红 主编

民主与建设出版社
·北京·

前言

习近平总书记在十九大报告中指出:"深入挖掘中华优秀传统文化蕴含的思想观念、人文精神、道德规范,结合时代要求继承创新,让中华文化展现出永久魅力和时代风采。"

习总书记还曾指出:"'去中国化'是很悲哀的,应该把这些经典嵌在学生脑子里,让经典成为中华民族文化的基因。"

是的,泱泱中华五千载,悠悠国学民族魂。我们中华国学"为天地立心,为生民立命,为往圣继绝学,为万世开太平",是中华民族生生不息的根本,是华夏儿女遗传基因和精神支柱。

国学就是中国之学,中华之学,是以母语汉语为基础,表达中华民族的精神价值和处世态度的,有利于凝聚中华民族的文化向心力,有利于中华民族大团结,是炎黄子孙的生命火炬,我们要永远世代相传和不断发扬光大。

中华优秀传统文化在思想上有大智,在科学上有大真,在伦理上有大善,在艺术上有大美。在中华民族艰难而辉煌发展历程中,优秀传统文化薪火相传、历久弥新,始终为国人提供精神支撑和心灵慰藉。所以,更多从传统优秀国学经典中汲取丰富营养,丰盈的不只是灵魂,而是能够拥有神圣而崇高的家国情怀。

中华传统国学是指以儒学为主体的中华传统文化与学术,包括非常广泛,内涵十分丰富,凝聚了我国五千年的文明史和传统文化,体现了中华民族博大精深的文化精髓,是经过多少代人实践检验过

的文化瑰宝，承载着中华民族伟大复兴的梦想。

中华传统国学经典，蕴含了中华儿女内圣外王的个体修养和自强不息的群体精神，形成了重义轻利的处世态度以及孝亲敬长的人伦约定，包含着辨证理智的心智思维和天人合一的整体观念。历经数千年发展，逐渐形成了以儒释道为主干的传统文化和兼容并包、多元一体的开放型现代文化。

作为国学经典，是广大读者必备的精神食粮。读者们阅读国学经典，能够秉承国学仁义精神，学会谦和待人、谨慎待己、勤学好问等优良品行，能够达到内外兼修与培养刚健人格。

我们欣喜地看到，在党和政府的积极号召下，教育部印发了《完善中华优秀传统文化教育指导纲要》，各级教育机构启用了《中华优秀传统文化》教材，中小学语文新课标中也增强了青少年学生阅读和学习国学的分量，许多中小学开设了专门的国学课程，全国各族人民掀起了学习和传承中国传统文化的热潮。

为此，在有关专家指导下，特别编辑了这套"古典诗文精品选读"作品。古诗泛指古代中国诗歌，本套作品主要包括《诗经》《楚辞》《乐府诗》等，没有选入唐诗宋词元曲等；古文是指古代散文，主要包括传记、铭祭、论说、奏议、游记、杂记、书信、序跋等，本套作品还包括寓言、故事以及古代韵文的辞赋和骈体文的骈文等。这些古典诗文是中华辉煌灿烂文化的奇葩，具有独特的艺术价值。

本套作品主要根据广大读者特别是青少年读者学习吸收特点，精选了许多经典古诗文，增设了简单明白的注释和白话解读等，还配有精美图片等，能够培养广大青少年读者的国学阅读兴趣和传统文化素养，能够增强对中国传统文化的热爱、传承和发展，能够激发并积极投身到中华复兴的伟大梦想之中。

目录

书信

乐毅报燕王书	（汉）刘 向	006
狱中上梁王书	（汉）邹 阳	014
报孙会宗书	（汉）杨 恽	025
与韩荆州书	（唐）李 白	031
后十九日复上宰相书	（唐）韩 愈	035
与于襄阳书	（唐）韩 愈	039
寄欧阳舍人书	（宋）曾 巩	043
报刘一丈书	（明）宗 臣	049

序跋

外戚世家序	（汉）司马迁	053
酷吏列传序	（汉）司马迁	055

游侠列传序	……………………………	（汉）司马迁 057
货殖列传序	……………………………	（汉）司马迁 063
太史公自序	……………………………	（汉）司马迁 069
送孟东野序	……………………………	（唐）韩　愈 077
送李愿归盘谷序	…………………………	（唐）韩　愈 082
梅圣俞诗集序	…………………………	（宋）欧阳修 086
五代史伶官传序	………………………	（宋）欧阳修 090
赠黎安二生序	…………………………	（宋）曾　巩 093

书信

乐毅报燕王书

(汉)刘 向

　　昌国君乐毅,为燕昭王合五国之兵而攻齐,下七十余城,尽郡县之以属燕。三城未下,而燕昭王死。

　　惠王即位,用齐人反间,疑乐毅,而使骑劫❶代之将。乐颜奔赵,赵封以为望诸君。齐田单诈骑劫,卒败燕军,复收七十余城以复齐。

　　燕王悔,惧赵用乐毅,乘燕之敝以伐燕。燕王乃使人让❷乐毅,且谢之曰:"先王举国而委将军,将军为燕破齐,报先王之仇,天下莫不振动。寡人岂敢一日而忘将军之功哉!会先王弃群臣,寡人新即位,左右误寡人。寡人之使骑劫代将军者,为将军久暴露❸于外,故召将军,且休计事。将军过听❹,以与寡人有隙❺,遂捐❻燕而归赵。将军自为计则可矣,而亦何以报先王之所以遇将军之意乎?"

【注释】

　　❶骑劫:燕将。❷让:责备。❸暴露:日晒雨淋,风

餐露宿，很辛苦。暴，同"曝"。④过听：误信流言。⑤隙：隔阂。⑥捐：抛弃。

【译读】

　　昌国君乐毅，替燕昭王集合韩、赵、魏、楚、燕五国军队去攻打齐国，攻下齐国七十多座城池，把攻下的这些城池都改为郡县而归属于燕国。还有三座城池没有攻下，燕昭王就死了。

　　燕惠王即位，听信了齐国人的反间计，对乐毅产生怀疑，派骑劫去接替他的兵权。乐毅便逃奔到赵国去，赵国封他为望诸君。后来齐国的田单用诈术欺骗骑劫，终于打败燕军，收回七十多个城池，而复兴了齐国。

　　燕王感到后悔，怕赵国重用乐毅，乘燕国被齐国打败了的机会来攻打燕国。燕王就派人责备乐毅，并对他道歉，说："先王把整个国家委托给将军您，将军为

燕国打败齐国，替先王报仇，天下没有人不感到震动，我难道敢有一天忘记将军的功劳吗？正碰上先王抛弃群臣而逝世，我刚刚即位，左右的臣子误了我，我派骑劫代替将军，是因为将军长期在外作战辛苦，所以召回将军，暂且休息一下我共同商议国事。但将军误会了，认为我们之间有嫌隙，就抛弃燕国而投奔赵国。将军这样做为自己考虑是可以的，可是怎样来报答先王知遇将军的恩情呢？"

【原文】

望诸君乃使人献书报燕王曰："臣不佞❶，不能奉承先王之教，以顺左右之心，恐抵斧质❷之罪，以伤先王之明，而又害于足下之义，故遁逃奔赵。自负以不肖之罪，故不敢为辞说。今王使使者数之罪，臣恐侍御者不察先王之所以畜幸臣之理，而又不白于臣之所以事先王之心，故敢以书对。"

"臣闻圣贤之君，不以禄私其亲，功多者授之；不以官随其爱，能当之者处之。故察能而授官者，成功之君也；论行而结交者，立名之士也。臣以所学者观之，先王之举错❸，有高世之心❹，故假节于魏王，而以身得察❺于燕。先王过举❻，擢❼之乎宾客之中，而立之乎群臣之上，不谋于父兄，而使臣为亚卿。臣自以为奉令承教，可以幸无罪矣，故受命而不辞。"

【注释】

❶不佞（nìng）：不才，自谦无能之辞。❷斧质：

古代斩人的刑具,即铡刀。❸错:通"措",措施,安排。❹高世之心:超出世上一般人的用心。❺得察:得到赏识。❻过举:破格举用。❼擢(zhuó):提拔。

【译读】

望诸君乐毅就派人送信去回答燕王说:"我没有才智,不能奉行先王的教诲,没能顺从您左右大臣的心意,恐怕受到杀身之罪,以致损伤先王知人之明,而且又会损害您的义气,所以逃奔到赵国。我自己蒙受了不贤的罪名,所以不敢为自己申辩。现在大王派遣使者来数说我的罪过,我恐怕侍候您的人不了解先王之所以要厚待他所亲信的臣子的道理,而且又不明白我奉事先王的一片忠心,所以想写这封信来回答。"

"我听说,贤明的君主,不以俸禄私下给他的亲信,而给功劳多的人;不以官职随便给他偏爱的人,而让能够胜任的人去担任。所以审察谁有才能而授给谁以官职的君主,是能够成就功业的君主;按照谁品行好就和谁结交的士人,是可以建立名声的士人。凭我所学到的知识来看,先王的举止言行,高出于当今一般世人的用心,所以我凭借魏王的符节出使到燕国,而亲身受到燕国的赏识。先王的过分抬举,把我从宾客之中提拔上来,安置我的职位高于许多臣子,没有和父兄等宗族大臣商量,就任命我当亚卿。我自以为奉承先王的命令和指教,就可以幸免获罪,所以接受任命而不推辞。"

【原文】

"先王命之曰:'我有积怨深怒于齐,不量轻弱❶,而欲以齐为事。'臣对曰:'夫齐霸国之余教也,而骤胜之遗事也,闲②于兵甲,习于战功。"

"王若欲伐之,则必举天下而图之。举天下而图之,莫径于结赵矣。且又淮北、宋地,楚、魏之所同愿也。赵若许约,楚、赵、宋尽力,四国攻之,齐可大破也。'先王曰:'善。'臣乃口受令,具符节,南使臣于赵。"

"顾反命,起兵随而攻齐。以天之道,先王之灵,河北之地,随先王举③而有之于济上,济上之军,奉令击齐,大胜之。轻卒④锐兵⑤,长驱至国。齐王逃遁走莒,仅以身免。珠玉财宝,车甲珍器,尽收入燕。"

"大吕陈于元英,故鼎反于历室,斋器设于宁台。蓟丘之植,植于汶篁。自五伯以来,功未有及先王者也。"

"先王以为顺于其志,以臣为不顿命,故裂地而封之,使之得比乎小国诸侯。臣不佞,自以为奉令承教,可以幸无罪矣,故受命而弗辞。"

【注释】

①轻弱:微弱。②闲:通"娴",熟习。③举:全部。④轻卒:轻装的士兵。⑤锐兵:锋利的武器。

【译读】

"先王命令我说:'我对齐国有积怨而深怀愤怒,不考虑自己力量的轻微薄弱,而想和齐国较量一番。'我回答说:'齐国,还保持着称霸的遗业,而且有屡打胜仗的经验，对战争很熟悉，经常进行军事训练。"

"大王如果想讨伐它，就一定要联合各国诸侯来共同商量。联合各国诸侯来共同商量，莫过于和赵国联合最方便了。而且齐国的淮北和宋地，是楚国和魏国所想得到的地方，赵国如果答应了，楚国、赵国、宋国一定尽力，四国共同攻打齐国，就可以大破齐国。'先王说：'好。'我就接受先王亲口下的命令，带着符节，向南出使到赵国去。"

"从赵国回来复命，就立即发兵进攻齐国。依靠上天的赞助，先王的威灵，以及河北便利的地形，跟着先王一举而打到了齐国的边境济上。燕国驻扎在济上的军队，奉命攻打齐国，获得了大的胜利。轻装而精锐的战士，一直打到齐国的国都。齐王逃奔到莒城，仅仅身免于死。齐国的珠玉财宝，车辆、战甲和珍贵物品，全部收缴到燕国来了。"

"大吕钟陈列在元英宫，故鼎收回到历室宫，齐国的珍器摆设在宁台上，而且燕国国都蓟邱的树木栽种在齐国汶水的竹田中。自从五霸以来，没有谁的功劳比得上先王的。"

"先王感到如愿以偿，认为我不会败坏他交给的使命，所以划出地方来封给我，使我比得上小国的诸侯。我没有才智，自以为只要奉承先王的命令和指教，就可以幸免获罪，所以接受封命而没有推辞。"

【原文】

"臣闻贤明之君，功立而不废，故著于春秋，蚤知❶之士，名成而不毁，故称于后世。若先王之报怨雪

耻，夷万乘之强国，收八百岁之蓄积，及至弃群臣之日，遗令召后嗣之余义，执政任事之臣，所以能循法令，顺庶孽②者，施及萌隶，皆可以教于后世。"

"臣闻善作者③，不必善成；善始者，不必善终。昔者伍子胥说听乎④阖闾，故吴王远迹至于郢。夫差弗是也，赐之鸱夷⑤而浮之江。故吴王夫差不悟先论之可以立功，故沉子胥而弗悔。"

"子胥不蚤见主之不同量，故入江而不改。夫免身全功，以明先王之迹者，臣之上计也。离⑥毁辱之非，堕⑦先王之名者，臣之所大恐也。临不测之罪，以幸为利者，义之所不敢出也。"

"臣闻古之君子，交绝不出恶声；忠臣之去也，不洁其名。臣虽不佞，数奉教于君子矣。恐侍御者之亲左右之说，而不察疏远之行也。故敢以书报，唯君之留意焉。"

【注释】

❶蚤知：先见。蚤，通"早"。❷庶孽（shù niè）：妾生的儿子。❸作者：这里指开创事业的人。❹乎：同"于"，被。❺鸱夷（chī yí）：皮革制的口袋。❻离：通"罹"，遭受。❼堕：通"隳"，毁坏。

【译读】

"我听说贤明的君主，建立了功业而不废弃，所以载入史册；远见卓识的士人，成了名而不毁坏，所以被后世称道。像先王那样报仇雪耻，削平了拥有兵车万乘的强国,收缴了齐国八百年以来积蓄的财物;待到抛弃群臣逝世之日,给子孙留下了意义深远的遗诏;主管政事的臣子,所以能够遵循法令,预防庶子争夺王位,德业达到老百姓身上。这些都是可以用来教育后代的。

"我听说善于耕作的不一定获得好的收成,有好的开端的不一定有好的结束。从前,伍子胥的劝说被吴王阖闾接受了,所以吴王阖闾能够远征到楚国的国都郢都。夫差不以伍子胥之说为然,他用一个皮袋装了伍子胥投入江中。吴王夫差不明白伍子胥的预见可以建立功业,所以把伍子胥沉入江中而不后悔。"

"伍子胥没有及早认识阖闾和夫差两个君主的气量不同,所以直到被沉入江中也没有改变他的思想认识。所以,使自己免于一死,保全伐齐的功劳,以表明先王知人善任的贤名,是我的上策;遭受毁谤侮辱,败坏先王的名声,是我最害怕的;面临不可预测的大罪,想侥幸助赵伐燕以取利,按照道义来说,我是不敢这样做的。"

"我听说古时的君子,与人绝交时也不说人家的坏话;忠臣离开朝廷的时候,也不诋毁君主而表明自己廉洁。我虽然没有才智,却经常受到君子的教导。恐怕您听信左右大臣的话,而不了解我这个被疏远了的人的品行,所以我冒昧地用这封信来回答,希望您能仔细考虑一下吧!"

狱中上梁王书

(汉)邹 阳

邹阳同梁孝王游。阳为人有智略,慷慨不苟合❶,介于羊胜、公孙诡之间。胜等疾❷阳,恶❸之孝王。孝王怒,下阳吏,将杀之。阳乃从狱中上书曰:

"臣闻'忠无不报,信不见疑',臣常以为然,徒虚语耳。昔荆轲慕燕丹之义,白虹贯日,太子畏之。卫先生为秦画长平之事,太白食昴,昭王疑之。"

"夫精变天地,而信❹不谕两主,岂不哀哉!今臣尽忠竭诚,毕议愿知,左右不明,卒从吏讯,为世所疑。是使荆轲、卫先生复起,而燕、秦不寤❺也,愿大王熟察之。"

【注释】

❶苟合:指无原则地附合。❷疾:恨,嫉妒。❸恶:诽谤,诋毁。❹信:诚。❺寤:通"悟",觉悟。

【译读】

邹阳在梁孝王那里做门客。他为人有智谋,性格慷慨,不肯苟合,与羊胜、公孙诡处于相当的地位。羊胜等人嫉妒他,在孝王面前谗毁他。孝王发怒,把邹阳交给狱吏判罪,准备杀死他。邹阳于是从狱中给孝王上书说:

"我听说'忠心的人不会得不到好的报应,讲信用的人不会被人怀疑',我平常以为真的是这样,现在才知道这不过是一句空话罢了。从前荆轲羡慕燕太子丹的义气，为他去刺秦王的时候，天上白色的长虹贯穿太阳，但太子丹还怕他不去；卫先生为秦国谋划长平灭赵的事情，天上的太白星吃掉了昴星，但秦昭王却怀疑他。"

"荆轲和卫先生的精诚感动了天地，但太子丹和秦昭王却不理解他们的诚信，岂不可哀吗！现在我竭尽忠诚，把计议全部说出来希望大王了解，可是大王左右的人不明白我的意思，终于使我到狱吏那里受审讯，从而被世人所怀疑。这是使荆轲、卫先生复活，而燕太子丹、秦昭王仍然不了解他们啊，希望大王仔细考虑这件事。"

【原文】

"昔玉人❶献宝，楚王诛之；李斯❷竭忠，胡亥极刑。是以箕子阳❸狂，接舆避世，恐遭此患也。愿大王察玉人、李斯之意，而后楚王、胡亥之听，毋使臣为箕子、接舆所笑。臣闻比干剖心，子胥鸱夷，臣始不信，乃今知之。愿大王熟察，少加怜焉。"

【注释】

❶玉人：即卞和，春秋时期楚国人。❷李斯：秦朝丞相，协助秦始皇统一天下。❸阳：通"佯"，假装。

【译读】

"从前玉人卞和向楚王进献宝玉，楚王砍断了他的脚；李斯竭尽忠诚劝谏秦王胡亥，胡亥用酷刑把他杀死；所以箕子假装疯癫，接舆隐居避世，就是害怕遭受这样的祸害呢。希望大王考察卞和、李斯的心意，而不要像楚王、胡亥那样偏听偏信，不要使我被箕子、接舆嘲笑。我听说比干被纣王剖心，伍子胥的尸体被吴王装在皮袋里投入江中，我当初不相信，现在才知道确实会这样。希望大王仔细考虑，对我稍加怜惜吧。"

【原文】

"语曰：'有白头如新，倾盖如故。'何则？知①与不知也。故樊於期逃秦之燕，藉荆轲首以奉丹事；王奢去齐之魏，临城自刭，以却齐而存委托魏。"

"夫王奢、樊於期非新于齐、秦，而故于燕、魏也，所以去二国死②两君者，行合于志，慕义无穷也。"

"是以苏秦不信于天下，为燕尾生；白圭战亡六城，为魏取中山。何则？诚有以相知也。苏秦相燕，人恶之燕王，燕王按剑而怒，食以駃騠③。白圭显于中山，人恶之魏文侯，文侯赐以夜光之璧。何则？两主二君，剖心析肝相信，岂移④于浮辞⑤哉！"

【注释】

①知：相知，相契。②死：为……而死。③駃騠（jué tí）：良马名。④移：动摇，改变。⑤浮辞：诈伪不实的语言。

【译读】

"俗话说：'有些人相识多年，直到头发白了，还和新结交时一样友情淡薄；有些人在路上相遇，停车交谈，就像相识多年的老朋友一样友情深厚。'为什么呢？这是相知与不相知的缘故。所以樊于期从秦国逃到燕国，用自己的脑袋帮助太子丹报秦王之仇；王奢离开齐国逃到魏国，齐国为此而来攻打魏国时他就登城自刎，因而退了齐兵而保存了魏国。"

"王奢和樊于期，并非和齐国、秦国是新交而和燕国、魏国是旧交，他们所以离开齐、秦二国而为燕、魏两君而死的原因，是这种行为合乎他们的志向，他们非常仰慕道义啊。"

"所以苏秦不被天下的许多诸侯所信任，而燕国却把他当作尾生一样信任；白圭在战争中失掉中山国的六城，因为魏文侯信任他而为魏攻取中山。为什么呢？实在是因为相知啊。苏秦当燕国的宰相，有人在燕王面前谗毁他，燕王按着宝剑对进谗言的人发怒，反而用骏马的肉招待苏秦；白圭因为攻取中山而在魏国处于尊显的地位，有人在魏文侯面前谗毁他，文侯反而赐给他夜光璧。为什么呢？燕、魏两君主和苏秦、白圭二臣，能够肝胆相照，怎么会因为谗言而改变态度啊！"

【原文】

"故女无美恶❶，入宫见妒；士无贤不肖，入朝见❷嫉。昔司马喜❸膑脚❹于宋，卒相中山；范雎拉胁折齿于魏，卒为应侯。此二人者，皆信必然之画，捐❺朋党之私，挟孤独之交，故不能自免于嫉妒之人也。"

"是以申徒狄蹈雍之河，徐衍负石入海，不容于世，义不苟取比周于朝，以移主上之心。故百里奚乞食于道路，缪公委之以政；宁戚饭牛车下，桓公任之以国。此二人者，岂素宦于朝，借誉于左右，然后二主用之哉？感于心，合于行，坚如胶漆，昆弟不能

离,岂惑于众口哉!故偏听生奸,独任成乱。"

【注释】

❶美恶:美丑。❷见:被。❸司马喜:战国时期中山国相国。❹膑脚:古代酷刑,削去膝盖骨。❺捐:弃。

【译读】

"所以女子无论美丑,一进入皇帝的后宫便被人嫉妒;士人无论有没有才能,一进入朝廷受到重用便被人嫉妒。从前司马喜在宋国受到割去膝盖骨的酷刑,结果在中山国当了宰相;范雎在魏国被打得断了肋骨脱了牙齿,结果在秦国被封为应侯。这两个人,都相信自己实事求是的计划,抛弃朋党的私情,坚持独立的交往,所以他们自己不能避免嫉妒之人的谗毁。"

"因此申徒狄自沉于雍州的河里,徐衍背着石头自投入海,他们不为世俗所容,但仍然坚持正义,不肯在朝廷中随便结党,去转移国君的心意。因此百里奚在路上乞食,秦穆公却委托他掌管国政;宁戚在车下饲牛,齐桓公把国家的大事叫他担任。这两个人,难道向来在朝廷当官,靠左右的人说好话,然后两位国君才重用他们吗?他们是思想相应,行为相合,像胶漆一样坚固,亲兄弟都不能离间他们,怎么会迷惑于众口之辞啊!所以只听一面之词就会生出奸邪的事情,独自信任一人就会出现混乱的局面。"

【原文】

"昔鲁听季孙之说逐孔子,宋任子冉之计囚墨翟。夫以孔、墨之辩,不能自免于谗谀❶,而二国以危。何则？众口铄金❷，积毁销骨❸也。"

"秦用戎人由余而伯中国，齐用越人子臧而强威宣。此二国岂系于俗，牵于世，系奇偏之浮辞哉？公听并观，垂明当世。故意合则吴、越为兄弟，由余、子臧是矣；不合则骨肉为雠❹敌，朱、象、管、蔡是矣。今人主诚能用齐、秦之明，后宋、鲁之听，则五伯不足侔，而三王易为也。"

【注释】

❶谗谀（chán yú）：谗毁谄媚。❷众口铄金：大家都说同样的话，其力量足以能熔化金属。形容舆论力量的强大。❸积毁销骨：指谣言坏话久而久之可以致人于死地。毁，坏话；销，熔化。❹雠（chóu）：仇敌。

【译读】

"从前鲁国国君听信季孙的话而赶走了孔子，宋国国君采用子冉的计策而囚禁墨翟。凭着孔子、墨子的辩才，竟不能自免于谗毁，而鲁、宋二国因此危亡。为什么呢？因为众人的议论可以熔化金子，积久的谗言可以销毁骨肉之亲。"

"秦国任用戎人由余而称霸中国，齐国任用越人子臧而威、宣二王因而强盛。秦、齐二国怎么会受到世俗的牵制，而束缚于一面之词呢？公正地听取意见，全面地观察事物，成为当世明察的典范。所以意见相合，那么结下冤仇的吴国、越国可以变为兄弟，由余、子臧就是这样的；意见不合，那么亲骨肉可以变为仇敌，丹朱、象、管叔、蔡叔就是这样的。现在的君主如果能够

像齐王、秦王那样明察事物，不像宋、鲁两国国君那样偏信，那么五霸不值得相比，而三王也容易做到呢。"

【原文】

"是以圣王觉寤，捐子之之心，而不说❶田常之贤，封比干之后，修孕妇之墓，故功业覆于天下。何则？欲善无厌也。夫晋文亲其雠，强伯诸侯；齐桓用其仇，而一匡天下。何则？慈仁殷勤，诚加于心，不可以虚辞借也。至夫秦用商鞅之法，东弱韩魏，立强天下，卒车裂之；越用大夫种之谋，禽❷劲吴而伯中国，遂诛其身。是以孙叔敖三去相而不悔，於陵子仲辞三公为人灌园。"

"今人主诚能去骄傲之心，怀可报之意，披心腹，见情素❸，堕肝胆，施德厚，终与之穷达，无爱❹于士，则桀之犬可使吠尧，跖❺之客可使刺由。何况因万乘之权，假圣王之资乎？然则轲湛七族，要离燔妻子，岂足为大王道哉！"

【注释】

❶说：通"悦"。❷禽：通"擒"。❸情素：真实的情意。素，通"愫"。❹爱：吝啬。❺跖（zhí）：传说中的大盗。

【译读】

"所以圣王觉悟了，抛弃听信子之的心意，而不欣赏田常那样的才能，封爵给比干的后代，为纣王杀死的孕妇修墓，那么功业就可以盖天下。为什么呢？因为求善之心没有止境。晋文公亲近他的仇人，而强大称霸于诸侯；齐桓公任用他的仇人，而匡正整个天下。为什么呢？因为他们心地仁慈，殷勤恳切，一片诚意，不可以用谗言去转移。至于秦国采用商鞅之法，东面削弱韩国、魏国，成为天下的强国，结果却车裂了商鞅；越国采用大夫文种的计谋，打败了强大的吴国而称霸中国，却杀掉了文种。所以孙叔敖三次免去宰相而不后悔；于陵子仲辞掉三公的爵位，替人家浇灌园地。"

"现在的君主如果能够去掉骄傲之心，怀着让人可以报答之意，披露心腹，表现真情，肝胆相见，广施恩德，始终与士人同甘苦，对士人不吝惜，那么桀的狗可以使它去吠尧，盗跖的客可以使他去刺杀许由。何况凭恃国君的权势，借助圣王的能力呢！这样，荆轲为了燕太子丹刺秦王而任凭诛杀七族的事，要离为了吴王阖闾杀王子庆忌而甘愿烧死妻子儿女的事，哪里值得对大王说呢？"

【原文】

"臣闻明月之珠，夜光之璧，以暗投人于道，众莫不按剑相眄❶者。何则？无因而至前也。蟠木根柢，轮囷❷离奇，而为万乘器者，以左右先为之容也。故无因而至前，虽出随珠、和璧，只怨结而不见德❸；有人先游，则枯木朽株树功而不忘。"

"今夫天下布衣穷居之士，身在贫羸，虽蒙尧、舜之术，挟伊、管之辩，怀龙逢、比干之意，而素无根柢之容，虽极精神，欲开忠于当世之君，则人主必袭按剑相眄之迹矣。是使布衣之士，不得为枯木朽株

之资也。是以圣王制世御俗,独化于陶钧之士,而不牵乎卑乱之语,不夺乎众多之口。"

【注释】

❶眄(miǎn):斜着眼睛看。❷轮囷(qūn):盘绕曲屈的样子。❸见德:被感激。

【译读】

"我听说,明月珠,夜光璧,暗地里在路上投给人,人们没有不按着剑怒目相看的。为什么呢?因为这些珠玉无缘无故地来到面前。屈曲的树根,盘绕弯折,之所以被天子看重,是因为左右的人先给它雕刻修饰了。所以无缘无故地来到面前,就是随侯珠、和氏璧,也只会结怨而不会受到感谢;有人先去介绍、赞美,那

么就是枯木朽株，也可以建立功劳而不被忘记。"

"现在天下那些平民出身的士人，处于贫困之中，就是有尧、舜的治国之术，有伊尹、管仲的辩才，怀着龙逢、比干的忠心，若是没有像树根那样得到雕饰，虽然使尽精力，想表忠心于当世的君主，那么君主必然会走上按剑怒目相看的老路。这就使平民出身的士人，不能起到枯木朽株的作用了。所以圣王统治天下，应该像制陶时按照自己的规律旋转一样有独立的主张，而不被卑乱的谗言所牵制，不因为众多的议论而改变主张。"

【原文】

"故秦皇帝任中庶子蒙嘉之言以信荆轲，而匕首窃发；周文王猎泾渭，载吕尚归，以王天下。秦信左右而亡，周用乌集而王❶。何则？以其能越挛拘❷之语，驰域外之议，独观乎昭旷之道也。今人主沉谄谀之辞，牵帷墙之制，使不羁之士，与牛骥同皂❸。此鲍焦所以愤于世也。"

【注释】

❶王：这里用作动词，称王。❷挛拘：拘泥，拘束。❸皂：喂牛马的木槽。

【译读】

"秦始皇听信了中庶子蒙嘉的话而相信荆轲，结果遭到藏在地图中的匕首袭击；周文王猎于泾渭，载吕尚同车回去，因此称王于天下。秦始皇听信左右宠臣的话而亡国，周文王任用偶然相识的贤人而称王于天下。为什么呢？因为周文王能够超出片面固执的言辞，摆脱肆无忌惮的议论,独自观察光明正大的道理。现在的君主沉溺在逢迎奉承的话里,受到近臣妻妾的牵制,使那些不受羁绊的才识高超的士人,和牛马同槽共食。这就是鲍焦愤世嫉俗的原因啊。"

【原文】

"臣闻盛饰入朝者,不以私污义;底厉❶名号者,不以利伤行。故里名'胜母',曾子不入;邑号'朝歌',墨子回车。今欲使天下寥廓❷之士,笼于威重之权,胁于位势之贵,回面污行,以事谄谀之人,而求亲近于左右,则士有伏死堀穴岩薮❸之中耳,安有尽忠信而趋阙下者哉?"

【注释】

❶底厉:通"砥砺",磨刀石,引申为磨炼。❷寥廓(liáo kuò):宽宏豁达。❸堀穴岩薮:指山泽隐居之处。堀,通"窟";薮,湖泽。

【译读】

"我听说穿戴整齐进入朝廷的人,不用私心去玷污道义;努力修身立名的人,不为私利而伤害德行。所以村名叫'胜母',曾子就不进去;城名叫'朝歌',墨子就回转车头。现在想使天下胸怀远大的士人,被威重的权力所笼络,被高贵的地位所胁迫,改变节操,不讲品行,去侍奉献媚取宠的人,而求得亲近于君主左右,那么士人只有伏在深山湖泽之间死去罢了,哪里有尽忠守信而到官廷里来的呢!"

报孙会宗书

(汉)杨 恽

恽既失爵位家居，治产业，起室宅，以财自娱。岁余，其友人安定太守西河孙会宗，知略①士也与恽书谏戒之。为言大臣废退②，当阖门惶惧，为可怜之意；不当治产业，通宾客，有称誉。恽宰相子，少显朝廷，一朝③暗昧④，语言见废，内怀不服。报会宗书曰：

"恽材朽⑤行秽，文质无所底，幸赖先人余业，得备宿卫⑥。遭遇时变，以获爵位，终非其任，卒与祸会。"

"足下哀其愚，蒙赐书，教督以所不及，殷勤甚厚。然窃恨足下不深推其终始⑦，而猥⑧随俗之毁誉也。言鄙陋之愚心，若逆指⑨而文过⑩；默而息乎，恐违孔氏'各言尔志'之义。故敢略陈其愚，唯君子察焉。"

【注释】

❶知略：智识，谋略。❷废退：废黜，罢官。❸一朝：一时。❹暗昧：指言行不光明正大。❺材朽：才能低劣。材，通"才"。❻宿卫：在宫中值宿，充当皇帝侍卫。❼推其终始：推究事情的首尾经过。❽猥：轻易，随便。❾逆指：违背旨意。指，通"旨"。❿文过：掩饰过失。

【译读】

　　杨恽失掉爵位住在家里,治理产业,建造房屋,用钱财来行乐。过了一年多,他的朋友、安定太守、西河人孙会宗给杨恽写了一封信,对他进行劝诫。孙会宗在信中说:大臣废退回家,应当闭上门,诚惶诚恐,表现出一种可怜的样子,不应当治理产业,和宾客来往,受人家的称赞。杨恽原是一个宰相的儿子,年轻时就在朝廷做大官,一时倒霉,因为言语不谨慎而被免除爵位,心中不服。于是他给孙会宗写了一封回信说:

　　"我才能低劣,品行卑下,外表和内才都没有什么值得称道的。幸而靠了父亲遗下的功业,才充当了一个侍卫官,恰巧碰上霍氏叛乱,才获得封爵。但终于不能胜任,结果遭受祸害。"

"您同情我的愚笨,写信来教导我不懂的事情,情意十分恳切。但是,我私下埋怨您,没有深入了解这事的始终,而错误地随从世俗的毁誉。向您说出我鄙陋的愚见吧,好像是以反对您的看法而使自己显得文过饰非;沉默不言吧,则又恐怕违背孔子的'各言尔志'的教义。所以还是大着胆子简略地陈述我的愚见,请您仔细深察吧。"

【原文】

"恽家方隆盛时,乘朱轮者十人,位在列卿,爵为通侯,总领从官,与闻政事。曾不能以此时有所建明,以宣德化,又不能与群僚同心并力,陪❶辅朝廷之遗忘❷,已负窃位❸素餐之责久矣。"

"怀禄贪势,不能自退,遭遇变故,横被口语❹,身幽北阙,妻子满狱。当此之时,自以夷灭不足以塞责,岂意得全首领,复奉先人之丘墓乎?伏惟❺圣主之恩,不可胜量。"

"君子游道,乐以忘忧;小人全躯,说以忘罪。窃自私念,过已大矣,行已亏矣,长为农夫以没世矣!是故身率妻子,戮力耕桑,灌园治产,以给公上。不意当复用此为讥议也。"

【注释】

❶陪:辅佐。❷遗忘:忘记,这里指考虑不周之处。❸窃位:这里指在其位而不谋其事。❹被口语:指以毁谤、诬陷遭祸。❺伏惟:下对上的敬辞。惟,想。

【译读】

"我家里正当兴盛的时候，乘坐朱轮车的有十人，地位在九卿之列，爵位是通侯，率领手下的官员，参与讨论国家大事。我竟不能在那时有所建树，既不能宣扬圣上的德化，又不能与各位官员同心协力，去补救朝廷的过失，已经受到窃取官位吃白饭的责备很久了。"

"我贪恋俸禄和权势，不能自己引退，遭逢了变故，横受告发，自己幽禁在北阙，妻子儿女被关进了监狱。当这个时候，自己认为夷灭家族不足以抵偿罪责，哪里想到能够保全脑袋，再去奉祀祖先的坟墓呢？我伏在地上想到圣主的恩惠，大得无法计量。"

"君子心想着道义，快乐得忘记了忧愁；小人保全了性命，高兴得忘记了罪过。我私下考虑：过失已经很大了，品行已经污损了，永远当一个农民到死算了！因此，我就率领妻子儿女，努力耕田种桑，浇灌田园，治理产业，交纳赋税给政府。想不到又因此而受到指责和非议。

【原文】

"夫人情所不能止者，圣人弗禁。故君父至尊亲，送其终也，有时而既。臣之得罪已三年矣，田家作苦，岁时伏腊，烹羊炰羔，斗酒自劳。家本秦也，能为秦声，妇赵女也，雅善鼓瑟，奴婢歌者数人。"

"酒后耳热，仰天拊❶缶❷，而呼乌乌。其诗曰：'田彼南山，芜秽不治；种一顷豆，落而为萁。人生行乐耳，须富贵何时？'是日也，拂衣而喜，奋袖❸低

古文·书信·序跋

昂,顿足起舞,诚淫荒无度,不知其不可也。恽幸有余禄,方籴❹贱贩贵,逐什一之利。此贾竖之事,污辱之处,恽亲行之。下流之人,众毁所归,不寒而栗。虽雅知恽者,犹随风而靡,尚何称誉之有?董生不云乎:'明明求仁义,常恐不能化民者,卿大夫意也;明明求财利,尚恐困乏者,庶人之事也';故'道不同,不相为谋'。今子尚安得以卿大夫之制而责仆哉?"

【注释】

❶拊:拍,击打。❷缶:一种腹大口小的瓦器。❸奋袖:挥舞衣袖。❹籴(dí):买进,一般指粮食。

【译读】

"大凡人情所不能避免的,圣人也不能禁止。所以君最尊、父最亲,给他们送终以后,哀痛的感情到了一定的时间也会完结。我的获罪,已经三年了。农民的劳动很辛苦,逢上伏日、腊日等节日,便烹大羊烤小羊,斟上一壶酒自己慰劳自己。我的家本来在秦地,我能够唱秦地的歌曲。我的妻子是赵地的妇女,很善于奏瑟。奴婢中会唱歌的也有几个人。"

"饮酒之后耳朵发热,抬起头来敲打着乐器,口里'呜呜'地唱起歌来。歌词是:'种田在那南山下,一片荒芜未治理。种了豆子一百亩,豆子落下只剩茎。人生世上快行乐吧,等待富贵在何时?'有的时候,我高兴得摆动衣服,一高一低地抖动袖子,踏着脚跳起舞来,实在是荒淫无度,不知道那样做有什么不可以呢。我幸而有一些积余下来的俸禄,就贱买贵卖,追求十分

之一的利润,这是商人的事情,污辱的处所,我亲自去做了。地位低下的人,是众人毁谤的对象,使人不寒而栗。就是很了解我的人,尚且随风倒,还有谁来称誉我呢?董仲舒不是说过吗:'急急忙忙求仁义,常常担心不能教化百姓,这是卿大夫的心情。急急忙忙求财利,还担心穷困贫乏,这是平民的事情。'所以志向不同的人不得互相商讨问题。现在您还怎么能用卿大夫的要求来责备我呢?"

【原文】

"夫西河魏土,文侯所兴,有段干木❶、田子方❷之遗风,漂然皆有节概,知去就之分。顷者,足下离旧土,临安定。安定山谷之间,昆戎旧壤,子弟贪鄙,岂习俗之移人哉?于今乃睹子之志矣!方当盛汉之隆,愿勉旃❸,毋多谈。"

【注释】

❶段干木:战国初年魏国名士。❷田子方:儒家学者,魏国人。❸旃(zhān):语气词,"之焉"的合音。

【译读】

"那西河原是魏国的土地,是魏文侯兴建的,有段干木、田子方的遗风,他们都有高超的节操,懂得仕与不仕的本分。前不久,您离开故乡西河,到安定去。安定在山谷之间,是西戎的旧地,那里的人贪婪鄙野,难道是安定的风俗改变了您的节操吗?现在我才看出您的思想了。现在正当盛汉兴隆的时候,希望您自己努力,不要多谈了。"

古文 书信 序跋

与韩荆州书

（唐）李 白

白闻天下谈士❶相聚而言曰：生不用封万户侯，但愿一识韩荆州。何令人之景慕一至于此！岂不以周公之风，躬吐握之事，使海内豪俊奔走而归之。一登龙门，则声价十倍。所以龙蟠凤逸❷之士，皆欲收名定价于君侯。君侯不以富贵而骄之，寒贱而忽之。则三千之中有毛遂，使白得颖脱而出，即其人焉。

白，陇西布衣，流落楚汉，十五好剑术，遍干诸侯；三十成文章，历抵❸卿相。虽长不满七尺，而心雄万夫。皆王公大人许与❹气义！此畴曩❺心迹，安敢不尽于君侯哉！君侯制作❻侔神明，德行动天地，笔参造化，学究天人。幸愿开张心颜，不以长揖见拒。必若接之以高宴❼，纵之以清谈，请日试万言，倚马可待。

【注释】

❶谈士：游谈之士。指当时奔走功名的一些人。❷龙蟠凤逸：蛟龙潜于深渊，时机一到，便像凤凰一样飞翔。蟠，盘踞；逸，飞动。❸历抵：一一拜访。抵，拜谒。❹许与：赞许。❺畴曩（chóu nǎng）：往昔，从前。❻制作：指政绩。❼高宴：上等筵席。

【译读】

我听到天下谈论世事的读书人在一块儿闲谈时说：

"活在世上不愿封为食邑万户的侯,只希望能和韩荆州见一面。"为什么使人敬仰爱慕您竟然达到这个地步呢?难道不是因为您有周公的作风,亲身做他那吐哺、握发以待贤者的事,使天下有才德的人争先恐后地依附于您,一受到您的推荐,名誉就立刻提高十倍,所以,隐居待时的豪杰,都想要从您这里得到名誉、确定身价?您不因为自己富贵而对他们骄傲,也不因为他们贫贱而轻视,那么,众多的门客中自然有毛遂这种人才,假使我能有机会表现才能,也是毛遂自荐的那种人了。

李白是陇西的平民,流落在湖北、湖南一带。十五岁就喜欢舞剑,研究军事学,到处结识地方军政长官;三十岁已经写得一手好文章,普遍拜访朝廷上的大官。虽然身高不到七尺,可是雄心壮志超越在万人之上。王公大人都称赞我有气节,守正义。这是我过去的心事,怎么敢不完全告诉您呢?您建立的功业等同于神明,您的伟大品德感天动地,您的文章造极,学问研究天道人事。希望您推心置腹,和蔼接待,不因为我行长揖之礼就拒不接见。如果用盛大的宴会来招待我,任我自由谈论,请您一天让我写上万字的长文,我在短时间内就可以写成。

【原文】

今天下以君侯为文章之司命,人物之权衡。一经品题,便作佳士。而今君侯何惜阶前盈尺之地,不使白扬眉吐气,激昂青云耶!昔王子师为豫州,未下车,即辟荀慈明,既下车,又辟孔文举。山涛作冀州,甄拔三十余人,或为侍中尚书,先代所美。

古文·书信·序跋

  而君侯亦一荐严协律，人为秘书郎，中间崔宗之、房习祖、黎昕、许莹之徒，或以才名见知，或以清白见赏。白每观其衔恩抚躬，忠义奋发，白以此感激，知君侯推赤心于诸贤之腹中，所以不归他人，而愿委身国士。傥急难有用，敢效微躯。且人非尧舜，谁能尽善。白谟猷❶筹画，安能自矜❷？

  至于制作❸，积成卷轴，则欲尘秽视听，恐雕虫小技，不合大人。若赐观刍荛，请给纸笔，兼之书人，然后退扫闲轩，缮写呈上。庶青萍结绿，长价于薛卞之门。幸推下流，大开奖饰，唯君侯图之！

【注释】

  ❶谟猷（mò yóu）：谋划。❷矜（jīn）：矜持，此处是自负的意思。❸制作：指诗文。

【译读】

  现在全国的读书人都把您看成是评定文章优劣、衡量人物高下的权威，一经过您的称赞，便被大家公认为品学兼优的人。您何必舍不得台阶前面一尺大的地方，不让我扬眉吐气，意气凌云呢？从前东汉的王允做豫州刺史，还没到任，就聘请荀爽出来做官；到任以后，又聘请孔融出来做官。晋朝的山涛做冀州刺史，考察选拔三十多个人，有的人甚至做侍中、尚书等大官。这是前代的美赞事。

  您也曾经推荐过严武，进到朝廷做秘书郎。这当中您还推荐了崔宗之、房习祖、黎昕、许莹一类人，他们有的因为有才名而被人们知道，有的因为清廉而被人们

尊重。我每次看见他们感恩戴德，感激奋发，大力发扬忠义之气，总是因此而十分感动，知道您用真心对待严武这班优秀人才，所以，他们不依附别人，而愿意把自己托付给国内杰出的人物。假使有什么危难用得着我，我愿意献出自己的生命。再说，人不是尧、舜，哪个能一切都好。政治上的谋略和军事上的策划，我怎么敢自己夸口。

至于诗文的创作，已经积下很多稿子，本想拿来玷污您的耳目，恐怕这种微不足道的技能，不合您的口味。如果您肯看看我的浅陋的诗文，那就请您把纸和笔给我，并且请派给抄写的人。然后我回到安静的小房间里，抄录诗文呈献给您。或许青萍剑、结绿玉，能在薛烛和卞和的赏识下提高价值。希望您推荐我这地位低下的人，大大地加以鼓励和称赞，请您考虑吧。

后十九日复上宰相书

(唐)韩 愈

二月十六日❶,前乡贡❷进士韩愈,谨再拜言相公❸阁下:

向上书及所著文,后待命凡十有九日,不得命,恐惧不敢逃遁,不知所为,乃复敢自纳于不测之诛❹,以求毕其说,而请命于左右❺。

愈闻之:蹈水火者之求免于人也,不惟其父兄子弟之慈爱,然后呼而望之也;将有介于其侧者,虽其所憎怨,苟不至乎欲其死者,则将大其声疾呼而望其仁之也。彼介于其侧者,闻其声而见其事,不惟其父兄子弟之慈爱,然后往而全之也;虽有所憎怨,苟不至乎欲其死者,则将狂奔尽气,濡❻手足,焦毛发救之而不辞也,若是者何哉?其势诚急,而其情诚可悲也。

【注释】

❶二月十六日:指唐德宗贞元十一年二月十六日。❷乡贡:唐代不经学馆考试由地方荐举出来参加科举考试而考上进士科的人,称为乡贡进士。❸相公:宰相。❹不测之诛:意料不到的责怪。❺左右:指宰相左右执事的人。❻濡(rú):湿。

【译读】

二月十六日,前乡贡进士韩愈,恭敬地向相公阁下再拜进言:

前些日子我曾呈上书信和所作文章,以后一直恭候您的回信,已经十九天了,没有得到回音,我心里惶恐,不敢离去,不知道怎么办。于是宁可蒙受不可预料的责备,来说完我的意见,并向您请教。

我听说,陷在水火中的人向人求救时,不只因为他和自己有父兄子弟般的慈爱,而后才呼喊并希望他来救援。而是希望在他附近的人,即使与自己有过什么怨恨,只要还不至于希望自己死掉的,就会大声而急切地呼喊,希望他发善心来救援。那个在他附近的人,听见这声音,看见这情况,也不只因为和他有父兄子弟般的慈爱,而后才奔过去救援他。即使和他有什么怨恨,只要还不至于希望他死掉的人,就将尽力狂奔过去,弄湿手足,烧焦毛发,救起他来,而不会躲避或推托。这样做是为什么呢?是为那情势实在危急,而那情况实在可悲啊。

【原文】

愈之强学力行有年矣,愚不惟道之险夷,行且不息,以蹈于穷饿之水火,其既危且亟❶矣,大其声而疾呼矣,阁下其亦闻而见之矣,其将往而全之欤?抑将安而不救欤?有来言于阁下者曰:有观溺于水而热❷于火者,有可救之道,而终莫之救也,阁下且以为仁人乎哉?不然,若愈者,亦君子之所宜动心者也。

古文·书信·序跋

或谓愈：子言则然矣，宰相则知子矣，如时不可何？愈窃谓之不知言者，诚其材能不足当吾贤相之举耳，若所谓时者，固在上位者之为耳，非天之所为也。前五六年时，宰相荐闻，尚有自布衣蒙抽擢❸者，与今岂异时哉？且今节度观察使及防御营田诸小使等，尚得自举判官，无间于已仕未仕者，况在宰相，吾君所尊敬者，而曰不可乎？

古之进人者，或取于盗，或举于管库。今布衣虽贱，犹足以方于此。情隘辞蹙❹，不知所裁❺，亦惟少垂怜焉。愈再拜。

【注释】

❶亟（jí）：急迫。❷热：这里是焚烧的意思。❸抽擢（zhuó）：提拔。❹情隘辞蹙（cù）：心情郁塞辞气迫急。❺不知所裁：因为求请急迫，不知如何是好。裁，定夺，斟酌。

【译读】

我勤奋学习，并且身体力行已经多年了。我不考虑道路的艰险和平坦，一直向前走，没有停止，以至于陷在穷困饥饿的水深火热之中，又危险又急迫，我也大声地疾呼了，您也许听到和看到了吧。您是前来救助我呢？还是坐视不救呢？有人来向您说："有人看到被水淹和被火烧的人，他有可以救的办法却终于不去救他，您认为他是个仁人君子吗？"如果认为不是，那么像我这种人，也是仁人君子应该动心的吧。

有人对我说："你的话是对的，宰相也了解你，但是时机不许可怎么办呢？"我以为他是个不懂道理的。事实上是他的才能不值得我们贤相的推举罢了，至于所谓时机，本来就是在上位的人造成的，不是上天造成的。前五六年时，宰相向上推荐，尚且有从平民中提拔出来的，那时和现在难道有什么不同吗？况且现在的节度使，观察使及防御，营田等小使，还可以自己选用判官，不用区分他有没有职位。何况是宰相，我们君主所尊敬的人，却说不可以吗？

　　古时候向上推荐人才的，有的从盗贼中选取，有的从管理仓库的人员中选拔，现在我这个无官无职的人虽然卑贱，但还是足够和这些人相比的。我的境况窘迫，言语急切，不知讲些什么好，只是希望稍微赐予一点爱怜罢了。韩愈再拜。

与于襄阳书

(唐)韩 愈

　　七月三日,将仕郎守国子四门博士韩愈,谨奉书尚书阁下:

　　士之能享大名显当世者,莫不有先达之士、负天下之望者为之前焉;士之能垂休光①照后世者,亦莫不有后进之士负天下之望者为之后焉。

　　莫为之前,虽美而不彰;莫为之后,虽盛而不传。是二人者,未始不相须②也,然而千百载乃一相遇焉。岂上之人无可援,下之人无可推欤?何其相须之殷而相遇之疏也。

　　其故,在下之人,负其能③不肯诣④其上;上之人,负其位⑤不肯顾其下。故高材多戚戚⑥之穷,盛位无赫赫之光,是二人者之所为皆过也。

　　未尝干之,不可谓上无其人;未尝求之,不可谓下无其人。愈之诵此言久矣,未尝敢以闻于人。

【注释】

①垂休光:流传功业,光照后世。休光,盛美的光华。②未始不相须:未尝不相互在等待着。相须,相互需要、期待。③负其能:以他的才能而自负。④诣:奉承,此处意为"请示"。⑤负其位:以他的地位而自负。⑥戚戚:忧虑的样子。

【译读】

七月三日,将仕郎守国子四门博士韩愈,恭敬地上书尚书阁下:

读书人能够享有大名,显扬于当代的,没有一个不是靠有德行有学问的先辈有天下声望的人替他做先导的。读书人能够流传美名,照耀后代的,也没有一个不是靠后辈有天下声望的人做他的后继的。

没有人做先导,虽有大才也不会显扬;没有人做后继,虽有盛德也不会流传。这两种人,未尝不互相等待,但是千百年才相逢一次。难道上面没有可以攀缘的人、下面没有可以推荐的人吗?为啥他们互相期待如此殷切,而相遇的机会却如此稀少呢?

原因在于在下的人倚仗他的才能，不肯向上请求举荐；在上的人凭借他的高位，不肯照顾在下的。所以才高的人多为不得志而忧愁，位尊的人没有显赫的声誉，这两种人的作为都是不对的。

不曾去请求，不能说上面没有可以攀缘的人，不曾去寻访，不能说下面没有可以推荐的人。我念叨这些话已经很久了，从来不曾冒昧地把这话告诉别人。

【原文】

侧闻阁下抱不世之才，特立而独行，道方而事实，卷舒不随乎时，文武惟其所用。岂愈所谓其人哉？抑未闻后进之士有遇知于左右，获礼于门下者，岂求之而未得邪？将志存乎立功，而事专乎报主，虽遇其人，未暇礼邪？何其宜闻而久不闻也？

愈虽不材，其自处❶不敢后于恒人，阁下将求之而未得欤？古人有言："请自隗始。"

愈今者惟朝夕刍米仆赁之资是急，不过费阁下一朝之享而足也。如曰吾志存乎立功，而事专乎报主，虽遇其人，未暇礼焉，则非愈之所敢知❷也。

世之龊龊者❸，既不足以语之，磊落奇伟❹之人，又不能听焉，则信乎命之穷也！

谨献旧所为文一十八首，如赐览观，亦足以知其志之所存。愈恐惧再拜。

【注释】

❶自处：处身立世，道德修养。❷知：知道，理

解。❸龊龊者：指那些气量狭小并拘泥于小节的人。❹磊落奇伟：心胸坦白，不同一般。

【译读】

我从旁听到阁下抱着非常的才能，人品出众而操行独特，道德方正而处世务实，进退能不随时俗，文武官员能按照才能录用，难道我所说的那种先达之士就是您吗？但还不曾听说有为您所赏识而得到以礼相待的后辈，难道是求而未得吗？还是你立志于建立功业，而办事专心于报答君主，即使遇到后进之士，也没有空闲以礼相待呢？为什么应该听到却长久没有听到呢？

我虽然才能平庸，但对自己的要求还不敢落在一般人的后面。阁下要寻求人才却没有得到吗？古人说过："请从我郭隗开始。"

我今天只为每天的柴米和雇用仆役等费用着急，这不过花费阁下一餐的享受就够了。您如果说："我的志向在于建立功业，而办事专心于报答主上，即使遇到后进之士，也没有空闲以礼相待。"那就不是我所敢知道的了。

世上那些器量狭窄的人，既不足以向他们谈这些；心胸坦白、光明正大的人，又不能听我的话。那就确实是命中注定该穷困的了。

谨献上以前所做的文章十八篇，如蒙阅览，也能够知道我的志向所在。韩愈诚惶诚恐再拜。

寄欧阳舍人书

（宋）曾 巩

去秋人还，蒙赐书及所撰先大父墓碑铭。反复观诵，感与愧并。

夫铭志❶之著于世，义近于史，而亦有与史异者。盖史之于善恶，无所不书；而铭者，盖古之人有功德材行志义之美者，惧后世之不知，则必铭而见❷之。或纳于庙，或存于墓，一也。苟其人之恶，则于铭乎何有？此其所以与史异也。

其辞之作，所以使死者无有所憾，生者得致其严❸。而善人喜于见传，则勇于自立；恶人无有所纪，则以愧而惧。至于通材达识，义烈节士，嘉言善状，皆见于篇，则足为后法。警劝之道，非近乎史，其将安近？

【注释】

❶铭志：墓铭与墓志，刻于墓石的文辞。铭用韵文，志用散文。❷见：同"现"，显现。❸致其严：表达他对死者的尊敬。严，尊敬。

【译读】

去年秋天有人归来，承您赐给我一封信以及您撰写的一篇先祖父的墓碑铭，反复阅读，不禁使我感激和惭愧的心情交织在一起。

　　铭志这类文章在世上出现，意义跟史书相近，但也有跟史书不同的地方。这是因为史书对于一个人的好或者坏没有什么不写上去的，不写的铭志却是由于古代的人在功业、道德、才能、行为、理想和气节等方面有突出表现，恐怕后代人不知道，定用铭志来显示他。有的安置在祠堂，有的存放在墓地，用意都是一样的。如果那个人有不好的地方，那么在铭上记载什么呢？这就是它跟史书不同的地方。

　　铭志文章的写作，是为了让死的人没有什么遗憾，活的人能够表达他们的敬意。好人乐于被后代人传颂，就会勇于使自己成为人们学习的模范；坏人没有什么可以记载，就会因此既惭愧又惧怕。至于渊博的才学，高明的见识，正义的业绩，节烈的事情，美好的言论，善良的行为，全都在铭志文章中显示出来，就能够成为后代人学习的准则。警恶劝善的道理，不是跟史书相近，那会跟什么相近呢？

【原文】

　　及世之衰，人之子孙者，一欲褒扬其亲，而不本乎理。故虽恶人，皆务勒名以夸后世。立言者既莫之拒而不为，又以其子孙之所请也，书其恶焉，则人情之所不得，于是乎铭始不实。后之作铭者，当观其人。苟托之非人，书之非公与是，则不足以行世而传后。故千百年来，公卿大夫至于里巷之士，莫不有铭，而传者盖少。其故非他，托之非人，书之非公与是故也。

古文·书信·序跋

然则孰为其人,而能尽公与是欤?非畜道德而能文章者,无以为也。盖有道德者之于恶人,则不受而铭之,于众人则能辨焉。而人之行,有情善而迹非,有意奸而外淑❶,有善恶相悬而不可以实指,有实大于名,有名侈于实。犹之用人,非畜道德者,恶❷能辨之不惑❸、议之不徇❹?不惑不徇,则公且是矣!而其辞之不工,则世犹不存,于是又在其文章兼胜焉。故曰:非畜道德而能文章者,无以为也。岂非然哉?

【注释】

❶外淑:表面善良。❷恶:怎么,疑问助词。❸惑:疑惑,迷惑。❹徇:依从,曲从。

【译读】

等到社会风气败坏时,作为人的子孙的,统统想要表扬他们的死去的尊长,却不根据道理。所以,就是坏人,他的子孙也都一定要给他立碑刻铭,来向后代人夸耀。那些写铭志文章的人,既没有拒绝他们说不做,又因为是死者子孙的请求,写死者的坏事吧,那是在人情上通不过的,在这种情况下,铭志文章开始不真实了。后代写铭志的人,应当看是那样的人。假如委托的是个不适合的人,那么写的铭志就不会公正和真实,也就不能够在当代流行,在后代传诵。所以千百年来,从大小官员到普通百姓,几乎没有人没有铭志,可是传下来的大约很少,那缘故不是旁的,而是委托的是个不适合的人,写的铭志不是公正和真实的缘故啊。

既然这样,那么谁是那种适合的人,而且写的铭志能够完全做到公正和真实呢？不是具备很高的道德修养而又善于写文章的人是没有办法做到的。因为具有很高的道德修养的人，他对于坏人，就不会接受委托去写铭志；对于一般人，也能辨别他的好坏。人的表现，有动机好而事迹不好的，有内心奸邪而外貌善良的，有好坏相差极远却不能够具体指出的，有实际比名气大的，有名气比实际大的。如同用人才那样，不是具备很高的道德修养的人，怎么能够在区分他们时不被蒙蔽，在评议他们时不徇私情？假使不被蒙蔽，不徇私情，那就能够做到公正而且真实了。但是假如他的文章写得不好，那么世上还不会流传，因此，问题又在于他的文章和道德是否同样好了。所以说，不是具备很高的道德修养而又善于写文章的人是没有办法做到的，难道不是如此吗？

【原文】

然畜道德而能文章者，虽或并世而有，亦或数十年或一二百年而有之。其传之难如此，其遇之难又如此。若先生之道德文章，固所谓数百年而有者也。先祖之言行卓卓，幸遇而得铭其公与是，其传世行后无疑也。而世之学者，每观传记所书古人之事，至其所可感，则往往蛊然❶不知涕之流落也，况其子孙也哉？况巩也哉？其追睎❷祖德，而思所以传之之繇，则知先生推一赐于巩而及其三世。其感与报，宜若何而图之？

抑又思，若巩之浅薄滞拙，而先生进之；先祖之屯蹶❸否塞以死，而先生显之。则世之魁闳豪杰不世出之士，其谁不愿进于门？潜遁幽抑之士，其谁不有望于世？善谁不为？而恶谁不愧以惧？为人之父祖者，孰不欲教其子孙？为人之子孙者，孰不欲宠荣其父祖？此数美者，一归于先生！既拜赐之辱❹，且敢进其所以然。所谕世族之次，敢不承教而加详焉？幸甚，不宣❺，巩再拜。

【注释】

❶ 戚（xì）然：伤心的样子。❷ 睎：仰望，仰慕。❸ 屯蹶：困顿挫折。屯，艰难；蹶，颠仆。❹ 赐之辱：对欧阳修赐予的碑铭表示惭愧。辱，谦词。❺ 不宣：不能尽述。

【译读】

　　然而，具备很高的道德修养而又善于写文章的人，虽然可能当代就有，但也可能隔几十年才有，也可能隔一、二百年才有这样的人。铭志的流传像这样的困难，能写铭志的人要碰上他又是这样的困难。像先生的道德文章，当然是上面所说的要隔几百年才有的了。先祖父的言行是卓越的，幸亏碰到您，才能够写得那样公正和真实，这篇铭文的在当代传诵、在后代流行，是毫无疑义的了。社会上的读书人，每次观看传记文章中写的古代人的事迹，到那些值得感动的地方，就往往悲痛地不觉落泪，何况是他们的子孙呢？更何况是我呢？从自己那种追慕祖先的德行、考虑它所以流传的根由，就知道先生赐给我一人，实际上直到我家祖孙三代都蒙受恩德，我的感激和报答的心情应当怎样来设法实现呢？

　　不过，又想到像我这样的学识浅薄，性情笨拙，先生却勉励他；先祖父的处境艰难，屡遭挫折，郁郁不得志直到逝世，先生却表扬他，那么，社会上的伟大、杰出、不是经常可以碰到的读书人，谁不愿意从您的门下进身？避世隐居的读书人，谁不对前途抱有很大希望？好人谁不肯做？坏人谁不感到既惭愧又惧怕？做父亲和祖父的人，哪一个不想教育好自己的儿子、孙子？做儿子、孙子的人，哪一个不想光耀自己的父亲、祖父？这几桩好事，应该完全归功于先生。既拜领了您的赐予，再向您陈述我的所以这样感激的道理。来信中所说的我家族姓系统的次序，敢不接受您的教诲再作一次详细的增补呢？惭愧得很，我的心意不能在信里全部表达出来。荣幸之至，书不尽怀，曾巩再拜上。

报刘一丈书

（明）宗 臣

数千里外，得长者时赐一书，以慰长想，即亦甚幸矣。何至更辱馈遗❶，则不才益将何以报焉！书中情意甚殷，即长者之不忘老父，知老父之念长者深也。

至以"上下相孚，才德称位"语不才，则不才有深感焉。夫❷才德不称，固自知之矣。至于不孚之病，则尤不才为甚。

且今之所谓孚者何哉？日夕策马候权者之门，门者故不入，则甘言媚词，作妇人状，袖金以私之。即门者持刺入，而主人又不即出见，立厩中仆马之间，恶气袭衣袖，即饥寒毒热不可忍，不去也，抵暮，则前所受赠金者出，报客曰："相公倦，谢客矣，客请明日来。"即明日，又不敢不来。夜披衣坐，闻鸡鸣，即起盥栉❸，走马抵门。门者怒曰："为谁？"则曰："昨日之客来。"则又怒曰："何客之勤也！岂有相公此时出见客乎？"客心耻之，强忍而与言曰："亡❹奈何矣，姑容我入。"门者又得所赠金，则起而入之，又立向所立厩中。

【注释】

❶馈遗（kuì wèi）：赠送礼物。❷夫：发语词。❸盥栉（guàn zhì）：洗脸梳头。❹亡：同"无"。

【译读】

　　远在几千里以外，能够时常得到老长辈寄给我一封信，来慰藉我长久的想念，也就很幸福了；何必还要赠送我礼物，这就使我更加不知道拿什么来报答您了。您信里流露出来的情意非常深厚，从您不忘记我老父亲的情意，就知道我的老父亲思念您的情意同样也是非常深厚的呀。

　　至于拿"上下要互相信任，才德要同位置相称"等话来告诫我，那么，对于这点，我是有很深感受的。那才德同职位不相称，本来自己早就知道这个缺陷；至于上下级不能互相信任的毛病，那我更严重。

　　再说，今天的所谓互相信任究竟是怎么样的呢？某些人从早到晚驰马奔走，等候在当权者的门上，看门的人故意不进去通报，他就说尽甜蜜讨好的话，做尽女人的种种姿态，把藏在袖筒里的钱偷偷地送给他。但是，即使看门的人拿了他的名帖进去禀报，主人也不一定立刻出来接见他，于是只好站在牲口棚里马群之间等着，臭气钻进衣袖，连饥饿寒冷或者酷热得不能忍受，也不敢离开。等到天黑了，那个先前接受他贿赂的看门人走出来，对客人说："相公疲劳，今天不见客了，客人请明天来吧。"就是明天吧，又不敢不来。当夜睡不稳，披着衣服坐等天亮，一听到鸡叫，马上站起来洗脸梳头，然后赶着马奔去推门。看门的人恼火地问："是谁？"他就说："是昨天来过的那个人又来了。"看门的人又发起火来，说："客人为啥这样殷勤呢？难道这时候相公会出来接见客人吗？"他心里也感到受这些讥讽斥责是可耻的，但只得勉强忍耐着，还要跟看门的人说:"实在没有办法呀,姑且让我进见一次吧。"看门的人又得了他送的钱,就起身开门放他进去。他又站在从前站过的马棚里等着。

【原文】

幸❶主者出,南面召见,则惊走匍匐阶下,主者曰:"进!"则再拜,故迟不起,起则上所上寿金。主者故不受,则又固请;主者故固不受,则又固请,然后命吏纳之。则又再拜,又故迟不起,起则五六揖,始出。出,揖门者曰:"官人幸顾我,他日来,幸无阻我也。"

门者答揖。大喜,奔出,马上遇所交识,即扬鞭语曰:"适❷自相公家来,相公厚我!厚我!"且虚言状❸。即所交识,亦心畏❹相公厚之矣。相公又稍稍语人曰:"某也贤!某也贤!"闻者亦心计交赞之。此世所谓上下相孚也,长者谓仆能之乎?

前所谓权门者,自岁时伏腊一刺之外,即经年不往也。间道经其门,则亦掩耳闭目,跃马疾走过之,若有所追逐者。斯则仆之褊衷❺,以此长不见悦于长吏,仆则愈益不顾也。每大言曰:"人生有命,吾惟守分而已。"长者闻之,得无厌其为迂乎?

【注释】

❶幸:幸运,有幸,幸亏。❷适:刚才。❸虚言状:夸张地叙述被接见时的情形。❹畏:惊羡。❺褊(biǎn)衷:狭隘的心胸。

【译读】

很幸运，主人出来了，朝南坐着唤他进见，他就诚惶诚恐地急步向前，爬在台阶下面。主人说："到前边来！"他就再磕两个头，故意迟迟不站起来；站起来以后就献上进见的礼物。主人故意不受，他就坚决请求收受；主人故意坚持不受，他就又坚决请求收受；主人这才吩咐底下人收下礼物。于是，他又磕了两个头，又故意迟迟不站起来；站起来以后就连连弯腰作揖，方才退出去。出门的时候，又向看门的人行礼致谢，说："幸亏官人照顾我；以后再来，希望不要拦阻我。"

看门的人还了礼，他大为高兴，奔出去。在马上碰到了平时交往认识的人，立即高举鞭子，得意地告诉他们说："我刚刚从相公家里出来，相公待我很好，待我很好！"并且捏造一些相公待他很好的情况。就连那些熟悉他的人，也为相公待他这样好而敬服。后来，相公碰上机会又略微告诉人们说："某人有才干！某人确实有才干！"听到的人也就在心里考虑怎样来附和着称赞他。这就是现在社会上所说的"上下互相信任"呀。老长辈您说，我能这样做吗？

前面所讲的有权有势的人，我是在一年四季中除了逢时过节去投一张名片以外，就整年不去。有时偶尔路过他的门口，就捂住耳朵、闭起眼睛，加一鞭催马快跑过他的大门，似乎后面有什么追逐那样。这就是我的狭隘的胸怀，因此长时期不被长官所欢迎。我却更加不顾，常常夸张地说："人生自有命运，我只要安分守己就行了。"老长辈听到我的这些情况和见解，该不会讨厌我的不合时宜吧！

序跋

外戚世家序

（汉）司马迁

自古受命帝王，及继体守文之君，非独内德茂也，盖亦有外戚之助焉。夏之兴也以涂山❶，而桀之放也以妹喜❷。殷之兴也以有娀❸，纣之杀也嬖❹妲己。周之兴也以姜原及大任❺，而幽王之禽也淫于褒姒。故《易》基《乾坤》，《诗》始《关雎》，《书》美釐降❻，《春秋》讥不亲迎。夫妇之际，人道之大伦也。礼之用，唯婚姻为兢兢。夫乐调而四时和，阴阳之变，万物之统也。可不慎与？

人能弘道，无如命何。甚哉，妃匹❼之爱，君不能得之于臣，父不能得之于子，况卑下乎！既欢合矣，或不能成子姓；能成子姓矣，或不能要其终。岂非命也哉？孔子罕称命，盖难言之也。非通幽明之变，恶能识乎性命哉？

【注释】

❶涂山：古代部落名。在今安徽寿县。传说夏禹娶涂山氏之女为妻，生夏启。❷妹喜：夏桀妃，有娀施氏

女。夏桀对她宠爱有加，言听计从。商汤灭夏，桀和妹喜南奔而死。❸姚（sōng）：远古氏族名。这里指有姚氏之女简狄。❹嬖（bì）：宠爱。❺大任：周文王之母。大：同"太"。❻釐降（lí jiàng）：下嫁。❼妃（pèi）匹：配偶。妃，通"配"。

【译读】

　　自古以来，接受天命的帝王，和继位遵守先王法度的君主，不但他们自身的德行美好，大概还有外戚的帮助吧。夏朝的兴起，是因为禹娶了涂山氏的女儿；而夏桀的被放逐，是因为他宠幸末喜；商朝的兴起，是因为帝喾娶了有姚氏的女儿；商纣的被杀死，是因为他宠幸妲己；周朝的兴起，是因为他的始祖娶了姜原，后来又有文王的母亲大任；而周幽王的被擒是因为他淫于褒姒。所以《易经》以乾、坤二卦作基础，《诗经》的第一篇就是歌咏后妃之德的《关雎》，《书经》赞美尧女下嫁，《春秋》讥讽纪侯不亲自迎娶。夫妇之间的关系，是人道中最大的伦常；礼仪的使用，对婚姻最为谨慎。音乐协调才使四时和畅，阴阳的变化，是万物的总纲，可以不慎重吗？

　　人可以发扬道义，但对命运却无可奈何。夫妇之间的爱情，重要啊！君主不能从臣子身上得到，父亲不能从儿子身上得到，何况更卑下的人呢？夫妇已经欢乐地结合了，有的不能有子孙，有子孙的又不能保其终身，这难道不是命运吗？孔子很少讲命运，大概命运是很难讲的呢。不通晓天地间各种事物的变化，怎么能知道性命呢？

酷吏列传序

（汉）司马迁

孔子曰："导之以政，齐之以刑，民免而无耻。导之以德，齐之以礼，有耻且格。"

老氏称："上德不德，是以有德；下德不失德，是以无德。法令滋章❶，盗贼多有。"

太史公曰：信哉是言也！法令者治之具，而非制治清浊之源也。昔天下之网尝密矣，然奸伪萌起，其极也，上下相遁，至于不振。

当是之时，吏治若救火扬沸，非武健严酷，恶能胜其任而愉❷快乎！言道德者，溺其职矣。故曰"听讼，吾犹人也，必也使无讼乎"。

"下士闻道大笑之"。非虚言也。

汉兴，破觚❸而为圜❹，斫❺雕而为朴❻，网漏于吞舟之鱼，而吏治烝烝，不至于奸，黎民艾安❼。由是观之，在彼不在此。

【注释】

❶滋章：越发严酷。章，通"彰"，此为森严酷烈的意思。❷愉：通"偷"，苟且。❸觚（gū）：古代有棱角的酒器。❹圜（yuán）：通"圆"。❺斫（zhuó）：砍削。❻朴（pǔ）：本。此指本来的状态。❼艾（yì）安：太平无事。艾，通"乂"。

【译读】

孔子说:"用政令来统治人,用刑法来制约人,民众虽然避免了犯法却不懂得耻辱;用道德来引导人,用礼节来统一人,民众就会既懂得耻辱而又行为端正"。

老子说:"道德高尚的人不局限于形式上的'道德',所以他是有道德的;道德低下的人只能死守形式上的'道德',所以他是没有道德的;法令越多越严酷,盗贼就越多。"

太史公说:这些话是确实可信的啊!法令,是统治的工具,而不是把混浊的政治变为清明的政治的根本。从前天下的法网曾经十分严密了,然而奸诈欺骗的事情经常发生,最厉害的时候,上下互相营私作弊,以至于把国家弄得一蹶不振。

那个时候,治理百姓就像扬汤止沸一样紧急,不是勇武刚健的官吏使用严酷的手段,怎么能够胜任其事而求得一时的苟安和快意呢?那时,讲道德的人失职了。所以说:"审理诉讼,我和别人一样,一定要没有诉讼才好呢。"

"不懂道理的人,听到别人讲道理就大笑。"这不是空话吗。

汉朝兴起的时候,把方的改成圆的,变雕镂为朴素,法网粗疏得可以漏掉吞舟的大鱼,而吏治蒸蒸日上,不至于发生奸邪的事情,老百姓都安居乐业。由此看来,治理国家在于道德而不在于严酷的法网。

游侠列传序

(汉)司马迁

韩子曰:"儒以文乱法,而侠以武犯禁。"二者皆讥,而学士多称于世云。至如以术取宰相卿大夫,辅翼其世主,功名俱著于春秋,固无可言者。及若❶季次、原宪,闾巷人也,读书怀独行❷君子之德,义不苟合当世,当世亦笑之。故季次、原宪终身空室蓬户,褐衣疏食不厌。死而已四百余年,而弟子志之不倦。今游侠,其行虽不轨❸于正义,然其言必信,其行必果,已诺必诚,不爱其躯,赴士之厄困❹。既已存亡死生矣,而不矜其能,羞伐其德,盖亦有足多者焉。

【注释】

❶若:如。❷独行:志节高尚,不随波浮沉。❸不轨:越出常轨,不合法度。❹厄困:困厄,艰难窘迫。

【译读】

韩非子说:"儒生利用文章扰乱国家的法律,游侠使用武力违犯国家的禁令。"两种人都受到指责,可是儒生却大多数受到世人的称赞。至于那些用手段去取得宰相、卿、大夫等高位辅佐国君的儒生,使自己的功名都载入史册,这些就是不必说了。至于像季次、原宪那样的儒生,在乡间隐居不仕,他们读书,怀抱着独善其身的清高的德操,他们坚持正义,不肯与世俗同流合污，世人也讥笑他们。所以季次、原宪终身住在极其简陋的屋子里，连粗劣的衣食都得不到满足。他们已经死去四百多年了，后世的儒生却不断地怀念他们。那些游侠，他们的行为虽不合于国家的法制，但是他们说话守信用，办事有结果，应许了的事一定诚心诚意去办，不惜他们的生命，去解救士人的危难。等到助弱锄强之后，他们也不夸耀自己的才能，羞于称赞自己的德惠，也有值得赞美之处呢。

【原文】

且缓急，人之所时有也。太史公曰：昔者虞舜窘于井廪❶，伊尹负于鼎俎❷，傅说匿于傅险，吕尚困于棘津，夷吾桎梏，百里饭牛，仲尼畏匡，菜色陈、蔡❸。此皆学士所谓有道仁人也，犹然遭此灾，况以中材而涉乱世之末流乎？其遇害何可胜道哉！

【注释】

❶廪（lǐn）：米仓。❷鼎俎（dǐng zǔ）：鼎和俎。古代祭祀、燕飨时陈置牲体或其他食物的礼器。❸菜色陈、蔡：指孔子在陈蔡之间曾断粮七日，饿得面有菜色。陈，春秋时国名，在今河南长垣；蔡，春秋时国名，在今河南上蔡一带。

【译读】

遭遇危难是人经常会遇到的事。太史公曾说：从前虞舜处于打井和修仓廪的窘况之中，伊尹背着锅子和砧板做伙夫，傅说隐居在傅岩做泥工，吕尚困在棘津卖食，管仲戴过手铐和脚镣，百里奚给人家饲牛，孔子在匡地受围、在陈蔡绝粮，这些都是儒生所说的有道德的仁人啊，他们尚且遭遇到各种各样的灾难，何况那些普通的人尚且处于乱世的末期呢？他们遭遇的祸害哪里说得完啊！

【原文】

鄙人有言曰："何知仁义，已飨其利者为有德。"故伯夷丑周，饿死首阳山，而文、武不以其故贬王；跖❶蹻❷暴戾，其徒诵义无穷。由此观之，"窃钩者诛，窃国者侯，侯之门仁义存"，非虚言也。

【注释】

❶跖（zhí）：盗跖，相传为古时民众起义的领袖。
❷蹻（jī）：即庄蹻，当时民间首领。

【译读】

俗人说："哪里知道谁仁义谁不仁义呢？如果享受到他带来的利益，那他就是有德的人。"所以伯夷羞于当周朝的百姓，情愿饿死在首阳山，而周文王、周武王并没有因为这个缘故而贬损他的王号；盗跖、庄蹻虽然横行不法，他们的党徒却没有穷尽的称赞他们的义气。由此看来，"窃钩的人受到诛杀，窃国的人封为王侯。只要做了王侯，仁义就存在他的门下。"这不是无稽之谈吗。

【原文】

今拘学或抱咫❶之义，久孤于世，岂若卑论侪俗，与世沉浮而取荣名哉！而布衣之徒，设取予然诺，千里诵义，为死不顾世，此亦有所长，非苟而已也。故士穷窘而得委命，此岂非人之所谓贤豪间者邪？诚使乡曲之侠，予季次、原宪比权量力，效功于当世，不同日而论矣。要以功见言信❷，侠客之义又曷可少哉！

【注释】

❶咫（zhǐ）尺：形容距离近，也指微小。❷功见言信：意为事情办得到，说话信得过。见，通"现"。

【译读】

现在那些拘谨的儒生，死守着区区的仁义，长期孤立于世上，还不如把自己的论调降低到与世俗一般高，随俗合时而取得声誉啊！那些平民出身的游侠，建立了信义，相隔千里的人都称赞他们有义气，他们为别人牺牲生命，不顾世人的非难，这也是一种长处，并非随便可以做到的呢！所以士人遇到危难的时候往往把性命托付给他们，这样他们不是人们所说的圣贤豪杰一类杰出人物吗！如果让乡里的游侠，与季次、原宪比较权势和能力，比较对当时社会做出的贡献，那是不能相提并论的。总之，从功劳的显著和说话守信用来看，游侠的义气，又哪里可以轻视呢？

【原文】

古布衣❶之侠，靡❷得而闻已。近世延陵、孟尝、春申、平原、信陵之徒，皆因王者亲属，藉于有土卿相之富厚，招天下贤者，显名诸侯，不可谓不贤者矣。比如顺风而呼，声非加疾，其势激也。

至如闾巷❸之侠，修行砥名，声施于天下，莫不称贤，是为难耳。然儒、墨皆排摈❹不载。

【注释】

❶布衣：古时指平民。❷靡：没有。❸闾巷：小的街道，借指民间。❹排摈：排除，抛弃。

【译读】

古代平民出身的游侠，他们的事迹不得而知了。近代延陵季子、孟尝君、春申君、平原君、信陵君这一班人，都因为是王侯的亲属，凭借他们有封地和卿相的高官厚禄，广招天下的贤士，从而扬名于诸侯，不能说他们不是贤人。这好比顺着风呼喊，声音并没有加快，是风势把喊声激荡到远处去了。

至于乡间的游侠，修养自己的品德，从而名闻天下，没有谁不称赞，这就很难做到了。但是儒家、墨家都摈弃游侠不记载他们的事迹。

【原文】

自秦以前，匹夫之侠，湮灭不见，余甚恨❶之。以余所闻，汉兴有朱家、田仲、王公、剧孟、郭解之徒，虽时扦当世之文罔，然其私义廉洁退让，有足称者。名不虚立，士不虚附。至如朋党宗强比周，设财❷役贫，豪暴侵凌孤弱，恣欲❸自快，游侠亦丑之。余悲世俗不察其意，而猥❹以朱家、郭解等令与暴豪之徒同类而共笑之也。

古典诗文精品选读

【注释】

❶恨：遗憾。❷设财：利用财物。❸恣欲：放纵私欲。❹猥：笼统。

【译读】

在秦朝以前，平民出身的游侠被埋没不见，我感到十分不满意。根据我所知，汉朝兴起后有朱家、田仲、王公、剧孟、郭解一班人，他们虽然常常违犯法纪，然而他们个人的道德作风是廉洁谦让的，有值得称赞之处。他们的名声不是凭空建立的，士人并没有白白依附他们。至于那些结党营私的豪门贵族，他们互相勾结起来利用钱财去役使贫民，仗势去侵凌势孤力弱的人，纵情享乐，这是游侠们认为丑恶的。我不满于世俗之人，没有认清他们的意图，而把朱家、郭解等人和那些结党营私的豪门贵族混杂在一起，使朱家、郭解等人和暴徒同类一起去讥笑他们。

货殖列传序

(汉)司马迁

老子曰:"至治之极,邻国相望,鸡狗之声相闻,民各甘其食,美其服,安其俗,乐其业,至老死不相往来。"必用此为务,挽❶近世,涂❷民耳目,则几无行矣。

太史公曰:夫神农以前,吾不知已❸。至若《诗》《书》所述虞夏以来,耳目欲极声色之好,口欲穷刍豢❹之味,身安逸乐,而心夸矜势能之荣。使俗之渐民久矣。虽户说以眇❺论,终不能化。

故善者因之,其次利道❻之,其次教诲之,其次整齐之,最下者与之争。

【注释】

❶挽:挽救,拯救。❷涂:堵塞。❸已:同"矣"。❹刍豢(chú huàn):这里指牲畜的肉。用草饲养的叫"刍",如牛羊;用粮食饲养的叫"豢",如猪狗。❺眇:同"妙"。❻道:同"导"。

【译读】

老子说:"天下治理得最好的时代,邻国可以互相望见,鸡鸣狗吠的声音可以互相听到,人民都可以吃着美味的食物,穿着漂亮的衣服,安于他们的习俗,乐于他们的职业,直到老死都不互相来往。"如果一定要按这种主张去做，以此来挽救近世的风气，堵塞人民的耳目，那大概是行不通的。

太史公说：神农以前的情形，我不了解。至于《诗经》《尚书》所记叙的，从虞舜和夏朝以来，人们的耳目都想尽量享受美好的声色，人们的嘴巴都想尽量吃到味美的肉食，人们的身子贪图安逸舒适，而人们的心里以夸耀自己的权势和能力为光荣，这种风气浸入民心已经很久了，即使用老子高妙的言论挨家挨户去劝说，也终究不能感化他们。

所以最好的办法是任其自然发展，其次是因势利导，其次是教诲他们，其次是用制度约束他们，最下等的办法是与民争利。

【原文】

夫山西饶材、竹、穀、玉石；山东多鱼、盐、漆、丝、声色；江南出楠、梓、姜、桂、金、锡、连❶、丹沙❷、犀、玳瑁、珠玑、齿革；龙门、碣石北多马、牛、羊、旃❸裘、筋角；铜、铁则千里往往山出棋置。此其大较也。

皆中国人民所喜好，谣俗被服饮食奉生送死之具也。故待农而食之，虞而出之，工而成之，商而通之。此宁有政教发征期会哉？

人各任其能，竭其力，以得所欲。故物贱之征贵，贵之征贱，各劝其业，乐其事，若水之趋下，日夜无休时，不召而自来，不求而民出之。岂非道之所符，而自然之验邪❹？

【注释】

❶连：同"链"，铅矿石。❷丹沙：同"丹砂"，矿物名，俗称朱砂。❸旃（zhān）：同"毡"。❹邪：同"耶"，文言助词，相当于"吗""呢"。

【译读】

太行山以西地区盛产木材、竹子、楮树、野麻、旄牛尾、玉石等；太行山以东地区多产鱼、盐、漆和丝竹声色；长江以南出产楠木、梓木、姜、桂、金、锡、铅、丹砂、犀牛角、玳瑁、珠玉、象牙、皮革；龙门、碣石以北多出产马、牛、羊、毡裘、筋角；铜和铁则往往像棋子一样密布在千里之广的山中。这是各种物产的大略情况。

这些物产都是中国人民所喜爱的，是供社会上的人们穿着、饮食、养生、送死的东西啊。所以吃的粮食要靠农民生产，山林资源要靠掌管山林的人开发，日常用品要靠工匠制成，货物交换要靠商人沟通。这难道有政令召集他们定期会集起来干的吗？这是人们各自发挥自己的才能，尽自己的力量，而求得他们所需要的东西。所以这里物价贱了就到物价贵的别的地方去卖，这里物价贵了就到物价贱的别的地方去买。

人们各自勉力从事他们的工作，乐于做他们的事情，这就好像水向下流，日夜没有休止，不用召集，人们自己会来做这些事情，不用索求，百姓自己会把东西交出。难道这不符合生活规律的自然法则吗？

【原文】

《周书》曰："农不出则乏其食，工不出则乏其事，商不出则三宝❶绝，虞不出则财匮少。"财匮少而山泽不辟❷矣。此四者，民所衣食之原❸也。原大则饶，原小则鲜。上则富国，下则富家。

贫富之道，莫之夺予，而巧者有余，拙者不足。故太公望封于营邱，地潟❹卤，人民寡，于是太公劝其女功，极技巧，通鱼盐，则人物归之，襁至而辐凑。

故齐冠带衣履天下，海岱之间敛袂而往朝焉。其后齐中衰，管子修之，设轻重九府，则桓公以霸，九合诸侯，一匡天下；而管氏亦有三归，位在陪臣，富于列国之君。是以齐富强至于威、宣也。

【注释】

❶三宝：指粮食、用具、钱财三种东西。❷辟：同"僻"。❸原：同"源"。❹潟（xì）：盐碱地。

【译读】

《周书》说："农民不出来种田就缺乏粮食，工匠不出来做工就缺乏用具，商人不出来经商就使粮食、用具、钱财三样宝贵的东西断绝交流，管山的人不出来开发山泽资源就缺乏财货，财货缺乏就使山泽不得开辟了。"农、工、商、虞（山林开发）这四件事，是人民衣食的本源。本源大就使衣食的东西多，本源小就使衣食的东西少。农、工、商、虞发展了，上可以富国，下可以富家。

贫和富的门路，没有谁夺去和给予，有办法的人就富裕，笨拙的人就不足。从前太公望封在营邱，那里多是盐碱地，人烟稀少，于是太公劝导百姓做女工，充分发挥人的技巧，发展渔业和盐业，因此各地的百姓和财物归附太公望，大人用带子背着小孩来，像车辐集中于车毂一样。

齐国制造的帽子、带子、衣服、鞋子充满天下的市场，使东海和泰山之间诸侯国的人民接连不断的去齐国朝拜。以后齐国中途衰弱了，管仲出来修复了太公望的政治，设立了掌管财政的机构，就使桓公成为各诸侯国的霸主，多次召集诸侯，一举匡正天下；管仲也有三归台，他的官位虽然是一个陪臣，而他的财富比诸侯国的国君还多；从此齐国的富强一直延续到威王和宣王。

【原文】

故曰："仓廪实而知礼节，衣食足而知荣辱。"

礼生于有而废于无。故君子富,好行其德;小人富,以适其力。渊深而鱼生之,山深而兽往之。人富而仁义附❶焉。富者得势益彰,失势则客无所之,以而不乐。夷狄益甚。

谚曰:"千金之子,不死于市。"此非空言也。故曰:"天下熙熙❷,皆为利来;天下壤壤❸,皆为利往。"夫千乘之王,万家之侯,百室之君,尚犹患贫,而况匹夫编户❹之民乎!

【注释】

❶附:靠近,贴近。❷熙熙:高兴欢乐的样子。❸壤壤:同"攘攘"。❹编户:编入户口册。

【译读】

所以说:"谷仓充实了人们才知道礼节,衣食丰足了人们才知道荣辱。"礼节产生在富有的时候而废弃在贫困的时候。所以君子富有了,喜欢实行他们的德义;小人富有了,可以适当地使用他们的劳力。潭水深了,鱼才会在里面繁殖;山林深了,野兽才会去里面栖息;人富有了,仁义才会附着在他们身上。富有的人得势就更加显赫,失势就使门客无所依附,因而很不高兴。

有句谚语说:"家有千金的人,不会犯法处死在街市,"这不是一句空话。所以说:"天下的人高高兴兴,都是为利而来;天下的人纷纷乱乱,都是为利而往。"那拥有兵车千乘的国王,那享有食邑万户的诸侯,那享有食邑百家的大夫,尚且还害怕贫穷,何况一般的百姓呢!

太史公自序

（汉）司马迁

太史公曰："先人有言：'自周公卒五百岁而有孔子。孔子卒后至于今五百岁，有能绍明世，正《易》传，继《春秋》，本《诗》《书》《礼》《乐》之际？'意在斯乎！意在斯乎！小子何敢让焉。"

上大夫壶遂❶曰："昔孔子何为而作《春秋》哉？"

太史公曰："余闻董生曰：'周道衰废，孔子为鲁司寇，诸侯害之，大夫壅❷之。孔子知言之不用，道之不行也，是非二百四十二年之中，以为天下仪表，贬天子，退诸侯，讨大夫，以达王事而已矣。'子曰：'我欲载之空言，不如见之于行事之深切著明也。'夫《春秋》，上明三王之道，下辨人事之纪，别嫌疑，明是非，定犹豫，善善恶恶，贤贤贱不肖，存亡国，继绝世，补敝起废，王道之大者也。"

【注释】

❶壶遂（suì）：人名，西汉术士。❷壅（yōng）：堵塞，这里是排挤的意思。

【译读】

太史公说："前人说过，从周公死了以后，经过五百年而生出孔子。孔子死了以后，到现在五百年了，又会有人能够继续叙述治世的历史，修正《易传》，

继承《春秋》，本于《诗经》《尚书》《礼记》《乐经》。这意思就在这里吧？这意思就在这里吧？我怎么敢推让啊！"

上大夫壶遂说："从前孔子为何创作《春秋》呢？"

太史公说："我听董仲舒说：'周朝的政治衰微，孔子做鲁国的司寇，诸侯害他，大夫排挤他，孔子知道他的话没有人听，主张不能实行，于是就对二百四十二年的历史，论断是非，作为天下的标准，贬抑天子，斥退诸侯，声讨大夫，以此来阐明王道罢了。'孔子说：'我如果把观点记载在空泛的言论中，还不如把观点表现在具体的历史事件上更为深切显明呢。'那部《春秋》，上则阐明夏禹、商汤、周文王治世的道理，下则辨明人事的纲纪，判别嫌疑，明确是非，消除犹豫，表扬好事，批判坏事，称赞贤人，鄙视坏人，保存灭国，继续绝世，补救敝坏，兴起废缺，这是王道的大端。"

【原文】

"《易》著天地阴阳四时五行，故长于变；《礼》经纪人伦，故长于行；《书》记先王之事，故长于政；《诗》记山川溪谷禽兽草木牝牡❶雌雄，故长于风；《乐》乐所以立，故长于和；《春秋》辩是非，故长于治人。是故《礼》以节人，《乐》以发和，《书》以道事，《诗》以达意，《易》以道化，《春秋》以道义。拨乱世反之正，莫近于《春秋》。"

"《春秋》文成数万，其指❷数千。万物之散聚皆在《春秋》。《春秋》之中，弑❸君三十六，亡国五十二,诸侯奔走不得保其社稷者不可胜数。察其所以,皆失其本已。"

【注释】

❶牝牡(pìn mǔ):牝为雌,牡为雄。❷指:同"旨"。❸弑(shì):杀,古时称臣杀君或者是子杀父母为"弑"。

【译读】

"《易经》说明天地、阴阳、四时、五行,所以擅长于讲变化。《礼记》阐述人伦关系,所以擅长于讲品行。《书经》记载先王的事迹,所以擅长于讲政治。《诗经》记述山川、溪谷、禽兽、草木、雌雄、男女,所以擅长于讲风化。《乐经》用来引人快乐,所以擅长于讲和谐。《春秋》辨明是非,所以擅长于讲治人。所以,《礼记》用来节制人的行为,《乐经》用来抒发和畅的感情,《书经》用来让人们通晓往事,《诗经》用来表情达意,《易经》用来让人们通晓事物的变化,《春秋》用来让人们懂得正义。把乱世挽回到正道上来,没有比《春秋》更有用的书了。"

"《春秋》这部书字数有几万,意旨有几千,万事万物的聚散离合,都记在《春秋》之中。《春秋》这部书中,弑君的有三十六次,亡国的有五十二次,诸侯逃跑不能保住他的国家的多得无法计算:研究其中的原因,都是因为失去了根本。"

【原文】

"故《易》曰'失之毫厘,差以千里❶'。故曰

'臣弑君，子弑父，非一旦一夕之故也，其渐久矣'。故有国者不可以不知《春秋》，前有谗而弗见，后有贼而不知。为人臣者不可以不知《春秋》，守经事而不知其宜，遭变事而不知其权。为人君父而不通于《春秋》之义者，必蒙首恶之名。为人臣子而不通于《春秋》之义者，必陷篡弑^❷之诛，死罪之名。其实皆以为善，为之不知其义，被之空言而不敢辞。夫不通礼仪之旨，至于君不君，臣不臣，父不父，子不子。夫君不君则犯，臣不臣则诛，父不父则无道，子不子则不孝。此四行者，天下之大过也。以天下之大过予之，则受而弗敢辞。故《春秋》者，礼仪之大宗也。夫礼禁未然之前，法施已然之后；法之所为用者易见，而礼之所为禁者难知。"

【注释】

❶失之毫厘，差以千里：指细微的失误，可导致巨大的差错。❷篡（cuàn）弑：篡杀，即弑君篡位。

【译读】

"所以《易经》说：'失之毫厘，差以千里'。又说：'臣弑君，子弑父，不是一朝一夕的原因，是长久以来逐渐造成的。'所以做国君的，不可以不知道《春秋》，不然，前面有谗人而看不见，后面有奸贼而不知道。做臣子的，不可以不知道《春秋》，不然，掌管日常事务而不知道适当地处理，遭逢事情变化而不知道权衡轻重缓急。做君主、做父亲的，如果不通晓

《春秋》的意义，一定会蒙受首犯的罪名。做臣子、做儿子的，如果不通晓《春秋》的意义，一定会陷入篡位弑君弑父而受诛戮，得到一个死罪的名声。其实他们都认为是好事才去做，只是因为不懂得这些事的意义，结果做错了，被凭空加上一个罪名而不敢推托。不通晓礼仪的要旨，弄到国君不像国君，臣子不像臣子，父亲不像父亲，儿子不像儿子。国君不像国君就会受到臣子的侵犯，臣子不像臣子就会受到诛戮，父亲不像父亲就是无道，儿子不像儿子就是不孝。这四种行为，是天下最大的过错，用天下最大过错的罪名加在他们身上，只能接受而不敢推托。所以《春秋》这部书，是礼仪的本源呢。礼教是防备坏事未发生之前，法纪是施行在坏事发生之后，法纪的作用容易被人们看见，而礼教的预防作用难得被人们知道。"

【原文】

壶遂曰:"孔子之时,上无明君,下不得任用,故作《春秋》,垂空文以断礼仪,当一王之法。今夫子上遇明天子,下得守职,万事既具,咸各序其宜,夫子所论,欲以何明?太史公曰:"唯唯,否否,不然。余闻之先人曰:'伏羲至纯厚,作《易》八卦。尧舜之盛,《尚书》载之,礼乐作焉。汤武之隆,诗人歌之。《春秋》采善贬恶,推三代之德,褒周室,非独刺讥❶而已也。'"

"汉兴以来,至明天子,获符瑞❷,封禅,改正朔,易服色,受命于穆清,泽流罔极,海外殊俗,重译款塞,请来献见者,不可胜道。臣下百官力诵圣德,犹不能宣尽其意。且士贤能而不用,有国者之耻;主上明圣而德不布闻,有司之过也。且余尝掌其官,废明圣盛德不载,灭功臣世家贤大夫之业不述,堕先人所言,罪莫大焉。余所谓述故事,整齐其世传,非所谓作也,而君比之于《春秋》,谬❸矣。"

【注释】

❶刺讥:嘲笑讽刺。❷符瑞:古代迷信指吉祥的征兆。❸谬:错误的,荒唐的。

【译读】

壶遂说:"孔子的时代,上面没有圣明的君主,下面的人才不得任用,所以创作《春秋》这部书,传下文章来断定礼仪,当作一种王法。现在,先生您上面遇到了圣明的天子,下面的人能够坚守职位,万事已经具备,都是各得其所。请问,先生著书,是想用来阐明什么呢?太史公说:"阿,阿!不对,不对,不是这样的。我听前人说:'伏羲的时代最纯厚,创作了《易经》的八卦;尧舜的时代很兴盛,《尚书》记载了它,《礼记》《乐经》作于那时;商汤周武王的时代很兴隆,诗人作了诗来歌颂;《春秋》称赞善人,贬斥恶人,推崇夏、商、周三代的德义,褒扬周朝,不单是讥刺呢。'"

"汉朝兴起以来,直到当今的圣明天子,捉获麒麟,筑坛祭祀,改正日历,变换服色,受命于上天,恩泽流传无穷;海外不同风俗的人,通过重重翻译而入关请求进献拜见的不可胜数。臣子百官,竭力颂扬天子的圣德,还不能说尽他们心中的情意。士人贤能而不任用,是国君的耻辱;天子圣明而他的德义不能广泛传播,是主管其事的官吏的过错。我曾经掌管过太史令这种官职,遗弃天子的明圣和盛德而不记载,埋没功臣世家贤大夫的功业而不记述,失记前人说过的话,罪过没有比这更大的啊!我是叙述过去的事情,整理他们的世家、传记,不是创作呢,而您把它和《春秋》相比,是错误的。"

【原文】

于是论次其文。七年而太史公遭李陵之祸,幽于缧绁❶。乃喟然而叹曰:"是余之罪也夫!是余之罪也夫!身毁不用矣。"退而深惟曰:"夫《诗》《书》隐约者,欲遂其志之思也。昔西伯拘羑里,演《周

易》；孔子厄陈、蔡，作《春秋》；屈原放逐，著《离骚》；左丘失明，厥有《国语》；孙子膑脚，而论兵法；不韦迁蜀，世传《吕览》；韩非囚秦，《说难》《孤愤》；《诗》三百篇，大抵❷贤圣发愤之所为作也。此人皆意有所郁结，不得通其道也，故述往事，思来者。"于是卒述陶唐以来，至于麟止。自黄帝始。

【注释】

❶缧绁（léi xiè）：原是捆绑犯人的绳索，这里引申为监狱。❷大抵：大都，大多。

【译读】

　　这样编写《史记》七年，太史公遭到李陵之祸，被拘捕囚禁。太史公深深地叹息说："这是我的罪过啊！这是我的罪过啊！身体毁伤没有用了！"太史公又退一步深思说："那《诗经》《书经》隐约其词的原因，是想表达他们的思想呢。从前西伯被拘禁在羑里，才推演了《周易》；孔子在陈、蔡遭受困厄，才创作了《春秋》；屈原被流放，才著了《离骚》；左丘双目失明，才有《国语》；孙子被割掉膝盖骨，才写了兵法；吕不韦贬谪到蜀国去，世上才流传他的《吕览》；韩非囚禁在秦国，才有《说难》《孤愤》；《诗经》三百篇，大都是有才能的人为了抒发他们的忧愤而作的。这些人都是意气郁结，心中很不舒畅，所以记述往事，希望未来的人借此了解自己。"因此，太史公终于记述了陶唐以来的事情，到当今捉获麒麟为止。从黄帝开始。

古文 · 书信 · 序跋

送孟东野序

（唐）韩 愈

大凡物不得其平则鸣。草木之无声，风挠之鸣。水之无声，风荡之鸣。其跃也，或激之；其趋也，或梗之；其沸也，或炙之。金石之无声，或击之鸣。人之于言也亦然，有不得已者而后言。其歌也有思，其哭也有怀。凡出乎口而为声者，其皆有弗平者乎！

乐也者，郁于中而泄于外者也，择其善鸣者而假之鸣。金、石、丝、竹、匏、土、革、木❶八者，物之善鸣者也。维天之于时也亦然，择其善鸣者而假之鸣。是故以鸟鸣春，以雷鸣夏，以虫鸣秋，以风鸣冬。四时之相推敚❷，其必有不得其平者乎！

【注释】

❶金、石、丝、竹、匏（páo）、土、革、木：是我国古代八种质料制成的各类乐器的总称，也称"八音"。❷推敚（duó）：推移。敚，同"夺"。

【译读】

所有东西得不到平静就会发出声音。草木原来没有声音，风搅动它们发出声音。水原来没有声音，风吹动它发出声音。水的腾涌是有东西阻碍了它，水的奔流是有东西堵住了它，水的沸腾是有东西在燃烧它。钟磬等乐器原来没有声音，有人敲它才发出声音。人对于言论

也是如此，有了不可抑制的感情这才表达出来。他们歌咏是有了思念的感情，他们哭泣是有了怀念的感情。一切从嘴里发出来成为声音的，可能都有不平的缘故吧！

音乐，是人们在心里有郁结然后向外面发泄出来的，它常常选择那些善于发声的东西借助它们来发出声音。金、石，丝、竹，匏、土，革、木八种乐器，是东西中善于发出声音的。自然界对于时令也是如此，它常常选择那些善于发声的东西借助它们来表示。所以，用鸟声表示春季，用雷声表示夏季，用虫声表示秋季，用风声表示冬季。四个季节的递相推移，可能一定有不得平静的缘故吧！

古文·书信·序跋

【原文】

　　其于人也亦然。人声之精者为言，文辞之于言，又其精也，尤择其善鸣者而假之鸣。其在唐、虞，咎陶①、禹，其善鸣者也，而假以鸣。夔②弗能以文辞鸣，又自假于《韶》以鸣。夏之时，五子以其歌鸣。伊尹鸣殷，周公鸣周。凡载于《诗》《书》六艺，皆鸣之善者也。周之衰，孔子之徒鸣之，其声大而远。《传》曰："天将以夫子为木铎。"其弗信矣乎？其末也，庄周以其荒唐之辞鸣。楚，大国也，其亡也，以屈原鸣。臧孙辰、孟轲、荀卿，以道鸣者也。杨朱、墨翟②、管夷吾、晏婴、老聃③、申不害、韩非、慎到、田骈④、邹衍、尸佼、孙武、张仪、苏秦之属，皆以其术鸣。秦之兴，李斯鸣之。汉之时，司马迁、相如、扬雄，最其善鸣者也。其下魏、晋氏，鸣者不及于古，然亦未尝绝也。就其善者，其声清以浮，其节数⑤以急，其辞淫以哀，其志弛以肆，其为言也，乱杂而无章。天将丑其德，莫之顾邪？何为乎不鸣其善鸣者也？

【注释】

　　❶咎陶（gāo yáo）：又作皋陶、咎繇，相传为舜臣，舜时掌司法。❷夔（kuí）：传说中舜的乐官。❸墨翟（dí）：即墨子。❹老聃（dān）：即老子。❺田骈（pián）：人名。战国时齐国人。❻节数（shuò）：节奏短促。

【译读】

  这种情况对于人来说也是如此。人的声音的精华是语言,文辞对于语言,又是其中的精华所在,特别是那些善于抒发感情的人借助他们来表示。在唐、虞时代,咎陶、大禹是善于鸣的人,就借助他们来发表时代的声音。夔不能用文辞表达,自己就借助于《韶》乐来发表时代的声音。夏朝的时候,太康的五个弟弟用他们的歌来表达当时的声音。伊尹表现了商王朝的声音。周公表现了周王朝的声音。所有记载在《诗经》《书经》等六经中的,都是表现时代声音的优秀人物。周朝衰弱时,孔子这班人大声疾呼起来,他们的声音宏大而且长远。

  《论语》说:"老天爷打算把孔子当作周王朝的木铎。"难道不是真实的吗?到了周朝后期,庄周用他的无拘无束、无边无际的言辞来表示。楚国是一个大国,到了灭亡的时候,屈原用楚辞来表示。臧孙辰、孟轲、荀卿是用学说来表达的。杨朱、墨翟、管夷吾、晏婴、老聃、申不害、韩非、慎到、田骈、邹衍,尸佼,孙武、张仪,苏秦这批人,都是用他们的主张来表达的。秦朝兴起时,李斯发出了秦王朝的声音。汉朝的时候,司马迁,司马相如,扬雄,是特别善于表现时代声音的人。汉代以下的魏、晋两朝,鸣的人都赶不上古代,但也从来不曾间断过。就是拿其中最好的来说,他们的声音轻清而且浮夸,他们的节奏繁密而且急促,他们的文辞放荡而且哀怨,他们的思想空虚而且放纵,他们作的文章,杂乱而没有条理。也许是老天爷以为他们的德行丑恶,不肯照顾他们吧!那么,为什么不出现那些善于表达的人呢?

【原文】

唐之有天下，陈子昂、源明、元结、李白、杜甫、李观，皆以其所能鸣。其存而在下者，孟郊东野，始以其诗鸣。其高出魏、晋，不懈而及于古；其他浸淫乎汉氏矣。从吾游者，李翱、张籍其尤也。三子者之鸣信善矣。抑不知天将和其声而使鸣国家之盛邪？抑将穷饿其身、思愁其心肠而使自鸣其不幸邪？三子者之命，则悬乎天矣。其在上也奚以喜？其在下也奚以悲？东野之役于江南也，有若不释然者，故吾道其命于天者以解之。

【译读】

唐朝得天下以后，陈子昂、苏源明、元结、李白、杜甫，李观，都用他们所擅长的来鸣。那些活着而地位低下的人中，孟郊字东野者开始用他的诗来鸣。他的诗超出魏、晋的作品，某些无懈可击的已经达到古代作品的高度，其他的也逐渐接近汉代作品的水平了。同我交往的人，李翱和张籍是其中突出的。三个人的鸣，的确是好极了。但是不晓得老天爷准备使他们鸣国家的兴旺发达呢？还是打算使他们因身体贫穷饥饿、心情忧愁苦恼而鸣自己的不幸呢？三个人的命运是掌握在老天爷的手里的。那么，如果做了大官，有什么可喜？如果做了小官，又有什么可悲呢？东野这次到江南去就职，似乎不大开怀，所以我说了这些命运掌握在老天爷手里的话来安慰他。

送李愿①归盘谷序

（唐）韩　愈

太行之阳有盘谷。盘谷之间，泉甘而土肥，草木丛茂，居民鲜少。或曰："谓其环两山之间，故曰盘。"或曰："是谷也，宅幽②而势阻，隐者之所盘旋。"友人李愿居之。

愿之言曰："人之称大丈夫者，我知之矣。利泽施于人，名声昭于时。坐于庙朝③，进退百官，而佐天子出令。其在外，则树旗旄④，罗弓矢，武夫前呵，从者塞途，供给之人，各执其物，夹道而疾驰。喜有赏，怒有刑。"

"才畯⑤满前，道古今而誉盛德，入耳而不烦。曲眉丰颊，清声而便体⑥，秀外而惠中⑦，飘轻裾⑧，翳⑨长袖，粉白黛绿者，列屋而闲居，妒宠而负恃，争妍而取怜。大丈夫之遇知于天子，用力于当世者之为也。吾非恶此而逃之，是有命焉，不可幸而致也。"

【注释】

❶李愿：隐士名，隐居盘谷，生平事迹无从考证。❷宅幽：环境幽深。❸庙朝：指朝廷。❹旗旄（máo）：旗帜。旄，旗杆上用旄牛尾装饰的旗帜。这是大官出行的标志。❺才畯（jùn）：才能出众的人。畯，同"俊"。❻便（pián）体：轻盈的体态。❼惠中：聪慧的

古文·书信·序跋

资质。惠,同"慧"。❽裾(jū):衣服的前后襟。❾翳(yì):遮蔽,掩映。

【译读】

太行山的南面有一个盘谷。盘谷的中间,水甘土肥,草木茂盛,居民稀少。有人说:"因为它环绕在两座山的中间,所以叫作'盘'。"有人说:"这个山谷所以叫'盘',是因为地方幽静,形势险阻,是隐士盘桓的地方。"我的朋友李愿就居住在这里。

李愿的话是这样说的:"一个人被称为大丈夫,我晓得他的原因了。他对百姓施加恩泽,在当代名声显赫。他在朝堂上办事,升降百官,辅助皇帝发号施令。他在外面,就树起旗帜,排列弓箭,武士在前面吆喝开路,跟随的人塞满道路,服役的人各自拿着应用的器物,在路两边快速地奔走。他喜悦时就有赏赐,发怒时就有处罚。"

"有才能的人聚集在面前,说古道今,赞扬他的美德,这些声音经常进入耳朵里,他也不厌其烦。那些弯弯的眉毛,丰腴的面颊,清脆的嗓音,轻盈的体态,秀丽的外貌,聪明的内心;飘动着薄薄的衣襟,拖曳着长长的衣袖,浓妆艳抹的美人在一排排的房子里闲住着,她们妒忌被宠幸的人,依仗自己的才貌,争妍斗艳地博取怜爱。这是得到皇帝重用,在当代掌权的大丈夫的所作所为啊。我不是讨厌这些因而避开它,这是命运安排的,不是能侥幸地取得的。"

【原文】

"穷居而野处,升高而望远,坐茂树以终日,濯

清泉以自洁。采于山，美可茹；钓于水，鲜可食。起居无时，惟适之安。与其有誉于前，孰若无毁于其后；与其有乐于身，孰若无忧于其心。车服不维，刀锯不加，理乱不知，黜陟❶不闻。大丈夫不遇于时者之所为也，我则行之。"

"伺候于公卿之门，奔走于形势之途，足将进而趑趄❷，口将言而嗫嚅❸，处秽污而不羞，触刑辟❹而诛戮，侥幸于万一，老死而后止者，其于为人贤不肖何如也？"

昌黎韩愈，闻其言而壮之，与之酒而为之歌曰："盘之中，维子之宫；盘之土，可以稼；盘之泉，可濯可沿；盘之阻，谁争子所？窈而深，廓其有容；缭而曲，如往而复。嗟盘之乐兮，乐且无央！虎豹远迹兮，蛟龙遁藏；鬼神守护兮，呵禁不祥；饮且食兮寿而康，无不足兮奚所望？膏❺吾车兮秣❻吾马，从子于盘兮，终吾生以徜徉。"

【注释】

❶黜陟（chù zhì）：降职与升官。❷趑趄（zī jū）：踌躇不前的样子。❸嗫嚅（niè rú）：吞吞吐吐，欲言又止的样子。❹刑辟（bì）：刑法，法律。❺膏（gào）：用作动词，指涂油脂于车轴之处。❻秣（mò）：喂养。

【译读】

"穷困地居住在荒野的地方，登上高山眺望远处，坐在茂密的树荫下度过每一个整天，在清水中沐浴以保持自身的清洁。到山上去采摘，甘美的果蔬都很可口；到水边去下钓，新鲜的鱼也很好吃。起居没有定时，只安于舒适。与其在当面受到称赞，倒不如在背后没有毁谤；与其在形体上享受欢乐，倒不如在那心中无忧无虑。官职不能束缚，刑罚不会加在身上，国家的治乱可以不管，官吏的升降可以不问。这是当代不得志大丈夫的所作所为，我就是这样做的。"

"到大官僚的门上去伺候，在通往权势者的路上奔走，脚想前进而又迈不开步，嘴想说话而又讲不出来，处在龌龊的地位也不感到耻辱，触犯了刑法就要受到杀戮。就是有一万分之一的侥幸活下去，直到老死为止，他们在做人方面到底是贤明的还是不贤明的呢？"

昌黎韩愈听到他的话，认为很豪迈，一边给他斟酒，一边替他作歌说："盘谷的中间，是你的家室。盘谷的土地，可以耕种；盘谷的水，可以洗去肮脏，还可以顺着水边散步。盘谷的地形险阻，谁来争您居住的地方？盘谷幽静深远，广阔而宽敞。盘谷迂回曲折，似乎向前走，却绕了回来。啊！盘谷的乐趣啊，真是其乐无穷。虎豹离得远啊，蛟龙逃走，都躲起来。有鬼神守卫啊，赶走了灾殃。有吃有喝啊，长寿而且健康。没有什么不满足的啊，还有什么愿望？保养好我的车子啊，喂好我的马，跟您到盘谷去啊，让我毕生在这里自由自在地游玩。"

梅圣俞诗集序

(宋)欧阳修

予闻世谓诗人少达❶而多穷,夫岂然哉?盖世所传诗者,多出于古穷人❷之辞也。

凡士之蕴其所有,而不得施于世者,多喜自放于山巅水涯之外,见虫鱼草木风云鸟兽之状类,往往探其奇怪。内有忧思感愤之郁积,其兴于怨刺,以道羁臣寡妇之所叹,而写人情之难言,盖愈穷则愈工❸。然则非诗之能穷人,殆❹穷者而后工也。

予友梅圣俞,少以荫补为吏❺,累举进士❻,辄抑于有司,困于州县,凡十余年。年今五十,犹从辟书❼,为人之佐。郁其所积,不得奋见于事业。

其家宛陵,幼习于诗。自为童子,出语已惊其长老。既长,学乎六经仁义之说❽。其为文章,简古纯粹,不求苟说于世。世之人徒知其诗而已。然时无贤愚,语诗者必求之圣俞。圣俞亦自以其不得志者,乐于诗而发之。

【注释】

❶达:显达,指官运亨通。❷穷人:指穷困不得志的人。❸工:精妙。❹殆(dài):大概。❺以荫补为吏:因上辈的功绩而推恩被封为官吏。欧阳修《梅圣俞墓志铭》:"圣俞初以从父荫,补太庙斋郎,历桐

城、河南、河阳三县主簿。" ❻累举进士：多次参加进士考试。❼辟（bì）书：征召的文书。❽说（yuè）：通"悦"，高兴之意。

【译读】

　　我听得社会上传说，诗人总是很少显贵的，很多穷苦的，难道真的是这样吗？那是因为世上流传的诗歌，大都是从穷苦人手里写出来的作品呀。

　　凡是读书人怀抱着他们的学问，却不能在社会上施展的，多数喜欢放浪在山顶水边，看到了那些虫、鱼、草、木、风、云、鸟、兽的情状，往往要去探求他们奇怪的缘由。或者心里有忧伤、思念、感慨、愤怒的抑郁情绪，他们就从怨恨讽刺出发，来诉说贬官在外的臣子和死了丈夫的妇人所哀叹的衷曲，抒写世事人情所难以表达的心理，大概是人越穷苦，诗就做得越好。所以，并非作诗能够使人穷苦，大概是穷苦的人才能够把诗做好吧！

　　我的朋友梅圣俞，年轻时靠上一辈的功绩出来做官，屡次考进士，每次都被主考官所压抑，又被州、县小官的职位所拘束，总共有十多年。如今年纪快要五十了，还接受聘书做人家的幕友；蕴藏着他的所有才学，不能在事业上奋发有为。

　　他的家在宛陵，从小学习作诗。他在孩童时，写出来的诗已经使长辈们吃惊。长大以后，学习了六经上仁义的学说。他做的文章，简练、高古、纯正、精深，不肯迎合世俗以求世人的喜欢，因此，当代的人只知道他的诗，不知他的为人。然而，当时不论是会作诗的人还

是不会作诗的人，一谈起作诗就必定要向圣俞讨教。圣俞也喜欢把自己那种不得志的心情在诗中表达出来。

【原文】

故其平生所作，于诗尤多。世既知之矣，而未有荐于上者。昔王文康公尝见而叹曰："二百年无此作矣！"虽知之深，亦不果荐也。

若使其幸得用于朝廷，作为雅、颂，以歌咏大宋之功德，荐之清庙❶，而追商、周、鲁颂之作者，岂不伟欤？奈何使其老不得志而为穷者之诗，乃徒发❷于虫鱼物类、羁愁感叹之言？世徒喜其工，不知其穷之久而将老也，可不惜哉！

圣俞诗既多，不自收拾。其妻之兄子谢景初，惧其多而易失也，取其自洛阳至于吴兴以来所作，次为十卷。予尝嗜圣俞诗，而患不能尽得之，遽喜谢氏之能类次也，辄序❸而藏之。

其后十五年，圣俞以疾卒于京师。余既哭而铭之❹，因索于其家，得其遗稿千余篇，并旧所藏，掇其尤者❺六百七十七篇，为一十五卷。呜呼！吾于圣俞诗，论之详矣，故不复云。

【注释】

❶荐之清庙：奉献给宗庙。清庙，皇帝祭祀的庙堂。❷徒发：徒然发出。❸辄（zhé）序：便为这个诗集作序。❹铭之：替梅圣俞作墓志铭。❺择其尤者：选择其中最好的作品。

【译读】

　　所以他平生创作的，在诗歌方面尤其多。社会上既已了解他的才学，可是还没有向上面推荐他的人。过去，王文康公曾经看到他的诗文，赞叹说："二百年来没有这种好作品了！"虽然了解他的才学这样深，也还是没有推荐他。

　　假如他侥幸能够被朝廷重用，写作雅、颂体的乐章，来歌唱大宋朝的功德，奉献给宗庙，因而赶上《商颂》《周颂》和《鲁颂》的作者，岂不伟大吗？怎么能使他老是不得志，去做穷苦人的诗，只不过发表虫鱼物类，羁旅忧伤，感慨叹息的语言。社会上仅仅喜欢他的诗做得好，不知道他穷苦已久并且快要老了，能够不使人惋惜吗？

　　圣俞的诗做得多了，自己不收集整理。他的内侄谢景初怕他诗太多，容易散失，就选取他从洛阳到吴兴这段时间内的作品，编成十卷。我一向酷爱圣俞的诗，担心不能全部读到它，现在出乎意料地读到了；我很欣赏谢君能够分类编排圣俞的诗集，就为它写了一篇序，并且保存它。

　　打那以后过了十五年，圣俞因病在京城逝世。我在哀悼他并且给他写了墓志铭之后，就向他的家属索取遗作，得到他的遗稿一千多篇，连同过去收藏的，选录其中优秀的六百七十七篇，编成一十五卷。唉！我对圣俞的诗，评论得很详细了，所以在这里不再多讲。

五代史伶官①传序

(宋)欧阳修

呜呼,盛衰之理,虽曰天命,岂非人事哉!原②庄宗之所以得天下,与其所以失之者,可以知之矣。

世言晋王之将终也,以三矢赐庄宗而告之曰:"梁,吾仇也;燕王吾所立,契丹与吾约为兄弟,而皆背晋以归梁。此三者,吾遗恨也。与尔三矢,尔其无忘乃父之志③。"

庄宗受而藏之于庙。其后用兵,则遣从事以一少牢告庙,请其矢,盛以锦囊④,负而前驱,及凯旋而纳之。方其系燕父子以组,函梁君臣之首,入于太庙,还矢先王,而告以成功,其意气之盛,可谓壮哉!及仇雠⑤已灭,天下已定,一夫⑥夜呼,乱者四应,仓皇东出,未及见贼,而士卒离散,君臣相顾,不知所归,至于誓天断发,泣下沾襟,何其衰也!岂得之难而失之易欤⑦?抑本其成败之迹而皆自于人欤?

《书》曰:"满招损,谦得益。"忧劳可以兴国,逸豫可以亡身,自然之理也,故方其盛也,举天下之豪杰莫能与之争;及其衰也,数十伶人困之,而身死国灭,为天下笑。

夫祸患常积于忽微,而智勇多困于所溺,岂独伶人也哉!作《伶官传》。

古文·书信·序跋

【注释】

❶伶官：帝王宫廷中的乐官。古代称演戏的人为伶人，在宫廷中授有官职的伶人，称为伶官。❷原：推究，即探求事情的本原。❸无忘乃父之志：不要忘记了你父亲的心愿。乃，你，人称代词。❹锦囊：丝织的袋子。❺雠（chóu）：指敌人。❻一夫：一个人。此指军士皇甫晖，他因赌博不胜，乘机作乱，结果引起一连串兵变。❼欤（yú）：表疑问的语气助词。

【译读】

唉！国家兴盛和衰败的道理，虽说同天命有关，难道不是人为的吗？推究后唐庄宗取得天下和他失掉天下的原因，就可以明白这个道理了。

世上传说晋王临死的时候，拿出三支箭交给庄宗，并且告诫他说："梁王朱全忠是我的仇敌；燕王刘仁恭是我扶植起来的，契丹的耶律阿保机同我结拜过兄弟，可是他俩都背叛了我去归附梁王。这三桩是我放心不下的恨事。我给你三支箭，你可别忘了你的父亲的心愿！"

庄宗接过箭就把它们藏在祖庙里。从那以后，只要出兵打仗，就派官员拿猪羊到祖庙祭祀并祷告，请出那三支箭，拿丝织的箭袋盛着它们，背着在前面走，等到胜利归来，又把它们送进祖庙。当他用绳索捆绑燕王父子，用木匣装上后梁末帝和他的臣子皇甫麟的头送进太庙，还先王的箭，拿成功的喜讯向先王报告，他意气昂扬，可以说极其雄壮啊！等到敌人已经消灭，天下已经平定，只有一个军士在夜里一声叫喊，叛乱的人就到处响应。庄宗慌慌张张地向东逃走，还没有看见叛军，士兵们就纷纷溃散。庄宗和臣子们面面相觑，不知道逃往哪里，落得对天发誓，剪去头发，眼泪掉下来沾湿衣襟的下场，是何等的衰颓啊！难道是取天下困难，失天下容易吗？不，从那成功和失败的事迹来考究，都是由于人为的关系啊！

《书经》上说："自满会招致祸害，谦虚能得到好处。"忧虑、勤劳可以使国家兴旺，安逸、舒适可以使自身衰亡，这是当然的道理呀。所以，当后唐庄宗兴盛的时候，整个天下的英雄豪杰没有谁能够跟他对抗；等到他衰败的时候，几十个伶人包围他，就使自己死亡，国家消灭，被天下人耻笑。

看来，祸害常常是在细微的事情上积累形成的，聪明勇敢的人却有不少在癖好上受累，难道单单乐官的事是这样吗？于是作《伶官传》。

赠黎安二生序

（宋）曾　巩

　　郡苏轼，予之同年❶友也。自蜀以书至京师遗❷予，称蜀之士曰黎生、安生者。既而黎生携其文数十万言，安生携其文亦数千言，辱❸以顾予。

　　读其文，诚闳壮隽伟，善反复驰骋❹，穷尽事理。且其材力之放纵❺，若不可极者也。二生固可谓魁奇❻特起之士，而苏君固可谓善知人者也。

　　顷❼之，黎生补江陵府司法参军。将行，请予言以为赠❽。予曰："予之知生，既得之于心❾矣，乃将以言相求于外邪？"

　　黎生曰："生与安生之学于斯文，里之人皆笑以为迂阔。今求子之言，盖将解惑于里人。"

　　予闻之，自顾而笑。

　　夫世之迂阔，孰有甚于予乎？知信乎古，而不知合乎世；知志乎道，而不知同乎俗。此予所以困于今而不自知也。

　　世之迂阔，孰有甚于予乎？今生之迂，特以文不近俗，迂之小者耳，患为笑于里之人。

　　若予之迂大矣，使生持吾言而归，且重得罪，庸讵❿止于笑乎？然则若予之于生将何言哉？谓予之迂为善，则其患若此；谓为不善，则有以合乎世，必违乎

古;有以同乎俗,必离乎道矣。

生其无急于解里人之惑,则于是焉必能择而取之。遂书以赠二生,并示苏君以为何如也。

【注释】

❶同年:指同一年中考的人。❷遗(wèi):赠送。❸辱:谦词,称赞。❹反复驰骋:这里指笔力纵横驰骋。❺放纵:指才华横溢,不受约束。❻魁奇:非常杰出。❼顷:不久,短时间。❽请予言以为赠:请让我写几句文章以作赠别。❾得之于心:在心中有所体会。❿庸讵(jù):怎么。表反诘语气。

【译读】

赵州的苏轼是我的同年好友。他从四川把信寄到京城给我,称赞四川的两位年轻的读书人:一个叫黎生,一个叫安生。过了不久,黎生带了他的几十万字的文章,安生也带了他的几千字的文章,来看望我。

我读了他们的文章,觉得实在是内容宏大,意味深远,善于纵横驰骋,说透事理;他们的才华又是那样的奔放,似乎不能看到它的尽头。二生固然可以说是奇特杰出的人才,苏君当然也可以说是善于认识人才的了。

不久,黎生补授江陵府司法参军,快要到任上去,要求我以言相赠。我说:"我了解你,已经在我的内心深处留下你的深刻印象了,还需要在形式上用言语加以表达吗?"

黎生说:"我和安生学习这种古文,同乡的人都讥笑我们,认为我们是不合时宜,脱离现实。现在请您写篇文章,打算给同乡的人看,解除他们的迷惑的。"

我听了他的话,想想自己,不觉好笑起来。

世上不合时宜的人,有哪一个比我还厉害呢?只知道对古人的话要相信,却不知道对当代的风气要迎合;只知道对圣贤之道要立志钻研,却不知道对世俗要同流合污。这就是我到现在还穷困的原因,而且自己仍然没有觉醒啊。

世上不合时宜的人,有哪一个比我更厉害呢?如今,你的不合时宜,仅仅是因为写出来的文章和世俗崇尚的文体不接近,是不合时宜中的小问题,担心被同乡的人讥笑。

像我的不合时宜可就大了,假使你拿着我的文章回去,将会加重你的过错,难道仅仅是被讥笑吗?既然如此,那么像我这样的人对于你,应该说什么呢?说我的不合时宜是对的吧,那么它的后患就是这样。说是不对吧,那么对于现时的风气有所迎合,对于古人的话必定违背;对于世俗的风尚有所苟同,对于圣贤之道必定远离了。

你不要急于解除同乡人的迷惑,这样,就一定能够经过选择获得正确的东西。于是,我写下这几句话把它送给二位书生,并且打算给苏君看,不晓得苏君认为我的话是怎么样。

© 民主与建设出版社，2022

图书在版编目（CIP）数据

古文·书信·序跋/郭艳红主编. -- 北京：民主与建设出版社，2019.11

（古典诗文精品选读）

ISBN 978-7-5139-2683-6

Ⅰ.①古… Ⅱ.①郭… Ⅲ.①中国文学—古典文学—作品综合集 Ⅳ.①I212.01

中国版本图书馆CIP数据核字（2019）第253531号

古文·书信·序跋
GUWEN·SHUXIN·XUBA

主　　编	郭艳红
责任编辑	韩增标
封面设计	大华文苑
出版发行	民主与建设出版社有限责任公司
电　　话	（010）59417747 59419778
社　　址	北京市海淀区西三环中路10号望海楼E座7层
邮　　编	100142
印　　刷	廊坊市国彩印刷有限公司
版　　次	2022年1月第1版
印　　次	2022年1月第1次印刷
开　　本	880毫米×1230毫米　1/32
印　　张	3
字　　数	38千字
书　　号	ISBN 978-7-5139-2683-6
定　　价	148.00元（全10册）

注：如有印、装质量问题，请与出版社联系。

骈 文

（南北朝）庾信等 著　郭艳红 主编

民主与建设出版社
·北京·

习近平总书记在十九大报告中指出:"深入挖掘中华优秀传统文化蕴含的思想观念、人文精神、道德规范,结合时代要求继承创新,让中华文化展现出永久魅力和时代风采。"

习总书记还曾指出:"'去中国化'是很悲哀的,应该把这些经典嵌在学生脑子里,让经典成为中华民族文化的基因。"

是的,泱泱中华五千载,悠悠国学民族魂。我们中华国学"为天地立心,为生民立命,为往圣继绝学,为万世开太平",是中华民族生生不息的根本,是华夏儿女遗传基因和精神支柱。

国学就是中国之学,中华之学,是以母语汉语为基础,表达中华民族的精神价值和处世态度的,有利于凝聚中华民族的文化向心力,有利于中华民族大团结,是炎黄子孙的生命火炬,我们要永远世代相传和不断发扬光大。

中华优秀传统文化在思想上有大智,在科学上有大真,在伦理上有大善,在艺术上有大美。在中华民族艰难而辉煌发展历程中,优秀传统文化薪火相传、历久弥新,始终为国人提供精神支撑和心灵慰藉。所以,更多从传统优秀国学经典中汲取丰富营养,丰盈的不只是灵魂,而是能够拥有神圣而崇高的家国情怀。

中华传统国学是指以儒学为主体的中华传统文化与学术,包括非常广泛,内涵十分丰富,凝聚了我国五千年的文明史和传统文化,体现了中华民族博大精深的文化精髓,是经过多少代人实践检验过

的文化瑰宝，承载着中华民族伟大复兴的梦想。

中华传统国学经典，蕴含了中华儿女内圣外王的个体修养和自强不息的群体精神，形成了重义轻利的处世态度以及孝亲敬长的人伦约定，包含着辩证理智的心智思维和天人合一的整体观念。历经数千年发展，逐渐形成了以儒释道为主干的传统文化和兼容并包、多元一体的开放型现代文化。

作为国学经典，是广大读者必备的精神食粮。读者们阅读国学经典，能够秉承国学仁义精神，学会谦和待人、谨慎待己、勤学好问等优良品行，能够达到内外兼修与培养刚健人格。

我们欣喜地看到，在党和政府的积极号召下，教育部印发了《完善中华优秀传统文化教育指导纲要》，各级教育机构启用了《中华优秀传统文化》教材，中小学语文新课标中也增强了青少年学生阅读和学习国学的分量，许多中小学开设了专门的国学课程，全国各族人民掀起了学习和传承中国传统文化的热潮。

为此，在有关专家指导下，特别编辑了这套"古典诗文精品选读"作品。古诗泛指古代中国诗歌，本套作品主要包括《诗经》《楚辞》《乐府诗》等，没有选入唐诗宋词元曲等；古文是指古代散文，主要包括传记、铭祭、论说、奏议、游记、杂记、书信、序跋等，本套作品还包括寓言、故事以及古代韵文的辞赋和骈体文的骈文等。这些古典诗文是中华辉煌灿烂文化的奇葩，具有独特的艺术价值。

本套作品主要根据广大读者特别是青少年读者学习吸收特点，精选了许多经典古诗文，增设了简单明白的注释和白话解读等，还配有精美图片等，能够培养广大青少年读者的国学阅读兴趣和传统文化素养，能够增强对中国传统文化的热爱、传承和发展，能够激发并积极投身到中华复兴的伟大梦想之中。

与朝歌令吴质书	（三国）曹 丕	006
与杨德祖书	（三国）曹 植	009
诫子书	（三国）诸葛亮	015
酒德颂	（魏晋）刘 伶	016
与嵇茂齐书	（魏晋）赵 至	019
剑阁铭	（西晋）张 载	024
归去来兮辞	（东晋）陶渊明	026
祭屈原文	（南朝）颜延之	032
北山移文	（南朝）孔稚珪	034
与朱元思书	（南朝）吴 均	041
答谢中书书	（南朝）陶弘景	043
哀江南赋序	（南北朝）庾 信	044
上文选注表	（唐）李 善	049

滕王阁序……………………………	（唐）王　勃	053
与韩荆州书…………………………	（唐）李　白	060
进学解………………………………	（唐）韩　愈	064
吊古战场文…………………………	（唐）李　华	072
陋室铭………………………………	（唐）刘禹锡	079
绮霞阁记……………………………	（宋）章　岷	080
黄冈竹楼记…………………………	（宋）王禹偁	085
览翠亭记……………………………	（宋）梅尧臣	089
看弈轩赋……………………………	（清）陈维崧	091

与朝歌令吴质书

（三国）曹 丕

五月二十八日，丕白：季重无恙。途❶路虽局，官守有限，愿言之怀，良不可任。足下所治僻左，书问致简，益用增劳❷。

每念昔日南皮❸之游，诚不可忘。既妙思六经❹，逍遥百氏❺，弹棋❻间设，终以六博，高谈娱心，哀筝顺耳。

【注释】

❶涂：同"途"，路途。❷益用增劳：更增加了思念之苦。❸南皮：地名，在今河北省。❹六经：儒家的六部经典《诗》《书》《礼》《乐》《易》《春秋》，总称"六经"。❺百氏：指诸子百家的学说。❻弹棋：和下文的"六博"，都是棋类游戏。

【译读】

五月十八日，曹丕禀告说：季重安好。路途虽然距离很近，但是由于受到官位职责等方面的限制，思念的情怀，实在是不可以承受。您所在的治所本来就是一个非常偏僻的地方，但是我仍然经常书信问候您，这就更加增加了您的烦劳。

每当想起我们曾经的南皮之游，实在是不可以忘记。既有思考六经的精妙之处，又悠闲自得地谈论百家学说，又常常设置弹棋，以六博而终结。大家高谈阔论，非常开心，听听悲凉的筝声，感觉和顺悦耳。

骈文

【原文】

驰骋①北场，旅食南馆，浮甘瓜于清泉，沈朱李于寒水。白日既匿，继以朗月，同乘并载，以游后园。

舆轮②徐动，参从③无声，清风夜起，悲笳④微吟，乐往哀来，怆然伤怀，余顾而言，斯乐难常，足下之徒，咸以为然。今果分别，各在一方。元瑜⑤长逝，化为异物，每一念至，何时可言？

方念蕤宾纪时⑥，景风扇物，天意和暖，众果具繁。时驾而游，北遵河曲，从者鸣笳以启路，文学⑦托乘于后车，节同时异⑧，物是人非，我劳如何！今遣骑到邺⑨，故使枉道相过，行矣自爱。丕白。

【注释】

① 驰骋：骑马奔跑，此处指游猎。② 舆（yú）轮：即车轮。③ 参从：泛指随从，陪同乘车的人。④ 笳（jiā）：胡笳，一种乐器，从西域传入。⑤ 元瑜：阮瑀，字元瑜，"建安七子"之一。⑥ 蕤（ruí）宾纪时：五月。古人律历相配，十二律与十二月相适应，称为律应。蕤宾位于午，在五月，所以指农历五月。⑦ 文学：官名，由擅长文辞和有学问的人担任。⑧ 节同时异：季节相同而时间不同。⑨ 邺（yè）：地名，今河南临漳县西，当时是魏王曹操的都城。

【译读】

在北场奔驰游猎，在南馆吃喝旅住，将甘瓜放入清泉，在凉水中沉入红色的李子。白日西沉，继以明月，大家共同乘坐车辇，前往后园游玩。

古典诗文精品选读

　　车轮慢慢地滚动，宾客们都不发出声音，夜里凉风习习，悲凉的笳声，像轻轻地吟叹，欢乐的情绪逝去，哀伤之情到来，让人悲伤而感怀。我转过头对大家说，这样悲伤的哀音难以长久。先生的追随者也都纷纷表示赞同。今天果然分别后，各在一方。阮璃已经逝去，化为异物，每次想到这件事，我们何时又能够聚在一起促膝长谈？

　　如今已经是仲夏五月，暖风吹遍万物，天气暖和，众多的果树都枝繁叶茂。有时驾车出游，向北沿着曲折的河道行驶，跟随的侍者吹奏笳笛开路，文学之士乘坐于车后。时节相同，而情境已经不同于以往，物还在而人已经不是过去的人了，我的忧愁将如何化解！今天派遣信使到邺城去，请他绕道从你那里经过，请多保重。曹丕禀告说。

骈文

与杨德祖书

(三国) 曹 植

植曰：数日不见，思子为劳，想同之也。

仆少好为文章，迄至于今，二十有五年矣，然今世作者，可略而言也。昔仲宣❶独步于汉南，孔璋❷鹰扬于河朔，伟长❸擅名于青土，公干❹振藻于海隅，德琏❺发迹于大魏，足下高视于上京。

当此之时，人人自谓握灵蛇之珠❻，家家自谓包荆山之玉，吾王❼于是设天网以该之，顿八纮❽以掩之，今尽集兹国矣。然此数子犹复不能飞鹥❾绝迹，一举千里。

以孔璋之才，不闲于辞赋，而多自谓能与司马长卿❿同风，譬画虎不成反为狗也，前书嘲之，反作论盛道仆赞其文。夫钟期⓫不失听，于今称之，吾亦不能妄叹者，畏后世之嗤余也。

【注释】

❶仲宣：即王粲（càn），字仲宣，为建安七子之冠。❷孔璋：即陈琳，字孔璋，"建安七子"之一。❸伟长：即徐干，字伟长，"建安七子"之一。❹公干：即刘桢，字公干，"建安七子"之一。❺德琏：即应玚（yáng），字德琏，"建安七子"之一。❻灵蛇之珠：原来比喻无价之宝，后来也比喻非凡的才能。❼吾王：指曹操，"建安七子"之一，与曹丕、曹植往往被视作汉末三国时期文学成就的代表。❽八纮（hóng）：八方

太极远的地方。❾飞骞(xiān):指高飞。❿司马长卿:即司马相如,字长卿。⓫钟期:即钟子期,钟氏,名徽,字子期。他听到了伯牙所鼓的琴声,就能够理解伯牙当时的心情。

【译读】

曹植敬说:德祖兄,几天不见,非常想念你,估计你也是吧。

我从小喜欢文章,到今天为止,已经二十五年了。如今世上文章写得好的人,大致可以数得上来。从前王粲在汉南一时无双,陈琳在河朔大展雄才,徐干在青土声名独拔,刘桢在海边显扬文采,应玚在此地显身扬名,而你在上京极负盛名。

这个时候,他们都怀才自负,等待着受到当政者的赏识和重用。于是,我们大王设置了天网来网罗他们,用绳子来聚集他们,如今他们全都聚集到魏国了。但是这几个人,却不能达到极高的成就,用一篇文章震惊千里。

以陈琳的才能,不擅长辞赋,却经常说与司马相如是同一流的,就如同画虎不成,反而像狗了。我以前有写信去嘲讽他,他反而大肆宣扬说我那是称赞他的文章。钟子期善听,到现在还都称赞他。我也不能乱加叹赏,害怕后人耻笑我。

【原文】

世人之著述,不能无病,仆常好人讥弹❶其文,有不善者,应时改定。昔丁敬礼❷常作小文,使仆润饰❸之,仆自以才不过若人,辞不为也。敬礼谓仆,卿何疑难,文之佳恶,吾自得之,后世谁相知定吾文者邪?

吾常叹此达言,以为美谈。昔尼父❹之文辞,与人流通,至于制《春秋》,游夏❺之徒乃不能措一辞。过此而言不病者,吾未之见也。

【注释】

❶ 讥弹:责缺点和错误。❷ 丁敬礼:即丁廙(yì),字敬礼。❸ 润饰:润色,润饰文稿。❹ 尼父:即孔子,字仲尼,儒家学派创始人。❺ 游夏:即子游,子夏,均为孔子的弟子。

【译读】

世人著述,不可能没有一点毛病。我曾经喜欢他人讥刺批评自己的文章,有不好的地方,立即就会改正。从前丁廙经常写些小文章,让我来润色,我自认为才能比不上他,就推辞没有做。丁廙对我说:你有什么好疑虑的呢?文章好坏的名声,自然归我,后代世人谁知道我的文章经由他人帮助修改过呢?

我经常感叹这句很富有哲理的话,认为这是美谈。从前孔子的文辞,常常经过别人修改,因此总是与别人的文辞混杂在一起,至于他编纂《春秋》的时候,连子游与子夏这样的人都不能改动一句话。超过《春秋》言语没有毛病的,我还没有见过。

【原文】

盖有南威❶之容,乃可以论于淑媛❷,有龙渊❸之利,乃可以议于断割❹,刘季绪❺才不能逮于作者,而好诋诃❻文章,掎摭❼利病。

昔田巴❽毁五帝,罪三王,訾❾五霸于稷下,一旦而服千人,鲁连❿一说,使终身杜口⓫。刘生之辩,未若田氏,今之仲连,求之不难,可无息乎?

人各有好尚,兰茝荪蕙⓬之芳,众人所好,而海畔有逐臭之夫;咸池六茎⓭之发,众人所同乐,而墨翟⓮有非之论,岂可同哉!

【注释】

❶ 南威:也称"南之威",春秋时晋国美女。❷ 淑媛:这里指美好的女子。❸ 龙渊:古剑名,即龙泉剑。❹ 断割:砍截切割,形容武器锋利。❺ 刘季绪:即刘修,字季绪,刘表之子。❻ 诋诃(hē):诋毁,指责。❼ 掎摭(jǐ zhí):摘利弊。❽ 田巴:战国时著名学者,住在齐国。❾ 訾(zǐ):诽谤,说人坏话。❿ 鲁连:即鲁仲连,战国末期齐国学者。⓫ 杜口:闭口,即不言。⓬ 兰茞(chén)荪(sūn)蕙(huì):均为清香花草。⓭ 咸池六茎:《咸池》为黄帝所作,《六茎》为颛顼所作。⓮ 墨翟(dí):即墨子,墨家学派创始人。

【译读】

大概拥有像南威那样的美貌,才可以评论淑媛;拥有像龙泉剑那样的锋利,才可以评论别的剑是否锋利。刘修的才能虽然比不上文章的作者,但是喜欢呵斥他人的文章,指摘毛病。

从前,田巴在稷下大肆发表议论,诋毁黄帝、颛顼、帝喾、尧以及舜,还蔑视燧人、伏羲、神农,谤毁春秋五霸等,一时之间,使千人为之折服。然而,鲁仲连的一次说服,便让他终身闭口不再说话。刘修的辩才,还不如田巴,如今像鲁仲连那样的人,也不难找到,所以一般的人可不能逞能呀!

人们各有喜好,兰、茞、荪、蕙的芬芳,众人都喜欢闻,但是海边上却有喜欢追着臭味跑的人;《咸池》《六茎》之声,是众人都喜欢听的,但是墨翟却有指责它们的言论,好恶哪能全部相同呢!

【原文】

今往仆少小所著辞赋一通相与,夫街谈巷说,必有可

骈 文

采，击辕❶之歌有应风雅，匹夫之思，未易轻弃也。辞赋小道，固未足以揄扬❷大义，彰示来世也。

昔扬子云❸先朝执戟之臣耳，犹称壮夫不为也。吾虽德薄，位为藩侯，犹庶几❹戮力上国，流惠下民，建永世之业，流金石之功，岂徒以翰墨为勋绩，辞赋为君子哉！

若吾志未果，吾道不行，则将采庶官❺之实录，辩时俗之得失，定仁义之衷，而一家之言，虽未能藏之于名山，将以传之同好，非要之皓首，岂今日之论乎？其言之不惭，恃惠子之知我也。

明早相迎，书不尽怀，植白。

【注释】

❶击辕：指敲打车辕中乐成声。辕，车前驾牲畜的两根直木。❷揄扬：指宣扬，称引，赞扬。❸扬子云：即杨雄，字子云。❹庶几（jī）：指希望，但愿。❺庶官：百官，多指一般官员。庶，众多。

【译读】

现在送去我从小所写的文章并且全部相赠与你。民间的传说，一定有可以采纳的地方，拍着车辕所唱之歌，也一定有符合风雅的地方，普通人的情思和见解，不要轻易忽视。辞赋是小技艺，因此不足以用来阐明严正的道理，垂范后世。

从前杨雄是先朝的重臣，依然说壮士有不能做的事情。我虽然没什么德行，但是身为王侯，还是希望尽全力报效国家，造福百姓，建立永世的基业，留下流传后世不被泯灭的功绩，哪能仅仅以写文章为一生的功业呢？靠辞赋当上君子吗？

如果我的志向没有成功，我的方法没有被推行，我将采集

古典诗文精品选读

史官的真实记录,辨别世间的得失,评定仁义之正,自成一家学说。虽然不能把我的文章藏在名山,但是要把他们传给志同道合的人。如果不是和你有多年的老交情,哪能对你发出像今天的这些议论。之所以敢大言不惭,是因为我知道您懂得我的心意。

　　明早迎接我,信不能抒发我心中的全部情怀和感受。曹植写。

诫子书

(三国)诸葛亮

夫君子之行,静①以修身,俭以养德。非澹泊②无以明志,非宁静无以致远。夫学须静也,才须学也,非学无以广才③,非志无以成学。慆慢④则不能励精,险躁⑤则不能治性⑥。年与时驰⑦,意与日去,遂成枯落,多不接世,悲守穷庐,将复何及!

【注释】

①静:屏除杂念和干扰,宁静专一。②澹(dàn)泊:同"淡泊",清静而不贪图功名利禄。③广才:增长才干。④慆(tāo)慢:漫不经心。慢,懈怠,懒惰。⑤险躁:冒险急躁,狭隘浮躁,与上文"宁静"相对而言。⑥治性:修养性情。治,修养。⑦驰:疾行,指迅速逝去。

【译读】

君子的行为操守,是以宁静来提高自身的修养,以节俭来培养自己的品德。不恬静寡欲就无法明确志向,不排除外来干扰就无法达到远大的目标。学习必须静心专一,而才干来自于学习。不学习就无法增长才干,没有志向就无法使学习有所成就。放纵懒散就无法振奋精神,急躁冒险就不能陶冶性情。年华随时光而飞驰,意志随岁月而流逝。最终枯败零落,大多不接触世事、不为社会所用,只能够悲哀地苦守着那穷困的居舍,到那时悔恨又怎么来得及?

酒德颂

（魏晋）刘 伶

有大人先生，以天地为一朝❶，以万期❷为须臾，日月为扃牖❸，八荒❹为庭衢❺。

行无辙迹，居无室庐，幕天席地，纵意所如。止则操卮❻执觚❼，动则挈❽榼❾提壶，唯酒是务，焉知其余？

【注释】

❶朝（zhāo）：平旦至食时为朝。❷万期（jī）：万年。期，一周年。❸扃牖（jiōng yǒu）：门窗。扃，门；牖，窗子。❹八荒：四方与八隅合称为八方，八方极远之地称为八荒。❺衢（qú）：四通八达的大路。❻卮（zhī）：古时一种圆形盛酒器。❼觚（gū）：古时一种饮酒的器皿。❽挈（qiè）：提起，举起。❾榼（kē）：古时一种盛酒器。

【译读】

有一个大人先生，他把天地开辟以来的漫长时间看作是一朝，他把一万年当作是一眨眼的工夫，他把日月当作是自己屋子的门窗，他把辽阔的远方当作是自己的庭院。

他的行踪没有痕迹，以天为帐幕，以大地为卧席，自由自

骈 文

在。停歇时，他便捧着酒壶，端着酒杯；走动时，他也提着酒壶，他只以喝酒为要事，又怎么肯理会酒以外的事情呢？

【原文】

有贵介公子，搢绅❶处士，闻吾风声，议其所以。乃奋袂攘襟❷，怒目切齿，陈说礼法，是非锋起。

先生于是方捧罂❸承槽❹、衔杯漱醪❺；奋髯❻踑踞❼，枕麴藉糟❽；无思无虑，其乐陶陶。

兀然而醉，豁尔而醒；静听不闻雷霆之声，熟视不睹泰山之形，不觉寒暑之切肌，利欲之感情。

俯观万物，扰扰焉❾，如江汉之载浮萍；二豪侍侧焉，如蜾蠃❿之与螟蛉⓫。

【注释】

❶搢（jìn）绅：同"缙绅"，古代称有官职的或做过官的人。❷奋袂（mèi）攘（rǎng）襟：挥动衣袖，捋（luō）起衣襟，形容激动的神态。❸罂（yīng）：大肚小口的陶制容器。❹槽：酿酒或注酒器。❺漱醪（láo）：口中含着浊酒。漱，含着；醪，浊酒。❻奋髯（rán）：撩起胡子。髯，颊毛。❼踑踞（jī jū）：伸两足，手据膝，若箕状。箕踞为对人不敬的坐姿。❽枕麴（qū）藉（jiè）糟：枕着酒麴，垫着酒糟。❾扰扰焉：形容纷乱的样子。❿蜾蠃（guǒ luǒ）：青黑色细腰蜂。⓫螟蛉（míng líng）：蛾的幼虫。

【译读】

有一位尊贵的王孙公子和做过官的大人先生，他俩听到我这样之后，便议论起我来。两个人捋起袖子，撩起衣襟就要动手，

他们瞪大两眼,咬牙切齿,陈说世俗礼法,陈说是非,讲个没完。

当他们讲得正起劲的时候,大人先生却捧起了酒器,把杯中的美酒倾入口中,悠闲地摆动胡子,大为不敬地伸着两脚坐在地上,他枕着酒母,垫着酒糟,不思不想,陶陶然进入快乐乡。

他无知无觉地大醉,很久之后才醒酒,静心听时,他听不到雷霆的巨大声响;用心看时,他连泰山那么大也看不清楚;寒暑冷热的变化,他也感觉不到;利害欲望这些俗情,也不能让他动心。

他俯下身子看世间万事万物,见它们像江汉上的浮萍一般乱七八糟,不值得一顾;公子处士在他身边,他认为自己与他们更像蜾蠃和螟蛉一样。

骈文

与嵇茂齐书

（魏晋）赵　至

　　安白：昔李叟❶入秦，及关而叹；梁生适越，登岳长谣。夫以嘉遁之举，犹怀恋恨，况乎不得已者哉！

　　惟别之后，离群独游，背荣宴❷，辞伦好，经迥路❸，涉沙漠。鸣鸡戒旦，则飘尔晨征；日薄西山，则马首靡❹托。

　　寻历曲阻，则沉思纡结❺；乘高远眺，则山川悠隔。或乃回飙狂厉，白日寝光，崎岖交错，陵隰❻相望。徘徊九皋❼之内，慷慨重阜❽之巅。

　　进无所依，退无所据，涉泽求蹊❾，披榛觅路，啸咏沟渠，良不可度。斯亦行路之艰难，然非吾心之所惧也。

　　至若兰苣❿倾顿，桂林移植，根萌未树，牙浅弦急，常恐风波潜骇，危机密发，斯所以怵惕于长衢，按辔⓫而叹息也。

【注释】

❶李叟（sǒu）：即老子，姓李名耳，字聃。❷荣宴：盛大的宴会。❸迥（jiǒng）路：漫长的道路。❹靡（mǐ）：没有。❺纡（yū）结：郁积不畅。❻陵隰（xí）：指山陵和低湿之地。❼九皋（gāo）：曲折深远的沼泽。❽重阜（zhòng fù）：高而重叠的山冈。❾蹊（xī）：小路，小径。❿苣（chén）：古书上说的一种草。⓫按辔（pèi）：指扣紧马缰使马缓行或停止。

【译读】

吕安告诉说：昔日老子西游于秦，至关隘而慨叹；梁鸿南往越地，登山岳而长歌。古人有隐退而得福的举动，尚且怀有留恋遗恨的心情，何况是被迫而远游的人呢！

分别之后，离开朋友而独自出游，离开盛宴，辞别同辈好友，经历遥远的路途，跋涉于沙漠之中。雄鸡报晓，则清晨飘然远行；日落西山，则车马无所寄托。

走过曲折艰险，则心情深沉郁结；登高巅而远眺，则山川悠远而阻隔。有时暴风骤然猛烈，白日光辉隐没，道路崎岖交错，山陵低地相望。车马徘徊于幽深的沼泽之内，行人慨叹于重叠的山岳之巅。

前行无所依托，后退无所依据，涉过水泽寻找小径，披开草莽寻觅大路，长啸于沟渠之畔，征途确实不可通过。这也就是行路的艰难，但是并非我内心所畏惧的。

至于兰草白芷倾倒枯萎，桂树之林移植他方，根茎虽然萌生而尚未长成，弩牙搭箭弦已经拉紧。常恐风波暗中乍起，危机秘密发动，这就是我畏惧担心于长路，缓行叹息之所在。

【原文】

又北土之性，难以托根，投人夜光，鲜不按剑。今将植桔柚于玄朔，蒂华藕于修陵，表龙章于裸壤，奏韶舞❶于聋俗，固难以取贵矣。

夫物不我贵，则莫之与；莫之与，则伤之者至矣。飘摇远游之士，托身无人之乡，总辔遐路，则有前言之艰；悬鞍陋宇，则有后虑之戒；朝霞启晖，则身疲于遄征❷；太阳戢❸曜，则情劬❹于夕惕❺；肆目平隰，则辽廓而无

骈文

睹；极听修原，则淹寂而无闻。吁其悲矣？心伤悴矣！然后乃知步骤之士，不足为贵也。

若乃顾影中原，愤气云踊，哀物悼世，激情风烈，龙睇❻大野，虎啸六合，猛气纷纭，雄心四据，思蹑云梯，横奋八极，披艰扫秽，荡海夷岳，蹴❼昆仑使西倒，蹋❽泰山令东覆，平涤九区，恢维宇宙，斯亦吾之鄙愿也。

时不我与，垂翼远逝，锋钜❾靡加，翅翮❿摧屈，自非知命，谁能不愤悁者哉！

【注释】

❶ 韶舞：也作"韶武"，明代教坊司官职，掌管乐舞。❷ 遄（chuán）征：急行，迅速赶路。❸ 戢（jí）：收敛，收藏。❹ 劬（qú）：劳苦，勤劳。❺ 夕惕（tì）：至夜晚仍怀忧惧，工作不懈。❻ 龙睇（dì）：犹如龙之雄视。❼ 蹴（cù）：踢，踏。❽ 蹋（tà）：踢，踩，踏。❾ 锋钜：借指刀剑等武器。❿ 翅翮（hé）：翅膀。

【译读】

又因北方土质性寒，兰桂难扎根，好比投人夜光璧，很少不按剑相向的。今将江南橘柚移于塞北，水中莲山栽种于高山，衮龙礼服展示文身之国，典雅《韶》《武》演奏于聋人之乡，当然难以被对方珍惜。

对方的世俗之人不能尊重我，则无人与我结交；无人结交，则伤害之举即随之而来。漂泊远游之士，寄身于无人理解的异乡，骑马驰行于长途远路，则有前文所述之艰难；停车寓居于简陋之室，则有后来感受之忧患；朝霞初现微光，则身体疲惫于疾速前进；太阳收敛余晖，则心情愁苦而长夜不安；放眼瞭

望平原,则大地辽阔一无所见;竭力谛听漫长原野,则四外寂静一无所闻。唉,何其悲哀!何其伤心!然后方知长途奔波远游之士,实在不足为贵。

若回顾中原,气愤似浓云奔涌,感伤时世,激情似暴风猛烈,如怒龙凝视于广大田野,如巨虎咆哮于天地四方,猛气纷纭弥漫,雄心占有天地,想攀登天梯,飞遍八极,铲除艰难扫清邪恶,洗荡大海削平高山,踢昆仑使之西倒,踏泰山令其东覆,平定清洗九州,恢复维系宇宙,这就是我个人的志愿。

无奈时机不与我,被迫收敛羽翼而远游,刀剑尚未临头,而双翅已经摧折,除非安于天命而自甘无为,谁能不愤慨伤悲呢?

【原文】

吾子植根芳苑,擢❶秀清流,布叶华崖,飞藻云肆,俯据潜龙之渊,仰荫栖凤之林,荣曜眩其前,艳色饵其后,良俦交其左,声名驰其右,翱翔伦党之间,弄姿帷房之里。

从容顾眄❷,绰有余裕,俯仰吟啸,自以为得志矣,岂能与吾同大丈夫之忧乐者哉!

去矣嵇生,永离隔矣,茕茕❸飘寄,临沙漠矣!悠悠三千,路难涉矣,携手之期,邈无日矣!

思心弥结,谁云释矣!无金玉尔音,而有遐心。身虽胡越,意存断金。各敬尔仪,敦履璞沉,繁华流荡,君子弗钦,临书悢然,知复何云。

【注释】

❶ 擢(zhuó):拔,提拔。❷ 顾眄(miǎn):指回头看。
❸ 茕(qióng)茕:形容孤孤单单,无依无靠。

骈文

【译读】

您植根苑囿如芳草，鲜花开放清流之畔；绿叶散布覆盖山崖，文采飘飞直上云端；俯身占据潜龙深渊，仰首隐伏栖凤之林，富贵炫耀其前，美色诱惑其后；良友相交于其左，声名飞驰于其右；游乐于朋辈之间，玩赏美色于内室之里。

从容游玩，绰有余闲，尽情吟咏长啸，自以为意得志满，怎能与我共同感受大丈夫的忧乐呢？

别了，嵇生！永远分离两相隔？我自孤独飘异乡，面对荒芜大沙漠！漫漫行程三千里，道路崎岖难跋涉！相约携手会聚时，久远难料长无日！

怀念之情深郁结，谁说悲愁能消释！无闻金玉声音美，只有远寄一片心；你我相隔如胡越般遥远，但情义坚贞不移可断金。谨慎保持威仪重，敦勉修养品德真，繁华放荡贪淫乐，君子从来不相近。临纸作书意怅然，笔下不知何所云！

剑阁铭

（西晋）张 载

岩岩梁山，积石峨峨。远属①荆衡，近缀岷嶓②。南通邛③僰④，北达褒斜⑤。狭过彭碣，高逾嵩华。

惟蜀之门，作固作镇。是谓剑阁，壁立千仞⑥。穷地之险，极路之峻。世浊则逆，道清斯顺。闭由往汉，开自有晋。

秦得百二，并吞诸侯。齐得十二，田生献筹。矧⑦兹狭隘，土之外区。一人荷戟，万夫趑趄⑧。形胜之地，匪⑨亲勿居。

昔在武侯，中流而喜。山河之固，见屈吴起⑩。兴实在德，险亦难恃。洞庭孟门，二国不祀。自古迄今，天命匪易。凭阻作昏，鲜不败绩。公孙既灭，刘氏衔璧⑪。覆车之轨，无或重迹。勒铭山阿，敢告梁益。

【注释】

①属（zhǔ）：指连接，连续。②岷嶓（mín bō）：指岷山与嶓冢（zhǒng）山。③邛（qióng）：古国名，位于今四川省邛崃市一带。④僰（bó）：本为西南少数民族名，后引为地名，大致位于今四川省宜宾市一带。⑤褒斜（bāo xié）：指褒斜道，位于今陕西省秦岭山区，南起褒谷口，北至斜谷口。⑥仞（rèn）：长度单位，古代以七尺或八尺为一仞。⑦矧（shěn）：况，况且。⑧趑趄（zī jū）：踌躇不前的样子。⑨匪：同"非"，

表示否定，不是。❿吴起：战国初期军事家、政治家、改革家，兵家代表人物，著有《吴子兵法》，与兵圣孙武并称"孙吴"。⓫衔璧：指诸侯投降。

【译读】

  那远远的梁山，堆积着高高的石块。向远处可以连接到荆山、衡山，近处缀连着岷山、嶓冢山。向南可以通到邛僰之地，向北可以达到褒斜古道。这个地方比彭门都要狭窄，比嵩山、华山都要高。

  这就是蜀地的门户啊，既坚固又作为此地的主山。这个地方就叫作剑阁，悬崖有千仞之高。地形已经危险到了极端，道路也已经高峻到了极端。天下混乱时有人据此谋逆，天下太平时它才通畅无阻。它从汉朝末期时开始关闭，到了晋朝才重新开放。

  秦朝得到了一百二十座雄关，得以兼并诸侯；齐国得到了十二座雄关，田生才得以献出筹略。况且这种关口，是国土的边缘。如果一个人在此防守，能够使千万人马都踌躇不前。地形如此的地方，不是亲信可千万不能派他坚守此地啊！

  当年魏武侯泛舟游于西河，赞叹河山险固而喜形于色，被吴起批评。国家的兴盛实际上在于德行，无德的话，险地也难以稳据。那据有洞庭的楚国和据有孟门的晋国，早已经没有后人祭祀。从古至今，上天的规律是不会改变的。凭借着险阻昏庸地统治，很少有不失败的。公孙述已经被消灭，刘家也已经投降。这些已经倾覆的车子的轨迹，是不可以再行走的。我今天把这篇铭刻在这山凹处，就是为了告诫梁州、益州的老百姓。

归去来兮辞

(东晋)陶渊明

余家贫,耕植不足以自给。幼稚盈室,缾❶无储粟,生生所资,未见其术❷。亲故多劝余为长吏,脱然有怀,求之靡途。会有四方之事,诸侯以惠爱为德,家叔以余贫苦,遂见用于小邑。

【注释】

❶ 缾(píng):同"瓶",指盛米用的陶制容器,如甏(bèng)、瓮之类。❷ 术:指经营生计的本领。

【译读】

我的家里很贫穷,耕田植桑都不能维持生活。孩子很多,米缸里没有剩余的粮食,赖以维持生计的本领我还没有找到。亲友大都劝我去做官,我心里也有这个念头,可是缺少求官的门路。正赶上出使到外地的事情,地方大吏以爱惜人才为美德,叔父也因为我家境贫苦替我想办法,我就被委任到小县做官。

【原文】

于时风波未静,心惮远役,彭泽去家百里,公田之利,足以为酒。故便求之。

及少日,眷然有归欤之情❶。何则?质性自然,非矫厉所得。饥冻虽切,违己交病。

尝从人事,皆口腹自役❷。于是怅然慷慨,深愧平生之志。犹望一稔❸，当敛裳宵逝。

　　寻程氏妹丧于武昌，情在骏奔，自免去职。仲秋❹至冬，在官八十余日。因事顺心，命篇曰归去来兮。乙巳岁❺十一月也。

【注释】

　　❶ 归欤（yú）之情：回去的心情。❷ 口腹自役：为了满足口腹的需要而驱使自己。❸ 一稔（rěn）：公田收获一次。稔，谷物成熟。❹ 仲秋：即农历八月。❺ 乙巳（sì）岁：晋安帝义熙元年。

【译读】

　　那时社会上动荡不安，心里惧怕到远处当官。彭泽县离家一百里，公田收获的粮食，足够造酒饮用，所以我就请求去那里做官。

等到过了一些日子，便产生了留恋故园的怀乡感情。那是为什么呢？本性任其自然，这是勉强不得的；饥寒虽然是急需解决的问题，但是违背本意去做官，身心都感觉到痛苦。

过去为官做事，都是为了吃饭而役使自己。于是心中惆怅感慨，心情激动不平，深深有愧于平生的志愿。仍然希望看到这一茬庄稼成熟，便收拾行装连夜离去。

不久，嫁到程家的妹妹在武昌去世，去吊丧的心情就好像骏马奔驰一样急迫，自己请求免去官职。自立秋第二个月到冬天，在职共八十多天。因为辞官而顺遂了心愿，写了一篇文章，题目叫"归去来兮"。乙巳年十一月。

【原文】

归去来兮，田园将芜胡不归？既自以心为形役，奚惆怅而独悲？悟已往之不谏，知来者之可追。

实迷途其未远，觉今是而昨非。舟遥遥以轻飏❶，风飘飘而吹衣。问征夫以前路，恨晨光之熹微❷。

【注释】

❶飏（yáng）：飞扬，形容船行驶轻快的样子。❷熹（xī）微：微明，天未大亮。

【译读】

回去吧！田园都将要荒芜了，为什么还不回去呢？既然自己的心灵已经被躯壳所役使，那为什么要悲愁失意呢？我认识到过去的错误已经不可以挽回，但是明白未来发生的事情尚可以补救。

我确实入了迷途，但是还不算太远，已经觉悟如今的选择是正确的，而曾经的行为才是迷途。船在水面轻快地飘荡着前进,风轻飘飞舞,吹起了衣袂翩翩。我向行人询问前面的路,恨晨光还是这样微弱迷离。

【原文】

乃瞻衡宇,载欣载奔。僮仆欢迎,稚子候门。三径就荒,松菊犹存。

携幼入室,有酒盈樽。引壶觞❶以自酌,眄❷庭柯以怡颜。倚南窗以寄傲,审容膝之易安。

园日涉以成趣,门虽设而常关。策扶老以流憩❸,时矫首而遐观。云无心以出岫❹,鸟倦飞而知还。景翳翳❺以将入,抚孤松而盘桓。

【注释】

❶觞(shāng):古代酒器。❷眄(miǎn):斜看,这里是随便看看的意思。❸流憩(qì):游息,就是没有固定的地方,到处走走歇歇。❹岫(xiù):有洞穴的山,泛指山峰。❺翳(yì)翳:阴暗的样子。

【译读】

终于看到了自己的家,心中欣喜,向前奔跑过去。家童欢快地迎接我,幼儿们守候在门庭等待。院子里的小路虽然快要荒芜了,但是松菊还长在那里。

我带着幼儿们进入屋室,屋里摆着溢满了清酿的酒樽。我端起酒壶酒杯自斟自饮,看看院子里的树木,觉得很愉快;倚靠着南窗寄托傲然自得的心情,觉得住在简陋的小屋里也非常舒服。

天天到院子里走走,自成一种乐趣,尽管小园的门经常地关闭,拄着拐杖出去走走,随时随地休息,时时抬头望着远方。

云气自然而然地从山里冒出,小鸟倦于飞翔也知道返回巢中;阳光黯淡,太阳快落下去了,我抚摸着孤松而流连忘返。

【原文】

归去来兮,请息交以绝游。世与我而相违,复驾言兮焉求?悦亲戚之情话,乐琴书以消忧。

农人告余以春及,将有事于西畴。或命巾车,或棹❶孤舟。既窈窕以寻壑,亦崎岖而经丘。木欣欣以向荣,泉涓涓而始流。善万物之得时,感吾生之行休。

已矣乎!寓形宇内复几时?曷❷不委心任去留?胡为乎遑遑欲何之?富贵非吾愿,帝乡❸不可期。

怀良辰以孤往,或植杖而耘耔。登东皋❹以舒啸,临清流而赋诗。聊乘化❺以归尽,乐夫天命复奚疑!

【注释】

❶棹(zhào):这里名词做动词,划桨。❷曷(hé):何,什么。❸帝乡:神仙居住的地方。❹皋(gāo):水边的高地。❺乘化:顺随大自然的运转变化。

【译读】

回来呀!我要跟世俗之人断绝交游。既然世事与我所想的相违背,我还能努力探求什么呢?以亲人间的知心话为愉悦,以弹琴读书为乐来消除忧愁。

农夫告诉我春天到了,西边田野里要开始耕种了。有时叫上一辆有帷帐的小车,有时划过一艘小船。有时经过幽深曲折的山谷,有时走过高低不平的山路。树木长得欣欣向荣,泉水开始涓涓奔流。我羡慕自然界的万物一到了春天便及时生长茂盛，感叹自己的一生行将结束。

算了吧！活在世上还能有多久，为什么不放下心来任其自然地生死？为什么心神不定，想要到哪里去？富贵不是我的心愿，修成神仙是没有希望的。

趁着春天美好的时光，独自外出。有时放下手杖，拿起农具除草培苗；登上东边的高岗放声长啸，傍着清清的溪流吟诵诗篇。姑且顺其自然的变化走完生命的路程，抱定乐安天命的主意，还有什么可以犹疑的呢！

祭屈原文

(南朝)颜延之

惟有宋五年❶月日,湘州刺史吴郡张邵,恭承帝命,建旟❷旧楚。访怀沙❸之渊,得捐佩❹之浦。弭节❺罗潭,舣❻舟汨渚。乃遣户曹❼掾❽某,敬祭故楚三闾大夫❾屈君之灵:

兰薰而摧,玉缜❿则折,物忌坚芳,人讳明洁。曰若先生,逢辰之缺。温风怠时,飞霜急节。嬴芈遘纷⓫,昭怀⓬不端,谋折仪尚⓭,贞蔑椒兰⓮。身绝郢阙⓯,迹遍湘干。

比物荃荪⓰,连类龙鸾。声溢金石,志华日月。如彼树芳,实颖实发。望汨心欷⓱,瞻罗思越。藉用可尘,昭忠难阙⓲。

【注释】

❶ 有宋五年:南朝刘宋景平二年。❷ 建旟(yú):古代冬季大阅,州里之长立旟旗为标志,象征勇猛,敏捷。❸ 怀沙:怀抱沙石自沉于江。❹ 捐佩:捐弃玉佩。❺ 弭(mǐ)节:驻车,停车。❻ 舣(yǐ):移船靠岸。❼ 户曹:掌管民户、祭祀、农桑的官署。❽ 掾(yuàn):副官,古代官署属员的通称。❾ 三闾(lú)大夫:官名,战国时楚国特设。❿ 缜:细润,精细。⓫ 遘(gòu)纷:制造纠纷。⓬ 昭怀:秦昭王和楚怀王。⓭ 仪尚:张仪和靳尚。张仪,战国时纵横家,秦国之相;靳尚,楚国佞(nìng)臣。⓮ 椒兰:子椒和子兰。子椒,楚国佞臣;子兰,

楚国司马，怀王少弟。⑮郢（yǐng）阙：指楚都郢。⑯荃荪（quán sūn）：香草。⑰欷（xī）：悲，哽咽，叹气。⑱阙：同"缺"，空缺，缺少。

【译读】

大宋元嘉五年某月某日，湘州刺史吴郡张邵，遵奉皇帝之命，在过去楚国的土地上，竖起刺史的旌旗。访问屈原的遗迹，寻找他投江的地方。在汨罗潭边停驻，在洲渚旁泊船。于是派遣户曹掾某某，祭奠楚国三闾大夫屈君的英灵：

芳兰因为香气而受到摧折，美玉因为质地细洁而遭到毁坏。物品忌讳的是坚硬芬芳，人格忌讳的是明智高洁。屈原先生啊，你生不逢辰。万物在温风吹拂中生长，而又在寒霜中被扼杀。秦、楚两国争端纷起，昭王用卑鄙的手段囚禁了怀王。你的才智压倒张仪、靳尚；你的志节不是子椒、子兰所能比拟的。可是你却被迫离开了郢都，你的足迹遍布湘江。

你就好像那香草，只有虯龙、鸾凤才能够配得上做你的同类。你的声名远扬，如同钟、磬奏出的音乐一样洪亮；你的志节就像太阳，像月亮，发出光芒。像开花的树木，结实颗颗饱满。我望着汨罗江，心中唏嘘，神思飞越。我借用白茅等微薄的祭品献给您，即使沾染上尘土也没有关系，而用它们来表明我对您的一片忠心却不可或缺啊！

北山移文

(南朝) 孔稚珪

钟山之英，草堂之灵，驰烟驿路，勒移山庭。夫以耿介拔俗❶之标，萧洒❷出尘之想，度白雪以方洁，干青云而直上，吾方知之矣。

若其亭亭物表❸，皎皎霞外，芥千金而不眄❹，屣❺万乘其如脱，闻凤吹于洛浦，值薪歌于延濑，固亦有焉。岂期终始参差，苍黄❻翻覆，泪翟子❼之悲，恸朱公❽之哭。

乍回迹以心染，或先贞而后黩，何其谬哉！呜呼，尚生❾不存，仲氏❿既往，山阿寂寥，千载谁赏！

【注释】

❶ 拔俗：超越流俗之上。❷ 萧洒：脱落无拘束的样子。❸ 物表：万物之上。❹ 眄（miǎn）：斜视。❺ 屣（xǐ）：草鞋，

骈 文

此处用作动词。❻苍黄：青色和黄色。❼翟子：墨翟。他见练丝而泣，以为其可以黄，也可以黑。❽朱公：杨朱。杨朱见歧路而哭，为其可以南可以北。❾尚生：尚子平，西汉末隐士，入山担薪，卖之以供食饮。❿仲氏：仲长统，东汉末年人，每当州郡召请他，他就称病不去。

【译读】

钟山的英魂，草堂的神灵，就如同烟云似的奔驰于驿路上，把这篇移文镌刻在山崖上。有些隐士，自以为拥有耿介超俗的品格，潇洒出尘的理想；品德纯洁，就好像白雪一样；人格高尚，能够与青云比并。我只是知道有这样的人罢了。

至于亭亭玉立超然物外，洁身自好志趣高洁，视千金如同草芥一样，不屑一顾，视万乘犹如敝屣，挥手抛弃，在洛水之滨听仙人吹笙作凤鸣，在延濑遇到高人隐士采薪行歌，这种人固然也是有的。但是怎么也想不到他们不能始终如一，就好像青黄反覆，如墨翟之悲素丝，如杨朱之泣歧路。

刚到山中来隐居，忽然又染上凡心，开始非常贞介，后来又变为肮脏，多么荒谬啊！唉，尚子平、仲长统都已经成为过去，高人隐居的山林显得非常寂寞，千秋万年，还有谁来欣赏呢！

【原文】

世有周子❶，隽俗❷之士，既文既博，亦玄亦史。然而学遁东鲁，习隐南郭❸，偶吹草堂，滥巾北岳。

诱我松桂，欺我云壑。虽假容于江皋❹，乃缨情于好爵。其始至也，将欲排巢父，拉许由，傲百氏，蔑王侯。

风情张日，霜气横秋。或叹幽人长往，或怨王孙不游。谈空空于释部，覈❺玄玄于道流，务光何足比，涓子不能俦。

及其鸣驺❻入谷，鹤书赴陇，形驰魄散，志变神动。尔乃眉轩席次，袂耸❼筵上，焚芰制❽而裂荷衣，抗尘容而走俗状。

风云凄其带愤，石泉咽而下怆❾，望林峦而有失，顾草木而如丧。

【注释】

❶周子：周颙（yóng），字彦伦，汝南安城人。❷隽（jùn）俗：优秀和平庸。❸南郭：《庄子·齐物论》："南郭子綦（qí）隐机而坐，仰天嗒然，似丧其偶。"❹江皋（gāo）：隐士所居的长江之滨钟山。❺覈（hé）：研究。❻鸣驺（zōu）：使者的车马。鸣，喝道，令行人让路；驺，随从骑士。❼袂（mèi）耸：衣袖高举。❽芰（jì）制：以荷叶做成的隐者衣服。❾怆（chuàng）：怨怒的样子。

【译读】

当今之世有一位姓周的人，是一个不同流俗的俊才，他既能够为文，学问也很渊博，既通晓玄学，也擅长史学。可是他偏学颜阖的遁世，效仿南郭的隐居，混在草堂里面滥竽充数，居住在北山中冒充隐士。

哄诱我们山中的松桂，欺骗我们的云崖，虽然在长江边假装隐居，心里却牵挂着高官厚禄。当他刚刚到来的时候，似乎把巢父、许由都不放在眼下；百家的学说，王侯的尊荣，他都瞧不起。

风度之高胜于太阳，志气之凛盛如秋霜。一忽儿慨叹当今没有幽居的隐士，一忽儿又怪王孙远游不归。他能够谈论佛家的"四大皆空"，也能够谈论道家的"玄之又玄"，自以为上古的务光、涓子之辈,都不如他。

等到皇帝派了使者鸣锣开道,前呼后拥,捧了征召的诏书,来到山中的时候,他立刻手舞足蹈,魂飞魄散,改变了自己的志向,暗暗心潮涌动。

在宴请使者的筵席上,他扬眉挥袖,得意扬扬。他将隐居时所穿的用芰荷做成的衣服撕破烧掉,立即露出了一副庸俗的脸色。山中的风云悲凄含愤,岩石和泉水幽咽而怨怒,看看树林和山峦若有所失,回顾百草和树木就如同死了亲人那样悲伤。

【原文】

至其钮金章,绾墨绶❶,跨属城之雄,冠百里之首。张英风于海甸,驰妙誉于浙右。道帙❷长摈,法筵久埋。敲扑喧嚣犯其虑,牒诉倥偬❸装其怀。

琴歌既断,酒赋无续,常绸缪❹于结课,每纷纶于折狱,笼张赵❺于往图,架卓鲁❻于前箓,希踪三辅豪❼,驰声九州牧。

【注释】

❶ 绾(wǎn)墨绶:系上黑色丝带。金章、墨绶为当时县令所佩带。❷ 道帙(zhì):道家的经典。帙,书套,这里指书籍。❸ 倥偬(kōng zǒng):事务繁忙迫切的样子。❹ 绸缪(chóu móu):纠缠,缠绵。❺ 张赵:张敞和赵广汉,两人都做过京兆尹,是西汉的能吏。❻ 卓鲁:卓茂和鲁恭,两人都是东汉的循吏。❼ 三辅豪:汉代称京兆尹、左冯翊、右扶风为三辅有名的能吏。

【译读】

后来他佩戴着铜印墨绶,成为了一郡之中各县令的雄长,声势之大冠于各县令之首,威风遍及海滨,美名传到浙东。道家的书籍已经扔掉,讲佛法的座席也早已经抛弃。鞭打罪犯的喧嚣之声干扰了他的思虑,文书诉讼之类急迫的公务装满了胸怀。

弹琴唱歌既然已经断绝,饮酒赋诗也就无法继续,常常被综覈赋税之类的事务牵缠,每每为判断案件而繁忙时,只想使官声政绩笼盖史书记载中的张敞和赵广汉,凌驾于卓茂和鲁恭之上,希望能够成为三辅令尹或九州刺史。

【原文】

使其高霞孤映,明月独举,青松落阴,白云谁侣?磵❶户摧绝无与归,石径荒凉徒延伫。至于还飙❷入幕,写❸雾出楹,蕙帐空兮夜鹤怨,山人去兮晓猨惊。

昔闻投簪❹逸海岸,今见解兰缚尘缨。于是南岳献嘲,北陇腾笑,列壑争讥,攒峰❺竦❻诮。慨游子之我欺,悲无人以赴吊。

【注释】

❶ 磵(jiàn):同"涧",山间的水沟。❷ 还飙(hái biāo):回风,旋风。❸ 写:同"泻",吐。❹ 投簪:抛弃冠簪。簪,古时连结官帽和头发的用具。❺ 攒(cuán)峰:密聚在一起的山峰。❻ 竦:同"耸",跳动。

【译读】

他使我们山中的朝霞孤零零地映照在天空,明月孤独地升起在山巅,青松落下绿荫,白云有谁能够和它做伴呢?隐士所居倾倒,没有人归来,石径荒凉冷清,白白地久立等待。以至于旋风吹入帷幕,云雾从屋柱之间流泻,蕙帐空虚,夜间的飞

骈 文

鹤感到怨恨，山人离去，清晨的山猿也感到吃惊。

昔日曾听说有人脱去官服逃到海滨隐居，今天却见到有人放弃隐居生活而被尘世之事束缚。于是南岳嘲讽，北陇耻笑，深谷争相讥讽，群峰讥笑，慨叹我们被那位游子所欺骗，伤心的是就连慰问的人都没有。

【原文】

故其林惭无尽，涧愧不歇，秋桂遣风，春萝罢月。骋西山之逸议，驰东皋之素谒。今又促装下邑，浪栧❶上京，虽情殷于魏阙，或假步于山扃❷。

岂可使芳杜厚颜，薜荔蒙耻，碧岭再辱，丹崖重滓❸，尘游躅❹于蕙路，污渌池以洗耳。宜扃岫幌❺，掩云关，敛轻雾，藏鸣湍。

截来辕于谷口，杜妄辔于郊端。于是丛条瞋胆，叠颖怒魄。或飞柯以折轮，乍低枝而扫迹。请回俗士驾，为君谢逋客。

【注释】

❶ 浪栧（yì）：鼓棹，驾舟。❷ 山扃：山门，这里指北山。❸ 重滓（zǐ）：再次蒙受污辱。❹ 躅（zhú）：这里用作名词，足迹。❺ 岫幌（xiù huǎng）：山穴的窗户。岫，山穴；幌，帷幕。

【译读】

因此，我们的山林感到非常羞耻，山涧感到非常惭愧，秋桂遣去了香风，春萝也不笼罩月色。西山传出避世隐居者的清议，东皋传出贫素有德者的议论。听说此人目前正在山阴整理行装，乘着船前往京城，虽然他心中想的是朝廷，但是或许会

到山里来借住。

如果是这样,岂可以再让我们山里的芳草蒙受厚颜之名,薜荔遭受羞耻,碧岭再次受到侮辱,丹崖重新蒙受污浊,让他尘世间的游踪污浊山中的兰蕙之路,使那经过传说中的隐士许由洗耳的清池变为浑浊。应该锁上北山的窗户,掩蔽上云门,收敛起轻雾,藏匿好泉流。

到山口去拦截他的车,到郊外去堵住他乱闯的马。于是山中的树丛和重叠的草芒都勃然大怒,或者用飞落的枝条打折他的车轮,或者低垂枝叶以遮蔽他的路径。请你这位俗客回去吧,我们为山神谢绝你这位逃客的再次到来。

骈文

与朱元思书

(南朝)吴 均

　　风烟俱净,天山共色。从流飘荡,任意东西。自富阳至桐庐,一百许里,奇山异水,天下独绝。

　　水皆缥碧❶,千丈见底。游鱼细石,直视无碍❷。急湍❸甚箭,猛浪若奔❹。

　　夹岸高山,皆生寒树❺。负势竞上,互相轩邈❻;争高直指,千百成峰。泉水激石,泠泠作响❼;好鸟相鸣,嘤嘤成韵❽。蝉则千转不穷,猿则百叫无绝。鸢飞戾天❾者,望峰息心;经纶世务者,窥谷忘反。横柯上蔽,在昼犹昏;疏条交映,有时见日。

【注释】

　　❶缥碧:浅青色。❷直视无碍:一直看下去,可以看得很清楚,毫无障碍。❸急湍(tuān):急流的水。急,迅速,又快又猛;湍,水势急速。❹奔:这里指飞奔的骏马。❺寒树:使人看了有寒意的树。❻互相轩邈(miǎo):意思是这些高山仿佛都在争着往高处和远处伸展。❼泠(líng)泠作响:泠泠地发出声响,形容水声的清越。❽嘤(yīng)嘤成韵:鸣声嘤嘤,和谐动听。❾鸢(yuān)飞戾(lì)天:出自《诗经·大雅·旱麓》,老鹰高飞入天,这里比喻追求名利极力攀高的人。

【译读】

　　空中的风和烟都消散了,天和山变成相同的颜色。我乘着船随着江流漂荡,任凭小船随意地向东或向西漂流。从富阳到桐庐,一百里左右,一路都是奇异的山,灵异的水,可以说是天下独一无二的。

江水都是浅青色的,清澈的水千丈也可以看见底。游动的鱼儿和细小的石头,可以看得很清楚,毫无障碍。湍急的水流比箭还快,凶猛的巨浪就好像奔腾的骏马一样。

夹江两岸的高山上,树密而绿让人心生寒意,高山凭依着高峻的山势,争着向上,这些高山彼此都争着往高处和远处伸展,笔直地指向天空,形成了无数个山峰。泉水飞溅在山石之上,发出清悦泠泠的响声;美丽的鸟儿相互和鸣,鸣声嘤嘤,和谐动听。蝉儿长久地叫个不停,没有穷尽;猿猴长久地叫个不停,没有停止。像凶猛的鸟飞到天上为名利极力追求高位的人,看到这些雄奇的高峰,追逐功名利禄的心也就会平静下来。那些整天忙于政务的人,看到这些幽美的山谷,就会流连忘返。横斜的树枝在上面遮蔽着,即使在白天,也好像黄昏时那样阴暗;稀疏的枝条交相掩映之处,有时也可以见到阳光。

答谢中书书

(南朝)陶弘景

山川之美,古来共谈。高峰入云,清流见底。两岸石壁,五色交辉❶。青林翠竹,四时俱备。晓雾将歇❷,猿鸟乱❸鸣;夕日欲颓❹,沉鳞竞跃❺,实是欲界❻之仙都。自康乐❼以来,未复有能与其奇者。

【注释】

❶五色交辉:形容石壁色彩斑斓。❷歇:消,消散。❸乱:此起彼伏。❹夕日欲颓(tuí):太阳快要落山了。颓,坠落。❺沉鳞竞跃:潜游在水中的鱼争相跳出水面。❻欲界:佛家语,佛教把世界分为欲界、色界、无色界,欲界是没有摆脱世俗的七情六欲的众生所处境界,即指人间。❼康乐:指南朝著名山水诗人谢灵运。

【译读】

山川景色的美丽,自古以来就是文人雅士所共同欣赏赞叹的。巍峨的山峰耸入云端,明净的溪流清澈见底。两岸陡立的石壁色彩斑斓,交相辉映。青葱的林木,翠绿的竹丛,四季常存。清晨的薄雾即将消散的时候,传来猿猴、鸟儿此起彼伏的鸣叫声;夕阳快要落山的时候,潜游在水中的鱼儿竞相跳出水面,这里实在是人间的仙境啊。自从南朝的文学家谢灵运以来,就再也没有人能够欣赏这种奇丽的景色了。

哀江南赋序

(南北朝) 庾 信

粤以戊辰之年,建亥之月❶,大盗移国,金陵瓦解。余乃窜身荒谷,公私涂炭。华阳奔命,有去无归。中兴道销,穷于甲戌。三日哭于都亭,三年囚于别馆。天道周星❷,物极不反。傅燮❸之但悲身世,无处求生;袁安❹之每念王室,自然流涕。

【注释】

❶ 建亥之月:即农历十月。❷ 周星:即岁星,也称太岁。❸ 傅燮(xiè):字南容,东汉末年人,任汉阳太守。❹ 袁安:字邵公,后汉时人。

【译读】

梁太清二年十月,大盗篡夺国家政权,金陵沦陷。我于是逃入荒谷,这时公家私人均受其害,如同陷入泥途炭火。不想我后来奉命由江陵出使西魏,却有去无归。可叹梁朝的中兴之道,竟消亡于承圣三年。我的心情遭遇,正如同率部在都城亭内痛哭三日的罗宪,又如同被囚禁于别馆三年的叔孙婼。按照天理,岁星循环事情当然能够好转,而梁的灭亡却物极不反了。傅燮临近危险只能悲叹身世,无处求生;袁安居处安宁常常念及王室,自然落泪。

【原文】

昔桓君山❶之志事,杜元凯❷之平生,并有著书,

骈文

咸能自序③。潘岳④之文采，始述家风；陆机⑤之辞赋，先陈世德。信年始二毛⑥，即逢丧乱，藐是流离，至于暮齿。燕歌远别，悲不自胜；楚老⑦相逢，泣将何及！

畏南山之雨，忽践秦庭；让东海之滨，遂餐周粟。下亭漂泊，高桥羁旅。楚歌非取乐之方，鲁酒无忘忧之用。追为此赋，聊以记言，不无危苦之辞，惟以悲哀为

【注释】

❶桓（huán）君山：桓谭，字君山，后汉时人，有《新论》二十九篇。❷杜元凯：杜预，字元凯，晋代人，有《春秋经传集解》。❸自序：古人著书往往有自序，记述身世和写作旨意。❹潘岳：字安仁，晋代诗人。❺陆机：字士衡，晋代诗人，著有《祖德赋》《述先赋》《文赋》。❻二毛：指头发有黑白二色。❼楚老：代指故国父老。

【译读】

以往桓君山有志于事业，杜元凯的生平意趣，都有著作自叙流传至今。以潘岳的文采而始述家风，陆机的辞赋而先陈世德。我庾信刚到头发斑白之岁，即遭遇到国家丧乱，流亡于远方异域，直到如今暮年。想起《燕歌》所咏唱的远别，悲伤难忍；与故国遗老相会，哭都嫌晚。

想当初自己想像南山玄豹害怕雨那样藏起来远避免祸害，却忽然被任命出使西魏，如同申包胥到了秦庭。以后又想像伯夷、叔齐那样逃至海滨躲避做官，但结果却不得不失节仕周，终于食了周代的禄食。如同孔嵩寄宿下亭的旅途漂泊，梁鸿寄宿高桥的羁旅孤独。美妙的楚歌不是取乐的良方，清薄的鲁酒也失去了忘忧的作用。我只能追述往事，作成此赋，暂且用来

记录肺腑之言。其中不乏有关自身的危苦之辞，但是以悲哀国事为主。

【原文】

日暮涂远❶，人间何世！将军一去，大树飘零。壮士不还，寒风萧瑟。荆璧❷睨柱，受连城而见欺；载书横阶，捧珠盘❸而不定。钟仪君子，入就南冠之；季孙❹行人，留守西河之馆。申包胥之顿地，碎之以首；蔡威公之泪尽，加之以血。钓台移柳，非玉关之可望；华亭鹤唳，岂河桥之可闻！

【注释】

❶日暮涂远：指年岁已老而离乡路远。❷荆璧：即和氏璧，因楚人和氏在楚山挖得而名。❸珠盘：诸侯盟誓所用器皿。❹季孙：春秋时鲁国大夫。

【译读】

我年纪已高而归途遥远，这是什么人间世道啊！冯异将军一去，大树即见飘零。荆轲壮士不回，寒风倍感萧瑟。我怀着蔺相如持璧睨柱之志，却不料为不守信义之徒所欺；又想像毛遂横阶逼迫楚国签约合纵那样，却手捧珠盘而未能促其定下盟约。我只能像君子钟仪那样，做一个戴着南冠的楚囚；像行人季孙那样，留住在西河的别馆了。其悲痛惨烈，不藏于申包胥求助秦国出兵时的叩头于地，头破脑碎；也不减于蔡威公国亡时的痛哭泪尽，继之以血。那故国钓台的移柳，自然不是困居玉门关的人可以望见；那华亭的鹤唳，难道是魂断河桥的人再能够听到的吗？

骈 文

【原文】

　　孙策❶以天下为三分,众才一旅;项籍❷用江东之子弟,人惟八千。遂乃分裂山河,宰割天下。岂有百万义师,一朝卷甲,芟夷❸斩伐,如草木焉?

　　江淮无涯岸之阻,亭壁无藩篱之固。头会箕敛❹者,合从缔交;锄耰❺棘矜者,因利乘便。将非江表王气,终于三百年乎!是知并吞六合,不免轵道之灾;混一车书,无救平阳之祸。

　　呜呼!山岳崩颓,既履危亡之运;春秋迭代,必有去故之悲。天意人事,可以凄怆伤心者矣!况复舟楫路穷,星汉非乘槎❻可上;风飙道阻,蓬莱无可到之期。穷者欲达其言,劳者须歌其事。陆士衡闻而抚掌,是所甘心;张平子见而陋之,固其宜矣。

【注释】

　　❶孙策:字伯符,他先以数百人依附袁术,后来平定江东,建立吴国。❷项籍:字羽,兵败乌江。❸芟夷(shān yí):铲除或消灭某种势力。❹头会(kuài)箕(jī)敛:形容赋税繁重苛刻。头会,按人头征税;箕敛,用畚箕敛取所征的谷物。❺锄耰(yōu):简陋的农具。❻槎(chá):竹筏木排。

【译读】

　　孙策开创基业统一江南三分天下,创业之始他的军队不过五百人;项籍率领江东子弟起兵,只有八千人。于是就分割山河,割据天下。哪里有号称百万的义师,竟然一朝卷甲溃败,让作乱者肆意戮杀,如同割草摧木一般?

古典诗文精品选读

　　长江淮河失去了水岸的阻挡，军营壁垒缺少了藩篱的坚固，使得那些得逞一时的作乱者得以暗中勾结，那些持锄耰和棘矜的人得到乘虚而入的机会。莫不是江南一带的帝王之气，已经在三百年间终止了吗？于此可以知道并吞天下，最终不免于秦王子婴在轵道旁投降的灾难；统一车轨和文字，最终也救不了晋怀、愍二帝被害于平阳的祸患。

　　呜呼！山岳崩塌，既已经历了国家危亡的厄运；春秋更替，必然会有背井离乡的悲哀。天意人事，真可以令人凄怆伤心啊！何况又舟船无路，银河不是乘筏驾船就能够到达的；风狂道阻，海中的蓬莱仙山也没有可以到达的希望。由于穷困的人欲表达自己的肺腑之言，操劳的人须歌咏自己所经历的事。我写此赋，为陆机听了拍掌而矣，也心甘情愿；张衡见了将轻视它，本是理所当然的。

骈 文

上文选注表

（唐）李　善

　　臣善言：窃以道光九野，缛景纬❶以照临；德载八埏❷，丽山川以错峙。垂象之文斯著，含章❸之义❹聿宣。协人灵以取则，基化成而自远。

　　故羲绳之前，飞葛天之浩唱；娲簧之后，揆❺丛云之奥词。步骤分途，星躔❻殊建；球❼钟愈畅，舞咏方滋。

　　楚国词人，御兰芬于绝代；汉朝才子，综鞶帨❽于遥年。虚玄流正始之音，气质驰建安之体。长离❾北度，胜雅咏于圭阴❿；化龙东骛，煽风流于江左。

【注释】

❶景纬：指日和星。❷八埏（yán）：地的八方边际。❸含章：蕴含美质于内。❹乂：同"仪"，仪容，状貌。

❺ 掞（yàn）：同"炎"，盛。❻ 星躔（chán）：历法，日月星辰运行的度次。❼ 球：玉磬。❽ 鞶帨（pán shuì）：大带和佩巾，喻指繁丽的文辞。❾ 长离：灵乌，这里比喻陆机。❿ 圭阴：指洛阳。古代以土圭测地，定颍川阳城为地中。洛阳在阳城之西，故云圭阴。

【译读】

臣李善言：臣认为，大道光辉显赫了天之九重，彩色装饰了日星的照临；至高的道德承载了地之八际，丽饰了山川的交错耸立，预示征兆的天文开始清楚明白，包含美质的义理渐渐传播，与人的性灵相协和并确立了准则，基于成功教化而又深奥久远。

因此在伏羲氏结束结绳记事之前，就有葛天氏久远的歌唱；在女娲创造了笙簧之后，开始抒发《卿云歌》深奥的藻词，写诗作文的规模法度产生分歧，日月星辰运行的度次各有不同，玉磬大钟之声愈发响亮明畅，舞蹈和歌咏方才滋生。

楚国词人，在遥远的年代里谙熟使用香草的象喻，汉朝才子，在漫长的年代里汇集聚合精通文采雕饰。正始之音流传散布着虚幻玄妙之气，建安之体传扬着清俊慷慨的风骨。陆机北上赶赴洛阳，中原文坛，雅言腾布；东晋元帝渡江登祚，江左篇制，玄风独扇。

【原文】

爰逮有梁，宏材弥劭。昭明太子，业膺❶守器，誉贞问寝。居肃成❷而讲艺，开博望❸以招贤。搴❹中叶之词林，酌前修之笔海。

周巡绵峤，品盈尺之珍；楚望长澜，搜径寸之宝❺。

骈文

故撰斯一集,名曰文选。后进英髦,咸资准的。

伏惟陛下,经纬成德,文思垂风。则大居尊,耀三辰之珠璧;希声❻应物,宣六代之云英。孰可撮攘崇山,导涓宗海?

臣蓬衡蕞品❼,樗散❽陋姿。汾河委筴❾,夙非成诵;嵩山坠简,未议澄心。握玩斯文,载移凉燠❿。有欣永日,实昧通津。故勉十舍⓫之劳,寄三馀之暇。

弋钓书部,愿言注辑,合成六十卷。杀青甫就,轻用上闻。享帚自珍⓬,缄石知谬。敢有尘于广内,庶无遗于小说。谨诣奉进,伏愿鸿慈,曲垂照览。谨言。显庆三年九月日,上表。

【注释】

❶ 膺(yīng):接受,承受。❷ 肃成:魏文帝曹丕在东宫时,集诸儒于肃城门内讲论大义,这里借喻昭明太子。❸ 博望:汉武帝太子刘据立博望苑,以交接宾客,这里借喻昭明太子。❹ 搴(qiān):采摘,搴撷(xié)。❺ 径寸之宝:指隋侯所救之蛇衔以报答的大珠。❻ 希声:比喻帝王制乐。❼ 蕞(zuì)品:下品。❽ 樗(chū)散:樗木材劣,多被闲置。比喻不为世用,投闲置散。❾ 筴(cè):同"策",简策,古代写字用的竹片或木片。❿ 凉燠(yù):指冷暖,寒暑。⓫ 十舍:行军三十里为一舍。⓬ 享帚(zhǒu)自珍:比喻物品虽然微劣,而自视为宝。

【译读】

于是到了梁代,人才宏大,品德更加美好。昭明太子,担当文业,保护人才,名声正直,孝亲侍上,身居肃成门内而讲论文艺,开放博望苑以招纳贤才。采摘历史中期的作品,斟酌前辈的文章。

周密细致地巡察文苑的山道长河,品味堆积如山的文苑珍品,搜集微小的文坛宝藏。因此撰成这样一部文集,名为《文选》,后来俊秀杰出的人,都以这个著作作为行文的准则。

如今陛下规划治理国家有深厚的恩德,功业垂示风纪教化。法度宏大地位尊崇,光耀日月星辰的汇集;无声的言谈回应万物,诏令六代云气的精华,岂可有劳您扰心于此类琐碎的文章?

臣见识简陋,是无用之才,对于文海词林,素来不敢说已经熟悉澄澈。研究玩味这部文集,寒暑渐移,虽然日夜悦服,实则还未通晓,所以只是勉强奋力从事,付出更多的时间罢了。

从书部中钩玄辑要,恭谨地言说注辑,总合而成六十卷。这部注辑刚刚写就,现轻率呈上。虽然自己的东西即使不好也很爱惜,更深知错陋。唯恐玷污了皇家书库,但愿没有遗漏微小细说。恭谨地奉上进献给朝廷,请求陛下以浩大的恩慈加以阅读。臣恭敬地上言。显庆三年九月,臣李善上奏章。

骈文

滕王阁序

(唐)王 勃

　　豫章故郡,洪都新府。星分翼轸❶,地接衡庐。襟三江而带五湖,控蛮荆而引瓯越❷。物华天宝,龙光射牛斗之墟;人杰地灵,徐孺下陈蕃之榻。雄州雾列,俊采星驰。台隍❸枕夷夏之交,宾主尽东南之美。

　　都督阎公之雅望,棨戟❹遥临;宇文新州之懿范,襜帷❺暂驻。十旬休假,胜友如云;千里逢迎,高朋满座。腾蛟起凤❻,孟学士之词宗;紫电青霜,王将军之武库。家君作宰,路出名区;童子何知,躬逢胜饯。

【注释】

❶星分翼轸:属于翼、轸二星所对着的地面的区域。❷瓯(ōu)越:就是东瓯,今浙江永嘉一带。❸台隍:城台和城池,这里指南昌城。❹棨戟(qǐ jǐ):有套的戟,古时官吏出行时用作前导的一种仪仗。❺襜(chān)帷:车的帷幔,这里借指宇文新州的车马。❻腾蛟起凤:文章的辞采就好像蛟龙腾空,凤凰飞起。

【译读】

　　这里是汉代的南昌郡城,如今是洪州都督府,天上的方位属于翼、轸两星宿的分管区域,地上联结着衡山和庐山。以三江为衣襟,以五湖为衣带,控制楚地,连接闽越。这里有物类精华、天产珍宝,宝剑的光芒直射牛、斗二星之间。人中有英杰，大地有灵气，陈蕃专为徐孺设下几榻。雄伟的洪州城，房屋像雾般罗列，英俊的人才，像繁星一样活跃。城池坐落在夷夏交界的地方，主人与宾客，汇集了东南地区的青年才俊。

都督阎公，享有崇高的名望，他打着仪仗远道而来在洪州坐镇；宇文州牧，是美德的楷模，他赴任途中在此暂留。正逢十旬休假的日子，才华杰出的朋友云集，高贵的宾客，也都不远千里来此聚会，文坛领袖孟学士，其文采就好像腾起的蛟龙、飞舞的彩凤，王将军的武库里，藏有如同紫电、青霜一样锋利的宝剑。父亲在交趾做县令，我在探亲途中路过这方宝地；我年幼无知，竟然有幸亲自参加了这次盛大的宴会。

【原文】

时维九月，序属三秋。潦水尽而寒潭清，烟光凝而暮山紫。俨骖𬴂❶于上路，访风景于崇阿。临帝子之长洲，得天人之旧馆。层峦耸翠，上出重霄；飞阁流丹，下临无地。鹤汀凫渚❷，穷岛屿之萦回；桂殿兰宫，即冈峦之体势。

【注释】

❶ 骖𬴂（cān fēi）：驾在服马两侧的马。❷ 凫（fú）渚：野鸭栖息的水中小块陆地。

【译读】

时值九月深秋，蓄积的雨水已经消尽，潭水寒冷而清澈，云烟凝结在暮霭中，傍晚的山峦呈现出一片紫色。在高高的山路上驾着马车，在崇山峻岭中观望风景，来到昔日帝子的长洲，找到仙人居住过的宫殿，这里山峦重叠，山峰耸入云霄。凌空架起的楼阁，红色的阁道犹如飞翔在天空，从楼阁上看深不见底，白鹤、野鸭栖息的小洲，极尽岛屿的迂回曲折之势，威严

骈文

的宫殿，依照起伏的山峦而建。

【原文】

披绣闼❶，俯雕甍❷，山原旷其盈视，川泽纡其骇瞩。闾阎❸扑地，钟鸣鼎食之家；舸舰❹弥津，青雀黄龙之舳。云销雨霁，彩彻区明。

落霞与孤鹜❺齐飞，秋水共长天一色。渔舟唱晚，响穷彭蠡❻之滨，雁阵惊寒，声断衡阳之浦。

【注释】

❶绣闼（tà）：装饰华丽的门。❷雕甍（méng）：雕镂文采的殿亭屋脊。❸闾阎：里门，这里代指房屋。❹舸舰：巨舰，大船。❺孤鹜：孤单的野鸭。❻彭蠡（lǐ）：古代大泽，即现在的鄱阳湖。

【译读】

打开雕花的阁门，俯视华美的屋脊。放眼远望，山峰平原尽收眼底，湖川曲折令人惊叹。房屋密集，有不少富贵人家，船只塞满了渡口，都是雕刻着青雀黄龙花纹的大船。雨过天晴，虹消云散，阳光朗照。

落霞与孤雁一起飞翔，秋天的江水与辽阔的天空浑然一色。傍晚渔舟中传来歌声，响彻彭蠡湖滨，雁群因为寒意而长鸣，到衡阳岸边方才停止。

【原文】

遥襟甫畅，逸兴遄飞。爽籁发而清风生，纤歌凝而白云遏。睢园❶绿竹，气凌彭泽之樽；邺❷水朱华，光照临川之笔。四美❸具，二难并。

穷睇眄❹于中天,极娱游于暇日。天高地迥,觉宇宙之无穷;兴尽悲来,识盈虚之有数。望长安于日下,目吴会于云间。地势极而南溟深,天柱高而北辰远。关山难越,谁悲失路之人;萍水相逢,尽是他乡之客。怀帝阍❺而不见,奉宣室以何年?

【注释】

❶睢(suī)园:西汉梁孝王在睢水旁修建的竹园。❷邺:今河北临漳,是曹魏兴起的地方。❸四美:良辰、美景、赏心、乐事。❹睇眄(dì miǎn):看,顾盼。❺帝阍:原指天帝的守门者,这里指皇帝的宫门。

【译读】

放眼远望,心胸顿时舒畅,兴致兴起,排箫的音响引来了清风,柔缓的歌声令白云陶醉,今日的宴会很像在当年睢园竹林的聚会,宴会上的人酒量超过陶渊明,像在邺水赞咏莲花,宴席上的人文采胜过谢灵运。良辰、美景、赏心、乐事这四种美好的事物都已经齐备,贤主、嘉宾千载难逢。

向天空中远眺,在闲暇的日子里尽情欢乐,天高地远,令人感到宇宙的无穷。欢乐逝去,悲哀袭来,我想到了事物的兴衰成败是有定数的。远望长安在夕阳下,东看吴会在云海间,陆地的尽头是深不可测的大海,北斗星多么遥远,天柱山高不可攀。关山重重难以跨越,有谁会同情不得志的人呢?在座的人都是萍水相逢,大家都是异乡之客。心系朝廷,却不被召见,什么时候才能够像贾谊那样去侍奉君王呢?

【原文】

嗟乎!时运不齐,命途多舛❶。冯唐易老,李广难封。

屈贾谊于长沙,非无圣主;窜梁鸿于海曲,岂乏明时?所赖君子见机,达人知命❷。老当益壮,宁移白首之心?穷且益坚,不坠青云之志。酌贪泉而觉爽,处涸辙❸以犹欢。北海虽赊❹,扶摇可接;东隅已逝,桑榆非晚。孟尝高洁,空余报国之情;阮籍猖狂,岂效穷途之哭!

勃,三尺微命,一介书生。无路请缨,等终军之弱冠;有怀投笔,慕宗悫❺之长风。舍簪笏❻于百龄,奉晨昏于万里。非谢家之宝树,接孟氏之芳邻。他日趋庭❼,叨陪鲤对❽;今兹捧袂❾,喜托龙门。杨意不逢,抚凌云而自惜;钟期既遇,奏流水以何惭?

【注释】

❶ 途多舛(chuǎn)舛:命运充满不顺。舛,不顺,不幸。❷ 达人知命:通达事理的人,知道命运。❸ 涸辙:原指鲋鱼处在干涸的车辙里,比喻人陷入危急之中。❹ 赊(shē):这里用作形容词,指遥远。❺ 宗悫(què):南朝宋人,少年时很有抱负,说"愿乘长风破万里浪"。❻ 簪笏(zān hù):指冠簪和手版。❼ 趋庭:快步走过庭院,这是表示对长辈的恭敬。❽ 鲤对:孔鲤是孔子的儿子,鲤对指接受父亲教诲。❾ 捧袂(mèi):举起双袖作揖,指谒见阎公。

【译读】

唉!命运不顺,路途艰险。冯唐容易老,李广封侯难。把贾谊贬到长沙,并不是没有贤明的君主;让梁鸿到海边隐居,难道不是在政治清明的时代吗?不过是君子能够察觉事物细微的先兆,通达事理的人知道自己的命数罢了。年纪大了应当更有壮志,哪能在白发苍苍的时候改变自己的心志呢?处境艰难

反而应该更加坚强,不能放弃凌云之志。这样即使喝了贪泉的水。仍然觉得心清气爽;处在干涸的车辙中,依旧乐观开朗;北海虽远,乘着旋风还是可以到达的;过去的时光虽然已经消逝,珍惜将来的日子还不算晚。孟尝品行高洁,却空有报国之心;阮籍狂放不羁,怎能效仿他在无路可走时便恸哭而返呢?

我,地位卑微,一个书生,虽然和终军的年龄相同却没有报国的机会;像班超那样具有投笔从戎的豪情,也拥有宗悫"乘风破浪"的壮志。而今宁愿放弃一生的功名,到万里之外去侍奉父亲,不敢说是谢玄那样的人才,却结识了诸位名家。过些天到父亲那里聆听教诲,一定要像孔鲤那样有礼;今天有幸参加宴会,如登龙门。司马相如倘若没有杨得意的引荐,虽然有文才也只能独自叹惋。我今天既然遇到了钟子期那样的知音,演奏高山流水的乐曲又有什么羞愧的呢?

【原文】

呜呼!胜地不常,盛筵难再;兰亭已矣,梓泽丘墟❶。临别赠言,幸承恩于伟饯;登高作赋,是所望于群公。敢竭鄙怀,恭疏短引❷;一言均赋,四韵俱成。请洒潘江,各倾陆海云尔:

滕王高阁临江渚,佩玉鸣鸾罢歌舞。

画栋朝飞南浦云,珠帘暮卷西山雨。

闲云潭影日悠悠,物换星移几度秋。

阁中帝子今何在?槛外长江空自流。

【注释】

❶ 梓(zǐ)泽丘墟:繁华的金谷园也已变为荒丘废墟。
❷ 恭疏短引:恭敬地写此小序。

【译读】

唉!名胜之地不能常存,盛大的宴会难以再逢,兰亭宴集已经没了踪迹,石崇的梓泽也变成了废墟。让我临别时作了这一篇序文,承蒙这个宴会的恩赐,至于登高作赋,这只有指望在座诸公了。我只是冒昧地尽我微薄的心意,作了短短的引言。在座诸位都按照各自分到的韵字赋诗,我已经写成了四韵八句。在座诸位施展潘岳,施展陆机一样的才笔,各自谱写瑰丽的诗篇吧:

巍峨高耸的滕王阁俯临着江心的沙洲,想当初佩玉、鸾铃鸣响的豪华歌舞已经停止了。早晨,有彩绘装饰的栋梁飞上了南浦的云,黄昏,珠帘卷入了西山的雨。悠闲的彩云影子倒映在江水之中,整天悠悠然地漂浮着,时光易逝,人事变迁,不知已经度过几个春秋。昔日游赏于高阁中的滕王如今已经不知道哪里去了?只有那栏杆外的滔滔江水空自向远方奔流。

与韩荆州书

（唐）李 白

白闻天下谈士相聚而言曰："生不用封万户侯❶，但愿一识韩荆州。"何令人之景慕，一至于此耶！岂不以有周公❷之风，躬吐握❸之事，使海内豪俊，奔走而归之，一登龙门，则声价十倍！

所以龙蟠凤逸❹之士，皆欲收名定价于君侯。愿君侯不以富贵而骄之、寒贱而忽之，则三千之中有毛遂❺，使白得颖脱❻而出，即其人焉。

白，陇西布衣，流落楚、汉。十五好剑术，遍干诸侯。三十成文章，历抵卿相。虽长不满七尺，而心雄万夫。皆王公大人许与气义。此畴曩❼心迹，安敢不尽于君侯哉！

【注释】

❶万户侯：食邑万户的封侯。唐朝封爵已无万户侯之称，这里借指显贵。❷周公：即姬旦，周文王子，周武王弟。❸吐握：吐哺握发，洗发时多次挽束头发停下来不洗，进食时多次吐出食物停下来不吃，急于迎客。比喻为了招揽人才而操心忙碌。形容礼贤下士，求才心切。❹龙蟠凤逸：比喻贤人在野或屈居下位。❺毛遂：战国时赵国平原君食客。❻颖脱：锋芒全部露出，比喻才能充分显示出来。❼畴曩（chóu nǎng）：往日。

【译读】

我听说天下的游说之士聚在一起议论道："人生不用封为

万户侯,只愿结识一下韩荆州。"怎么使人敬仰爱慕,竟然到了如此程度!岂不是因为您有像周公那样的作风,亲自做吐哺握发的事情,故而使海内的豪杰俊士都奔走而归于您的门下。士人一经您的接待延誉,便会声名大增,

所以屈而未伸的贤士,都想在您这儿获得美名,奠定声望。希望您不会因为自己富贵而对他们骄傲,不会因为他们贫贱而轻视他们,那么您众多的宾客中便会出现如同毛遂那样的奇才。假如我能够有机会显露才干,我就是那样的人啊。

我是陇西平民,在楚汉游历。十五岁时爱好剑术,进见了许多地方长官;三十岁时文章有所成就,拜见了很多卿相显贵。虽然身长不满七尺,但是志气雄壮,胜于万人。王公大人都赞许我有气概,讲道义。这是我往日的心事行迹,怎么敢不尽情向您表露呢?

【原文】

君侯制作侔❶神明,德行动天地,笔参造化,学究天人。幸愿开张心颜,不以长揖❷见拒。必若接之以高宴,纵之以清谈❸,请日试万言,倚马可待❹。今天下以君侯为文章之司命❺,人物之权衡,一经品题,便作佳士。而君侯何惜阶前盈尺之地,不使白扬眉吐气,激昂青云耶?

昔王子师❻为豫州,未下车,即辟荀慈明,既下车,又辟孔文举;山涛❼作冀州,甄拔三十余人,或为侍中、尚书,先代所美。而君侯亦荐一严协律❽,入为秘书郎,中间崔宗之、房习祖、黎昕、许莹之徒,或以才名见知,或以清白见赏。白每观其衔恩抚躬❾,忠义奋发,以此感激,知君侯推赤心于诸贤腹中,所以不归他人,而愿委身

国士。傥^❿急难有用，敢效微躯。

且人非尧舜，谁能尽善？白谟猷⓫筹画，安能自矜？至于制作，积成卷轴，则欲尘秽视听⓬。恐雕虫小技，不合大人。若赐观刍荛⓭，请给纸墨，兼之书人，然后退扫闲轩，缮写呈上。庶青萍⓮、结绿⓯，长价于薛、卞⓰之门。幸惟下流，大开奖饰，唯君侯图之。

【注释】

❶ 侔（móu）：相等，齐同。❷ 长揖：相见时拱手高举自上而下以为礼，是一种平等的礼节。❸ 清谈：汉末魏晋以来，士人喜高谈阔论，或评议人物，或探究玄理，称为清谈。❹ 倚马可待：比喻文思敏捷。❺ 司命：原为神名，掌管人之寿命，这里指判定文章优劣的权威。❻ 王子师：东汉王允，字子师，灵帝时豫州刺史。❼ 山涛：字巨源，西晋名士，竹林七贤之一。❽ 严协律：名不详。协律，协律郎，属太常寺，掌校正律吕。❾ 抚躬：抚膺、抚髀，表示慨叹。抚，拍。❿ 傥：同"倘"，倘若。⓫ 谟（mó）猷：谋划，谋略。⓬ 尘秽视听：请对方观看自己作品的谦语。⓭ 刍荛（chú ráo）：割草为刍，打柴为荛，指草野之人，文中作者用以谦称自己的作品。⓮ 青萍：宝剑名称。⓯ 结绿（lù）：美玉名称。⓰ 卞（biàn）：卞和，古代善识玉者，这里指韩朝宗。

【译读】

您的著作堪与神明相比，您的德行能够感动天地；文章与自然造化同功，学问穷极天道人事。希望您度量宽宏，和颜悦色，不会因为我长揖不拜而拒绝我。如果肯用盛宴来接待我，任凭我清谈高论，那请您再以日写万言试探我，我将手不停挥，

骈文

顷刻可就。如今天下的人都认为您是决定文章命运、衡量人物高下的权威，一旦经过您的品评，便被认作为美士，您何必舍不得阶前区区一尺的地方来接待我，而使我不能扬眉吐气、激励昂扬、气概凌云呢？

从前王子师担任豫州刺史，还没有到任即征召荀慈明，到任后又征召孔文举；山涛作为冀州刺史，选拔三十余人，有的成为侍中、尚书。这些都是前代人所称美的。而您也荐举过一位严协律，进入中央成为秘书郎；还有崔宗之、房习祖、黎昕、许莹等人，有的因为才干名声而被您知晓，有的因为操行清而白受您赏识。我每每看到他们怀恩感慨，忠义奋发，因此我便感动激励，知道您对诸位贤士推心置腹，赤诚相见，所以我不归向他人，而愿意托身于您。如果遇到紧急艰难有用我的地方，我当献身效命。

一般人都不是如同尧、舜那样的圣人，谁能够完美无缺呢？我的谋略策划，岂能够自我夸耀呢？至于我的作品，已经积累成为卷轴，却想要请您过目。只怕这些雕虫小技，还不能受到大人的赏识。如果蒙您垂青，愿意看看拙作，那便请给以纸墨，还有抄写的人手，然后我回去打扫静室，缮写呈上。希望青萍宝剑、结绿美玉，能够在薛烛、卞和门下增添价值。愿您顾念身居下位的人，大开奖誉之门。请您能够加以考虑。

进学解

(唐) 韩 愈

国子先生❶晨入太学❷,招诸生立馆下,诲之曰:"业精于勤,荒于嬉;行成于思,毁于随。方今圣贤相逢,治具❸毕张。拔去凶邪,登崇畯❹良。占小善者率以录,名一艺者无不庸❺。爬罗剔抉❻,刮垢磨光❼。盖有幸而获选,孰云多而不扬?诸生业患不能精,无患有司之不明;行患不能成,无患有司之不公。"

【注释】

❶国子先生:韩愈自称,唐宪宗元和七年他始任国子博士。❷太学:指国子监,唐朝国子监相当于汉朝的太学。❸治具:治理的工具,主要指法令。❹畯(jùn):通"俊",才智出众。❺庸:同"用",采用,录用。❻爬罗剔抉:仔细搜罗人才。❼刮垢磨光:刮去污垢,磨出光亮,指精心造就人才。

【译读】

国子先生早上走进太学,召集学生们站立在学舍下面,教导他们说:"学业由于勤奋才能够精湛,由于玩乐就会荒废;德行由于独立思考而有所成就,由于因循随俗而败坏。当今朝廷,圣明的君王与贤能的大臣遇到了一起,各种法律全部实施。它们能够除去凶恶奸邪之人,提拔优秀人才。具备一点优点的人全部被录取,拥有一种才艺的人没有不被任用的。选拔优秀人才,培养造就人才。只有才行不高而侥幸被选拔的人,绝对没有才行优秀的人不蒙提举。诸位学生只要担心学业不能精进,不要担心主管部门官吏不够英明;只要担心德行不能有所成就,不要担心主管部门官吏不公正。"

【原文】

言未既,有笑于列❶者曰:"先生欺余哉!弟子事先生,于兹有年矣。先生口不绝吟❷于六艺❸之文,手不停披于百家之编。记事者必提其要,纂言者❹必钩其玄。贪多务得,细大不捐。焚膏油以继晷❺,恒兀兀❻以穷年。先生之业,可谓勤矣。觝排❼异端,攘斥❽佛老。补苴罅漏❾,张皇幽眇。寻坠绪之茫茫,独旁搜而远绍。障百川而东之,回狂澜于既倒。先生之于儒,可谓有劳矣。"

【注释】

❶ 列:队列,这里指诸生的行列。❷ 口不绝吟:指口里不断诵读。❸ 六艺:指儒家六经,即《诗》《书》《礼》《乐》《易》《春秋》六部儒家经典。❹ 纂(zuǎn)言者:指搜集编写言论集、理论著作。❺ 继晷(guǐ):夜以继日。晷,日影。❻ 兀(wù)兀:辛勤不懈的样子。❼ 觝(dǐ)排:抵拒排斥。❽ 攘(rǎng)斥:排斥,驱除。❾ 补苴罅(xià)漏:补好裂缝,堵住漏洞,比喻弥补事物的缺陷。

【译读】

话还没有说完,有人在行列里笑道:"先生在欺骗我们吧?我侍奉先生,到现在已经很多年了。先生嘴里就没有停止过诵读六经的文章,两手不停地翻阅着诸子百家的书籍。对史书类典籍必定总结掌握它的主要内容,对论说类典籍必定探寻其深奥隐微之意。广泛学习,务求有所收获,不论是无关紧要的,还是意义重大的都不舍弃;点燃灯烛夜以继日地学习,常常勤劳不懈年复一年的读书学习。先生的学习可以说是够勤奋了。抵制、批驳那些异端邪说,排斥佛教与道家的学说,弥补儒学的缺漏,阐发其精深微妙的义理。探寻那些久已经失传的古代儒家学说,独自广泛地钻研和继承它们。指导异端邪说就如同防堵纵横奔流的各条川河一样,引导它们东注大海;挽救儒家学说就如同挽回已经倒下的宏大波澜一样。先生您对于儒家,可以说是有功劳了。"

【原文】

"沉浸醲郁❶,含英咀华;作为文章,其书满家。上规姚姒❷,浑浑无涯;周诰、殷《盘》❸,佶屈聱牙❹;《春秋》谨严,《左氏》浮夸;《易》奇而法,《诗》正而葩❺;下逮《庄》《骚》,太史所录❻;子云、相如❼,同工异曲。先生之于文,可谓闳其中而肆其外❽矣。"

【注释】

❶ 沉浸醲(nóng)郁:指沉浸在内容醇厚的古籍中。❷ 姚姒(sì):《尚书》中的《虞书》《夏书》。姚,虞舜的姓;姒,夏禹的姓。❸ 周诰、殷《盘》:指《周书》《商书》。❹ 佶(jí)屈聱(áo)牙:文句艰涩生硬,念起来不顺口。❺ 正而葩:

指内容纯正言词华美。❻ 太史所录：指司马迁所写的《史记》。❼ 子云、相如：扬雄和司马相如。❽ 闳（hóng）其中而肆其外：内容广博而言辞恣肆奔放。

【译读】

"心神沉浸在如醇厚美酒般的古代典籍中，仔细地品尝咀嚼其中的精华，写起文章来，书卷堆满了家屋。向上效法法虞、夏时代的典章，深远博大得无边无际；周代的诰书和殷代的《盘庚》，多么艰涩拗口难读；《春秋》的语言精练准确，《左传》的文辞铺张夸饰；《易经》的变化奇妙而有法则，《诗经》的思想端正而辞采华美；往下一直到《庄子》《离骚》《史记》，以及扬雄、司马相如的创作，同样巧妙但是曲调各异。先生的文章可以说是内容宏大而外表气势奔放，波澜壮阔。"

【原文】

"少始知学，勇于敢为；长通于方，左右具宜。先生之于为人，可谓成矣。然而公不见信于人，私不见助于友。跋前踬后❶，动辄得咎❷，暂为御史，遂窜南夷❸。"

"三年博士，冗不见治。命与仇谋，取败几时。冬暖而儿号寒，年丰而妻啼饥。头童齿豁，竟死何裨❹。不知虑此，而反教人为？"

【注释】

❶ 跋（bá）前踬（zhì）后：比喻进退两难。❷ 咎：责备，处分。❸ 南夷：指屈原流放所经之地，当时这些地方的人多未开化，所以称为南夷。❹ 裨：好处。

【译读】

"先生少年时代就知道好学,敢于实践,长大之后精通礼法,举止行为都合适得体。先生的做人,可以说是完美的了。可是在朝廷上却不能被人们信任,在私下里也得不到朋友的帮助。进退两难,一举一动都会受到指责。刚当上御史就被贬逐到南方边远地区。"

"做了三年博士,职务闲散表现不出治理的成绩。您的命运就好像与您有仇似的,不时遭受失败。在冬天气候还算暖和的日子里,您的儿女们哭着喊冷;年成丰收而您的夫人却仍为食粮不足而喊饿。您自己的头顶秃了,牙齿缺了,这样一直到死,又有什么好处呢?您不知道想想这些,倒反而来教导别人,这是为什么呢?"

【原文】

先生曰:"吁,子来前!夫大木为杗❶、细木为桷❷,欂栌❸、侏儒❹,椳❺、闑❻、扂❼、楔❽,各得其宜,施以成室者,匠氏之工也。玉札、丹砂、赤箭、青芝❾,牛溲、马勃❿,败鼓之皮,俱收并蓄,待用无遗者,医师之良也。"

【注释】

❶杗(máng):屋梁,房屋的大梁。❷桷(jué):屋椽,方形的椽子。❸欂栌(bó lú):斗栱,柱顶上承托栋梁的方木。❹侏儒:梁上短柱。❺椳(wēi):门臼,承门轴的。❻闑(niè):门中央所竖的短木,在两扇门相交处。❼扂(diàn):门闩之类。❽楔(xiè):门两旁长木柱。❾玉札、丹砂、赤箭、青芝:地榆、朱砂、天麻、龙兰,四种都是名贵药材。❿牛溲(sōu)、马勃:牛尿、马屁菌,这两种及后面"败鼓之皮"都是廉价药材。

骈 文

【译读】

国子先生说:"唉,你到前面来!要知道那些大的木材做屋梁,小的木材做瓦椽,做斗栱,短椽的,做门臼、门橛、门闩、门柱的,都量是材使用,各适其宜而建成房屋的,这就是工匠的技巧啊。贵重的地榆、朱砂、天麻、龙芝、车前草、马屁菌,坏鼓的皮,全都收集,储藏齐备,等到需要用到的时候就没有遗缺的,这就是医师的高明之处啊。"

【原文】

"登明选公,杂进巧拙,纡馀❶为妍,卓荦❷为杰,校❸短量长,惟器是适者,宰相之方也。昔者孟轲好辩❹,孔道以明,辙环天下,卒老于行。荀卿❺守正,大论是弘,逃谗于楚,废死兰陵。是二儒者,吐辞为经,举足为法,绝类离伦,优入圣域,其遇于世何如也?"

【注释】

❶纡(yū)馀:委婉从容的样子。❷卓荦(luò):突出,超群出众。❸校(jiào):比较。❹孟轲好辩:《孟子滕文公下》载:孟子有好辩的名声。❺荀卿:即荀况,战国后期时儒家大师,时人尊称为卿。

【译读】

"提拔人才,公正贤明,选用人才,态度公正。灵巧的人和拙笨的人都需要引进,有的人谦和而成为美好,有的人豪放而成为杰出,比较各人的短处,衡量各人的长处,按照他们的才能品格分配适当的职务,这就是宰相的方法啊!从前孟轲爱好辩论,孔子之道才得以阐明,他游历的车迹走遍天下,最后在奔走中老去。荀况恪守正道，发扬光大宏伟的理论，因为逃避谗言而到了楚国，被废黜而死在兰陵。这两位大儒，说出话来成为经典，一举一动成为法则，出类拔萃，德行功业足以载入圣人的行列，可是他们在世上的遭遇是什么样呢？"

【原文】

"今先生学虽勤而不繇❶其统，言虽多而不要其中，文虽奇而不济于用，行虽修而不显于众。犹且月费俸钱，岁靡廪粟❷；子不知耕，妇不知织；乘马从徒，安坐而食。踵❸常途之促促，窥陈编以盗窃。然而圣主不加诛，宰臣不见斥，兹非其幸欤？动而得谤，名亦随之。投闲置散，乃分之宜。若夫商财贿之有亡，计班资之崇庳❹，忘己量之所称，指前人之瑕疵，是所谓诘匠氏之不以杙❺为楹❻，而訾医师以昌阳引年，欲进其豨苓❼也。"

【注释】

❶繇（yóu）：通"由"。❷岁靡廪粟：每年消耗粮仓里的粮食。❸踵（zhǒng）：脚后跟，这里是跟随的意思。❹庳（bēi）：同"卑"，低。❺杙（yì）：斜埋在地上的小木桩。❻楹（yíng）：堂屋前部的柱子。❼豨（xī）苓：又名猪苓，利尿药。

【译读】

"现在你们的先生学习虽然勤劳却不能遵守道统，言论虽然多，但是不切合要旨，文章虽然写得出奇却无益于实用，行为虽然有修养却并没有突出于一般人的表现，尚且每月浪费国家的俸钱，每年消耗仓库里的粮食；儿子不懂得耕地，妻子不懂得织布；出门乘坐车马，后面跟着仆人，安安稳稳地坐着吃饭。局局促促地按照常规行事，眼光狭窄地在旧书里盗窃陈言，东抄西袭。然而圣明的君主不加处罚，也没有为宰相大臣所斥逐，难道这不是幸运么？有所举动就会遭到毁谤，名誉也跟着大了起来。被放置在闲散的位置上，实在是恰如其分的。至于度量财物的有无，计较品级的高低，忘记了自己有多大才能、多少分量和什么相称，指摘官长上司的缺点，这就等于责问工匠为什么不用小木桩做柱子，批评医师用菖蒲延年益寿，却想要引进他的猪苓啊！"

吊古战场文

(唐)李 华

浩浩乎,平沙无垠,敻①不见人。河水萦带,群山纠纷。黯兮惨悴,风悲日曛②。蓬断草枯,凛若霜晨;鸟飞不下,兽铤③亡群。

亭长告余曰:"此古战场也,常覆三军。往往鬼哭,天阴则闻。"

【注释】

① 敻(xiòng):远,辽远。② 曛(xūn):形容日色昏暗。③ 铤(tǐng):疾走的样子。

【译读】

广大辽阔,无边无际的旷野啊,极目远望看不到人影。河水弯曲得如同带子一般,远处无数的山峰交错在一起。一片阴暗凄凉的景象:寒风悲啸,日色昏黄,飞蓬折断,野草枯萎,寒风凛冽犹如冬天降霜的早晨。鸟儿飞过也不肯落下,离群的野兽奔窜而过。

亭长告诉我说:"这儿就是古代的战场,曾经全军覆没。每逢阴天就会听到有鬼哭的声音。"

【原文】

伤心哉!秦欤汉欤,将近代欤?吾闻夫齐魏徭戍①,荆韩召募。万里奔走,连年暴露。沙草晨牧,河冰夜渡。

地阔天长,不知归路。

寄身锋刃,腷臆❷谁愬❸?秦汉而还,多事四夷,中州耗斁❹,无世无之。

古称戎夏,不抗王师。文教失宣,武臣用奇。奇兵有异于仁义,王道迂阔而莫为。

【注释】

❶ 徭戍(yáo shù):徭役征戍。❷ 腷臆(bì yì):烦闷,苦闷。❸ 愬(sù):同"诉",诉说。❹ 耗斁(dù):损耗败坏。

【译读】

多么令人伤心啊!这是秦朝、汉朝的战场呢,还是近代的战场呢?我听说战国时期,齐魏征集壮丁服役,楚韩募集兵员备战。士兵们奔走万里边疆,年复一年的暴露在外,早晨寻找沙漠中的水草放牧,夜晚穿过结冰的河流。地远天长,不知道哪里是归家的道路。

性命寄托于刀枪之间,苦闷的心情能够向谁倾诉呢?自从秦汉以来,四方边境上战争频繁,中原地区的损耗破坏,也无时不有。

古时称说,外夷中夏,都不和帝王的军队为敌;后来不再宣扬礼乐教化,武将们就会使用奇兵诡计。奇兵不符合仁义道德,王道被认为迂腐不切实际,谁也不去实行。唉,可叹啊!

【原文】

呜呼噫嘻!吾想夫北风振漠,胡兵伺便。主将骄敌,期门受战。野竖旌旗❶,川回组练❷。法重心骇,威尊命贱。利镞穿骨,惊沙入面,主客相搏,山川震眩。声析江河,势崩雷电。至若穷阴凝闭,凛冽海隅❸,积雪没胫,坚冰在须。鸷鸟❹休巢,征马踟蹰❺。

缯纩❻无温,堕指裂肤。当此苦寒,天假强胡,凭陵杀气,以相剪屠。径截辎重❼,横攻士卒。都尉新降,将军覆没。

尸踣❽巨港之岸,血满长城之窟。无贵无贱,同为枯骨。可胜言哉!

【注释】

❶旌(jīng)旗:旗帜的统称。旌,用旄牛尾和彩色鸟羽作竿饰的旗。❷组练:即"组甲被练",战士的衣甲服装,这里代指战士。❸海隅(yú):西北极远之地。海,瀚海,沙漠。❹鸷(zhì)鸟:凶猛的鸟。❺踟蹰(chí chú):迟疑,要走不走的样子。❻缯纩(zēng kuàng):冬天所穿的衣服。缯,丝织品的总称;纩,丝绵。❼辎(zī)重:军用物资的总称。❽踣(bó):僵仆,身体僵硬而倒下。

【译读】

唉!我想象着北风摇撼着沙漠,胡兵等候进攻的时机;主将骄傲轻敌,敌兵已经到了营门才仓促迎战。原野上竖起各种战旗,河谷地奔驰着全副武装的士兵。严峻的军法使人心惊胆战,当官的威权重大,士兵的性命微贱。

锋利的箭镞穿透骨头,飞扬的沙粒直扑人面。敌我两军激烈搏斗,山川也被震得头昏眼花。声势之大,足以使江河分裂,雷电奔掣。至于严冬季节,天昏地暗,乌云四合,凛冽的寒风吹遍沙漠,积雪陷没小腿,坚冰冻住胡须。凶猛的鸷鸟躲在巢里休息,习惯战斗的军马也徘徊不前。

骈文

　　棉衣毫无暖气，人们冻得手指掉落，肌肤开裂。在这苦寒之际，老天假借强大的胡兵之手，凭仗寒冬肃杀之气，来斩伐屠戮我们的士兵，半途中截取军用物资，拦腰冲断士兵队伍。都尉刚刚投降，将军又复战死。

　　尸体僵仆在大港沿岸，鲜血淌满了长城下的窟穴。无论是高贵或是卑贱，同样成为枯骨。说不完的凄惨啊！

【原文】

　　鼓衰兮力竭，矢竭兮弦绝，白刃交兮宝刀折，两军蹙❶兮生死决。降矣哉，终身夷狄❷；战矣哉，暴骨❸沙砾。

　　鸟无声兮山寂寂❹，夜正长兮风淅淅❺。魂魄结兮天沉沉❻，鬼神聚兮云幂幂❼。日光寒兮草短，月色苦兮霜白。伤心惨目，有如是耶！

【注释】

　　❶蹙（cù）：迫近，接近。❷夷狄：古称东方部族为夷，北方部族为狄。常用以泛称除华夏族以外的各族。❸暴骨：暴露尸骨，指死于郊野。❹寂寂：寂静无声的样子。❺淅淅：形容轻微的风、雨、雪等的声音。❻沉沉：形容低沉。❼幂（mì）幂：形容深浓阴暗。

【译读】

　　鼓声微弱啊，战士已经精疲力竭；箭已经射尽啊，弓弦也已经断绝。白刃相交肉搏啊，宝刀已经折经断；两军迫近啊，以生死相决。投降吧？终身将沦落于异族；战斗吧？尸骨将暴露于沙砾！

　　鸟儿无声啊群山沉寂，漫漫长夜啊悲风淅淅，阴魂凝结啊天色昏暗，鬼神聚集啊阴云厚积。日光惨淡啊映照着短草，月色凄苦啊笼罩着白霜。人间哪里还有像这样令人伤心惨目的景况吗?

【原文】

吾闻之:牧❶用赵卒,大破林胡,开地千里,遁逃匈奴。汉倾天下,财殚力痡❷。任人而已,其在多乎!

周逐猃狁❸,北至太原。既城朔方,全师而还。饮至策勋,和乐且闲。穆穆棣棣❹,君臣之间。

秦起长城,竟海为关。荼毒❺生民,万里朱殷❻。汉击匈奴,虽得阴山,枕骸徧野,功不补患。

【注释】

❶ 牧:即李牧,战国末赵国良将,守雁门,大破匈奴的入侵,击败东胡,降服林胡。其后十余年,匈奴不敢靠近赵国边境。❷ 财殚(dān)力痡(pū):钱财枯竭,民力疲困。❸ 猃狁(xiǎn yǔn):即匈奴的前身。❹ 穆穆棣棣:端庄和蔼,恭敬有礼的样子。❺ 荼(tú)毒:残害,毒害。荼,一种苦菜;毒,毒虫,指蛇蝎之类。❻ 朱殷(yān):指鲜血。朱,红色;殷,赤黑色。

【译读】

我听说过,李牧统率赵国的士兵,大破林胡的入侵,开辟疆土千里,匈奴望风远逃。而汉朝倾全国之力和匈奴作战,反而民穷财尽,国力削弱。关键是任人得当,哪里是在于兵多呢!

周朝驱逐猃狁,一直追到太原,在北方修筑城墙防御,尔后全军胜利回京,在宗庙举行祭祀和饮宴,记功授爵,大家和睦愉快而又安适。君臣之间,端庄和蔼,恭敬有礼。

而秦朝修筑长城,直到海边都建立起关塞,残害了无数的

骈文

人民，鲜血把万里大地染成了赤黑；汉朝出兵攻击匈奴，虽然占领了阴山，但是阵亡的将士骸骨遍野，互相枕藉，实在是得不偿失。

【原文】

苍苍蒸民❶，谁无父母？提携捧负，畏其不寿。谁无兄弟？如足如手。谁无夫妇？如宾如友。生也何恩，杀之何咎？其存其没，家莫闻知。人或有言，将信将疑。

悁悁❷心目，寝寐见之。布奠倾觞❸，哭望天涯。天地为愁，草木凄悲。吊祭不至，精魂无依。必有凶年，人其流离。

呜呼噫嘻！时耶命耶？从古如斯！为之奈何？守在四夷。

【注释】

❶蒸民：众民，百姓。❷悁（yuān）悁：忧愁郁闷的样子。❸布奠倾觞：把酒倒在地上以祭奠死者。布，陈列；奠，设酒食以祭祀。

【译读】

苍天所生的普通百姓，谁没有父母呢？谁不是尽心尽力地奉养父母，生怕他们不能寿终正寝。谁没有亲如手足的兄弟呢？谁没有相敬如宾友的妻子呢？他们活着受过什么恩惠呢？又犯了什么罪过而遭到杀害呢？他们的生死存亡，家中无从知道；即使听到有人传讯，也是疑信参半。

整日忧愁郁闷，夜间音容入梦。不得已只好陈列祭品，酹酒祭奠，望远痛哭。天地为之忧愁，草木也含悲伤。这样不明

古典诗文精品选读

不白的吊祭,不能为死者在天之灵所感知,他们的精魂也无所归依。何况战争之后,一定会出现灾荒,人民难免流离失所。

唉,可悲啊!这是时势造成,还是命运招致呢?自古以来就是如此!怎样才能避够免战争呢?唯有宣扬教化,施行仁义,才能够四方民族为天子守卫疆土啊。

陋室铭

(唐)刘禹锡

山不在高,有仙则名。水不在深,有龙则灵。斯是陋室,惟吾德馨❶。苔痕上阶绿,草色入帘青。谈笑有鸿儒❷,往来无白丁❸。可以调素琴,阅金经。无丝竹❹之乱耳,无案牍❺之劳形❻。南阳诸葛庐,西蜀子云亭,孔子云:"何陋之有?"

【注释】

❶ 惟吾德馨:只因为住屋的人品德好就不感到简陋了。❷ 鸿儒:大儒,这里指博学的人。❸ 白丁:平民,这里指没有什么学问的人。❹ 丝竹:琴瑟、箫管等乐器的总称,这里指奏乐的声音。❺ 案牍(dú):官府的公文,文书。❻ 劳形:使身体劳累。形,形体,身体。

【译读】

山不在于高,有仙人居住就享有盛名;水不在于深,有蛟龙潜藏就显示神灵。这虽然是间简陋的小屋,但是我品德高尚、德行美好。苔痕布满阶石,一片翠绿;草色映入帘栊,满室葱青。往来谈笑的都是知识渊博之士,没有一个知识浅薄之人。可以弹奏未加彩饰的琴,可以阅读佛经。没有嘈杂音乐的喧闹扰乱双耳,没有批阅案卷的劳苦。南阳有诸葛亮的草庐,西蜀有扬雄的玄亭。正如孔子说的:"有什么简陋的呢?"

绮霞阁记

(宋) 章 岷

绝江而南,画疆甚远,郡之剧者,宛陵❶首焉。《禹贡》扬州之域,战国属楚地,秦郡曰鄣,隋州为宣,易置不常,统治称重❷。昔南朝卜都建业,宣为近辅❸,非亲贤不拜。故南齐谢守❹,假麾❺于此。汇左以文物称盛,公之才藻❻,独擅一时,风雅所宗,占今罕俪。馀霞成绮,传布海县。后之作者赏其风调,得公东池,累甓❼西偏,构为飞阁,以"绮霞"榜之。

【注释】

❶宛陵:汉初,今宣州区为宛陵县,称为古县,隋朝改名为宣城。❷称重:把它放在重要的位置。❸辅:旧指京城附近的地区。❹谢守:即谢朓(tiǎo),字玄晖,南齐诗人。❺假麾:凭借南朝的势力、旗帜。❻才藻:才情、文采和才华。❼甓(pì):砖。

【译读】

站在江边向南方远眺,疆域甚远,在诸郡中宛陵当数第一。大禹进贡给天子宛作为扬州的一部分,战国时候它属于楚地,秦设郡宛陵叫作鄣,隋朝置州才叫作宣城。更改不平常,且更加注重统治。以前,南宋占卜选择建业作为都城,宣城成为近辅,这里的郡守非亲贤不拜。所以南齐时谢朓任太守,在这里发号施令。江左以文物众多称盛,谢朓以才华出众独揽,一时间这里成为了风雅之地,他们所尊崇胜贤历史上极其少见。"余霞散成绮" 这样的名句传遍海内外。后来的作者称赏谢朓的才情与风格,在他居住的东池,于池的西边垒起砖块,构筑起一座飞阁,以谢朓诗中的名句"绮霞"二字做成匾额,嵌镶在飞霞阁上。

【原文】

荐移岁纪,屡更成坏。嘉祐庚子,由田曹郎❶石君尧夫被沼监郡,关决❷多暇,旧宇湫底❸摧挠,将思欲易狭为广,弃危图安。乃敛材鸠工❹,益其旧址,因壮丽而宏大之。审势适宜,兴役以时,人无靳劳,匠非遗巧,期月而新阁成。

【注释】

❶田曹郎:分管田地的属官。❷关决:险要的场所。关,即古代在险要地方或国界设立的守卫处所。❸湫(qiū)底:低洼地。❹鸠(jiū)工:聚集工匠。鸠,聚集。

【译读】

光阴荏苒,绮霞阁经历风雨剥蚀。北宋嘉祐五年,田曹郎石尧夫被朝廷诏为监郡督察官,他有更多的时间关注以往的建筑。他看到飞霞阁下面积水,上面毁落,他想要将阁加宽,把危险变为安全。于是准备材料,聚集工匠,在原来的旧址上重新加以修整,因为修得非常壮丽、宏大,姿势非常好看,在当时是一项巨大的工程,人们不惜用财力去支持,有的工匠还未出工,没有多少时候新阁就已经落成了,望上去非常壮观。

【原文】

望之巍巍焉,若山岳之峻极;即之凛凛焉,若堂皇❶之邃密。窗迎初旭而晨霞绚烂,檐溯夕魄❷而澄晖皎洁。红渠吐芳于前槛❸,玉树交荫于后牖。若其邀宾侣,举觞豆❹,赛百娇之妒矢❺,争半先之奕道,轻飙至而浮埃昼息,冻雨飞而方塘晚涨。文竿既投,游鲤辄聚;画桡轻发,惊鹭瞥起。盖游息之佳地,楼观之胜赏也。

【注释】

❶堂皇:官署的大堂。❷夕魄:歪斜的月光。❸槛:栏杆,栏板。❹觞豆:古代盛酒肴的器具。❺矢:古代投壶用的筹。

【译读】

若山岳崇峻,飞阁能够把它接住;寒俊无比,若大堂深邃;开了窗户能够迎接初旭而晨霞绚烂,它的屋檐溯及歪斜的月亮,月亮的光辉皎洁透明。红色的荷花在槛前吐露芬芳,玉树在后窗交荫。倘若邀请几个宾朋好友到此来喝酒行令,百娇认为失宠而生嫉妒之心。投筹争半,进入大道,轻佻的火焰跳跃,浮埃、书息、冻雨一样纷纷飞落。晚上方塘水涨,文竿投水,游鲤纷纷聚集过来觅食。画桨划起来,惊起一滩鸥鹭,从人们的视线中掠过,这真是游玩的好地方,在楼上观景的绝佳地方。

【原文】

因念休文❶八咏,丽谯❷峙于星婺❸;郢人❹白雪,层阁构于旧楚。亭号"白蘋"❺,用柳恽❻之雅咏;渡名"黄叶",出何涓之丽赋。率采摘雕章,作为崇厦,百代振风骚之景,历祀标图志之名,较是为美,何所先后耶!

骈文

【注释】

❶休文:即沈约,字休文,与谢朓等共创"永明体",提出了"四声""八韵"说。❷丽谯(qiáo):高楼,望楼。❸星婺(wù):古星名,即"女宿"。❹郢(yǐng)人:指善歌者,歌人。❺白蘋(píng):一种水生蕨类植物。❻柳恽(yùn):字文扬,南朝齐时诗人。

【译读】

因为怀念文休"八咏"诗的创作,高楼耸立于"女宿"星星里,白雪阁建造在楚国,供歌人咏唱,亭叫"白蘋亭",是用柳咏的诗句"白蘋"来命名的。涓涓之水,黄叶出水,华丽的辞章好像刚刚采摘出水的黄叶,雕章琢句,崇敬古代,振兴百代风骚,这里是观景作诗的最佳地方。祭祀标图历代的大事记录在案,是很美好的事情,哪里在乎它的先后呢?

【原文】

尧夫以俊造决科❶,文雅饰吏,适窾❷之刃,所至称治。若其蹈前哲之懿美,革曩❸制之库陋,一日必葺,有君子之风,五月报政,著循吏之绩,岂兹一宁宇之壮,可尽述其德美哉!岷属契为僚,目睹轮奂❹之盛,将水岁月,如何勿书,因刻于片石云尔。嘉祐七年三月七日记。

【注释】

❶决科:指参加射策,决定科第。❷窾(kuǎn):通"款"。❸曩(nǎng):往昔,从前。❹轮奂:形容房屋高大众多。

【译读】

　　尧夫以才智过人决定科造飞霞阁，以文雅饰吏，他刀刃所到的地方，郡治所治。他继承了先哲美好的品行，革除以前的旧制，发现不合理的东西一天之内就能够修复，有君子之风。五月份向上司报告奉公守法的官吏政绩，从这座飞宇的建造就够看到尧夫的美德。我章岷目睹了建筑这座高大的飞阁，永留岁月，怎么能够不记载呢？所以撰此文刻在石片上。嘉祐七年三月初七日记。

黄冈竹楼记

（宋）王禹偁

黄冈之地多竹，大者如椽①，竹工破之，刳②去其节，用代陶瓦。比屋③皆然，以其价廉而工省也。

子城西北隅，雉堞圮毁④，蓁莽⑤荒秽，因作小楼二间，与月波楼通。远吞⑥山光，平挹⑦江濑，幽阒辽夐⑧，不可具状。

夏宜急雨，有瀑布声；冬宜密雪，有碎玉声；宜鼓琴，琴调和畅；宜咏诗，诗韵清绝；宜围棋，子声丁丁⑨然；宜投壶⑩，矢声铮铮然；皆竹楼之所助也。

【注释】

①椽：椽子，架在屋顶承受屋瓦的木条。②刳（kū）：削剔，挖空。③比屋：挨家挨户。比，紧挨，靠近。④雉堞圮（pǐ）毁：城上的矮墙倒塌毁坏。⑤蓁莽（zhēn mǎng）：丛生的树木和草。⑥吞：望见。⑦挹（yì）：汲取，这里指望见。⑧幽阒（qù）辽夐：幽静辽阔。幽阒，清幽静寂。⑨丁（zhēng）丁：形容棋子敲击棋盘时发出的清脆悠远之声。⑩投壶：古人宴饮时的一种游戏。

【译读】

黄冈地区盛产竹子，大的竹子就好像椽子那样粗。竹工破开它，削去竹节，用来代替陶瓦。家家户户都用它来盖房子，因为它价格便宜而且又省工。

古典诗文精品选读

  黄冈子城西北角的城垛子都塌毁了，野草丛生，荒芜污秽。我清理了那里，盖了两间小竹楼，与月波楼相连接。登上竹楼，远山的风光可以尽收眼底。平望出去，能够看到江滩中的浅水流沙。那幽静寂寥、高远空阔的景致，实在无法一一描绘出来。

  夏天适宜听急雨，人在楼中听到雨声犹如瀑布声；冬天适宜听密雪，雪花坠落好像发出的玉碎之声；这里适宜抚琴，琴声和畅悠扬；适宜吟诗，诗韵清新绝俗；适宜下棋，棋子落盘有丁丁清响；适宜投壶，箭入壶中铮铮悦耳。这些美妙的声音，都是因为竹楼才得以听到。

【原文】

  公退之暇，被鹤氅衣❶，戴华阳巾❷，手执《周易》一卷，焚香默坐，消遣世虑❸。江山之外，第见风帆沙鸟，烟云竹树而已。待其酒力醒，茶烟歇，送夕阳，迎素月，亦谪❹居之胜概❺也。

  彼齐云、落星，高则高矣；井干、丽谯❻，华则华矣；止于贮妓女，藏歌舞，非骚人❼之事，吾所不取。

【注释】

  ❶鹤氅（chǎng）衣：用鸟羽制的披风。❷华阳巾：道士所戴的头巾。❸世虑：世俗的念头。❹谪（zhé）：封建王朝官吏降职或远调。❺胜概：美好的生活状况。胜，美好的；概，状况。❻丽谯：与齐云、落星、井干，均为古代名楼。❼骚（sāo）人：屈原曾作《离骚》，故后人称诗人为"骚人"，也指风雅之士。

【译读】

  公事办完后的闲暇时间里，披着鹤氅衣，戴着华阳巾，手持一卷《周易》，焚香默坐于楼中，驱散尘世中的种种杂念。除了水色山光之外，只见到风帆沙鸟、烟云竹树罢了。等到酒意退去，煮茶的烟火已经熄灭，便送走夕阳，迎来皓月，这正是谪居生活快乐的地方啊。

那齐云楼、落星楼，高是很高了；井干楼、丽谯楼，华丽是很华丽了，但是它们只不过是用来贮藏妓女和能歌善舞的人罢了，这不是风雅之士的所作所为，是我所不屑去做的。

【原文】

吾闻竹工云，竹之为瓦，仅十稔❶。若重覆之，得二十稔。噫，吾以至道乙未岁，自翰林出滁上，丙申❷移广陵；丁酉❸又入西掖❹，戊戌岁除日❺有齐安之命，己亥❻闰三月到郡。

四年之间，奔走不暇，未知明年又在何处，岂惧竹楼之易朽乎！后之人与我同志，嗣而葺之❼，庶❽斯楼之不朽也！

咸平二年八月十五日记。

【注释】

❶稔（rěn）：谷子一熟叫作一稔，引申指一年。❷丙申：宋太宗至道二年，即996年。❸丁酉（yǒu）：宋太宗至道三年，即997年。❹又入西掖（yè）：指回京复任刑部郎中知制诰。西掖，中书省。❺戊（wù）戌（xū）岁除日：戊戌年除夕。❻己亥（hài）：宋真宗咸平二年，即999年。❼嗣（sì）而葺之：继我之意而常常修缮它。嗣，接续，继承；葺，修整。❽庶（shù）：表示期待或可能。

【译读】

　　我听竹工说,竹子做屋瓦,只能够用十年,如果覆盖两层竹瓦,就可以支持二十年。唉,我在至道乙未那一年,由翰林学士而贬到滁州,丙申年又调到扬州,丁酉年又到中书省任职,戊戌年的除夕又奉命调到齐安,己亥年闰三月才到了齐安郡城。

　　四年之中,奔波不息,还不知道明年又在何处,难道还会怕竹楼容易朽坏吗?希望后来的人跟我志趣相同,能够继我之后接着修整它。或许这座竹楼就永远不会腐朽吧!

　　咸平二年八月十五日撰记。

览翠亭记

（宋）梅尧臣

郡城非要冲，无劳送还住；官局非冗委❶，无文书迫切。山商征材，巨木腐积，区区规规❷，袭不为宴处久矣。

始是，太守邵公于后园池旁作亭，春日使州民游邀❸，子命之曰"共乐"。其后别乘❹黄君于灵济崖上作亭会饮，予命之曰"重梅"。今节度推官❺李君亦于廨舍❻南城头作亭，以观山川，以集嘉宾，予命之曰"览翠"。

夫临高远视，心意之快也；晴澄雨昏，峰岭之态也。心意快而笑歌发，峰岭明而气象归。其近则草树之烟绵，溪水之澄鲜。御鳞翙来，的的❼有光；扫黛❽侍侧，妩妩❾发秀。

有趣若此，乐亦由人。何则？景虽常存，人不常暇。暇不计其事简，计其善决；乐不计其得时，计其善适。能处是而览者，岂不暇不适者哉？吾不信也。

【注释】

❶ 冗（rǒng）委：繁芜的委命。❷ 区区规规：形容山区浅陋狭小。区区，小；规规，浅陋貌。❸ 游邀：嬉游，游逛。❹ 别乘：官名，即别驾，汉置为州刺史之佐官，宋设为郡之佐官。❺ 节度推官：在节度使下掌管勘问刑狱。❻ 廨舍：官署，旧

时对官吏办公处的通称。❼的的：清楚显见。❽扫黛：画眉梳妆，代指女子。❾妩（wǔ）妩：形容女子、花木等姿态美好可爱。

【译读】

郡城没有处在交通要道，所以不需要很多的送往迎来；官衙内也没有繁芜的委派任命，所以不必急于赶写公文案牍。商人征积木材，大量的木材因为积压而腐烂，这浅陋狭小之地，没有作为游乐宴会的场所已经沿袭很久了。

开始的时候，太守邵公在后园池子旁边修起了一座小亭子，春暖花开的时候，让州民尽情游逛，我将它命名为"共乐亭"。稍后别乘黄君又在灵济崖上修筑亭子，用以饮酒会友，我叫它"重梅亭"。现在节度推官李君也在官署南边的城头建造亭台，以便游览山川，会聚好友嘉宾，我取名为"览翠亭"。

登上亭子，纵目远望，感觉心情爽适愉快。阳光朗照的时候，明静空澄；下雨的时候，迷蒙昏暗，这就是崇山峻岭变化的状态。心情愉快，禁不住发出笑语欢歌，山岭明静空灵，万千气象尽收眼底。近看，花草树木连绵如烟，溪水澄亮，清澈得可以看到鱼儿成群结队的游来游去，在水中泛出点点粼光；美丽的女子在旁边侍候，妩媚秀美。

山水自然有如此的情趣，快乐则取决于人心。为什么呢？山水美景虽然常在，但是人们并非常常拥有闲暇的时光去观赏。拥有闲暇的时光并不在于事务少，而在于处理事务要干练果断；欣赏山水之乐并不在于是否遇到好时机，而在于是否能够旷达自如。如果这样去游览山川，难道还会没有闲暇没有舒畅吗？我不相信。

看弈轩赋

(清)陈维崧

若夫北垞❶静深,南荣謇产,逶迤皂荚之桥,窈窕辛夷之馆。藤梢碍帽以谁扶,橘刺牵衣而莫剪。庐同诸葛,门前之桑已猗猗❷;家类王阳,墙外之枣何篡篡❸。花名蠋忿❹以枝长,竹号扫愁而节短。

何况宅区前后,街距东西。东方小妇,仲孺贤妻。璧带则银釭❺不异,门楣则画戟❻偏齐。多子之石榴对结,相思之娇鸟双栖。杨子幼种豆之余,缶筝互响;陶渊明采菊之暇,枣梨纷携。爰有韩家阿买❼,李氏衮师❽。或挽须以问,或绕膝而嬉。胶东则五色之锦笺竞劈,醴陵则一枝之花管分题。洵可怀也,于胥乐兮!

既乃眺长洲之鹿苑,惆怅绝多;张廷尉之雀罗,感怆不少。田单之功名何在,无意游齐;廉颇之慷慨犹存,还思用赵。燕丹往矣,卖渐离为宋子家奴;卓氏依然,杂司马于成都佣保❾。天哀韩愈之穷,鬼夺柳州❿之巧。

【注释】

❶北垞(chá):北边山丘。垞,小土山。❷狺狺:美盛的样子。❸篡篡:丰收集聚的样子。❹蠲(juān)忿:消除忿怒。❺银釭(gāng):银白色的灯盏、烛台。❻画戟:旧时常作为仪饰之用。❼韩家阿买:即唐代诗人韩愈。❽李氏衮师:即唐代诗人李商隐。❾佣保:雇工。❿柳州:即唐代诗人柳宗元。

【译读】

像那北边山丘那样静穆深远,南屋飞檐那样高挑曲折,皂荚桥那样曲曲绵绵,辛夷馆那样深深幽幽。葛藤低垂下来,碰到了人的帽子,谁回来牵扶;橘树刺长,挂住人的衣服,谁会来修剪。寒舍如同诸葛的茅庐,门前桑树绿叶纷披;庭院像王吉之租屋,墙外的枣树果实丰赡。合欢长长的枝条足以让人消除愤懑,翠竹短短的骨节更能令人扫去烦忧。

况且住宅分成前后，街道走向东西。生子有美妾，堪比东方朔；管家有贤妻，不让王孺仲。壁带上安装和宫廷同样的银环，门楣上彩绘和官府齐一的画戟。石榴子多，并蒂结对；娇鸟相思，双双宿栖。种豆闲暇时间，击缶弹筝，夫唱妇随，如同杨子幼；采菊闲暇时间，拾枣拣栗，子乐父欢，堪比陶渊明。于是娇儿弱侄，有时轻拽胡须问世事，有时环绕膝前嬉戏，如同韩愈和李商隐。五色之纸产自胶东，裁成方方锦笺；花红瓷笔来自醴陵，题写篇篇诗词。啊！这些快乐而幸福的日子确实值得怀念啊！

　　于是眺望长洲的鹿苑，依然繁茂但是早以物是人非，心中产生太多的失落；遥想翟公丢官之后门可罗雀，感慨什么时候减少过。田单复国的功名哪里还存在，无意在齐国做官；廉颇的豪气壮志犹存，还思为赵国所要。荆轲为燕太子丹而死，高渐离也隐姓埋名自卖为宋家的奴仆伺机复仇；卓文君背叛家庭依然为爱情坚定，不怕和司马相如一起混杂在成都市井之中卖酒。上天也哀叹韩退之的穷困，鬼神却夺走柳宗元的慧巧。

【原文】

　　矧❶复三湘浪骇，六诏❷烟迷，田园烽火，乡关鼓鼙❸。嗟巢幕而为燕，叹触藩其类羝❹。杜老则堂无鹅鸭，於陵则井有螬齐。

　　于是鲜焉寡欢，悄然不怿。爱茸斯轩，聊云看弈。然而寂寂虚堂，寥寥短几，既无坐隐之宾，复鲜❺手谈之器。潜窥而不见烂柯❻，窃听而谁闻落子！几同庄叟之寓言，莫测醉翁之微意。

　　呜呼！噫嘻！我知其旨：世一龙而一蛇，运或流而或峙。彼赌宣城之太守者，公岂其人；而看棋局于长安者，

古宁无是耶?

先生不应,欠伸而起。亟命传觞,颓然醉矣!

【注释】

❶矧(shěn):文言连词。何,况且。❷六诏:乌蛮六个部落的总称,即蒙巂诏、越析诏、浪穹诏、邆睒诏、施浪诏、蒙舍诏。❸鼙(pí):击乐器。古时军队中用的小鼓。❹羝(dī):公羊。❺鲜(xiǎn):少。❻烂柯:借指下棋。

【译读】

何况又赶上三湘骇浪滔天,六诏地区的烟雾弥漫,即使身处太湖边上的故乡宜兴,我也能听到战鼓声声,望见烽火炎炎。可叹啊,那些反复背叛的小人就好比是在帷幕筑巢的燕子随时都有覆灭的危险,又如把两只弯角撞进篱笆的公羊而无法自拔。由于战事紧张,人们生活十分艰难,待客的时候没有鹅鸭等荤

菜,好比流域西南的杜老,只有一些粗茶淡饭,犹如陈仲子的李果。

于是忧愁油然而生,快乐的心思完全没有了,就修葺这间小屋,姑且名叫看弈轩。然而空荡荡的厅堂寂寂无声,一张矮桌静静站立,既没有对弈的客人,也缺少对弈的棋盘棋子。隐隐看去,也不见观棋的君子;细细听来,也听不见落子的声音。这个命名,几乎如同《庄子》中的寓言,无法猜测醉翁的深意。

哎呀!啊哦!我明白了这个名字的内涵:世事的变幻,一会儿成龙,一会儿又成为了蛇,捉摸不透;命运的变化,有时像流水,有时又如山峰,起伏不定;靠赢棋而获得宣城太守的官位,您难道是那样的人;但是通过棋局的变化来观察世事的变迁,自古怎么会没有这样的人呢?

先生没有应声,打着哈欠,伸着懒腰,站立起来,急忙命令身边的人将自己的酒杯斟满,然后喝着喝着,就不知不觉醉倒了。

© 民主与建设出版社，2022

图书在版编目（CIP）数据

骈文 /（南北朝）庾信等著；郭艳红主编. -- 北京：民主与建设出版社, 2019.11

（古典诗文精品选读）

ISBN 978-7-5139-2683-6

Ⅰ. ①骈… Ⅱ. ①庾… ②郭… Ⅲ. ①骈文—作品集—中国—古代 Ⅳ. ①I222.5

中国版本图书馆CIP数据核字（2019）第253526号

骈文

PIAN WEN

著　　者	（南北朝）庾信 等
主　　编	郭艳红
责任编辑	韩增标
封面设计	大华文苑
出版发行	民主与建设出版社有限责任公司
电　　话	（010）59417747 59419778
社　　址	北京市海淀区西三环中路10号望海楼E座7层
邮　　编	100142
印　　刷	廊坊市国彩印刷有限公司
版　　次	2022年1月第1版
印　　次	2022年1月第1次印刷
开　　本	880毫米×1230毫米　1/32
印　　张	3
字　　数	38千字
书　　号	ISBN 978-7-5139-2683-6
定　　价	148.00元（全10册）

注：如有印、装质量问题，请与出版社联系。

楚　辞

（战国）屈　原 著　郭艳红 主编

民主与建设出版社
·北京·

前言

习近平总书记在十九大报告中指出:"深入挖掘中华优秀传统文化蕴含的思想观念、人文精神、道德规范,结合时代要求继承创新,让中华文化展现出永久魅力和时代风采。"

习总书记还曾指出:"'去中国化'是很悲哀的,应该把这些经典嵌在学生脑子里,让经典成为中华民族文化的基因。"

是的,泱泱中华五千载,悠悠国学民族魂。我们中华国学"为天地立心,为生民立命,为往圣继绝学,为万世开太平",是中华民族生生不息的根本,是华夏儿女遗传基因和精神支柱。

国学就是中国之学,中华之学,是以母语汉语为基础,表达中华民族的精神价值和处世态度的,有利于凝聚中华民族的文化向心力,有利于中华民族大团结,是炎黄子孙的生命火炬,我们要永远世代相传和不断发扬光大。

中华优秀传统文化在思想上有大智,在科学上有大真,在伦理上有大善,在艺术上有大美。在中华民族艰难而辉煌发展历程中,优秀传统文化薪火相传、历久弥新,始终为国人提供精神支撑和心灵慰藉。所以,更多从传统优秀国学经典中汲取丰富营养,丰盈的不只是灵魂,而是能够拥有神圣而崇高的家国情怀。

中华传统国学是指以儒学为主体的中华传统文化与学术,包括非常广泛,内涵十分丰富,凝聚了我国五千年的文明史和传统文化,体现了中华民族博大精深的文化精髓,是经过多少代人实践检验过

的文化瑰宝,承载着中华民族伟大复兴的梦想。

中华传统国学经典,蕴含了中华儿女内圣外王的个体修养和自强不息的群体精神,形成了重义轻利的处世态度以及孝亲敬长的人伦约定,包含着辩证理智的心智思维和天人合一的整体观念。历经数千年发展,逐渐形成了以儒释道为主干的传统文化和兼容并包、多元一体的开放型现代文化。

作为国学经典,是广大读者必备的精神食粮。读者们阅读国学经典,能够秉承国学仁义精神,学会谦和待人、谨慎待己、勤学好问等优良品行,能够达到内外兼修与培养刚健人格。

我们欣喜地看到,在党和政府的积极号召下,教育部印发了《完善中华优秀传统文化教育指导纲要》,各级教育机构启用了《中华优秀传统文化》教材,中小学语文新课标中也增强了青少年学生阅读和学习国学的分量,许多中小学开设了专门的国学课程,全国各族人民掀起了学习和传承中国传统文化的热潮。

为此,在有关专家指导下,特别编辑了这套"古典诗文精品选读"作品。古诗泛指古代中国诗歌,本套作品主要包括《诗经》《楚辞》《乐府诗》等,没有选入唐诗宋词元曲等;古文是指古代散文,主要包括传记、铭祭、论说、奏议、游记、杂记、书信、序跋等,本套作品还包括寓言、故事以及古代韵文的辞赋和骈体文的骈文等。这些古典诗文是中华辉煌灿烂文化的奇葩,具有独特的艺术价值。

本套作品主要根据广大读者特别是青少年读者学习吸收特点,精选了许多经典古诗文,增设了简单明白的注释和白话解读等,还配有精美图片等,能够培养广大青少年读者的国学阅读兴趣和传统文化素养,能够增强对中国传统文化的热爱、传承和发展,能够激发并积极投身到中华复兴的伟大梦想之中。

目录

离骚 ………………………………………………………… **005**

九歌 ………………………………………………………… **037**
东皇太一 ……………………………………………… 037
云中君 ………………………………………………… 039
湘君 …………………………………………………… 041
湘夫人 ………………………………………………… 045

天问 ………………………………………………………… **049**

九章 ………………………………………………………… **071**
惜诵 …………………………………………………… 071
哀郢 …………………………………………………… 078
怀沙 …………………………………………………… 083
橘颂 …………………………………………………… 088

卜居 ………………………………………………………… **090**

渔父 ………………………………………………………… **094**

离骚

　　帝高阳❶之苗裔❷兮,朕❸皇考❹曰伯庸。摄提❺贞于孟陬❻兮,惟庚寅❼吾以降。皇览揆❽余初度兮,肇❾锡余以嘉名:名余曰正则兮,字余曰灵均。

　　纷吾既有此内美❿兮,又重之以修能⓫。扈江离与辟⓬芷兮,纫⓭秋兰以为佩。汨⓮余若将不及兮,恐年岁之不吾与。朝搴⓯阰之木兰兮,夕揽洲之宿莽⓰。日月忽其不淹兮,春与秋其代序⓱。惟草木之零落兮,恐美人之迟暮。不抚壮而弃秽兮,何不改乎此度?乘骐骥⓲以驰骋兮,来吾道夫先路⓳!

【注释】

❶ 高阳:是古帝颛顼的别号,颛顼的后代熊绎是周成王的大臣,受封于楚国,到春秋时的楚武王熊通生子名瑕,封于屈地,因而改姓屈,屈原是他的后代,因此屈原说自己是颛顼的后裔。

❷ 苗裔:指世代较远的子孙。

❸ 朕:我的意思。先秦时期人人皆能以"朕"自称。

❹ 皇考:古代对已故曾祖的尊称。

❺ 摄提：摄提格的简称。是古代"星岁纪年法"的一个名称。
❻ 陬（zōu）：夏历正月的别名，又称寅月。
❼ 庚寅：指庚寅这一天。古人以天干地支相配来纪日，庚寅是其中的一天。
❽ 揆：估量，测度。
❾ 肇（zhào）：借为"兆"，古人取名字要通过卜兆。
❿ 内美：指先天具有的高贵品质。
⓫ 修能：杰出的才能，这里指后天修养的德能。
⓬ 辟：同"僻"，幽僻的地方。
⓭ 纫（rèn）：用针缝，这里指连缀、编织。
⓮ 汩（yù）：水流急流的样子，形容时间过得很快。
⓯ 搴（qiān）：楚方言，拔取。
⓰ 宿莽：楚方言，香草名，经冬不死。
⓱ 代序：代谢，即更替轮换的意思，古"谢"与"序"通。
⓲ 骐骥：骏马。此句比喻应任用有才能的人治理国家。
⓳ 先路：走在路之先，即为王前驱的意思。

【译读】

我是帝王颛顼高阳的后代，我已故的父亲名叫伯庸。太岁在寅那年的孟春正月，恰是庚寅之日我从天降生。先父看到我初降时的仪表，他便替我取下了相应的美名。给我本名叫正则，给我别号叫灵均。

我既有许多内在的美德，又兼备外表的端丽姿容。身披芳香的江离和白芷，编织秋天的兰花当花环。光阴似流水我怕追不上，岁月不等我令人心着慌；朝霞中拔取山岭的木兰，夕阳下采撷水洲的宿莽。日月飞驰一刻也不停,春金秋轮流来值星;想到草木的凋零陨落,我唯恐美人霜染两鬓。为何不趁壮年摈弃污秽,为何不改变原先的法度?快乘上骐骥勇敢地驰骋,让我来为你在前方引路。

【原文】

　　昔三后❶之纯粹❷兮,固众芳❸之所在。杂申椒❹与菌桂❺兮,岂维纫夫蕙❻茞❼!彼尧舜之耿介❽兮,既遵道而得路。何桀纣❾之昌披兮,夫唯捷径以窘步。惟党人❿之偷乐兮,路幽昧以险隘。岂余身之僤殃兮,恐皇舆⓫之败绩⓬!忽⓭奔走以先后⓮兮,及前王之踵武。荃⓯不揆余之中情兮,反信谗以齌怒⓰。余固知謇謇⓱之为患兮,忍而不能舍也。指九天以为正兮,夫唯灵修⓲之故也。曰黄昏以为期兮,羌中道而改路!初⓳既与余成言⓴兮,后悔遁㉑而有他。余既不难夫离别兮,伤灵修之数化。

【注释】

❶ 三后:指夏禹,商汤,周文王。后,君主。

❷ 纯粹:品质纯洁。这里用来形容三后的德行粹美完善。

❸ 众芳:众多的香草,用以比喻众多贤能的人。

❹ 椒:香木名,就是现在的花椒。

❺ 菌桂:即菌桂,桂的一种,香木名,白花黄蕊。

❻ 蕙:香草名,生长在湿地处,麻叶,方茎红花,黑实。

❼ 茞(chǎi):同"芷",白芷,也是香草名。

⑧ 耿介：光明正大。耿，光明；介，正大。

⑨ 桀纣：指夏桀和商纣王。是夏朝和商朝的末代之君，他们历来被作为暴君的代表。

⑩ 党人：结党营私的贵族集团。

⑪ 皇舆（yú）：国君乘坐的马车，这里代指国家。

⑫ 败绩：古代使用战车作战，车辙大乱，是溃不成军的表现。

⑬ 忽：急匆匆的样子，这里形容奔跑速度很快。

⑭ 先后：指在君王的身边。奔走先后就是效力左右的意思。

⑮ 荃（quán）：或说即荪，石菖蒲一类的香草，叶形似剑，古人认为可以避邪。指称尊贵者，也以喻君，此为当时之俗。

⑯ 齌（jì）怒：盛怒，暴怒。

⑰ 謇（jiǎn）謇：此处形容忠贞直言的样子。謇，指发言之难，因口吃而说话艰难的样子。

⑱ 灵修：楚人称神灵为灵修，此处代指楚君怀王。

⑲ 初：当初，应指诗人受到楚怀王信任之时。

⑳ 成言：指彼此的话。此指屈原受重用时，共同制定的治国大策。

㉑ 悔遁：背弃成言。遁，逃跑。

【译读】

古代三王品德纯洁无瑕，众芳都荟萃于他们周围。花椒丛菌桂树杂糅相间，岂止把蕙草白芷来连缀。那尧舜是多么耿直光明，既遵循正道又走对了路。桀与纣是如此猖獗恣肆，只因走邪道而难以行步。那些小人只晓偷安享乐，使国家的前途黑暗险隘。岂

楚 辞

是我害怕自身遭祸殃，只恐国家败亡犹车毁坏。我为君王鞍前马后奔走，想让你追及前王的脚步；楚王你不体察我的衷情，反而听信谗言对我嗔怒。我本知忠言会招来祸患，想隐忍不语却难舍难割；遥指九天叫它给我作证，全都是为你君王的缘故。本来说好以黄昏为迎娶之期啊，没想到半路上又改变主意。当初你与我曾山盟海誓，后来竟然翻悔另有他想；我倒不难与你离别疏远，伤心的是君王反复无常。

【原文】

余既滋兰之九畹❶兮，又树蕙❷之百亩。畦❸留夷与揭车兮，杂杜衡❹与芳芷。冀枝叶之峻茂❺兮，原、俟时❻乎吾将刈❼。虽萎绝其亦何伤兮，哀众芳之芜秽❽。

众皆竞进以贪婪兮，凭不厌乎求索。羌内恕己❾以量人❿兮，各兴心⓫而嫉妒。忽驰骛⓬以追逐⓭兮，非余心之所急⓮。老冉冉其将至兮，恐修名⓯之不立。朝饮木兰之坠露⓰兮，夕餐秋菊之落英。苟余情其信姱以练要兮，长顑颔⓱亦何伤。擥木根以结茝兮，贯薜荔⓲之落蕊。矫菌桂以纫蕙兮，索⓳胡绳⓴之䌈䌈㉑。謇吾法夫前修兮，非世俗之所服。虽不周於今之人兮，愿依彭咸㉒之遗则。

【注释】

❶ 畹（wǎn）：三十亩田为一畹，一说十二亩为一畹。

❷ 树蕙：屈原曾为楚三闾大夫，负责贵族子弟的教育，

树蕙指的是对贵族子弟的培育。蕙，香草名。

③ 畦（qí）：这里用为动词，种植。

④ 杜衡：状与葵相似的一种香草，又称马蹄香。

⑤ 峻茂：高大而茂盛的样子。

⑥ 俟时：等到成熟的时候。俟，等待。

⑦ 刈（yì）：收割。这里指收割草或谷类。

⑧ 芜秽（wú huì）：荒芜污秽。

⑨ 内恕己：指宽容自己。意为不知足的贪婪求索。

⑩ 量人：用自己的心去估量别人。

⑪ 兴心：起心，打主意，即产生了嫉妒之心

⑫ 驰骛（wù）：到处奔走，即四处钻营。骛，形容马乱跑的样子。

⑬ 追逐：与"驰骛"同义连用，意谓钻营，追求自己的私利。

⑭ 所急：指急于要做的事。急，指迫切需要。

⑮ 修名：美好芳洁的名声，即美名。

⑯ 坠露：坠落的露水，指从木兰花瓣上坠落下的露水。

⑰ 顑颔（kǎn hàn）：形容由于饥饿而导致的面黄肌瘦。

⑱ 薜荔（bì lì）：一种蔓生的香草名。

⑲ 索：本义是绳索，这里用作动词，搓绳。

⑳ 胡绳：香草，茎叶可做绳索。

㉑ 纚（lí）纚：形容绳子又长又好看。

㉒ 彭咸：殷代的良臣，因谏君不成而投水自杀。

【译读】

我已滋育了九畹春兰，又种下了百亩蕙草；分垄栽培留夷和

揭车，还套植了杜衡和芳芷。希冀枝繁叶茂花红叶绿，但愿待成熟时我将收割；即便叶萎花谢也不悲伤，只痛心众芳的芜秽变质。

众人争相钻营贪婪成性，个个贪得无厌欲壑难填；他们对内恕己外责他人，彼此钩心斗角互相嫉妒。急奔驰追逐权势财富，这不是我心中之所急；老境慢慢地将要到来，我唯恐美名不能建立。清晨我饮木兰花的甘露，傍晚再餐山菊花的花瓣；只要我的情操确实完美，长期饥饿憔悴何须伤感。采木兰的根须联结白芷，再贯串薜荔含露的花蕊；举起菌桂嫩枝缝蕙草，把胡绳揉搓得又长又美。我真诚地效法前贤楷模，并非世俗之人所戴所穿；虽然不合于今人的时尚，我只愿依照彭咸的风范。

【原文】

长太息以掩涕兮，哀民生❶之多艰。余虽好修姱❷以鞿羁❸兮，謇朝谇而夕替。既替余以蕙纕❹兮，又申之以揽茝。亦余心之所善兮，虽九死其犹未悔❺。

怨灵修之浩荡❻兮，终不察夫民心。众女❼嫉余之蛾眉❽兮，谣诼❾谓余以善淫。固时俗之工巧兮，偭规矩❿而改错⓫。背绳墨⓬以追曲⓭兮，竞周容⓮以为度。忳郁邑⓯余侘傺⓰兮，吾独穷困乎此时也。宁溘死以流亡兮，余不忍为此态也。鸷鸟⓱之不群兮，自前世而固然。何方圜之能周兮，夫孰异道而相安？屈心而抑志兮，忍尤而攘诟⓲。伏清白以死直⓳兮，固前圣之所厚。

【注释】

❶ 民生：有多种解释，一说民生即人生，指诗人自己。

❷ 修姱（kuā）：修饰美好的品德。修，修饰，含修养之意；姱，指美好的品德。

❸ 羁羁（jī jī）：在此做动词，比喻自身约束自己。羁，牵制，束缚；羁，受到约束，牵累。

❹ 蕙纕（xiāng）：装有蕙草的香带子。纕，本义指佩带。

❺ 九死其犹未悔：指不管遭受到多少次多么重大的打击也不会屈服。犹，还。

❻ 浩荡：本义为大水横流的样子，此处喻指君王糊涂荒唐，恣意妄为而无定准。

❼ 众女：指那些诽谤屈原的奸臣。

❽ 蛾眉：比喻楚王周围的权贵、党人。

❾ 谣诼（zhuó）：造谣诽谤。

❿ 规矩：比喻法度。规，画圆的工具；矩，画方的工具。

⓫ 改错：改变措施。错，通"措"。

⓬ 绳墨：木工引绳弹墨，用以打直线，这里指法度。

⓭ 追曲：比喻贵妃宠臣违背正直之道而追求邪曲之行。追，随；曲，邪曲。

⓮ 周容：迎合讨好他人。

⓯ 忳（tún）郁邑（yì）：忧愁烦闷的样子。

⓰ 侘傺（chà chì）：失意落魄、怅然若失的样子。

⓱ 鸷（zhì）鸟：指鹰鹯一类品行刚烈、不肯与凡鸟同群的猛禽。

⓲ 忍尤而攘诟：忍受罪过和遭到辱骂。

⓳ 死直：为真理、正道而死。

楚辞

【译读】

　　我长声叹息啊泪如雨下，哀伤人民生活多灾多难；我只爱美德就受牵累，早晨刚进谏晚上就丢官。君王废弃了我修洁美好的佩饰，但是我重又持取芳茝以自修饰，执志弥笃。只要是我倾心所爱慕的，纵然为她九死也不悔改。

　　怨懑君王确实昏聩荒唐，终不能体察人家的心肠；众女流嫉妒我蛾眉花容，造谣诬蔑说我善于淫荡。世俗人们本来工于取巧，违背规矩法则改变举措；背弃绳墨正道追随邪曲，竞相敬合取容以为法度。我抑郁苦闷惆怅失意，独有我此时穷困窘迫；我宁愿突死随水流逝，也不忍仿效这种丑态。

　　雄鹰不会与燕雀合群，自古以来就泾渭分明；方榫圆孔怎么能吻合，异路人哪会携手同行？我心里委屈意志压抑，隐忍罪尤把羞辱承担；坚守清白为正义而死，这本为前圣众口称赞。

【原文】

悔相道之不察兮，延伫❶乎吾将反❷。回朕车以复路兮，及行迷之未远。步❸余马於兰皋❹兮，驰椒丘且焉止息。进❺不入❻以离尤❼兮，退将复修吾初服❽。制芰荷❾以为衣兮，集芙蓉以为裳。不吾知❿其亦已兮，苟余情其信芳。

高⓫余冠之岌岌⓬兮，长余佩之陆离⓭。芳与泽⓮其杂糅兮，唯昭质⓯其犹未亏。忽反顾以游目兮，将往观乎四荒⓰。佩⓱缤纷其繁饰兮，芳菲菲⓲其弥章⓳。民生各有所乐兮，余独好修⓴以为常。虽体解㉑吾犹未变兮，岂余心之可惩。

【注释】

❶ 延伫：长久站立，表示犹豫不决。延，延长；伫，长时间地站着。

❷ 反：同"返"。即指下文"退将复修吾初服。"

❸ 步：解开驾车的马使之自在游走。

❹ 兰皋（gāo）：长着兰草的水边高地。皋，河岸边。

❺ 进：仕进，指进身于君前，即受重用。

❻ 不入：不被接纳，不被信任。

❼ 离尤：获罪。离，同"罹"，遭受；尤，罪过。

❽ 初服：当初的服装，实指当初的初衷。

❾ 芰（jì）荷：菱叶和荷叶。芰，楚人称菱为芰。

❿ 不吾知：即"不知吾"的倒装，指不了解我。

⑪ 高：高峻，此处用为动词，加高。
⑫ 岌（jí）岌：本指高耸的样子，此处指帽高。
⑬ 陆离：修长而美好的样子。
⑭ 泽：汗衣，这里指腐臭之物。
⑮ 昭质：指清白纯洁的本质。
⑯ 四荒：指四方荒远之地。
⑰ 佩：佩戴，具体可以指香囊、玉佩。
⑱ 菲菲：勃勃，形容香气浓郁。
⑲ 弥章：更加显著。章通"彰"，显著。
⑳ 好修：好为修饰，即自我修洁的意思。
㉑ 体解：肢解，古代把人的四肢分割下来的一种酷刑。

【译读】

懊悔选择道路不曾细察，我踌躇不前打算朝回返；掉转咱的车依旧走原路，趁误入迷途走得不太远。遛我的马在水边兰草地，奔到椒树山丘暂且休息；我不进去重遭小人非议，隐退田园复修我的旧衣。缝制翠绿荷叶作为上衣，采集嫣红荷花缀为下裳；没人欣赏我算不了什么，只要我的情操确实芳香。

把我的冠冕做得高高，把我的佩带结得长长；芳藕与污泥虽然杂糅，冰心雪质却未受损伤。蓦然回首纵目遥望，我将远观四野八荒；佩带服饰缤纷锦簇，芬芳馥郁沁人心房。人们天生各自有所喜爱，我独好美洁并习以为常；纵然粉身碎骨不改初衷，岂因惩治我心放弃志向。

【原文】

女嬃❶之婵媛❷兮，申申其詈❸予。曰："鲧❹婞直❺以亡身❻兮,终然殀❼乎羽之野❽。汝何博謇❾而好修兮,纷独有此姱节?薋菉葹❿以盈室兮,判独离而不服。"众不可户说兮,孰云察余之中情?世并举而好朋兮,夫何茕独⓫而不予听⓬?

依前圣以节中兮,喟凭心而历兹⓭。济沅湘以南征兮,就重华而陈词:启⓮《九辩》与《九歌》⓯兮,夏康娱以自纵。不顾难⓰以图后兮,五子用失乎家巷⓱。羿⓲淫游以佚畋⓳兮,又好射夫封狐。固乱流其鲜终兮,浞⓴又贪夫厥家。浇身被服强圉㉑兮,纵欲而不忍。日康娱而自忘兮,厥首用夫颠陨㉒。

【注释】

❶ 女媭(xū):一说是女伴,一说是妾。

❷ 婵媛:形容美女,指缠绵多情的样子。

❸ 詈(lì):责怪,责骂,苦苦相劝。

❹ 鲧(gǔn):大禹的父亲,曾治水不成被舜所杀。

❺ 婞(xìng)直:倔强,刚直,自以为是。

❻ 亡身:即忘身,忘记对自身的危害不顾生命的意思。

❼ 殀(yāo):同"夭",杀死。

❽ 羽之野:羽山的郊野。羽,羽山,传说在今山东蓬莱东南。

❾ 博謇(jiǎn):过于刚直。博,过,甚。

❿ 薋菉葹(zī lù shī):都是恶草名。此处用来比喻谗佞盈满于君王身边的人。

⓫ 茕(qióng)独:形容一个人无依无靠、孤苦伶仃。

⑫ 不予听：即"不听予"，不听我的劝告。予，我。

⑬ 历兹：指经历到如今这样的打击。

⑭ 启：夏启，禹的儿子，继禹之后做了国君。

⑮ 《九辩》与《九歌》：古代乐曲名。

⑯ 不顾难：即不考虑祸难而为未来打算。

⑰ 家巷：家族内部斗争。

⑱ 羿（yì）：即后羿，夏代有穷国的国君。

⑲ 佚畋（yì tián）：放纵而无节制的打猎。佚，放荡纵恣。

⑳ 浞（zhuó）：寒浞，后羿的国相。

㉑ 强圉（yǔ）：有极大的力量。

㉒ 颠陨：掉落。这里指浇被少康杀死。

【译读】

女嬃对我那么体贴，三番五次不断把我告诫，她说："鲧刚直而忘身，结果惨死于羽山的原野。你何必爱直言喜好美洁，独自赋有坚守崇高品节？别人室中充盈野花杂草，偏你不愿佩带与众不同。"众人误会不能逐户解说，有谁会体察咱们的真情；世人相互吹捧好结党朋，你为啥孤傲不听我劝告。

我照前代圣贤坚持正道，可叹历尽磨难令人寒心；渡过沅水湘江我朝南行，要找虞舜陈述自己的委屈：夏启从天窃得《九辩》《九歌》，整日纵情歌舞，沉湎淫乐；不居安思危不顾及后果，五个儿子因而内讧叛乱。后羿沉溺于游观而好田猎，他所喜欢的是在山野外射杀大狐狸。这种淫乱之徒该当得没有好结果，他的相臣寒浞抢占了他的妻妾。寒浞的儿子过浇又肆行霸道，放纵着自己的情欲不能忍耐，他每日里欢乐得忘乎其形，终究失掉了他自己的脑袋。

【原文】

夏桀之常违❶兮，乃遂焉而逢殃❷。后辛❸之菹醢❹兮，殷宗❺用而不长。汤、禹俨而祗敬兮，周论道而莫差。举贤才而授能❻兮，循绳墨而不颇。

皇天无私阿兮，览民德❼焉错辅。夫维圣哲❽以茂行兮，苟得用此下土。瞻前而顾后❾兮，相观❿民之计极⓫。夫孰非义而可用兮？孰非善而可服？阽余身而危死兮，览余初其犹未悔。

不量凿而正枘兮，固前修⓬以菹醢。曾歔欷⓭余郁邑兮，哀朕时之不当。揽茹蕙⓮以掩涕兮，霑余襟之浪浪⓯。

【注释】

❶ 常违：即"违常"，违背常道，行为邪僻。

❷ 逢殃：指夏桀遭到了被商汤放逐到南巢而死的下场。

❸ 后辛：即商纣王，名辛，又称帝辛，商朝末国君。

❹ 菹醢（zū hǎi）：指把人剁成肉酱的一种古代酷刑。

❺ 殷宗：指殷朝的祖祀。宗，宗族统治，殷代的统治。

❻ 举贤而授能：选拔任用有德有才的人。

❼ 民德：人之品德，实指君德。

❽ 圣哲：即有高智慧的圣贤。

❾ 瞻前而顾后：即观察古往今来之成败。

❿ 相观：观察。此为动词连用。

⓫ 计极：最终的法则和标准。计，策。

⓬ 前修：即前贤，指被纣剁成肉酱的比干、梅伯等贤臣。

楚辞

⑬ 歔欷（xū xī）：哽咽，抽噎，泣不成声。
⑭ 茹蕙：柔软的蕙草。
⑮ 浪浪：泪流不止的样子。

【译读】

夏桀王他也始终是不近人情，到头来是窜走到南巢而野死。纣王把自己的忠良弄成肉酱，殷朝的王位也因而无法维持。商汤和夏禹都谨严而又敬戒，周的先世讲求理法也没差池，在政治上是举用贤者和能者，遵守着一定的规矩没有偏倚。

上天啊，他对谁也不偏不倚，看到了有德行的才肯帮助。只有那德行高迈的圣人和贤士，才能够使得四海之滨成为乐土。既经考察了前王而又观省后代，我省察得人生的路径十分详明。不曾有过不义的人而可以信用，不曾有过行为不好的人能被敬服。我纵使是身临绝境而丧失性命，回顾自己的初心我也并不后悔。

不曾问凿孔的方圆而只求正枘,古代的贤人正因此而遭了菹醢之刑。我是连连地叹息着而又呜咽,哀怜我生下地来没逢着良辰。我提起柔软的花环揩去眼泪,我的泪水滚滚地沾湿了衣襟。

【原文】

跪敷衽❶以陈辞兮,耿吾既得此中正。驷❷玉虬❸以乘鹥❹兮,溘埃风余上征。朝发轫於苍梧❺兮,夕余至乎县圃❻。欲少留此灵琐兮,日忽忽其将暮。

【注释】

❶ 敷衽(fū rèn):指铺开衣襟。敷,铺开;衽,衣襟。
❷ 驷:本义是四匹马拉的车,这里是动词,指驾车。
❸ 玉虬(qiú):白色无角的龙。玉,在此表示颜色。
❹ 鹥(yī):凤凰一类的大鸟。
❺ 苍梧:即九嶷山,舜帝埋葬的地方。
❻ 县圃(pǔ):又称"玄圃",神话中昆仑山上的仙山名,据说在昆仑山顶,为神灵所居。

【译读】

我跪在自己的衣脚上诉了衷情,我的心中耿耿地已得到了稳定。我要以凤凰为车而以玉虬为马,飘忽地御着长风向那天上旅行。我清晨才打从那苍梧之野动身,我晚上便落到昆仑山上的悬圃。我想在这神灵的区域逗留片时,无奈匆匆的日轮看看便要入暮。

【原文】

吾令羲和❶弭节❷兮,望崦嵫❸而勿迫。路曼曼❹其修远兮,吾将上下❺而求索。饮余马於咸池❻兮,总余

楚辞

謇乎扶桑❼。折若木以拂日兮，聊逍遥以相羊。前望舒❽使先驱兮，后飞廉使奔属。

鸾为余先戒兮，雷师告余以未具。吾令凤鸟飞腾兮，继之以日夜。飘风屯其相离兮，帅云霓而来御。纷总总❾其离合兮，斑❿陆离⓫其上下。

吾令帝阍⓬开关兮，倚阊阖⓭而望⓮予。时暧暧⓯其将罢兮，结幽兰而延伫。世溷浊⓰而不分兮，好蔽美而嫉妒。

【注释】

❶ 羲（xī）和：神话中的太阳神，给太阳驾车。
❷ 弭（mǐ）节：停车。弭，停止；节，马鞭。
❸ 崦嵫（yān zī）：神话中山名，太阳所住的山。
❹ 曼曼：同"漫漫"，路遥远的样子。
❺ 上下：上到天国，下到人间到处寻求，象征追求同心同德者。
❻ 咸池：神话中的池名，太阳洗澡的地方。
❼ 扶桑：神话中的树名，长在崦嵫山入口的树。传说太阳从它下面出来。
❽ 望舒：神话中月亮的驾车者。
❾ 纷总总：形容很多东西聚集在一起。
❿ 斑：纹彩杂乱，五彩缤纷。
⓫ 陆离：形容光彩斑斓参差错综。
⓬ 帝阍（hūn）：古人想象中掌管天门的人。

⑬ 阊阖（chāng hé）：传说天宫的南门。也指皇宫的正门。

⑭ 望：冷漠地看着，拒绝开门。上天求女象征着企求楚王的理解，帝阍不开门表示这一理想的破灭。

⑮ 暧暧：昏暗的样子，光线渐渐微弱。

⑯ 溷浊（hùn zhuó）：同"混浊"。指混乱污浊或污浊的东西。

【译读】

我叫羲和慢慢地行车，就是看到崦嵫也不要急迫。前面的路那么长，那么远，我还要上天入地去寻求探索。让我的龙马在咸池饮水，我把缰绳拴在扶桑树上。折下若木的枝条轻轻拂拭太阳，且让我无拘无束地在这里游逛。我叫望舒在前面开道，我叫飞廉跟在后更奔跑。

我叫凤凰在前头替我警戒，雷神却告诉我还没有准备好。我让凤鸟展翅飞腾，不管是白天是黑夜继续前行。旋风把分散的云朵聚集起来，率领着云霓列队欢迎。云霞啊熙熙攘攘地忽离忽合，斑驳陆离上下参差错落。

我让帝阍人把天门打开，他却倚着天门冷冷地望着我。日色昏暗，一天将要过去，我编结着兰花久久地伫立。人世间是这样溷浊不分好坏，总爱埋没好人还心怀嫉妒。

【原文】

　　朝吾将济於白水❶兮，登阆风❷而緤马。忽反顾以流涕兮，哀高丘之无女。溘吾游此春宫❸兮，折琼枝以继佩。及荣华之未落兮，相下女❹之可诒。

楚 辞

【注释】

❶ 白水：神话中水名，发源于昆仑山。
❷ 阆（làng）风：神话中地名，即县圃，在昆仑山上。
❸ 春宫：神话中东方青帝的住所。
❹ 下女：下界的女子，指一般贤臣。

【译读】

明天早晨，我将渡过白水，登上阆风山拴住我的龙驹。猛然间回头一望流起泪来，可悲啊高山上没有理想的美女。我飘忽地游逛到春神的宫殿，折了根玉树的枝条来点缀装扮。趁着这娇妍的花朵还未凋落，我要到下界去寻找理想的女伴。

【原文】

吾令丰隆乘云兮，求宓妃❶之所在。解佩纕以结言❷兮，吾令蹇修❸以为理❹。纷总总❺其离合兮，忽纬繣❻其难迁。

夕归次於穷石❼兮，朝濯发乎洧盘❽。保厥美❾以骄傲兮，日康娱以淫游。虽信美而无礼❿兮，来违弃而改求。览相观於四极⓫兮，周流乎天余乃下。望瑶台之偃蹇⓬兮，见有娀之佚女⓭。

吾令鸩⓮为媒兮，鸩告余以不好。雄鸠之鸣逝⓯兮，余犹恶其佻巧。心犹豫而狐疑兮，欲自适而不可⓰。凤皇既受诒兮，恐高辛⓱之先我。

欲远集而无所止兮，聊浮游以逍遥。及少康⓲之未家兮，留有虞之二姚⑲。理弱而媒拙兮，恐导言之不固。世溷浊而嫉贤兮，好蔽美而称恶。

【注释】

❶ 宓（fú）妃：伏羲氏的女儿。溺死在洛水，后成为洛水女神。

❷ 结言：约好之言，以香囊为信物，此指定盟约。

❸ 蹇（jiǎn）修：人名。伏羲氏的大臣。

❹ 理：提亲的人，媒人。

❺ 纷总总：来去无定的样子，形容提亲人多次往返。

❻ 纬䌌（wěi huà）：意思是乖戾，相异不合，别扭。

❼ 穷石：神话中山名，传说是后羿居住的地方。

❽ 洧（wěi）盘：神话中的水名，出崦嵫山。

❾ 厥（jué）美：她的美貌。厥，其，此处指宓妃。

❿ 无礼：指生活放荡，不合礼法。

⓫ 四极：东西南北极远的地方。

⓬ 偃蹇：骄横，傲慢，盛气凌人的样子。

⓭ 有娀（sōng）之佚女：传说有娀部落有两个美女，住在用玉做成的高台上。其中一个叫简狄，嫁给了帝喾为妃，她的儿子契是商代的始祖。

⓮ 鸩（zhèn）：鸟名，传说把它的羽毛浸在酒中，喝其酒能毒死人。

⓯ 鸣逝：边叫边飞，意思是嘴巧腿勤。

⓰ 自适而不可：因为不合当时礼法，所以不可以亲自去。自适，亲自去。

楚辞

❶⓻ 高辛：五帝之一的帝喾称号。
❶⓼ 少康：夏代的中兴之王，夏启的曾孙。
❶⓽ 有虞之二姚：有虞国国君姚的两个女儿，传说中的美女，嫁给了少康。后来少康消灭了浞和浇，恢复了夏朝的统治。

【译读】

我让丰隆驾云飞翔，替我去寻找宓妃住的地方。把佩带解下来作为订约的表记，我让蹇修去倾诉我求爱的希望。忙忙乱乱地她总是若即若离，忽然间闹起别扭，真难迁就。

晚上，她在穷石住宿。早晨，她却在洧盘的岸边洗头。她仰仗着美貌骄傲得不得了，整日里在外面荒唐地漫游。她纵然长得好，可是品行太差，哼！我要丢弃她，再作别求。我看尽了天空四方的边缘，在天上周游了一遍回到人间。远远望去瑶台那么巍

峨壮丽,有娀氏的美女终于被我发现。

我吩咐鸩鸟去替我做媒,鸩鸟却告诉我那美女不好。雄鸠倒是能说会道,可我却讨厌它的巧诈与轻佻。我心里迟迟疑疑犹豫不决,想亲自去求爱又觉得不妥。凤凰受别人委托送去了礼物,恐怕高辛早已和美人订了誓约。

我要到远处去又没有地方落脚,暂且四处漫游倒也自在逍遥。趁着少康还没有结婚,有虞的二姚就是我追求的目标。提亲的既无能媒人又笨拙,恐怕这次传话又没有把握。世上这样混浊而又嫉贤妒能,恶人得势,好人却被埋没。

【原文】

闺中❶既以邃远❷兮,哲王❸又不寤。怀朕情而不发兮,余焉能忍而与此终古?

索琼茅❹以筳篿❺兮,命灵氛❻为余占之。曰:"两美其必合❼兮,孰信修而慕之?思九州❽之博大兮,岂惟是其有女?"

曰:"勉远逝而无狐疑兮,孰求美而释女?何所独无芳草兮,尔何怀乎故宇?"

【注释】

❶ 闺中:女子居住的内室,指以上所求诸女的居室。

❷ 邃(suì)远:深远,久远。

❸ 哲王:明智的君王,指楚怀王。

❹ 琼茅:香茅之类,古代用茅草来占卜。

❺ 筳篿(tíng zhuān):卜卦用的竹片或竹棍。

楚 辞

❻ 灵氛：传说中的上古神巫。

❼ 美其必合：两个美人必定能够结合。

❽ 九州：古代将中国分为九个州，九州即指整个中国。

【译读】

　　美人啊，住在幽远的深处，聪明的君王啊你又不觉悟。我满怀衷情可无处倾吐，我怎能忍受这长久的痛苦！

　　取来了灵草和竹片，请灵氛替我算了算卦。她说："双方是美的一定能结合，可是谁真正美好值得去爱慕她？想想吧，天下那么广大，难道只是这里有美女吗？"

　　她说："远走高飞吧不要迟疑，哪能有追求美好的会把你丢下？哪里没有芳草，在这天地间，你何必对故土这样怀恋？"

【原文】

　　世幽昧以眩曜兮，孰云察余之善恶？民好恶❶其不同兮，惟此党人其独异！户❷服艾❸以盈要兮，谓幽兰其不可佩。

　　览察❹草木其犹未得兮，岂珵美之能当？苏粪壤以充帏❺兮，谓申椒其不芳。

　　欲从灵氛之吉占兮，心犹豫而狐疑。巫咸将夕降❻兮，怀椒糈❼而要之。百神翳❽其备降兮，九疑❾缤❿其并迎⓫。

【注释】

❶ 好恶：喜好和厌恶，或曰是非标准。

❷ 户：指党人家家户户，这里形容非常多。

❸ 艾：艾蒿。这种草有特殊气味，被作者看作恶草。

④ 览察：察看，这里是通过察看加以辨别的意思。

⑤ 帏（wéi）：古代人指佩带的香囊。

⑥ 夕降：傍晚从天而降。古人把巫看成是人神之间的中介，巫请神下降，向神申述人的请求，并把神的指示传达给人。

⑦ 椒糈（jiāo xǔ）：也作"椒稰"。以椒香拌精米制成的祭神的食物。

⑧ 翳（yì）：遮掩，这里形容神遮天盖地而来。

⑨ 疑：九嶷山，指九嶷山上的神灵。

⑩ 缤：纷纷，形容盛多的样子。

⑪ 并迎：一起来迎接。

【译读】

世上既黑暗又让人眼花缭乱，谁能够详察我的长短？人们的好恶本来就有不同，只是那些小人更加与众与众。他们腰间挂满了艾草，却说芬芳的幽兰不能佩用。

连草木都不能分辨啊，对美玉又怎能品评得恰当？取些粪土塞满了香囊，偏要说香木一点也不香。

我想着听从灵氛的吉利话，心里却又犹犹豫豫决断不下。巫咸将在晚上求神降临，我就怀揣着香椒和精米去迎接。天神们遮天蔽日一齐降临，都纷纷去迎接连同九嶷的众神。

【原文】

皇剡剡❶其扬灵兮，告余以吉故❷。曰："勉升降以上下❸兮，求榘矱❹之所同。

汤、禹俨而求合兮，挚❺咎繇❻而能调。苟中情其好修兮，又何必用夫行媒❼？说❽操筑❾於傅岩兮，武丁用而不疑。

吕望❿之鼓刀⓫兮，遭周文而得举。甯戚⓬之讴歌兮，齐桓⓭闻以该辅。及年岁之未晏兮，时亦犹其未央。恐鹈鴂⓮之先鸣兮，使夫百草为之不芳⓯。"

【注释】

❶ 剡（yǎn）剡：神光闪耀的样子。

❷ 吉故：明君遇贤臣的吉祥的故事。

❸ 升降以上下：指俯仰浮沉到处求访。

❹ 榘镬（jǔ yuē）：此处指法度。榘，通"矩"，是画方形的工具；镬，量长短的工具。

❺ 挚（zhì）：伊尹，商汤的贤臣。

❻ 咎繇（jiù yáo）：皋陶，夏禹的贤臣。

❼ 行媒：指往来传话的媒人。

❽ 说：指傅说，殷高宗的贤相，他原来是在傅岩地方从事建筑的奴隶，后被殷高宗重用。

❾ 筑：即杵，筑土墙用的木杆。

❿ 吕望：即吕尚，本姓姜，吕是他先人的封地，以封地为氏。

⓫ 鼓刀：屠宰牲畜时摆弄刀具，发出声响。

⓬ 甯（níng）戚：春秋时卫国人，相传他曾经做过小商贩，在都东门外，边喂牛边敲牛角唱歌，齐桓公听后，得知其为贤人，便起用他为客卿。

⓭ 齐桓：齐桓公，齐国国君姜小白，春秋五霸之一。

⑭ 鹈鴂（tí jué）：鸟名，即杜鹃。
⑮ 不芳：比喻错过时机而无所作为。

【译读】

皇天光灿灿闪射着一片灵光，巫咸又告诉我一些吉利的传闻。他说："努力上天下地去求索吧！去寻求道义相同的知心人。

商汤夏禹诚心地寻求贤臣，伊尹皋陶才和他们协同一心。只要衷心爱好美好的品质，又何必到处去托媒介绍？傅说在傅岩筑过土墙，武丁重用他毫不动摇。

姜太公在朝歌操过屠刀，碰上周文王就不再潦倒。宁戚喂牛时引吭高歌，齐桓公听出了他的怀抱。趁你的年华还没有衰老，时势的极限还没有来到；当心那伯劳鸟叫得太早，使百草从此芳尽香消。"

【原文】

何琼佩之偃蹇兮，众①薆然②而蔽之。惟此党人之不谅兮，恐嫉妒而折之。

时缤纷其变易兮，又何可以淹留？兰芷变而不芳兮，荃蕙化而为茅③。

何昔日之芳草兮，今直为此萧艾也？岂其有他故④兮，莫好修之害也！

【注释】

❶ 众：指楚国朝廷结党营私的一帮人，即下句中的"党人"。
❷ 薆（ài）然：遮蔽的样子。

楚辞

❸ 茅:茅草,比喻已经蜕化变质的谗佞之人。

❹ 他故:别故,指的是其他的理由。

【译读】

为什么玉佩出众地美丽,人们就把它的光彩遮蔽?这些小人真难以信赖,怕他们因妒忌把玉佩毁弃!

叹时势翻覆,世态易变,我怎能在这里久久流连?兰与芷默默地消了幽馨,荃与蕙化茅草失去鲜艳。

为什么往日的香花芳草,今日里直成了野艾臭蒿?难道说还会有别的缘故?都只怪他们不洁身自好!

【原文】

余以兰❶为可恃兮,羌无实而容长❷。委厥美以从俗兮,苟❸得列乎众芳。椒❹专佞❺以慢慆❻兮,樧❼又欲充夫佩帏。既干进而务入兮,又何芳之能祇?

固时俗之流从兮,又孰能无变化?览椒兰其若兹兮,又况揭车与江离?惟兹佩❽之可贵兮,委❾厥美而历兹。芳菲菲❿而难亏兮,芬至今犹未沫。

和调度⓫以自娱兮,聊浮游而求女⓬。及余饰之方壮⓭兮,周流观乎上下。

【注释】

❶ 兰:兰草,这里代指影射楚怀王幼子令尹子兰。

❷ 容长:以容貌美好见长,指徒有美好外表。

❸ 苟:在此表疑问,是如何的意思。

❹ 椒：花椒，也指思想变质的贤人。

❺ 专佞（nìng）：专横，谗佞。佞，花言巧语谄媚的人。

❻ 慢慆（tāo）：傲慢放肆。慆，娱悦。

❼ 樧（shā）：古书上茱萸一类的植物。比喻官场的小人。

❽ 兹佩：这个佩饰，指上文"琼佩"，喻指屈原之内美与追求。

❾ 委：弃，这里是被抛弃的意思。

❿ 菲菲：香喷喷，指香气浓郁。

⓫ 和调度：三字同意，为并列结构，指调节自己的心态，缓和自己的心情。

⓬ 求女：寻求志同道合之人。

⓭ 及余饰之方壮：趁现在我的品质依然优秀。

【译读】

本以为幽兰总是可靠，谁知道它也虚有其表，抛弃了美质随从时俗，名列众芳应感到害臊。花椒谄上傲下有一套，茱萸还想钻进香荷包。既然只贪图攀援钻营，又怎能敬重芳洁之道？

时俗本来就趋炎附势，又有谁能够不生变异？看椒兰竟也如此，更何况揭车江离？只有这玉佩可珍可贵，守美质永葆花红叶翠！一阵阵清香毫不损减，至今还如此沁人心肺。

舒一舒愁眉啊整一整衣衫，且浪游去寻求理想的女伴，趁我那玉佩啊正当璀璨，到天地四方去一一游览！

【原文】

灵氛既告余以吉占兮，历吉日乎吾将行。折琼枝以

为羞兮,精琼靡❶以为粻❷。

为余驾飞龙❸兮,杂瑶象以为车❹。何离心之可同兮?吾将远逝以自疏。

遭吾道夫昆仑兮,路修远以周流。扬云霓❺之晻蔼❻兮,鸣玉鸾❼之啾啾❽。

【注释】

❶ 琼靡(qióng mí):玉屑,传说食之可以延年。
❷ 粻(zhāng):粮食。
❸ 飞龙:长翅膀的龙,用来驾车。
❹ 杂瑶象以为车:用美玉和象牙装饰我的车。象,象牙。
❺ 云霓(ní):即虹,此处指以云霓为旌旗。
❻ 晻蔼(ǎn ǎi):旌旗日光暗淡的样子。晻,昏暗不明。
❼ 玉鸾(luán):用玉雕刻成的鸾形的车铃。
❽ 啾(jiū)啾:象声词,玉铃发出的声音。

【译读】

灵氛告诉我卜占吉祥,选定好日子出走远方。折琼树嫩枝作为菜有肴,将碧玉捣碎作为干粮。

会飞的神龙,作驾车的御马,装饰车辆的,是美玉与象牙。怎能跟异心人待在一块?我将远游了,去追求放达!

把行程转向西方的昆仑,路迢迢我做了天涯旅人。云霓作彩旗飘扬遮天,玉制的车铃啊铿锵和鸣。

【原文】

朝发轫❶於天津❷兮,夕余至乎西极❸。凤皇翼其承旂兮，高翱翔之翼翼④。忽吾行此流沙⑤兮，遵赤水⑥而容与⑦。麾蛟⑧龙使梁津⑨兮，诏西皇⑩使涉予⑪。

路修远以多艰兮，腾众车使径待。路不周⑫以左转兮，指西海⑬以为期。屯余车其千乘兮，齐⑭玉轪⑮而并驰。驾八龙⑯之婉婉⑰兮，载云旗之委蛇。

【注释】

❶ 发轫（rèn）：拿开挡车轮的横木，使车轮转动，即出发。轫，挡住车轮转动的横木。

❷ 天津：天河的渡口。

❸ 西极：西天的尽头。

❹ 翼翼：飞翔时的样子。翼，翅膀。

❺ 流沙：沙漠因沙流动而得名。

❻ 赤水：神话中水名，发源于昆仑山。

❼ 容与：从容慢行，徘徊不前。

❽ 蛟：龙的一种，能兴风作浪。

❾ 梁津：在渡口上架桥。梁，桥，此处用为动词，架桥。

❿ 西皇：西方的神，指古帝少皞氏。

⑪ 涉予：把我渡过河去。涉，渡。

⑫ 不周：不周山，神话中的山，在昆仑西北，因山有缺，故得此名。

⑬ 西海：神话中西方之海，传说是西皇所居住的地方。

⑭ 齐：整齐，这里用为动词，排列整齐。

⑮ 玉轪（dài）：古称车轮为轪，玉轪即玉饰的车轮。

⑯ 八龙：为余驾车的八条神龙。
⑰ 婉婉：在前进时蜿蜒曲折的样子。

【译读】

早晨出发于天河的渡口，黄昏就到了西天的尽头。凤凰的彩翎连接着云旗，高飞在天上多和谐自由。转眼间我来到这一片流沙，沿着赤水河我从容优游。指挥蛟龙在渡口搭桥，叫西皇帮我渡过河流。

行程悠远啊，天路艰难，叫随从的车辆侍候两旁。翻过不周山再向左转弯，那浩瀚的西海才令人神往！成千的车辆列队集中，玉制的车轮隆隆转动，每辆车驾八条婉婉的神龙，车上的云旗啊飘曳在天空。

【原文】

抑志①而弭节兮，神高驰之邈邈②。奏《九歌》而舞《韶》③兮，聊假日以媮乐。陟升④皇之赫戏兮，忽临睨夫旧乡。仆夫悲余马怀兮，蜷局顾而不行。

乱⑤曰：已矣哉！国无人莫我知兮，又何怀乎故都！既莫足与为美政⑥兮，吾将从彭咸之所居！

【注释】

❶ 抑志：将旗帜下垂。志，通"帜"。
❷ 邈（miǎo）邈：遥远，浩渺无际的样子。
❸ 舞《韶》：以《韶》乐伴奏的舞蹈。《韶》，即《九韶》，夏启的舞乐。
❹ 陟升：两字同义，都是升高的意思。

古典诗文精品选读

❺ 乱：古代音乐的最后一章为乱，后来辞赋最后总括全篇要旨的一段也叫作"乱"。

❻ 美政：诗人追求的美好理想的政治。

【译读】

控制住兴奋吧，放缓鸣鞭，我的心如奔马腾高驰远。奏起了《九歌》，舞起《九韶》，姑且娱乐一下来消遣闲暇的时光！登上了光辉灿烂的皇天，忽然间俯见到了暗沉沉的故园！仆人悲伤啊，马儿也怀恋，它转身回头啊，不肯向前。

尾声：还是算了吧！朝廷里没有人理解我，我何必对故都藕断丝连呢？既然没有人能同我推行美政，那么我将追随彭咸寻求安身的田园！

九歌

东皇太一

　　吉日①兮辰良②,穆③将愉兮上皇。抚长剑④兮玉珥⑤,璆锵⑥鸣兮琳琅⑦。瑶席⑧兮玉瑱⑨,盍⑩将把兮琼芳⑪。蕙肴蒸⑫兮兰藉,奠桂酒⑬兮椒浆。

　　扬枹⑭兮拊鼓,疏缓节⑮兮安歌⑯,陈竽瑟⑰兮浩倡⑱。灵⑲偃蹇兮姣服,芳菲菲兮满堂。五音⑳纷㉑兮繁会㉒,君欣欣兮乐康。

【注释】

① 吉日:吉利和日子。
② 辰良:即良辰,即美好的时辰。
③ 穆:温和静敬。
④ 长剑:主祭者之剑,即灵巫所持之剑。
⑤ 玉珥:指用玉装饰而成的珥,实际指剑柄。
⑥ 璆锵(qiú qiāng):佩玉碰击的声音。
⑦ 琳琅(lín láng):美玉,比喻优美珍贵的东西。
⑧ 瑶席:瑶,指美玉,瑶席指华美如瑶的座席。

⑨ 玉瑱（zhèn）：这里是指以玉制的器具来压住座席。瑱，通"镇"，镇压。

⑩ 盍（hé）：集合之意，指将花扎在一起。

⑪ 琼芳：形容花色像美玉一样艳丽。琼，美玉。

⑫ 蕙肴蒸：即用香草蕙来包裹祭肉。肴，切成块的肉；蒸，指把块肉放在祭器上。

⑬ 桂酒：玉桂泡的酒。

⑭ 扬枹（fú）：举起鼓槌。枹，同"桴"，鼓槌。

⑮ 疏缓节：指击拍的节奏疏缓适度。疏缓，疏密缓急；节，指音乐的节拍节奏。

⑯ 安歌：指节奏旋律舒缓的歌。

⑰ 陈竽瑟：吹竽弹瑟。竽，簧管乐器，形似笙而较大，管数也较多；瑟，弹拨乐器，类似筝，二十五弦。

⑱ 浩倡：高声歌唱，倡通"唱"。

⑲ 灵：指祭拜的神，此指所祭之神东皇太一。

⑳ 五音：古代音乐的五种音阶，指宫、商、角、徵、羽。

㉑ 纷：犹"纷纷"，众多的样子。

㉒ 繁会：错杂，指众乐一起演奏。

【译读】

吉祥日子好时辰，恭敬肃穆娱上皇。手抚长剑玉为环，佩玉铿锵声清亮。华贵座席玉镇边，满把香花吐芬芳。蕙草裹肉兰为垫，祭奠美酒飘桂香。

高举鼓槌把鼓敲，节拍疏缓歌声响，竽瑟齐奏乐音强。群巫娇舞服饰美，香气四溢香满堂。众音齐会响四方，上皇欢欣乐安康。

楚辞

云中君

浴兰汤❶兮沐❷芳❸，华采❹衣兮若英❺。灵❻连蜷❼兮既留❽，烂昭昭❾兮未央❿。

謇将憺兮寿宫⓫，与日月兮齐光⓬。龙驾⓭兮帝服⓮，聊翱游兮周章⓯。灵皇皇⓰兮既降，猋⓱远举⓲兮云中。

览冀州⓳兮有馀，横四海⓴兮焉穷。思夫君兮太息，极劳心兮忡忡㉑。

【注释】

❶ 兰汤：指用芳香的兰草泡的热水。

❷ 沐：洗发。古人祭祀前必须斋戒，用兰汤沐浴。

❸ 芳：芳香，这里指兰汤，是古人在祭神前的斋戒沐浴等程序。

❹ 华采：华丽的色彩。采，通"彩"，色彩。

❺ 若英：指像玉光那样灿烂。英，通"瑛"，指玉光。

❻ 灵：神灵，这里指云中君。

❼ 连蜷（quán）：连绵婉曲，形容姿态柔美。

❽ 留：指留在天上，尚未降临。

❾ 昭昭：明亮的样子。

❿ 未央：没有穷尽，不停地发光。央，尽。

⓫ 寿宫：上寿之宫，指云中君天上所居的宫殿。

⑫ 齐光：指与日月同其光明。齐，同。

⑬ 龙驾：龙车，这里用作动词，驾龙车。

⑭ 帝服：穿五方帝色的衣服。帝，天帝；服，衣服。

⑮ 周章：周游往来，四处游荡。与"翱游"同意。

⑯ 皇皇：同"煌煌"，光彩盛大的样子。

⑰ 猋（yàn）：指犬奔跑的样子，引申为迅速敏捷。

⑱ 远举：远远地高飞。举，飞翔。

⑲ 冀州，古代中国分为冀、兖、青、徐、扬、荆、豫，梁，雍九州岛。冀州为九州岛之首，这里冀州代指中国。

⑳ 四海：古以中国四境有大海环绕，于是就以四海来代表中国以外的地域。

㉑ 忡（chōng）忡：忧虑不安的样子。

【译读】

让我虔敬地用芳香的热汤沐浴，让我穿上如玉一般五彩华美的衣裳。我看见了，云神在空中缱绻流连，她那无边的芳华，真是光明灿烂。

那高峻安稳的寿宫之上，有如日月一般光色昭然。月神驾着龙车，穿着高贵的服饰，还在那碧海青天翱翔盘桓。看，她的辉煌就要降临了！哦，她又疾飞到云中躲藏！

她俯览整个中原大地，光辉照到了九州以外，她广被四海，光束洒到了无穷的远方。我正思念你哟，我失声长叹！我忧心忡忡啊，为你而愁烦！

湘君

君不行兮夷犹①,蹇谁留兮中洲②?美要眇③兮宜修④,沛⑤吾乘兮桂舟。

令沅湘兮无波,使江⑥水兮安流。望夫君兮未来,吹参差⑦兮谁思?

驾飞龙⑧兮北征⑨,邅吾道⑩兮洞庭⑪。薜荔柏⑫兮蕙绸,荪⑬桡⑭兮兰旌⑮。

望涔阳⑯兮极浦⑰,横大江兮扬灵。扬灵兮未极,女⑱婵媛兮为余太息!

【注释】

① 夷(yí)犹:犹豫不决的样子。
② 中洲:即洲中,水中的陆地。
③ 要眇:眼波流盼的美态,指美好的样子。
④ 宜修:善修饰,恰到好处。宜,善。
⑤ 沛(pèi):水势大而急,这里形容船迅速航行的状态。
⑥ 江:指长江。流经湖南北部,与洞庭湖相接。
⑦ 参差:古乐器,即排箫名。
⑧ 飞龙:湘君所乘的飞龙之舟,亦即上面说的"桂舟"。
⑨ 北征:向北航行。征,行。

⑩ 吾道：指湘君沿沅湘航行的路线。

⑪ 洞庭：洞庭湖，在岳阳。会合沅、湘诸水，北入长江。

⑫ 柏：通"帕"，这里指旌旗。

⑬ 荪（sūn）：古书上说的一种香草。

⑭ 桡（ráo）：船桨，也被译为一种曲柄旗杆。

⑮ 旌（jīng）：旗杆顶端的装饰，一般用旄牛尾，也用别的毛羽。这里说以荪为杆，以兰为旌，极言旗帜的美丽高洁。

⑯ 涔（cén）阳：地名，在涔水的北岸。古人称河水北岸为阳。

⑰ 极浦：遥远的水岸。浦，水滨。

⑱ 女：这里指湘夫人身边的侍女。

【译读】

湘君犹豫不行，没来与我相会相亲，您为何留在那水中洲岛而不动身？我文静美好，服饰又很得体，乘着桂木之舟匆匆地前去会见湘君。

命令沅江、湘江勿兴波澜，指使长江流水平平稳稳。盼着，想着，您却没来践约，吹奏排箫，声声幽怨，我心中所想何人？

乘坐飞龙之舟，沿着沅江、湘江北行，迂回地走着渺远水路，绕道穿过洞庭。薜荔作壁衣，香蕙作帷帐，溪荪装饰旗杆曲柄，香兰缀在旌旗之顶。

从湖上遥望着涔阳那迢迢的水滨，又横渡长江，显示你的英灵。奋力划着舱船疾驶，却未达到目的，侍女们都对我顾恋同情，长长叹息。

楚辞

【原文】

横流涕①兮潺湲②,隐思君兮陫侧③。桂棹④兮兰枻⑤,斲冰兮积雪⑥。采薜荔兮水中,搴芙蓉兮木末。

心不同⑦兮媒劳⑧,恩不甚兮轻绝。石濑⑨兮浅浅,飞龙兮翩翩⑩。交不忠⑪兮怨长,期不信兮告余以不闲。

朝骋骛⑫兮江皋,夕弭节兮北渚。鸟次兮屋上,水周⑬兮堂下。捐余玦⑭兮江中,遗余佩兮澧浦⑮。

采芳洲兮杜若,将以遗兮下女。时不可兮再得⑯,聊逍遥兮容与。

【注释】

① 横流涕:形容眼泪纵横。横,横溢。

② 潺湲(chán yuán):形容泪流不止的样子。

③ 陫侧:同"悱恻",形容内心悲伤痛苦的样子。

④ 棹(zhào):船上的长桨。

⑤ 枻(yì):船舵。

⑥ 斲(zhuó)冰兮积雪:船桨击水如砍冰,激起浪花如积雪。形容行进艰难,表示心情沉重。

⑦ 心不同:指男女间的感情相背,心意不同。

⑧ 媒劳:媒人也徒劳无用。媒,媒人;劳,徒劳。

⑨ 石濑(lài):山石间的急流。濑,湍水。

⑩ 翩翩:疾飞的样子,这里形容船行驶得很快。

⑪ 交不忠:指相交而不真诚。交,友;忠,诚心。

⑫ 骋骛(chěng wù):疾驰乱跑。骋,直驰;骛,乱驰。

⑬ 周：环绕，指流水环绕堂下，哗哗地流淌着。

⑭ 玦（jué）：玉器，环形有缺口。

⑮ 澧（lǐ）浦：澧水之滨。澧，水名，在湖南西部，流入洞庭湖。

⑯ 再得：再回，表示对时光流逝无可奈何的悲痛之情。

【译读】

我涕泪纵横，徐徐地流满双颊，心中暗暗思念您啊，无限悱恻悲凄！桂木作船桨，木兰作船舷，无比芳洁，凌波行舟，激起浪花飞溅，犹如斫冰积雪。山上有薜荔，却向水中采取，水中有荷花，却到树梢采撷。

两人如不同心相爱，媒人也徒劳无益，恩情不深不厚，就会轻易离绝。石上急湍，清流浅浅，轻快的飞龙之舟，宛然鸟隼翱翔翩翩。不以忠诚相交，使人产生深长之怨，约会不守信言，却对我说"没有空闲"。

从清晨就沿着江滨乘舟疾行，黄昏时在北面沙洲缓缓而停。此地鸟雀常在屋上栖息，碧水在堂下静静环流，一派凄清。把您赠我的玉玦投弃大江波心，把您赠我的玉佩抛在澧水之滨。

我却又到芳草丛生的沙洲采来杜若，且赠给您的侍女，请她代我表白赤忱。时光不能再来，良缘不可复得，万般无奈：我姑且逍遥漫游，以排遣悲愁苦闷！

 楚辞

湘夫人

帝子①降兮北渚，目眇眇②兮愁予。袅袅兮秋风，洞庭波③兮木叶下④。

登白薠⑤兮骋望，与佳⑥期兮夕张。鸟何萃兮蘋⑦中？罾⑧何为兮木上？

沅有芷⑨兮澧有兰，思公子⑩兮未敢言⑪。荒忽⑫兮远望，观流水兮潺湲。

【注释】

① 帝子：指湘夫人。相传舜妃为帝尧之女，故称帝子。古代女儿也可以称为"子"。

② 眇眇：眼神迷离惆怅的样子。

③ 波：用作动词，这里指泛起波浪。

④ 木叶下：指洞庭湖畔树木上的树叶脱落下来。

⑤ 白薠（fán）：草名，即薠草。

⑥ 佳：指佳人，这里指湘夫人。

⑦ 蘋（pín）：水草，根茎匍匐泥中，常见于水田、池塘中。

⑧ 罾（zēng）：一种用木棍或竹竿做支架的方形渔网。

⑨ 芷（zhǐ）：香草名，即白芷。

⑩ 公子：此处指湘夫人，古代人亦有称女子为公子。

⑪ 未敢言：指不知道如何来表达自己的思念感情，这里

表现出了词人心中的思念之情。

❷ 荒忽:通"恍惚",隐约而不清楚的样子。

【译读】

公主降临到北滩上,我望眼欲穿,满腹惆怅。秋风阵阵,遍体生凉,洞庭扬波啊落叶儿黄。

登上长满白蘋的高地极目远望,本已约好啊,在黄昏互诉衷肠。可鸟儿为什么聚集在水草上,渔网为什么还挂在树上?

沅水有白芷啊,澧水有香兰,看到兰芷啊,就把你暗暗思念。恍恍惚惚啊,我向远方张望,但见流水潺潺,流得那么慢。

【原文】

麋❶何食兮庭中?蛟何为兮水裔?朝驰余马兮江皋,夕济❷兮西澨❸。闻佳人兮召予❹,将腾驾兮偕逝。

筑室兮水中,葺❺之兮荷盖。荪壁❻兮紫坛❼,匊芳椒兮成堂。桂栋❽兮兰橑,辛夷楣兮药房。

罔❾薜荔兮为帷,擗❿蕙櫋⓫兮既张。白玉兮为镇,疏石兰兮为芳。芷葺⓬兮荷屋,缭之兮杜衡⓭。

合百草⓮兮实庭,建芳馨⓯兮庑⓰门。九嶷⓱缤兮并迎,灵之来兮如云。

捐余袂兮江中,遗余褋⓲兮澧浦。搴汀洲兮杜若⓳,将以遗兮远者。时不可兮骤得,聊逍遥兮容与。

【注释】

❶ 麋(mí):兽名,麋鹿,也叫四不像。

楚辞

② 济：过河，渡过。

③ 澨（shì）：水边。

④ 召予：即召唤我。这又是湘君的幻觉。予，湘君自称。

⑤ 葺（qì）：盖，指用茅草盖房屋。

⑥ 荪壁：指用香草荪来装饰墙壁。

⑦ 紫坛：以水中的宝物紫贝来铺修中庭的地面。紫，紫贝。

⑧ 桂栋：用桂木做新屋的正梁。

⑨ 罔（wǎng）：同"网"，此作动词用，编结。

⑩ 擗（bò）：通"擘"，剖开，分开。

⑪ 櫋（mián）：屋檐木板。

⑫ 芷葺：用白芷把屋顶加厚，指在原有的荷叶屋顶上加盖一层白芷。

⑬ 杜衡：香草名，或称马蹄香，其叶似葵而有香味。

⑭ 百草：各式各样的花草，极言其多。

⑮ 芳馨：芳香，此处借指香草。

⑯ 庑（wǔ）：堂外周围的廊屋。

⑰ 九嶷（yí）：九嶷山，此处指九嶷山的众神。传说舜死于九嶷，葬于九嶷。

⑱ 褋（dié）：单衣。

⑲ 杜若：香草名。夏日开白花，果实蓝黑色。

【译读】

深山的麋鹿为什么觅食到了庭院？深水的蛟龙为什么浮游到水边？早晨我骑着快马奔驰在江边，傍晚我就渡过了江水的西岸。公主啊，听到你的一声呼唤，我将驾起快车同你把美好生活创建。

· 047 ·

古典诗文精品选读

我要把屋子筑在水中,用荷叶铺盖屋顶。用香荪涂墙,用紫贝砌花坛,我要让满堂花椒的香气充盈。用木兰做椽子,用桂树作梁,用辛夷做门楣,再用白芷装饰卧房。

用薜荔编织成帐子,再把蕙草铺在帐顶上。我要用白玉做压席的镇石,让疏散的石兰,散发芳香。用白芷覆盖着荷叶做的屋顶,外面再缠绕上芬芳的杜衡。

我要汇集百草摆满整个院子,我要把芳香分布在走廊和门厅。九嶷山的众神都纷纷把你相迎,神啊翩翩而来,如同彩云在飘行。

把我的香囊抛在大江之中,把我的单衣留在澧水之滨。我要采摘江中小岛上的杜若,把它赠给你啊,我远方的亲人。美好的时光实在难以骤然得到,姑且玩玩吧,消散一下我郁闷的心。

天问

曰：遂古①之初，谁传道之？上下未形②，何由考之？冥昭③瞢暗④，谁能极之？冯翼⑤惟像，何以识之？明明暗暗，惟时何为？阴阳三合，何本何化？

圜⑥则九重⑦，孰营度之？惟兹何功，孰初作之？斡维⑧焉系，天极焉加？八柱⑨何当，东南何亏？九天之际，安放安属？隅隈多有，谁知其数？

【注释】

① 遂（suì）古：远古。遂，通"邃"，悠远。
② 未形：未形成，指天地未分，宇宙一片混沌之时。
③ 冥昭：昏暗。冥，昏暗；昭，明亮。
④ 瞢（méng）暗：昼夜未分，混沌不明的样子。
⑤ 冯翼：大气盛满无形无状的状态。
⑥ 圜（yuán）：同"圆"，指天。古人认为天是圆的。
⑦ 九重：九层。古人认为天是圆的而且有九层。
⑧ 斡（wò）维：即指拴斡之绳，实指天体旋转得以维系的地方。斡，车毂孔内插轴之处；维，指绳子。
⑨ 八柱：八根柱子。古代传说天空有八座大山支撑。

【译读】

请问：关于远古的情景，是谁传授后人？那时天地未分，能根据什么来考究？那时混混沌沌，是谁把它弄得清楚？有什么在回旋浮动，如何可以分明？无底的黑暗生出光明，这样安排是为何故？阴阳二气，它们的来历又在何处？

圆圆的天穹共有九层，是谁动手经营？这样一个工程何等伟大？是谁最初建造？天穹的斗柄绳索系在哪里？天梁的顶端架设在何处？擎天的八柱何方挺立？东南方是海水所在，擎天柱岂不会塌陷？九重天盖的边缘，放了什么东西上面？既有很多弯曲，是谁把它的度数晓得周全？

【原文】

天何所沓❶？十二焉分？日月安属？列星安陈？出自汤谷，次于蒙汜❷。

自明及晦，所行几里？夜光何德，死则又育？厥利维何，而顾菟❸在腹？

女歧❹无合，夫焉取九子？伯强❺何处？惠气安在？何阖而晦？何开而明？角宿未旦，曜灵❻安藏？

【注释】

❶ 沓：通"踏"，践踏，这里指延伸。
❷ 蒙汜（sì）：水名，传说中太阳止息的地方。
❸ 顾菟：传说中月宫中有玉兔，兔性多疑，走路常回头看，所以叫"顾兔"。菟，通"兔"。
❹ 女歧：传说中的女神，无夫而生九子。

❺ 伯强：北方的一位风神。

❻ 曜（yào）灵：对太阳的尊称。

【译读】

到底根据什么尺子？把天体分成了十二等分？太阳和月亮何以不坠？群星怎样陈列空中？

太阳是从汤谷出来，晚间落到蒙水边上。从清早直到黄昏，它到底走了多少里程？月亮有什么本领，为何死了又能够再生？月亮为了什么好处？养只玉兔在它腹中？

女岐没有丈夫，为什么又生了九个儿子？风神伯强究竟住在何处？凛冽寒风哪里吹来？何以天关闭就成黑暗？何以天打开就是光明？星星还在天上的时候，太阳又在哪儿躲藏？

【原文】

不任汩鸿❶，师何以尚❷之？佥曰"何忧"，何不课而行之？鸱龟❸曳衔，鲧何听焉？顺欲❹成功，帝何刑焉？永遏在羽山，夫何三年不施？

伯禹❺腹鲧，夫何以变化❻？纂就❼前绪❽，遂成考❾功。何续初继业，而厥谋❿不同？洪泉极深，何以窴之？地方九则，何以坟之？河海应龙⓫？何尽何历？鲧何所营？禹何所成？

【注释】

❶ 鸿：通"洪"，这里指大水。

❷ 尚：崇尚，此处为"推举"之意。

❸ 鸱（chī）龟：传说中像鸱鸟的龟。鸱，猫头鹰。

❹ 顺欲：指顺从众人的愿望。

❺ 伯禹：即大禹。传说中鲧死后从鲧的腹中生出。

❻ 变化：这里指大禹与鲧的智性不同。

❼ 纂（zuǎn）就：继续。就，成就。

❽ 前绪：从前的事业。绪，本指丝端，引申为余事，此处指鲧未完成的治水之事。

❾ 考：死去的父亲，这里指的是鲧。

❿ 谋：指治水的方略。古籍记载，鲧与禹的治水方法不同，鲧主张堵，禹主张导。

⓫ 应龙：传说中有翼的龙，曾助大禹治水。

【译读】

鲧治水不能胜任，众人为什么要推荐他？大家都说何必要担忧？为何不先考察试用？鸱鸟拖拉衔走土石，鲧为何听任它们？治理洪水将要成功，帝尧为何对鲧施刑？把鲧长期囚禁羽山，为何多年仍不释放？鲧从腹中生出禹来，这是如何羽化而成？

大禹继承了父亲的事业，父业终于大功告成。为什么父子相承，治理洪水，他们的做法有这般的不同？洪水泛滥是很渊深的呀，禹是用何物它填平？据说禹把全国分为九等，他是根据什么划分的？应龙如何划地疏谁？江河入海流经何处？鲧经营了哪些事情？禹成就了哪些功业？

【原文】

康回❶冯怒，墬何故以东南倾？九州安错？川谷何洿？东流不溢，孰知其故？东西南北❷，其修孰多？

南北顺𰀉，其衍几何？昆仑县圃❸，其居安在？增城❹九重，其高几里？四方❺之门，其谁从焉？西北辟启，何气通焉？

【注释】

❶ 康回：传说中的共工氏，曾与颛顼争帝，怒触不周山，使天倾地裂。

❷ 东西南北：指大地从东至西，从南至北的长度。

❸ 县圃（pǔ）：即"玄圃"，传说中的地名，在昆仑山上，是与天相通的地方。

❹ 增城：神话中地名，传说昆仑山分为三级，最上一层即为增城。

❺ 四方：指昆仑山神山的四个门，一说天的四方的四个天门。

【译读】

共工大怒触倒了不周山，大地为何向东南倾倒？九州岛究竟安放在什么上面？河床何以洼陷？江河总向下流，却不能够把大海流满，谁能知道其中的缘故？地面四方东南西北，究竟哪个距离最长？

南北要比东西短些，短的程度究竟是怎样？悬圃仙境，如何悬在天空？最上层的增城还有九重，高度到底多少？四面八方有九道天门，谁在出，谁在进？西北方的天门开放着，什么风从那里通畅？

【原文】

　　日安不到？烛龙❶何照？羲和之未扬，若华❷何光？何所冬暖？何所夏寒？焉有石林？何兽能言？焉有虬龙、负熊以游？

　　雄虺❸九首，鯈忽焉在？何所不死？长人❹何守？靡蓱❺九衢❻，枲❼华安居？灵蛇吞象，厥大何如？黑水、玄趾，三危❽安在？延年不死，寿何所止？鲮鱼❾何所？鬿堆❿焉处？

【注释】

❶ 烛龙：神话中的神龙名，传说是住在日月都照不到的西北方的神。

❷ 若华：若木花。若木是神话中的树名，开红花，散发出光。

❸ 雄虺（huǐ）：古代传说中的大毒蛇。

❹ 长人：巨人。指防风氏。传说他身长三丈，死后一节骨头就装满了一车。

❺ 靡蓱（píng）：漂流的浮萍。

❻ 九衢（qú）：蔓延的萍草有多个枝杈，很是神奇。九，虚数，意多个；衢，岔道，枝杈。

❼ 枲（xǐ）：指麻类植物的纤维，泛指麻。

❽ 三危：山名。传说中这一水二山同在西北方，乃不死之国，长寿之乡。

❾ 鲮（líng）鱼：一种怪鱼，生长于西海中人面人首鱼身。

❿ 鬿（qí）堆：鬿雀，传说中的一种怪鸟。

楚辞

【译读】

太阳有何处照不到？还需要烛龙衔火照耀北方？太阳的车夫还没有开车，若木花何以便能放光？究竟有什么地方冬天温暖？什么地方夏天也冷？哪里有石柱子成林，哪里有野兽能够说人话？哪里有无角的虬龙，它为何要背负黑熊游玩？

一条大蛇九个头，来去如电哪儿有？什么地方人不死？何处巨人来看守？靡萍一枝九个杈，如麻的花儿开在哪儿？一条大蛇吞大象，它的身体该有多大？黑水玄趾与三危，它们都在什么位置？那里的人们长寿永不死，他们究竟要活到何时？人面鲮鱼哪儿有？吃人的雀在哪里？

【原文】

羿焉彃日？乌焉解羽？禹之力献功，降省下土四方。焉得彼嵞山❶女，而通之於台桑？闵妃匹合，厥身是继。胡为嗜不同味，而快鼌饱❷？

启代益❸作后，卒然离蠥。何启惟忧，而能拘是达？皆归射鞠❹，而无害厥躬。何后益作革，而禹播降❺？启棘宾商，《九辨》《九歌》。何勤子屠母❻，而死分竟地？

【注释】

❶ 嵞（tú）山：即涂山。相传夏禹大会诸侯于此，娶涂山氏之女。

❷ 鼌（cháo）饱：与"朝食""朝饥"同义，似指男女结合的隐语。这里指满足一时的欲望。

❸ 益：禹时的贤臣。传说大禹曾传位给他，不就，启谋

古典诗文精品选读

王位被其拘,后被启杀。

❹ 射鞠:泛指武器。射,弓箭;鞠,箭囊。

❺ 播降,即"番隆",番衍兴旺。播,借为"番";降,借为"隆"。

❻ 屠母:分裂母亲,指涂山嫄,石破裂后生出启。

【译读】

后羿怎样射下九日?日中的金乌掉落在哪里?禹勤力治水献大功,降临人间考察水情。怎样得到涂山女,便在桑林把婚成?恩爱结合成配偶,生儿育女接代传宗。为什么禹与常人不一样,也贪恋儿女欢情?

夏启取代伯益做君王,终于遇祸反遭殃。为什么启身陷囹圄遭危难,还能顺利逃脱转危为安?禹益行事都敬谨,他们自身无

恶行。为什么伯益被革替，禹留子孙后代昌隆？夏启屡献美女给天帝，演出《九辩》《九歌》。禹为什么厚爱儿子轻其妻，使她尸裂弃荒野？

【原文】

帝降夷羿❶，革孽❷夏民。胡射夫河伯，而妻❸彼雒嫔❹？冯❺珧❻利决❼，封豨❽是射。何献蒸肉之膏，而后帝不若？浞娶纯狐，眩妻爰谋。何羿之射革❾，而交吞揆❿之？阻穷⓫西征，岩何越焉？化为黄熊⓬，巫何活焉？咸播秬黍，莆雚⓭是营。何由并⓮投，而鲧疾修盈⓯？

【注释】

❶ 夷羿：夏时东夷族有穷国的首领，后取代夏后相帝位，自立为君，后又被寒浞所杀。因羿属东夷族，所以称夷羿。

❷ 革孽（niè）：革除灾难。革，除；孽，灾祸。

❸ 妻：用作动词，以……为妻。

❹ 雒嫔：即"洛嫔"，洛水的女神，即指宓妃。

❺ 冯：通"凭"，大而满，指拉满弓。

❻ 珧（yáo）：蚌壳，这里指蚌壳装饰的弓。

❼ 利决：很利索地运用扳指，说明善于射箭。决，通"玦"，套在大拇指上的扳指圈，通常用玉石或兽骨做成。

❽ 封豨（xī）：大野猪。封，大。

❾ 射革：射穿皮革，相传羿能射穿七层皮革。

❿ 揆（kuí）：揣度，思量，估量，揣测。

⑪ 阻穷：形容道路的阻隔困难。阻，阻挡；穷，尽。

⑫ 化为黄熊：传说中上帝杀鲧于羽山，鲧变做黄熊，跳进羽山旁边的一个深渊。

⑬ 莆藿（pú huán）：泛指杂草。莆，一种水草。

⑭ 并：通"屏"，这里有放逐的意思。

⑮ 修盈：是说鲧的罪恶名声多而久远。修，长；盈，满。

【译读】

上帝把后羿遣下凡尘，为的是革除夏民的忧困。他为什么射瞎河伯，又把洛神作为自己的妃嫔？引满雕弓套上扳指，后羿射死为害的大猪。为什么用猪肉来献祭，上帝反而心存不满？寒浞和后羿的妃子纯狐通奸，两人还一起谋划。为什么射死了后羿，还把人煮了，吃他的肉？鲧被流放到西边，道路阻绝，如何翻山越岭？鲧已经化为黄熊，巫师何能使他复活？要大家播种黑小米，清除杂草耕耘经营。何以却要把他流窜，难道鲧罪孽如此深重？

【原文】

白蜺❶婴茀❷胡为此堂？安得夫良药，不能固臧？天式从横❸，阳离爰死。大鸟❹何鸣，夫焉丧厥体？萍号起雨，何以兴之？撰体胁鹿❺，何以膺之？鳌戴山抃❻，何以安之？释舟陵行，何之迁之？惟浇❼在户，何求于嫂？何少康逐犬❽，而颠陨厥首？女歧缝裳，而馆同爰止。何颠易❾厥首，而亲以逢殆❿？汤谋易旅，何以厚之？覆舟斟寻⓫，何道取之？桀伐蒙山，何所得焉？妹嬉何肆，汤何殛⓬焉？

楚辞

【注释】

❶ 白蜺：此处似指嫦娥白色衣裙。蜺，同"霓"。
❷ 婴茀（fú）：妇女头饰和颈饰。婴，同"缨"，这里用作动词，用丝带缠绕。
❸ 从横：同"纵横"，指阴阳二气结合。
❹ 大鸟：太阳里面的金乌，指羿死后化成的大鸟。
❺ 撰体胁鹿：指风神飞廉具有鹿身雀头的形态。
❻ 抃（biàn）：拍手。这里指鳌舞动四肢。
❼ 浇：寒浞的儿子。传说其力大且残忍，曾杀死夏相，又被夏相的儿子少康所杀。
❽ 逐犬：指打猎，这里指放逐猎犬以追逐野兽。
❾ 易：以此代彼，这里指杀错。
❿ 逢殃：遭殃，指后来浇的被杀。
⓫ 覆舟斟寻：指浇消灭斟灌、斟寻事。二斟为夏同姓诸侯国。夏后相失国，依于二斟，后被浇所灭。
⓬ 殛（jí）：治罪，惩罚，诛杀。

【译读】

　　嫦娥披着白色的霓裳，有着美妙的梳妆，她为什么来到这个殿堂？子侨从哪里弄得不死的仙药，却又不能牢牢地隐藏？自然法则真是不可抵挡，阳气消失人就会死亡。这只大鸟为什么鸣叫？怎会丧失原来的身躯？雨神蓱翳一声呼喊，为什么就能大雨倾盆？风神飞廉雀头鹿身，他又为何随之响应？巨鳌头顶神山四肢划动，神山为什么安稳不动。巨人钓龟弃舟陆行，怎把海龟背回国中？寒浞的儿子浇来到嫂子的房门口，何所求于她？少康又

何以放狗去咬倒了浇,砍下了他的头首?浇的嫂子女岐替浇缝衣,而一同在房里睡觉。少康为何割错女岐的头首,浇因情欲终遭祸殃?少康谋划整顿军队,用什么方法壮大队伍?灭掉斟寻易如覆舟,少康取胜用的什么方法?夏桀出兵把蒙山攻伐,得到两位女子,有什么稀奇?妹嬉怎样恣肆淫虐,成汤为什么要灭夏桀?

【原文】

舜闵在家,父何以鳏❶?尧不姚❷告,二女❸何亲?厥萌❹在初,何所意焉?璜台❺十成,谁所极焉?登立❻为帝,孰道尚之?

女娲有体,孰制匠之?舜服厥弟❼,终然为害❽。何肆犬豕❾而厥身不危败?吴获迄古,南岳❿是止。孰期去斯,得两男子?

【注释】

❶ 鳏(guān):无妻或丧妻的,这里指男子成年无妻。
❷ 姚:舜的姓,这里是指舜父瞽叟。
❸ 二女:指尧的两个女儿娥皇、女英。
❹ 厥萌:指事物的初始状态。萌,萌芽,开始发生。
❺ 璜(huáng)台:用玉石砌成的高石。
❻ 登立:登位。立,通"位",这一句指女娲登位为帝。
❼ 厥弟:其弟,指舜的弟弟象。
❽ 为害:被谋害。此处指舜弟象与其父母合谋陷害舜之事。
❾ 犬豕(shǐ):狗和猪。比喻鄙贱之人。
❿ 南岳:泛指南方大山,此处指南方。

楚辞

【译读】

　　舜在家里闷闷不乐,父亲为什么不给他娶妻?帝尧不先告舜的父母,为什么便下嫁了两女?事物萌芽初露端倪,谁能预测它的未来?美玉筑成楼台十层,谁能预料纣王的下场?伏羲登上高位,成为帝王,是谁拥戴他的天下?

　　女娲的形体一日七十二变,这是谁的智慧造成?虞舜顺从他的兄弟,但是象终于傲慢不驯。何以那样猪狗一般的坏人,反而保全着性命?吴国获得了长久的存在,南岳就是它建国地址处。想到这个富饶的地方,只因得到两位贤君?

【原文】

　　缘鹄❶饰玉,后帝是飨。何承谋夏桀,终以灭丧?帝乃降观,下逢伊挚。何条❷放致罚,而黎服❸大说?简狄在台,喾何宜?玄鸟致贻❹,女何喜?该秉季德,厥父是臧❺。胡终弊于有扈,牧夫牛羊?干协❻时舞,何以怀之?平胁曼肤❼,何以肥之?有扈牧竖,云何而逢?击床❽先出,其命何从?

【注释】

❶ 鹄(hú):天鹅,这里指装饰有天鹅图案用以烹煮的鼎。

❷ 条:指鸣条,地名,传说是商汤打败夏桀或流放夏桀的地方。

❸ 黎服:黎民服,是楚地对农民的蔑称。

❹ 贻(yí):赠送的礼物,这里指玄鸟的蛋。

❺ 臧(zāng):善,这里用作动词,以之为善的意思。

❻ 干协：盾牌，又称胁盾。

❼ 曼肤：指细嫩光泽的皮肤。曼，柔曼。

❽ 击床：指有易想在王亥与其妻私通时，将其杀死在床上。

【译读】

夏桀用鸿鹄的羹，玉铉的鼎，来飨祀上皇。他承受着夏代的基业，为什么终于灭亡？上帝走到人间观察下情，碰到那位小臣伊尹。为何桀在鸣条受罚，黎民百姓十分高兴？简狄深居在九重的瑶台，帝喾为什么要去引诱？打发玄鸟送了一对蛋去，简狄吞了怎么会怀胎？王亥承受着季的基业，学习着他父亲的善良。为什么终于死在有易，还失掉了仆夫与牛羊？王亥在有易执盾跳舞，为什么能使有易女怀恋？体肤丰满润泽的有易女，怎么就成了王亥的妻室？在有易放牧的王亥，怎么会遭此不幸？在床上先把王亥砍了，这又是出于谁的命令？

【原文】

恒❶秉季❷德，焉得夫朴牛❸？何往营❹班禄❺，不但还来？昏微遵迹❻，有狄❼不宁。何繁鸟萃棘，负子肆情？眩弟❽并淫，危害厥兄。何变化以作诈，而后嗣逢长？

成汤❾东巡，有莘爰极。何乞彼小臣，而吉妃❿是得？水滨之木，得彼小子。夫何恶之，媵有莘之妇？汤出重泉⓫，夫何罪尤？不胜心⓬伐帝，夫谁使挑之？

会朝争盟，何践吾期？苍鸟⓭群飞，孰使萃之？列击纣躬，叔旦⓮不嘉。何亲揆发，定周之命⓯以咨嗟？

授殷天下，其位安施？反成乃亡，其罪伊何？争遣伐器❶，何以行之？并驱❶击翼，何以将之？

【注释】

❶ 恒：殷王恒，王亥的弟弟。

❷ 季：即王季，是王亥和王恒的父亲。

❸ 朴牛：即"服牛"，拉车的牛。

❹ 往营：指外出谋求。往，出；营，谋求。

❺ 班禄：颁赐爵禄。这里是指借颁赐爵禄为名来引诱。

❻ 遵迹：遵循轨迹，继承先人的事业，继承祖德。

❼ 有狄：即有易。狄，通"易"。

❽ 眩（xuàn）弟：惑乱的弟弟。眩，本指目视昏花，此指昏乱迷惑；弟，指子桓。

❾ 成汤：即商汤。商开国国君，"成"是谥号。

❿ 吉妃：好妃子。有莘氏的女儿。传说商汤娶之得伊尹。

⓫ 重泉：地名，夏桀囚禁商汤的地方。

⓬ 不胜心：指无法忍受内心，含有情不自禁的意思。不胜，不可忍受。

⓭ 苍鸟：比喻各地的诸侯将士勇猛，像鹰一样。

⓮ 叔旦：周公，武王的弟弟。

⓯ 周之命：指天命周期的国运，即上天给予周的政权。

⓰ 伐器：作战的武器，此指手持武器的军队。

⓱ 并驱：并驾齐驱，指周军的进攻。

【译读】

　　王恒也承受着季的德业，又怎样把失去的牧牛夺回？为什么还到有易去请求恩情，以致一去就没有回头？上甲微又承继了王亥，把有易搅了个岌岌可危。恰像鸟儿聚集在荆棘丛上，为什么还瞒着儿子与媳妇纵情？上甲微的弟弟同样淫乱，竟然要危害自己的兄长。为什么欺诈手段如此变化多端，后代却又兴旺发达？

　　成汤往东方去巡游，一直走到有莘氏的国境。目的是找那位小臣伊尹，为什么却得到美丽的夫人？从伊水上的一株空桑，捡得那位小臣伊尹。有莘氏为何不喜欢，要把他作为奴隶陪嫁姑娘？汤被夏桀囚在重泉，到底是因为什么罪过？汤本没有心肠讨伐夏桀，到底是谁挑动了他？

　　甲子之朝会盟誓师，八百诸侯何以按期而至。将士像苍鹰成

楚辞

群飞翔搏击,是谁把他们聚集在一起?把纣杀了,周公旦不赞成姜太公的大肆屠杀。为什么周公亲自兴兵伐纣,奠定周朝基业反倒叹息?上帝既把天下给了殷人,是根据什么来施赏?前途倒戈而终至溃灭,罪恶又是在什么地方?是谁动员,使八百诸侯争先恐后地举起武器?并驾齐驱,两翼夹击,又是谁在担任着指挥?

【原文】

昭后❶成游,南土爰底。厥利惟何,逢彼白雉❷?穆王❸巧梅❹,夫何周流?环理天下,夫何索求?妖夫❺曳衒,何号于市?周幽谁诛?焉得夫褒姒?天命反侧,何罚何佑❻?齐桓❼九会❽,卒然身杀。

彼王纣之躬,孰使乱惑?何恶辅弼❾,谗❿谄是服?比干⓫何逆,而抑沉之?雷开⓬何顺,而赐封之?何圣人之一德,卒其异方:梅伯⓭受醢⓮,箕子详狂?

稷维元子,帝何竺⓯之?投之於冰上,鸟何燠⓰之?何冯弓挟矢,殊能将之?既惊帝切激,何逢长之?伯昌⓱号衰,秉鞭作牧。何令彻彼岐社,命有殷国?迁藏就岐,何能依?殷有惑妇⓲,何所讥?受赐兹醢,西伯上告。何亲就上帝罚,殷之命以不救?

【注释】

❶ 昭后:周昭王,周代第四代君主。
❷ 白雉(zhì):鸟名,白色羽毛的野鸡。古时以为瑞鸟。
❸ 穆王:周穆王,昭王的儿子,周代第五代君主。

古典诗文精品选读

④ 捶（měi）：通"枚"，马鞭。这里指善于驾驭鞭策之术。
⑤ 妖夫：妖人，指对周王室不祥之人。
⑥ 何罚何佑：惩罚什么？保佑什么？
⑦ 齐桓：齐桓公，齐国国君，春秋五霸之一。
⑧ 九会：指齐桓公多次召集诸侯会盟，成为霸主。
⑨ 辅弼（bì）：辅佐，这里指辅佐君王的贤臣。
⑩ 谗：毁谤奉承。这里指进谗言的小人。
⑪ 比干：纣王的叔父，因直谏而被剖心。
⑫ 雷开：商纣王时的奸臣。
⑬ 梅伯：上纣王的诸侯，因忠心直谏被纣王杀死。
⑭ 醢（hǎi）：古代一种酷刑。把人杀死后剁成肉酱。
⑮ 竺：通"毒"，毒恨，憎恨，憎恶。
⑯ 燠（yù）：温暖。
⑰ 伯昌：即周文王，曾被封为雍州伯，顾称西伯昌。
⑱ 惑妇：迷惑人的女子，此指纣宠妃妲己。

【译读】

周昭王很高兴巡游，一直走到了南国的境地。到底有什么好处，他要去接受白色的野鸡？穆王是更加轻佻，他为什么要想周游天下？跑了十九万里想找什么，驾着那八匹骏马？怪人拖曳弓箭叫卖，为什么在街市上大声呼号？周幽王究竟是被谁杀掉的？怎么能够怪得褒姒？天老爷的脾气反复无常，有什么一定的赏罚？齐桓公九合诸侯，一匡天下最终却被人残杀！

殷纣王这个独夫，是受了谁的迷惑而变成糊涂？他为什么要听信谗言，讨厌重臣们对他的帮助？比干违犯了什么法纪，要剖他的心使他沉沦?雷开有什么守法处,而要封他的官爵,赏以黄金?何以明哲的人,德行本相同,最终结果却是两样?梅伯直谏被剁成肉酱,箕子则披发而假装疯狂?

后稷是帝喾第一个儿子,帝喾为什么要憎恶他?丢他在冰地上,群鸟为什么用翅膀去盖他?为什么他又做司马,能弯弓射箭,善于打仗?帝喾既被他惊骇得透心,为什么又使他繁昌?殷衰弱之时周文王发号命令,执掌大权,做了诸侯的首领。为什么又让他扩大了势力,公然代替了殷商?凭着什么,老百姓都扶老携幼跑到岐山之阳?殷纣王要宠爱他的妃子妲己,何以遭人反抗?殷纣王烹了伯邑考,把肉汤送给文王,文王便向上帝控告。为什么纣王亲受上帝的惩罚,使殷朝失掉了天下,终至于无法挽救?

【原文】

师望❶在肆,昌何识?鼓刀扬声❷,后何喜?武发杀殷,何所悒❸?载尸❹集战,何所急?伯林❺雉经❻,维其何故?何感天抑墜,夫谁畏惧?皇天集命,惟何戒之?受礼❼天下,又使至代之?

初汤臣挚❽,后兹承辅。何卒官汤❾,尊食宗绪?勋阖❿、梦⓫生,少离散亡。何壮武厉,能流厥严⓬?彭铿⓭斟雉⓮,帝何飨?受寿永多,夫何久长?中央共牧,后何怒?蜂蛾⓯命,力何固?

【注释】

❶ 师望:即吕望,后人又称姜太公,姜子牙。

❷ 鼓刀扬声:宰杀牲畜时摆弄刀子发出的声响。

❸ 怌（yì）：愤怒，愤恨。

❹ 载尸：载灵牌于兵车上。尸，这里指木主，即灵牌。

❺ 林：即伯林，似指殷纣王。

❻ 雉经：悬挂，自缢而死。雉，即绳索。

❼ 礼：通"理"，治理天下。

❽ 臣挚：以挚为臣，指当初成汤东巡，伊尹作为陪嫁的奴隶来到汤身边。

❾ 官汤：使汤成为统治天下的君主。

❿ 阖（hé）：阖闾，春秋时期吴国的国君。

⓫ 梦：寿梦，吴王阖闾的祖父。

⓬ 严：应作"庄"，这里有威武的意思。

⓭ 彭铿（kēng）：古代传说中的长寿者，又称彭祖，据说活了八百多岁。

⓮ 斟雉：用野鸡调制的肉汤。传说中彭铿善于烹调。

⓯ 蜂蛾：蜜蜂与蚂蚁等微小的昆虫。此处指百姓。蛾，古"蚁"字。

【译读】

太公在朝歌做屠户，文王何以知道而欢喜？听到挥刀振动发声，文王为何那么欢喜？武王斩下纣王的头颅，为什么如此义愤填膺？武王载着父亲灵位去讨伐殷纣，他何以要那样着急？纣王和他的妃嫔为何要吊死？伐纣感天动地，武王还能畏惧谁？上帝既降天命于殷，为何不再劝诫明白？上帝为什么要把天下给人？给了又要让别人拿去？

是成汤的臣下，后来被献给夏桀。何以终于事汤，得到宗室

楚 辞

一般的待遇？寿梦的孙子吴王阖闾，小时候便遭受了流窜。何以壮年以后，能流传他的英勇，武功辉煌？彭祖八百岁，上帝何以又喜欢他的野鸡汤？活了那么长的寿命，为什么彭祖还要惆怅？四海之中，万国共处，上帝何以要使他们相怒？蜜蜂和蚂蚁尽管微渺，而力量何以又那么顽强？

【原文】

惊女采薇❶，鹿何祐？北至回水❷，萃何喜？兄❸有噬犬，弟何欲？易之以百两，卒无禄？薄暮雷电，归何忧？厥❹严不奉，帝何求？

伏匿穴处❺，爰何云？荆❻勋作师，夫何长？悟过❼改更，我又何言？吴光❽争国❾，久余是胜❿。何环穿自闾社丘陵⓫，爰出子文⓬？吾告堵敖⓭以不长。何试上⓮自予，忠名弥彰？

【注释】

❶ 薇：即薇菜，一种植物。

❷ 回水：指首阳山附近的雷水。

❸ 兄：指春秋中期齐国国君秦景公。

❹ 厥：其，指楚怀王，也指楚国。

❺ 伏匿穴处：指诗人被流放之事。穴处，本指山洞，这里指作者自己被流放，住在荒野山林。

❻ 荆（jīng）：荆楚，楚国的别名。这里指楚王。

❼ 悟过：对自己的过错有所醒悟。悟，知晓。

❽ 吴光：吴公子光，即吴王阖闾。

⑨ 争国：争夺君位，指阖庐派人杀僚而自立之事。

⑩ 久余是胜：即"久胜余"，指常战胜楚国。

⑪ 间社丘陵：指男女幽会之处。间，古代二十五家为一间，泛指村庄；社，祭祀土地神的地方；丘陵，陵墓。

⑫ 子文：楚成王时的贤相，母亲与别人私通所生。

⑬ 堵敖：楚文王之子，后继位不久被其弟弟楚成王所杀自立。

⑭ 试上：告诫君王。试，也作"诫"，告诫。

【译读】

姜夷齐采薇，遭到女子讥刺，为何又来白鹿哺乳？聚首在首阳山下的回水，兄弟隐居为何欢喜？公子䓕为什么想要他哥哥秦景公的猛犬？要用一百辆的车子去交换，而却遭了摧残。天已昏黄，雷电交加，我回去有什么可怕？楚王自己的尊严不肯重视，求上帝又有什么办法？

我被放逐在山洞里隐藏，对国事还有什么话说？楚王动辄兴兵去攻打邻邦，国家的命运怎能久长？如肯悔过自新，痛改前非，我又何必把话多讲？吴王阖闾与楚国争战，终于战胜了我们。斗伯比穿越里社丘陵和陨女私通，何以又生出了令尹子文？我估计料想楚王将像堵敖一样，国运一定不会久长，堵敖为什么被弟弟杀了，竟那么地可怜无告？熊恽杀堵敖而自立，何以忠直之名更加传扬呢？

九章

惜诵

惜诵以致愍❶兮,发愤以抒情。所作忠而言之兮,指苍天以为正。令五帝❷以折中❸兮,戒❹六神❺与向服。俾山川以备御❻兮,命咎繇使听直❼。

竭忠诚以事君兮,反离群❽而赘肬❾。忘儇媚以背众兮,待明君其知之。言与行其可迹❿兮,情与貌其不变。故相臣⓫莫若君兮,所以证之不远。

吾谊⓬先君而后身兮,羌众人之所仇也。专惟君而无他兮,又众兆⓭之所雠⓮也。壹心而不豫兮,羌不可保也。疾亲君而无他兮,有招祸之道也。思君其莫我忠兮,忽忘身之贱贫。事君而不贰兮,迷⓯不知宠之门⓰。

【注释】

❶ 愍(mǐn):忧病,此处指内心的忧苦。

❷ 五帝:五方之帝,即东方太昊,西方少昊,南方炎帝,北方颛顼(zhuān xū),中央皇帝。

❸ 折中：公正，不偏不倚的判决。

❹ 戒：通"诫"，告诉，命令。

❺ 六神：一说为日、月、星、水旱、四时、寒暑之神。

❻ 备御：备立陪审。备，陪；御，侍。

❼ 听直：断案，判定是非。听，听讼；直，指案情的曲直。

❽ 离群：远离，指受了排挤。群，聚在一起的人或物。

❾ 赘肬（zhuì yóu）：本指肉瘤，在此比喻多余无用的东西。

❿ 言行可迹：言行一致，有实际的行动可以考查。

⓫ 相臣：对臣子的考察。

⓬ 谊：通"义"，指合理的道德行为。

⓭ 众兆：很多的臣下，指有很多小人在朝。

⓮ 雠（chóu）：同"仇"，意为怨恨。

⓯ 迷：本指分辨不清，这里引申为"找寻不到"。

⓰ 宠之门：指获得宠信的门径。

【译读】

悼惜国事，秉忠进谏，以表达忧恤之心，发泄悼惜诵谏之愤，申抒忠君爱国之隐。假如我的讽谏之言不是出自忠信，请求苍天作证，降罚我身。再求苍天命令五帝，作出折中公允的判断，并告戒六神，对质事理，明辨是非伪真。指使名山大川之神备作执事，参与其间，降命执法之官咎繇，将曲直公断公论。

我竭尽忠诚而为国效力，侍奉君王，反被群小离弃，而看成赘肉一样。我宁肯忘掉巧佞谄媚之态，背弃奸逸的众人，等待贤明之君察知我的赤诚之心。人臣的言论与行动，可以寻其踪迹，性情与外貌一致，不可变易隐匿。观察臣子的忠奸，莫过于国君，用来验证臣子的方法，无须远寻。

我坚守仁义，以国君为先，后及自身之事，如此行义，却被众人无理仇视。我专为君王思虑而毫无他心，又被众人仇怨嫉恨。一心事君报国，毫不犹豫迟疑，却被疏远废黜而不能保全自己。我极力亲近君王而毫无二心，如此忠直，却又成了招灾惹祸之根。我处处以君王为念，无人比我更加忠信，只顾求进效忠，却忽然忘记自身的贱贫。我侍奉君王精诚不二、一片赤心，迷而不知邀宠求荣之门。

【原文】

忠何罪以遇罚兮，亦非余心之所志❶。行不群❷以巅越❸兮，又众兆之所咍❹。纷逢尤以离谤兮，謇不可释也。情沈抑❺而不达兮，又蔽而莫之白也。

心郁邑余侘傺兮，又莫察余之中情。固烦言不可结诒❻兮，愿陈志而无路。退静默而莫余知兮，进号呼又莫吾闻。申侘傺之烦惑兮，中闷瞀之忳忳。昔余梦登天兮，魂中道而无杭❼。吾使厉神❽占之兮，曰："有志极❾而无旁。"

终危独以离异兮，曰君可思而不可恃。故众口其铄金❿兮，初若是而逢殆。惩於羹者而吹齑⓫兮，何不变此志也？欲释阶而登天⓬兮，犹有曩⓭之态也。众骇遽以离心兮，又何以为此伴也？同极而异路兮，又何以为此援也？

古典诗文精品选读

【注释】

❶ 非余之所志：是我意料不到的。志，通"知"，预料。

❷ 行不群：行为与众不同。

❸ 巅越：指恶劣的环境。巅，倾覆；越，坠落。

❹ 哈（hāi）：楚地方言，讥笑、嘲笑的意思。

❺ 沈抑：即"沉抑"，指沉闷压抑。

❻ 结诒：在心中集结的话语。结，古人信写在竹木的简片上，用绳缚结，这里指心中的话。

❼ 杭：通"航"，代指渡船。

❽ 厉神：大神，这里指附在占梦者身上的神。

❾ 有志极：谓屈原志向极其高远。极，至。

❿ 众口铄金：形容谗言可畏，众口同声可以混淆视听。

⓫ 齑（jī）：捣碎的姜、蒜或韭菜的细末。

⓬ 释阶登天：比喻要取得君王的信任，但得不到他人的帮助。释，通"舍"，抛弃；阶，阶梯。

⓭ 曩（nǎng）：往昔，以往，从前，过去的。

【译读】

忠有何罪而横受责罚废黜，我心中真不能知其缘故。行为正直，不与群小同流合污，而身遭颠仆，这又被群小所嗤笑侮辱。我受到很多斥责，遭到无数诽谤，心中有无限委屈币不能解除。情绪沉闷抑郁而不能向外表达。君王为奸佞蒙蔽，我的苦衷也无法自白予他。

我非常诧傺失意，心中悒郁不宁，又无人体察我的衷情。固然，想说的话很多，不能向人束赠，我很想陈述己志，却无路达于君听。退而静默无言，则无人知我情苦，进而大声疾呼，则无

楚 辞

人听我倾诉。一再遭到失意不幸,使我烦乱惶惑,心中忧闷迷乱,沌沌抑郁,六神无主。从前我曾梦见凌云登天,灵魂在中途没有飘渡云汉的航船。我让大神之巫为我占梦,他说我有志达到目的,却无人辅助支持。

我向神巫询问是否要始终必受此危难,孤独而被离异,他说可对君王眷眷思念,却不可完全凭依。众人的谗谄之口,足能销熔纯金,你从来如此忠君,却陷于危殆境地。对热菜汤心存戒惧,见了冷酱菜也要吹它一吹,而你的忠直之志何不随着世俗改易?想弃置阶梯而登青天,你又像从前那样态度不变。众人惊骇遑遽,和你离心离德,背道而驰,你能有何作为?现有跋扈恣肆之人媚于君前,你与他们同有事君的目的,而动机和途径各异,与跋扈恣肆之辈同处朝廷,你的本领又如何施展?

【原文】

晋申生❶之孝子兮,父信谗而不好。行婞直而不豫兮,鲧功用而不就。吾闻作忠以造怨兮,忽谓之过言。九折臂而成医❷兮,吾至今而知其信然。矰弋❸机❹而在上兮,罻罗张而在下。设张辟❺以娱君兮,愿侧身而无所。欲儃佪❻以干傺❼兮,恐重患而离尤。欲高飞而远集兮,君罔谓女何之?欲横奔而失路❽兮,坚志而不忍。背膺牉以交痛兮,心郁结而纡轸❾。

捣木兰以矫蕙兮,糳申椒以为粮。播江离与滋菊兮,愿春日以为糗芳。恐情质之不信❿兮,故重著以自明⓫。矫兹媚以私处兮,愿曾思⓬而远身⓭。

【注释】

❶ 申生:春秋时晋献公的太子,因晋献公听信骊姬的谗言,逼死了申生。

❷ 九折臂成医:古代成语,是说手臂多次折断的人可以成为良医。意思是积累失败的教训。

❸ 矰弋(zēng yì):带有丝绳子的射鸟的短箭。

❹ 机:指矰弋上面放箭的发射机关,这里用为动词。

❺ 张辟:一种捕鸟的工具。张,罗网;辟,是"繴"的通假字。

❻ 儃佪(chán huái):徘徊,指留恋而不忍远去。

❼ 干傺:寻找机会。干,求;傺,当作"际",际遇。

❽ 失路:不择正道。比喻行事违背正义。

❾ 纡轸(yū zhěn):内心绞痛。纡,曲折;轸,悲痛。

❿ 恐情质之不信:恐怕内心的真情不能被世人相信。情质,指真心;信:被相信。

⓫ 重著自明:一再明白地申述。重,一再。

⓬ 曾思:反复思考。曾,通"增"。

⓭ 远身:指脱身而去,远离世俗,不与之同流合污。

【译读】

晋国的申生真是孝子的典型,他的父亲却信谗言而对其不慈不容。行为刚直而不宽和,鲧治水之功因此不能完成。我以往听说,忠君爱国,会招致群小怨恨,我曾轻率地认为那是夸大不实之论。多次折臂,久经医药,就能成为良医,我至今才深知这道理诚然可信。上面装有引机待发的射鸟短箭,严密的捕鸟小网又隐蔽地张在下面。暗设弧弓、网罟,欺骗君王,壅蔽他的耳目,我愿置身其间而匡救君王之危,却无容身之处。意欲徘徊不去,以寻求致仕报国的际会因缘,又恐增加祸患,而重遭罪尤责难。意欲高飞远走,觅个安身自处之地,君王又虚妄地问我要到何处驻足盘桓。意欲横奔乱定,迷失道路也在所不顾,但是又因宿志弥坚而不忍变节从俗。背胸分裂,而两两交痛,我心中郁结着隐痛,萦绕着苦楚。

捣那木兰,揉那香蕙,以香物作为干粮,再将申椒舂碎。我种植香草江蓠,又将芳菊栽培,供春日用的馨香食品,我愿早做储备。唯恐情志不得伸张,所以要郑重申说,以表白自己的衷肠。我要将内在的美德继续发扬,退而洁身自好,万般无奈,只得超然高飞,自远于一方。

哀郢

皇天❶之不纯命❷兮,何百姓之震愆❸?民离散而相失❹兮,方仲春而东迁。

去故乡而就远兮,遵江、夏以流亡。出国门而轸怀兮,甲之朝❺吾以行。

发郢都而去闾兮,怊❻荒忽其焉极?楫齐扬❼以容与兮,哀见君而不再得。望长楸❽而太息兮,涕淫淫其若霰。过夏首❾而西浮兮,顾龙门而不见。

心婵媛而伤怀兮,眇不知其所蹠。顺风波以从流兮,焉洋洋❿而为客。凌阳侯⓫之氾滥兮,忽翱翔⓬之焉薄?

心絓结⓭而不解兮,思蹇产⓮而不释。将运舟而下浮兮,上洞庭而下江。去终古⓯之所居兮,今逍遥而来东。

【注释】

❶ 皇天:对上天的敬称,这里还有含指楚国君的双重意义。

❷ 不纯命:天命无常,亦指楚君的变化无常。

❸ 震愆(qiān):指百姓受罪遭难。愆,差错。

❹ 离散而相失:形容郢都即将沦陷时,平民百姓流离失所,骨肉相失的惨景。

❺ 甲之朝:指甲日那天早晨。古代以干支相配纪日,"甲"就是甲日。

❻ 怊（chāo）：惆怅，忧心不安，心中悲伤。

❼ 楫（jí）齐扬：举起船桨。楫，船桨；齐扬，同举。

❽ 长楸（qiū）：高大的梓树，古代有悠久历史的都城都植有乔木。这里代指楚国。

❾ 夏首：夏水与长江的交汇处，在近湖北省沙市。

❿ 洋洋：飘忽不定无所归依的样子。

⓫ 阳侯：大波浪。据说伏羲氏的诸侯阳侯溺死水中，化为波涛之神，后称大波为阳侯。

⓬ 翱翔：本指鸟儿上下飞翔，这里形容船随着波涛前行。

⓭ 心絓（kuā）结：心情郁结忧闷。絓结，双声词，指心中郁结。

⓮ 蹇（jiǎn）产：屈曲的样子，形容心情极不舒畅。

⓯ 终古：所居，世世代代居住的地方。

【译读】

老天啊总是喜怒无常，变化多端，为什么要给人们那么多惊恐和灾难！百姓啊背井离乡，妻离子散，正当仲春二月纷纷向东逃难。

离开故乡，逃奔一个陌生的远方，沿着长江和夏水四处漂流逃亡。走出郢都城门的时候我的心是多么悲痛，甲日那天早晨，我也开始流浪。

从郢都出发，告别了我那可爱的家园，心神恍惚，不知哪里才是我的终点呢？举起船桨，慢慢地划水前进，可怜啊我再也不能与君王相见。望着高大的楸树我长长地叹息，眼泪滚滚而下，像雪珠纷纷落地。转过夏首，我乘船向西飘浮而行，回头眺望，

郢都啊早已不见踪迹。

我情思萦绕啊心肠都被搅碎了，茫茫前途不知到哪里是我的站脚之地。任凭波涛起伏，我顺水漂流而下，飘飘荡荡谁知将在什么地方栖息停留。我乘驾着汹涌澎湃的波涛，象无处投靠的飘忽翱翔的飞鸟。

我的忧愁郁结得不到排解，绵绵思绪啊一直在我的心头萦绕。我将调转船头向下游飘荡，右边是优美的洞庭，左边是浩浩荡荡的长江。离开祖辈久居生我养我的老家，而今啊，我却漂泊不定走向东方。

【原文】

羌灵魂之欲归兮，何须臾而忘反❶！背夏浦❷西思❸兮，哀故都之日远。

登大坟以远望兮，聊以舒吾忧心。哀州土之平乐❹兮，悲江介之遗风❺。当陵阳❻焉至兮，淼南渡之焉如？

曾不知夏❼之为丘兮，孰两东门之可芜？心不怡之长久兮，忧与愁其相接。

惟郢路之遥远兮，江与夏之不可涉。忽若去不信兮，至今九年❽而不复。惨郁郁而不通兮，蹇侘傺而含慼。

外承欢❾之汋约❿兮，谌荏弱而难持。忠湛湛而愿进兮，妒被离而鄣之。

尧、舜之抗行⓫兮，瞭⓬杳杳而薄天。众谗人之嫉妒兮，被⓭以不慈之伪名。憎愠惀⓮之修美兮，好夫人之忼慨⓯。众踥蹀⓰而日进兮，美超远而逾迈。

乱曰：曼余目❶以流观兮，冀壹反之何时？鸟飞反故乡兮，狐死必首丘❶。信非吾罪而弃逐兮，何日夜而忘之？

【注释】

❶ 反：同"返"，指返回郢都。

❷ 夏浦：即夏口，也就是汉口。浦，水边。

❸ 西思：指思念郢都，郢都在夏口西面。

❹ 州土平乐：指居在这片土地的百姓生活和平安乐。

❺ 江介遗风：指大江两岸自古传承下来的好的风气。介，边际。

❻ 陵阳：地名，在今安徽东南的青阳县境内。

❼ 夏：通"厦"，高大的，这里指楚国的王宫。

❽ 九年：可能是实数也可能是多年意。

❾ 承欢：指谗佞小人在君王面前奉承讨好，博得君王的欢心。

❿ 汋（zhuó）约：姿态柔美，这里形容朝中小人的媚态。

⓫ 抗行：高尚的行为。抗，通"亢"。

⓬ 瞭：本指目光明亮，此处含光辉之意。

⓭ 被：同"披"，这里是加上的意思。

⓮ 愠惀（yùn lǔn）：这里指那些不善言辞的忠贤之臣。

⓯ 忼慨：通"慷慨"，指小人表面积极，假意慷慨。

⓰ 踥蹀（qiè dié）：轻步疾走，指竞相钻营。

⓱ 曼余目：放开眼界。曼，拉长。

⓲ 首丘：头转向山丘，据说狐狸死时总要把头转向它所生长的山丘。

【译读】

  我的灵魂总在想着有一天能够回归故园,怎么会没有一时一刻不把故乡眷恋的呢?离开夏浦,我的心飞向郢都,可叹故园啊,离我越来越远。

  登上水边的高地我向远方眺望,姑且宽舒一下,我心头的忧伤。看,富饶的国土依然那么安乐,水乡的风俗还是那么淳朴健康。眼前汹涌的波涛到底来自哪里,烟波浩渺,我又该向何处去?

  这里的人竟然不知道国都已经沦为了废墟,谁又会知道两个都门已是杂草凄迷呢?我的心中长久地闷闷不乐,忧未去愁已来,一个连着一个。

  想起郢都的路途那么苍茫遥远,就像长江和夏水那么深不可测。想起我不被信任远离郢都,至今已九年了,仍未返回故土。我忧愁郁结,心中极不舒畅,我惆怅失意,包含着万种凄楚。

  有的人专门摆出媚态逢迎讨好,其实他们软弱空虚很难依靠。我忠心耿耿,愿意效忠君王啊,可他们却千方百计从中阻挠。

  唐尧禹舜有那么多高尚的德操,光灿灿和上天一起向四方普照。而挑拨离间的小人却那么嫉妒,给他们横加上"不慈"的名号。耿耿的贤者反而被君王憎恨,巧言令色的小人却让君王称心。轻狂的小人一天天被提拔重用,贤明的君子却不能与君王亲近。

  尾声:我放开眼向四处观望,何时能返回故乡一趟?远飞的鸟还恋故巢啊,狐狸临死还恋着生长的山冈。我实在是没有罪而被放逐,日日夜夜我怎能将故园遗忘?

楚辞

怀沙

滔滔❶孟夏兮,草木莽莽。伤怀永哀兮,汩徂南土。眴❷兮杳杳,孔静幽默❸。郁结纡轸兮,离慜❹而长鞠。抚情❺效❻志兮,冤屈而自抑。

刓❼方以为圜兮,常度未替。易初本迪❽兮,君子所鄙。章画志墨兮,前图❾未改。内厚质正兮,大人所晟。巧倕❿不斵兮,孰察其揆正。

玄文处幽⓫兮,矇瞍⓬谓之不章。离娄⓭微睇兮,瞽⓮谓之不明。变白以为黑兮,倒上以为下。凤皇在笯⓯兮,鸡鹜翔舞。同糅玉石兮,一概而相量⓰。夫惟党人鄙固兮,羌不知余之所臧。

【注释】

❶ 滔滔:悠悠。古"滔""悠"语意相同。
❷ 眴(shùn):使眼色,这里是看的意思。
❸ 幽默:幽,默都是寂静无声的意思。
❹ 离慜:遭遇忧患痛苦。慜,通"愍"。
❺ 抚情:省察、回顾情状。抚,循。
❻ 效:通"校(jiào)",考查,考核,这里是反省,扪心自问的意思。
❼ 刓(wán):用刀子等削去棱角。

⑧ 本迪：改变常道。本，"下"的误字，通"变"；迪，道。
⑨ 前图：即"前度"，指以前所订的法度。
⑩ 倕（chuí）：相传为古时一个巧匠的名字。
⑪ 玄文处幽：以玄色置暗处。玄，黑颜色；文，通"纹"，花纹；处幽，放在黑暗之中。
⑫ 矇瞍（sǒu）：代指盲人。矇，同"蒙"，有眼珠看不见叫蒙；没有眼珠叫瞍。
⑬ 离娄：又作"离朱"，传说中黄帝的臣子，能于百步之外察见秋毫之末，黄帝遗失玄珠，他给找回。
⑭ 瞽（gǔ）：眼睛看不见的人，指盲人。
⑮ 笯（nú）：竹笼。
⑯ 一概而相量：指同样评价。概，古时量米麦时刮平斗斛用的木板。

【译读】

初夏的日子啊阳气氤氲，草木都已经长得茂密。我怀着内心的深沉的悲哀，匆匆踏上这南国的土地。遥望杳杳的远方呵，是那么肃穆，那么安谧。我九曲的回肠缠着悒郁的愁绪，我遭到患难啊，是这样的穷愁困厄。抚念我的情感，反省我的初志，又只好把难言的冤屈压抑在心底。

方正的被刻削得圆滑了，正常的法度却没有变易。如果转化初衷，改道而行，那是正直的君子所鄙弃的。我再次阐明自己的原则，过去的方向并没有悔改。我内心的敦厚和品质的端正，自有那伟大的人物称善赞美。巧匠倕还没有挥动斧头，谁能看得出曲直和规矩？

黑色的花纹放在幽暗的地方，盲人说它没有纹章。离娄一瞥目就可以瞧见的，瞽目却什么也看不清爽。把白的弄成黑的呵，把上面的倒置下方。凤凰因在笼子里，鸡鸭却舞蹈翱翔。石头和琼玉混淆了，有人拿来一斗而量。那些党人就是这般地鄙陋愚固啊，他们又怎能理解我心之所善。

【原文】

　　任重载盛兮，陷滞❶而不济。怀瑾握瑜❷兮，穷不知所示。邑犬❸群吠兮，吠所怪也。非俊疑杰兮，固庸态也。文质疏内❹兮，众不知余之异采❺。材朴❻委积❼兮，莫知余之所有。

　　重仁袭义兮，谨厚以为丰。重华不可遻❽兮，孰知余之从容！古固有不并❾兮，岂知何其故！汤、禹久远兮，邈而不可慕。惩违❿改忿兮，抑心⓫而自强。离愍而不迁兮，愿志之有像。进路北次兮，日昧昧其将暮。舒忧娱哀兮，限之以大故。

　　乱曰：浩浩沅、湘，分流汩兮。修路幽蔽，道远忽兮。怀质抱情，独无匹兮。伯乐既没，骥焉程⓬兮。民生禀命，各有所错兮。定心广志，余何畏惧兮！曾伤爰哀⓭，永叹喟兮。世溷浊莫吾知，人心不可谓兮。知死不可让，愿勿爱兮。明告君子，吾将以为类兮。

【注释】

　　❶ 陷滞：陷入泥泞，停滞不前。滞，停顿。

②怀瑾握瑜：指有才能的人。瑾、瑜，均为美玉。

③邑犬：乡里的狗。吠，狗叫。

④文质疏内：外表的落落大方，其实是朴实而不善言表。文，外表；质，本质；疏，大方；内，通"讷"，木讷，不善言辞。

⑤异采：与众不同的文采，指深藏不露的内美。

⑥材朴：代指有用的人才。

⑦委积：聚积。比喻自己有才能不被重用。

⑧迕（è）：意外相遇。

⑨不并：指明君与贤臣生不同时。

⑩惩违：止住怨恨。惩，止；违，通"怫"，怨恨。

⑪抑心：压抑着愤懑不平的心情。

⑫程：比较衡量。是说较量才力的意思。

⑬爰哀：哀伤不止。爰，通"暄"。

【译读】

我重任在肩，担子不轻呵，却陷于沉滞，不被重用。贤能的人虽然怀瑾握瑜，被逐困穷又怎能献示于人。里邑中的狗群起而狂吠。这是因为它们少见多怪。小人们非难和疑忌俊杰，是他们庸夫俗子的本性。我举止清疏而内质朴实，他们当然不懂得我的异采。有用的材料被丢积在一边，人的才华就是这样被掩埋。

仁义的修养来自长年的积累，外表的厚道蕴藏着内心的丰盛。如今遇不到虞舜一样的圣人，有谁来赏识我这样的气宇？自古来圣贤大都生不同时，请问这究竟是什么缘分？就连汤禹也都十分久远了啊，天地悠悠哦！哪儿有我倾慕的美人。训诫我的宿怨和愤恨，且压抑心志以自劝勉。身遭不幸，只要我不变节，就会找到我所向往的圣人。回路北上去寻找归宿，日已昏昏，天色将暮。姑且吐出我的悲哀，生命已到了尽头。

尾声：浩浩荡荡的沅湘之水啊，你每天每日地奔流不息。漫长幽闭的道路啊，是遥远而蛮荒的旅程。我含蓄内情，抱朴素质，有谁可以为我佐证。伯乐既已经死去，谁把千里马品评？人生的命运哟，各有自己的定分。我心定五内，志满乾坤，还有什么值得畏惧？悲伤压着悲伤啊哀泣连着哀泣，永远的痛惜哟，终古的叹息。世道混浊，没有人了解我的衷情，人心难测，没有人可以听我表述。我深知一死已是在所难免，但愿世上没有什么使我矜惜。请记下这件事吧，后进诸君，我将永远以先贤为榜样而前行！

橘颂

后皇❶嘉树❷,橘徕服❸兮。受命❹不迁,生南国兮。深固难徙,更壹志兮。绿叶素荣❺,纷其可喜兮。曾枝❻剡棘❼,圆果抟❽兮。青黄杂糅,文章❾烂兮。精色内白,类任道兮。纷缊❿宜修,姱而不丑⓫兮。

嗟尔幼志,有以异兮。独立不迁,岂不可喜兮。深固难徙,廓⓬其无求兮。苏世独立,横而不流兮。闭心⓭自慎,不终失过兮。秉德无私,参天地⓮兮。愿岁并谢⓯,与长友兮。淑离不淫,梗其有理⓰兮。年岁虽少,可师长兮。行比伯夷,置以为像兮。

【注释】

❶ 后皇:对天地的尊称。后,后土;皇,皇天。

❷ 嘉树:嘉美的橘树。嘉,美好。

❸ 橘徕服:橘树来到这里,适应这里的水土。徕,同"来";服,适应,习惯。

❹ 受命:受天地自然之命,即禀性,天性。

❺ 素荣:素花,指白花。

❻ 曾枝:枝条累累。曾,通"增",这里指枝叶繁盛。

❼ 剡棘(yǎn jí):刺儿锋利。剡,尖利;棘,带刺草木的通称。

楚辞

⑧ 抟：通"团"，圆圆的意思。
⑨ 文章：纹理色彩，指橘皮的颜色。
⑩ 纷缊（yùn）：也作"纷蕴"，茂盛的样子。
⑪ 不丑：出类拔萃，无与伦比。丑，类，比。
⑫ 廓（kuò）：空阔广大，指心胸豁达。
⑬ 闭心：将忠贞之志内蕴于心，并将利欲排斥于外。
⑭ 参天地：精神上与天地相合。古人认为天地是无私的。
⑮ 并谢：一同死去。谢，凋谢，这里指逝去。
⑯ 梗其有理：正直而富有纹理。梗，正直；理，纹理。

【译读】

橘啊，你这天地间的嘉美之树，生下来就适应当地的水土。你的品质坚贞不变，生长在江南的国度啊。根深蒂固难以迁移，那是由于你专一的意志啊。绿叶衬着白花，繁茂得让人欢喜啊。枝儿层层，刺儿锋利，结满团团的圆果。青中闪黄，黄里带青，色彩多么绚丽啊。外观精美内心洁净，类似有道德的君子啊。长得繁茂又美观，婀娜多姿毫无瑕疵啊。

啊，你的奇志幼年已立，与众不同，本质优异。超群独立永不改变，怎不使人敬重啊。坚定不移的品质，你心胸开阔无所私求啊。你远离世俗独来独往，正气充溢而不随波逐流啊。小心谨慎从不轻率，自始至终不犯过失啊。遵守道德毫无私心，真可与天地相比啊。你永不凋谢，与岁月同更迭，我与你结成知己啊。内善外美而不为外物惑乱，多么正直而富有纹理啊，你的年纪虽然不大，却可作人们的良师啊。品行好比古代的伯夷，种在这里，树立供人效法的榜样啊。

卜居

屈原既放,三年不得复见。竭知尽忠,而蔽鄣于谗❶,心烦虑乱,不知所从。乃往见太卜❷郑詹尹曰:"余有所疑,愿因先生决之。"

詹尹乃端策拂龟❸曰:"君将何以教之?"

屈原曰:"吾宁悃悃款款❹,朴以忠乎?将送往劳来❺,斯无穷乎?宁诛锄草茅,以力耕乎?将游大人,以成名乎?宁正言不讳,以危身乎?将从俗富贵,以媮生乎?宁超然高举,以保真❻乎?将哫訾❼栗斯❽,喔咿❾儒儿,以事妇人❿乎?宁廉洁正直,以自清乎?将突梯⓫滑稽⓬,如脂如韦⓭,以洁楹⓮乎?宁昂昂⓯若千里之驹乎?将氾氾若水中之凫,与波上下,偷以全吾躯乎?宁与骐骥亢轭⓰乎?将随驽马之迹乎?宁与黄鹄⓱比翼乎?将与鸡鹜争食乎?"

"此孰吉孰凶?何去何从?世溷浊而不清:蝉翼为重,千钧⓲为轻;黄钟⓳毁弃,瓦釜⓴雷鸣;谗人高张㉑,贤士无名。吁嗟默默兮,谁知吾之廉贞?"

詹尹乃释策而谢曰:"夫尺有所短,寸有所长,物有所不足，智有所不明，数有所不逮，神有所不通，用君之心，行君之意。龟策㉒诚不能知事。"

【注释】

❶ 蔽障于谗：指屈原被奸人所残害，阻蔽于君王。

❷ 太卜：周朝叫大卜，官阶下大夫，掌阴阳卜筮之法，通过卜筮蓍龟，帮助天子决定诸疑，观国家之吉凶。

❸ 拂龟：拂去龟壳上的灰尘。拂，拭，掸去。

❹ 悃（kǔn）悃款款：忠实笃诚的样子。悃，真心诚意；款，诚恳。

❺ 送往劳来：送往迎来。劳，慰劳。

❻ 保真：保全真实的本性。

❼ 哫訾（zú zī）：阿谀奉承。

❽ 栗斯：阿谀奉承状。栗，恭谨，恭敬；斯，语助词。

❾ 喔咿：象声词，指说话咿咿呀呀不清楚。

❿ 妇人：指楚怀王的宠姬郑袖，她与朝中重臣上官大夫等人联合排挤谗毁屈原。

⓫ 突梯：为人处事圆滑伶俐的样子。

⓬ 滑稽（gǔ jī）：一种能转注吐酒、终日不竭的酒器，后借以指应付无穷、善于迎合别人。

⓭ 如脂如韦：像油脂一样光滑，像熟牛皮一样柔软，善于应付环境。

⓮ 洁楹（yíng）：度量屋柱，顺圆而转，形容处世的圆滑随俗。洁，借为"絜（xié）"。

⓯ 昂昂：昂首挺胸、堂堂正正的样子。

⑯ 亢轭：并驾，引申为一起，一同。轭，驾车时套在马背上的一种马具。

⑰ 黄鹄（hú）：日行千里的一种飞鸟。

⑱ 千钧：代表最重的东西。古制三十斤为一钧。

⑲ 黄钟：古乐中十二律之一，是最响最宏大的声调。这里指声调合于黄钟律的大钟。

⑳ 瓦釜（fǔ）：陶制的锅。这里代表鄙俗音乐。

㉑ 高张：指坏人气焰嚣张，趾高气扬。

㉒ 龟策：龟甲和蓍草。古代占卜之具。

【译读】

屈原已经被放逐了，三年还不能赦罪召回。他竭尽心力为国君尽忠，却被小人谗言所掩蔽阻挠，心情烦闷，思虑混乱，不知如何是好。于是前去拜访太卜郑詹尹，说："我对一些事情犹疑不决，希望先生能为我做个决定。"

詹尹于是摆正筮草，拭净龟甲，说："先生有何见教？"

屈原说："我该老老实实，守分尽忠吗？还是逢迎世俗，没有止境呢？我该割除茅草，用气力耕种维生吗？还是与权贵交往，以求取名声？是宁可说话正直不隐晦，以至于危害自身的安全呢？还是顺从世俗求取富贵，苟全生命呢？应该离世隐居以保持质直天真的本性吗？还是畏畏缩缩，强颜欢笑来侍奉妇人呢？应该廉洁正直，自保纯洁吗？还是要像油脂、熟牛皮那样圆滑世故，像楹柱那般曲合他人呢？宁可像千里马那般气势高昂，还是该像在水中的野鸭一样，随波上下苟且保全身躯呢？该与良马并驾齐驱？或者要跟随劣马的脚步呢？该与黄鹄比翼同飞，或者与鸡鸭争抢饲料？"

"以上所说哪些是吉利的哪些是凶险的？什么该做什么不该做呢？现在世间浑浊不清，认为蝉翼较重，反说千钧较轻；雅乐用的黄钟被破坏丢弃，瓦釜之类的俗音却被敲得有如雷响一般；好说谗言的小人气焰高涨，贤能的才士反而默默无闻。我默默地悲叹着，有谁能了解我的廉洁忠贞？"

詹尹于是放下筮草而谦辞说："尺虽长有时却嫌它短，寸虽短有时还觉得它长。事物不一定十全十美，智慧也有无法洞察的地方；数术之事也有做不到的，神灵有不能通达的时候。请用您的心神行使您的意愿吧，占卜实在不能知道什么！"

渔父

屈原既放,游於江潭,行吟泽畔。颜色憔悴,形容枯槁。渔父见而问之曰:"子非三闾大夫❶与?何故至於斯!"屈原曰:"举世皆浊我独清,众人皆醉我独醒,是以见放!"

渔父曰:"圣人不凝滞❷於物,而能与世推移。世人皆浊,何不淈❸其泥而扬其波?众人皆醉,何不餔其糟而歠其醨❹?何故深思高举,自令放为?"

屈原曰:"吾闻之,新沐者必弹冠,新浴者必振衣;安能以身之察察❺,受物之汶汶者乎!宁赴湘流,葬於江鱼之腹中。安能以皓皓之白,而蒙世俗之尘埃乎!"

渔父莞尔❻而笑,鼓枻❼而去,乃歌曰:"沧浪❽之水清兮,可以濯吾缨。沧浪之水浊兮,可以濯吾足。"遂去不复与言。

【注释】

❶ 三闾(lǘ)大夫:掌管楚国王族屈、景、昭三姓事务的官。屈原曾任此职。

❷ 凝滞:指心思局限于某个范围。

❸ 淈(gǔ):搅浑,搞乱的意思

❹ 哺糟歠（chuò）醨（lí）：比喻效法时俗，随波逐流。哺，吃；糟，酒糟；歠，饮；醨，薄酒。

❺ 察察：洁净，皎洁的样子。

❻ 莞（wǎn）尔：微笑，浅笑。一般多用在礼貌性微笑。

❼ 鼓枻（yì）：摇摆着船桨。鼓，拍打；枻，船桨。

❽ 浪：水名，汉水的支流，在湖北境内。

【译读】

屈原被放逐之后，在江湖间流浪。他在水边边走边唱，脸色憔悴，形容枯槁。渔父看到屈原便问他说："你不就是那位三闾大夫么？怎么竟成了这般模样？"屈原说："普天下全都肮脏只有我清白，个个都醉了唯独我清醒，因此我被君王流放了。"

渔父说："真正贤明的圣人不会拘泥于一事一物，而能随世情流转而相应地改变。既然世上的人都肮脏龌龊，你为什么不也使那泥水弄得更浑浊而推波助澜？既然个个都沉醉不醒，你为什么不也跟着吃那酒糟喝那酒汁？为什么你偏要忧国忧民行为超出一般与众不同，使自己遭到被流放的下场呢？"

屈原说："我听说，刚洗过头的人一定会弹去帽子上的浮尘，刚洗过澡的人一定会抖去衣服上的尘土。怎么能让洁白的身体去接触污浊的外物？我宁愿投身于湘水，葬身在江中鱼鳖的肚子里，哪里能让玉一般的东西去蒙受世俗尘埃的沾染呢？"

渔父微微一笑，叩舷离去。口中唱道："沧浪水清清啊，可用来洗我的帽缨；沧浪水混浊啊，可用来洗我的双足。"渔父唱着唱着便离开了，不再和屈原说话。

© 民主与建设出版社，2022

图书在版编目（CIP）数据

楚辞 /（战国）屈原著；郭艳红主编. -- 北京：民主与建设出版社，2019.11

（古典诗文精品选读）

ISBN 978-7-5139-2683-6

Ⅰ.①楚… Ⅱ.①屈…②郭… Ⅲ.①古典诗歌—诗集—中国—战国时代 Ⅳ.①I222.3

中国版本图书馆CIP数据核字（2019）第259497号

楚辞
CHU CI

著　　者	（战国）屈　原
主　　编	郭艳红
责任编辑	韩增标
封面设计	大华文苑
出版发行	民主与建设出版社有限责任公司
电　　话	（010）59417747　59419778
社　　址	北京市海淀区西三环中路10号望海楼E座7层
邮　　编	100142
印　　刷	廊坊市国彩印刷有限公司
版　　次	2022年1月第1版
印　　次	2022年1月第1次印刷
开　　本	880毫米×1230毫米　1/32
印　　张	3
字　　数	38千字
书　　号	ISBN 978-7-5139-2683-6
定　　价	148.00元（全10册）

注：如有印、装质量问题，请与出版社联系。

诗　　经

（春秋）尹吉甫 编　郭艳红 主编

民主与建设出版社
·北京·

前言

习近平总书记在十九大报告中指出:"深入挖掘中华优秀传统文化蕴含的思想观念、人文精神、道德规范,结合时代要求继承创新,让中华文化展现出永久魅力和时代风采。"

习总书记还曾指出:"'去中国化'是很悲哀的,应该把这些经典嵌在学生脑子里,让经典成为中华民族文化的基因。"

是的,泱泱中华五千载,悠悠国学民族魂。我们中华国学"为天地立心,为生民立命,为往圣继绝学,为万世开太平",是中华民族生生不息的根本,是华夏儿女遗传基因和精神支柱。

国学就是中国之学,中华之学,是以母语汉语为基础,表达中华民族的精神价值和处世态度的,有利于凝聚中华民族的文化向心力,有利于中华民族大团结,是炎黄子孙的生命火炬,我们要永远世代相传和不断发扬光大。

中华优秀传统文化在思想上有大智,在科学上有大真,在伦理上有大善,在艺术上有大美。在中华民族艰难而辉煌发展历程中,优秀传统文化薪火相传、历久弥新,始终为国人提供精神支撑和心灵慰藉。所以,更多从传统优秀国学经典中汲取丰富营养,丰盈的不只是灵魂,而是能够拥有神圣而崇高的家国情怀。

中华传统国学是指以儒学为主体的中华传统文化与学术,包括非常广泛,内涵十分丰富,凝聚了我国五千年的文明史和传统文化,体现了中华民族博大精深的文化精髓,是经过多少代人实践检验过

的文化瑰宝，承载着中华民族伟大复兴的梦想。

中华传统国学经典，蕴含了中华儿女内圣外王的个体修养和自强不息的群体精神，形成了重义轻利的处世态度以及孝亲敬长的人伦约定，包含着辩证理智的心智思维和天人合一的整体观念。历经数千年发展，逐渐形成了以儒释道为主干的传统文化和兼容并包、多元一体的开放型现代文化。

作为国学经典，是广大读者必备的精神食粮。读者们阅读国学经典，能够秉承国学仁义精神，学会谦和待人、谨慎待己、勤学好问等优良品行，能够达到内外兼修与培养刚健人格。

我们欣喜地看到，在党和政府的积极号召下，教育部印发了《完善中华优秀传统文化教育指导纲要》，各级教育机构启用了《中华优秀传统文化》教材，中小学语文新课标中也增强了青少年学生阅读和学习国学的分量，许多中小学开设了专门的国学课程，全国各族人民掀起了学习和传承中国传统文化的热潮。

为此，在有关专家指导下，特别编辑了这套"古典诗文精品选读"作品。古诗泛指古代中国诗歌，本套作品主要包括《诗经》《楚辞》《乐府诗》等，没有选入唐诗宋词元曲等；古文是指古代散文，主要包括传记、铭祭、论说、奏议、游记、杂记、书信、序跋等，本套作品还包括寓言、故事以及古代韵文的辞赋和骈体文的骈文等。这些古典诗文是中华辉煌灿烂文化的奇葩，具有独特的艺术价值。

本套作品主要根据广大读者特别是青少年读者学习吸收特点，精选了许多经典古诗文，增设了简单明白的注释和白话解读等，还配有精美图片等，能够培养广大青少年读者的国学阅读兴趣和传统文化素养，能够增强对中国传统文化的热爱、传承和发展，能够激发并积极投身到中华复兴的伟大梦想之中。

目录

风

国风·周南
关雎 …………………… 007
卷耳 …………………… 009
桃夭 …………………… 011

国风·召南
采蘩 …………………… 012
采蘋 …………………… 013
羔羊 …………………… 014

国风·邶风
燕燕 …………………… 015
凯风 …………………… 017

国风·鄘风
君子偕老 ……………… 018

国风·卫风
氓 ……………………… 020

竹竿 …………………… 023
木瓜 …………………… 024

国风·王风
黍离 …………………… 025

国风·郑风
缁衣 …………………… 027
子衿 …………………… 028

国风·齐风
鸡鸣 …………………… 029
东方未明 ……………… 030

国风·魏风
汾沮洳 ………………… 031
硕鼠 …………………… 032

国风·唐风
扬之水 ………………… 033
蟋蟀 …………………… 034

国风·秦风
蒹葭 ·················· 035
无衣 ·················· 037

国风·陈风
宛丘 ·················· 038
东门之池 ············ 039
月出 ·················· 040

国风·桧风
羔裘 ·················· 041
隰有苌楚 ············ 042

国风·曹风
蜉蝣 ·················· 043
下泉 ·················· 044

国风·豳风
七月 ·················· 045

雅

小雅·鹿鸣之什
鹿鸣 ·················· 049
采薇 ·················· 051

小雅·南有嘉鱼之什
南有嘉鱼 ············ 053

小雅·鸿雁之什
鸿雁 ·················· 054
鹤鸣 ·················· 055

小雅·节南山之什
节南山 ··············· 056

小雅·谷风之什
谷风 ·················· 059
小明 ·················· 060

小雅·甫田之什
甫田 ·················· 062
大田 ·················· 064
鸳鸯 ·················· 066

小雅·鱼藻之什
采菽 ·················· 067
采绿 ·················· 069

大雅·文王之什
文王 ·················· 070
文王有声 ············ 072

大雅·生民之什
生民 ·················· 074
卷阿 ·················· 077

大雅·荡之什
荡 ····················· 080

烝民…………………………083	有客…………………………089

颂

周颂·清庙之什

维天之命……………………086
烈文…………………………087

周颂·臣工之什

臣工…………………………088

周颂·闵予小子之什

闵予小子……………………090
敬之…………………………091

商颂

长发…………………………092
殷武…………………………094

风

国风·周南

关雎

关关①雎鸠②,在河之洲。窈窕③淑女,君子好逑④。
参差⑤荇菜⑥,左右⑦流之。窈窕淑女,寤寐⑧求之。
求之不得,寤寐思服。悠哉悠哉,辗转反侧。
参差荇菜,左右采之。窈窕淑女,琴瑟友之。
参差荇菜,左右芼⑨之。窈窕淑女,钟鼓乐之。

【注释】

①关关:形容水鸟雌雄和鸣的象声词。②雎(jū)鸠:一种水鸟。③窈窕(yǎo tiǎo):美好的样子。④好逑(hǎo qiú):好的配偶。⑤参差(cēn cī):长短不齐。⑥荇(xìng)菜:水生植物,茎细叶圆,可以食用。⑦左右:指采荇菜女子的双手。⑧寤寐(wù mèi):指日夜。寤,睡醒;寐,睡着。⑨芼(mào):择取。

【译读】

雎鸠关关相对唱,双栖河里小岛上。纯洁美丽好姑娘,真是我的好对象。

长长短短鲜荇菜，左手右手顺流采。纯洁美丽好姑娘，醒着相思梦里爱。

追求姑娘难实现，醒来梦里意常牵。一片深情悠悠长，翻来覆去难成眠。

长长短短荇菜鲜，从左到右去采它。纯洁美丽好姑娘，弹琴奏瑟表爱怜。

长长短短鲜荇菜，从左到右去拔它。纯洁美丽好姑娘，敲钟打鼓娶过来。

卷耳

采采①卷耳②,不盈③顷筐④。
嗟⑤我怀人,置彼周行⑥。
陟⑦彼崔嵬⑧,我马虺隤⑨。
我姑酌彼金罍⑩,维以不永怀⑪。
陟彼高冈,我马玄黄⑫。
我姑酌彼兕觥⑬,维以不永伤。
陟彼砠⑭矣,我马瘏⑮矣!
我仆痡⑯矣,云何吁⑰矣。

【注释】

①采采:采了又采。②卷耳:野菜名,又称为苍耳。③盈:满。④顷筐:浅而容易装满的竹筐。⑤嗟:叹息。⑥周行(háng):大道。⑦陟(zhì):登上。⑧崔嵬(wéi):山势高低不平。⑨虺隤(huī tuí):疲乏而生病。⑩金罍(léi):青铜酒杯。⑪永怀:长久思念。⑫玄黄:马因病而改变颜色。⑬兕觥(sì gōng):犀牛角做成的酒杯。⑭砠(jǔ):有土的石山。⑮瘏(tú):因劳致病,马疲病不能前行。⑯痡(pū):因劳致病,人过劳不能走路。⑰吁:忧伤。

【译读】

采呀采呀卷耳菜，采来采去不满筐。
心中想念我丈夫，浅筐搁在大道旁。
我骑马儿上高山，马儿疲惫腿发软。
姑且酌满铜酒杯，莫叫心中长相念。
我骑马儿上高冈，马儿疲惫毛色黄。
姑且酌满犀角杯，莫叫心中长悲伤。
我骑马儿上石岭，马儿疲惫体已伤。
仆人累得跟不上，心中怎不添忧伤！

桃夭

桃之夭夭❶，灼灼❷其华❸。之子❹于归❺，宜❻其室家❼。

桃之夭夭，有蕡❽其实。之子于归，宜其家室❾。

桃之夭夭，其叶蓁蓁❿。之子于归，宜其家人。

【注释】

❶夭夭：桃树茂盛样子。❷灼灼：红色鲜明。❸华：同"花"。❹之子：这个女子。此处指新婚女子。❺于归：女子出嫁。❻宜：和顺。❼室家：婚夫妇居住的家。❽蕡（fén）：果实大又多。❾家室：新婚夫妇的洞房、卧室。❿蓁（zhēn）蓁：茂盛。

【译读】

桃树生长得多么繁茂，绽开鲜艳粉红花。这位姑娘出嫁了，欢喜和睦进夫家。

桃树生长得多么繁茂，桃子结得红润润。这位姑娘出嫁了，欢喜和睦进洞房。

桃树生长得多么繁茂，桃叶葱绿枝茂密。这位姑娘要出嫁，和顺对待您全家。

国风·召南

采蘩

于以①采蘩②？于沼③于沚④。于以用之？公侯之事。
于以采蘩？于涧之中。于以用之？公侯之宫。
被⑤之僮僮⑥，夙夜⑦在公。被之祁祁⑧，薄言⑨还归。

【注释】

①于以：到哪儿去。②蘩（fán）：白蒿。生彼泽中，叶似嫩艾，茎或赤或白，根茎可食，古代常用来祭祀。③沼：沼泽。④沚：水中小洲。⑤被（bì）：指女子的首饰。⑥僮（tóng）僮：形容妇女鬓发高耸的样子。⑦夙夜：早上和晚上。⑧祁（qí）祁：指首饰很多。⑨薄言：有急迫之意。

【译读】

何处可以采白蒿，在那池里在那塘。采来白蒿作何用，公侯之家祭祖宗。

何处可以采白蒿，山间潺潺溪流里。采来白蒿作何用，公侯之家祭宗庙。

妇女发髻高高耸，日夜养蚕无闲空。夫人发饰多又密，蚕事完毕快回家。

采蘋

于以采蘋①?南涧之滨。于以采藻②?于彼行潦③。
于以盛之?维筐及筥④。于以湘⑤之?维锜⑥及釜⑦。
于以奠⑧之?宗室牖⑨下。谁其尸⑩之?有齐⑪季女⑫。

【注释】

①蘋:一种可食用的水草。②藻:生于水底之水草,可食用。③行潦(lǎo):沟中积水。行,水沟;潦,路上的流水、积水。④筥(jǔ):一种圆形的筐。⑤湘:烹煮供祭祀用的牛羊等。⑥锜(qí):三脚的锅。⑦釜(fǔ):没脚的锅。⑧奠:放置祭品。⑨牖(yǒu):窗户。⑩尸:主持祭祀。⑪齐(zhāi):通"斋",指美好而恭敬。⑫季女:指少女。

【译读】

何处采浮萍?南山水溪边。何处采水藻?水流深处细细找。
何物来装它?方筐和圆箩。何处来煮它?三脚鼎和无脚锅。
何处摆祭台?祠堂窗子下。谁来主持它?一位美丽的少女。

羔羊

羔羊之皮,素丝❶五紽❷。退食自公❸,委蛇❹委蛇。
羔羊之革,素丝五緎。委蛇委蛇,自公退食。
羔羊之缝,素丝五总。委蛇委蛇,退食自公。

【注释】

❶素丝:白丝。❷五紽(tuó):指缝制细密。紽,指丝制的纽扣。下文的"緎(yù)"和"总"与之同义。❸退食(sì)自公:指从公家吃饱饭回家。公,公门;食,公家供卿大夫之常膳。❹委蛇(wěi yí):形容悠闲自得、摇摆慢步的样子。

【译读】

　　羔羊皮袄蓬松松,白色丝带作纽扣。吃饱喝足下朝来,摇摇摆摆多逍遥。

　　　　羔羊皮袄毛绒绒,白色丝带作纽扣。大摇大摆下朝来,吃饱喝足往家跑。

　　　　羔羊皮袄热烘烘,白色丝带作纽扣。吃饱喝足摇又摆,下得朝来往家跑。

国风·邶风

燕燕

燕燕❶于飞,差池❷其羽。之子于归❸,远送于野。瞻❹望弗❺及,泣涕如雨。

燕燕于飞,颉❻之颃❼之。之子于归,远于将之。瞻望弗及,伫❽立以泣。

燕燕于飞,下上其音❾。之子于归,远送于南。瞻望弗及,实劳我心。

仲❿氏任只,其心塞渊⓫。终温且⓬惠⓭,淑⓮慎其身。先君⓯之思,以勖⓰寡人⓱。

【注释】

❶燕燕:即燕子。❷差(cī)池:参差不齐的样子。❸于归:出嫁。❹瞻:往前看。❺弗:不能。❻颉(xié):向下飞。❼颃(háng):向上飞。❽伫:久立等待。❾下上其音:指鸟鸣声忽高忽低。❿仲:兄弟或姐妹中排行第二者。指二妹。⓫塞渊:诚实厚道。⓬终……且……:既……又……⓭惠:随和。⓮淑:良善。⓯先君:已故的国君。⓰勖(xù):勉励。⓱寡人:寡德之人,是国君对自己的谦称。

【译读】

燕子飞来又飞去,羽毛参差很不齐。我的妹子要出嫁,送到郊外远地方。遥望背影渐消失,我的泪水像雨流。

燕子飞来又飞去,有时飞高有时低。我的妹子要出嫁,送她不嫌路途长。遥望背影渐消失,待在原地泪汪汪。

燕子飞来又飞去,鸣声忽上又忽下。我的妹子要出嫁,送她向南路茫茫。遥望背影渐消失,离愁别恨断人肠!

妹子能担当委任,他的心战实厚道。性格慈爱又温顺,为人善良又谨慎。常说"莫忘先君爱",以此劝勉感我心。

凯风

凯风❶自南,吹彼棘心❷。棘心夭夭❸,母氏劬劳❹。
凯风自南,吹彼棘薪❺。母氏圣善,我无令人。
爰有寒泉?在浚❻之下。有子七人,母氏劳苦。
睍睆❼黄鸟,载好其音。有子七人,莫慰母心。

【注释】

❶凯风:指南风。南风和暖,使草木欣欣向荣,所以又称为"凯风"。❷棘心:未长成的棘。棘,酸枣树,初发时心是红色的。❸夭夭:生机勃勃的样子。❹劬(qú)劳:操劳。劬,辛苦。❺棘薪:已经长成可以做柴薪的棘。❻浚(xùn):卫国地名,在楚丘之东。❼睍睆(xiàn huàn):清和宛转的鸣声。

【译读】

和风自南方吹来,吹拂着枣树嫩芽。枣树芽心嫩又壮,母亲辛苦善教养。

和风自南方吹来,枣树成长好当柴。我娘明达又慈善,儿子不好不怨娘。

寒泉清冷透骨寒,源头出自浚县郊。儿子七个不算少,却累我娘独辛劳。

黄雀婉转在鸣唱,歌声悦耳又嘹亮。我娘儿子有七个,不能安慰亲娘心。

国风·鄘风

君子偕老

君子偕老❶，副笄❷六珈❸。委委佗佗❹，如山如河，象服❺是宜。子之不淑，云如之何？

玼兮玼兮，其之翟❻也。鬒❼发如云，不屑髢❽也；玉之瑱❾也，象之揥❿也，扬⓫且之皙也。胡然而天也？胡然而帝也？

瑳兮瑳兮，其之展⓬也。蒙彼绉絺⓭，是绁袢⓮也。子之清扬，扬且之颜也。展如之人兮，邦之媛也！

【注释】

❶偕老：共同到老。偕，一起，共同。❷副笄（jī）：古代贵族妇女的首饰。笄（jī），簪。编发作假髻叫副，插在发髻上的簪叫笄，笄上的玉饰叫珈。❸六珈（jiā）：古代妇女发簪上所加的金玉装饰物有六种兽形：熊、虎、赤黑、天鹿、辟邪、南山丰大特。❹委委佗（tuó）佗：形容雍容自得的样子。委委，美好的样子；佗佗，体态优美的样子。❺象服：古代贵妇所穿礼服，绘有图形彩饰。❻翟：翟衣。贵族夫人所穿的绣画有野鸡花纹的衣服。❼鬒（zhěn）：黑发。❽髢（dí）：假发。❾瑱（tiàn）：冠冕上垂在两耳旁的玉。❿揥（tì）：可作搔头用的簪

子。⓫扬：额角方广、丰满。⓬展：古代夏天穿的一种纱衣。
⓭絺：细葛布。⓮绁袢（xiè pàn）：暑天所穿的白色内衣。

【译读】

誓与君子到白首，玉簪步摇珠颗颗。雍容自得好举止，静如高山动如河，穿上礼服很适合。可叹没有好品德，对她还能说什么！

服饰鲜明又绚丽，绣上山鸡似云霞。黑发密密似乌云，哪用装饰假头发。美玉充耳垂两边，象牙发钗头上戴，额角白净溢光彩。怎似神女从天降？莫非天仙下凡尘？

艳丽服装美如花，软软轻纱做外衣。罩上绉纱细葛衫，凉爽内衣夏日宜。双眸清秀眉飞扬，额角方广容颜靓。仪容妖冶又妩媚，倾国倾城美娇娘！

国风·卫风

氓

氓①之蚩蚩②，抱布贸丝③。匪来贸丝，来即我谋。送子涉淇，至于顿丘。匪我愆④期，子无良媒。将⑤子无怒，秋以为期。

乘⑥彼垝垣⑦，以望复关。不见复关，泣涕涟涟。既见复关，载笑载言。尔卜⑧尔筮⑨，体无咎言。以尔车来，以我贿迁。

桑之未落，其叶沃若⑩。于嗟鸠兮，无食桑葚！于嗟女兮，无与士耽！士之耽兮，犹可说也。女之耽兮，不可说也。

桑之落矣，其黄而陨。自我徂尔⑪，三岁⑫食贫。淇水汤汤⑬，渐车帷裳⑭。女也不爽，士贰其行。士也罔极，二三其德⑮。

三岁为妇，靡室劳矣；夙兴夜寐，靡有朝矣⑯。言既遂矣，至于暴矣。兄弟不知，咥⑰其笑矣。静言思之，躬自悼矣。

及尔偕老，老使我怨。淇则有岸，隰则有泮。总角⑱之宴，言笑晏晏。信誓旦旦，不思其反。反是不思，亦已焉哉！

诗 经

【注释】

❶氓：本指外来的百姓，这里是男子的代称。❷蚩（chī）蚩：嬉笑的样子。❸抱布贸丝：以物换物。贸，交换。❹愆（qiān）：拖延。❺将（qiāng）：请求。❻乘：登上。❼垝垣（guǐ yuán）：倒塌的墙壁。垝，倒塌；垣，墙壁。❽卜：卜卦。烧灼龟甲的裂纹以判吉凶。❾筮（shì）：用蓍（shī）草排比推算来占卦。❿沃若：像水浸润过一样有光泽。⓫徂（cú）尔：指嫁到你家。徂，往。⓬三岁：多年。"三"是虚数，言其多。⓭汤（shāng）汤：水势盛大的样子。⓮帷裳：女子所乘车辆的车厢两旁的饰物。⓯二三其德：言行为前后不一致。⓰靡有朝矣：指不是某一天才这样，而是天天这样。⓱咥（xì）：笑的样子。⓲总角：古代男女未成年时，把头发扎成两小辫。这里代指童年。

【译读】

那人相貌很老实，抱着布匹来换丝。原来不是来换丝，低声商量将我娶。我送你到淇水岸，到了顿丘不忍还。我非有意延婚期，实是无人做良媒。请君莫要生恼怒，秋天来临到你处。

登上那堵残土墙，遥望复关盼情郎。望穿秋水人不见，心中焦急泪汪汪。既见郎从复关来，有笑有说心欢畅。龟甲蓍草你去占，卦没凶兆求神帮。拉着你的车子来，把我嫁妆往上装。

桑树青青叶未落，枝繁叶茂子沉沉。斑鸠鸟啊斑鸠鸟，不要贪心食桑椹。未嫁女啊未嫁女，不要对他太痴情。男子痴情不会久，轻轻松松可抽身。女子痴情不可为，铁板钉钉难脱身。

古典诗文精品选读

　　桑树终有叶落时,枝枯叶黄凄凄然。自从当初嫁给你,几载苦楚守清寒。淇水汹涌滚滚流,河水溅车湿罗衫。女人从未改心曲,男子一变在眼前。男人行为无准则,三心二意奈何天。

　　结婚多年守妇道,我把家事一肩挑。起早睡晚勤操作,累死累活非一朝。家业有成已安定,面目渐改施残暴。兄弟不知我处境,见我回家哈哈笑。静思默想苦难言,只有独自暗伤悼。

　　昔日你说同到老,这话让我添烦恼。淇水虽宽也有岸,水泽虽阔总有边。热恋时日共欢乐,说说笑笑多快活。信誓旦旦定终身,反覆无常今变脸,再不考虑你背叛,从此分手就了断!

诗经

竹竿

籊籊❶竹竿,以钓于淇❷。岂不尔思?远莫致之。
泉源在左,淇水在右。女子有行,远兄弟父母。
淇水在右,泉源在左。巧笑之瑳❸,佩玉之傩❹。
淇水滺滺❺,桧楫松舟。驾言出游,以写我忧。

【注释】

❶籊(tì)籊:形容竹竿细长的样子。❷淇:指卫国水名。❸瑳(cuō):玉色洁白鲜亮的样子。❹傩(nuó):行有节度。此指女子行步姿容优美。❺滺(yōu)滺:河水荡漾的样子。

【译读】

竹竿细长尖又尖。拿它垂钓淇水边。难道旧游我不想,路途遥远难还乡。

泉水清清在左边,淇河滚滚奔右方。姑娘长大要出嫁,父母兄弟离得远。

淇河滚滚在右方,泉水清清流左边。嫣然一笑白齿露,身佩美玉赛天仙。

淇水潺潺水悠悠,桧木作桨松作舟。只好驾车且出游,聊除心里思乡愁。

木瓜

投①我以木瓜②,报之以琼③琚④。匪报也,永以为好也!

投我以木桃⑤,报之以琼瑶。匪报也,永以为好也!

投我以木李⑥,报之以琼玖。匪报也,永以为好也!

【注释】

①投:赠送。②木瓜:果名。椭圆形,有香气,可以供人玩赏。③琼:赤玉。这里引申为形容玉美。④琚:一种佩玉。下文的"瑶""玖"也指佩玉。⑤木桃:一种果名。圆形或卵形,有芳香。⑥木李:植物名,落叶灌木,又名木梨,果实圆形或洋梨形。

【译读】

送我一只大木瓜,我拿佩玉作回报。不是仅仅为报答,表示永远爱着她。

送我一只大木桃,我拿美玉作回报。不是仅仅为还报,表示和她永相好。

送我一只大木李,我拿宝石作回报。不是仅仅为还礼,表示与她不离弃。

国风·王风

黍离

彼黍❶离离❷,彼稷❸之苗。行迈❹靡靡❺,中心❻摇摇❼。知我者,谓我心忧,不知我者,谓我何求。悠悠❽苍天!此何人哉?

彼黍离离,彼稷之穗。行迈靡靡,中心如醉。知我者,谓我心忧;不知我者,谓我何求。悠悠苍天,此何人哉?

彼黍离离,彼稷之实。行迈靡靡,中心如噎❾。知我者,谓我心忧;不知我者,谓我何求。悠悠苍天,此何人哉?

【注释】

❶黍:一种粮食作物。果实为黄米。❷离离:排列成行。❸稷:一种粮食作物。❹行迈:向前走。❺靡靡:行走缓慢。❻中心:即心中。❼摇摇:形容心神不定。❽悠悠:指遥远。❾噎:指郁闷而气塞,不能呼吸。

【译读】

田地里黍禾茂盛成排,稷谷长出了新苗。走起路来步迟疑,

古典诗文精品选读

心神不安人悲伤。理解我的人，说我心里烦忧。不理解我的人，说我在寻求什么。高高在上的老天，这究竟是谁造成的？

　　田地里黍禾茂盛成排，稷谷扬花吐出新穗。走起路来步迟疑，如痴如醉更彷徨。理解我的人，说我心里烦忧。不理解我的人，说我在寻求什么。高高在上的老天，这究竟是谁造成的？

　　田地里黍禾茂盛成排，稷谷已经结果实。走起路来步迟疑，可怜心中闷得慌。理解我的人，说我心里烦忧。不理解我的人，说我在寻求什么。高高在上的老天，这究竟是谁造成的？

国风·郑风

缁衣

缁衣❶之宜❷兮，敝予又改为兮。适子之馆❸兮，还予授子之粲❹兮。

缁衣之好兮，敝予又改造兮。适子之馆兮，还予授子之粲兮。

缁衣之席❺兮，敝予又改作兮。适子之馆兮，还予授子之粲兮。

【注释】

❶缁（zī）衣：黑色的衣服。古代卿大夫到官署治事时所穿。❷宜：称体，合身。❸馆：官舍。❹粲（càn）：形容新衣鲜明的样子。❺席：宽大舒适。古以宽大为美。

【译读】

黑衣穿上很合身，旧了为你缝新衣。你去官署把事办，回来给你试新装。

黑衣穿上真好看，旧了再把新衣换。你去官署把事办，回来给你穿新袍。

黑衣穿上多宽大，旧了再做也不差。你去官署把事办，回来给你新衣穿。

子衿

青青子①衿②，悠悠③我心。纵④我不往，子宁⑤不嗣音⑥？

青青子佩⑦，悠悠我思。纵我不往，子宁不来？

挑兮达兮⑧，在城阙⑨兮。一日不见，如三月兮。

【注释】

①子：你，指恋人。②衿：此处指衣领或衣襟。③悠悠：忧思不断。④纵：虽然。⑤宁：难道，怎能。⑥嗣音：传递音信。⑦佩：佩玉的绶带。⑧挑兮达兮：焦急地来回走动。⑨城阙：城门两边的观楼。

【译读】

你的衣襟青又青，心中惦记不停歇。虽然我没有前往，你为何不能给个音讯？

你的佩带色青青，我心思念总不停。纵然我没有前往，那你为什么也不来？

独自徘徊影随形，城门楼上久久等。一天没有见面，就好像隔了三个月之久。

国风·齐风

鸡鸣

鸡既鸣矣,朝❶既盈矣。匪鸡则鸣,苍蝇之声。
东方明矣,朝既昌矣。匪东方则明,月出之光。
虫飞薨薨❷,甘与子同梦。会❸且归❹矣,无庶❺予子憎。

【注释】

❶朝:朝堂,国君听政、君臣聚会议论国事之所。❷薨(hōng)薨:飞虫的振翅声。❸会:会朝,上朝。❹归:散朝归去。❺庶:众,指参加朝会的卿大夫。

【译读】

"你听公鸡喔喔叫,大家都已去早朝。""这又不是公鸡叫,是那苍蝇嗡嗡闹。"

"你瞧东方已发亮,朝会已经挤满堂。""这又不是东方亮,是那明月有光芒。"

"虫声嗡嗡催人睡,但愿一齐入梦乡。朝会人们快回啦,别招人厌说短长。"

东方未明

东方未明，颠倒衣裳。颠之倒之，自公召之。
东方未晞❶，颠倒裳衣。倒之颠之，自公令之。
折柳樊❷圃，狂夫❸瞿❹瞿。不能辰夜❺，不夙则莫。

【注释】

❶晞（xī）：通"昕"，破晓太阳将出。❷樊：藩篱，篱笆。❸狂夫：指监工。❹瞿（jù）瞿：瞪着双眼看的样子。❺不能辰夜：不能掌握时间。辰，通"晨"，指白天。

【译读】

东方没露一线光，丈夫颠倒穿衣裳。为啥颠倒穿衣裳？因为公家召唤忙。

东方未明天还黑，丈夫颠倒穿裳衣。为啥颠倒穿裳衣？因为公家命令急。

折柳编篱将我防，临走还要瞪眼望。不分白天与黑夜，从早到晚忙不停。

国风·魏风

汾沮洳

彼汾①沮洳②,言采其莫③。彼其之子,美无度。美无度,殊异乎公路④。

彼汾一方,言采其桑。彼其之子,美如英。美如英,殊异乎公行⑤。

彼汾一曲,言采其藚⑥。彼其之子,美如玉。美如玉,殊异乎公族。

【注释】

❶汾(fén):水名,在今山西中部。❷沮洳(jù rù):水旁低湿之地。❸莫:草名。❹公路:掌管王公车驾的官吏。❺公行(háng):掌管王公兵车的官吏。❻藚(xù):草名。

【译读】

汾水岸边湿地上,采来莫菜水汪汪。就是那位采菜人,俊美可爱不可言。俊美可爱不可言,和那高官不沾边。

汾水岸边斜坡上,桑叶青青采撷忙。就是那位采桑人,朝气蓬勃美英华。朝气蓬勃美英华,不跟高官是一家。

汾水河边曲岸旁,采那泽泻浅水上。就是那位采桑人,美如玉石真难忘。美如玉石真难忘,他与高官不一样。

硕鼠

硕鼠①硕鼠,无食我黍②!三岁③贯④女,莫我肯顾。逝将去女,适彼乐土⑤。乐土乐土,爰⑥得我所⑦?

硕鼠硕鼠,无食我麦!三岁贯女,莫我肯德。逝将去女,适彼乐国。乐国乐国,爰得我直。

硕鼠硕鼠,无食我苗!三岁贯女,莫我肯劳。逝将去女,适彼乐郊。乐郊乐郊,谁之永号?

【注释】

①硕鼠:大老鼠。②黍:黍子,重要粮食作物之一。③三岁:多年。④贯:即"宦",侍奉。⑤乐土:安居乐业的地方,是诗人想象中的理想国。⑥爰:乃,于是。⑦所:处所,地方。

【译读】

大田鼠呀大田鼠,不许吃我种的黍!多年辛苦养活你,我的生活从不顾。发誓从此离开你,去那理想新乐土。新乐土啊新乐土,哪儿是我的安身所?

大田鼠呀大田鼠,不许吃我种的麦!多年辛苦养活你,从来不见你感激。发誓从此离开你,去那理想新乐国。新乐国啊新乐国,才是我的好所在!大田鼠呀大田鼠,不许吃我种的苗! 多年辛苦养活你,从来不见你慰劳。发誓从此离开你,去那理想新乐郊。新乐郊啊新乐郊,谁还悲叹长呼号?

国风·唐风

扬之水

扬之水，白石凿凿❶。素衣朱襮❷，从子于沃。既见君子，云何不乐？

扬之水，白石皓皓❸。素衣朱绣，从子于鹄❹。既见君子，云何其忧？

扬之水，白石粼粼❺。我闻有命，不敢以告人。

【注释】

❶凿凿：鲜明的样子。❷襮（bó）：绣有花纹的红色衣领。❸皓皓：明亮的样子。❹鹄（hú）：古地名。在今山西省闻喜县附近。❺粼粼：形容水清石净。

【译读】

河水悠悠缓慢流，水底白石多鲜明。白色衣服红绣领。随你一道到沃城。既已拜见桓叔君，怎不高兴笑盈盈。

河水悠悠缓慢流，水底白石多明净。白色衣服红绣领。随你一道到鹄城。一既已拜见桓叔君，还有什么不高兴。

河水悠悠缓慢流，水底白石多晶莹。我已听得政变令。不敢向人说真情。

蟋蟀

蟋蟀在堂,岁聿其莫❶。今我不乐,日月其除。无已大康,职思其居。好乐无荒,良士瞿瞿❷。

蟋蟀在堂,岁聿其逝。今我不乐,日月其迈。无已大康,职思其外。好乐无荒,良士蹶蹶❸。

蟋蟀在堂,役车其休。今我不乐,日月其慆❹。无以大康,职思其忧。好乐无荒,良士休休❺。

【注释】

❶莫:将尽。❷瞿(jù)瞿:警惕的样子。❸蹶蹶:动作敏捷的样子。❹慆(tāo):逝去。❺休休:希望和平的心情。

【译读】

天寒蟋蟀进堂屋,岁月匆匆近年关。今不及时去寻乐,光阴一去不复返。过度安乐也不好,本职事情莫耽误。"不荒正业又娱乐",贤士警语记心间。

天寒蟋蟀进堂屋,一年匆匆将过完。今不及时去行乐,光阴一去再不还。过度安乐也不好,分外之事也不误。"不荒正业又娱乐",贤士勤快是模范。

天寒蟋蟀进堂屋,行役车辆将回转。今不及时去寻乐,日月如梭留不住。过度安乐也不好,还有国事让人忧。"不荒正业又娱乐",贤士爱国真好汉。

国风·秦风

蒹葭

蒹葭①苍苍②,白露为霜。所谓伊人③,在水一方。溯洄④从之,道阻且长。溯游⑤从之,宛⑥在水中央。

蒹葭萋萋,白露未晞⑦。所谓伊人,在水之湄⑧。溯洄从之,道阻且跻⑨。溯游从之,宛在水中坻⑩。

蒹葭采采⑪,白露未已。所谓伊人,在水之涘⑫。溯洄从之,道阻且右。溯游从之,宛在水中沚⑬。

【注释】

❶蒹葭(jiān jiā):芦苇。蒹,没长穗的芦苇。❷苍苍:青色,茂盛的样子。❸伊人:那个人,指所思念的人。❹溯洄:逆流而上。从诗意来看,实际是在陆上傍水逆流而行。❺溯游:顺流而下。❻宛:仿佛,好像。❼晞(xī):干。❽湄:水与草交接处,也即岸边。❾跻(jī):升高,这里形容道路又陡又高。❿坻(chí):水中小沙洲。⓫采采:众多的样子。⓬涘(sì):水边。⓭沚(zhǐ):水中小沙滩。

【译读】

河边芦苇青苍苍,晶莹露珠凝成霜。有位丽人真可爱,站在河水那一方。逆流而上去追寻,道路崎岖又漫长。顺流而下再追寻，仿佛就在水中央。

河边芦苇青又青，晶莹露珠一层层。有位丽人真可爱，站在河水那一边。逆流而上去追求，道路艰险难攀登。顺流而下去追求，仿佛就在河之洲。

河边芦苇郁葱葱，晶莹露珠明晃晃。有位丽人真可爱，站在河水那一旁。逆流而上去追她，道路艰险弯又弯。顺流而下去追她，仿佛就在河中滩。

诗经

无衣

岂曰无衣?与子同袍❶。王于兴师,修我戈矛❷,与子同仇❸!

岂曰无衣?与子同泽❹。王于兴师,修我矛戟,与子偕作❺!

岂曰无衣?与子同裳。王于兴师,修我甲兵。与子偕行!

【注释】

❶袍:长衣,形如斗篷,行军时白天当衣穿,夜里当被盖。❷戈矛:长柄的兵器。戈平头而旁有枝,矛头尖锐。❸同仇:共同对敌。❹泽:通"襗",内衣,如今之汗衫。❺作:行动起来。

【译读】

谁说我们没衣穿?与你同穿那长袍。君王要起兵,修整好戈和矛,和你同仇敌忾!

谁说我们没衣穿?与你同穿那内衣。君王发兵去交战,修整我那矛与戟,出发与你在一起。

谁说我们没衣穿?与你同穿那战裙。君王调兵要打仗,修好盔甲和刀枪,咱们一道上战场!

国风·陈风

宛丘

子之汤①兮,宛丘②之上兮。洵有情兮,而无望兮。
坎其③击鼓,宛丘之下。无冬无夏,值其鹭羽④。
坎其击缶⑤,宛丘之道。无冬无夏,值其鹭翿⑥。

【注释】

❶汤:同"荡",舞姿优美的样子。❷宛丘:四周高中间平坦的土山。❸坎其:即"坎坎",描写击鼓声。❹鹭羽:用鹭鸶羽毛制成的伞形舞具。❺缶(fǒu):瓦制的打击乐曲。❻鹭翿(dào):用鹭鸶的羽毛做成伞形,舞者所用。

【译读】

姑娘舞姿多优美,翩翩旋转宛丘上。心中实有千般情,却不敢存有奢望。

敲起鼓来咚咚响,翩翩起舞宛丘下。不管寒冬和炎夏,鹭羽伞儿手中扬。

鼓起瓦盆当当响,翩翩起舞宛丘路。不管寒冬和炎夏,头戴鹭羽鸟一样。

东门之池

东门之池❶,可以沤❷麻。彼美淑姬,可与晤歌❸。
东门之池,可以沤纻❹。彼美淑姬,可与晤语❺。
东门之池,可以沤菅❻。彼美淑姬,可与晤言。

【注释】

❶池:城池,类似现在的护城河。❷沤(òu):长时间用水浸泡。❸晤(wù)歌:对着唱歌,对歌。❹纻(zhù):苎麻。❺晤语:面对面交谈。语,交谈,说话。❻菅(jiān):一种植物,用水浸软后,其茎叶可织席编筐。

【译读】

东城门外护城河,可以泡麻织衣裳。美丽温柔好姑娘,与她相聚同歌唱。

东城门外护城河,可以泡苎织新装。美丽温柔好姑娘,与她相会私语长。

东城门外护城河,可以浸茅做鞋帮。美丽温柔好姑娘,与她谈情诉衷肠。

月 出

月出皎①兮，佼人②僚③兮。舒④窈纠⑤兮，劳心悄兮。
月出皓兮，佼人懰⑥兮。舒忧受兮，劳心慅⑦兮。
月出照兮，佼人燎⑧兮。舒夭绍⑨兮，劳心惨兮。

【注释】

①皎：形容月光洁白明亮。②佼人：美人。③僚：美好的样子。④舒：舒缓，迟慢，形容女子举止娴雅婀娜。⑤窈纠：形容女子行走时体态的曲线美。⑥懰（liǔ）：妩媚。⑦慅（cǎo）：忧愁，心神不安。⑧燎：明亮。⑨夭绍：形容女子风姿绰约。

【译读】

月儿东升亮皎皎，月下美人更俊俏，体态优雅又苗条，让我思念心烦忧。

月儿出来多洁白，月下美人眉目娇，体态舒缓又娴雅，让我思念心忧愁。

月儿出来当头照，月下美人神采姣，体态柔软又秀美，让我思念心烦躁。

国风·桧风

羔裘

羔裘逍遥①,狐裘以朝②。岂不尔思?劳心忉忉。
羔裘翱翔,狐裘在堂③。岂不尔思?我心忧伤。
羔裘如膏,日出有曜④。岂不尔思?中心是悼⑤。

【注释】

①逍遥:安闲自得的样子。②朝(cháo):上早朝。③堂:公堂,大夫朝见君主的地方。④有曜(yào):即耀耀,形容羔裘光洁明亮。⑤悼:悲伤,害怕。

【译读】

穿上羔裘好逍遥,穿上狐裘去上朝。难道我不思念你?心有顾虑愁难消!

穿上羔裘好逍遥,穿着狐裘坐公堂。难道我不思念你?心有顾虑暗忧伤!

羊皮如脂色泽亮,太阳一出闪光亮。难道我不思念你?心中恐惧又发慌!

隰有苌楚

隰有苌楚❶，猗傩❷其枝，夭❸之沃沃❹，乐❺子之无知。
隰有苌楚，猗傩其华，夭之沃沃。乐子之无家❻。
隰有苌楚，猗傩其实，夭之沃沃。乐子之无室。

【注释】

❶苌楚：植物名，又名羊桃，花赤色，仔细如小麦，形似家桃，柔弱蔓生。❷猗傩（ē nuó）：同"婀娜"，茂盛而柔美的样子。❸夭：鲜嫩。❹沃沃：形容叶子润泽的样子。❺乐：喜，这里有羡慕之意。❻无家：没有家室的拖累。下文"无室"与之同义。

【译读】

低湿地上长羊桃，嫩绿枝条多婀娜。细细嫩嫩光泽好，羡你无知不烦恼。

低湿地上长羊桃，花儿朵朵多婀娜。柔嫩浓密光泽好，羡你无家无辛劳。

低湿地上长羊桃，果实累累多婀娜。又肥又大光泽好，羡你无妻真超脱。

国风·曹风

蜉蝣

蜉蝣❶之羽,衣裳楚楚❷。心之忧矣,於❸我归处。
蜉蝣之翼,采采❹衣服。心之忧矣,於我归息。
蜉蝣掘阅❺,麻衣如雪。心之忧矣,於我归说❻。

【注释】

❶蜉蝣:虫名,生存期极短,一般都朝生暮死。❷楚楚:鲜明整洁的样子。❸於(wū):通"乌",何,哪里。❹采采:形容光洁鲜艳的样子。❺阅:通"穴",洞穴。❻说(shuì):休息。

【译读】

蜉蝣翅膀薄又亮,衣裳整洁又漂亮。我的心里很忧愁,不知归处在何方?

蜉蝣翅膀薄又轻,美丽多彩好衣服。我的心里很忧愁,不知何处去安息?

蜉蝣挖洞好安歇,身着雪白好麻衣。我的心里很忧愁,不知安身去何地?

下泉

洌①彼下泉②，浸彼苞稂③。忾④我寤叹，念彼周京⑤。
洌彼下泉，浸彼苞萧。忾我寤叹，念彼京周。
洌彼下泉，浸彼苞蓍。忾我寤叹，念彼京师。
芃芃黍苗，阴雨膏之。四国有王，郇伯⑥劳之。

【注释】

①洌（liè）：寒冷，冰冷。②下泉：地下涌出的泉水。③稂（láng）：莠一类的野草。④忾（xì）：叹息。⑤周京：周朝的京都，天子所居。下文"京周""京师"与之同义。⑥郇（xún）伯：文王之子封于郇，为郇侯，曾为州伯，故称郇伯。

【译读】

下泉水呀清又凉，浸得杂草难生长。一觉醒来长叹息，不知京都怎么样。

下泉水呀清又凉，浸得蒿草难生长。一觉醒来长叹息，空念京城难回乡。

下泉水呀清又凉，浸得蓍草难生长。一觉醒来长叹息，京师惹人常怀想。

蓬勃一片黍苗壮，雨水滋润节节高。四方诸侯朝天子，护送敬王荀伯忙。

国风·豳风

七月

　　七月流火❶,九月授衣❷。一之日觱发❸,二之日栗烈❹。无衣无褐❺,何以卒岁?三之日于耜,四之日举趾❻。同我妇子,馌❼彼南亩。田畯至喜。

　　七月流火,九月授衣。春日载阳,有鸣仓庚❽。女执懿筐,遵彼微行,爰求柔桑。春日迟迟,采蘩❾祁祁。女心伤悲,殆及公子同归。

　　七月流火,八月萑苇❿。蚕月⓫条桑,取彼斧斨,以伐远扬,猗彼女桑。七月鸣鵙,八月载绩。载玄载黄,我朱孔阳,为公子裳。

　　四月秀葽⓬,五月鸣蜩。八月其获,十月陨萚⓭。一之日于貉⓮,取彼狐狸,为公子裘。二之日其同,载缵武功。言私其豵,献豜⓯于公。

　　五月斯螽⓰动股⓱,六月莎鸡振羽。七月在野,八月在宇,九月在户,十月蟋蟀入我床下。穹窒熏鼠,塞向墐⓲户,嗟我妇子,曰为改岁,入此室处。

　　六月食郁及薁,七月亨葵及菽。八月剥枣,十月获稻。为此春酒⓳,以介眉寿。七月食瓜,八月断壶,

九月叔苴。采荼薪樗㉑，食我农夫。

九月筑场圃，十月纳禾稼。黍稷重穋㉑，禾麻菽麦。嗟我农夫，我稼既同，上入执宫功㉒。昼尔于茅，宵尔索绹。亟其乘屋，其始播百谷。

二之日凿冰冲冲，三之日纳于凌阴。四之日其蚤，献羔祭韭㉓。九月肃霜，十月涤场㉔。朋酒斯飨，曰杀羔羊。跻彼公堂㉕，称彼兕觥，万寿无疆！

【注释】

❶七月流火：每年夏历五月的黄昏，此星出现在天空南方，方向最正，位置最高。六月以后，就偏西向下行了。七月，夏历七月；流，这里指行星的位置在天空中向下移动；火，星名，即心宿二，又称大火。❷授衣：将裁制冬衣的工作交给女工。九月丝麻等事结束，所以在这时开始做冬衣。❸觱（bì）发（bō）：大风触物声。❹栗烈：寒气袭人。❺褐：粗布衣。❻举趾：抬足，这里指下地种田。❼馌（yè）：指往田里送饭。❽仓庚：鸟名，指黄莺。❾蘩：菊科植物，即白蒿。❿萑苇：芦类。八月萑苇长成，收割下来，可以做箔。⓫蚕月：指三月。⓬葽（yāo）：草本植物，又名远志，可入药。⓭萚（tuò）：落叶。⓮貉（hé）：兽名，似狐而尾较短。⓯豜（jiān）：大野猪。⓰斯螽（zhōng）：蚱蜢。⓱动股：蚱蜢以翅摩擦发声，古人误以为以腿摩擦，所以说"动股"。⓲墐（jìn）：用泥涂抹。贫家门扇用柴竹编成，涂泥使它不通风。⓳春酒：冬天酿酒，春日始成，所以称春酒。⓴樗（chū）：木名，臭椿。㉑穋（lù）：

同"稺"，后种早熟的谷。㉒宫功：建筑宫室，或指室内的事。㉓献羔祭韭：用羔羊和韭菜祭祖。㉔涤场：即涤荡，形容深秋树木萧瑟的样子。㉕公堂：或指公共场所，不一定是国君的朝堂。

【译读】

　　七月火星向西落，九月妇女缝寒衣。十一月北风劲吹，十二月寒气袭人。没有好衣没粗衣，怎么度过这年底？正月开始修锄犁，二月下地去耕种。带着妻儿一同去，把饭送到南边地，田官赶来吃酒食。

　　七月火星向西落，九月妇女缝寒衣。春天阳光暖融融，黄鹂婉转唱着歌。姑娘提着深竹筐，一路沿着小道走。伸手采摘嫩桑叶，春来日子渐渐长。人来人往采白蒿，姑娘心中好伤悲，要随贵人嫁他乡。

　　七月火星向西落，八月要把芦苇割。三月修剪桑树枝，取来锋利的斧头。砍掉高高长枝条，攀着细枝摘嫩桑。七月伯劳声声叫，八月开始把麻织。染丝有黑又有黄，我的红色更鲜亮，献给贵人做衣裳。

　　四月远志结子囊，五月知了声声唱。八月庄稼要收割，十月落叶随风扬。十一月里打貉子，剥下狐狸茸茸皮，好为公子做衣裳。腊月大伙聚一起，继续打猎练武忙。小猪自己留下来，大猪送到公府上。

　　五月蚱蜢弹腿叫，六月纺织娘振翅。七月蟋蟀在田野，八月来到屋檐下。九月蟋蟀进门口，十月钻进我床下。堵塞鼠洞熏老鼠，封好北窗糊门缝。叹我妻儿好可怜，岁末将过新年到，迁入这屋把身安。

六月食李和葡萄,七月煮葵又煮豆。八月开始打红枣,十月下田收稻谷。酿成春酒美又香,为了主人求长寿。七月里面可吃瓜,八月到来摘葫芦。九月拾起秋麻子,采摘苦菜又砍柴,养活农夫把心安。

九月筑好打谷场,十月庄稼要进仓,谷子黄米和高粱,粟麻豆麦分开放。哎呀可叹咱农夫!庄稼刚刚收拾完,又要服役修官房:白天割来粗茅草,晚上搓绳长又长,急忙上屋把顶盖,开春要播各种粮。

腊月凿冰冲冲响,正月送进冰窖藏。二月起早行祭礼,献上韭菜和小羊。九月天高气又爽,十月萧瑟树叶黄。两壶美酒大家饮,举刀宰了小羔羊,踏上台阶进公堂,高高举起牛角杯,同声高祝寿无疆!

雅

小雅·鹿鸣之什

鹿鸣

呦呦❶鹿鸣,食野之苹❷。我有嘉宾,鼓瑟吹笙。吹笙鼓簧❸,承❹筐❺是将❻。人之好我,示我周行❼。

呦呦鹿鸣,食野之蒿。我有嘉宾,德音孔昭。视民不恌❽,君子是则是效。我有旨酒,嘉宾式燕以敖。

呦呦鹿鸣,食野之芩❾。我有嘉宾,鼓瑟鼓琴。鼓瑟鼓琴,和乐且湛❿。我有旨酒,以燕乐嘉宾之心。

【注释】

❶呦呦:鹿叫的声音。❷苹:草名,藾蒿。❸簧:笙中的舌片。❹承:奉上。❺筐:指盛币帛的竹器。❻将:送,献。❼周行(háng):大道,引申为大道理。❽恌(tiāo):同"佻",轻佻,奸巧。❾芩(qín):草名,蒿类植物。❿湛(dān):深厚。

【译读】

鹿儿呦呦叫不停,唤来同伴吃野苹。我有许多好宾客,席上

古典诗文精品选读

弹瑟又吹笙。吹笙按簧声和声,赠送币帛盛满筐。人们待我真友善,为我指明前方道。

鹿儿呦呦叫不停,唤来同伴吃青蒿。我有许多好宾客,名声显耀道德高。待人宽厚不刻薄,君子贤人来仿效。我有佳肴和美酒,邀客饮酒又逍遥。

鹿儿呦呦叫不停,唤来同伴吃野芩。我有许多好宾客,席上弹瑟又奏琴。琴瑟齐奏声和鸣,快活尽兴同欢笑。我有佳肴和美酒,宴请嘉宾乐陶陶。

诗经

采薇

采薇①采薇,薇亦作②止。曰归曰归,岁亦莫③止。靡室靡家④,猃狁⑤之故。不遑⑥启居⑦,猃狁之故。

采薇采薇,薇亦柔止。曰归曰归,心亦忧止。忧心烈烈⑧,载饥载渴。我戍未定,靡使归聘。

采薇采薇,薇亦刚止。曰归曰归,岁亦阳止。王事靡盬⑨,不遑启处。忧心孔疚,我行不来!

彼尔维何?维常之华。彼路斯何?君子之车。戎车既驾,四牡业业。岂敢定居?一月三捷。

驾彼四牡,四牡骙⑩骙。君子所依,小人所腓⑪。四牡翼翼⑫,象弭鱼服。岂不日戒?猃狁孔棘!

昔我往矣,杨柳依依⑬。今我来思,雨雪⑭霏霏⑮。行道迟迟,载渴载饥。我心伤悲,莫知我哀!

【注释】

①薇:即野豌豆,嫩苗可以吃。②作:指薇菜冒出地面。③莫:通"暮",这里指年末。④靡室靡家:终年在外,和妻子远离,有家等于无家。靡,无。⑤猃狁(xiǎn yǔn):我国古代西北游牧民族名。春秋时代称戎、狄,秦汉时代称匈奴,隋唐时代称突厥。⑥不遑:没有闲暇。遑,闲暇。⑦启居:停下休息。启,小跪;居,安坐。⑧烈烈:本是火势猛盛的样子,用来形容

忧心,表示忧心如焚。❾ 盬(gǔ):止息,了结。❿ 骙(kuí):雄强,威武。这里形容马强壮。⓫ 腓(féi):庇护,掩护。⓬ 翼翼:整齐的样子。这里指马训练有素。⓭ 依依:形容柳条随风飘拂的样子。⓮ 雨雪:下雪。雨,动词,落的意思。⓯ 霏霏:雪大的样子。

【译读】

采薇采薇一把把,薇菜新芽已长大。说回家呀道回家,眼看一年又完啦。离了亲人没有家,为与猃狁相厮杀。不得安宁无闲暇,为与猃狁来厮杀。

采薇采薇一把把,薇菜柔嫩初发芽。说回家呀道回家,心里忧闷多牵挂。满腔愁绪如火焚,又饥又渴受煎熬。我们征战无休止,无人回家去探问。

采薇采薇一把把,薇菜已老发杈枒。说回家呀道回家,转眼十月又到啦。王事频频无休止,想要休息无闲暇。满腹忧愁真痛苦,只怕出征难归家。

什么花儿开得盛?棠棣花开密层层。什么车儿高又大?高大战车将军乘。驾起兵车又出战,四匹壮马齐奔腾。边地怎敢图安居,一月要争几回胜!

驾起四匹大公马,马儿雄骏高又大。将军威武倚车立,兵士掩护也靠它。四匹马儿多齐整,鱼皮箭袋雕弓挂。哪有一天不戒备,军情紧急不卸甲!

回想当初出征时,杨柳依依随风吹;如今回来路途中,大雪纷纷满天飞。道路泥泞难行走,又渴又饥真劳累。满心伤感满腔悲。我的哀痛谁体会!

小雅·南有嘉鱼之什

南有嘉鱼

南有嘉鱼，烝然❶罩罩❷。君子有酒，嘉宾式燕以乐。
南有嘉鱼，烝然汕汕❸。君子有酒，嘉宾式燕以衎❹。
南有樛木，甘瓠累之。君子有酒，嘉宾式燕绥❺之。
翩翩者鵻❻，烝然来思。君子有酒，嘉宾式燕又思。

【注释】

❶烝（zhēng）然：众多的样子。❷罩罩：鱼儿摆着尾巴摇而又摇的样子。❸汕汕：鱼儿在水里悠闲的样子。❹衎（kàn）：快乐。❺绥：安好。❻鵻（zhuī）：鸟名，即鹁鸠。

【译读】

南方出产鲜美鱼，成群结队水中游。主人设宴有美酒，嘉宾宴饮乐陶陶。

南方出产鲜鱼美，游来游去在水中。主人设宴有美酒，嘉宾宴饮乐无比。

南方有树枝条弯，葫芦藤蔓紧相缠。主人设宴有美酒，嘉宾宴饮真欢畅。

鹁鸠翩翩空中翔，四面八方集树上。主人设宴有美酒，嘉宾欢饮劝满觞。

小雅·鸿雁之什

鸿雁

鸿❶雁于飞，肃肃其羽。之子于征，劬劳于野。爰及矜人❷，哀此鳏❸寡❹。

鸿雁于飞，集于中泽。之子于垣，百堵❺皆作。虽则劬劳，其究安宅？

鸿雁于飞，哀鸣嗷嗷。维此哲人，谓我劬劳。维彼愚人，谓我宣骄❻。

【注释】

❶鸿：大雁。❷矜（jīn）人：穷苦的人。❸鳏（guān）：老而无妻的人。❹寡：老而无夫的人。❺百堵：一百方丈。❻宣骄：骄奢，摆阔。

【译读】

鸿雁翩翩空中飞，扇动翅膀沙沙响。那人离家出远门，野外奔波苦尽尝。可怜都是穷苦人，鳏寡孤独好悲伤。

鸿雁翩翩空中飞，聚在沼泽的中央。那人服役筑高墙，那墙筑得百丈高。虽然辛苦又劳累，不知安身在何方。

鸿雁翩翩空中飞，哀鸣阵阵好可怜。惟有那些明白人，知我心中苦与难。惟有那些糊涂虫，说我闲暇发牢骚。

鹤鸣

鹤鸣于九皋❶,声闻于野。鱼潜在渊,或在于渚。乐彼之园,爰有树檀,其下维萚❷。它山之石,可以为错❸。

鹤鸣于九皋,声闻于天。鱼在于渚,或潜在渊。乐彼之园,爰有树檀,其下维榖❹。它山之石,可以攻❺玉。

【注释】

❶皋:沼泽,湖泊。❷萚(tuò):枯落的枝叶。❸错:磨物的工具,以硬石或金属制成。❹榖(gǔ):树木名,即楮树,其树皮可作造纸原料。❺攻:加工,打磨。

【译读】

沼泽曲折白鹤叫,声音四野能听到。鱼儿潜伏深水里,有时游到小岛边。在那园中真快乐,园里檀树大又高,树下落叶飘满地。山上石头多又多,同样可做雕玉刀。

沼泽曲折白鹤叫,鸣声嘹亮传九霄。鱼儿游在沙洲边,有时潜伏在深渊。在那园中真快乐,园里檀树大又高,下有楮树丑又小。他山石头多又多,可以用来雕美玉。

小雅·节南山之什

节南山

节彼南山,维石岩岩。赫赫师尹,民具尔瞻。忧心如惔❶,不敢戏谈。国既卒斩,何用不监!

节彼南山,有实其猗。赫赫师尹,不平谓何。天方荐瘥❷,丧乱弘多。民言无嘉,憯莫惩嗟。

尹氏大师,维周之氐❸;秉国之钧,四方是维。天子是毗❹,俾民不迷。不吊昊天,不宜空我师。

弗躬弗亲,庶民弗信。弗问弗仕,勿罔君子。式夷式已,无小人殆。琐琐❺姻亚,则无膴❻仕。

昊天不佣,降此鞠訩❼。昊天不惠,降此大戾。君子如届,俾民心阕。君子如夷,恶怒是违。

不吊昊天,乱靡有定。式月斯生,俾民不宁。忧心如酲❽,谁秉国成?不自为政,卒劳百姓。

驾彼四牡,四牡项领。我瞻四方,蹙蹙靡所骋。

方茂尔恶,相尔矛矣。既夷既怿❾,如相酬矣。

昊天不平,我王不宁。不惩其心,覆怨其正。

家父作诵,以究王訩。式讹❿尔心,以畜万邦。

【注释】

❶惔（tán）："炎"的借字，火烧。❷瘥（cuó）：疾病瘟疫。❸氐（dǐ）：指树根。❹毗（pí）：辅助。❺琐琐：卑微渺小的样子。❻膴（wǔ）：厚。❼鞠讻：极大的灾凶。鞠，穷，极；讻，同"凶"。❽酲（chéng）：喝醉酒。❾怿（yì）：喜悦。❿讹（é）：变化。

【译读】

终南山高高耸立，积石又高又奇险。显赫的尹太师啊，人们都在仰望你。忧国之心如火炎，谁也不敢胡乱谈。国运眼看要中断，为何还没有察觉到？

终南山高高耸立，山上草木真茂盛。显赫的尹太师啊，为何办事不公道？老天反复降灾损，丧乱实在有点多！庶民绝无好言语，你还不惩戒自我。

尹太师手掌大权，是周王室顶梁柱。你掌握国家政权，天下全靠你维持。君主靠你辅佐，百姓要靠他带路。老天爷不关心人民，不该断人们活路。

王从不亲自理政，对人民不肯信任。不咨询也不任用，贤人全被你耽误。坏事一定制止，不要与小人靠拢；裙带无能的亲戚，不给高官和显位。

老天真是不开眼，降下这个害人精！老天真的不仁慈，降下一场大灾难！如若贤士辅权政，民愤自然可消除。君王若公平处事，怨愤就会被平息。

老夫实在不良善，祸乱何时能平定。损害天下老百姓，百姓

哪里有安宁。我愁得啊像醉酒,谁能来掌理国政?如不能躬亲施政,到头来苦了百姓。

驱车驾四马,马儿肥又壮。放眼看四方,没有地方可驰骋。

你大肆作恶,就像杀人矛。明日又和睦,互相恭贺又喝酒。

老天不公平,君王不安宁。你不怨自己,反怨恨人家纠正。

家父吟此篇,追究那祸根。愿王知悔改,好好把四方安抚。

小雅·谷风之什

谷风

习习❶谷风,维风及雨。将❷恐将惧,维予与女。将安将乐,女转弃予。

习习谷风,维风及颓❸。将恐将惧,置予于怀。将安将乐,弃予如遗。

习习谷风,维山崔嵬❹。无草不死,无木不萎。忘我大德❺,思我小怨❻。

【注释】

❶习习:连续不断的风声。❷将:方,正当。❸颓:自上而下的旋风。❹崔嵬(wéi):山高峻的样子。❺大德:指能共患难。❻小怨:小缺点。

【译读】

谷口呼呼刮大风,大风夹带阵阵雨。当年担惊受怕时,唯我帮你分忧虑。如今富裕又安乐,你却把我来抛弃。

谷口呼呼刮大风,暴风大雨不停息。当年担惊受怕时,你把我拥在怀里。如今富裕又安乐,将我抛开全忘记。

谷口呼呼风不停,一直刮过高山顶。地上百草全枯死,山间树木尽凋零。我的好处你全忘,专门记我小毛病。

小明

明明上天，照临下土。我征徂西，至于艽野❶。二月初吉，载离寒暑。心之忧矣，其毒大苦。念彼共人，涕零如雨。岂不怀归？畏此罪罟！

昔我往矣，日月方除。曷云其还？岁聿云莫。念我独兮，我事孔庶。心之忧矣，惮我不暇。念彼共人，睠睠❷怀顾！岂不怀归？畏此谴怒。

昔我往矣，日月方奥❸。曷云其还？政事愈蹙❹。岁聿云莫，采萧❺获菽❻。心之忧矣，自诒伊戚。念彼共人，兴言出宿。岂不怀归？畏此反覆。

嗟尔君子，无恒安处。靖共尔位，正直是与。神之听之，式穀❼以女。

嗟尔君子，无恒安息。靖共❽尔位，好是正直。神之听之，介尔景福❾。

【注释】

❶艽（qiú）野：荒远之地。艽，远荒。❷睠（juàn）睠：怀念的样子。❸奥（yù）：温暖。❹蹙（cù）：紧迫。❺萧：艾蒿。❻菽：泛指豆类。❼穀（gǔ）：善，这里指福。❽靖共：即靖恭，恭谨地奉守，静肃恭谨。❾景福：指大福。

【译读】

昭昭上天亮光光,普照辽阔大地上。我为公事奔西行,所到之处真荒凉。腊月初旬已出发,至今寒来又要往。心中想想真忧愁,好像吃药苦难当。思念忠诚老同事,泪如雨下沾裳衣。难道不想回家园?只怕获罪触法网。

回想当初我动身,正是新年好时光。何日才能回家乡?一年将近犹无望。想我孤单一个人,事情多得头发胀。心中烦闷多凄凉,终年劳苦没时光。思念忠诚老同事,很想回去望一望。难道不想回家乡?怕人恼怒说短长。

回想当初我动身,正赶上天气转暖。何日才能回家乡?政事越来越繁忙。一年很快就过完,采艾收豆上晒场。心里忧愁没处说,自寻烦恼自担当。想起那位老同事,难以入睡起彷徨。难道不想回家乡?只怕无辜受灾殃。

你们这些君子啊,不要居家常安逸。本职工作须做好,交结朋友要正直。神明听到这一切,赐你福禄永吉祥。

你们这些君子啊,休贪安逸把福享。本职工作须做好,正直君子勤结交。神明听到这一切,一定赐予你福气。

小雅·甫田之什

甫田

倬❶彼甫田,岁取十千。我取其陈,食我农人。自古有年。今适南亩,或耘或耔❷。黍❸稷❹薿薿❺,攸介攸止,烝我髦士。

以我齐明,与我牺羊,以社以方。我田既臧,农夫之庆。琴瑟击鼓,以御田祖。以祈甘雨,以介我稷黍,以穀我士女。

曾孙来止,以其妇子。馌❻彼南亩,田畯至喜。攘其左右,尝其旨否。禾易长亩,终善且有。曾孙不怒,农夫克敏。

曾孙之稼,如茨❼如梁。曾孙之庾,如坻如京。乃求千斯仓,乃求万斯箱。黍稷稻粱,农夫之庆。报以介福,万寿无疆。

【注释】

❶倬(zhuō):广阔。❷耔(zǐ):用土培苗根。❸黍(shǔ):黍子,籽实去皮后叫黄米。❹稷(jì):谷子,籽实去皮后叫小米。❺薿(nǐ)薿:茂盛的样子。❻馌(yè):送饭。❼茨(cí):草屋的屋顶。

【译读】

　　一片大田广无边,每年收粮万万千。我从仓中取陈谷,给我农民把肚填。自古丰收有来年,如今来到南亩田,锄草培土人不闲,小米高粱一大片。庄稼长大收上场,田官向我来进献。

　　黄米高粱满盆装,更有纯色大公羊,祭祝土地祭四方。我的田地收成好,赏赐农夫喜洋洋。弹奏瑟瑟又打鼓,迎接田祖大驾降。祈求老天降甘雨,助我黍稷好成长,我家男女得抚养。

　　曾孙来到大田间,农民叫他妻和子,一齐送饭到田边。田官一见心喜欢,拿起身边菜和饭,尝尝味道鲜不鲜。满田庄稼密又壮,既好又多是丰年。曾孙欢喜笑颜开,农夫干活很勤勉。

　　曾孙庄稼收成好,厚如屋益又如桥。曾孙粮囤个个满,好比山丘堆积高。准备粮仓千百间,要求车厢成万套。黍稷稻粱都不少,赏赐农夫乐陶陶。神降大福作回报,万寿无疆永不消。

大田

　　大田多稼，既种既戒，既备乃事。以我覃耜❶，俶载❷南亩。播厥百谷，既庭且硕，曾孙是若。

　　既方既皁❸，既坚既好，不稂❹不莠。去其螟螣❺，及其蟊贼，无害我田稚。田祖有神，秉畀炎火。

　　有渰❻萋萋，兴雨祈祈。雨我公田，遂及我私。彼有不获稚，此有不敛穧❼，彼有遗秉，此有滞穗，伊寡妇之利。

　　曾孙来止，以其妇子。馌彼南亩，田畯至喜。来方禋祀❽，以其骍黑，与其黍稷。以享以祀，以介景福。

【注释】

　　❶耜（sì）：原始的犁。❷俶（chù）载：开始从事。❸皁（zào）：谷壳已结成，尚未坚实。❹稂（láng）：指穗粒空瘪的禾。❺螣（tè）：吃禾叶的青虫。❻渰（yǎn）：阴云密布的样子。❼穧（jì）：已割而未收的禾把。❽禋（yīn）祀：升烟以祭，古代祭天的典礼，也泛指祭祀。

【译读】

　　大田宽广庄稼多，选好种子修家伙，事前准备都完妥。背起我那锋快犁，开始下田干农活。播下黍稷诸谷物，苗儿挺拔又壮茁，曾孙心里好快活。

庄稼抽穗已结实,籽粒饱满长势好,没有稂草和莠草。除去青虫和丝虫,蝗虫和它的同伙,别祸害我的幼禾。多亏农神来保佑,把它们投进大火。

凉风凄凄云满天,小雨下来细绵绵。雨点落在公田里,同时洒到我私田。那儿谷嫩不曾割,这儿几株漏田间;那儿掉下一束禾,这儿散穗三五点,照顾寡妇任她拣。

曾孙视察已来临,碰上农妇孩子们。把饭送到田里来,田官来了也欢喜。曾孙来到正祭d神,黄牛黑猪案上陈,还有稷子和黄米。奉请诸神来受祭,祈求赐福无限量。

鸳鸯

鸳鸯于飞,毕❶之罗❷之。君子万年,福禄宜之。
鸳鸯在梁,戢❸其左翼。君子万年,宜其遐❹福。
乘马在厩,摧❺之秣之。君子万年,福禄艾❻之。
乘马在厩,秣❼之摧之。君子万年,福禄绥❽之。

【注释】

❶毕:有长柄的捕鸟小网。❷罗:无柄的捕鸟网。❸戢:插。❹遐(xiá):长远。❺摧(cuò):通"莝",铡草喂马。❻艾:养。❼秣(mò):拿饲料喂马。❽绥:安,安抚。

【译读】

鸳鸯往来双双飞,支好罗网将它捕。祝福君子万年寿,天赐福禄应给他。

鸳鸯息在河梁上,收拢它的左翅膀。祝福君子万年寿,天永赐福给他享。

乘马拴在马厩里,喂它碎草和谷物。祝福君子万年寿,福禄永远养着他。

乘马拴在马厩里,喂它谷物和碎草。祝福君子万年寿,福禄永远安赐他。

小雅·鱼藻之什

采菽

采菽❶采菽,筐之筥❷之。君子来朝,何锡予之?虽无予之?路车乘马。又何予之?玄衮❸及黼❹。

觱沸❺槛泉,言采其芹。君子来朝,言观其旂。其旂淠淠❻,鸾声嘒嘒。载骖载驷,君子所届。

赤芾在股,邪幅在下。彼交匪纾❼,天子所予。乐只君子,天子命之。乐只君子,福禄申之。

维柞之枝,其叶蓬蓬。乐只君子,殿天子之邦。乐只君子,万福攸同。平平左右,亦是率从。

汎汎杨舟,绋❽纚❾维之。乐只君子,天子葵之。乐只君子,福禄膍❿之。优哉游哉,亦是戾矣。

【注释】

❶菽:大豆。❷筥:圆形的盛物竹器。❸玄衮:画着卷龙的黑色礼服。❹黼(fǔ):黑白相间的花纹。❺觱(bì)沸:泉水涌出的样子。❻淠(pèi)淠:旗帜飘动。❼纾(shū):怠慢。❽绋(fú):粗大的绳索。❾纚(lí):拉船用的竹索。❿膍(pí):厚,指厚赐。

【译读】

采大豆呀采豆忙,方筐圆筐往里装。诸侯来朝见我王,天子用啥去赐赏?纵使没有厚赏赐,一辆路车四马壮。此外还有什么赏?花纹礼服画龙裳。

翻腾喷涌泉水边,我去采下水中芹。诸侯来朝见我王,遥看龙旗已在望。他们旗帜猎猎扬,鸾铃传来真动听。三马四马驾大车,远方诸侯已来临。

红皮蔽膝垂到股,绑腿斜缠小腿上。不急不慢风度好,这是天子所奖赏。诸侯公爵真快乐,天子策命赐嘉奖。诸侯公爵真快乐,洪福厚禄从天降。

柞树枝条一丛丛,它的叶子密密浓。诸侯公爵真快乐,镇邦定国天子重。诸侯公爵真快乐,万种福分来聚拢。左右属国善治理,于是他们都顺从。

杨木船儿水中漂,索缆系住不会跑。诸侯公爵真快乐,天子量才用以道。诸侯公爵真快乐,福禄厚赐好关照。从容不迫很自在,生活安定多逍遥。

采绿

终朝采绿❶，不盈一匊❷。予发曲局❸，薄言归沐。
终朝采蓝，不盈一襜❹。五日为期，六日不詹。
之子于狩，言韔❺其弓。之子于钓，言纶之绳。
其钓维何？维鲂及鱮❻。维鲂及鱮，薄言观者。

【注释】

❶绿：草名，即荩草，又名王刍，一年生草本，汁可以染黄。❷匊（jū）：同"掬"，两手合捧。❸曲局：卷曲的样子。❹襜（chān）：衣服遮着前面的部分，蔽膝或前裳。❺韔（chàng）：藏弓的套子，这里用作动词，即收弓入套。❻鱮（xù）：鲢鱼。

【译读】

整个早上采荩草，采得一捧还不满。我的长发乱糟糟，回去洗头梳梳好。

蓝草采了一早上，兜起衣裳盛不满。本来说好五天归，过了六天不回还。

他入林中去打猎，我来为他装弓箭。他到河边去钓鱼，我来为他理丝线。

他所钓的是什么？鲢鱼鳊鱼蹦得欢。鲢鱼鳊鱼蹦得欢，竟然钓到这么多。

大雅·文王之什

文王

文王在上,於昭於天。周虽旧邦,其命维新。有周不显,帝命不时。文王陟降,在帝左右。

亹亹❶文王,令闻不已。陈锡哉周,侯文王孙子。文王孙子,本支百世,凡周之士,不显亦世。

世之不显,厥犹翼翼。思皇多士,生此王国。王国克生,维周之桢;济济多士,文王以宁。

穆穆文王,于缉熙敬止。假哉天命,有商孙子。商之孙子,其丽不亿。上帝既命,侯于周服。

侯服于周,天命靡常。殷士肤敏,祼❷将于京。厥作祼将,常服黼冔❸。王之荩❹臣,无念尔祖。

无念尔祖,聿修厥德。永言配命,自求多福。殷之未丧师,克配上帝。宜鉴于殷,骏命不易!

命之不易,无遏尔躬。宣昭义问,有虞殷自天。上天之载,无声无臭。仪刑文王,万邦作孚。

【注释】

❶亹(wěi)亹:努力,勤勉的样子。❷祼(guàn):古代

一种祭礼,在神主前面铺白茅,把酒浇茅上,像神在饮酒。❸ 冔
(xǔ):殷人戴的礼帽。❹ 荩(jìn)臣:进用的臣子。

【译读】

　　文王高高在天上,辉煌耀眼放光芒。岐周自古虽邦国。天命已换新气象。周朝前途多光明,天王适时洪福降。文王升降是神灵,伴在上帝的身旁。

　　勤勤恳恳周文王,美好声誉传四方。上帝赐他兴周国,文王子孙常兴旺。文王子孙都繁衍,大宗小宗百世昌。天子臣仆周朝官,世代显贵沾荣光。

　　世代显贵沾荣光,谋事谨慎又周详。贤士众多皆俊杰,此生有幸在周邦。周邦能出众贤士,都是国家好栋梁。济济一堂人才多,文王安宁国富强。

　　文王风度多庄重,光明磊落又恭敬。天命伟大不可违,殷商子孙都信听。殷商子孙数量多,成万成亿数不清。天帝已经降命令,臣服周朝顺天命。

　　众皆一起归周邦,可见天命多无常。殷商子弟也勤勉,浇酒京都助周王。祭行浇酒行礼时,仍然身着殷时装。周王忠臣多又多,祖先恩德不能忘。

　　牢记祖德永勿忘,继承祖德发荣光,常顺天命不相违,要求幸福靠自强。殷商未失民心时,能应天命把国享。借鉴殷商兴亡事,国运永昌不寻常。

　　永保天命不容易,不会丧失在你身。美好声誉要发扬,殷朝兴亡有天命。天帝做事不可测,既无气味也无声。效法文王好榜样,万国臣服又尊敬。

文王有声

文王有声，遹①骏有声。遹求厥宁，遹观厥成。文王烝哉！

文王受命，有此武功。既伐于崇，作邑于丰。文王烝哉！

筑城伊淢②，作丰伊匹。匪棘其欲，遹追来孝。王后③烝哉！

王公伊濯④，维丰之垣。四方攸同，王后维翰⑤。王后烝哉！

丰水东注，维禹之绩。四方攸同，皇王⑥维辟。皇王烝哉！

镐京辟雍，自西自东，自南自北，无思不服。皇王烝哉！

考卜维王，宅是镐京。维龟正之，武王成之。武王烝哉！

丰水有芑⑦，武王岂不仕？诒厥孙谋，以燕翼子。武王烝哉！

【注释】

①遹（yù）：遵循。②淢（xù）：即护城河。③王后：君

王。❹濯：显著。❺翰：筑墙的支柱。❻皇王：指武王。❼芑（qǐ）：同"杞"。指杞柳。

【译读】

文王美誉传四方，继承祖德有名望。谋求百姓得安居，再求功成国运强。英明国君周文王！

文王受命封西伯，立下武功真辉煌。举兵讨伐崇侯虎，迁都丰邑好地方。英明国君周文王！

挖好城壕筑城墙，作邑般配实在棒。不贪私欲品行正，用心尽孝为周邦。英明国君周文王！

文王功业真辉煌，他建丰都坚城墙。四方同心齐归附，文王筑城有屏障。英明国君周武王！

沣水东流入黄河，大禹之功不可没。四方同心齐归附，君临天下是楷模。国君武王美名播！

落成离宫镐京旁，在西方又在东方，在南面又在北面，没人不服我周邦。英明国君周武王！

国王卜卦问上苍，定居镐京很吉祥。迁都决策神龟定，武王功成德无量。英明国君周武王！

丰水杞柳长得壮，难道武王曾闲逛？他留利民好谋略，保护子孙安国邦。英明国君周武王！

大雅·生民之什

生民

厥初生民，时维姜嫄①。生民如何？克禋克祀，以弗无子。履帝武敏歆，攸介攸止，载震②载夙。载生载育，时维后稷。

诞弥厥月，先生如达。不坼③不副，无菑④无害，以赫厥灵。上帝不宁，不康禋祀，居然生子。

诞寘⑤之隘巷，牛羊腓⑥字之。诞寘之平林，会伐平林。诞寘之寒冰，鸟覆翼之。鸟乃去矣，后稷呱矣。实覃实訏，厥声载路。

诞实匍匐，克岐克嶷，以就口食。蓺⑦之荏菽，荏菽⑧旆旆⑨。禾役穟穟⑩，麻麦幪幪⑪，瓜瓞唪唪⑫。

诞后稷之穑，有相之道。茀⑬厥丰草，种之黄茂。实方实苞，实种实褎⑭。实发实秀，实坚实好。实颖实栗，即有邰家室。

诞降嘉种，维秬⑮维秠，维穈维芑。恒之秬秠⑯，是获是亩。恒之穈⑰芑⑱，是任是负，以归肇祀。

诞我祀如何？或舂或揄⑲，或簸或蹂⑳。释㉑之叟叟㉒，烝之浮浮㉓。载谋载惟，取萧祭脂。取羝㉔以軷㉕，载燔载烈，以兴嗣岁㉖。

昂盛于豆，于豆于登，其香始升。上帝居歆，胡臭亶时。后稷肇祀，庶无罪悔，以迄于今。

【注释】

❶姜嫄：后稷的母亲，有邰氏之女。可能是原始社会母系氏族制中有邰氏部落酋长。❷震（shēn）：通"娠"，怀孕。❸坼（chè）：裂开。❹菑（zāi）：同"灾"。❺寘（zhì）：同"置"，搁置。❻腓（féi）：隐蔽。❼蓺（yì）：种植。❽荏菽（rěn shū）：大豆。❾旆（pèi）旆：茂盛的样子。❿穟（suì）穟：禾穗丰硕下垂的样子。⓫幪（méng）幪：茂密的样子。⓬唪（běng）唪：果实丰硕的样子。⓭茀：拂，拔除。⓮襃（yòu）：禾苗渐渐长高的样子。⓯秬（jù）：黑黍。⓰秠（pī）：黍的一种，一个黍壳中长有两粒黍米。⓱糜（mén）：谷子的一种，苗红。⓲芑（qǐ）：一种白苗的高粱。⓳揄（yóu）：舀，从臼中取出舂好之米。⓴蹂：通"揉"，揉搓米壳。㉑释：淘米。㉒叟叟：淘米声。㉓浮浮：蒸饭时热气上升的样子。㉔羝（dī）：公羊。㉕軷（bá）：即剥去羊皮。㉖嗣岁：来年。

【译读】

最初生下周祖先，那是有邰姜嫄娘。如何生下周族人？姜嫄祈祷祭上苍，因为尚未生儿郎。踩了上帝拇趾印，神灵保佑赐吉祥。十月怀胎行端庄，一朝生子勤抚养，便是后稷周先王。

姜嫄怀足十月胎，头胎分娩很顺当。产门不攻也不裂，安全

无灾又无害。这些事情真奇怪,莫非天帝不愉快。赶紧祭祀求吉祥,虽然有儿不敢养。

新生婴儿弃小巷,爱护喂养牛羊至。再将婴儿扔林中,遇上樵夫被救起。又置婴儿寒冰上,大鸟暖他覆翅翼。大鸟终于飞去了,后稷这才哇哇啼。哭声又长又洪亮,声满道路强有力。

后稷刚会地上爬,又是聪明又乖巧,能够觅食吃得饱。少年就会种大豆,大豆一片长得好。种出谷子穗垂垂,麻麦茂密无杂草,瓜儿累累真不少。

后稷刚会地上爬,显出智慧和乖巧,能用嘴巴找食物。长大一些会种豆,大豆棵棵长势好。满田谷穗个个美,麻和麦子盖田野,大瓜小瓜都成堆。

后稷推广好种籽,子子粒粒黍米大,糜子高粱棵棵粗。遍地秬子和秠子,收获下来堆垅亩。遍地糜子和高粱,挑着背着忙运输,运回开始祭先祖。

说起祭祀怎个样?有的舂米有舀粮,有的搓米有扬糠。淘米声音叟叟响,蒸饭热气喷喷香。祭祀大事同商量,涂脂烧艾味芬芳。拿来公羊剥去皮,又烧又烤供神享。祈求来年更丰穰。

祭品装在碗盘中,木碗瓦盆派用场,香气升腾满厅堂。天帝因此来受享,饭菜滋味实在香。后稷始创祭享礼,祈神佑护祸莫降,至今仍是这个样。

卷阿

　　有卷者阿❶，飘风自南。岂弟君子，来游来歌，以矢其音。

　　伴奂尔游矣，优游尔休矣。岂弟君子，俾尔弥尔性，似先公酋矣。

　　尔土宇昄章❷，亦孔之厚矣。岂弟君子，俾尔弥尔性，百神尔主矣。

　　尔受命长矣，茀禄尔康矣。岂弟君子，俾尔弥尔性，纯嘏❸尔常矣。

　　有冯❹有翼❺，有孝有德，以引以翼。岂弟君子，四方为则。

　　颙颙❻卬卬❼，如圭如璋，令闻令望。岂弟君子，四方为纲。

凤凰于飞，翙翙⁸其羽，亦集爰止。蔼蔼王多吉士，维君子使，媚于天子。

凤凰于飞，翙翙其羽，亦傅于天。蔼蔼⁹王多吉人，维君子命，媚于庶人。

凤凰鸣矣，于彼高冈。梧桐生矣，于彼朝阳。菶菶⑩萋萋，雍雍喈喈⑪。

君子之车，既庶且多。君子之马，既闲且驰。矢诗不多，维以遂歌。

【注释】

❶有卷者阿：蜿蜒曲折的冈陵。❷昄（bǎn）章：版图。❸纯嘏（gǔ）：大福。❹冯（píng）：凭依。❺翼：辅助。❻颙（yōng）颙：和气谦敬的样子。❼卬（áng）卬：气质高昂的样子。❽翙（huì）翙：鸟飞展翅的声音。❾蔼蔼：形容众多。❿菶（běng）菶：枝叶茂密繁多。下文的"萋萋"与之同义。⓫雝（yōng）雝喈（jiē）喈：鸟的鸣叫声。

【译读】

蜿蜒曲折大丘陵，旋风南来吹得急。成王快乐又和易，且游且歌心头喜，群臣陈诗表心迹。

江山如画任你游，悠闲自得且暂休。和气近人的君子，终生辛劳何所求，继承祖业功千秋。

你的土地和封疆，无边无际最宽广。君子和乐又平易，让你一生寿命长，天下百神你主张。

接受天命你长久,得到福禄你安康。快乐平易周成王,你的生命终无恙,天赐大福你常享。

贤才良士辅佐你,品德崇高有权威,匡扶相济功绩伟。和气近人的君子,垂范天下万民随。

态度温和志气昂,好比玉圭和玉璋,名声威望传四方。和气近人的君子,天下诸侯好榜样。

凤凰高空善飞翔,群鸟众多展羽翅,凤凰群鸟聚一方。成王贤士多又广,专供驱使为君王,拥戴天子永不忘。

凤凰高空善飞翔,群鸟众多展羽翅,直上晴空迎朝晖。周王身边贤士萃,听您命令不辞累,爱护人民行无亏。

凤凰鸣叫示吉祥,停在那边高山冈。高冈上面生梧桐,面向东方迎朝阳。枝叶茂盛郁苍苍,凤凰和鸣声悠扬。

成王宫里有华车,不可胜计实在多。成王宫里多宝马,娴熟善奔好乘坐。群臣献诗何其多,首首作成好颂歌。

大雅·荡之什

荡

　　荡荡❶上帝，下民之辟❷。疾威上帝，其命多辟。天生烝民，其命匪谌❸。靡不有初，鲜克有终。

　　文王曰咨，咨汝殷商。

　　曾是彊御？曾是掊克❹？曾是在位？曾是在服？天降滔德，女兴是力。

　　文王曰咨，咨女殷商。而秉义类，彊御多怼❺。流言以对。寇攘式内。侯作侯祝，靡届靡究。

　　文王曰咨，咨女殷商。女炰烋❻于中国。敛怨以为德。不明尔德，时无背无侧。尔德不明，以无陪无卿。

　　文王曰咨，咨女殷商。天不湎尔以酒，不义从式。既愆尔止。靡明靡晦。式号式呼。俾昼作夜。

　　文王曰咨，咨女殷商。如蜩如螗，如沸如羹。小大近丧，人尚乎由行❼。内奰❽于中国，覃及鬼方。

　　文王曰咨，咨女殷商。匪上帝不时，殷不用旧。虽无老成人，尚有典刑。曾是莫听，大命以倾。

　　文王曰咨，咨女殷商。人亦有言：颠沛❾之揭，枝叶未有害，本实先拨。殷鉴不远，在夏后之世。

诗经

【注释】

❶荡荡：放荡不守法制的样子。❷辟（bì）：君王。❸谌（chén）：诚信。❹掊（póu）克：以苛捐杂税搜刮民财，搜刮民脂民膏。❺怼（duì）：怨恨。❻炰烋（páo xiāo）：同"咆哮"，像猛兽一样怒吼。❼由行：学老样。❽疐（bì）：发脾气。❾颠沛：倒下来。

【译读】

上帝骄纵又放荡，他是下民的君王。上帝贪心又暴虐，政令邪僻太反常。上天生养众百姓，政令无信尽撒谎。万事开头讲得好，很少能有好收场。

文王长声发感叹，这个殷商太黑暗。竟然如此地专横，如此盘剥国中民。如此在位不称职，如此处理朝中事。老天生下害人君，你却用力怂恿他。

文王长声发感叹，这个殷商太黑暗。你任善良以职位，凶暴奸臣心怏怏。面进谗言来诽谤，强横窃据朝廷上。诅咒贤臣害忠良，没完没了造祸殃。

文王长声发感叹，这个殷商太黑暗。你在王土来咆哮，多行不义以为德。你的德行太昏聩，小人背叛你不查。你的德行真昏庸，忠臣良才你不觉。

文王长声发感叹，这个殷商太黑暗。上天未让你酗酒，也未让你用匪帮。礼节举止全不顾，没日没夜灌黄汤。狂呼乱叫不像样，日夜颠倒政事荒。

文王长声发感叹，这个殷商真黑暗。百姓悲叹如蝉鸣，恰如落进沸水汤。大小事儿都不济，你却还是老模样。全国人民怒气生，怒火蔓延到远方。

文王长声发感叹，这个殷商真黑暗。不是上帝有过错，是你传统皆抛却。虽无老臣在朝廷，典章律例应保存。刚愎自用不听劝，王命倾倒不可免。

文王长声发感叹，这个殷商真黑暗。人民有话说得好：树木拔起路边倒，枝叶虽然无损坏，树根早已全烂掉。殷商之鉴并不远，在那夏桀王朝间。

烝民

天生烝民①，有物有则。民之秉彝②，好是懿德。天监有周，昭假于下。保兹天子，生仲山甫。

仲山甫之德，柔嘉维则。令仪令色，小心翼翼。古训是式，威仪是力。天子是若，明命使赋。

王命仲山甫，式是百辟，缵③戎祖考，王躬是保。出纳④王命，王之喉舌⑤。赋政于外，四方爰发。

肃肃王命，仲山甫将之。邦国若否，仲山甫明之。既明且哲，以保其身。夙夜匪解⑥，以事一人。

人亦有言，柔则茹⑦之，刚则吐之。维仲山甫，柔亦不茹，刚亦不吐。不侮矜⑧寡，不畏强御⑨。

人亦有言，德輶⑩如毛，民鲜克举之。我仪图之，维仲山甫举之。爱莫助之。衮⑪职有阙，维仲山甫补之。

仲山甫出祖。四牡业业。征夫捷捷⑫，每怀靡及。四牡彭彭⑬，八鸾锵锵。王命仲山甫，城彼东方。

四牡骙骙，八鸾喈喈⑭。仲山甫徂齐，式遄其归。吉甫⑮作诵，穆如清风。仲山甫永怀，以慰其心。

【注释】

①烝（zhēng）民：即庶民，泛指百姓。②秉彝（yí）：常

理，常性。❸缵（zuǎn）：继承。❹出纳：受命与传令。❺喉舌：代言人。❻匪解：不懈。❼茹：吃。❽矜（jīn）：老而无妻。❾强御：强悍。❿輶（yóu）：轻。⓫衮（gǔn）：绣龙图案的王服。⓬捷捷：马行迅疾的样子。⓭彭彭：形容马蹄声杂沓。⓮喈（jiē）喈：象声词，铃声。⓯吉甫：即尹吉甫，宣王大臣。

【译读】

天生众人性相合，万物本来有法则。人心自然赋常情，全都喜爱好品德。上帝审察我周朝，周王祈祷意诚恪。为保天子能中兴，生下山甫辅君侧。

仲山甫贤良具美德，温和善良有原则。仪态端庄好面色，小心翼翼真负责。遵从古训不出格，勉力做事合礼节。天子选他做大臣，颁布王命管施政。

天子命令仲山甫，要为诸侯做准绳。继承祖业要弘扬，辅佐天子振朝纲。出令受命你执掌，天子喉舌责任重。你向诸侯发政令，天下各地都响应。

王命严肃不可抗，山甫执行很顺当。全国政事好和坏，山甫心里最明亮。知识渊博又明理，保全节操永流芳。日夜工作不松懈，全心全意侍周王。

有句老话这样说：柔软东西吃下肚，刚硬东西往外吐。与众不同仲山甫，柔软东西他不吃，刚硬东西偏下肚。鳏夫寡妇他不欺，碰着强暴狠打击。

古人有话这样说：道德品行轻如毛，人们很少能举高。认真思考细揣度，做到只有仲山甫，可惜无人能帮助。龙袍上面有破

损，只有山甫能修补。

山甫远出祭路神，四马雄壮如飞奔，左右随从很勤快，惦念任务还在身。四马蹄声得得响，八铃锵锵车轮滚。周王命令仲山甫，筑城东方立功勋。

四匹公马蹄不停，八只鸾铃响叮叮。仲山甫赴齐去得急，早日完工回朝廷。吉甫作歌赠穆仲，乐声和美如清风。仲山甫临行顾虑多，宽慰其心好建功。

颂

周颂·清庙之什

维天之命

维天之命,于穆不已。于乎①不②显,文王之德之纯。假③以溢我,我其收之。骏惠④我文王,曾孙笃之。

【注释】

①于乎:呜呼,赞叹声。②不:通"丕",大。③假:通"嘉",美好。④骏惠:顺从。

【译读】

想那天道的运行,美好肃穆永不停。多么显著又光明,文王德行真纯净。嘉美之德使我慎,我们永远要继承。遵循文王的大道,子子孙孙要力行。

烈文

烈文①辟公，锡兹祉福。惠我无疆，子孙保之。无封靡②于尔邦，维王其崇之。

念兹戎功，继序其皇之。无竞维人，四方其训之。不显维德，百辟③其刑④之。於乎，前王不忘！

【注释】

①烈文：有功有德。②封靡：大罪。③百辟（bì）：指众诸侯。④刑：通"型"，典范，效法。

【译读】

功德双全各诸侯，文王赐福添光荣。对我周朝永驯顺，子孙长保福无穷。莫在你国铸大错，一心尊崇周君王。

顾念你们有大功，继承祖业更恢宏。强盛莫过得贤士，四方才会竞相从。先祖伟大在美德，诸君应当为榜样。先王美德记心中。

周颂·臣工之什

臣工

嗟嗟臣工❶,敬尔在公。王厘尔成,来咨❷来茹❸。嗟嗟保介,维莫之春❹,亦又何求?如何新畲❺?于皇来牟,将受厥明。明昭上帝,迄用康年。命我众人:庤❻乃钱❼镈❽,奄观铚❾艾❿。

【注释】

❶臣工:臣官,诸侯卿大夫。❷咨:询问,商量。❸茹:调度。❹莫(mù)之春:即暮春,是麦将成熟之时。莫,通"暮"。❺新畲(yú):耕种二年的田叫新,耕种三年的田叫畲。❻庤(zhì):储备。❼钱(jiǎn):一种农具。❽镈(bó):一种农具,除草用。❾铚(zhì):镰刀。❿艾(yì):通"刈",收割。

【译读】

群臣百官听我言,对待公事要谨严。周王嘉赏众功臣,赶快前来同商议。农官你们也听令,正是暮春的节令,你们还有啥要求?如何对待新田畴?田中麦子长势好,庄稼很快要收割。光明无比的上帝,赐我丰收好年景。就该命令众农夫,锄锹你要备齐全,他日一同看开镰。

有客

有客有客,亦白其马。有萋有且❶,敦琢❷其旅。有客宿宿❸,有客信信❹。言授之絷,以絷其马。薄言追❺之,左右绥之。既有淫❻威,降福孔夷。

【注释】

❶有萋有且(jū):即"萋萋且且",形容随从众多的样子。❷敦琢:即雕琢。❸宿宿:指住二夜。宿,住一夜。❹信信:指住四夜。信,住二夜。❺追:送,饯送。❻淫:盛,大。

【译读】

远方客人到我朝,骑着一匹白骏马。随从人员众且多,个个品德都贤良。客人头晚在此宿,二夜三夜相挽留。最好拿根绳索来,把他马儿四蹄扎。客人走时远远送,左右热情慰劳他。对他施以大恩德,还求赐福多且大。

周颂·闵予小子之什

闵予小子

闵❶予小子❷，遭家不造❸，嬛嬛❹在疚❺。于乎皇考，永世克孝。念兹皇祖，陟❻降庭止。维予小子，夙夜敬止。于乎皇王❼，继序❽思不忘。

【注释】

❶闵：通"悯"，怜悯。❷小子：周成王自称。❸不造：不幸，不善。这里指遭周武王之丧。❹嬛（qióng）嬛：同"茕茕"，孤独无依的样子。❺疚：心伤致病。❻陟：登上，这里指升起。❼皇王：这里兼指文王和武王。❽序：指王业。

【译读】

哀我成王年纪轻，武王去世很不幸，整天忧伤叹孤零。放声赞我先父亲，能尽孝道终其生。想念祖父周文王，神灵升降在朝廷。我今嗣位未成丁，日夜勤劳坐朝廷。叹声先皇请你听，誓承先业永记心。

敬之

敬①之敬之，天维显思，命不易哉。无曰高高在上，陟降厥士，日监②在兹。维予小子③，不聪敬止。日就月将④，学有缉熙于光明。佛⑤时仔肩，示我显德行。

【注释】

①敬：通"儆"，警戒。②监：察看。③小子：年轻人，周成王自称。④日就月将：指每天每月都有进步。⑤佛（bì）：通"弼"，辅助。

【译读】

为人处事须警惕，天理昭彰不可欺，保全国运实不易！休说苍天高在上，佞人贤士下上朝，每日监视在此地。我刚即位年纪轻，不明不白受蒙蔽。日有所成月月进，日积月累得深造。众臣辅我担重任，美德向我多启迪。

商颂

长发

濬哲❶维商,长发其祥。洪水芒芒,禹敷下土方。外大国是疆,幅陨既长。有娀❷方将,帝立子生商。

玄王桓拨,受小国是达,受大国是达。率履❸不越,遂视既发。相土烈烈,海外有截。

帝命不违,至于汤齐。汤降不迟,圣敬日跻。昭假迟迟,上帝是祗,帝命式于九围。

受小球大球,为下国缀旒❹,何天之休。不竞不絿❺,不刚不柔。敷政优优❻,百禄是遒。

受小共大共,为下国骏厖❼。何天之龙,敷奏❽其勇。不震不动,不戁❾不竦,百禄是总。

武王载旆,有虔秉钺。如火烈烈,则莫我敢曷。苞有三蘖❿,莫遂⓫莫达。九有有截,韦顾既伐,昆吾夏桀。

昔在中叶,有震且业。允也天子,降予卿士。实维阿衡,实左右商王。

诗经

【注释】

❶濬(jùn)哲：明智，智慧。❷娀(sōng)：上古国名，在今山西运城蒲州镇。❸率履：遵循礼法。❹缀旒(liú)：表率，榜样。❺絿(qiú)：急。❻优优：宽和的样子。❼骏厖(máng)：笃厚。❽敷奏：施展。❾戁(nǎn)：恐惧。❿蘖(niè)：树木被砍后旁生的枝桠嫩芽。⓫遂：草木生长的样子。

【译读】

商朝世世有明王，上天常常示吉祥。洪水滔天白茫茫，大禹治水定四方。扩大夏朝拓封疆，幅员从此宽又广。有娀之女正健壮，生子名契建殷商。

商契威武又刚毅，受封小国令能行，受封大国能行令。遵循礼制不越轨，遍加视察令尽行。其孙相土很威猛，海外于是得治理。

天帝之命不违背，到了成汤王业成。汤王降生应时运，聪明恭敬求上进。虔诚祈祷持之恒，整日只把神采敬，上天命他做九州的榜样。

接受大法和小法，为各邦国作典范，蒙天之赐美名传。不相争来不急躁，不强硬也不柔软。广施政令很宽和，百样福气聚成团。

接受大法和小法，把各邦国来庇护，蒙天赐与我荣宠。诸侯来朝奏其勇，国家稳定不震动。不胆怯也不惶恐，百般福气聚成团。

汤王兵车龙旗扬，手执大斧兵坚固。如火气势多凶猛，谁敢阻挡我队伍。一棵树干三个杈，没有一株枝叶稠。整治九州不混乱，诛韦灭顾扫敌寇，昆吾夏桀也臣服。

过去中期国兴盛，建功立业有威力。汤为天子诚又信，卿士贤明自天降。他是名相叫阿衡，辅助我王勇向前。

殷 武

挞①彼殷武,奋伐荆楚。罙②入其阻,裒③荆之旅。有截其所,汤孙之绪。

维女荆楚,居国南乡。昔有成汤,自彼氐羌,莫敢不来享,莫敢不来王。曰商是常。

天命多辟,设都于禹之绩。岁事来辟,勿予祸适④,稼穑匪解。

天命降监,下民有严⑤。不僭不滥,不敢怠遑。命于下国,封建厥福。

商邑翼翼⑥,四方之极。赫赫厥声,濯濯厥灵。寿考且宁,以保我后生。

陟彼景山,松伯丸丸⑦。是断是迁,方斫是虔。松桷⑧有梴⑨,旅楹有闲,寝⑩成孔安。

【注释】

①挞(tà):威武勇猛的样子。②罙(shēn):同"深"。③裒(póu):俘获。④祸适:惩罚。⑤有严:严肃,恭敬。⑥翼翼:整齐繁盛的样子。⑦丸丸:光滑挺直的样子。⑧桷(jué):方形的椽子。⑨梴(chān):形容木材长长的样子。⑩寝:此指为殷高宗所建的寝庙。

【译读】

殷王武丁真神勇,奋然起兵讨荆楚。深入楚地排险阻,将那楚兵全俘虏。终于荡平荆楚地,汤王之孙有功绩。

荆楚之邦听端详,你们住在宋南方。昔我远祖号成汤,即使遥远如氐羌,谁敢不来献宝藏,谁敢不来朝汤王,都说服从我殷商。

上天命令众国君,建都大禹治水处,每年按时来朝见,宽大不愿施谴责,切莫松懈误稼穑。

天命成汤视下界,下界民众皆恭敬。不越礼仪不出轨,不敢怠慢去偷闲。成汤遂命诸侯国,分赐大家享福禄。

商都繁华又整齐,好给四方作标准。他有赫赫好名声,光焰灿灿显威灵。他既长寿又安宁,保我子孙常昌盛。

迈步登上景山岗,苍松翠柏参云天。砍倒松柏就扛走,又砍又削把屋建。松木方椽直又长,排排大柱顶屋梁,修好寝庙安国邦。

© 民主与建设出版社，2022

图书在版编目（CIP）数据

诗经 /（春秋）尹吉甫编；郭艳红主编. -- 北京：民主与建设出版社，2019.11

（古典诗文精品选读）

ISBN 978-7-5139-2683-6

Ⅰ.①诗… Ⅱ.①尹… ②郭… Ⅲ.①古体诗－诗集－中国－春秋时代 Ⅳ.①I222

中国版本图书馆CIP数据核字（2019）第253529号

诗经
SHI JING

编　　者	（春秋）尹吉甫
主　　编	郭艳红
责任编辑	韩增标
装帧设计	徐荣强
出版发行	民主与建设出版社有限责任公司
电　　话	（010）59417747 59419778
社　　址	北京市海淀区西三环中路10号望海楼E座7层
邮　　编	100142
印　　刷	廊坊市国彩印刷有限公司
版　　次	2022年1月第1版
印　　次	2022年1月第1次印刷
开　　本	880毫米×1230毫米　1/32
印　　张	3
字　　数	38千字
书　　号	ISBN 978-7-5139-2683-6
定　　价	148.00元（全10册）

注：如有印、装质量问题，请与出版社联系。

© 民主与建设出版社，2022

图书在版编目（CIP）数据

辞赋 /（汉）司马相如等著；郭艳红主编. -- 北京：民主与建设出版社，2019.11

（古典诗文精品选读）

ISBN 978-7-5139-2683-6

Ⅰ.①辞… Ⅱ.①司… ②郭… Ⅲ.①赋—作品集—中国—古代 Ⅳ.①I222.4

中国版本图书馆CIP数据核字（2019）第259338号

辞赋
CI FU

著　　者	（汉）司马相如等	
主　　编	郭艳红	
责任编辑	韩增标	
封面设计	大华文苑	
出版发行	民主与建设出版社有限责任公司	
电　　话	（010）59417747 59419778	
社　　址	北京市海淀区西三环中路10号望海楼E座7层	
邮　　编	100142	
印　　刷	廊坊市国彩印刷有限公司	
版　　次	2022年1月第1版	
印　　次	2022年1月第1次印刷	
开　　本	880毫米×1230毫米　1/32	
印　　张	3	
字　　数	38千字	
书　　号	ISBN 978-7-5139-2683-6	
定　　价	148.00元（全10册）	

注：如有印、装质量问题，请与出版社联系。

飙❻为之损威，凉月为之增色。留一穗之灵长❼，慰半生之萧瑟。予不觉神心布覆❽，深情容与。析佩表洁❾，浴汤孤处。倚空谷以流思❿，静风琴而不语。

歌曰：秋雁回空，秋江停波。兰独不然，芬芳弥多。秋兮秋兮，将如兰何！

【注释】

❶ 褰（qiān）：撩起，用手提起。❷ 晚景后凋：绽放得迟，凋谢也晚。❸ 含章贞吉：内涵文采，中心纯正。❹ 晞（xī）：干，枯干。❺ 寿永：持续的时间长。❻ 商飙（biāo）：秋风。❼ 灵长：指延绵长远。❽ 布覆：边布盖满，即充满内心。❾ 析佩表洁：解下玉佩表明高洁。❿ 流思：长而不断之思。

【译读】

经常利用进出的一些空闲时间暇余，掀起围盖来再三嗅闻嗅花香。谁知道知这七朵花竟然连续开了竟有一百日，开到后来，仍然精神内敛，不稍松懈。露因为冷而未晞干，花茎劲韧难于摧折，花瓣敛聚花期很长，香味虽虽然清淡，却逸向四方。秋风虽然虽在为它减却仪容，但是冷月却为它增添光彩。留下最坚贞的一朵花，慰藉那大半生的萧条。我情不自禁地心神为之倾覆，对它顾眷情深。解下身上的玉佩等杂物，表明高洁，沐浴而独处，让自己的思想在空寂中自由驰骋，静静的屋檐风铃缄默不语。

那赞颂的歌是这样："秋雁经过长空，秋天的江水平静无波。兰花却与此不同，经秋经过秋天却更加芬芳。秋啊秋啊，你能能够拿兰花怎么样呢？"

啼露眼④以有待，喜采者之来迟。苟不因风而枨触⑤，虽幽人其犹未知。于是舁⑥之萧斋⑦，置之明窗。朝焉与对，夕焉与双。虑其霜厚叶薄，党孤香瘦⑧，风影外逼，寒心内疚。乃复玉几安置，金屏掩覆⑨。

【注释】

①称某在斯：声称我在这里。②业经半谢：已经凋谢其半。③尚挺全枝：全部枝叶还挺直。④啼露眼：因啼泣而眼中含着晶莹的露珠。⑤枨触（chéng chù）：触动，感动。⑥舁（yú）：共同用手抬。⑦萧斋（zhāi）：书斋的别称。⑧党孤香瘦：枝茎孤单，香气轻微。⑨金屏掩覆：华丽的屏风将其遮掩。

【译读】

果然那兰花好似开口说话了，说我在这里。一看已经谢了差不多一半，但是整个枝条却还挺着。像是眼含泪水有所期待，采摘者虽然来迟，却也使自己心中高兴。若如果不是因为风吹香动，即便是幽居的人也未必知道。于是把兰花抬进书斋，放在明亮的窗前，朝夕为伴。担心它薄叶难禁难以忍受秋霜，发茎又少形体孤单，加上风吹日晒，可能会受不了而生病。于是又把这兰花放在饰玉的几案上，用绣金的屏风围盖。

【原文】

虽出入之余闲，必褰①帘而三嗅。谁知朵止七花，开竟百日。晚景后凋②，含章贞吉③。露以冷而未晞④，茎以劲而难折；瓣以敛而寿永⑤，香以淡而味逸。商

秋兰赋

（清）袁　枚

秋林空①兮百草逝，若有香兮林中至。既萧曼②以袭裾③，复氤氲④而绕鼻。虽脉脉⑤兮遥闻，觉熏熏然⑥独异。予心讶焉，是乃芳兰，开非其时，宁不知寒？于焉步兰陔⑦，循兰池，披条数萼⑧，凝目寻之。

【注释】

①空：空阔萧条。②萧曼：高远的样子。③袭裾（jū）：熏染衣襟。裾，衣服的前襟。④氤氲（yīn yūn）：气流动荡弥漫。⑤脉（mò）脉：相视的样子，含情不语的样子。⑥熏（xūn）熏然：沁人心脾的样子。⑦兰陔（gǎi）：生长着兰花的田埂。⑧披条数萼（è）：分开树条数着花朵。

【译读】

秋林空寂，百草凋衰，似似乎有幽香从林中传来。这香味既像是围着衣襟在弥漫，又不时缭绕于鼻端。虽然若断若续地似好似来自远处，却温和芳香和悦温馨，沁人心脾，香味独特。我心中很诧异，这是兰花的芳香，但是开得不是时候，难道不知道寒天已经到来吗？于是我顺着田埂去寻找，沿着兰花池，拨开叶片，仔细地数着那正在开或尚未还没有开的花朵。

【原文】

果然兰言，称某在斯①。业经半谢②，尚挺全枝③。

【译读】

  月亮行至毕宿星就将将要下雨；月亮有具有月晕则要刮风。月晕慢慢渗透开，旁边的箕星将明月一口吞噬。天帝最讨厌贪婪，勃然大怒，气冲冲的难以不能平复，于是命令风神箕伯、雨神坎师翻转阴阳之气。

  乌云于是郁结于天地间之间，聚集膨胀于四隅四方，包举吞并于八方荒远的地方，充满于九州。如同被全部包罗于一囊中然后高举到空中，再以万里为边界的地方中狂风呼啸。阵阵乌云如同移开海水般涌起，移开海水般，两种彩虹好似横贯着斗宿星飞行，横贯着斗宿。阴湿寒冷，空旷凄惨。收敛阴阳二气的和解气象，寒气凛凛逼来。

  忽然，天地好像破碎了，从浩瀚的天空中迸发出闪电。雷声传来，令人恐惧；闪电迅至迅速到来，晴空霹雳。震荡着万辆四马拉拉着的空车，击溃了八千尺高度的陡峭的山壁绝壁。猛烈地穿透心脏并并且震裂耳朵，惊异从脚后跟进入并且并从头顶出来。夹杂着敲打剥啄的声音，就好像湿漉漉的沙子和石头。

  忽然停止而沉默无声，如同一切声音都寂静下来。又突然间如如同江河倾盆般，泼倒天瓢中的水，变成滴滴细雨而降降落下来。水流滚滚，水面广阔无边无际，千里的水全部注入瞿塘峡。波浪迅急迅猛急速，湍流受惊受到惊吓；水流翻腾上下滚动，飞卷弯曲，从天上飞到底柱山上。

辞赋

怒雨赋（节选）

（元）郝 经

蟠骨毕而膨脝❶，箕❷侈口而馋吞。帝恶贪兮赫怒，气轩轩兮不平。乃命箕伯，召坎师，转阴轴，翻阳机。

郁抑乎两仪，蕴隆乎四维，包并乎八荒，充塞乎九围。括一囊而大举，疆万里以长吹。阵云移海而起，双霓贯斗而飞。肃肃栗栗，沉寥❸惨戚。收两造之和气，寒凛凛兮来逼。

忽六合之破碎，迸金光于虚碧。震来兮虩虩❹，迅击兮霹雳。轰万乘之空车，陨千寻之绝壁。劲穿心而裂耳，讶踵❺入而顶出。间剥啄❻之声落，似沙石而还湿。

忽抑绝而闭默，等万籁之喧寂。骤江倾而河沛，㵎❼天瓢为一滴。滔滔荡荡，潾潾泱泱，千里一注，瞿塘峡上。急浪惊湍，汩㶖❽飞蟠，从天而下，底柱山间。

【注释】

❶膨脝（hēng）：腹部胀大的样子。❷箕（jī）：星宿名，二十八宿之一，主风。❸沉（jué）寥：空旷邈的样子。❹虩（xì）虩：形容恐惧的样子。❺踵（zhǒng）：脚后跟。❻剥啄：象声词，敲门或下棋声。❼㵎（jiǎn）：倾，倒。❽汩㶖（mì jué）：盛大的样子。

【注释】

①逝者如斯:流逝的像这江水。②盈虚者如彼:月亮的圆缺。③卒(zú):到底,终于。④无尽藏(zàng):无穷无尽的宝藏。⑤共适:共同享用的东西。适,享乐,满足。⑥枕藉(jiè):相互靠着。

【译读】

我问道:"你也懂得水和月亮的道理吗?时间流逝就好像这水江水一样,其实并没有真正逝去;时圆时缺的就好像这月月亮,终究没有增减。可见,从事物易变的一面来看,那么天地间万事万物没有一瞬间不发生变化时刻在变动,连一眨眼的工夫都不停止;而从事物不变的一面来看,那么万物同我们人类来说都是永恒的,那又有什么可可以羡慕的呢?何况天地之间,万物各有自己的归属主宰者,若如果不是自己应该拥有的,即使一分一毫也不能求取。只有江上的清风,以及山间的明月,耳朵听到清风便成为了悦耳的声音,明月进入眼帘便绘出形色悦目的色彩,取得这些不会有人禁止,感受这些也不会有竭尽的忧虑。这是大自然恩赐的没有穷尽的宝藏,是我和你所可以共同享受的。"

客人听了我的话高兴地笑了,洗净酒杯重新斟酒。一直到菜肴果品都已经殆尽,杯子盘子杂乱一片。大家互相枕着垫着睡在船上,不知不觉东方已经露出白色的曙光。

向西可以能够望到夏口，向东可以能够望到武昌，山河接壤连绵不绝，目力所及，一片郁郁苍苍。这不正是曹操当年被周瑜所围困的地方吗？当初他攻陷荆州，夺得江陵，沿沿着长江顺流东下，麾下的战船首尾相连延绵千里，旌旗旗子将天空全都遮蔽，他面对大江斟酒痛饮，横执长矛高声吟诗作赋，本来是当世的一位不可一世的英雄人物，然而现在又在哪里呢？何况我与你只是在江中的小洲江边沙洲上打鱼砍柴，以鱼虾为侣，以麋鹿为友，在江上驾着这一叶小舟，举起葫芦酒杯相互敬酒，如同蜉蝣置身于广阔的天地中那样短暂，像沧海中的一粒粟米那样渺小。哀叹我们的一生仅仅只是短暂的片刻，不由羡慕长江的无穷无尽。想要携同仙人遨游各地，与明月相拥而永存世间。然而我知道这些终究不能实现，只得只能将憾恨化为箫音，托寄在悲凉的秋风中罢了。"

【原文】

苏子曰："客亦知夫水与月乎？逝者如斯❶，而未尝往也；盈虚者如彼❷，而卒❸莫消长也。盖将自其变者而观之，则天地曾不能以一瞬；自其不变者而观之，则物与我皆无尽也，而又何羡乎！且夫天地之间，物各有主，苟非吾之所有，虽一毫而莫取。惟江上之清风，与山间之明月，耳得之而为声，目遇之而成色，取之无禁，用之不竭。是造物者之无尽藏❹也，而吾与子之所共适❺。"

客喜而笑，洗盏更酌。肴核既尽，杯盘狼藉。相与枕藉❻乎舟中，不知东方之既白。

【原文】

苏子愀然❶，正襟危坐，而问客曰："何为其然也？"客曰："'月明星稀，乌鹊南飞。'此非曹孟德之诗乎？西望夏口，东望武昌，山川相缪❷，郁乎苍苍，此非孟德之困于周郎者乎？方其破荆州，下江陵，顺流而东也，舳舻❸千里，旌旗❹蔽空，酾酒❺临江，横槊❻赋诗，固一世之雄也，而今安在哉？况吾与子渔樵于江渚之上，侣鱼虾而友麋鹿❼，驾一叶之扁舟，举匏樽❽以相属。寄蜉蝣❾于天地，渺沧海之一粟❿。哀吾生之须臾⓫，羡长江之无穷。挟飞仙以遨游，抱明月而长终。知不可乎骤得，托遗响⓬于悲风。"

【注释】

❶愀（qiǎo）然：容色改变的样子。❷缪：同"缭"，盘绕。❸舳舻（zhú lú）：战船前后相接，这里指战船。❹旌旗：各种旗子。❺酾（shī）酒：滤酒，这里指斟酒。❻横槊（shuò）：横执长矛。槊，长矛。❼麋（mí）鹿：也叫四不像。❽匏（páo）樽：用葫芦做成的酒器。匏，葫芦；尊：同"樽"。❾蜉蝣（fú yóu）：一种朝生暮死的昆虫，这里比喻人生之短暂。❿粟：比喻微小。⓫须臾：片刻，形容生命之短。⓬遗响：余响，指箫歌的音响。

【译读】

我的神色也愁惨忧郁起来，整好衣襟端正地坐着，向客人问道："箫声为什么这样哀怨悲凉呢？"客人回答："'月明星稀，乌鹊南飞'，这不是曹操的诗句吗？这里的茫茫的江面。只觉得浩浩渺渺好像乘风凌空而行，并不知道到哪里才会停息，飘飘摇摇好像要离开尘世飘飞而起，羽化成仙进入飞升仙境一般。

【原文】

于是饮酒乐甚，扣舷①而歌之。歌曰："桂棹兮兰桨②，击空明兮溯流光③。渺渺兮予怀，望美人兮天一方。"客有吹洞箫者，倚歌而和之。其声呜呜然，如怨如慕，如泣如诉；余音袅袅④，不绝如缕。舞幽壑⑤之潜蛟，泣孤舟之嫠妇⑥。

【注释】

① 扣舷：敲打着船边，指打节拍。② 桂棹兮兰桨：桂树做的棹，兰木做的桨。③ 流光：在水波上闪动的月光。④ 袅袅：形容声音婉转悠长。⑤ 幽壑：深谷，这里指深渊。⑥ 嫠（lí）妇：寡妇。

【译读】

这时喝酒喝得非常高兴，便用手敲打着船边唱起歌来。歌中唱道："桂木船棹啊香兰船桨，击打着月光下的清波，在泛着月光的水面逆流而上。我的情思啊悠远茫茫，眺望心上人啊，却在天涯那方天的另一方。"有个会吹洞箫的客人，配着按照节奏为歌声伴和，洞箫的声音呜呜咽咽：像犹如哀怨，犹如像思慕，既像啜泣，也像倾诉，余音在江上回荡，好像细丝一样丝丝缕缕缭绕不绝连续不断。这声音能够使深谷中的蛟龙为之起舞，能够使孤舟上的寡妇为之伤心流泪。

前赤壁赋

(宋)苏 轼

壬戌❶之秋,七月既望❷,苏子与客泛舟游于赤壁之下。清风徐来,水波不兴。举酒属客❸,诵明月之诗,歌窈窕之章❹。

少焉,月出于东山之上,徘徊于斗牛之间。白露横江,水光接天。纵一苇之所如,凌万顷之茫然❺。浩浩乎如冯虚御风❻,而不知其所止;飘飘乎如遗世独立,羽化❼而登仙。

【注释】

❶壬戌(rén xū):元丰五年,该年为壬戌年。❷既望:农历每月十六。农历每月十五日为"望日",十六日为"既望"。❸属(zhǔ)客:向客人敬酒。属,劝酒。❹窈窕(yǎo tiǎo)之章:指《陈风 月出》诗的第一章。❺茫然:旷远的样子。❻御风:乘风,驾着风。❼羽化:道家谓人飞升成仙叫羽化。

【译读】

壬戌年秋天,七月十六日,我与友人们在赤壁下面的江上泛舟游玩。这时清风阵阵拂来,水面波澜不起。主人举起酒杯向同伴劝酒,吟诵着《月出》中"窈窕"这一章。

不一会儿,明月从东山后升起,在南斗星与牵牛星之间来回移动。白茫茫的雾气横贯笼罩在江面上,水光接连着天际。放纵一片苇叶似的小船随意漂浮,越过无边无际

在万物中又最有灵性，无穷无尽的忧虑煎熬触动他的心绪内心，无数琐碎烦恼的事来劳累使他的身体疲劳。只要内心被外物触动，就一定会消耗影响他的精气精神。更何况常常思考自己的力量所做不到的事情，忧虑自己的智慧所不能解决的问题，自然就会使他红润的面色变得苍老枯槁，使原来乌黑的头发变得鬓发花白。奈何人非草木，为什么却要以并非金石的肌体，去像草木那样争争夺夺一时的荣盛呢？人应当应该仔细考虑究竟是谁给自己带来了这么多残害，又何必去怨恨这秋声呢？"

书童无法应答，低头沉沉睡去了。只听得听见四壁虫鸣唧唧，像就好像是在附和我的叹息一般。

说的天地之严凝之气,它常常以肃杀为意志。大自然对于万物,是要它们在春天生长,在秋天结实。所以,秋天在音乐的五声中又属于商声。商声是西方之声的声音,属于五行中的金,夷则是七月的曲律之名。商,也就是悲伤的意思,万物衰老了,都会悲伤。夷,是杀戮的意思,草木过了繁盛期就应该衰亡。

【原文】

"嗟夫!草木无情,有时❶飘零。人为动物,惟物之灵❷。百忧感其心,万事劳其形❸,有动于中❹,必摇其精。而况思其力之所不及,忧其智之所不能,宜其渥❺然丹者为槁木❻,黟然❼黑者为星星。奈何以非金石之质❽,欲与草木而争荣?念谁为之戕贼❾,亦何恨乎秋声!"

童子莫对,垂头而睡。但闻四壁虫声唧唧,如助余之叹息。

【注释】

❶有时:有固定时限。❷惟物之灵:万物之中最有灵性的。❸劳其形:使他们的身体受劳苦。形,指身体。❹动于中:内心受到触动。中,内心。❺渥(wò):红润的脸色。❻槁(gǎo)木:枯槁的树干,这里指衰老。❼黟(yī)然:形容黑的样子。❽非金石之质:指人的身体不是像金石一样的体质。❾戕(qiāng)贼:摧残,残害。

【译读】

"唉!草木是无情之物,尚有衰败零落之时。人为动物,日色明亮阳光灿烂；它的气候寒冷、刺人肌骨；它的意境萧条，没有生气、川流寂静、山林空旷。所以它发出的声音时而凄凄切切，高而长的呼号发生迅猛呼啸，不可遏止。本来绿草浓密丰美，争相繁茂，树木青翠茂盛而使人快乐。然而，一旦秋风吹起，拂过草地，草就要就会变色；掠过森林，树就要就会落叶。它们之所以能够折断枝叶、凋落花草，使树木凋零，是秋日凄清、肃杀之气一种构成天地万物的浑然之气的余威所至。

【原文】

夫秋，刑官也，于时为阴❶；又兵象❷也，于行❸为金❹。是谓天地之义气❺，常以肃杀❻而为心❼。天之于物，春生秋实，故其在乐也，商声主西方之音，夷则为七月之律。商，伤也，物既老而悲伤；夷，戮也，物过盛而当杀。"

【注释】

❶ 于时为阴：古人把一年四季分为阴阳，春夏为阳，秋冬为阴。时，时令，即四季。❷ 兵象：用兵的象征。因为战争是肃杀之事，所以古代征伐多在秋天。❸ 行：五行，即金木水火土。❹ 用金：古人认为秋天是金起作用的时候。❺ 义气：天地严凝之气。❻ 肃杀：摧残万物。❼ 心：用心，目的。

【译读】

秋天是刑官执法的季节，它在季节上说属于阴；秋天又是兵器和用兵战争的象征，在五行上属于金。这就是常

风雨骤然而至。这声音触碰到物体上发出铿锵之声，又好像金属撞击的声音，再听，又好像古代秘密行军的士兵衔枚奔走去袭击敌人的军队，听不到任何号令声的声音，只听见有人马行进的声音。

于是我问书童："这是什么声音呢？你出去看看。"书童回答说："月色皎皎，星光灿烂，浩瀚银河，高悬中天，四下里没有人的声音，那声音是从树林间传来的。"

【原文】

予曰："噫嘻❶悲哉！此秋声也。胡为❷而来哉？盖夫秋之为状也，其色惨淡，烟霏云敛；其容清明，天高日晶❸；其气栗冽❹，砭❺人肌骨；其意萧条，山川寂寥。故其为声也，凄凄切切，呼号愤发。丰草绿缛❻而争茂，佳木葱茏而可悦。草拂之而色变，木遭之而叶脱。其所以摧败零落者，乃一气之余烈❼。

【注释】

❶ 噫嘻：表示悲痛或叹息。❷ 胡为：何为，为什么。❸ 日晶：日光明亮，阳光灿烂。晶，明亮。❹ 栗（lì）冽：寒冷。❺ 砭（biān）：古代用来治病的石针，这里引用为刺的意思。❻ 绿缛（rù）：碧绿繁茂。❼ 余烈：余威，剩余的威力。

【译读】

我叹道："唉，可悲啊！这就是秋声呀，它为何为什么而来呢？大概是那秋天的形状外貌状貌，草木枯萎阴暗无色，烟气飘飞云雾消失；秋天的形貌清新明净、天空高远、

辞赋

秋声赋

(宋)欧阳修

欧阳子❶方夜读书,闻有声自西南来者,悚然❷而听之,曰:"异哉!"

初淅沥以萧飒❸,忽奔腾而砰湃❹;如波涛夜惊,风雨骤至。其触于物也,鏦鏦铮铮❺,金铁皆鸣;又如赴敌之兵,衔枚❻疾走,不闻号令,但闻人马之行声。

余谓童子:"此何声也?汝出视之。"童子曰:"星月皎洁,明河❼在天,四无人声,声在树间。"

【注释】

❶欧阳子:作者自称。❷悚然:惊惧的样子。❸萧飒(sà):形容风吹树木的声音。❹砰湃:同"澎湃",波涛汹涌的声音。❺鏦(cōng)鏦铮铮:金属相击的声音。❻衔(xián)枚:枚状如箸,两端有带,可系于颈上,古代行军时,常令士兵横衔口中,以防喧哗。❼明河:明亮的银河。

【译读】

欧阳先生夜里正在读书,忽然听到有声音从西南方向传来,心里不禁悚然。他一听,惊道:"奇怪啊!"

这声音初听时刚刚听到的时候,就好像淅淅沥沥的雨声,其中还夹杂着萧萧飒飒的风吹树木声,然后有忽然变得汹涌澎湃起来,像是江河夜间奔腾澎湃的波涛声,突起、

梳晓鬟也；渭流涨腻，弃脂水也；烟斜雾横，焚椒兰也。雷霆乍惊，宫车过也；辘辘❹远听，杳不知其所之也。一肌一容，尽态❺极妍❻，缦立❼远视，而望幸❽焉。有不见者，三十六年。

【注释】

❶妃嫔媵（yìng）嫱（qiáng）：统指六国王侯的宫妃。媵，陪嫁的侍女。❷王子皇孙：被秦所灭的六国王侯的儿女。❸荧荧：明亮的样子。❹辘辘：车行的声音。❺态：美好的姿态。❻妍：美丽。❼缦立：舒缓地停立着。❽幸：封建时代皇帝到某处，称为"幸"。妃嫔受到皇帝宠爱，称为"得幸"。

【译读】

列国的贵妃、宫娥、王侯的儿女，离开了本国的琼楼宝殿，全让车送到秦国来，日日夜夜地吹弹歌唱，当上了秦朝的宫女。明星似地闪烁的，是宫女们打开铜镜化妆；黑云似地纷扰的，是宫女们大清早梳理发鬟；渭河里的水涨起一层油腻，那是宫中倒出了洗脸的胭脂水呀；迷漫的烟雾横斜一道，那是宫中焚烧起熏衣裳的香料呀。雷声突然令人震惊，那是銮驾打外边经过呀；轳辘辘的只听见越走越远了，远得不知道它往哪儿去了呀。每一寸皮肤，每一分容貌，装扮得无比俊俏风流，舒缓而立，远远地眺望，巴望得到皇帝的宠幸。有未能见到皇帝一面的，时间长达三十六年。

辞赋

长桥卧波,未云何龙?复道❺行空,不霁何虹?高低冥迷❻,不知西东。歌台暖响,春光融融。舞殿冷袖,风雨凄凄。一日之内,一宫之间,而气候不齐。

【注释】

❶ 廊腰缦(màn)回:走廊长而曲折。❷ 檐牙高啄:突起的屋檐像鸟嘴一样向上撅起。❸ 囷(qūn)囷焉:曲折回旋的样子。❹ 矗(chù):形容建筑物高高耸立的样子。❺ 复道:在楼阁之间架木筑成的通道,因为上下都有通道,叫做复道。❻ 冥迷:迷蒙,迷茫,分辨不清。

【译读】

五步一座大楼,十步一座高阁,走廊如同绸带般萦回长而曲折,突起的屋檐好像鸟嘴般向上撅起高空直啄。各自依着地形,四方向核心辐辏,又互相争雄斗势。楼阁盘结交错,曲折回旋,如犹如密集的蜂房,犹如如旋转的水涡,高高地耸立着,不知道它有几千万座。

长桥横卧在水波上,天空没有起云,何处哪里飞来了苍龙?复道天桥飞跨天空中,不是雨后刚晴,怎么出现了彩虹?房屋忽高忽低,幽深迷离,使人不能分辨哪里是东哪里是西。歌台上由于歌声响亮而充满暖意,犹如春光融和;舞殿上由于舞袖飘拂而充满寒意,犹如风雨凄凉。同一天之中,同一座宫廷宫之内,而气候却大不相同。

【原文】

妃嫔媵嫱❶,王子皇孙❷,辞楼下殿,辇来于秦。朝歌夜弦,为秦宫人。明星荧荧❸,开妆镜也;绿云扰扰,

阿房宫赋（节选）

(唐) 杜 牧

六王毕❶，四海一，蜀山兀❷，阿房出❸。复压三百余里，隔离天日。骊山北构而西折❹，直走咸阳。二川溶溶❺，流入宫墙。

【注释】

❶六王毕：齐、楚、燕、韩、赵、魏六国灭亡了。毕，完结，灭亡。❷蜀山兀(wù)：四川的山光秃了。蜀，四川。❸阿房(ē páng)出：阿房宫出现了。❹骊山北构而西折：阿房宫从骊山北边建起，折而向西。❺溶溶：河水宽广而流动的样子。

【译读】

六国灭亡，四海统一；蜀地的山变得光秃秃了，阿房宫建造出来了。巨大的建筑物从渭南到咸阳覆盖复压了三百多里地面，宫殿高耸，遮天蔽日。它从骊山北边建起，再往西转弯折而向西，一直通到咸阳。渭水、樊川两条大河浩浩荡荡滚滚滔滔，流进了阿房宫的宫墙。

【原文】

五步一楼，十步一阁。廊腰缦回❶，檐牙高啄❷。各抱地势，钩心斗角。盘盘焉，囷囷焉❸，蜂房水涡，矗❹不知其几千万落。

历了数载；古老的藤蔓缠绕缠络它的躯体，不知不记得哪年。

等到白露飘落，凉风吹来，树林田野凄惨战栗，高山平原愁容憔悴。其他树木都黄叶凋零，只有它依然苍翠繁茂。然后人们知道它高峻挺拔，特立独行。它不改变自己的外形，也不改变自己的内心，甘愿经受霜雪的洗礼。它和隐士的志趣相合，与君子的气节相投。

【原文】

若乃确乎不拔，物莫与隆，阴阳不能变其性，雨露所以资其丰。擢影❶后凋，一千年而作盖；流形入梦，十八载而为公。不学春开之桃李、秋落之梧桐。

乱❷曰：负栋梁❸兮时不知，冒霜雪兮空自奇；谅❹可用而不用，固斯焉而取斯。

【注释】

❶ 擢（zhuó）影：耸起的影子。❷ 乱：辞赋篇末总括全篇要旨的一段，相当于尾声。❸ 负栋梁：身负栋梁之材。❹ 谅：诚，确实。

【译读】

它坚韧不拔，超乎万物。日月不能改变其它本性，雨露使它更加茂密丰茂。它身影高耸，千年茂盛。它把自己流动的身影编织成梦，相信十八年后一定能够成材为公。它不去学学习春天的桃李，也不去学习学秋天的梧桐。

尾声：身为栋梁之材却不为人知，顶风冒雪，却没人没有人为它称奇叫绝。实在是空为有用之才，有人鄙视它，却也有人取法它。

寒松赋

（唐）李 绅

松之生也，于岩之侧。流俗①不顾，匠人未识。无地势以炫容②，有天机而作色。徒观其贞枝肃蓇，直干芊眠③，倚层峦则摛云蔽景，据幽涧则蓄雾藏烟。穹石盘薄而埋根，凡经几载；古藤联缘而抱节，莫记何年。

于是白露零，凉风至；林野惨栗，山原愁悴。彼众尽于玄黄④，斯独茂于苍翠，然后知落落⑤高劲，亭亭孤绝⑥。其为质也，不易叶而改柯；其为心也，甘冒霜而停雪。叶⑦幽人之雅趣，明君子之奇节。

【注释】

① 流俗：世俗，社会上流行的风气、习惯。② 炫容：夸耀外形。炫，夸耀。③ 芊（qiān）眠：形容茂密的样子。④ 玄黄：天地，指大自然的变化。⑤ 落落：指高超不凡。⑥ 孤绝：高耸突出。⑦ 叶（xié）：同"协"，和洽，附和。

【译读】

松树生长在岩石的侧面，世俗的人俗人看不到它，木匠也无缘结识它。它没有宽阔的地势来炫耀自己的外形，只有大自然赋予的本来面貌本色。它枝干伟岸挺拔肃穆茂盛，或高踞高高的生长于层岩之上，直插云霄；或藏身于幽涧之中，蓄雾藏云。坚固的穹石埋下它的根系，历经经

【译读】

　　我来观赏,如同坐着木筏要登上天河一样。从早到晚,无言脉脉。各路游客,乘坐骏马豪车。酒如渑水长流,万人笙歌荡回。但求一醉,哪知牡丹品格!我论花之品位,牡丹堪称花魁。超越各种花卉,独占春光明媚。体态丰盈,馨香四溢。翠叶犹如孔雀羽毛,层层抱拥拥抱;花蕊好似金粉装饰,气质华贵。玫瑰羞得要死;芍药自失品味;妖冶桃花收了踪迹;洁白李花惭愧而去;杜鹃连夜溜走;木兰暗中逃逸;朱槿心灰意冷,紫薇屈膝败退。全被牡丹占先,怎么可能不会忌恨,怎么可能不会谤毁。

　　真漂亮啊,真美丽啊!这大地所产之物产生的事物,即使牡丹这样奇美,也为何以前冷清,无人问津,如今却这般兴盛,大量流行?难道草木命运之门,也有时阻塞,有时打开?我想问你,为何为什么而存在呢?你却不回答,只顾留恋徘徊。

未还没有下雨,望雨莲花早就早已经开始准备。

公侯人家,成群结队;不惜重金,来此一会。消遣终日,异口同声赞美。庭中挂着屏帐,张开霞帏。堂前的廊屋曲折廊庑,支承房屋的梁柱粗壮梁柱,苍松翠竹,交相辉映。犹似豪门秀女,藏在深闺。隔着紫帐,仿佛西施馆娃,又像又好像桃面息妫。

【原文】

我来观之,如乘仙槎❶。脉脉不语,迟迟日斜。九衢❷游人,骏马香车。有酒如渑❸,万坐笙歌。一醉是竞,孰知其他。我案花品,此花第一。脱落群类,独占春日。其大盈尺,其香满室。叶如翠羽,拥抱比栉❹。蕊如金屑,妆饰淑质。玫瑰羞死,芍药自失。夭桃敛迹,秾李惭出。踯躅❺宵溃,木兰潜逸。朱槿灰心,紫薇屈膝,皆让其先,敢怀愤嫉?

焕乎!美乎!后土之产物也。使其花如此而伟乎,何前代寂寞而不闻?今则昌然而大来。曷草木之命,亦有时而塞,亦有时而开?吾欲问汝,曷为而生哉?汝且不言,徒留玩以徘徊。

【注释】

❶仙槎(chá):古代神话中仙游天上的木筏。槎,木筏。❷九衢(qú):四通八达的道路。❸有酒如渑(shéng):有酒如渑水长流。❹比栉(zhì):犹栉比,形容牡丹叶子密接相连,像梳齿般排列。❺踯躅(zhí zhú):杜鹃花的别名,又名映山红。

人?纤柔宠姬嫔妃。玉砌雕栏站满,如犹如霞波飘逸。层层阶台遍布,不知万朵千堆。犹如美女西施,犹如佳人南威,犹如洛河女神,犹如湘江娥妃。或依靠倚负,或搀扶扶携,个个红颜佳色。在宫殿里,竞奇斗艳,争宠献媚。娇艳妖娆,缠绵徘徊。犹如那汉宫里,三千佳丽,又恰似银河中,群星争辉。这光景,我见得少;有谁说,他见多回。

【原文】

弄彩呈妍,压景骈肩。席发银烛,炉升绛烟。洞府真人,会于群仙。晶荧往来,金釭❶列钱。凝睇相看,曾不晤言❷。未及行雨,先惊旱莲。

公室侯家,列之如麻。咳唾万金,买此繁华。遑恤❸终日,一言相夸。列幄❹庭中,步障开霞。曲庑❺重梁,松篁❻交加。如贮深闺,似隔窗纱,仿佛息妫❼,依稀馆娃。

【注释】

❶金釭:古代宫殿壁带上装饰的金环。❷晤言:当面交谈,见面交谈。❸遑恤(xù):惶恐忧虑。❹列幄:摆列起帐篷,用来给牡丹蔽阳。❺曲庑(wǔ):厅堂四周的廊屋。曲,环绕。❻松篁(huáng):松与竹。❼息妫(guī):春秋时代息侯的夫人。

【译读】

那真的是色彩纷呈,人们肩挨着肩,背擦着背挨肩擦背。桌台烛光闪烁,香炉紫烟腾飞。恰似神人洞府,群仙聚会。装饰晶莹耀眼,满堂生辉。塑像凝神注目,互不理会。犹

乍遇孙武❼，来此教战。教战谓何？摇摇纤柯。玉栏风满，流霞成波，历阶重台，万朵千棵。西子南威，洛神湘娥。或倚或扶，朱颜色酡。角炫红釭❽，争颦❾翠娥。灼灼夭夭，逶逶迤迤。汉宫三千，艳列星河，我见其少，孰云其多。

【注释】

❶初胧胧：初放的牡丹色泽还是暗淡的。❷次鲜鲜：牡丹接续着开出色彩鲜艳的花朵。❸锦衾（qīn）：锦缎的被子。❹灼灼：鲜明的样子。❺飐（zhǎn）然：风吹物颤动的样子。❻缒：将东西系在绳子上坠下去。❼孙武：春秋时代的军事家，著有《孙子兵法》。❽红釭（gāng）：红色的灯。❾颦（pín）：表示皱眉。

【译读】

隐约初看，上下错落；依次细观，鳞比层叠。犹如锦缎软被覆盖，好似绣花罗帐连接。日受白天受到阳光笼罩熏陶，夜经夜晚经过甘露沐浴净洁。有的灼灼明丽，秀色可餐；有的亭亭玉立，奇特莫测。有时摇曳，像好像是在招手；有时雅静，似在似乎是在想谁。有时有轻风拂来，如如同在吟唱；有有时露珠滴下，如如同在悲切。细雨霏霏，她如犹如珍珠挂怀；阳光灿灿，她犹如如彩绸在披。堆砌园圃里，簇拥以迎朝日迎接太阳；光临清池边，倩影以比比邻明月。或像或者像是驯养之的山鸡，令人喜爱；或者像是或像威仪之的凤鸟，展翅将飞。形态种种，那怎么可以立刻辨别。不游皇家林苑，谁能够见得到这些。

忽觉忽然觉得疑似孙武，前来教练战列，教的都是何

【注释】

❶兀然:忽然。❷赭(zhě):赤褐色。❸坼(chè):指花瓣裂开的牡丹。坼,裂开。❹裹(niǎo):即"袅",摇摆不停的牡丹。❺亚者:低垂的牡丹。亚,通"压",垂压。

【译读】

阳春三月,地气充沛,花苞如同珍珠般青翠。虽经虽然经过了一夜露水,但是朝阳却把它们驱退。枝节在春风中荡漾摇曳,仿佛化解了凝固的心结。脉络融会畅通,气势不可阻遏。突然旺盛充盈,似乎将要狂泻。明媚的阳光打开花苞,照在她身上多么热烈。完美细腻的肌肤体态,万般形容都皆叫绝。红的好似太阳似朝阳,白的好像月亮如皓月;淡雅类类同素土,浓烈胜胜似鲜血;相向犹犹如迎娶,相背同如同诀别。开放的好像在谈笑,含苞的好像在咽喧;俯视的似有无尽愁绪,仰望的似有无限喜悦;缠绕的似似乎在起舞,侧身的似乎似将要摔跌;靠着的如犹如在沉醉,弯着的犹如如受到了挫折;密集的似似乎是巧织,疏离的似乎似有亏缺;鲜艳的如经如同经过洗涤,惨淡的如相如同相互离别。

【原文】

初胧胧❶而下上,次鲜鲜❷而重叠。锦衾❸相覆,绣帐连接。晴笼昼熏,宿露宵裹。或灼灼❹腾秀,或亭亭露奇。或飐然❺如招,或俨然如思,或带风如吟,或泫露如悲。或垂然如縋❻,或烂然如披。或迎日拥砌,或照影临池。或山鸡已驯,或威凤将飞。其态万万,胡可立辩?不窥天府,孰得而见?

丹的人如痴如狂，成为国都洛阳的一大盛事。如今的文人墨客大都用歌或诗来吟咏牡丹的形象，从来没有人用赋来写它的，唯独我用赋来写它，来穷尽竭尽它的美好。或许有人会问：先生常以自己有大丈夫建功立业、报效国家的抱负而自负，现在却纵情于一花，未免有些儿女情长吧？我回答他说：先生难道没有看到张荆州的为人吗？这人真是大丈夫了，可是我却在他文集的文集开头看到了《荔枝赋》。荔枝确实很美了，然而也不过是一种水果罢了，它同牡丹有什么不同区别呢？关键看他赋的意图怎样。我写牡丹又有何不妥呢？他也许无法对答，我于是写了这篇赋给他看。

天上的祥瑞灵气，有星才会有星光，有云才会有祥云的光芒。祥瑞的星云之光下射在光的照射下，遇遇到万物而成为了各种形状。花草树木得到它，便会开出红花红色的花朵；花中最红的颜色，全都是聚集在牡丹上的，它远远超越同类，其国色天香更在兰花之上。我仔细观察，依次了解。

【原文】

暮春气极，绿苞如珠。清露宵偃，韶光晓驱。动荡支节，如解凝结，百脉融畅，气不可遏。兀然❶盛怒，如将愤泄。淑色披开，照曜酷烈。美肤腻体，万状皆绝。赤者如日，白者如月。淡者如赭❷，殷者如血。向者如迎，背者如诀。坼❸者如语，含者如咽。俯者如愁，仰者如悦。裹❹者如舞，侧者如跌。亚者❺如醉，曲者如折。密者如织，疏者如缺。鲜者如濯，惨者如别。

从此京城洛阳的牡丹便一天比一天兴盛起来。从宫中到官府衙门,然后向外发展到士大夫以及平民百姓家里,处处都流传,广为栽植,多得就好像长江、黄河、淮河、济水四条大河流向大海的水,不知到何处才会停止。

【原文】

每暮春之月,遨游之士如狂焉。亦上国繁华之一事也。近代文士,为歌诗以咏其形容,未有能赋之者。余独赋之,以极其美。或曰:子常以丈夫功业自许,今则肆情于一花,无乃犹有儿女之心乎?余应之曰:吾子独不见张荆州❶之为人乎?斯人信丈夫也。然吾观其文集之首,有荔枝赋焉。荔枝信美矣,然亦不出一果耳,与牡丹何异哉?但问其所赋之旨何如,吾赋牡丹何伤焉,或者不能对,余遂赋以示之。

圆玄瑞精❷,有星而景,有云而卿❸。其光下垂,遇物流形❹。草木得之,发为红英。英之甚红,钟乎牡丹。拔类迈伦❺,国香欺兰。我研物情,次第而观。

【注释】

❶张荆州:唐玄宗时宰相张九龄。❷瑞精:祥瑞的灵气,古代称生成万物的灵气。❸卿:即卿云,一种彩云,古人认为是祥瑞之气。❹流形:流布成形,指天地祥光云气流行,遇到万物而形成各种形体。❺拔类迈伦:超出于百花之上。迈,超过。

【译读】

每到农历三月,暮春时分春季的末期,游览、观赏牡

牡丹赋

(唐)舒元舆

古人言花者,牡丹未尝与焉。盖遁乎深山,自幽而芳。不为贵者所知,花则何遇焉?天后之乡❶,西河也,有众香精舍❷,下有牡丹,其花特异。天后叹上苑之有阙,因命移植焉。由此京国牡丹,日月寖盛❸。今则自禁闼❹洎❺官署,外延士庶之家,弥漫如四渎❻之流,不知其止息之地。

【注释】

❶天后之乡:即武则天,武则天是并州文水人,这一带古称西河。❷香精舍:僧人、道士烧香诵经,修炼居住之所。❸寖(qìn)盛:渐渐兴盛,渐渐强盛。❹禁闼(tà):宫中小门,宫廷门户。❺洎(jì):到,及。❻四渎(dú):古代对四条独流入海的大川的称呼,即长江、黄河、淮河、济水的合称。

【译读】

古代的人谈论花,从未从来没有对牡丹加以赞许,是因为它隐避深山,独自幽静的开放,还没有被显贵的人所知道。那么牡丹花又是怎样遇到赏识的呢?是因为武则天皇后的家乡西河,有很多僧、道居住的房屋,那里比四周低低洼的地方有牡丹花,它的花特别杰出。武则天皇后感叹上林苑中缺少牡丹它,便命人将牡丹移栽入到上林苑。

辞赋

【译读】

　　你了解牛吗？牛是这样一种动物，它身躯拥有魁梧的身体，巨大的头颅巨大，它两耳直竖，两角弯曲，毛疏皮厚。它哞哞地叫吼叫，声音震荡在喉头，就好像黄钟一样低沉浑厚。它冒着烈日酷暑，每天大约要耕种近百亩的田土。它一来一去，翻出的田沟又长又直，使你们能够栽下禾苗谷类作物的幼苗、种上玉蜀黍玉米的种子。它不但要参加耕种，参加收获，还要拉着大车跑。它把一车车粮食送到官仓，自己却吃得却不好。

　　它使穷困的人富裕起来，使饥饿的人填饱肚子装饱，自己却不要半点酬劳。它经常忙碌在荒凉的原野，有时会陷入泥淖烂泥，有时会在地上跌倒。人们不为不会因为它的这种精神而自感感到惭愧，它的好处却布满天下。它的皮角被人用掉，全身骨肉都不能自保，有的破开做成了皮绳，有的装进俎豆作为祭品供奉上祖。

　　由此看来，没有别的东西能比牛的用处更大了。牛不像瘦驴，老是总是跟着劣马的屁股后面跑。它们挖空心思，趋炎附势，随便不论什么地方都可以依附投靠。既不耕地又不驾车，却自有好饲料可以任意吃。它们在康庄大道上奔跑兜圈奔走践踏，进进出出自在随便。高兴时碰碰鼻有多亲密，恼怒时尥蹶子使劲蹬蹄。站在大路上昂首嘶叫，听的人听到的人们吓得纷纷躲避。瘦弱的驴善于钻营认识有权势的门户，投靠豪门贵胄之家，因此，一辈子都不用担惊受怕。牛虽然对人们有功劳，对自己却有什么好处呢？命运有好有坏，并不是你的能力可以改变的。千万不要怨天尤人啊，等待老天多多赐福吧！

牛赋

(唐)柳宗元

若①知牛乎?牛之为物,魁形巨首。垂耳抱角,毛革疏厚。牟然而鸣,黄钟满膛。抵触隆曦,日耕百亩。往来修直,植乃禾黍②。自种自敛,服③箱以走。输入官仓,己不适口。

富穷饱饥,功用不有。陷泥蹶④块,常在草野。人不惭愧,利满天下。皮角见用,肩尻⑤莫保。或穿缄縢⑥,或实俎豆⑦。

由是观之,物无逾者。不如羸⑧驴,服逐驽马⑨。曲意随势,不择处所。不耕不驾,藿菽⑩自与。腾踏康庄,出入轻举。喜则齐鼻,怒则奋蹢⑪。当道长鸣,闻者惊辟⑫。善识门户,终身不惕。牛虽有功,于己何益!命有好丑,非若能力。慎勿怨尤,以受多福。

【注释】

①若:你。②禾黍(shǔ):泛指农作物。③服:"负"的假借字,指向前拉。④蹶(jué):跌倒。⑤肩尻(kāo):全身骨肉。⑥缄縢(jiān téng):皮绳。⑦俎(zǔ)豆:古代祭祀时盛祭品的器皿。⑧羸(léi):瘦弱。⑨驽(nú)马:劣马,行动迟钝的马。⑩藿菽(huò shū):豆叶和大豆。⑪奋蹢(zhí):跳起用后腿向后踢。⑫惊辟:因吃惊害怕而躲避。

勤俭的妻子。家里只有两瓮麦子，一畦秋菜。风吹得大树不停地摇曳摇动，低沉的云层使天空变得一片昏暗惨淡。空空的粮仓上聚集着聒噪吵闹的麻雀，懒妇们的耳边响起了秋蝉的悲鸣。

当年我承蒙托先辈的福荫，在梁朝的宫廷里滥竽充数。我的祖父素性高洁，可以和建有通德门的郑玄媲美，我的父亲和伯父也和读过王室赐书的班嗣、班彪同样博学。我有时在玄武阙陪辇同游陪坐，有时到凤凰殿听讲。曾经像贾谊在宣室受到召见，又曾像扬雄待命赋写诗文。

不料山崩地裂，河流枯竭，冰消雪散，石碎瓦解，大盗侯景篡权作乱，江南故国陷于灭顶之灾。我回国的平坦大道一下子就被摧毁，艰险变得像如同三危山、九折坂上平途断裂一样的艰险难行。如同燕太子为荆轲在易水饯行，又如同李陵在匈奴为苏武送别，我从此有去无回，只能长留在异国他乡。关中的山川风月使我思乡满怀凄怆，陇头流水一类的歌曲更让人痛彻肝肠断绝。

这里严寒多雪，不寒而栗，完全不同于故国江南。人的一生很快要过去了，我已经开始进入晚年。虽然不想洗雪以往遭遇的不幸，但还是丢不开南归故乡这个意念。可怜我既不能像雀雉入淮海而发生变化，又不能像金丹在土釜中鼎中一连九转。我如果无法如愿回到南方，最后也只好在北朝忍辱负重地活下去了。看来昏暗的天意就是这样的，昏昧不仁，对纷乱的人生我只有叹息而已。

⑩ 燋（jiāo）麦：陈燋的麦子。燋，同"焦"。⑪ 畦（qí）：田园中分成的小区。⑫ 受釐（xī）：古代礼节，祭祀之后要把祭余的肉献给皇帝，向他贺喜祝福。皇帝接受这种祝贺，叫作受釐（lí）。⑬ 辔（pèi）：马缰绳。⑭ 踦（qī）：不偶，失败。

【译读】

　　园中有一寸二寸的小鱼，有三竿两竿的翠竹。云气覆荫着丛生的蓍草，金精滋养着秋天的菊花采为金精。酸枣酸梨，山桃山李，枯叶布满床头，落花堆满屋。我称这里是山野人家，也就是齐国愚公的山谷。让我尝试一下羡慕已久的隐居在园林生活，因为很久以来就曾向往退出官场的生活。

　　虽然有园门虽有却常常关闭着，我的心已经与外世隔绝。偶尔有些来往的，不是荷莱丈人那样的隐者，就是披裘公那样的高士。空闲的时间，我或是阅读葛洪的医书，或是研究京房的周易卦辞。但是看到忘忧草不能使我忘忧，见到长乐花也不能让我长乐。鸟儿不能饮酒而偏让它饮酒，鱼儿不愿听琴而偏让它听琴，究竟是为了什么而这样违背他们的本心呢？

　　再加上南北方气候寒热不同，我感到不能适应此地的时令，又违背自己的性情品行。如崔骃肯定会因为抑郁不乐而折损寿命，吴质因为长年愁苦而积成疾病。在住宅四角埋上大石以降伏镇鬼怪，挂上明镜以威吓山妖照精灵。我如同庄舄一样因为思乡而病倒，又如同魏颗的老父一般病到昏乱欲死。暮色笼罩了空荡荡的房屋，我看着全家老老少少，相携相依，真感到对不起受苦的儿子，也对不起屡动庄舄❽之吟,几行魏颗之命。薄晚闲闺,老幼相携;蓬头王霸之子,椎髻❾梁鸿之妻。爩麦❿两瓮,寒菜一畦⓫。风骚骚而树急,天惨惨而云低。聚空仓而雀噪,惊懒妇而蝉嘶。

昔草滥于吹嘘,籍文言之庆余。门有通德,家承赐书。或陪玄武之观,时参凤凰之墟。观受釐⓬于宣室,赋长杨于直庐。

遂乃山崩川竭,冰碎瓦裂,大盗潜移,长离永灭。摧直辔⓭于三危,碎平途于九折。荆轲有寒水之悲,苏武有秋风之别。关山则风月凄怆,陇水则肝肠断绝。

龟言此地之寒,鹤讶今年之雪。百龄兮倏忽,光华兮已晚。不雪雁门之踦⓮,先念鸿陆之远。非淮海兮可变,非金丹兮能转。不暴骨于龙门,终低头于马坂。谅天造兮昧昧,嗟生民兮浑浑。

【注释】

❶丛蓍(shī):丛生的蓍草。❷枣酸梨酢(zuò):即酸枣醋梨。酢,同"醋"。❸桃栵(sì)李薁(yù):即栵桃薁李。栵桃,山桃;薁李,山李。❹抽簪(zān):抽下连系冠发的簪子,散发无束。这里指弃官不仕。❺裘(qiú):毛皮的衣服。❻崔骃(yīn):字亭伯,涿郡安平(今河北安平县)人,东汉大臣。❼薶(mái)石:古人迷信,在住宅四周埋下石头以镇宅驱邪。薶,同"埋"。❽庄舄(xì):战国时越国人庄舄,在楚国做官,病中思念家乡,犹发出越国的语音。❾椎髻(jì):一撮之髻,其形如椎。

罗网陷阱而自由自在。青草和绿树混为一片，长短枝丫交互相互伸展。

有山不过像是一筐土堆成，有水不过是个小土坑。水下的龟鳖因为地盘小而不得不窝连着窝，孵雏的鸟鹊也因为可以作巢的树少，不得不巢叠着巢。园中的草地上拥挤着串串的果实，架上的葫芦累累沉重而绵蔓高挂拉长了脖颈。园子里可以找到充饥的食物，也可以嬉游歇息。有几间高矮不一的房屋，草做的屋顶已经透风漏雨。屋檐不高能够低矮得碰到帽子，门框狭窄得侧身碰到眉毛。

帐幔朴素引不来白鹤，床榻陈旧垫脚的只能是神龟。鸟儿幽闲自得，随意鸣啼；花儿自开自落，四季随心。唯独我心如枯木历陵久枯的大树，寂然无绪；发如乱丝，睢阳待染的一团素丝蓬白不堪。虽然不是夏日，也有所畏惧；虽然不见秋风，也有所悲伤。

【原文】

一寸二寸之鱼，三竿两竿之竹。云气荫于丛蓍❶，金精养于秋菊。枣酸梨酢❷，桃榹李薁❸。落叶半床，狂花满屋。名为野人之家，是谓愚公之谷。试偃息于茂林，乃久羡于抽簪❹。

虽有门而长闭，实无水而恒沉。三春负锄相识，五月披裘❺见寻。问葛洪之药性，访京房之卜林。草无忘忧之意，花无长乐之心。鸟何事而逐酒？鱼何情而听琴？

加以寒暑异令，乖违德性。崔骃❻以不乐损年，吴质以长愁养病。镇宅神以薶石❼，厌山精而照镜。

犹得敧侧②八九丈，纵横数十步，榆柳两三行，梨桃百余树。拔蒙密兮见窗，行敧斜③兮得路。蝉有翳④兮不惊，雉⑤无罗兮何惧！草树混淆，枝格相交。

山为篑覆⑥，地有堂坳。藏狸并窟，乳鹊重巢。连珠细菌，长柄寒匏⑦。可以疗饥，可以栖迟，崎岖兮狭室，穿漏兮茅茨⑧。檐直倚而妨帽，户平行而碍眉。

坐帐无鹤，支床有龟。鸟多闲暇，花随四时。心则历陵枯木，发则睢阳乱丝。非夏日而可畏，异秋天而可悲。

【注释】

① 凿坯（pī）：凿开土墙。② 敧（qī）侧：倾斜，指小园地形不正。③ 敧斜：指道路弯曲倾斜。④ 翳（yì）：隐蔽，遮掩。⑤ 雉（zhì）：鸟，外形像鸡。⑥ 山为篑（kuì）覆：山是一篑土倾倒而成的。⑦ 寒匏（páo）：指秋天的葫芦。⑧ 茅茨（cí）：用茅草覆盖屋顶，这里指茅草屋。

【译读】

于是我从官场逃出来，在小园中自得其乐。正当梧桐新桐发芽，清露晨流，柳枝摇曳，清风徐来惠风和畅的季节。在园中弹弹珠柱琴，读读《玉杯》书，也是让人惬意的。园中有棠梨茂盛、酸枣树盛多，但是没有楼台馆阁。

斜着看还有不规则的小园八九丈长，横着看有几十步宽。园中栽有栽种了两三行榆树柳树，又有百余棵梨树桃树。拔开茂密的枝条才能够见到窗子，横竖走去都可以成为道路。鸣蝉有密叶遮蔽而不受不会受到惊扰，野雉不必担心

都是奢侈的装饰。❾ 王根：汉元帝皇后王政君亲族，汉成帝所封五侯之一。❿ 拟伏腊：可以用来举行伏祭、腊祭。⓫ 晏婴：春秋时齐国大夫。⓬ 爰（yuán）居：海鸟名，形似凤凰。⓭ 韩康：晋韩伯，字康伯，其舅殷浩很欣赏他。⓮ 蜗角蚊睫：蜗牛的角，蚊子的眼睫毛，形容小园之小。

【译读】

在一枝树杈上，巢父就获得了安家栖身的处所居所；在一把葫芦里，壶公就找到了安居容身的地方。何况管宁的粗劣床榻，虽磨损穿破成洞也还可以坐安坐；嵇康的打铁炉边，既暖和能够取暖又可以安眠。为什么一定要建造高阁重楼，像是南阳樊重的宅第；画有彩绘装饰的栋梁，栋雕有彩绘花纹的门窗，像是西汉王根的王府呢？

我只有几亩大的一处房舍，在这里与喧嚣尘世隔绝，听不到车马的喧嚣，姑且权且用来随俗度日，遮挡风雨严寒。我的住所即使靠近集市，也不会像晏婴那样追逐需求的便利；即使坐落在京城，也只希望像潘岳那样享受闲居的安乐。再说黄鹄自警是为了逃离人们的危害，决不会并不是自愿去乘坐华贵的马车；爰居鸟迁徙是为了回避海上的灾害，并不是想要谋求人们的祭拜。在流寓生活中流落他乡居住，如果能够像陆机、陆云兄弟有个栖身之地，像殷浩、韩伯舅甥不计利害得失，那么就算是像蜗角蚊睫一般的狭小空间，我觉得已经足够安居乐业的了。

【原文】

尔乃窟室徘徊，聊同凿坯❶。桐间露落，柳下风来。琴号珠柱，书名玉杯。有棠梨而无馆，足酸枣而非台。

小园赋

（南北朝）庾 信

若夫❶一枝之上，巢父❷得安巢之所；一壶之中，壶公❸有容身之地。况乎管宁❹藜床❺，虽穿而可座；嵇康锻灶，既暖而堪眠。岂必连闼洞房❻，南阳樊重之第❼；赤墀青锁❽，西汉王根❾之宅。

余有数亩敝庐，寂寞人外，聊以拟伏腊❿，聊以避风霜。虽复晏婴⓫近市，不求朝夕之利；潘岳面城，且适闲居之乐。况乃黄鹤戒露，非有意于轮轩；爰居⓬避风，本无情于钟鼓。陆机则兄弟同居，韩康⓭则舅甥不别，蜗角蚊睫⓮，又足相容者也。

【注释】

❶若夫：发语词，有"若说那"之意。❷巢父：传说尧时的隐者，以树为巢，所以当时人称他为巢父。❸壶公：传说汉时有一老翁，在市上卖药，于门前悬挂一壶，药卖完了，就跳进壶中，后人称他为壶公。❹管宁：字幼安，东汉末年人，操守严肃，因常坐一木榻上，积五十年，榻上膝盖所触都成了洞孔。❺藜（lí）床：指用藜草铺床。❻连闼（tà）洞房：房间相通连，门户一个连着一个。❼樊重之第：南阳人樊重，东汉光武帝的舅舅，富有田产，并善于经商，家里建造房屋，都是重堂高阁。❽赤墀（chí）青锁：房屋前的阶墀，涂以赤色，窗户的锁，涂以青色，

之别，思心徘徊。

是以别方不定，别理千名，有别必怨，有怨必盈，使人意夺神骇，心折骨惊。虽渊云之墨妙，严乐之笔精，金闺❹之诸彦，兰台之群英，赋有凌云之称，辩有雕龙之声，谁能摹暂离之状，写永诀之情者乎！

【注释】

❶ 佳人之歌：指李延年的歌："北方有佳人，绝世而独立。" ❷ 渌（lù）波：清澈的水波。 ❸ 珪（guī）：一种洁白晶莹的圆形美玉。 ❹ 金闺：原指汉代长安金马门，后来为汉代官署名。

【译读】

下界还下面有男女咏吟咏"芍药"之诗，咏唱唱"佳人"恋歌。卫国桑中多情的少女，陈国上宫美貌的春娥。春草染成青翠的颜色，春水泛起碧绿的微波，送郎君送到南浦，令人心情悲伤凄楚！等到深秋的霜露像犹如珍珠，秋夜的明月似好似玉珪，皎洁的月光好像珍珠般的霜露，时光逝去又复来，跟你离别之愁情，总在我心中徘徊相思。

所以离别情形不能一概而论，别离也有种种不同各种各样的原因，但是有别离就必定会必有哀怨，有哀怨就必然会充塞于心；离别使人意志丧失胆骇心惊，痛苦深沉。即使有王褒、扬雄绝妙的辞赋之妙，严安、徐乐精深的撰述文笔之精，金马门前大批俊彦之士，兰台上许多文才杰出的人，辞赋如同司马相如一样，具有"凌云之气"的美称，文章具有华丽文采的名声，然而有谁能够描摹出分离时瞬间的情状，抒写出永诀时难舍难分之情呢？

冬天的灯光昏暗啊黑夜那么漫长！为织锦中曲啊已已经流尽了泪水，组成回文诗啊独自顾影悲伤。

【原文】

傥❶有华阴上士，服食还山。术既妙而犹学，道已寂而未传。守丹灶而不顾，炼金鼎而方坚，驾鹤上汉，骖❷鸾腾天。暂游万里，少别千年。惟世间兮重别，谢主人兮依然。

【注释】

❶傥（tǎng）：同"倘"，如果，假使。❷骖（cān）：三匹马驾车称"骖"。

【译读】

或有华山石室中修行的道士，服用丹药以求指望成仙。道术已经很神妙了，却还想学习修道，道行已经达到很高境界，但是还未没有得到真传；一心守护着炼丹炉而不顾人世之事，意志正十分坚定，相信能能够炼出金丹。想驾着黄鹤驾鹤直上银河，欲乘上鸾鸟乘鸾飞奔青天，天上人间不同，万里不过是短暂的游程，千年也只能算作小别。虽然求仙学道的人轻视离别，但是人世间是重视别离的，所以他们还要向亲人辞谢告别啊仍依依不舍。

【原文】

下有芍药之诗，佳人之歌❶。桑中卫女，上宫陈娥。春草碧色，春水渌波❷，送君南浦，伤如之何！至乃秋露如珠，秋月如珪❸，明月白露，光阴往来，与子

桥梁上啊竟然成了诀别告辞之辞。前来送行的左右仆从啊心神惊动,亲友宾客啊落泪伤心。铺草而坐啊把倾诉恨别之情的悲情,举起杯酒啊叙述离愁之悲的伤悲。正当秋天的大雁啊南飞之日,正是白色的霜露啊欲下降临之时,哀怨又惆怅啊在那远山的弯曲处,越走越远啊在那长长的河流边。

【原文】

又若君居淄右❶,妾家河阳。同琼佩之晨照,共金炉之夕香,君结绶❷兮千里,惜瑶草之徒芳。惭幽闺之琴瑟,晦高台之流黄。春宫閟❸此青苔色,秋帐含兹明月光,夏簟❹清兮昼不暮,冬釭❺凝兮夜何长!织锦曲兮泣已尽,回文诗兮影独伤。

【注释】

❶淄(zī)右:淄水西面,在今山东境内。❷结绶:指出仕做官。绶,系官印的丝带。❸閟(bì):同"闭",关闭。❹簟(diàn):竹席。❺釭(gāng):灯,油灯。

【译读】

又如那郎君住居住在淄水西面,妾家住居住在黄河北岸。曾曾经佩带琼玉一起沐浴着晨光,晚上一起坐在香烟袅袅的金炉香炉旁。现今丈夫千里出外任职做官啊一去千里,闺中少妇徒然叹息青春的寂寞。身居深闺中愧对深闺中的琴瑟,无心弹奏,重帷深掩遮暗了高阁上的流黄无心织造流黄。春天里房门紧闭,只见青翠的苔色,秋天帷帐里笼罩着洁白的月光;夏天的竹席清凉啊白日迟迟未暮,

辞赋

聂政击杀韩相侠累、豫让欲刺赵襄子于宫厕、专诸杀吴王、荆轲行刺秦王四个故事,他们舍弃慈母娇妻的温情,忍痛离开自己的邦国乡里,哭泣流泪地与家人诀别,甚至擦拭泪血互相凝视相对而视。义无反顾的骑上征马就不再回头,只见路上的尘土不断扬起。这正是怀着感恩之情以一剑相报,并非是为了换取声价于黄泉地底。金石受到震惊而变色,亲人含着悲痛而心碎。

或是边境发生了战争,挟带武器毅然去从军。辽河水一望无际无边无际,雁门山高耸入云。闺房里风晴日暖暖风阵阵,野外道路上旁绿草芬芳。旭日升临天际灿烂光明,露珠在地上闪耀绚丽的色彩,透过红色的雾霭阳光分外绚烂,映入春天草木的雾气烟霞弥漫。手攀着桃李枝条啊不忍诀别离别,为爱人送行啊泪水沾湿了衣裙。

【原文】

至如一赴绝国,讵❶相见期。视乔木兮故里,决北梁兮永辞。左右兮魂动,亲宾兮泪滋。可班❷荆❸兮赠恨,惟尊酒兮叙悲。值秋雁兮飞日,当白露兮下时。怨复怨兮远山曲,去复去兮长河湄❹。

【注释】

❶讵(jù):难道,岂有。❷班:铺设。❸荆:树枝条。❹湄(méi):水边,岸旁。

【译读】

还有奔赴极远国家的,哪里还会再有相见的日期呢?望着高大的树木啊记下这自己的故乡旧里,在告别北面的

相同：

先看那显贵者的送别，高头骏马配着镶银的雕鞍，漆成朱红的车驾饰有装饰着彩绘的轮轴，在东都门外搭起帐篷设下酒食送行饯行，送别故旧亲友于金谷名园。琴弦箫鼓演奏慷慨激昂，阵阵歌声令美人哀伤；歌女服饰华美，胜过暮秋、上春，更添娇情柔情。琴声惊动吃草的马儿，深渊的鱼也竞相跃出水面聆听。等到分手之时的时候噙着泪水，深感孤单寂寞而黯然伤神。

【原文】

乃有剑客惭恩，少年报士，韩国赵厕，吴宫燕市，割慈忍爱，离邦去里，沥泣❶共诀，抆血❷相视。驱征马而不顾，见行尘之时起。方衔感❸于一剑，非买价于泉里。金石震而色变，骨肉悲而心死。

或乃边郡未和，负羽从军。辽水无极，雁山参云。闺中风暖，陌上草薰。日出天而耀景，露下地而腾文，镜朱尘之照烂，袭青气之烟煴❹。攀桃李兮不忍别，送爱子兮沾罗裙。

【注释】

❶沥泣：流泪，洒泪哭泣。❷抆（wěn）血：指眼泪流尽后又继续流血。❸衔（xián）感：指心怀感激，怀恩感遇。衔，怀。❹烟煴（yīn yūn）：同"氤氲"，云气笼罩弥漫的样子。

【译读】

再有剑侠图报感恩图报，少年知恩报恩之士，如例如有燕国宋国啊两地相隔千里。有时春天的苔痕啊刚刚滋生，蓦然间秋风啊萧瑟初起。因此离家远行的游子离肠寸断，各种感触凄凉悱恻。风萧萧发出与往常不同的声音，云漫漫而呈现出奇异的颜色。

船在水边停留滞留着不动，车在山道旁徘徊而不前，船桨迟缓怎能怎么能够向前划动，马儿凄凉地嘶鸣不息久不停息。盖住金杯吧谁有心思喝酒，搁置琴瑟啊泪水沾湿车前横木轼木。居留家中的人怀着愁思而卧夜不能寐，恍然若有所失。

日落西山隐没光彩，月亮升起清辉洒满了长廊。看到红兰缀含着秋露，又见青楸蒙上了飞霜。巡行巡回旧屋虚掩着门户，抚弄锦帐徒然悲凉。想必游子别离后梦中也徘徊不前，猜测它别离别后心神定是凄然渺茫。

【原文】

故别虽一绪，事乃万族：

至若龙马银鞍，朱轩绣轴❶，帐饮东都，送客金谷。琴羽张兮箫鼓陈，燕赵歌兮伤美人；珠与玉兮艳暮秋，罗与绮兮娇上春。惊驷马之仰秣❷，耸渊鱼之赤鳞。造分手而衔涕❸，感寂寞而伤神。

【注释】

❶绣轴：绘有彩饰的车轴，这里指车驾之华贵。❷仰秣（mò）：抬起头吃草。❸衔涕：衔泪，含泪。

【译读】

所以离别虽然属于寻常事的事情，但是具体情况却不

别赋

（南朝）江　淹

黯然销魂者，唯别而已矣。况秦吴兮绝国，复燕宋兮千里。或春苔❶兮始生，乍秋风兮暂起。是以行子肠断，百感凄恻。风萧萧而异响，云漫漫而奇色。

舟凝滞❷于水滨，车逶迟❸于山侧，棹❹容与而讵前❺，马寒鸣而不息。掩金觞❻而谁御，横玉柱而沾轼❼。居人愁卧，怳❽若有亡。

日下壁而沉彩，月上轩而飞光。见红兰之受露，望青楸❾之离霜。巡曾楹❿而空掩，抚锦幕而虚凉。知离梦之躑躅⓫，意别魂之飞扬。

【注释】

❶春苔：指春日的苔藓。❷凝滞（zhì）：停滞不前。❸逶（wēi）迟：徘徊不行的样子。❹棹（zhào）：船桨，这里指代船。❺讵（jù）前：岂能向前。讵，岂。❻金觞：金制的酒杯。❼沾轼（shì）：泪珠滴湿车前横木。❽怳（huǎng）：精神恍惚，丧神失意的样子。❾青楸（qiū）：楸树，落叶乔木。❿曾楹（yíng）：高大的柱子，指房屋。⓫躑躅：徘徊不前的样子。

【译读】

最使人心神沮丧忧郁、失魂落魄的，莫过于感伤别离啊。何况秦国吴国啊两地是极其辽远相去极远的国家，更已矣哉，徒抚心⑤其何益？但使万物之后凋，夫何独知于松柏！

【注释】

❶ 曲蓬：指小草。曲，细小。 ❷ 飒（sà）：指衰落。 ❸ 徂（cú）：徂落，凋谢。 ❹ 凌霜：不屈于寒霜。凌，冒犯。 ❺ 抚心：以手摸胸，表示一种感情的动作。

【译读】

这时高大的树木早已凋零摧零，散乱小草也都枯死丧命，各种草木众芳受均受到摧残而萎绝枯谢，百花因因为严寒而凋落散尽。只有这蔓草不像那青青冬草，遭到严霜威逼而不屈不挠；它在冰途上挺拔青葱，它振奋精神一片贞心显露在寒道。

唉，白白地自我安慰又有什么好处呢？但是假使万物都能够经历严寒而不凋零经冬不凋，那么松柏也就不怎会独享后凋之美名了！

冬草赋

(南朝)萧子晖

有闲居之蔓草,独幽隐而罗生❶。对离披❷之苦节,反葳蕤❸而有情。若夫火山灭焰❹,汤泉沸泻❺;日悠扬❻而少色,天阴霖❼而四下。

【注释】

❶罗生:丛生。作者以冬草自喻,所以用闲居、幽隐点明草的特殊性格。❷离披:草木凋落。❸葳蕤(ruí wēi):草木繁盛。❹灭焰:形容气候寒冷。❺汤泉沸泻:形容气候寒冷,汤泉干枯。❻悠扬:绵远的样子。❼阴霖:在这里指阴森。

【译读】

那悠闲地生长着的蔓草,独自隐蔽于在幽暗而不被人注意的丛草之中地方丛生,面临草木凋零的严寒时节,它反而生长得欣欣向荣,十分茂盛。火山灭焰.汤泉沸泻;在气候极寒冷之际,太阳远离地面日色惨淡,天气阴暗四下里一片阴森。

【原文】

于是直木先摧,曲蓬❶多陨;众芳摧而萎绝,百卉飒❷以徂❸尽。未若兹草,凌霜❹自保。挺秀色于冰涂,厉贞心于寒道。

在荷叶丛中。楚王在趁着闲暇时的时光来此来到这里游玩,妖艳的美人随行,钓鱼的乐趣暂且不说,也不论萍实芳萍果实的甜美。

只看看那来回荡漾的轻船小船,船上的人人们一起采撷初开的莲花,行船行驶的小船依傍着斜山转过一道道河湾,到了这静水中就不再前行。于是美人们伸出雪白的皓腕手腕,舞起长长的红袖,摘下耳环。

荷叶茂盛而繁密茂密,茎干毛刺繁多众多,于是挽起衣袖卷起裙襟,水花飞溅在喧闹的游人中间,可惜弄坏了美人的妆容。暮色已然四合暗沉,游人们还是流连忘返,晚风使小船儿微微荡漾,美人们有一丝提心吊胆,又惋惜船儿离开了花丛荷花丛中。

歌里唱道:经常听闻芙蕖花可爱令人喜爱,想要采下它做成衣裙,荷叶光滑不会留下针线的痕迹,心事多了就再也无暇熏衣,这千春乐事谁能够与我一起,只有妾伴随着郎君。

采莲赋

（南朝）萧　纲

望江南兮清且空，对荷花兮丹复红。卧莲叶而覆水，乱高房❶而出丛。楚王暇日之欢，丽人妖艳之质。且弃垂钓之鱼，未论芳萍之实。

唯欲回渡轻船，共采新莲。傍斜山而屡转，乘横流而不前。于是素腕举，红袖长。回巧笑❷，堕明珰❸。

荷稠刺密，亟牵衣而绾裳❹。人喧水溅，惜亏朱而坏妆。物色虽晚，徘徊未反。畏风多而榜危，惊舟移而花远。

歌曰：常闻蕖❺可爱，采撷❻欲为裙。叶滑不留綎❼，心忙无假薰。千春谁与乐，唯有妾随君。

【注释】

❶房：指莲房，即莲蓬。❷回巧笑：平日那粲然的笑容不见了。❸堕明珰（dāng）：脱落了耳上所戴的明珠。❹绾（wǎn）裳：卷起裙襟。❺蕖（qú）：荷花的别名。❻采撷（xié）：摘取，犹采摘。撷，摘下。❼綎（xiàn）：古同"线"。

【译读】

遥望江南清远空旷的天空，对着无边无际的荷花层层竞红，碧叶碧绿的荷叶好似卧在水面上，高高的莲蓬乱立

北而去往北去。坐船渡过黄河啊,经过昔日他们山阳县他们的故居旧居。举目望去,着那空阔的田野一片萧索荒凉啊,在城脚边停下我的车。踏着嵇吕二人遗留的脚印啊,经过深巷中穿过简陋的小巷空空的房屋。

感叹那《黍离》诗中悲悯西周覆亡之情啊,使人悲伤的《麦秀》歌飘荡在作于殷朝的废墟。我思念往昔而想想今天啊,我彷徨不安心中踌躇。房屋栋梁都历历存在而没有丝毫毁损啊,可是他们的形体和精神去到了何处?

从前秦朝李斯遭受刑法时对儿子说啊,我们怎能怎么能够牵黄犬逮狡兔再出东门?悼念嵇康好友你永远离开人间啊,你临死前回顾顾日影再一次弹响鸣琴而弹琴。你把命运寄托在偶然的遭遇上啊,在短暂瞬间寄托残余的生命。现在我听到那慷慨激昂的笛音啊,又仿佛听到你那绝妙的琴声重临。我的车子马上又要赶路重新起程啊,于是挥笔作文表达我此刻的心情。

回头看到看了看太阳的影子，便要过琴来弹泰弹奏。

我以前西去洛阳如今回来山阳，经过他们旧日居住的地方的旧居，这时太阳将要下山，寒冷的冰霜越发显出凄凉的样子天冷水寒令人凄然。邻里有人在吹笛，吹出的声音嘹亮悲摧。我回忆往昔与嵇康、吕安一起游玩宴乐的友好情谊，被这笛声触动不禁深深叹息，所以写下了这篇《思旧赋》。

【原文】

将命适于远京兮，遂旋反❶而北徂，济黄河以泛舟兮，经山阳之旧居。瞻旷野之萧条兮，息余驾乎城隅，践二子之遗迹兮，历穷巷之空庐。

叹黍离❷之愍❸周兮，悲麦秀于殷墟，惟古昔以怀今兮，心徘徊以踌躇。栋宇存而弗毁兮，形神逝其焉如。

昔李斯之受罪兮，叹黄犬而长吟。悼嵇生之永辞兮，顾日影而弹琴。托运遇于领会兮，寄余命于寸阴。听鸣笛之慷慨兮，妙声绝而复寻。停驾言其将迈兮，遂援翰而写心。

【注释】

❶旋反：指从洛阳回去。反，同"返"。❷黍（shǔ）离：《诗经》中感叹周朝覆亡的诗歌。❸愍（mǐn）：同"悯"，同情。

【译读】

我将奉命前往去遥远的京城洛阳啊，从水路返回又向

思旧赋

(魏晋)向 秀

余与嵇康❶、吕安❷居止接近,其人并有不羁之才。然嵇志远而疏,吕心旷而放,其后各以事见法❸。嵇博综技艺,于丝竹特妙。临当就命,顾视日影,索琴而弹之。

余逝将西迈❹,经其旧庐。于时日薄虞渊❺,寒冰凄然。邻人有吹笛者,发音寥亮发音嘹亮。追思曩昔❻游宴之好,感音而叹,故作赋云:

【注释】

❶嵇(jī)康:字叔夜,谯国铚县(今安徽省濉溪县)人,三国时期曹魏思想家、音乐家、文学家。❷吕安:字仲悌,东平(今山东东平县)人,三国曹魏时名士。❸以事见法:因那件事而被加刑。以,因;事,指二人被诬之事;法,刑。❹逝将西迈:指当初由家乡西行入洛阳。❺虞(yú)渊:传说中的日落之处。❻曩(nǎng)昔:从前。

【译读】

我和嵇康、吕安居住的地方很接近。他们二人都是才华横溢的人,可是嵇康的志向高远而疏阔远大对世俗更加疏略,吕安的心胸旷达而豪放宽阔,性格豪放,后来他俩都因事他们各自因为一些事情而被判处死刑。嵇康对各种技艺都有丰富的知识,对管弦乐尤其精通;临死之前,他珠玉耳饰,在这里用作动词,佩戴。❻ 瑶碧:两种玉名。❼ 华琚:刻有花纹的佩玉。琚,佩玉名。❽ 雾绡(xiāo):薄雾似的轻纱。❾ 芳蔼(ǎi):香气,芳香而繁盛。❿ 踟蹰(chí chú):也作踟躇,徘徊。⓫ 采旄(máo):彩旗。采,同"彩"。⓬ 神浒:为神所游之水边地。浒,水边泽畔。⓭ 湍濑(tuān lài):石上急流。

【译读】

　　高高如云的发髻高耸,长眉弯曲细长,红唇鲜润,牙齿洁白,一双闪亮明亮的眼睛善于顾盼,两个面颊下有甜甜的酒窝。她姿态优雅妩媚,举止温文娴静,情态柔美和顺,语辞语言得体可人。

　　洛神服饰奇艳的服饰绝世举世无双,风骨体貌与图上画的一样合乎于神仙的画像。她身披明丽的罗衣,带着精美的佩玉。头戴金银翡翠首饰,周身缀以周身闪亮闪闪发光的明珠。她穿着饰有花纹的远游鞋,拖着轻如薄雾般的裙裾,隐隐散发出幽兰的清香,在山边徘徊徜徉。

　　又忽然她轻举遨游,左面倚着彩旄,右面有桂旗庇荫,在河滩上伸出洁白的素手,采撷水流边的黑色芝草。

辞赋

【译读】

　　我告诉他说：她的形影外貌，翩然宛若若惊飞的鸿雁，婉约宛若若游动的蛟龙。容光焕发如如同秋日下的菊花，体态丰茂如同如春风中的青松。她时隐时现像就好像轻云笼月，浮动飘忽似就好似回风旋雪。

　　远而望之，明洁如同如朝霞中升起的旭日；近而视之，鲜丽如同如绿波间绽开的新荷。她体态适中，高矮合度，肩窄如削，轮廓鲜明而又圆润；腰细如束，就好像一束柔软的绢帛。秀美的颈项露出白皙的皮肤。既不施脂，也不敷粉，自然芳香。

【原文】

　　云髻❶峨峨，修眉联娟。丹唇外朗，皓齿内鲜。明眸善睐❷，靥辅❸承权。瓌❹姿艳逸，仪静体闲。柔情绰态，媚于语言。

　　奇服旷世，骨像应图。披罗衣之璀粲兮，珥❺瑶碧❻之华琚❼。戴金翠之首饰，缀明珠以耀躯。践远游之文履，曳雾绡❽之轻裾。微幽兰之芳蔼❾兮，步踟蹰❿于山隅。

　　于是忽焉纵体，以遨以嬉。左倚采旄⓫，右荫桂旗。攘皓腕于神浒⓬兮，采湍濑⓭之玄芝。

【注释】

　　❶ 云髻（jì）：发髻如云。❷ 明眸（móu）善睐（lài）：形容女子的眼睛明亮而灵活。❸ 靥（yè）辅：颊边微窝，俗称酒窝。❹ 瓌（guī）：同"瑰"，奇妙。❺ 珥（ěr）：

古典诗文精品选读

洛神赋（节选）

（三国）曹　植

　　余告之曰：其形也，翩若惊鸿，婉若游龙❶。荣曜秋菊，华茂春松❷。髣髴❸兮若轻云之蔽月，飘飖❹兮若流风之回雪。

　　远而望之，皎若太阳升朝霞；迫而察之，灼❺若芙蕖❻出渌波。秾纤❼得衷，修短合度。肩若削成，腰如约素❽。延颈秀项，皓质呈露❾。芳泽无加，铅华弗御。

【注释】

　　❶翩若惊鸿，婉若游龙：翩然若惊飞的鸿雁，蜿蜒如游动的蛟龙，形容洛神的体态轻盈宛转。❷荣曜（yào）秋菊，华茂春松：容光焕发如秋日下的菊花，体态丰茂如春风中的松树，形容洛神的体态轻盈宛转。❸髣髴（fǎng fú）：隐约，依稀，若隐若现的样子。❹飘飖（yáo）：同"飘摇"，飞翔的样子。❺灼（zhuó）：鲜明，鲜艳。❻芙蕖（qú）：荷花的别称。❼秾（nóng）纤：艳丽纤巧。❽约素：形容女子腰身圆细美好，宛如紧束的白绢。❾呈露：显现，外露。

【译读】

　　念及时光的流逝,黄河五百年才清才能够清澈一次怎么等得及啊!我期望国家政治清明,得以恢复正常,能够在太平盛世施展自己的才能,为国效力。我担心自己就像如同葫芦瓢一样徒然挂在那里而不被任用,我害怕自己如同清澈的井水而无人饮用。我在楼上漫步游息徘徊沉思,太阳很快就下山了。

　　接着刮起了萧瑟的寒风,天色也阴沉沉地暗了下来惨淡无光一片昏黑。野兽慌忙地左顾右盼寻找自己的同伴,鸟雀也纷纷鸣叫着展翅高飞。原野一片寂静无声早已经没有农夫,只有那些行人还没有停息。我的心情凄凉悲怆而且感伤,心中也充满了忧伤和悲痛。沿着台阶慢慢走下楼来,心中却气愤难平。一直到了半夜还不能入睡睡不着觉是,心中惆怅徘徊翻来覆去睡不着。

被荆山的高峰所遮蔽挡住了视线。道路弯弯曲曲又长又远漫长而曲折，河水浩大无边深不可测。怀念故乡却被千山万水阻隔，禁不住眼泪横流情不自禁。昔日孔子被困在陈国的时候，还发出过"归欤"的叹息。楚人钟仪被囚禁在晋国还演奏着楚国的地方乐曲，越人庄舄在楚国做了大官还仍然说着家乡越国的方言。人们思念故乡的感情是相同的，岂会因为穷困还是显达而变心表现不同呢？

【原文】

惟日月之逾迈❶兮，俟河清其未极。冀王道之一平兮，假高衢❷而骋力。惧匏瓜❸之徒悬兮，畏井渫❹之莫食。步栖迟❺以徙倚兮，白日忽其将匿。

风萧瑟而并兴兮，天惨惨而无色。兽狂顾以求群兮，鸟相鸣而举翼。原野阒❻其无人兮，征夫行而未息。心凄怆以感发兮，意忉怛❼而憯恻❽。循阶除而下降兮，气交愤于胸臆❾。夜参半而不寐兮，怅盘桓❿以反侧。

【注释】

❶逾迈：指过去，消逝。❷高衢（qú）：大道，要路。比喻高位显职。❸匏（páo）瓜：一种草本植物，果实比葫芦大，对半剖开可做水瓢。❹井渫（xiè）：井已浚治，比喻洁身自持。❺栖（qī）迟：徘徊，漫步。❻阒（qù）：静寂，没有一点声音。❼忉怛（dāo dá）：形容哀伤。❽憯恻（cǎn cè）：形容悲痛。❾胸臆（yì）：指心里的话或想法。❿盘桓（huán）：这里指内心的不平静。

谷物布满田地。虽然这里的确很美却不是我的乡土,又怎么能够值得我在此值在此做片刻停留?

【原文】

遭纷浊❶而迁逝兮,漫逾纪❷以迄今。情眷眷而怀归兮,孰忧思之可任?凭轩槛❸以遥望兮,向北风而开襟。平原远而极目兮,蔽荆山之高岑❹。路逶迤❺而修迥兮,川既漾而济深。悲旧乡之壅❻隔兮,涕横坠而弗禁。昔尼父之在陈兮,有"归欤❼"之叹音。钟仪幽而楚奏兮,庄舄❽显而越吟,人情同于怀土兮,岂穷达而异心。

【注释】

❶纷浊:纷乱混浊,比喻乱世。❷逾纪:超过十二年,超过十二岁。❸轩槛(kǎn):栏板。❹高岑(cén):小而高的山。❺逶迤(wēi yí):形容道路、山、河等弯弯曲曲、绵延不绝的样子。❻壅(yōng):阻塞。❼归欤(yú):据《论语 公冶长》记载,孔子周游列国的时候,在陈、蔡绝粮时感叹:"归欤,归欤!"❽庄舄(xì):越国人,在楚国做官。

【译读】

我因为逢上纷乱混浊的遭遇乱世而迁移流亡到这里,悠悠忽忽已经超过漫长的十二个冬春年。心中思念故乡希望归去,谁能够受忍受得住如此深的忧思啊!倚靠着门窗前的栏杆来向远方向四处眺望,面对着迎着北风我敞开我的衣襟。北方的平原是那么遥远,我纵目远望,可惜视线

登楼赋

(汉)王 粲

登兹楼以四望兮,聊暇日❶以销忧。览斯宇之所处兮,实显敞而寡仇❷。挟清漳❸之通浦兮,倚曲沮之长洲❹。

背坟衍❺之广陆兮,临皋隰❻之沃流。北弥陶牧,西接昭丘。华实蔽野,黍稷盈畴❼。虽信美而非吾土兮,曾何足以少留。

【注释】

❶暇日:闲暇的时日。❷寡仇:犹无比。寡,少;仇,匹敌。❸清漳:漳水,发源于湖北南漳,流经当阳,与沮水会合,经江陵注入长江。❹长洲:水中长形陆地。❺坟衍(fén yǎn):水边和低下平坦的土地。❻皋隰(gāo xí):水边低洼之地。❼黍稷(shǔ jì)盈畴:农作物遍布田野。

【译读】

我登上湖北当阳北门楼眺望四周,暂且在这闲暇的时光消解日子排遣心中的忧愁。观看这座楼宇所处的位置,实在是明亮宽敞少有与他匹敌的。它一面携带着清澈的漳水的浦口,一面倚临着弯曲的沮水长长的水中陆地的长洲。

城楼北面靠着高而平的广大陆地广阔的沿河地带,俯临水边高高低低的地面上可以灌溉的河流,北边的终点是陶朱公墓,西边连接着昭丘。这里繁盛的花果遮蔽原野,

慧和相异的心性。它有资格与凤凰相媲美,众鸟的品德怎么能够跟它相称呢?

【原文】

于是羡芳声之远畅,伟灵表之可嘉。命虞人❶于陇坻❷,诏伯益于流沙❸。跨昆仑而播弋❹,冠云霓❺而张罗。虽纲维之备设,终一目之所加。且其容止闲暇,守植❻安停。逼之不惧,抚之不惊。宁顺从以远害,不违迕以丧生。故献全者受赏,而伤肌者被刑。

【注释】

❶虞(yú)人:古代掌管山泽苑囿、田猎的官。❷陇坻(lǒng dǐ):即陇山,六盘山南段别称。❸流沙:西边沙漠地带。❹播弋(yì):用绳系着的箭。❺冠云霓(ní):在云霓之上。❻守植:守志。植,通"志",志向。

【译读】

所以,它那令人羡慕的美好的名声传扬四方,它那美丽的姿容神异灵性的外表得到人们的嘉赏。虞人在陇坻接到命令,伯益在大漠收到诏告。跨越昆仑而弯弓射猎发射带绳的箭镞,穿过云霓而布下天罗地网。虽然即使纲维之设置是如此之严密,然而只有最终免不了被其中的一个网眼捕获到。而落入网中的鹦鹉神态安详自得,守志安心栖息宁静。逼迫它也不惧怕,抚摩它也不惊慌。它宁愿顺从以远离祸害,也绝不违逆违迕而丧失生的希望。因此猎人奉献完好的鹦鹉的将就会获得奖赏,而使鹦鹉受伤者将的人就要受到惩罚。

鹦鹉赋（节选）

（汉）祢 衡

惟西域之灵鸟兮，挺自然之奇姿。体金精之妙质兮，合火德①之明辉。性辩慧而能言兮，才聪明以识机。故其嬉游高峻，栖跱②幽深。飞不妄集，翔必择林。绀③趾丹觜，绿衣翠衿④。采采丽容，咬咬好音。虽同族于羽毛，固殊智而异心。配鸾皇而等美，焉比德于众禽？

【注释】

① 合火德：南方属火，尚赤色。鹦鹉嘴为赤色，故说合于火德。② 栖跱（zhì）：伫立栖息。③ 绀（gàn）：深青带红的颜色。④ 翠衿（jīn）：指鹦鹉胸前的翠色羽毛。

【译读】

鹦鹉是来自西域的灵鸟啊，它具有与众不同的自然而奇特的身姿。身上那洁白的羽毛体现出它绝妙的气质啊，火红的嘴喙闪耀着明亮的光辉。性情智慧而善于人言啊，才智聪明而常常能够观察出事物变化的苗头常有预见。因此它嬉游于高山峻岭，栖息于幽谷深林。高飞时绝不妄自结集，翱翔时必选择安全的树林佳林。深青带赤的脚趾配以红红的嘴巴，碧绿的衣衫饰以青翠的彩衿。真是非常美丽，神采奕奕的美丽容颜，更有又有清脆美妙的鸣声。虽然同同样属于鸟类，然而智慧心思却完全不同却有着不同的智都附近的地区。❸ 爰（yuán）：于是。❹ 绥（suí）：安居，安抚。❺ 厥（jué）事：上述古事古闻。厥，其。❻ 俦（chóu）与：同伴。❼ 胥（xū）：欣喜。

【译读】

  观察风俗民情的得与失啊，纷乱的世事与自己的志趣相多有违背。忠于职守也不能改变世俗啊自己没有匡世之才啊，为什么我还要到京城去？简陋的柴门里可以坚守自己的志向守志啊，读着《都人士》，我更想回家去。结束旅程还是回原路吧，只有回归故里才可以乐业安居。

  曲终说：我行走了这么多的路长途跋涉，艰难而且多险阻啊！结束我永久的怀念，那被困在阴雨里的时候啊。经历了那么多故都，寻找前人的踪迹啊。研究了那么多旧事考察古迹，熟悉了古人的功绩啊！登高作了这篇赋，取的就是这个意义啊。以善为本，以恶为戒，怎么能够苟且偷生只顾自己啊！也可能我将独自征战，连个同伴都没有啊！回家归乡，这才是使我快乐的啊！

谷皮和瘪谷。❻便（pián）辟：佞巧献媚的人。❼駸（qīn）急：很急，越来越急。❽歰（sè）：阻塞难行。

【译读】

命令仆从驾好车马驾车向前啊，我将要到京城洛阳去。那里是显赫的皇族所居住的地方啊，各方诸侯都归顺在那里。权贵们做尽坏事无人管啊，一个个贪得无厌不知道收敛。前面翻车的教训还在眼前啊，后边的还在驱车还往前赶。

富人的房子精巧而又别致啊，穷人的住屋潮湿而又破败。富人家的鸡狗都吃上等精粮啊，穷人家粮食只能吃糠菜。对谄媚的小人讲究宽厚宽容优待啊，对忠正的志士却不能忍耐反遭排斥。像伊尹、吕望那样的贤人贤能的人都不能容啊，要想进言相劝比上天还难。唐尧、虞舜的圣明早已不复再见啊，世俗的恶习却像如同生根一般。盛周典章全部遭到破坏啊，正道难行忧愁叹息。

【原文】

观风化之得失兮，犹纷挐❶其多违。无亮采以匡世兮，亦何为乎此畿❷？甘衡门以宁神兮，咏都人而思归。爰❸结踪而回轨兮，复邦族以自绥❹。

乱曰：跋涉遐路，艰以阻兮。终其永怀，窘阴雨兮。历观群都，寻前绪兮。考之旧闻，厥事❺举兮。登高斯赋，义有取兮。则善戒恶，岂云苟兮？翩翩独征，无俦与❻兮。言旋言复，我心胥❼兮。

【注释】

❶挐（rú）：在这里指纷乱。❷畿（jī）：京畿，国

【译读】

黑云慢慢聚在一起昏暗渐渐凝结啊，雨一下起来就又大又急。通道被阻无路可走啊，满路的泥泞行走艰难不知该向哪里去。沿着山岭胡乱地往前走吧，到偃师解除疲劳后稍停稍作休息。田横奉首是多么壮烈啊，侠士的自刎也很义气！长久地住在这里久久停留等待着天晴啊，殷切的盼望更让人心急始终感觉忧心忡忡。日夜想日日夜夜思念着那遥远的过去啊，翻来覆去睡不着直到天露晨曦。观看风云等待天气的变化情况啊，天上乌云滚滚没有一点晴意。两天两宿而后方才雨止啊，思量道路曲折漫长只有回头向东行进。看见天光稍微有些明亮啊，给我刚刚平息的忧思带来开始欢喜。

【原文】

命仆夫其就驾兮，吾将往乎京邑。皇家赫而天居兮，万方徂❶而星集。贵宠煽以弥炽兮，佥❷守利而不戢❸。前车覆而未远兮，后乘驱而竞及。

穷变巧于台榭兮，民露处而寝洰❹。消嘉谷于禽兽兮，下糠粃❺而无粒。弘宽裕于便辟❻兮，纠忠谏其骎急❼。怀伊吕而黜逐兮，道无因而获人。唐虞渺其既远兮，常俗生于积习。周道鞫为茂草兮，哀正路之日躄❽。

【注释】

❶ 徂（cú）：往，到。❷ 佥（qiān）：全，都。❸ 戢（jí）：收敛，收藏。❹ 洰（zhì）：同"潐"，湿。❺ 糠粃（kāng bǐ）：

源于河南渑池东北，东南流会渑水，再东流至洛阳东南入洛河。❺ 濑（lài）：急速的水流。❻ 荒裔（yì）：荒僻边远的地区。

【译读】

坐着船登船乘舟逆流而上啊，浮在清波之上横渡过去。想起宓妃溺死洛水啊，化为洛神隐藏深居。洛水原是熊耳山上那清凉的泉水的泉流啊，汇汇集成伊、湟和涧河三水急流。源源的河渠直直接通到京城啊，纳贡的官人由远方来会集运来朝贡礼品。他们摇着桨划着洛水上面划过无数只船船只啊，都入京城进纳贡礼。渡过西溪是那样从容不迫缓行不前啊，到巩都休息一下又赶快离去。可惜巩简公支持王子朝打了败仗，王子朝一时成了祸害令人气愤。

【原文】

玄云黯以凝结兮，集零雨之溱溱❶。路阻败而无轨兮，涂泞溺❷ 而难遵。率陵阿❸ 以登降兮，赴偃师而释勤。壮田横之奉首兮，义二士之侠坟。伫淹留以候霁兮，感忧心之殷殷。并日夜而遥思兮，宵不寐以极晨。候风云之体势兮，天牢湍而无文。弥信宿而后阕兮，思逶迤以东运。见阳光之颢颢❹ 兮，怀少弭而有欣。

【注释】

❶ 溱（zhēn）溱：雨水盛多的样子。❷ 泞溺：指道路堆满泥泞。❸ 陵阿（ē）：山坡，丘陵。❹ 颢（hào）颢：阳光明亮的样子。

劳累成疾,积劳成疾。❺ 曀(yì)曀:阴暗的样子。❻ 濒隈(bīn wēi):水边弯曲的地方。❼ 坛坎:供祭祀用的土台和坑穴。❽ 宠嬖(bì):受宠爱的人,指王子带的母亲周惠王后隗氏。

【译读】

前面的道路还在不断的延长啊,悠悠的远路好像没有尽头一样。山风突然越刮越急迅急狂暴骤起啊,不安的心绪又赶上天气寒凉。黑云聚起从四面涌来啊。潆漾的细雨把道路都变成泥塘。仆人车夫都显得劳累疲乏啊,我的马儿积劳成疾也累得病体如伤。到乱草丛生的山丘卸下车马休息啊,阴沉沉的天气仍不见阳光。

哀叹周朝的变故多端啊,眺望山水更加增添了我的倍增伤感。憎恨姬带淫乱叛逆啊,吊唁襄王出奔坛坎。悲痛隗氏从中作祟啊,忧伤的心更使我同情他的悲惨心中哀伤忧愁惨淡。

【原文】

乘舫州而泝❶湍流兮,浮清波以横厉。想宓妃❷之灵光兮,神幽隐以潜翳❸。实熊耳之泉液兮,总伊瀍❹与涧瀍❺。通渠源于京城兮,引职贡乎荒裔❻。操吴榜其万艘兮,充王府而纳最。济西溪而容与兮,息巩都而后逝。愍简公之失师兮,疾子朝之为害。

【注释】

❶ 泝(sù):同"溯",逆流而上。❷ 宓(fú)妃:洛水女神。❸ 潜翳(yì):隐蔽,隐藏。❹ 瀍(chán):瀍水,

【注释】

❶ 栩(yù)朴：白桜和枹木。❷ 榛楛(zhēn kǔ)：榛木与楛木。❸ 浣濯(huàn zhuó)：这里是滋润的意思。❹ 虋荵(mén tǎn)：门冬草和初生的芦荻。❺ 洛汭(ruì)：洛水进入黄河的地方。❻ 愍(mǐn)：同"悯"，哀怜。

【译读】

山谷里的柞树、榛子和楮树啊，得到雨露滋润草木丛生。满山的山上长满了荻草、赤草与苔菌啊，顺着山崖一层层地爬上去。移动目光转移视线向南看啊，饱览嵩山那令人敬佩的灵性。回头远眺黄河的北方边际啊，俯视洛河水向黄河流奔。遥想追思刘定公所敬仰的夏禹呀，那是赞美夏禹所辛苦建立的治水大功。哀悼太康失去了君位啊，怜悯五兄弟白白为他发出叹息的歌声。

【原文】

寻修轨以增举兮，邈悠悠之未央。山风汩❶以飙涌兮，气慅慅❷而厉凉。云郁术而四塞兮，雨濛濛而渐唐。仆夫疲而劬瘁❸兮，我马虺隤❹以玄黄。格莽丘而税驾兮，阴曀曀❺而不阳。

哀衷周之多故兮，眺濒隈❻而增感。忿子带之淫逆兮，唁襄王于坛坎❼。悲宠嬖❽之为梗兮，心恻怆而怀惨。

【注释】

❶ 汩(yù)：急速的样子。❷ 慅(cǎo)慅：忧愁不安的样子。❸ 劬瘁：指劳累，疲乏。❹ 虺隤(huī tuí)：

【注释】

❶ 盘萦:盘桓徘徊的样子。❷ 稔(rěn):熟悉,知晓。❸ 愎(bì)恶:刚愎不仁,令人厌恶。❹ 陟(zhì):登高,登山。❺ 峣陉(yáo xíng):高峭的断崖。❻ 峭峻:刚直严峻,高峻陡直。❼ 小阜(fù):即小土丘。❽ 岗岑(cén):小而高的山冈。❾ 夐(xiòng):深远。❿ 嵯(cuó)峨:山势高峻。

【译读】

往下走到虎穴这个弯曲迂曲的山谷啊,这里是一片盘旋缠曲折盘绕的废墟。当时的诸侯艰苦地守在这里啊,那郑申侯奢侈地建立了华丽的城邑。涛涂执迷不悟执悟并不悔改呀,陷害坑陷了郑申侯是谋反郑国的叛逆响亮的名声。走到登上长坂的最高处啊,登上走到葱山险要的崖顶。那高大挺拔的群山啊,经过多少岁月千年万代仍然那么耸立!从陡峭的高处走下来盘旋而下啊,那小土丘就显得空旷而奇异。弯弯曲曲的山岗连绵不断连接不断啊,溪谷的辽阔就显得阴暗无际阴暗不明。山势所迫溪谷变形啊,岩壑空廓峰高峻岭宽阔的山沟就显得特别出奇。

【原文】

攒械朴❶而杂榛楛❷兮,被浣濯❸而罗生。步蘦荔❹与台菌兮,缘层崖而结茎。行游目以南望兮,览太室之威灵。顾大河于北垠兮,瞰洛汭❺之始并。追刘定之攸仪兮,美伯禹之所营。悼太康之失位兮,愍❻五子之歌声。

增感叹兮,愠⑤叔氏之启商。过汉祖之所隘兮,吊纪信于荥阳⑥。

【注释】

❶ 诮(qiào):责备,讥讽。❷ 佛肸(bì xī):春秋晋国赵简子的家臣。❸ 裔胄(yì zhòu):后代。❹ 瞰(kàn):站在高处往下看。❺ 愠(yùn):指含怒,怨恨。❻ 荥(xíng)阳:今河南荥阳县西南。

【译读】

夜晚我住宿在魏国的大梁啊,真要讥笑魏无忌被受到人们的称颂。可怜哀怜大将晋鄙无辜被杀啊,无情的愤慨朱亥夺取了晋鄙的军权。经过中牟这个古老的城邑啊,我憎恨佛肸这个不义叛乱的小臣逆臣,请问宁越的后代你在哪里啊,好像很遥远听不到一点音信。

经过圃田站在高处望向遥望北方啊,我知道这是卫康叔当时的封地!到了管叔的领地我又增加了增添感慨啊,我憎恨管叔、蔡叔这些引商诱商反周的叛逆。经过汉高祖曾经受困的地方啊,我在荥阳怀念凭吊纪信的英魂。

【原文】

降虎牢之曲阴兮,路丘墟以盘萦❶。勤诸侯之远戍兮,侈申子之美城。稔❷涛涂之愎恶❸兮,陷夫人以大名。登长坂以凌高兮,陟❹葱山之嶔崟❺;建抚体以立洪高兮,经万世而不倾。回峭峻❻以降阻兮,小阜❼寥其异形。冈岑❽纡以连属兮,溪谷夐❾其杳冥。追嵯峨❿以乖邪兮,廓严壑以峥嵘。

辞赋

述行赋（节选）

（汉）蔡 邕

余有行于京洛兮，遘❶淫雨之经时。涂迍邅❷其蹇连❸兮，潦污滞而为灾。乘马蟠❹而不进兮，心郁悒❺而愤思。聊弘虑以存古兮，宣幽情而属词。

【注释】

❶遘（gòu）：遭遇，碰上。❷迍邅（zhūn zhān）：处境苦难，停滞难行。❸蹇（jiǎn）连：不顺利。❹蟠（pán）：盘旋不走。❺郁悒（yì）：指愁闷，心情不畅。

【译读】

我走在去京城洛阳的路上有机会被征召赴京师啊，正赶上阴雨绵绵的时候，路上的处境艰难困苦不敢前进啊，雨水积聚起来酿成简直成了灾祸，驾车的马停住脚不肯向前走不得前行啊，心中的苦闷激起了我深深地思绪。暂且打开思路开怀而想想古代的事情古人吧，为宣泄我深远的感情写下这篇文辞。

【原文】

夕宿余于大梁兮，诮❶无忌之称神。哀晋鄙之无辜兮，忿朱亥之篡军。历中牟之旧城兮，憎佛肸❷之不臣。问宁越之裔胄❸兮，藐仿佛而无闻。

经圃田而瞰❹北境兮，晤卫康之封疆。迄管邑而

【译读】

　　于是我在田园中放歌长啸啸傲自得,犹如龙在大泽里大声吟啸长吟,在小丘上虎在山丘上仰天长啸。可以向云间射上箭矢仰射高飞的鸟,可以往河里撒下钓丝;飞鸟被射中毙命,鱼儿因贪吃而上钩,天空中落下了在云间高飞的鸿雁,深水中钓起了鱼。

　　不多这时夕阳西下,皓月升空。嬉游已经得到了最大的快乐,虽然从早到晚还不知也不觉得疲劳。想到感谢老子的告诫,我将驾车回到自家的草庐。弹奏美妙的五弦琴,读周公和孔子的诗书滋味无穷。提笔作文,发挥文采,述说古代圣王陈述三皇时的教范政治法则。假如我能够置身于世人之外纵心物外忘怀一切,怎么还会考虑个人的得失荣辱呢?

国游士蔡泽的壮志不能如愿，要请唐举看相来解决疑题前途问题。想到天道是微妙而不可捉摸，只好跟随隐居江湖的渔夫去同乐于山川。丢开那超脱污浊的世俗远远离去，与世间的杂务长期分离。

正是仲春二月的美好季节，气候温和，天气晴朗。高高的平地和低洼之处，树木枝叶茂盛而繁密茂密，杂草滋长。雎鸠在水面张翼低飞，黄莺在枝头婉转歌唱哀鸣。河面鸳鸯相互交颈，空中群鸟上下飞翔。鸣声叽叽喳喳，美妙动听。逍遥在这原野的春光之中逍遥自在，令我心情欢畅。

【原文】

尔乃龙吟方泽，虎啸山丘。仰飞纤缴❶，俯钓长流；触矢而毙，贪饵吞钩；落云间之逸禽❷，悬渊沉之鲨鲡❸。

于时曜灵❹俄景，系❺以望舒。极般游❻之至乐，虽日夕而忘劬❼。感老氏之遗诫，将回驾乎蓬庐。弹五弦之妙指，咏周孔之图书❽；挥翰墨以奋藻❾，陈三皇之轨模❿。苟纵心于物外，安知荣辱之所如？

【注释】

❶纤缴（zhuó）：指箭。纤，细；缴，射鸟时系在箭上的丝绳。❷逸禽：云间高飞的鸟。❸鲨鲡（shā liú）：一种小鱼，常伏在水底沙上。❹曜（yào）灵：指太阳。❺系（jì）：继，继续，接续。❻般（pán）游：游乐。般，乐。❼劬（qú）：劳苦，勤劳。❽周孔之图书：周公、孔子著述的典籍。❾奋藻：奋笔写作。藻，辞藻。❿轨模：法则，法式楷模。

归田赋

(汉)张 衡

游都邑以永久,无明略①以佐时;徒临川以羡鱼,俟河清②乎未期。感蔡子③之慷慨,从唐生④以决疑⑤。谅天道之微昧,追渔父以同嬉;超埃尘以遐逝⑥,与世事乎长辞。

于是仲春令月⑦,时和气清。原隰⑧郁茂,百草滋荣。王雎⑨鼓翼,鸧鹒⑩哀鸣;交颈颉颃⑪,关关嘤嘤⑫。于焉逍遥,聊以娱情。

【注释】

①明略:明智的谋略。②河清:黄河水清,古人认为这是政治清明的标志。③蔡子:指战国时燕人蔡泽。④唐生:即唐举,战国时梁人。⑤决疑:请人看相以绝对前途命运的疑惑。⑥遐(xiá)逝:指远行,远游。⑦仲春令月:春季的第二个月,即农历二月。令月,美好的月份。⑧原隰(xí):平原和低下的地方。⑨王雎(jū):鸟名,即雎鸠。⑩鸧鹒(cāng gēng):鸟名,即黄鹂。⑪颉颃(xié háng):鸟飞上下貌。⑫关关嘤嘤:指鸟和鸣声。

【译读】

我在京都洛阳供职做官的时间已经很久了,但是没有高明的谋略去辅佐君王。徒有那临川羡鱼的愿望而没有实际行动,要等到政治清明还不知是哪年未可预期。想到燕不兴师讨伐而以恩德感化。给僭号的南越王施以恩惠啊,让他自觉撤下把帝号称臣报答撤下;赏赐几杖给吴王刘濞啊,平息了使他叛乱的阴谋难以猝发。想孝文帝的恩德广大无边啊,岂是过去的秦朝所能够到达的。

登上了高平而四面观看环望啊,看见山谷是多么崇高峻险。旷野萧条茫茫无边而空阔啊,千里之内都没有人烟。疾风劲吹飘飘在于天空中飘摇不定啊,溪水倾泻翻起了波澜。穿梭在飞来的浓云密雾在动荡飞扬之中啊,皑皑的积雪在闪着寒光。群雁鸣叫着向南飞翔啊,鹍鸡在风中在一起啼鸣齐声和鸣。远方的游子怀念故乡啊,内心充满忧郁悲伤。抚摸着长剑声声叹息啊,滚滚珠泪沾湿了衣裳。擦着眼泪而哽咽抽噎啊,是因为哀叹百姓的多灾多祸。为什么天空总是阴沉而不见太阳啊,国家的法度长期都不能正常,是时运的变化造成了这种情况啊,向谁去倾诉这忧郁的衷肠呢?

结尾说:孔夫子原本很穷,他能够在艺术文化中遨游于文章典籍。乐以忘忧,只有圣人贤人才能够做到。通达道理的人做去干事情,一定会遵循法则。行止屈申可以做就做,不能做就不做,该屈就屈,该伸就伸,适应时势的变化而定。君子履行忠信之道,没有不可以居住之地的地方。虽然来到边远荒凉的地方,又有什么忧愁和畏惧呢?

【注释】

❶ 绥（suí）远：安抚远方的蛮夷。❷ 缮（shàn）藩：指修筑长城一类的边防。❸ 辞愆（qiān）：推辞过错。愆，同"愆"。❹ 獯鬻（xūn yù）：即"猃狁"，汉代通称为匈奴。❺ 尉邛（qióng）：指北地都尉孙邛，汉文帝时人，被匈奴杀死在朝那。❻ 黜（chù）：罢免，废除。❼ 吴濞：即吴王濞。《史记吴王濞列传》载：吴王濞稍失藩臣之礼，称病不朝，汉文帝不仅不责备，反而赐几杖，准予不朝。❽ 曩（nǎng）：从前，以往。❾ 隮（jī）：升起，登上。❿ 嵯峨（cuó é）：高峻的样子。⓫ 猋（biāo）：迅疾的样子。⓬ 杳杳：深远昏暗的样子。⓭ 鹍（kūn）鸡：鸟名，古书上说像鹤的一种鸟。⓮ 哜（jiē）哜：鸟叫声。⓯ 怆恨（chuàng liàng）：悲伤的样子。⓰ 阴曀（yì）：形容天下混乱的样子。⓱ 嗟（jiē）：叹息，感叹。⓲ 愬（sù）：同"诉"，诉说。⓳ 蛮貊（mò）：本是古人对北方部族的称呼，此指班彪前往避难的地方。

【译读】

进入安定郡境慢慢前进啊，沿着那迢迢的长城漫漫的征途。埋怨蒙恬过分地役使人民啊，为强秦修筑长城而使人民疲劳而，埋下了深重的怨恨。不顾赵高、胡亥的深切忧患啊，只去防卫辽远的蛮夷敌兵，不发扬恩德安抚远方啊，只重视修筑城墙的牢固来以保卫边境。蒙恬直到临死都仍然不醒悟啊，还数说在历数功劳而不把肯承认错误承认。他把致死的原因说得多么荒唐啊，以为是修城时挖断地脉的报应。登上关塞的烽火亭而遥望啊，盘桓不定思绪如麻暂且得到片刻的安逸。追忆当年匈奴狡猾的侵入祸乱华夏啊，吊念都尉孙邛阵亡于朝那。圣明的文帝能够克制忍让啊，绵不断。经过泥阳而深深叹息啊,可悲的祖庙长期不没有人修筑使我悲伤。我放马在边远的彭阳放开了我的马啊,暂且停下车而深自思量。日光暗淡将近黄昏啊,看见牛羊已经下了山岗。我懂得了旷夫怨女的悲伤之情啊,体会到诗人感时的悲伤。

【原文】

越安定以容与兮,遵长城之漫漫。剧蒙公之疲民兮,为强秦乎筑怨。舍高亥之切忧兮,事蛮狄之辽患。不耀德以绥远❶,顾厚固而缮藩❷。首身分而不寤兮,犹数功而辞諐❸。何夫子之妄说兮,孰云地脉而生残。登鄣隧而遥望兮,聊须臾以婆娑。闵獫狁❹之猾夏兮,吊尉卬❺于朝那。从圣文之克让兮,不劳师而币加。惠父兄于南越兮,黜❻帝号于尉他。降几杖于藩国兮,折吴濞❼之逆邪。惟太宗之荡荡兮,岂曩❽秦之所图。

隮❾高平而周览,望山谷之嵯峨❿。野萧条以莽荡,迥千里而无家。风猋⓫发以漂遥兮,谷水灌以扬波。飞云雾之杳杳⓬,涉积雪之皑皑。雁邕邕以群翔兮,鹍鸡⓭鸣以哜哜⓮。游子悲其故乡,心怆悢⓯以伤怀。抚长剑而慨息兮,泣涟落而沾衣。揽余涕以于邑兮,哀生民之多故。夫何阴曀⓰之不阳兮,嗟⓱久失其平度。谅时运之所为兮,永伊郁其谁愬⓲?

乱曰:夫子固穷,游艺文兮,乐以忘忧,惟圣贤兮?达人从事,有仪则兮,行止屈申,与时息兮?君子履信,无不居兮,虽之蛮貊⓳,何忧惧兮?

族远祖,率其族人迁于邠地,发展农业,人民安乐。❽ 优渥(wò):指丰厚优裕。❾ 靡(mǐ)常:无常,没有一定规律。❿ 赤须:地名,在北地郡。⓫ 淫狡:荒淫,淫乱。⓬ 秽(huì):肮脏,不洁。⓭ 赫斯:暴怒的样子,指帝王威武奋发貌。⓮ 騑(fēi):即骖,驾车时处于两外侧的马。⓯ 樛(jiū)流:曲折的样子。⓰ 弥节:停止鞭策。古时指官员巡视途中停留。⓱ 晻(yǎn)晻:形容昏暗的样子。⓲ 覩(dǔ):"睹"字的异体。⓳ 寤(wù):同"悟",明白。

【译读】

我遭到时局动荡的不幸啊,又遇到政治混乱,犹如被困在堵塞的道路上阻塞之灾。旧室被毁灭成为了废墟啊,简直不能在此稍做有片刻停留。于是我举起衣袖决心向北进发啊,要到那没有人烟的地方去运游远游。

早上开车从长安启程啊,晚上住在瓠谷的甘泉宫旁。经过云门而回头看望啊,只看见通天台高耸在云层之上。随着山岗向上或向下爬上翻下,投宿在邠县的邠乡。羡慕仰慕周朝远祖公刘的美德遗德,不忍心把路边的芦苇踩伤。那里的人民生活条件多么优厚,唯独我遭遇到许多此祸殃。原因是形势发生了变化啊,并不是天命反复无常。

登上了长长的赤须的斜长坡,进入了义渠这座旧城。愤恨当年的戎王狡诈荒淫,鄙薄宣太后也淫秽而的不贞。赞叹秦昭王能够讨贼,怀着盛怒愤怒而率军北征。我心绪紊乱烦乱离开了旧都啊,连马儿也慢慢地经过这座古城。于是我驾车远征啊渐渐加鞭消失在远处,直至到了安定郡的治所高平。遥望前面道路茫茫啊,迂回曲折而又漫长延

北征赋

（汉）班　彪

余遭世之颠覆兮，罹①填塞之阨灾②。旧室灭以丘墟兮，曾不得乎少留。遂奋袂③以北征兮，超绝迹而远游。

朝发轫④于长都兮，夕宿瓠谷⑤之玄宫。历云门而反顾，望通天之崇崇。乘陵岗以登降，息郇邠⑥之邑乡。慕公刘⑦之遗德，及行苇之不伤。彼何生之优渥⑧，我独罹此百殃？故时会之变化兮，非天命之靡常⑨。

登赤须⑩之长阪，入义渠之旧城。忿戎王之淫狡⑪，秽⑫宣后之失贞。嘉秦昭之讨贼，赫斯⑬怒以北征。纷吾去此旧都兮，骍⑭迟迟以历兹。遂舒节以远逝兮，指安定以为期。涉长路之绵绵兮，远纡回以樛流⑮。过泥阳而太息兮，悲祖庙之不修。释余马于彭阳兮，且弭节⑯而自思。日晻晻⑰其将暮兮，睹⑱牛羊之下来。寤⑲旷怨之伤情兮，哀诗人之叹时。

【注释】

①罹（lí）：遭遇，遭受。②阨（è）灾：危困之灾。③奋袂（mèi）：举袖，发奋的样子。④发轫（rèn）：指出发。⑤瓠（hù）谷：即山谷名。⑥郇邠（xún bīn）：郇为邑名，在今陕西郇邑县南，郇邑有邠乡。⑦公刘：周民

古典诗文精品选读

【注释】

① 榱（cuī）：屋椽（chuán）。② 文杏：即银杏，俗称白果树。③ 离楼：众木交加的样子。④ 欂栌（bó lú）：指斗拱，柱与梁之间的支承构件。⑤ 槺（kāng）梁：指建筑物中空廓的部分。⑥ 将（qiāng）将：形容高峻的样子。⑦ 曜（yào）：同"耀"，照耀。⑧ 耀耀：光明闪亮的样子。⑨ 瓴甓（líng pì）：砖块。⑩ 瑇瑁（dài mào）：即玳瑁。⑪ 连纲：指连结幔帷的绳带。

【译读】

用木兰木雕刻的屋椽，用文杏木装潢的屋梁。殿宇上的建筑排列着装饰豪华的浮雕，玲珑交错相互支撑。用瑰奇的木头做成的斗拱，木华丽非凡，参差不齐奋向上苍。常常想象有什么事物可以比拟它，只有像积石山高峻的模样。五色光亮互相照耀，鲜明闪亮发出奇光。宝石刻就的砖瓦，柔润的像如同玳瑁背上的纹章。床上的帷幔常常打开，玉带始终钩向两旁。

辞赋

【原文】

心凭噫❶而不舒兮，邪气壮而攻中。下兰台而周览兮，步从容于深宫。正殿块以造天兮，郁并起而穹崇❷。间徙倚❸于东厢兮，观夫靡靡❹而无穷。挤玉户以撼金铺兮，声噌吰❺而似钟音。

【注释】

❶凭噫：愤懑抑郁。❷穹（qióng）崇：高大，高峻。❸徙倚：徘徊。❹靡靡：美丽的样子。❺噌吰（chēng hóng）：形容钟鼓的声音。

【译读】

心中有千万的感伤而不能平静，沉重积压在心中，外面的邪气也侵入到胸中。我重新走下兰台以后，变得更加茫然，步态缓慢走在深宫里徘徊，直至黄昏。雄伟的宫殿就好像上苍的神工，高耸着与天堂为邻。有时候我徘徊在东厢房倍加惆怅，观看那些美好的景物，对这繁华红尘无比伤心。玉雕的门户和黄金装饰的宫殿，开门的回声就好像清脆的钟响。

【原文】

刻木兰以为榱❶兮，饰文杏❷以为梁。罗丰茸之游树兮，离楼❸梧而相撑。施瑰木之欂栌❹兮，委参差以槺梁❺。时仿佛以物类兮，象积石之将将❻。五色炫以相曜❼兮，烂耀耀❽而成光。致错石之瓴甓❾兮，象瑇瑁❿之文章。张罗绮之幔帷兮，垂楚组之连纲⓫。

愿我多么希望君王能够赐给我机会容我哭诉,愿郎君颁下回音。明明知道是虚言仍然愿意相信那是诚恳,期待着能够相会于长门宫。我准备了丰盛的饭菜菲薄的肴馔,君王却仍然不肯幸临。我在空旷寂寞的走廊中,独自专心等待,风声凛凛而晨寒相侵。

【原文】

登兰台而遥望兮,神怳怳❶而外淫。浮云郁而四塞兮,天窈窈而昼阴。雷殷殷而响起兮,声象君之车音。飘风回而起闺兮,举帷幄之襜襜❷。桂树交而相纷兮,芳酷烈之訚訚❸。孔雀集而相存兮,玄猨❹啸而长吟。翡翠胁翼❺而来萃兮,鸾凤❻翔而北南。

【注释】

❶怳(huǎng)怳:心神不定的样子。❷襜(chān)襜:摇动的样子。❸訚(yín)訚:中正、和悦,形容香气浓郁。❹玄猨(yuán):黑色的猿。猨,同"猿"。❺胁翼:收敛翅膀。❻鸾(luán)凤:指鸾鸟和凤凰。

【译读】

我登上华美的兰台遥望郎君啊,精神恍惚,如梦如魂神魂失散。阴郁的浮云从四方涌至,长空骤变,天气骤阴,白天犹如黄昏。一连串沉重的雷声,多么像君王的车音。风飒飒而起,吹动床帐,帷巾摇摇摆摆。树林枝叶摇摇相接互相交错,传来芳香阵阵。孔雀纷纷来朝,猿猴长啸而哀吟。翡翠鸟收敛翅膀聚集在一起,鸾凤南北纷飞是多么不幸。

长门赋（节选）

（汉）司马相如

夫何一佳人兮，步逍遥以自虞①。魂逾佚②而不反兮，形枯槁而独居。言我朝往而暮来兮，饮食乐而忘人。心慊移③而不省故兮，交得意而相亲。

伊予志之慢愚④兮，怀贞悫⑤之懽心⑥。愿赐问而自进兮，得尚君之玉音。奉虚言而望诚兮，期城南⑦之离宫。修薄具而自设兮，君曾不肯乎幸临。廓⑧独潜而专精兮，天漂漂而疾风。

【注释】

① 自虞（yú）：自以为乐，独自思忖。虞，度，思量。② 逾佚（yú yì）：外扬，失散。佚，散失。③ 慊（qiàn）移：断绝往来，移情别处。④ 慢愚：指迟钝无知。⑤ 贞悫（què）：忠诚笃厚。⑥ 懽（huān）心：喜悦之心。懽，同"欢"。⑦ 期城南：在城南离宫中盼望着他。⑧ 廓（kuò）：空阔，寥廓。

【译读】

为什么这位美丽的女子，独自徘徊而忧心凄凄。她失魂落魄，面容憔悴，形容枯槁寂寞独居。汉武帝曾经有"朝来暮往"之言的言论，却为了新欢而忘记故人旧人。从此绝迹决绝不再见顾念旧人，却跟别的新欢在相爱相亲相爱。

我所做的是如何的愚蠢，一心只为了博取郎君的欢心。

华美的花。葩,本指草木的花,引申为华丽、华美。❻纠枝还会:弯曲下垂的树枝,枝条交错。还会,相互交错。❼徙(xǐ)靡(mǐ)澹淡:树木枝叶随风摇曳,宛如水波荡漾。❽随波闇(àn)蔼(ǎi):树荫在水面上拂动,昏暗不明。❾东西施翼(yì):指树枝像鸟翅膀一样地向两边伸展。❿猗狔(yī nǐ):柔弱下垂貌。⓫紫裹(guǒ):紫色的果实。⓬纤条悲鸣:风吹细条,发出尖细的叫声。⓭声似竽籁(yú lài):声音犹如竽籁合奏一般动听。⓮五变四会:五音清浊缓急之变,四方之声与之相会合。⓯隳(huī)官:罢官,解职。隳,毁坏。

【译读】

站在高坡向远处遥望,冬天的树木依然郁郁苍苍。光彩鲜明,夺人目光令人眼花缭乱。难以言表,烂若如同灿烂的群星排列在天上,很难完全描绘出来。榛林茂盛,鲜花绿叶,掩映覆盖重叠的花美丽芬芳。成对的山桐果实累累,枝叶弯曲错杂交错展扬。轻风吹拂,枝叶倒影隐约,随波漂荡。向外伸展的枝条繁茂柔美,就好像鸟儿张开的翅膀。红茎白蒂,碧绿的叶子中露出紫红的花房。微风吹动纤细的枝条,发出阵阵纤枝悲鸣,就好像竽籁奏出的乐章。声音清浊相和,如同五音的变化,应和着四方的音响。闻之动心,荡气回肠。孤儿寡妇,落泪心伤。长官废职,贤士失意惆怅,使人的愁思无尽没有尽头,叹息流泪彷徨。

> 辞 赋

大鳖；鼍，扬子鳄；鳠，鳝鱼；鲔，鲟鱼、鳇鱼的古称。⑮蜲（wēi）蜿（wān）蜿：形容水虫聚积，曲折向前游动。

【译读】

　　巨大的响声震天，声势浩大，水波撞击累累的垒垒山石。巨大的石块沉没水中，大大的波浪高高掀起。水波荡漾，旋转盘曲。大水远流流向远方，腾起阵阵雾气。奔涌翻滚，声响入云相激相击。猛兽拼命远逃，皆是惊骇至极。虎豹豺兕等凶兽，皆是惊恐万状，全无往日气势；雕鹗鹰鹞等猛禽，皆是高飞低窜，屏气颤抖，怎么敢如同往日一般搏击呢？于是水族受到惊吓，全部都浮上水面，到小洲北边躲避；鼋鼍鳝鲔等鱼鳖，皆是东歪西斜，纵横交积，张鳞奋翼，游动拥挤。

【原文】

　　中阪❶遥望，玄木冬荣，煌煌荧荧❷，夺人目精。烂兮若列星，曾不可殚形❸。榛林❹郁盛，葩华❺覆盖；双椅垂房，纠枝还会❻。徙靡澹淡❼，随波闇蔼❽；东西施翼❾，猗狔❿丰沛。绿叶紫裹⓫，丹茎白蒂。纤条悲鸣⓬；声似竽籁⓭；清浊相和，五变四会⓮。感心动耳，回肠伤气；孤子寡妇，寒心酸鼻。长吏𡵂官⓯，贤士失志；愁思无已，叹息垂泪。

【注释】

　　❶中阪（bǎn）：山坡中间。❷煌（huáng）煌荧（yíng）荧：形容草木光彩鲜明。❸殚（dān）形：穷尽其形。殚，尽，穷尽。❹榛（zhēn）林：丛生的树木。❺葩（pā）华：

综曲折,重叠层递。登上陡峭的岩壁峭岩向下望俯视,长坡潭水蓄积。正好遇到雨后初晴,向远处眺望,观百川汇聚,波涛汹涌,无声无息。川水纵横交错而流交流,水过满向四处漫溢。汇集的水成为了深潭,水深无底深不可测。大风掀起波浪扬波,犹如山间高突的田地。大浪击打岸边拍岸,险隘之处回旋撞击。汹涌的波涛急速涌出怒涛奔涌,犹如有如航海望见碣石耸立耸峙。

【原文】

砾磥磥❶而相摩兮,礚❷震天之礚礚❸。巨石溺溺之瀺灂❹兮,沫潼潼❺而高厉,水澹澹❻而盘纡兮,洪波淫淫之溶㵝❼。奔扬踊而相击兮,云兴声之霈霈❽。猛兽惊而跳骇兮,妄奔走而驰迈。虎豹豺兕❾,失气恐喙❿;雕鹗鹰鹞⓫,飞扬伏窜。股战胁息⓬,安敢妄挚。于是水虫尽暴,乘渚⓭之阳,鼋鼍鳣鲔⓮,交积纵横。振鳞奋翼,蛜蛦蜿蜿⓯。

【注释】

❶磥(lěi)磥:形容石头很多。磥,同"磊"。❷礚(hōng):同"訇",形容巨大的声响。❸礚(kē)礚:形容水石轰击声等。❹瀺灂(chán zhuó):大石在水中出没的样子。❺潼(tóng)潼:水力撞击的样子。❻澹(dàn)澹:水波起伏的样子。❼溶㵝(yì):水荡动的样子。❽霈(pèi)霈:形容浪涛相击发出浩大的声响。❾豺兕(sì):豺与兕,皆是凶兽。❿喙(huì):在这里指疲困。⓫雕鹗鹰鹞(yào):泛指猛禽。⓬股战胁息:两脚发抖,不敢出气。⓭渚(zhǔ):水中的小块陆地。⓮鼋鼍鳣鲔(yuán tuó shàn wěi):鼋,

高唐赋（节选）

（战国）宋 玉

惟高唐之大体兮，殊无物类之可仪比。巫山赫其无畴兮❶，道互折而曾累❷。登巉岩❸而下望兮，临大阺之稸水❹。遇天雨之新霁❺兮，观百谷之俱集。濞❻汹汹其无声兮，溃淡淡而并入❼。滂洋洋而四施❽兮，蓊湛湛而弗上❾。长风至而波起兮，若丽山之孤亩❿。势薄岸而相击兮，隘交引而却会。崪中怒而特高兮，若浮海而望碣石⓫。

【注释】

❶ 巫山赫其无畴（chóu）兮：巫山之高大显赫，无物可与其相比。❷ 道互折而曾（céng）累：道路错综曲折，重叠层递。曾，同"层"。❸ 巉（chán）岩：高而险的山岩。❹ 临大阺（dǐ）之稸（xù）水：长坡潭水蓄积。稸，同"蓄"，积蓄。❺ 新霁（jì）：雨雪后初晴。❻ 濞（pì）：洪水暴发声。❼ 溃（kuì）淡淡（yān yān）而并入：川水交流，水满四溢。淡淡，水平满的样子。❽ 四施：指水流向四方。❾ 蓊（wěng）湛湛而弗上：水势盛大且奔流不止。❿ 若丽山之孤亩：起伏的波浪犹如附在山上的田埂。⓫ 碣（jié）石：海边的山。

【译读】

那高唐的地形概貌，绝对无物没有可以与之相比的。莽莽巫山，何以绝对没有能够与之匹敌的。那里的道路错窗，指贫寒之家。⑩ 室庐：居室，房舍。⑪ 憞溷（dùn hùn）郁邑：烦乱忧郁的样子。⑫ 惨怛（dá）：忧伤悲痛。⑬ 造热：这里指发烧。⑭ 胗（zhēn）：口疮。⑮ 蔑（miè）：通"瞎"，指眼病。⑯ 啑获：形容嘴角抽搐的样子。⑰ 雌风：卑劣丑恶的作风。

【译读】

　　楚襄王听了说："你对这件事解说论述得太好了！那么百姓的风，可以告诉我吗？"宋玉说："百姓的风是忽然从冷僻小巷中刮起来的，吹起尘土，仿佛还有郁怒不平的样子，它冲进洞口袭击门窗，吹动沙土，吹动死灰，吹起混浊之物，扬起腐烂垃圾，风横吹进小窗，一直吹进住屋。所以这种风吹到人身上，令人心烦气闷，带来闷热和湿气，吹入心里叫人痛苦，生病发热，吹到嘴上就生口疮，吹到眼睛上就得眼疾，人吹着这种风嘴巴歪斜，陷于半死不活状态。这就是百姓的雌风。"

高的城墙，进入深深的王宫内宅。它吹动花草，散发着郁郁香气，徘徊在桂树和椒树之间往来回旋，在湍急的水流疾流的水上缓缓飞翔。于是风吹拂水上的荷花，掠过蕙草，分开秦蘅，吹平新夷，覆盖在初生的草木之上，它急剧回旋冲击山陵，致使各种芳草香花都凋零殆尽。然后风就悠闲自在地在院子里徘徊，向北吹进宫室宫中正殿，飘进上升到丝织的帷帐里，进入深邃的内室中，这才称得上是大王之风这才成为大王的风。所以那种风吹到人的身上，其情状简直凄凉寒冷得很，清凉的冷风使人为之感叹。它那样清清凉凉的，既能够治病，又可以解酒，使人耳聪目明，身心安宁，行动便捷。这就是所说的唯大王所有的雄风呀！"

【原文】

王曰："善哉论事❶！夫庶人之风，岂可闻乎？"宋玉对曰："夫庶人之风，塕然❷起于穷巷❸之间，堀堁❹扬尘，勃郁❺烦冤，冲孔袭门。动沙堁，吹死灰，骇❻溷浊❼，扬腐余❽，邪薄入瓮牖❾，至于室庐❿。故其风中人状，直憞溷郁邑⓫，驱温致湿，中心惨怛⓬，生病造热⓭。中唇为胗⓮，得目为篾⓯，啖齰嗽获⓰，死生不卒。此所谓庶人之雌风⓱也。"

【注释】

❶论事：论说分析事理。❷塕（wěng）然：大风刮起的样子。❸穷巷：平民居住的冷僻小巷。❹堀堁（kū kè）：尘土飞扬。堁，尘土。❺勃郁：风回旋的样子。❻骇：惊动，这里是卷起的意思。❼溷（hùn）浊：混乱污浊的东西。❽腐余：腐朽废弃之物。❾瓮牖（wèng yǒu）：以破瓮为

风击物之声的声音。❻ 激飏(yáng)：鼓动疾飞。❼ 熛(biāo)怒：形容风势猛如烈火。熛，火势飞扬。❽ 耾(hóng)耾：形容风的声音大。❾ 错迕(wǔ)：指交错，错杂。❿ 蹶石：摇动山石，飞沙走石。蹶，撼动。⓫ 梢杀林莽：摧毁树林和野草。⓬ 被丽披离：四散的样子。⓭ 动楗(jiàn)：吹动门闩。楗，门闩。⓮ 眴焕(xuàn huàn)：色彩鲜明、光华灿烂的样子。⓯ 振气：散播香气。⓰ 芙蓉之精：芙蓉的花朵。精，花。⓱ 秦蘅(héng)：产于秦地的香草杜衡。⓲ 荑(tí)杨：初生的杨树。荑，初生的叶芽。⓳ 回穴冲陵：回旋于洞穴之中，冲激于山丘之上。⓴ 徜徉(cháng yáng)：闲游，安闲自在地步行。㉑ 玉堂：玉饰的殿堂，也是殿堂的美称。㉒ 憯(cǎn)凄：凄凉、悲痛的样子。㉓ 怜栗(lán lì)：寒冷的样子。㉔ 欷(xī)：唏嘘，本是叹息或叹息声。㉕ 析酲(chéng)：解酒。酲，酒后困倦眩晕的状态。

【译读】

楚襄王说："风，开始是从哪里生成的呢？"

宋玉答道："风是在大地上生成的，开始从青蘋这种水草的青翠小草尖上末梢兴起，逐渐扩展到山溪峡谷，在大山洞口怒吼，然后沿着大山坳继续前进，在松柏林下狂舞乱奔。疾风往来不定，形成撞击物体的声音；风势迅疾飘扬，犹如恣肆飞扬的烈火怒火飞腾，风声如雷，风势交错相杂。掀动石块，摧树折木，冲击森林原野。等到风势逐渐平息下来时，风力微弱，向四面散开，只能够透进小孔，摇动门栓了。风定尘息大风平息之后，景物显得鲜明灿烂，微风渐渐向四面飘散。所以那使人感到清凉舒畅的雄风，有时会飘忽升腾，有时会低回下降就飘动升降，它凌越高可以与百姓同享此风吗?"宋玉答道:"这风只归大王享受,百姓怎么可以共有呢?"

楚襄王说:"风是天地之气形成,普遍畅通地吹来,不因贵贱高低而改变。如今你认为这是我独享的风,难道有这种解释吗?"宋玉又答道:"我听老师说:'树枝弯曲分权处就有鸟来做巢,有空洞就有风。'所处地位不一样,所以风也不同。"

【原文】

王曰:"夫风,始安❶生哉?"

宋玉对曰:"夫风,生于地,起于青蘋❷之末。侵淫❸溪谷,盛怒于土囊❹之口。缘泰山之阿,舞于松柏之下。飘忽淜滂❺,激飚❻熛怒❼。耾耾❽雷声,回穴错迕❾。蹶石❿伐木,梢杀林莽⓫。至其将衰也,被丽披离⓬,冲孔动楗⓭。眴焕⓮灿烂,离散转移。故其清凉雄风,则飘举升降。乘凌高城,入于深宫。邸华叶而振气⓯,徘徊于桂椒之间,翱翔于激水之上。将击芙蓉之精⓰,猎蕙草,离秦蘅⓱;概新夷,被荑杨⓲;回穴冲陵⓳,萧条众芳。然后徜徉⓴中庭,北上玉堂㉑;跻于罗帷,终于洞房。乃得为大王之风也。故其风中人,状直憯凄㉒惏栗㉓,清凉增欷㉔。清清泠泠,愈病析酲㉕。发明耳目,宁体便人。此所谓大王之雄风也。"

【注释】

❶安:何处,怎样。❷青蘋(píng):水草名。❸侵淫:逐渐而进。❹土囊:大的洞穴。❺淜滂(péng pāng):

风赋

(战国)宋 玉

楚襄王❶游于兰台之宫,宋玉❷景差❸侍。有风飒然❹而至,王乃披襟而当之❺,曰:"快哉此风!寡人所与庶人共者邪?"宋玉对曰:"此独大王之风耳,庶人❻安得而共之!"

王曰:"夫风者,天地之气,溥畅❼而至,不择贵贱高下而加焉。今子独以为寡人之风,岂有说乎?"宋玉对曰:"臣闻于师:枳句❽来巢,空穴来风。其所托者然,则风气殊焉。"

【注释】

❶ 楚襄王:芈姓,熊氏,名横,楚怀王之子,战国时期楚国国君。❷ 宋玉:又名子渊,楚国辞赋作家,流传的作品有《九辨》《风赋》《高唐赋》《登徒子好色赋》等。❸ 景差(cuō):战国时期楚国辞赋家,主要作品有楚辞《大招》。❹ 飒(sà)然:形容迅速。❺ 当之:迎着风向。之,代词,指风。❻ 庶人:百姓。❼ 溥(pǔ)畅:普遍且畅通。❽ 枳句(zhǐ gōu):树枝分杈处。句,通"勾",弯曲,这里指树杈。

【译读】

楚襄王到兰台宫游览,宋玉、景差跟随,突然刮来飒飒凉风,楚襄王敞开衣襟迎风说道:"多畅快的清风!我

牛赋 ……………………………………	（唐）柳宗元 066
牡丹赋 …………………………………	（唐）舒元舆 068
寒松赋 …………………………………	（唐）李　绅 076
阿房宫赋（节选）………………………	（唐）杜　牧 078
秋声赋 …………………………………	（宋）欧阳修 081
前赤壁赋 ………………………………	（宋）苏　轼 086
怒雨赋（节选）…………………………	（元）郝　经 091
秋兰赋 …………………………………	（清）袁　枚 093

目录

风赋	（战国）宋　玉	006
高唐赋（节选）	（战国）宋　玉	011
长门赋（节选）	（汉）司马相如	015
北征赋	（汉）班　彪	019
归田赋	（汉）张　衡	024
述行赋（节选）	（汉）蔡　邕	027
鹦鹉赋（节选）	（汉）祢　衡	036
登楼赋	（汉）王　粲	038
洛神赋（节选）	（三国）曹　植	042
思旧赋	（魏晋）向　秀	045
采莲赋	（南朝）萧　纲	048
冬草赋	（南朝）萧子晖	050
别赋	（南朝）江　淹	052
小园赋	（南北朝）庾　信	059

的文化瑰宝，承载着中华民族伟大复兴的梦想。

中华传统国学经典，蕴含了中华儿女内圣外王的个体修养和自强不息的群体精神，形成了重义轻利的处世态度以及孝亲敬长的人伦约定，包含着辩证理智的心智思维和天人合一的整体观念。历经数千年发展，逐渐形成了以儒释道为主干的传统文化和兼容并包、多元一体的开放型现代文化。

作为国学经典，是广大读者必备的精神食粮。读者们阅读国学经典，能够秉承国学仁义精神，学会谦和待人、谨慎待己、勤学好问等优良品行，能够达到内外兼修与培养刚健人格。

我们欣喜地看到，在党和政府的积极号召下，教育部印发了《完善中华优秀传统文化教育指导纲要》，各级教育机构启用了《中华优秀传统文化》教材，中小学语文新课标中也增强了青少年学生阅读和学习国学的分量，许多中小学开设了专门的国学课程，全国各族人民掀起了学习和传承中国传统文化的热潮。

为此，在有关专家指导下，特别编辑了这套"古典诗文精品选读"作品。古诗泛指古代中国诗歌，本套作品主要包括《诗经》《楚辞》《乐府诗》等，没有选入唐诗宋词元曲等；古文是指古代散文，主要包括传记、铭祭、论说、奏议、游记、杂记、书信、序跋等，本套作品还包括寓言、故事以及古代韵文的辞赋和骈体文的骈文等。这些古典诗文是中华辉煌灿烂文化的奇葩，具有独特的艺术价值。

本套作品主要根据广大读者特别是青少年读者学习吸收特点，精选了许多经典古诗文，增设了简单明白的注释和白话解读等，还配有精美图片等，能够培养广大青少年读者的国学阅读兴趣和传统文化素养，能够增强对中国传统文化的热爱、传承和发展，能够激发并积极投身到中华复兴的伟大梦想之中。

的文化瑰宝，承载着中华民族伟大复兴的梦想。

中华传统国学经典，蕴含了中华儿女内圣外王的个体修养和自强不息的群体精神，形成了重义轻利的处世态度以及孝亲敬长的人伦约定，包含着辩证理智的心智思维和天人合一的整体观念。历经数千年发展，逐渐形成了以儒释道为主干的传统文化和兼容并包、多元一体的开放型现代文化。

作为国学经典，是广大读者必备的精神食粮。读者们阅读国学经典，能够秉承国学仁义精神，学会谦和待人、谨慎待己、勤学好问等优良品行，能够达到内外兼修与培养刚健人格。

我们欣喜地看到，在党和政府的积极号召下，教育部印发了《完善中华优秀传统文化教育指导纲要》，各级教育机构启用了《中华优秀传统文化》教材，中小学语文新课标中也增强了青少年学生阅读和学习国学的分量，许多中小学开设了专门的国学课程，全国各族人民掀起了学习和传承中国传统文化的热潮。

为此，在有关专家指导下，特别编辑了这套"古典诗文精品选读"作品。古诗泛指古代中国诗歌，本套作品主要包括《诗经》《楚辞》《乐府诗》等，没有选入唐诗宋词元曲等；古文是指古代散文，主要包括传记、铭祭、论说、奏议、游记、杂记、书信、序跋等，本套作品还包括寓言、故事以及古代韵文的辞赋和骈体文的骈文等。这些古典诗文是中华辉煌灿烂文化的奇葩，具有独特的艺术价值。

本套作品主要根据广大读者特别是青少年读者学习吸收特点，精选了许多经典古诗文，增设了简单明白的注释和白话解读等，还配有精美图片等，能够培养广大青少年读者的国学阅读兴趣和传统文化素养，能够增强对中国传统文化的热爱、传承和发展，能够激发并积极投身到中华复兴的伟大梦想之中。

目录

白头吟……………………………………（汉）卓文君 006

陌上桑……………………………………（汉）佚　名 008

孔雀东南飞………………………………（汉）佚　名 012

薤露行……………………………………（汉）曹　操 030

蒿里行……………………………………（汉）曹　操 033

观沧海……………………………………（汉）曹　操 035

短歌行……………………………………（汉）曹　操 037

燕歌行……………………………………（三国）曹　丕 041

西洲曲…………………………………（南北朝）佚　名 044

木兰辞…………………………………（南北朝）佚　名 047

战城南……………………………………（南朝）吴　均 054

代出自蓟北门行…………………………（南朝）鲍　照 056

春江花月夜………………………………（唐）张若虚 059

代悲白头翁………………………………（唐）刘希夷 064

钓竿篇……………………………………（唐）沈佺期 067

将进酒……………………………………（唐）李　白 070

老将行……………………………………（唐）王　维 074

蜀道难……………………………………（唐）李　白 078

兵车行……………………………………（唐）杜　甫 084

和张仆射塞下曲六首（其二）……………（唐）卢　纶 089

和张仆射塞下曲六首（其三）……………（唐）卢　纶 090

卖炭翁……………………………………（唐）白居易 092

白头吟

(汉)卓文君

皑如山上雪,皎若云间月。
闻君有两意❶,故来相决绝。
今日斗❷酒会,明旦沟水头。
躞蹀❸御沟❹上,沟水东西流。
凄凄复凄凄❺,嫁娶不须啼。
愿得一心人,白头不相离。
竹竿何袅袅,鱼尾何簁簁❻!
男儿重意气,何用钱刀为!

【注释】

❶ 两意:就是二心,指情变。❷ 斗:盛酒的器具。❸ 躞蹀(xiè dié):小步行走的样子。❹ 御沟:流经御苑或环绕宫墙的沟。❺ 凄凄:悲伤的样子。❻ 簁(shāi)簁:这里用来形容鱼尾像濡湿的羽毛。

【译读】

爱情应该如山上的雪,云间的月一样洁白明亮。
我听说你已经另有所爱,所以来这里和你告别。
今天就是最后的聚会,明早我们就在沟头分别。
我沿沟小步行走,过去的生活如沟水一去不返。
当初我嫁给你,就不像一般女孩一样凄凄啼哭。

以为我嫁给了深爱的男子，从此携手白头到老。
情投意合像钓竿轻细柔长，鱼儿那样活泼可爱！
男子应当以情意为重，怎么能够用金钱衡量呢！

【赏析】

卓文君的《白头吟》是一首汉乐府民歌。诗歌巧妙迪通过抒情主人公的言行，塑造了一个性格大方爽朗，感情真挚，执着追求爱情，但是也能果断放下感情羁绊，思想冷静的女子影响。

首句是女主人公对于爱情的想象，她认为，爱情就应该纯洁无瑕，所以当她听说男子已经另有所爱，就态度决绝地来和男方分手，既然男子给与的爱已经不再符合自己对爱情的期待，那么不如切断联系，自由来去。女主人公的潇洒坦荡，爽朗个性跃然纸上。

"凄凄复凄凄，嫁娶不须啼""愿得一心人，白首不相离"是女主人公对于爱情的态度，她认为能够嫁给一个一心一意对待自己，相伴到老永不分离的人是一件无比幸福的事情。这里"一心人"又与前面的"两意"相呼应，形成对比，前后照应自然，将谴责之意表达得淋漓尽致。

最后四句话点破了男子"有两意"和金钱有所关联，然而事实到底如何，全凭读者想象。

诗歌塑造了一位个性鲜明的弃妇形象，不仅反映了过去社会的婚姻悲剧，也歌颂了女主人公当断则断的勇气和魄力，赞美了她追求坚贞不渝的爱情的美好情操。

陌上桑[1]

（汉）佚　名

日出东南隅[2]，照我秦氏楼。秦氏有好女，自名为罗敷。罗敷喜蚕桑，采桑城南隅。青丝为笼系[3]，桂枝为笼钩[4]。头上倭堕髻[5]，耳中明月珠。缃绮[6]为下裙，紫绮为上襦。行者见罗敷，下担捋髭须。少年见罗敷，脱帽著帩头[7]。耕者忘其犁，锄者忘其锄。来归相怨怒，但坐观罗敷。

使君从南来，五马立踟蹰。使君[8]遣吏往，问是谁家姝[9]？"秦氏有好女，自名为罗敷。""罗敷年几何？""二十尚不足，十五颇有余"。使君谢[10]罗敷："宁可共载不？"罗敷前致辞："使君一何愚！使君自有妇，罗敷自有夫！"

"东方千余骑，夫婿居上头[11]。何用[12]识夫婿？白马从[13]骊驹[14]，青丝系马尾，黄金络马头；腰中鹿卢剑[15]，可值千万余。十五府小吏，二十朝大夫，三十侍中郎，四十专城居。为人洁白皙，鬑鬑[16]颇有须。盈盈[17]公府步，冉冉[18]府中趋。坐中数千人，皆言夫婿殊。"

乐府诗

【注释】

❶ 陌上桑：此为乐曲名。陌，田间的路；桑，桑林。❷ 东南隅（yú）：指东方偏南。隅，方位，角落。❸ 笼系：篮子上的络绳。笼，篮子；系，络绳，缠绕篮子的绳子。❹ 笼钩：一种工具，采桑用来钩桑枝，行时用来挑竹筐。❺ 倭堕髻（wō duò jì）：古代妇女的一种发式，发髻向额前俯偃。❻ 缃绮（xiāng qǐ）：泛指浅黄色的丝绸。❼ 帩（qiào）头：古代男子束发的头巾。❽ 使君：汉代对太守、刺史的通称。❾ 姝（shū）：美丽的女子。❿ 谢：这里是请问的意思。⓫ 居上头：在行列的前端，意思是地位高，受人尊重。⓬ 何用：凭什么。⓭ 从：使……跟随。⓮ 骊驹（lí jū）：纯黑色的马，泛指马。⓯ 鹿卢剑：剑把用丝绦缠绕起来，像鹿卢的样子。⓰ 鬑（lián）鬑：指须发稀疏的样子。⓱ 盈盈：仪态端庄美好。⓲ 冉冉：指走路缓慢。

【译读】

太阳从东南方升起，照到了秦家楼上，秦家有一位名叫秦罗敷的女子。罗敷喜欢养蚕采桑，常常在城南的一个角落里采桑。用青丝做篮子上的络绳，用桂树枝做篮子上的提柄。头上梳着堕马髻，耳朵上戴着宝珠做的耳环；丝绸做成下裙，绫子做成上身短袄。行人看见罗敷，放下担子捋着胡子注视她。年轻人看见罗敷，脱帽重整头巾，希望引起她的注意。耕地的人忘记了自己在犁地，锄地的人忘记了自己在锄地；以至于农活都没有干完，回来后相互埋怨，只是因为看见了罗敷。

太守乘车从南边来到这，拉车的五匹马停下来。太守派遣小吏过去，问这是谁家美丽的女子。小吏回答："是

秦家的女儿,自家起名为罗敷。"太守又问:"罗敷年龄多大?"小吏回答:"还不到二十岁,但已经过了十五了。"太守询问罗敷:"愿意与我一起乘车吗?"罗敷上前回话:"太守你太愚蠢了!太守你已经有妻子了,我也已经有丈夫了!"

"东方上千个骑马的人当中,我的夫婿就在前列。根据什么找到我的丈夫呢?他骑着一匹白马后边还有黑马跟随,马尾上系着青丝绦,马头有黄澄澄的金饰装点,他的腰中佩着鹿卢剑,宝剑价值千万。他十五岁在太守府做小吏,二十岁在朝廷里做大夫,三十岁做皇上的侍中郎,四十岁成为一城之主。他皮肤洁白,脸上微微有一些胡子;他轻缓地在府中迈方步,从容地出入官府。太守座中聚会时在座的有几千人,都说我丈夫出色。"

【赏析】

《陌上桑》是一篇乐府叙事诗。它讲述了一位名叫秦罗敷的年轻美丽的女子将看中自己美貌邀请自己回家的太守拒绝并奚落的故事。诗歌立意严肃,笔调诙谐,逸趣横生。

诗歌首段交代了故事发生的背景,同时着重渲染了秦罗敷的美貌。首句交代了秦罗敷居住的环境,紧接着引出了楼中居住的貌美女子秦罗敷。然后视角一转,描绘起罗敷的形象和穿衣装扮。"头上倭堕髻,耳中明月珠。"

转瞬之间,一个端庄秀美的女子形象出现在众人眼前,然而能让太守相邀的秦罗敷怎么可能只是一个端庄秀美的女子呢?诗人从旁观者的角度进一步描写了秦罗敷的美貌。不管是行人、年轻人还是做农活的人都贪看了罗敷的美貌。这样让所有人都不禁驻足的人,该是怎样的貌美呢?诗人

乐府诗

借助旁观者的种种神态动作使罗敷的美貌得到了强烈而又鲜明的烘托。

诗歌第二段简介了太守与罗敷之间发生的故事。"使君从南来，五马立踟蹰。"这句话引出了关键人物太守，同时借用"五马"暗示了太守的势力和财富，引起读者兴趣。

紧接着描写了太守因为看中罗敷美貌而问出的一系列问题和罗敷的回答。诗人将冲突转移到太守和罗敷的身上，只是路过时的一眼就能有权有势的太守邀请罗敷回家，罗敷的美貌可见一斑。而这样的女子不只空有美貌，还品格高尚，不为权势所倾倒，更是直言拒绝太守的邀请，塑造了品貌端庄，机智动人的女子形象。

诗歌第三段是秦罗敷夸赞丈夫的内容。形象生动地刻画出罗敷丈夫的地位，紧接着是对罗敷丈夫形象的刻画，而诗歌最后一句，太守座中聚会时官员们都说我丈夫出色的点评，则总的概括了罗敷丈夫的最终形象。

这一段即使秦罗敷对于丈夫的夸赞，又是对太守的讽刺，巧妙地讽刺了太守以权压人的行为，又戏剧性地出现了太守反被嘲讽的转折，充满趣味。

诗歌塑造了秦罗敷美貌动人，姿态端庄，不畏强权的形象，语言幽默，风趣十足。

孔雀东南飞

(汉)佚 名

汉末建安中,庐江府小吏焦仲卿妻刘氏,为仲卿母所遣,自誓不嫁。其家逼之,乃投水而死。仲卿闻之,亦自缢❶于庭树。时人伤之,为诗云尔。

孔雀东南飞,五里一徘徊❷。

"十三能织素❸,十四学裁衣,十五弹箜篌❹,十六诵诗书。十七为君妇,心中常苦悲。君既为府吏,守节❺情不移,贱妾留空房,相见常日稀。鸡鸣❻入机织,夜夜不得息。三日断五匹,大人故嫌迟。非为织作迟,君家妇难为!妾不堪驱使,徒留无所施,便可白❼公姥❽,及时相遣归。"

【注释】

❶缢(yì):这里是吊死的意思。❷徘徊:在一个地方来回走。汉代诗常以鸿鹄徘徊喻夫妻离别。❸素:指洁白的绢。❹箜篌(kōng hóu):乐器名。古代一种弦乐器,形状似瑟而较小,弦数不一,少至五根,多至二十五根。用木拨弹奏。❺守节:信守名分,保持节操。特指妇女在丈夫死后不再嫁或未婚夫死后终身不嫁。❻鸡鸣:古代记时以地支为十二时辰,鸡鸣是丑时。❼白:告诉,禀告。❽公姥(mǔ):公公婆婆。这里为偏义复词,专指婆婆。

乐府诗

【译读】

　　东汉末年建安年间，庐江府小吏焦仲卿的妻子刘氏，被焦仲卿的母亲赶回娘家，她发誓不再嫁人。她的家里人逼迫她，于是她投江自杀。焦仲卿听说这件事情之后，也在吊死在自家庭院的树上。当时的人哀悼他们，于是写了这首诗。

　　孔雀鸟向东南方飞去，每飞五里就徘徊一阵。

　　"我十三岁学会织绢布，十四岁学裁衣，十五岁会弹箜篌，十六岁诵读诗书，十七岁成为你的妻子之后，心里常常感到悲伤。你既然做了太守府的小官吏，遵守官府的规则，专心不移。我一个人留在家中，见面的时间越来越少。早上鸡鸣时我就上机织绸子，日夜工作不得休息。三天织成五匹绸子，婆婆仍然嫌我织得慢。并不是因为我织得慢，是你家的媳妇难做啊！我承受不了这样的驱使，不愿白白地留在这里，你现在就可以去禀告婆婆，趁早把我遣送回娘家。"

【原文】

　　府吏得闻之，堂上启❶阿母："儿已薄禄相❷，幸复得此妇，结发同枕席，黄泉共为友。共事二三年，始尔未为久，女行无偏斜，何意致不厚？"

　　阿母谓府吏："何乃太区区❸！此妇无礼节，举动自专由❹。吾意久怀忿❺，汝岂得自由！东家有贤女，自名秦罗敷，可怜体无比，阿母为汝求。便可速遣之，遣去慎莫留！"

府吏长跪告："伏惟❻启阿母，今若遣此妇，终老不复取！"

阿母得闻之，槌床❼便大怒："小子无所畏，何敢助妇语！吾已失恩义，会不相从许！"

府吏默无声，再拜❽还入户，举言谓新妇，哽咽不能语："我自不驱卿，逼迫有阿母。卿但暂还家，吾今且报府。不久当归还，还必相迎取。以此下心意❾，慎勿违吾语。"

新妇谓府吏："勿复重纷纭。往昔初阳岁❿，谢家来贵门。奉事循公姥，进止敢自专？昼夜勤作息，伶俜⓫萦苦辛。谓言无罪过，供养卒大恩；仍更被驱遣，何言复来还！妾有绣腰襦⓬，葳蕤⓭自生光；红罗复斗帐⓮，四角垂香囊；箱帘⓯六七十，绿碧青丝绳，物物各自异，种种在其中。人贱物亦鄙，不足迎后人，留待作遗施，于今无会因。时时为安慰，久久莫相忘！"

【注释】

❶启：告诉，禀告。❷薄禄（lù）相：福气薄福分少，不能做大官没有厚禄的相貌。❸区区：这里指憨愚，死心眼。❹自专由：即"自专""自由"，依照自己的意愿行动。❺忿：生气，怒。❻伏惟：下级对上级或小辈对长辈说话表示恭敬的套词。❼槌（chuí）床：用拳头敲着床。槌，

古同"捶",敲打。❽ 再拜:拜了两拜。再,两次,第二次。❾ 下心意:指耐心忍受委屈。❿ 初阳岁:冬至以后、立春以前的一段时间。⓫ 伶俜(pīng):指孤独孤单的样子。⓬ 绣腰襦(rú):绣花的齐腰短袄。⓭ 葳蕤(wēi ruí):草木茂盛,枝叶下垂的样子。这里用来形容刺绣品的花叶繁多。⓮ 斗帐:小帐子,形状像倒置的斗,所以叫斗帐。⓯ 帘:通"奁(lián)",精巧的匣子。

【译读】

焦仲卿听了之后,到堂上禀告母亲:"我已经没有做高官、享厚禄的貌相,幸亏还能娶到这个妻子,结婚后相亲相爱地生活,即使死后在地下也要相依为伴侣。相处在一起不到二三年,还不算很久,这个女子的行为并没有什么不正当,为什么会招致母亲不满意呢?"

焦母对仲卿说:"你怎么这样没见识!这个女子不讲礼节,一举一动全凭自己。我早就心怀不满,你怎么可以自作主张!邻居有个贤惠的女子,名字叫罗敷,姿态可爱,我替你去提亲。你赶快休掉刘兰芝,打发她走,千万不要挽留。"

焦仲卿直身而跪禀告:"我态度恭敬地告知您,如果要休掉这个女子,我到老都不会再取!"

焦母听了儿子的话,敲着坐具生气地说:"你简直没什么可害怕的了,怎么敢帮她说话!我对她已经没有什么恩情了,当然不能答应你。"

焦仲卿沉默不敢作声,拜了两拜回到自己房里,张嘴对妻子说话,却哽咽得无法说成句:"我不愿赶你走,但是有母亲逼迫着。你暂时回到娘家去。我现在暂且回太守府里办事,不久我一定回来,回来后必定去迎接你回我家来。为此,你就受点委屈吧,千万不要违背我说的话。"

刘兰芝对焦仲卿说:"不要再说了!记得那一年冬末,我辞别娘家嫁到你府上,侍奉时顺从婆婆旨意,哪里敢自作主张?日日夜夜勤恳劳作,孤孤单单地受尽辛苦折磨,总以为自己没有过错,终身侍奉婆婆。但是仍然被赶走了,又怎么会回来呢?我有绣花的齐腰短袄,上面的刺绣花叶繁多,红色罗纱做的双层斗帐,四角挂着香袋,盛衣物的箱子六七十个,箱子上都用碧绿色的丝绳捆扎着。东西各不相同,种种器皿都在那箱匣里面。为人低贱东西也不值钱,不足以作为你的妻子,留着作为赠送的纪念品吧,从此没有再见面的机会了。时时把这些东西作个安慰吧,希望你永远不要忘记我。"

【原文】

鸡鸣外欲曙,新妇起严妆。著我绣夹裙,事事四五通。足下蹑❶丝履,头上玳瑁❷光。腰若流纨素,耳著明月珰。指如削葱根,口如含朱丹。纤纤作细步,精妙世无双。

上堂拜阿母,阿母怒不止。"昔作女儿时,生小出野里,本自无教训,兼愧贵家子。受母钱帛多,不堪母驱使。今日还家去,念母劳家里。"却❸与小姑别,泪落连珠子。"新妇初来时,小姑始扶床;今日被驱遣,小姑如我长。勤心养公姥,好自相扶将❹。初七及下九,嬉戏莫相忘。"出门登车去,涕落百余行。

乐府诗

【注释】

① 蹑（niè）：本义为踩，这里是穿的意思。② 玳瑁（dài mào）：从玳瑁龟壳上取得的玳瑁片，一种装饰品。③ 却：这里是动词，退出来。④ 扶将：这里指服侍。

【译读】

鸡开始鸣叫，天将要亮了，刘兰芝起床打扮。穿上绣花夹裙，穿戴的衣饰，都要更换好几遍。脚下穿着丝鞋，头上戴着玳瑁首饰，腰上束着光彩像水波一样流动的白绢子，耳朵戴着用明月珠做的耳坠，手指纤细白嫩像削尖的葱根，嘴唇红润，像含着红色朱砂，轻盈地踏着细步，精巧美丽，举世无双。

刘兰芝走上厅堂和婆婆告别，婆婆仍然很生气。刘兰芝说："从前我没有家人时，从出生就在乡里生活。本来没有什么好的教养，十分惭愧能和焦仲卿结婚。接受婆婆

送的钱财礼品很多，却不能承担婆婆的使唤。今天我就回娘家去，只是记挂婆婆在家里辛苦操劳。"回头再与小姑告别，眼泪像连串的珠子掉下来。刘兰芝对小姑说："我刚来你家时，你刚刚能扶着坐具学走路，今天我被赶走，你已经和我一样高了。希望你努力尽心奉养母亲，好好服侍她老人家，初七和十九，在玩耍的时候不要忘记我。"刘兰芝出门登上车子离去了，眼泪不停地簌簌落下。

【原文】

府吏马在前，新妇车在后，隐隐何甸甸，俱会大道口。下马入车中，低头共耳语："誓不相隔卿，且暂还家去；吾今且赴府，不久当还归，誓天不相负！"

新妇谓府吏："感君区区❶怀！君既若见录，不久望君来。君当作磐石❷，妾当作蒲苇，蒲苇纫❸如丝，磐石无转移。我有亲父兄❹，性行暴如雷，恐不任我意，逆以煎我怀。"举手长劳劳❺，二情同依依。

入门上家堂，进退无颜仪。阿母大拊掌❻，不图子自归："十三教汝织，十四能裁衣，十五弹箜篌，十六知礼仪，十七遣汝嫁，谓言无誓违。汝今何罪过，不迎而自归？"兰芝惭阿母："儿实无罪过。"阿母大悲摧。

【注释】

❶ 区区：通"拳拳"，情真意挚。❷ 磐（pán）石：

厚而大的石头。❸ 纫：通"韧"，柔软而结实，不易断裂。❹ 父兄：偏义复词，指哥哥。❺ 劳劳：怅惘若失，忧愁伤感的样子。❻ 拊（fǔ）掌：这里指拍手。

【译读】

　　焦仲卿的马走在前面，刘兰芝的车跟在后面，车子发出甸甸的响声，会合在大路口，焦仲卿下马坐入刘兰芝的车中，两人低头低声说话。焦仲卿说："我发誓不会和你断绝关系，你暂且回娘家去，我现在暂且去庐江太守府办事，不久一定会回来，我对天发誓一定不辜负你！"

　　刘兰芝对焦仲卿说："感谢你忠诚相爱的心意！你既然这样记着我，希望你不久就能来接我，你要成为磐石，我要成为蒲草和苇子。蒲草和苇子柔软结实得像丝一样，磐石不容易被转移。我有一个亲哥哥，性情暴躁，恐怕不会听任我的意愿，违反我来使我烦忧。"接着举手告别，惆怅不止，两人同样恋恋不舍。

　　兰芝走进了家门，来到内堂，上前后退都觉得没有脸面。刘母惊讶地拍着手掌，没想到她自己回来了说："十三岁就教你织布，十四岁就能裁剪衣裳，十五岁会弹箜篌，十六岁懂得礼节，十七岁送你出嫁，总以为你不会有什么过失。你究竟犯了什么错，没人迎接你就自己回来了？"兰芝惭愧地说："女儿实在没有什么过错。"母亲听后非常悲伤。

【原文】

　　还家十余日，县令遣媒来。云有第三郎，窈窕❶世无双，年始十八九，便言❷多令才。

阿母谓阿女:"汝可去应之。"

阿女含泪答:"兰芝初还时,府吏见丁宁,结誓不别离。今日违情义,恐此事非奇。自可断来信,徐徐更谓之。"

阿母白媒人:"贫贱有此女,始适还家门。不堪吏人妇,岂合令郎君?幸可广问讯,不得便相许。"媒人去数日,寻遣丞请还,说有兰家女,承籍有宦官。云有第五郎,娇逸未有婚。遣丞为媒人,主簿通语言。直说太守家,有此令郎君,既欲结大义,故遣来贵门。

阿母谢媒人:"女子先有誓,老姥岂敢言!"

阿兄得闻之,怅然心中烦,举言谓阿妹:"作计何不量!先嫁得府吏,后嫁得郎君。否泰❸如天地,足以荣汝身。不嫁义郎体,其往欲何云?"

兰芝仰头答:"理实如兄言。谢家事夫婿,中道还兄门。处分适兄意,那得自任专!虽与府吏要❹,渠会永无缘。登即相许和,便可作婚姻。"

【注释】

❶窈窕:文静而美好。❷便(pián)言:很会说话。便,敏捷。❸否(pǐ)泰:《周易》中的卦名。否,指坏运气;泰,指好运气。❹要(yāo):通"邀",约的意思。

【译读】

兰芝回家才十多天,县令派了媒人上门来。媒人说,县令家的三公子,人长得漂亮文雅,世上无双,年龄只有十八九岁,口才很好,又非常能干。

刘母对女儿说:"你可以答应他。"

刘兰芝含着眼泪说:"我才回来时,焦仲卿再三嘱咐我,立下誓言,永不分离。今天违背情义,恐怕这件事这样做不合适。你可以回绝来说媒的人,慢慢再说这件事吧。"

刘母告诉媒人说:"我们贫贱人家的这个女儿,刚出嫁不久就被休回娘家。不能做府吏的妻子,怎么配得上县太爷的公子?希望你多方面打听打听其他女子,我不能答应你。"

县令的媒人走了几天后,太守派郡丞来求婚了。说太守家的第五个儿子,娇美俊逸,还没有结婚,请郡丞去做媒人,这是主簿传达下来的话。郡丞直接说,我们太守家,有这样一个好公子,想和你家结为婚姻,所以派我来说媒。

刘母谢绝媒人说:"女儿先前有过誓言,老妇我怎么敢说再嫁这件事呢?"

兰芝的哥哥听到这件事,心中焦躁不耐烦,开口对妹妹说:"你作这样打算怎么不好好考虑!之前嫁给的是一个小官吏,这次能够嫁给一个贵公子,运气的好坏相差得像天上地下一样,好运气足够使你终身荣耀富贵,不嫁给这样仁义的公子,往后你打算怎么办?"

兰芝抬头回答道:"道理确实像哥哥说的一样,我辞别娘家去侍奉丈夫,中间回到哥哥家里。处理方式要合乎你的心意,怎么敢自己作主呢?虽然我与府吏立下了誓约,但是我与他永远没有机会见面。立刻就答应了这门亲事,结成婚姻吧。"

【原文】

媒人下床去。诺诺复尔尔。还部白府君："下官奉使命，言谈大有缘。"

府君得闻之，心中大欢喜。视历复开书，便利此月内，六合正相应。良吉三十日，今已二十七，卿可去成婚。

交语❶速装束，络绎如浮云。青雀白鹄舫，四角龙子幡。婀娜随风转。金车玉作轮。踯躅❷青骢马，流苏金镂鞍。赍❸钱三百万，皆用青丝穿。杂彩三百匹，交广市鲑珍❹。从人四五百，郁郁登郡门。

阿母谓阿女："适得府君书，明日来迎汝。何不作衣裳？莫令事不举！"

阿女默无声，手巾掩口啼，泪落便如泻。移我琉璃榻，出置前窗下。左手持刀尺，右手执绫罗。朝成绣夹裙，晚成单罗衫。晻晻日欲暝，愁思出门啼。

【注释】

❶交语：指互相传告。❷踯躅（zhí zhú）：指徘徊不前的样子，此指马步舒缓从容。❸赍（jī）：这里指赠送。❹鲑（xié）珍：鱼类菜肴的总称，泛指山珍海味。珍，美味。

【译读】

太守的媒人从座位上起来连声说是，他回到郡府报告太守说："我接受您交给的使命，到刘家去做媒，公子很

有缘分,说媒很成功。"

太守听了这些话,心里非常欢喜,查看婚嫁历,又翻看婚嫁书,将婚期定在这个月内就很吉利,年、月、日的干支都相适合,好日子就在三十这一天,今天已经是二十七了,你赶快去刘家订好结婚日期。太守府内大家互相传话,赶快筹办婚礼。

赶办婚礼的人像天上的浮云一样连接不断。装婚礼的船绘有青雀和白天鹅的图案,四角挂着绣有龙的旗幡,轻轻地随风飘荡。金色的车子白玉镶的车轮,缓步前行的青骢马,套有四周垂着彩缨,下面刻着金饰的马鞍。赠送的聘金有三百万,都用青色的丝线穿着,各色绸缎有三百匹,从交州广州采购来的山珍海味。跟从的人有四五百,热热闹闹来到庐江郡府门。

阿母对女儿说:"刚才接到太守的信,明天来迎接你,为什么还不做衣裳?不要让婚事办不起来!"

兰芝默默无声,用手巾捂着嘴哭泣,眼泪淌下就像水一样倾泻。移动坐着的琉璃榻,搬出来放在前面窗子下。左手拿着剪刀和尺子,右手拿着绫罗绸缎,开始动手做衣裳。早晨就做成了绣花的夹裙,晚上做成了单罗衫。阴沉沉地天快要黑了,兰芝满怀愁思,走出门去痛哭。

【原文】

府吏闻此变,因求假暂归。未至二三里,摧藏❶马悲哀。新妇识马声,蹑履❷相逢迎。怅然遥相望,知是故人来。举手拍马鞍,嗟叹使心伤:"自君别我后,人事不可量。果不如先愿,又非君所详。我有亲父母,逼迫兼弟兄,以我应他人,君还何所望!"

府吏谓新妇:"贺卿得高迁!磐石方且厚,可以卒千年;蒲苇一时纫,便作旦夕间。卿当日胜贵,吾独向黄泉❸!"

新妇谓府吏:"何意出此言!同是被逼迫,君尔妾亦然。黄泉下相见,勿违今日言!"执手分道去,各各还家门。生人作死别,恨恨那可论?念与世间辞,千万不复全!

【注释】

❶摧藏:指强烈的抑按动作。❷蹑履(niè lǚ):拖着鞋子。❸黄泉:地下的泉水,指人死后埋葬的地方,迷信的人指阴间。

乐府诗

【译读】

　　焦仲卿听说有此变故，于是请假暂时回来，离兰芝家还有二三里的地方，人伤心，马也哀鸣。兰芝熟悉府吏的马叫声，轻步快跑去迎接他，两个人悲伤失意地凝望彼此，知道相爱的人来了。她举起手抚摸着马鞍，哀声长叹说："自从你离开我以后，事情的变化让人意料不到，果然没有像之前盼望的那样，很多事情你想象不到。我有亲生母亲，逼迫我的还有亲哥哥，硬把我许配给别人了，你回来有什么可指望的呢！"

　　焦仲卿对兰芝说："祝贺你高升！我这块磐石方正又坚实，可以一直存放上千年，而蒲苇一时柔韧，就只能保持在早晚之间。你会一天天地富贵起来，我一个人独自到地府去吧！"

　　兰芝对焦仲卿说："你怎么会说这样的话呢！我们两个人同样是被逼迫。那就在地府下互相见面吧！不要违背今天的誓言！"他们分开紧握的双手，告别离去，回到自己的家里。活着的人却作临死的诀别，心里的愤恨哪里说得尽呢？他们将要永远离开人世间，无论如何不能再保全生命了！

【原文】

　　府吏还家去，上堂拜阿母："今日大风寒，寒风摧树木，严霜结庭兰。儿今日冥冥，令母在后单。故作不良计，勿复怨鬼神！命如南山石，四体康且直！"

　　阿母得闻之，零泪应声落："汝是大家子，仕宦于台阁，慎勿为妇死，贵贱情何薄！东家有贤女，窈

窈艳城郭,阿母为汝求,便复在旦夕。"

府吏再拜还,长叹空房中,作计乃尔立。转头向户里,渐见愁煎迫。

其日牛马嘶,新妇入青庐。奄奄❶黄昏后,寂寂人定初。我命绝今日,魂去尸长留!揽裙脱丝履,举身赴清池。府吏闻此事,心知长别离。徘徊庭树下,自挂东南枝。

两家求合葬,合葬华山傍。东西植松柏,左右种梧桐。枝枝相覆盖,叶叶相交通。中有双飞鸟,自名为鸳鸯,仰头相向鸣,夜夜达五更。行人驻足听,寡妇起彷徨。多谢❷后世人,戒之慎勿忘!

【注释】

❶奄(yǎn)奄:同"晻晻",暗沉沉的,昏暗的样子。
❷谢:指多多劝告,敬告。

【译读】

焦仲卿回到家,走上厅堂拜见母亲说:"今天风大又非常寒冷,寒风摧折了树木,院子里的白兰花上结满了浓霜。儿子现在就像快要落山的太阳一样,您今后可能会很孤单。我有意作这样不好的打算,不要再去怨恨什么鬼神了!希望您的寿命像南山的石头一样长久,希望您的身体永远健康又舒顺!"

焦母听到这些话,泪水随着说话声一起流下,说:"你是世家的子弟,在京城里任官职,一定不要为了妇人去寻死,

你们之间贵贱不同,休掉了她哪里就算薄情呢?邻居家有个贤惠的女子,她的美丽在城内外是出名的,我替你去求婚,早晚就会有答复。"

焦仲卿向母亲拜了两拜就回房,在自己的房里长声叹息,自杀的打算就这样决定了。他看向兰芝住过的内房,越来越被悲痛煎熬逼迫。

刘兰芝结婚这一天牛马乱叫的时候,她走进了行婚礼的青布篷帐,在暗沉沉的黄昏后,静悄悄的,人们开始安歇了。兰芝自言自语说:"我的生命在今天结束了,魂灵要离开了,让这尸体长久地留在这里吧!"她挽起裙子,脱去丝鞋,纵身跳进清水池里。

焦仲卿听到刘兰芝投水自杀这件事,心里知道与刘兰芝永远离别了,在庭院里的树下徘徊了一阵,自己就在向着东南的树枝上吊死了。

焦刘两家要求合葬,于是把两个人合葬在华山旁边。

在坟墓的东西两旁种上松柏，左右两侧种上梧桐，条条树枝互相覆盖着，片片叶子互相连接着。树中有一对飞鸟，它们的名字叫作鸳鸯，仰头相向而鸣，天天夜里叫到五更。行路人停下脚步听，寡妇听见了心里彷徨，不安定。多多劝告后世的人，把这件事作为教训，千万不要忘记啊！

【赏析】

《孔雀东南飞》是中国文学史上第一部长篇叙事诗，也是乐府诗发展史上的高峰之作，后人盛称它与北朝的《木兰诗》为"乐府双璧。"

《孔雀东南飞》取材于《古诗为焦仲卿妻作》，因为诗的首句为"孔雀东南飞，五里一徘徊"于是又叫作此名。诗歌共有350余句，1700余字，讲述了焦仲卿、刘兰芝夫妇被迫分离并双双自杀的故事，控诉了封建礼教的残酷无情，歌颂了焦刘夫妇的真挚感情和反抗精神。

焦仲卿和刘兰芝不为父母亲人所容的爱情是这场悲剧的开始。诗歌开头就是对刘兰芝嫁给焦仲卿后被男方父母不喜而遣返回家的描述，先是以刘兰芝口吻描写的出嫁之后的生活，她十七岁就嫁给焦仲卿，成为他的妻子，但是心中常常感到痛苦伤悲，两个人见面的时间渐渐减少。这是刘兰芝对于两个人没有时间相处的抱怨。

接下来刘兰芝讲述了自己的生活，每天鸡叫的时候她就进入机房纺织，天天晚上都不能休息，婆婆还故意嫌她缓慢松弛。说明在婆家生活的不如意。而"妾不堪驱使，徒留无所施。便可白公姥，及时相遣归。"是刘兰芝对这段婚姻的最终抉择。诗歌介绍了刘兰芝不如意的生活，为后文中一系列情节的出现奠定了基础。

尽管刘兰芝选择被遣返归家，但是不管是焦仲卿所说的"儿已薄禄相，幸复得此妇，结发同枕席，黄泉共为友"中所表达出的俩人刚成年时便结成同床共枕的恩爱夫妻，并希望同生共死直到黄泉也相伴为伍的誓言。还是后来刘兰芝归家，焦仲卿相送时许下的"卿但暂还家，吾今且报府。不久当归还，还必相迎取。以此下心意，慎勿违吾语。"承诺，以及刘兰芝私下里对焦仲卿说的"君当作磐石，妾当作蒲苇，蒲苇纫如丝，磐石无转移。"中表达的坚韧爱意，都让我们看到了一对情谊缱绻，感情甚笃的相爱男女，然而迫于男子母亲的压力，两个人即使想要长长久久在一起，也需要仔细谋划。

　　"足下蹑丝履，头上玳瑁光。"到"纤纤作细步，精妙世无双。"是对刘兰芝相貌的刻画，我们从这一段的描写中就可以看出刘兰芝是一位姿容迷人，体态端庄，难得一见的美人，而这位美人刚刚从丈夫那里回家，思考如何改善婚姻状况时，就被父亲兄弟逼迫嫁给他人。女子的激烈反抗在父母兄弟的反对下化为泡影。

　　刘兰芝再嫁路上终于再次遇见焦仲卿，然而不明真相的男子只能说一些口是心非的话来伤害自己，伤害对方。无法与心爱之人长相厮守，又被家人逼迫嫁给他人的刘兰芝终于决定自杀，而听到这个消息的焦仲卿深深悔恨，选择了自挂东南枝。

　　诗歌着重刻画刘兰芝和焦仲卿之间的爱情纠葛和他们心心相印、坚贞不屈的形象，同时故事繁简剪裁得当，人物刻画栩栩如生，将焦母的顽固和刘兄的蛮横刻画得入木三分。篇尾构思了刘兰芝和焦仲卿死后双双化为鸳鸯的神话，寄托了人民群众追求恋爱自由和幸福生活的强烈愿望。

薤^①露行

（汉）曹　操

惟汉廿二世^②，所任诚不良。
沐猴^③而冠带^④，知^⑤小而谋强^⑥。
犹豫不敢断，因狩^⑦执^⑧君王。
白虹为贯日^⑨，己亦先受殃。
贼臣持国柄^⑩，杀主灭宇京^⑪。
荡覆帝基业，宗庙以燔丧^⑫。
播越西迁移，号泣而且^⑬行。
瞻彼洛城郭，微子^⑭为哀伤。

【注释】

❶ 薤（xiè）：多年生草本植物，细长叶，紫色花，鳞茎长在地下，可以食用，也称作藠头。❷ 廿（niàn）二世：二十二世，指东汉灵帝。❸ 沐猴：猕猴，这里是比喻何进。❹ 冠（guàn）带：作动词用，戴着帽子系着带子。❺ 知：同"智"，智慧，智谋。❻ 谋强：意谓谋划干大事。❼ 狩：打猎，后借指天子出巡，这里讳称皇帝外逃避祸。❽ 执：捕捉，这里是劫持，挟持的意思。❾ 贯日：穿过太阳。❿ 国柄：指国家大权。⓫ 宇京：京城，这里指东汉京城洛阳。⓬ 燔（fán）丧：烧毁。⓭ 且（cú）：通"徂"，往，到。⓮ 微子：殷纣王的兄长。

乐 府 诗

【译读】

汉朝自建国到现在已是二十二世，
所重任的人真是徒有其表。
何进就像是一只穿衣戴帽的猴子，
没有智慧却想要谋划大事。
因为他优柔寡断做事不果决，
导致了皇帝被人抓住挟持而出。
没想到出现了白虹贯日的异象，
最终何进也被张让等人杀害。
贼臣董卓获得了国家的权柄，
不仅杀死了帝王还毁掉了洛阳。
他彻底倾覆了国家的大业，
甚至下令用火烧毁了刘家的祖庙。
紧接着汉献帝和官民不得不向长安迁都，
一路哭嚎尸骨遍地。
看到洛阳城内的惨状，
我像微子一样悲伤不已，充满了感伤。

【赏析】

　　曹操所作的《薤露行》交代汉末董卓之乱的前因后果，展现出当时重大的社会事件带来的巨大改变以及社会复杂生活的具体情况，表达了诗人对于汉室倾覆，征战不断，百姓遭受苦难的同情悲悯之情。

　　从"惟汉廿二世，所任诚不良。"到"沐猴而冠带，知小而谋强"这四句话主要是讽刺了何进智谋不足却想图谋大事，反倒落得身败名裂的下场。诗歌并未如实刻画何进如何犹豫不决，智谋不足，只是以最后君王被劫来暗喻，

刻画出何进的无能。

"白虹为贯日,己亦先受殃。"白虹贯日是天子命绝、大臣为祸的征兆。这应验在君王身上,而何进自己也落得身败名裂的下场。这两句话真实地记录了汉末的历史,同时表达了诗人鲜明的观点。

"贼臣持国柄,杀主灭宇京。"后寥寥几句曹操就将战后的悲惨场景描绘得呼之欲出,可见诗人驾驭语言能力之高超。

最后两句诗人发出了自己内心的感慨"瞻彼洛城郭,微子为哀伤。"表达了诗人对王公贵人之死以及战后悲惨场景的哀悼。

乐府诗

蒿里行

（汉）曹　操

关东❶有义士❷，兴兵讨群凶❸。
初期会盟津，乃心在咸阳。
军合力不齐❹，踌躇❺而雁行❻。
势利使人争，嗣❼还自相戕❽。
淮南弟称号，刻玺于北方。
铠甲生虮❾虱，万姓以死亡。
白骨露于野，千里无鸡鸣。
生民百遗❿一，念之断人肠。

【注释】

❶ 关东：函谷关，在今河南灵宝西南以东。❷ 义士：指起兵讨伐董卓的诸州郡将领。❸ 讨群凶：指讨伐董卓及其党羽。❹ 力不齐：指讨伐董卓的诸州郡将领力量不集中。❺ 踌躇（chóu chú）：犹豫不前。❻ 雁行（háng）：飞雁的行列，指诸军列阵后观望不前的样子。❼ 嗣（sì）：后来。❽ 自相戕（qiāng）：自相残杀。❾ 虮（jǐ）：这里是虱卵。❿ 遗：这里是剩下，遗留的意思。

【译读】

关东有义之士，都起兵讨伐董卓及其党羽等残暴的人。义士们起初希望联盟在孟津会合，同心讨伐长安董卓。

结果讨伐董卓的军队都自己打算，力量不齐无人先行。
权势财利引起争夺，随后各路军队间竟自相残杀起来。
袁术在淮南称帝，袁绍在北方利用皇帝刻下皇帝印玺。
战士常年征战铠甲生满虮虱，无数百姓失去家园生命。
白骨遍地荒野无人埋葬，千里之内甚至听不见鸡叫声。
百人中一人存活，这样的事实令人肝肠寸断无可奈何。

【赏析】

《蒿里行》是曹操所作的一首反映现实的史诗。诗歌前四句交代了故事发生的背景。关东的诸州郡将领想要通过讨伐这一举动来平定叛乱，拥护汉室。战士们一开始是这样打算的，然而结果如何呢？

结果讨伐董卓的各路军队反倒爆发了内部矛盾。而"淮南弟称号，刻玺于北方。"则是诗人对各方军队以讨伐为名，做争霸天下之事的行为给予无情揭露，表达了诗人对因此造成的战乱的愤慨。诗歌用极其凝练的语言将军队聚集到解散的过程描写清楚，成为了历史的真实记录。

从"铠甲生虮虱，万姓以死亡。"到"生民百遗一，念之断人肠。"诗人用简单深刻的语言将战争带给战士和百姓的影响刻画得清清楚楚，一幅幅战乱中悲惨凄凉的景象犹在眼前。从视觉听觉多个角度描绘了战争过后的破败景象。

语言生动，画面详实，猛烈地抨击了当时的社会现实，表达了作者对因战乱而处于水深火热之中的百姓的同情，给予了始作俑者无情地斥责和鞭挞，沉郁悲壮，发人深省。

观沧海

(汉)曹 操

东临❶碣石❷,以观沧❸海。
水何澹澹❹,山岛竦峙❺。
树木丛生,百草丰茂。
秋风萧瑟❻,洪波❼涌起。
日月之行,若出其中;
星汉❽灿烂,若出其里。
幸甚至哉,歌以咏志❾。

【注释】

❶临:登上,有游览的意思。❷碣(jié)石:山名。碣石山,河北昌黎碣石山。❸沧:通"苍",青绿色。❹澹(dàn)澹:水波摇动的样子。❺竦峙(sǒng zhì):耸立。竦,通"耸",高。❻萧瑟:树木被秋风吹的声音。❼洪波:汹涌澎湃的波浪。❽星汉:银河,天河。❾幸甚至哉,歌以咏志:太值得庆幸了!就用诗歌来表达心志吧。

【译读】

我东行过程中登上碣石山,观赏苍茫壮阔的大海。海水波涛汹涌,何其壮阔,山岛高高挺立在海边。树木郁郁葱葱,百草也开始茁壮生长,十分茂盛。萧瑟的秋风吹过,能看见海面上涌起的阵阵波涛。

太阳和月亮的运行,好像是从浩瀚的海洋中发出。银河星光灿烂,好像是从浩瀚的海洋中产生出来。我很高兴,就用这首诗歌来表达自己内心的志向。

【赏析】

《观沧海》是曹操的诗作,诗人借景抒情,把眼前的海上景色和自己的雄心壮志很巧妙地融合在一起,抒发了自己的雄心壮志。

"水何澹澹,山岛竦峙。"是诗人初见大海时,大海真实面貌的写照,是诗人对大海景色总的概括,使人的心胸一下子开阔起来。"树木丛生,百草丰茂。"诗人的视野由远及近,落到实处,看见了枝叶繁茂,各种说不出名的野草自由生长的景象,让人感叹它们的勃勃生机。"秋风萧瑟,洪波涌起。"平静的海水转眼间就变了一副模样,表现了诗人面对萧瑟秋风,依然气势壮阔的胸怀。诗人将海面的远景和近景描述清楚后,立刻加入了自己的想象。

"日月之行,若出其中;星汉灿烂,若出其里。"表明大海胸怀的广阔,它容纳万事万物,哪怕是耀眼的日月星辰。这句话诗人将大海的广阔与自己的胸怀相比,暗示着自己也像大海一样,胸怀宽广,胸襟开阔,抱负宏大,能够接纳不同的人才。最后一句话则是表达了诗人的感叹之情。

诗歌意境开阔,气势雄浑,全篇写景,然而情景交融,通过对波涛汹涌、吞吐日月的大海的生动描绘,让人能够看到诗人的奋发进取和壮阔胸襟,既表现了大海,也表现了诗人自己。抒发了诗人的同一国家的雄心壮志。

乐府诗

短歌行

(汉)曹 操

对酒当歌,人生几何?
譬如朝露,去日①苦多。
慨当以慷②,忧思难忘。
何以解忧?唯有杜康③。
青青子衿④,悠悠⑤我心。
但为君故,沉吟⑥至今。
呦呦⑦鹿鸣,食野之苹。
我有嘉宾,鼓瑟吹笙。
明明如月,何时可掇⑧?
忧从中来,不可断绝。
越陌度阡⑨,枉用相存⑩。
契阔谈䜩⑪,心念旧恩。
月明星稀,乌鹊南飞。
绕树三匝⑫,何枝可依。
山不厌高,海不厌深。
周公吐哺⑬,天下归心。

【注释】

①去日:过去的日子。②慨当以慷:当以,这里无实

际意义。指宴会上的歌声激昂慷慨。❸ 杜康：相传是最早造酒的人，这里代指酒。❹ 子衿（jīn）：子，对对方的尊称；衿，古式的衣领。❺ 悠悠：长久的样子，形容思虑连绵不断。❻ 沉吟：沉思，深思，这里指对贤才的思念和倾慕。❼ 呦呦：鹿叫的声音。❽ 何时可掇（duō）：什么时候可以摘取呢？掇，拾取，摘取。❾ 越陌度阡（qiān）：穿过纵横交错的小路。陌，东西向田间小路；阡，南北向小路。❿ 枉用相存：屈驾来访。枉，枉驾。⓫ 讌（yàn）：通"宴"。⓬ 三匝（zā）：三周。匝，周，圈。⓭ 吐哺（bǔ）：殷勤待士。

【译读】

一边喝酒一边高歌，人生短促日子匆匆而过。
就像朝露转瞬即逝，失去的时光实在是太多。
宴会上歌声激昂慷慨，但忧思却是难以忘怀。
什么能够减少忧虑呢？大概只有杜康酒了吧。
穿着青领的学子，你们让我思虑连绵不绝啊。
只是因为您的缘故，让我一直沉痛吟诵至今。
阳光下鹿群呦呦欢鸣，悠然自得啃食着青草。
有才能的人来到我这，我奏瑟吹笙宴请嘉宾。
当空悬挂的明月啊，什么时候我才有幸拾得。
我心中的郁闷愤慨之情啊，没有暂停的时候。
远方的人屈尊降贵沿着田间小路前来看望我。
久别重逢畅快谈论，争相诉说着往日的情谊。
明月高悬星光稀疏，一群寻巢乌鹊向南飞去。
绕树飞了三周却没停下，哪里才是栖身之所？
高山不辞土石才巍峨，大海不弃涓流才壮阔。
我愿如周公般礼贤下士，愿天下贤才归顺我。

乐府诗

【赏析】

　　《短歌行》通过对时光易逝、贤才难得的描写，抒发了自己求贤若渴的感情，表现出统一天下的雄心壮志和自强不息的进取精神。

　　诗歌第一节主要抒写了诗人对人生苦短的忧叹。第一节中有两个忧，也有两处都提到了"酒"，心情忧伤，借酒消愁，同时通过"譬如朝露，去日苦多"的形象比喻，为全诗奠定了悲凉的气氛。

　　诗人用酒来作开头引出对人生苦短的忧叹。同时以酒结尾，来渲染自己的郁郁心情。诗人生逢乱世，目睹百姓颠沛流离，肝肠寸断，因而渴望建功立业，改变现状，发出了人生苦短的忧叹。

　　第二节开头，诗人借用"青青子衿，悠悠我心。纵我不往，子宁不嗣音？"中表达女子表达思念恋人心情的"青青子衿，悠悠我心"直接表达了诗人对于贤才的渴求和思念，同时也隐隐意味着诗人无法一个一个去寻觅贤才，希望他们能够主动投奔的心情。

　　紧接着诗人又借助"呦呦鹿鸣，食野之苹。"描述了野鹿呦呦地叫，欢快地吃着野地里的艾蒿来表达自己对于贤才的渴望之情，"我有嘉宾，鼓瑟吹笙"更是将这一心情表现得更加彻底，一个渴望建功立业，求贤若渴的诗人形象立刻出现在眼前。

　　"明明如月，何时可掇？忧从中来，不可断绝。"这句话看似在写景色，实际上是在描写诗人对于贤才的渴求，他将贤才比作明月，将自己不知道什么时候才能够找到贤才的忧虑心情直接抒发出来，进一步表现了诗人渴望得到

贤才的心思。

"越陌度阡，枉用相存。契阔谈䜩，心念旧恩。"诗人前面刚刚抒发了贤才难求的哀愁，后面就描写了往日贤才历经艰难万险来到他身边的场景，诗人心中的喜悦之情喷涌而出。前后对照，节奏明快，使全诗更有抑扬低昂、反复咏叹之致，加强了抒情的浓度。

"月明星稀，乌鹊南飞。绕树三匝，何枝可依。"诗人求贤若渴的心情进一步加深。诗人借用乌鹊难寻栖身之地的景象，奉劝那些仍然在徘徊犹豫的人才，要赶快下定决心，不要三心二意，要善于择枝而栖，赶快到诗人的阵营来。

"山不厌高，海不厌深。周公吐哺，天下归心。"点明主旨，直抒胸臆，将政治内容和意义与浓郁的抒情意境相融合，准确而巧妙地运用了抒情手法，寓理于情，以情感人。表达了作者求贤若渴，希望人才都来投靠自己的思想感情。

乐府诗

燕歌行

（三国）曹丕

秋风萧瑟天气凉，草木摇落❶露为霜，群燕辞归鹄❷南翔。

念君客游思断肠，慊慊❸思归恋故乡，君何淹留寄他方？

贱妾茕茕❹守空房，忧来思君不敢忘，不觉泪下沾衣裳。

援琴鸣弦发清商❺，短歌微吟不能长。

明月皎皎照我床，星汉西流夜未央❻。

牵牛织女遥相望，尔❼独何辜限河梁。

【注释】

❶ 摇落：这里指凋残。❷ 鹄（hú）：水鸟，形状像鹅，体较鹅大，鸣声宏亮，也称天鹅。❸ 慊（qiàn）慊：空虚的感觉。❹ 茕（qióng）茕：形容孤独无依靠的样子。❺ 清商：乐名。清商音节短促。❻ 夜未央：夜已深而未尽的时候。❼ 尔：指牵牛，织女。

【译读】

秋风萧瑟，寒风阵阵，天气骤然转凉，草木凋谢，露水凝结成了白霜，燕群辞归，天鹅南飞。

古典诗文精品选读

想到出门远游的人我不禁肝肠寸断，内心空虚十分思念故乡，不知远游的人为什么滞留在外。

我孤零零独守空房，忧愁的时候思念你不敢相忘，不知不觉中竟然泪流满面，泪水打湿了衣裳。

拨动琴弦发出丝丝哀怨。短歌轻吟唱不成一曲长歌。

皎洁的月光照着我的空床，星河向西流，长夜漫漫。

牵牛织女遥遥观望，你们有什么罪过，被天河阻挡。

【赏析】

曹丕的《燕歌行》是今存最早的一首完整的七言诗。诗歌主要叙述了一位女子对丈夫的思念。

诗歌的开头展示了一幅秋色图，这样凄清萧条的景色引发了女子的思念之情。

"慊慊思归恋故乡,君何淹留寄他方?"是女子对于离人的质问,女子在家中时常惦念着你,牵肠挂肚,愁肠百结,你到底是因为什么才留在外面,没有归家呢?紧接着描述了女子茕茕孑立,孤身一人的场景,这种难以排遣的哀愁,是女子思念之情的真实写照。

"援琴鸣弦发清商,短歌微吟不能长。"女字在这秋月秋风的夜晚,愁怀难释,她取过瑶琴想弹一支清商曲,以遥寄自己难以言表的衷情,但是口中吟出的都是急促哀怨的短调,总也唱不成一曲柔曼动听的长歌。女子忧伤到了极点,怎么还能弹出其他曲调呢?

"明月皎皎照我床,星汉西流夜未央。牵牛织女遥相望,尔独何辜限河梁?"月光皎洁,星河灿烂,漫漫长夜,女子却难以入眠,她不由自主地将目光转向天空中的牵牛星和织女星,思念到自己和离人分隔两地的处境,不由触景生情,感叹道:"唉,牛郎织女,我可怜的苦命的伙伴,你们到底有什么罪过才叫人家把你们这样地隔断在银河两边呢?"

女子的感叹既是对牵牛织女的感叹,也是对自身处境的同情和感慨。

诗歌笔致委婉,语言清丽,感情缠绵,在抒情女主人公的感情、心理描绘得淋漓尽致,她炽烈而又含蓄,急切而又端庄。同时将写景与抒情巧妙交融,构成了一种千回百转、凄凉哀怨的风格。

西洲曲

(南北朝)佚 名

忆梅下西洲,折梅寄江北。
单衫杏子红,双鬓鸦雏色[1]。
西洲在何处?两桨桥头渡[2]。
日暮伯劳[3]飞,风吹乌臼树。
树下即门前,门中露翠钿[4]。
开门郎不至,出门采红莲。
采莲南塘秋,莲花过人头。
低头弄莲子,莲子清如水。
置莲怀袖中,莲心彻底红。
忆郎郎不至,仰首望飞鸿[5]。
鸿飞满西洲,望郎上青楼[6]。
楼高望不见,尽日栏杆头。
栏杆十二曲,垂手明如玉。
卷帘天自高,海水摇空绿。
海水梦悠悠,君愁我亦愁。
南风知我意,吹梦到西洲。

【注释】

❶ 鸦雏色:像小乌鸦一样的颜色。形容女子的头发乌黑发亮。❷ 两桨桥头渡:从桥头划船过去,划两桨就到了。❸ 伯劳:鸟名,吃昆虫和小鸟。❹ 翠钿(diàn):用翠玉做成或镶嵌的首饰。❺ 望飞鸿:这里暗含有望书信的意思。❻ 青楼:油漆成青色的楼。

【译读】

思念梅花想去西洲,折下梅花寄去长江北岸。
她单薄的衣衫像杏子般红,头发如乌鸦般黑。
西洲在哪里呢?从桥头划船,划两桨就到了。
天色已晚伯劳鸟飞走了,晚风吹拂着乌桕树。
树下就是她的家,门里出现了她翠绿的钗钿。
她打开家门没有看到心上人,就出门采红莲。
她来到南塘采摘莲子,莲花已经高过了人头。
她低下头拨弄水中莲子,莲子像湖水一样青。
把莲子藏在袖子里,看见莲心红得通透彻底。
思念郎君郎君却没来,抬头仰望天上的鸿雁。
西洲天空中飞满雁儿,她走上高楼遥望郎君。
楼台虽高却望不到郎君,她整天倚在栏杆上。
栏杆弯弯曲曲通向远处,双手垂下洁白如玉。
卷帘之外天空高远,如海水般荡漾一片深绿。
海水像梦一般悠悠然然,郎君和我同样忧愁。
南风如果知道我的情意,请把此梦吹到西洲。

【赏析】

《西洲曲》是南朝乐府民歌中少见的长篇。全文感情

十分细腻,这一时期民歌中最成熟最精致的代表作之一。

首句"忆梅下西洲,折梅寄江北。"由"梅"引出过去女子与情人在西洲游乐的美好回忆以及现在对情人的思念。紧接详细描述了女子采莲的过程,女子此刻却在思念着自己的心上人,只可惜"忆郎郎不至",女子只能抬头望向天上飞过的鸿鸟,希望它能将自己的相思带给心上人。

"鸿飞满西洲,望郎上青楼。"借用天空高远和海水弥漫来写出女子密密的情思。"海水梦悠悠,君愁我亦愁。"以景写情,将自己泛起的阵阵哀愁比作悠悠的海水,写出了女子对于离人的思念。最后两句则发出了自己的哀求,希望南风能将自己的绵绵情意吹到西洲,让心上人知晓。

诗歌语言质朴,情感细腻,托物寄情,将女子相思想念的深情,娓娓道来,婉转倾吐真情,十分耐人寻味。

木兰辞

（南北朝）佚　名

唧唧①复唧唧，木兰当户织。不闻机杼声②，唯闻女叹息。问女何所思，问女何所忆③，女亦无所思，女亦无所忆。

昨夜见军帖④，可汗⑤大点兵。军书十二卷⑥，卷卷有爷⑦名。阿爷无大儿，木兰无长兄。愿为市鞍马⑧，从此替爷征。

东市买骏马，西市买鞍鞯⑨，南市买辔头⑩，北市买长鞭。旦辞爷娘去，暮宿黄河边。不闻爷娘唤女声，但闻黄河流水鸣溅溅⑪。旦辞黄河去，暮至黑山头。不闻爷娘唤女声，但闻燕山胡骑⑫鸣啾啾⑬。

万里赴戎机⑭，关山度若飞。朔气传金柝⑮，寒光照铁衣，将军百战死，壮士十年归。

归来见天子⑯，天子坐明堂⑰。策勋十二转⑱，赏赐百千强⑲。可汗问所欲，"木兰不用尚书郎⑳，

愿驰千里足，送儿还故乡"。

爷娘闻女来，出郭相扶将。阿姊闻妹来，当户理红妆㉑。小弟闻姊来，磨刀霍霍㉒向猪羊。开我东阁门，坐我西间床。脱我战时袍，著㉓我旧时裳。当窗理云鬓㉔，挂镜帖㉕花黄。出门看伙伴，伙伴皆惊惶。同行十二年，不知木兰是女郎。

雄兔脚扑朔，雌兔眼迷离；双兔傍地走，安能辨我是雄雌㉖？

【注释】

❶ 唧（jī）唧：纺织机的声音。一说为叹息声，意思是木兰无心织布，停机叹息。❷ 机杼（zhù）声：织布机发出的声音。机，指织布机；杼，织布梭子。❸ 忆：思念，惦记的意思。❹ 军帖（tiě）：古代指军事文告。❺ 可汗（kè hán）：古代西北地区民族对君主的称呼。❻ 军书十二卷：征兵的名册很多卷。十二，指很多，不是确指。❼ 爷：和下文的"阿爷"一样，都指父亲。❽ 愿为市鞍（ān）马：愿意去买马鞍和马匹。市，买；鞍马，指马和马具。❾ 鞯（jiān）：垫马鞍的东西。❿ 辔（pèi）头：驾驭牲口用的嚼子、笼头和缰绳。⓫ 溅（jiān）溅：水流激射的声音。⓬ 胡骑：胡，古代对北方少数民族的称呼。胡人的战马。⓭ 啾（jiū）啾：马叫的声音。⓮ 万里赴戎机：不远万里，奔赴战场。戎机，指战争。⓯ 金柝（tuò）：即刁斗。军用铜器，三足一柄，白天用来做饭，晚上用来报更。⓰ 天子：即前面所说的"可汗"。⓱ 明堂：明亮的厅堂，此处指宫殿。

乐府诗

⑱ 转：勋级每升一级叫一转，十二转为最高的勋级。⑲ 赏赐百千强（qiáng）：赏赐很多的财物。百千，形容数量多；强，有余。⑳ 尚书郎：尚书省的官。尚书省是古代朝廷中管理国家政事的机关。㉑ 红妆：指女子的艳丽装束。㉒ 霍（huò）霍：拟声词，磨刀的声音。㉓ 著（zhuó）：通"着"，穿。㉔ 云鬓（bìn）：形容女子鬓发盛美繁多。㉕ 帖（tiē）花黄：古代女子将黄色花瓣状的面饰贴在额上，作为装饰。㉖ 双兔傍地走，安能辨我是雄雌：两只兔子贴着地面跑，怎能辨别哪个是雄兔，哪个是雌兔呢？

【译读】

叹息声一声接着一声，木兰正对着房门织布。听不见织布机织布的声音，只听见木兰的叹息声。问木兰在思考什么？问木兰在忧虑什么？木兰说自己什么也没有思考，什么也没有忧虑。

昨天晚上看见征兵文书，知道君主在大规模征兵，征兵的文册有很多卷，每一卷都有自己父亲的名字。父亲没有大儿子，木兰没有兄长，木兰愿意到集市上去买马鞍和马匹，从此替代父亲去征战。

木兰到东边的集市上买了骏马，西边的集市上买了马鞍，南边的集市上买了辔头，北边的集市上买了长鞭。木兰早上辞别父母上路，晚上就在黄河边休息，她听不见父母呼叫女儿的声音，只听见黄河水奔腾流淌的声音。木兰早晨离开黄河一路急行，晚上就到达了黑山头，她听不见父母呼叫女儿的声音，只听见胡人战马啾啾的鸣叫声。

木兰身跨战马，奔往战场，飞越一道道关口，一座座高山，寒光映照着身上冰冷的铠甲。战争旷日持久，战斗

激烈悲壮。将士们十年征战，历经一次次残酷的战斗，有的为国捐躯，有的转战多年胜利归来。

木兰从战场上回来之后拜见天子，天子坐在朝堂之上论功行赏，给木兰记了最高级的功勋，赏赐给她无数的财宝。天子问木兰有什么要求，木兰说不愿做尚书郎，希望骑上千里马，回到故乡。

木兰的父母听说女儿回来了，互相搀扶着到城外迎接她；姐姐听说妹妹回来了，对着门户梳妆打扮起来；弟弟听说姐姐回来了，忙着霍霍地磨刀杀猪宰羊。木兰打开东阁、西阁的门，坐在自己的床上，脱去打仗时穿的战袍，穿上从前女儿时的衣服，对着窗子整理自己像乌云一样充满光泽的头发，对着镜子在额头上仔细地贴好花黄。走出去看一起打仗的伙伴，伙伴们很吃惊，没想到和木兰同行数年之久，竟然不知她是女孩。

提着兔子耳朵让它悬在半空中时会发现雄兔两只前脚时时动弹，而雌兔两只眼睛时常眯着，所以容易分辨。但是当雄雌两兔一起并排跑，怎么能够分辨清楚哪个是雄兔哪个是雌兔呢？

【赏析】

《木兰诗》是中国南北朝时期北方的一首长篇叙事民歌，也是一篇乐府诗。这篇文章讲述了木兰以女子身份代父从军的一系列过程，内容充实，充满趣味性，整篇文章充满了传奇色彩。

诗歌首段，介绍了木兰代父从军的相关背景。首句"唧唧复唧唧"开始，便营造出一位女子窗前织布的景象，然而女子织布时断时续，偶尔叹息，到底有什么隐情呢？"昨夜见军帖,可汗大点兵。军书十二卷,卷卷有爷名。"寥寥几句,将木兰心不在焉的原因交代清楚。同时引出后面木兰没有兄长的家庭境况,以及年迈的父亲难以禁得住战场环境的肆虐和敌人的袭击,为木兰代父从军做出了铺垫。

紧接着,诗歌就详细介绍了木兰从军前的准备,她出发购买战争上需要的各种物资,包括骏马,马具,长鞭等,诗人使用"东""南""西""北"四个方位词,突出了木兰有条不紊的性格,着重刻画出了木兰对此事的重视,夸张地表现出了木兰高效的执行力和战事的紧急。

物资齐全之后,是对木兰一路行程的描写,交代了木兰距离战场越来越近的情景,而"黄河流水鸣溅溅""燕山胡骑鸣啾啾"之声,也从侧面表现出了这位坚毅的女子离战场越近,对亲人越思念的心情。

诗歌第三段用最简短的几句话,"万里赴戎机,关山度若飞。朔气传金柝,寒光照铁衣,将军百战死,壮士十年归。"就概括了木兰十年的征战生活,尽管描述的语句精简,但是战场环境的险恶,战场生活的艰难,历时时间的漫长,都由这几句话生动形象地表达出来。

第四段写木兰还朝辞官。通过天子赐给木兰奖赏的贵重,表现出木兰的战功赫赫,赞美了木兰以女子之身收获战功的厉害之处。而这位战场上归来的英勇将士放弃了尚书郎的职位,没有要求高官厚禄,只愿意能够骑着千里马,快马加鞭,一路疾驰返回家乡。这和它对家乡亲人的思念紧密相连,但是也和她是一位女子有很大关系,天子不知底里,木兰不便明言,颇有戏剧意味。

同时也刻画除了木兰的女儿情态,天子不知情的情况

下，木兰完全可以以女子身份在朝廷做官，继续报效国家，然而她终究和渴望建功立业的男子不同，能够早日归家，合家团聚是她最想做的事情了。

诗歌第五段则详细写出了木兰与亲人团聚的温馨时刻。这样一位愿意代父从军的女孩拥有着让人羡慕的亲情，诗歌以父母姊弟各个角色为迎接木兰归来做出的事情，描写家中的欢乐气氛，表现他们对木兰归家的热烈欢迎和期盼。

"开我东阁门，坐我西间床。脱我战时袍，著我旧时裳。当窗理云鬓，挂镜帖花黄。"诗人运用动作描写，将木兰归家团聚后的举动介绍得十分详细。

木兰从军十余年，日日以男装见人，而现在她终于能够像从前一样对镜梳妆，展现女儿家的美貌。诗歌描写了

木兰对故居的亲切感受和对女儿妆的喜爱，表现她归来后情不自禁的喜悦。

最后两句话则充满了趣味，"出门看伙伴，伙伴皆惊惶。同行十二年，不知木兰是女郎。"木兰以女子的装扮，出门和自己的战友见面，没想到战友纷纷受惊，十分慌乱，原来这十几年的从军生活中，没有任何人发现过木兰的秘密。这几句话是全诗的高潮，"惊惶"二字既突出了伙伴们的情绪，又让人捧腹大笑，使全诗的气氛达到高潮。

最后一段，用比喻作结。诗人以双兔在一起奔跑，难辨雌雄的例子，对木兰女扮男装、代父从军多年未被发现的奥秘进行了巧妙地解答，妙趣横生而又令人回味。

这首诗塑造了木兰这一经典的人物形象，既富有传奇色彩，而又真切动人。诗歌中的木兰既不是不懂感情只懂报效国家的冷冽形象，也不只是养在深闺中的小女儿形象，二者巧妙地融合在一起，使木兰的形象活泼生动，真切自然。她是巾帼英雄也是平民少女，是矫健的勇士也是娇美的女儿。她勤劳善良也坚毅勇敢，淳厚质朴也机敏活泼，热爱亲人也报效国家，不慕高官厚禄而热爱和平生活。

诗歌具有浓郁的民歌特色。繁简安排极具匠心，虽然写的是战争题材，但着墨较多的却是生活场景和儿女情态，富有生活气息。赋予了女性更多的可能。以风趣的比喻来收束全诗，令人回味。使作品具有强烈的艺术感染力。

战城南

(南朝)吴 均

蹀躞❶青骊马❷,往战城南畿❸。
五历鱼丽阵❹,三入九重围❺。
名慑❻武安将,血污秦王衣。
为君意气重,无功终不归。

【注释】

❶蹀躞(xiè dié):指小步行走的样子。❷骊马:黑马。❸畿(jī):区域,古代称靠近国都的地方。❹鱼丽阵:古代作战时军队布置的阵势。❺九重围:形容多层的围困。❻慑:震慑,使害怕。

【译读】

战士骑着青黑色的战马前往城南,想去那里参加战争。他曾经多次参加作战,也曾经多次突破敌人的包围圈。他的声名能和名将白起相比,他曾跟随秦王立下功勋。他十分注重报国立功,发誓没有建立功勋一定不归来。

【赏析】

《战城南》是吴均的作品。"蹀躞青骊马,往战城南畿。"诗歌首句,作者就描绘了一幅战士骑着青黑色的战马行走在去城南的路上,欲往那里参加战争的景象。

百姓对战争避之不及,很多征兵不愿踏上战场,他为

什么如此英勇呢？紧接着"五历鱼丽阵，三入九重围。"和"名慴武安将，血污秦王衣。"揭示了他曾经的赫赫威名，这样一位英勇善战的勇士，这样一个立功无数的人为什么又报名参军呢？

最后一句给出了我们答案，"为君意气重，无功终不归。"为了君王，他十分注重报国立功的意气，发誓如果自己没有建立功勋一定不会归来。

诗歌将战士前往城南参加战争的景色以及立下的功勋交代得十分清楚，最后一句话则表明了战士的决心。将诗歌的气氛渲染得悲壮慷慨，借战士之口表达了自己期望建功立业、立功边塞的壮志豪情。

代出自蓟北门行

(南朝)鲍 照

羽檄①起边亭,烽火入咸阳。
征师屯②广武,分兵救朔方③。
严秋筋竿劲,虏阵④精且强。
天子按剑怒,使者遥相望。
雁行⑤缘石径,鱼贯度飞梁。
箫鼓流汉思⑥,旌甲⑦被胡霜。
疾风冲塞起,沙砾⑧自飘扬。
马毛缩如猬,角弓⑨不可张。
时危见臣节,世乱识忠良。
投躯报明主,身死为国殇⑩。

【注释】

① 羽檄(xí):古代军事文书,插鸟羽以示紧急,必须迅速传递。② 屯:这里指驻兵防守。③ 朔方:汉郡名,在今内蒙古自治区河套西北部及后套地区。④ 虏(lǔ)阵:指敌方的阵容。⑤ 雁行:排列整齐而有次序,像大雁的行列一样。⑥ 流汉思:流露出对家国的思念。⑦ 旌(jīng)甲:旌旗与铠甲。⑧ 砾(lì):这里指小石,碎石。⑨ 角弓:以牛角做的硬弓。⑩ 国殇(shāng):指死于国事,为国牺牲的人。

乐府诗

【译读】

> 紧急军事文书从边塞岗亭传来,战争的消息传入咸阳。
> 征召的军队驻扎在广武县,将军队兵分几路拯救朔方。
> 敌人利用秋天寒冷弓坚矢劲特点入侵,敌军精锐强大。
> 天子大怒派使者督促战事,传送军情的使者往来不绝。
> 军队沿石行进如雁般整齐,士兵依次过桥如鱼般连贯。
> 响起军乐流露出汉人的思念,旌旗和铠甲上满是寒霜。
> 将士们不畏残酷天气环境,冒着疾风和沙砾奋勇作战。
> 天气寒冷,马毛像刺猬一样缩成团,弓箭也无法拉开。
> 危急时刻才能看清臣子气节,身处乱世更能辨识忠良。
> 将士们为报效明主奋勇杀敌,身死后成为牺牲的烈士。

【赏析】

鲍照所作《带出自蓟北门行》通过描写边塞战事的紧急和渲染边塞环境的恶劣,表现了战士从军为国,英勇赴难的壮志和激情,赞扬了他们的高尚情操。

诗歌首句就描写了边亭告警的紧急情况,"羽檄""烽火"强调了军情的紧急,后面两句话写出军队汇集,为后面战场上激烈的搏杀打下了基础。

紧接着诗歌描写了战事爆发前的景象。"严秋筋竿劲,房阵精且强。天子按剑怒,使者遥相望。"这四句话渲染了战前紧张的氛围,暗示着一场战事即将拉开帷幕,引起了读者的阅读兴趣。

"雁行缘石径,鱼贯度飞梁。箫鼓流汉思,旌甲被胡霜。"前面两句话用"雁行"和"鱼贯"两个比喻来说明军队的秩序井然,纪律严明,而后面两句写出了战场上的恶劣环境,表明了战士们不畏环境艰难的精神和必胜的决心。

"疾风冲塞起,沙砾自飘扬。马毛缩如猬,角弓不可张。"描绘了战争爆发时气候巨变的情况。这四句话借助马毛缩成一团,弓箭无法拉开的景象,更加鲜明地突出了环境的艰苦和战士们报效国家的坚定态度。

最后四句是全诗的精华,诗人颂扬了战士们奋勇杀敌,勇武刚强,竭力拼杀的态度,表达了他对战士们的无比崇敬之情。

诗歌在艺术和思想上达到了高度统一,情节紧凑曲折,用语巧妙自然,不断强调变化的环境和塑造将士们的形象,着重突出了汉军战争场面和环境,表达了自己对战士们的敬佩之情。

春江花月夜

(唐)张若虚

春江潮水连海平,海上明月共潮生。
滟滟❶随波千万里,何处春江无月明!
江流宛转绕芳甸❷,月照花林皆似霰❸。
空里流霜不觉飞,汀❹上白沙看不见。
江天一色无纤尘,皎皎空中孤月轮。
江畔何人初见月?江月何年初照人?
人生代代无穷已,江月年年望相似。
不知江月待何人,但见长江送流水。
白云一片去悠悠❺,青枫浦上不胜愁。
谁家今夜扁舟子❻?何处相思明月楼?
可怜楼上月徘徊,应照离人妆镜台。
玉户❼帘中卷不去,捣衣砧❽上拂还来。
此时相望不相闻,愿逐月华流照君。
鸿雁长飞光不度,鱼龙潜跃水成文。
昨夜闲潭❾梦落花,可怜春半不还家。
江水流春去欲尽,江潭落月复西斜。
斜月沉沉藏海雾,碣石潇湘无限路❿。
不知乘月几人归,落月摇情⓫满江树。

【注释】

① 滟（yàn）滟：形容水波闪动的样子。② 芳甸（diàn）：芳草丰茂的原野。甸，郊外之地。③ 霰（xiàn）：在高空中的水蒸气遇到冷空气凝结成的小冰粒，多在下雪前或下雪时出现。④ 汀（tīng）：水边平地，小洲。⑤ 悠悠：渺茫深远的样子。⑥ 扁舟子：飘荡江湖的游子。⑦ 玉户：用玉装饰的门，为门户的美称。⑧ 捣衣砧（zhēn）：捣衣石，捶洗衣服时用的石头。⑨ 闲潭：指幽静的水潭。⑩ 无限路：极言离人相距之远。⑪ 摇情：激荡情思，犹言牵情。

【译读】

春江水浩荡与大海连成片，海上明月和潮水仿佛共生。
水波闪动绵延万里，哪个地方的春江没有明月的笼罩！
江水曲曲折折环绕流淌，月光照在树林像细雪珠闪烁。
夜空的霜在月光照耀下看不见，洲上的白沙也看不清。
江水和天空成一色没有灰尘，天空只有一轮孤月高悬。
江边何人最早看见月亮，江上月亮哪年最早照耀过人？
人生一代代繁衍没有穷尽时，只有江上明月年年相似。
不知江上的月亮等待何人，只见长江水源源不断流淌。
游子像片白云缓缓离去，只有思妇站在青枫浦上忧愁。
哪家游子坐小船飘荡？何人在明月高悬的楼上相思？
可怜楼上月光一直徘徊不定，本应照在离人梳妆台上。
月光照在思妇门帘未被卷走，照在捣衣砧上未被拂掉。
望月倾诉对方也听不到，希望相思像月光一样跟随你。
鸿雁无法飞出无边月光，鱼龙在水中跳跃激起了波纹。
昨夜梦见花落闲潭，可惜春天过半自己还不能回家。
江水随春光一样正在流尽，水潭上的月亮又将要西落。

乐府诗

斜月慢慢下沉藏在海雾，碣石与潇湘的离人无限遥远。
不知几人能趁月光回家，西落的月摇荡离情洒满树林。

【赏析】

张若虚所作的《春江花月夜》名声斐然，几乎无人不知无人不晓，这首诗艺术成就极高，在诗歌中占有极其重要的地位。全诗紧扣春、江、花、月、夜五个字，描绘了一幅春江月夜图。

诗歌前四句描绘了春天里景象。不过短短四句话，就两次出现春江，明月，潮水和大海，景象交替出现，错综变换，将人带入到一个神奇美妙的境界中。最后一句话又为后面江月的描写奠定了基础。

"江流宛转绕芳甸，月照花林皆似霰。空里流霜不觉飞，汀上白沙看不见。"这四句诗描写了月色初升时的朦胧，将此时江水流淌，飞霜漫天的景象刻画得如梦如幻，让人沉醉。

"江天一色无纤尘，皎皎空中孤月轮。江畔何人初见月？江月何年初照人？"这样的景象不禁引发了诗人的深思。江边上是谁初次见到了月亮，高高悬挂在江面上空的月亮又是什么时候初次照耀着人们？诗人面对这一轮江月深深地思考着，满怀感慨和迷惘。

"人生代代无穷已，江月年年望相似。不知江月待何人，但见长江送流水。"诗人感慨江月常在而人生短促，江月年年如一日的等待，而人生就像流水一样不断地告别。运用拟人的手法，将江月拟人化，使得诗歌内容更加形象动人。诗歌月的叠用、人的叠用以及江的叠用，有一种音节美、韵律美，给人一种清峻雄奇之感。

"白云一片去悠悠,青枫浦上不胜愁。谁家今夜扁舟子?何处相思明月楼?"诗人对江月的描写告一段落,转而借景抒情。白云一片,悠悠来去,从江月清景、人生感慨一下子转向野浦扁舟和明月楼头,带出离人怨妇的主题。

紧接着诗歌对思妇进行了描写。"可怜楼上月徘徊,应照离人妆镜台。玉户帘中卷不去,捣衣砧上拂还来。"诗人既是在描写月光,又是在描写思妇的相思之情,尽管尽量不去思念离人,但这种感情自己哪里抑制得住呢?

"此时相望不相闻,愿逐月华流照君。鸿雁长飞光不度,鱼龙潜跃水成文。"这是思妇感情的真实写照,那些无法抑制的相思之情就像是满天的月光,盈满了整个天地,就是水中的鱼儿,时刻摆动,激起阵阵水纹。诗人借景抒情,坦率直接地表达了思妇的真挚感情。

"昨夜闲潭梦落花,可怜春半不还家。江水流春去欲尽,江潭落月复西斜。"诗人笔锋一转,从游子的角度进行描写。日有所思夜有所梦,游子常年在外奔波,也抑制不住自己的思念之情,想起了家人,想起了家乡的景色。"可怜"二字,是游子尚未归家的惋惜和哀叹。

"斜月沉沉藏海雾,碣石潇湘无限路。不知乘月几人归,落月摇情满江树。"斜月慢慢下沉藏在海雾里,碣石与潇湘的离人距离无限遥远。夜色凄迷,月光如水,不知有几人在这轮明月下赶回家去了,而我只能守着这野浦孤舟,思念着远方的亲人,看着那西落的月亮摇荡着将离情洒满了江边的树林。江流依旧,落月仍留,人间的万种离别之情都被月光照耀着洒满了树梢。

诗歌分为三部分,第一部分描写了凄美迷离的月色,

乐府诗

第二部分抒发自己的感慨，第三部分则描写了思妇游子的离愁别绪。以写月作起，以写月落结，把视角从明月、江流、青枫、白云不断转意思到水纹、落花、海雾等等众多的景物上，描绘了思妇、游子种种细腻的感情，环环紧扣，连绵不断，造成了柔和静谧的诗境，这种意境与所抒发的绵邈深挚的情感，十分和谐统一。

代悲白头翁

（唐）刘希夷

洛阳城东桃李花，飞来飞去落谁家？
洛阳女儿惜颜色，坐见落花长叹息。
今年花落颜色改，明年花开复谁在？
已见松柏摧为薪❶，更闻桑田变成海。
古人无复洛城东，今人还对落花风。
年年岁岁花相似，岁岁年年人不同。
寄言全盛红颜子，应怜半死白头翁。
此翁白头真可怜，伊昔红颜美少年。
公子王孙芳树下，清歌妙舞落花前。
光禄❷池台文锦绣❸，将军楼阁画神仙。
一朝卧病无相识，三春行乐在谁边？
宛转蛾眉❹能几时？须臾鹤发❺乱如丝。
但看古来歌舞地，唯有黄昏鸟雀悲。

【注释】

❶ 松柏摧为薪：松柏被砍伐作柴薪。❷ 光禄：光禄勋。用东汉马援之子马防的典故。❸ 文锦绣：指以锦绣装饰池台中物。❹ 宛转蛾眉：本为年轻女子的面部画妆，此代指青春年华。❺ 鹤发：这里指白发。

乐府诗

【译读】

洛阳城东的桃李花不断纷飞,飞来飞去不知落入谁家?
洛阳女子容貌艳丽,看见不断零落的花瓣便长声叹息。
今年我见花朵凋零衰败,明年不知谁能看见花开景象?
看见俊秀挺拔的松柏成为柴,听说桑田变成汪洋大海。
故人不再悲叹城东凋零之花,今人依旧面对落花伤怀。
年年盛开的鲜花都相似艳丽,只是看花之人不再相同。
转告正值青春年华的少年,应怜悯眼前这位白头老翁。
如今他白发苍苍真可怜,但他曾经也是一位妙龄少年。
曾与公子王孙在芳树下作乐,在落花前吟赏清歌妙舞。
曾像光禄勋以锦绣装饰池台,也曾在楼阁中涂画神仙。
如今一朝卧病在床无人理睬,曾经的春日行乐在哪呢?
美人的青春年华能保持多久呢?转眼间就满头白发了。
看看古往今来的歌舞之地,只剩黄昏的鸟雀不断悲啼。

【赏析】

　　诗歌将从女子有着娇艳的容颜,独坐院中,看着零落的桃李花而长声叹息时入手一直写到她成为白头老翁,一朝卧病在床,便无人理睬,往昔的三春行乐、清歌妙舞不知道到哪里去的时候。通过对自然轮回交替的变化,领悟出年华的转瞬即逝,深藏着对生命短促的悼惜之情,将红颜少年与白头翁进行对比,给人强烈的青春感叹。

　　同时,诗人把红颜女子和白头老翁的具体命运加以典型化,表现出这是一大群处于封建社会下层的男女老少的共同命运,因而提出应该同病相怜,具有"醒世"的作用。

　　诗的开头两句,"洛阳城东桃李花,飞来飞去落谁家?"描绘洛阳城东春日景色,桃花李花竞相开放,落入不知名

的人家。借此表达了对大好春光、少女时代的无限眷恋，以及对桃李花落、青春易逝的感伤和惋惜。

诗歌中间则描述了女子由少女到老翁的过程，告诫少年人时光易逝，要珍惜少年时。"洛阳女儿好颜色"以下十句，写出了年轻貌美的女子面对漫天飞舞的落花生出无限感慨。

时光易逝，红颜易老，沧海桑田，佳容难再，"年年岁岁花相似，岁岁年年人不同"两句，更是以优美、流畅、工整的对句集中地表现青春易老世事无常的感叹，富于诗的意境，具有哲理性，广为传诵。

结尾四句点明主旨，收束全诗。"宛转蛾眉能几时？须臾鹤发乱如丝"，感叹美貌的少女转眼之间将化作白发的老妇，惋惜青春难驻。"但看古来歌舞地，唯有黄昏鸟雀悲"两句，一切都如同过眼云烟，迅速消失了！往日繁华热闹的游乐场所，如今只有几只离群的鸟雀在清冷的暮霭中发出几声凄苦的悲鸣。

末句的最后一个"悲"字，是此诗的基调。诗歌巧妙交织运用各种对比，使用对偶、用典，抒发了女子对青春易逝，富贵无常的感慨，构思巧妙，结构严谨，语言优美，音韵和谐，使诗歌的艺术成就难以超越。

乐府诗

钓竿篇

（唐）沈佺期

朝日敛红烟，垂钓向绿川。
人疑天上坐，鱼似镜中悬。
避楫❶时惊透，猜钩每误牵❷。
湍危不理辖❸，潭静欲留船。
钓玉❹君徒尚，征金❺我未贤。
为看芳饵下，贪得会无筌❻。

【注释】

❶避楫(jí)：这里指躲避船桨。❷误牵：错误牵动钓线。❸理辖(xiá)：整理船辖。辖，鱼匣。❹钓玉：即钓誉，比喻选擢人才。❺征金：征金意为以黄金征，招贤能之士。❻筌(quán)：捕鱼的竹器。

【译读】

太阳从东方升起红霞渐退，我手持钓竿到绿水边垂钓。人仿佛端坐在云间垂钓，鱼儿慢游仿佛悬在明亮镜中。桨声响动鱼跳出水，抵挡不住香饵诱惑的鱼儿被钓出。水流湍急的地方难垂钓，潭深水静的地方正适合下钩。

古典诗文精品选读

学姜尚钓鱼恐难遇文王,明君招贤纳士我却并非人才。垂钓是乐趣无穷的事,钓者看鱼儿是否上钩令人愉悦!

【赏析】

《钓竿篇》描写的是垂钓嬉戏游湖之事,"朝日敛红烟"描绘早晨宏丽的景象。

"敛"字将人人看得见道不出的"朝日"与"红烟"的关系,形象逼真地表达出来了。而在此情此景之下,手持钓竿的人垂钓于绿水之上。将此时人物的悠闲自在,自得其乐体现得淋漓尽致。

"人疑天上坐,鱼似镜中悬",将此时的澄澈宁静表

现出来。天高云淡，气氛静谧，使得诗歌意境鲜明，音韵优美，同时虚实结合，引人入胜。

紧接着着重表现了人与物的情态，"避楫时惊透，猜钩每误牵"，是描摹游鱼的情状。阵阵桨声划破水边的宁静，有的鱼儿受惊时时跳出水面，有的对着鱼钩揣测、试探。寥寥几字，将鱼儿生动活泼，可爱自然的形态描写得活灵活现。

"湍危不理辖，潭静欲留船"，此时风景正好，诗人兴致正高，贪恋此时此景，却描述为景色不忍诗人离去，妙趣横生，令人读来兴味无穷。

"钓玉君徒尚，征金我未贤"，引用了姜尚谓滨钓鱼的曲故和燕昭王筑黄金台的典故。以揶揄和自嘲的口吻表达对于功名利禄的不屑一顾，与其追求加官晋爵，不如像现在一样垂钓于绿川之上，悠然自得，惬意自在，这样不是更畅快！

尾联"为看芳饵下，贪得会无筌"，夹叙夹议，垂钓是乐趣无穷的事情，钓者专心致志志地看着香饵被鱼儿吞下，鱼儿又禁不住香饵的诱惑，纷纷抢食饵料上钩入筌，真是人欢鱼跃啊！

诗人已经弃功名利禄而去，作为旁观者，看贪得利禄者汲汲营营也是一件有乐趣的事，同时告诫世人，不要太过贪婪，否则难免要被世网所牵。

将进酒

(唐) 李 白

君不见,黄河之水天上来,奔流到海不复回。
君不见,高堂①明镜悲白发,朝如青丝暮成雪。
人生得意②须尽欢,莫使金樽③空对月。
天生我材必有用,千金散尽还复来。
烹羊宰牛且为乐,会须④一饮三百杯。
岑夫子,丹丘生,将进酒,杯莫停。
与君歌一曲,请君为我倾耳听。
钟鼓⑤馔玉⑥不足贵,但愿长醉不愿醒。
古来圣贤皆寂寞,惟有饮者留其名。
陈王昔时宴平乐,斗酒十千恣欢谑⑦。
主人何为言少钱,径须⑧沽取对君酌。
五花马、千金裘⑨,呼儿将出换美酒,与尔同销⑩万古愁。

【注释】

① 高堂:房屋的正室厅堂。一说指父母。一作"床头"。
② 得意:适意高兴的时候。③ 金樽(zūn):形容精美的酒器。
④ 会须:这里是正应当的意思。⑤ 钟鼓:富贵人家宴会中奏乐使用的乐器。⑥ 馔(zhuàn)玉:形容食物如玉一样

乐府诗

精美。❼ 恣谑（zì xuè）：纵情玩笑。❽ 径须：干脆，只管。❾ 裘（qiú）：这里是皮衣的意思。❿ 销：同"消"。

【译读】

你可见黄河水从天流下，波涛滚滚奔流向海不再归来。
你可见厅堂明镜中长发，早上满头青丝晚上洁白如雪。
人生得意要尽情享受，不要让酒杯空空白白对着月亮。
上天造就我一定有用，金钱用尽后一定还能回到手中。
杀羊宰牛纵情欢乐，一口气喝上三百杯酒都不用嫌多。
岑夫子啊、丹丘生啊，你们快点喝酒不要停止啊。
让我为你们高歌一曲，请你们一定要认真侧耳倾听。
钟鼓乐器馔玉似的美食并不稀罕，只愿一直醉酒不醒。
圣贤之人自古就声名不显，只有善饮酒的人留下美名。
当年陈王曾摆宴享受，一斗美酒价值万钱仍开怀畅饮。
主人为何说钱已不多，你就只管拿酒让我和朋友对饮。
不管是五花马还是千金裘，你快拿去换酒，让我和你一起消除这万古愁思。

【赏析】

李白创作的《将进酒》非常形象地表现了李白桀骜不驯的性格。"君不见黄河之水天上来，奔流到海不复回。"诗歌首句起兴，描写了黄河从天而降，一泻千里的场景，境界壮阔，一股恢弘的气势扑面而来，激发了读者内心的豪迈之情。

"君不见高堂明镜悲白发，朝如青丝暮成雪。"这句话运用了比喻和夸张的修辞手法，将头发比喻成青丝和白雪，同时运用早晚头发颜色的变化，极力表明时间的仓促易逝，从诗歌首句空间方面的夸张转向时间角度的夸张，对镜自照，时光易逝的画面跃然纸上具有强烈的艺术力量。

"人生得意须尽欢，莫使金樽空对月。"既是诗人奉劝人们得意之时，要学会尽情享乐，也是诗人在警告众人，人生能得意的时光太过短暂，既然能够趁机行乐，就要抓住机会，以免日后悔恨。

"天生我材必有用，千金散尽还复来。"是诗人对自我的肯定，充满了嚣张的自信，从貌似消极的现象中透露出了深藏其内的一种怀才不遇而又渴望入世的积极的态度。

"烹羊宰牛且为乐，会须一饮三百杯。"是诗人对前面驱使金钱而不为金钱驱使的证明。这样豪放的态度，源于作者内心的自信和狂傲。"岑夫子，丹丘生，将进酒，杯莫停。"几个短句，使诗歌的节奏富于变化，仿佛让我们听到了诗人在席上频频地劝酒。酒逢知己千杯少，兴到浓时，他还想要高歌一曲，希望志趣相投的朋友能够认真倾听。剩下的八句就是诗人的高歌了。

"钟鼓馔玉不足贵，但愿长醉不愿醒。"是诗人酒后吐露的真言，诗歌感情也由豪放不羁转向愤慨不已。"古来圣贤皆寂寞，惟有饮者留其名。"这两句话同样是愤慨之语，圣贤者自古以来就不受重用，诗歌借这句话表达自己怀才不遇的寂寞之情。

"陈王昔时宴平乐，斗酒十千恣欢谑。" 陈王曹植当年设宴平乐观，喝着名贵的酒纵情地欢乐。诗人以前人之事举例，才表达自己的怀才不遇之情。曹植是李白心中视作榜样的人，他饱受猜疑，不受重用的经历和当前李白的境遇相同，是最好的示例，激起诗人的同情，诗歌饱含了

一种深广的忧愤和对自我的信念,悲而不伤,悲而能壮。

"主人何为言少钱,径须沽取对君酌。"这句诗歌和前文相照应,你为何说我的钱不多?你就只管把这些钱用来买酒一起喝吧。诗情再次转为豪放,而且越来越狂傲。"五花马、千金裘,呼儿将出换美酒,与尔同销万古愁。"名贵的五花良马,昂贵的千金皮衣,快叫侍儿拿去统统来换美酒吧,让我们一起来消除这无尽的哀愁。即使千金散尽,诗人也要一醉方休,"呼儿""与尔"口气甚大,表现出诗人将宾作主的情态。诗情至此狂放至极,令人赞叹。

通观全篇,大起大落,气象不凡,诗歌具有震动古今的气势与力量,情节跌宕起伏,引人深入,感情充沛,思想内容深沉,艺术表现成熟,是李白的代表之作。

老将行

(唐)王 维

少年十五二十时,步行夺得胡马骑。
射杀山中白额虎,肯数邺下黄须儿!
一身转战三千里,一剑曾当百万师。
汉兵奋迅如霹雳,虏骑崩腾畏蒺藜❶。
卫青不败由天幸,李广无功缘数❷奇。
自从弃置便衰朽,世事蹉跎成白首。
昔时飞箭无全目,今日垂杨生左肘。
路旁时卖故侯瓜,门前学种先生柳。
苍茫古木连穷巷,寥落寒山对虚牖❸。
誓令疏勒❹出飞泉,不似颍川空使酒❺。
贺兰山下阵如云,羽檄交驰日夕闻。
节使三河募年少,诏书五道出将军。
试拂铁衣如雪色,聊持宝剑动星文。
愿得燕弓射大将,耻令越甲鸣❻吾君。
莫嫌旧日云中守,犹堪一战取功勋。

【注释】

❶ 蒺藜(jí lí):本是有三角刺的植物,此指铁蒺藜,战地所用障碍物。❷ 数:这里是命运的意思。❸ 牖(yǒu):

乐府诗

窗户。❹ 疏勒：这里指汉疏勒城，不是疏勒国。❺ 使酒：恃酒逞意气。❻ 鸣：这里是惊动的意思。

【译读】

从十五岁开始从军报国，那时徒步就能夺得胡人兵马。
拉弓射箭能杀死山中的白虎，建立的功勋堪比黄须儿！
身经百战驰骋沙场几千里，凭借一把剑抵挡百万雄师。
汉军声势浩大如惊雷，敌军兵荒马乱互相践踏遇蒺藜。
卫青不败是因为天神辅助，李广无功是因为命运不济。
自从被摈弃不用意气不平，岁月流逝，双鬓逐渐斑白。
以前百步穿杨飞箭射雀无目，如今不操弓左肘生疡瘤。
为生计在路旁卖瓜，效仿陶渊明在门前种上绿杨垂柳。
古树苍茫一直延伸到深巷，寥落寒山空对着冷寂窗牖。
发誓学耿恭在疏勒祈井得泉，而不是随意发牢骚酗酒。
贺兰山下战士列阵如云，紧接军事文书日夜频频传闻。
持节使臣去三河招募年轻士兵，诏书令将军赶快出兵。
老将把铁甲擦拭光洁如雪，手挥宝剑闪动剑上七星纹。
希望得到燕地好弓射杀敌将，不让敌人甲兵惊动国君。
莫嫌当年云中太守又复职，还能一战为国家建立功勋。

【赏析】

　　王维所作的《老将行》讲述了一位将士的一生，十五岁从军报国，从此东征西战，功勋卓著，结果竟然被弃，从此以躬耕叫卖为业，没想到边塞战争又起，老人不计前嫌，再次提枪上阵，报效国家。歌颂了将士的高尚情操。

　　诗歌前十句描写了战士少年时期从军报国，战功显赫和最终的不平遭遇。"一身转战三千里，一剑曾当百万师。"

  他身经百战驰骋沙场几千里，曾经凭借一把剑抵挡百万雄师，着重表现了将士少年时的英勇无畏和卓越功绩。有这样的将士带领军队，汉军声势迅猛如惊雷霹雳，将汉军的气势高昂和敌人的兵荒马乱相对比，突出了一位强大的将领对战场的影响。

  紧接着诗人笔锋一转，"卫青不败由天幸，李广无功缘数奇。"借用卫青不败是由于天神辅助，李广无功却缘于命运不济的典故，暗示了这位将领没有得到应有的待遇，讽刺了统治者任人唯亲，赏罚不明的做法，表达了对将领遭遇的同情。

  从"自从弃置便衰朽，世事蹉跎成白首。"开始着重描写老将被弃后的生活，他从遭遇不公平待遇后一下子失去了心气，岁月流逝，意气不平，甚至头发都已经斑白。当年他百步穿杨，像后羿一样能够射雀而使其双目不全，但是如今长时间不操弓，左肘上竟然生了疣瘤。将老将的心情抑郁表现得细致入微，渲染了悲凉的气氛。

  "路旁时卖故侯瓜，门前学种先生柳。"说明昔日战功赫赫的老将竟然只能以躬耕为业，而"苍茫古木连穷巷，寥落寒山对虚牖"则着重渲染了老将的生活环境，这样空寂无人的氛围，是世态炎凉的真实写照。所幸老将心胸尚且开阔，没有酗酒度日。

  本以为生活就此沉寂，想到塞外战争又起。紧接着诏书令号召将军们分五路出兵。"试拂铁衣如雪色，聊持宝剑动星文。"老将听到这个消息之后，激动难耐，揩拭铁甲，使其光洁如雪色，手挥宝剑，看剑上的七星纹不断闪动。即使曾经遭遇不平，老将仍然以忠君报国为首，赞扬了老

将的高尚情操。

最后两句更是表明了老将的高尚情操,"愿得燕弓射天将,耻令越甲鸣吾君。"

"莫嫌旧日云中守,犹堪一战取功勋。"希望得到燕地的好弓射杀敌将,绝对不让敌人的甲兵惊动国君。希望战士们不要嫌弃我这个曾经的云中太守又复职,我还堪得一战为国家建立功勋。借用典故,表明老将愿意杀敌报国的决心。

诗歌语言质朴,大量用典,生动形象地描写了老将建立功勋,遭遇不平后生活惨淡,最终提剑再次上战场报效国家的一生。塑造了一位忠君爱国,不计恩怨的忠诚将领的形象,讽刺了统治者的冷酷无情,赞扬了老将的爱国热忱。

蜀道难

（唐）李　白

　　噫吁嚱①，危乎高哉！蜀道之难，难于上青天！

　　蚕丛及鱼凫，开国何茫然！尔来②四万八千岁，不与秦塞③通人烟。西当太白有鸟道，可以横绝峨眉巅。地崩山摧④壮士死，然后天梯⑤石栈相钩连。

　　上有六龙回日之高标，下有冲波逆折之回川。黄鹤⑥之飞尚不得过，猿猱⑦欲度愁攀援。青泥何盘盘⑧，百步九折萦⑨岩峦。扪参历井⑩仰胁息，以手抚膺⑪坐长叹。

　　问君西游何时还？畏途巉岩⑫不可攀。但见悲鸟号古木，雄飞雌从绕林间。又闻子规⑬啼夜月，愁空山。蜀道之难，难于上青天，使人听此凋⑭朱颜！

　　连峰去天不盈尺，枯松倒挂倚绝壁。飞湍⑮瀑流争喧豗⑯，砯崖⑰转石万壑雷。其险也如此，嗟尔远道之人胡为乎来哉！

　　剑阁峥嵘而崔嵬⑱，一夫当关，万夫莫开。所守或匪亲⑲，化为狼与豺。

朝避猛虎，夕避长蛇，磨牙吮血，杀人如麻。锦城[20]虽云乐，不如早还家。蜀道之难，难于上青天，侧身西望长咨嗟[21]！

【注释】

[1] 噫吁嚱（xī）：惊叹声，蜀方言，表示惊讶的声音。[2] 尔来：从那时以来。[3] 秦塞：秦代所建的要塞。秦国四周有山川险阻，自古称为"四塞之地"。[4] 摧：这里是倒塌的意思。[5] 天梯：比喻高而险的山路。[6] 黄鹤：传说中仙人所乘的一种鹤，是善飞的大鸟。[7] 猿猱（náo）：蜀山中最善攀援的猴类。[8] 盘盘：曲折回旋的样子。[9] 萦：盘绕。[10] 扪参（mén hēn）历井：形容世路艰难。扪，用手摸；历，经过。[11] 膺（yīng）：这里是胸的意思。[12] 巉（chán）岩：一种陡而隆起的岩石，指险恶陡峭的山壁。[13] 子规：杜鹃的别名。[14] 凋：使动用法，使……凋谢，这里指脸色由红润变成铁青。[15] 飞湍（tuān）：用来形容水流急速。[16] 喧豗（huī）：纷乱吵闹之声。指急流和瀑布发出的响声。[17] 砯（pīng）崖：水撞石之声。砯，水冲击石壁发出的响声，这里作动词用，冲击的意思。[18] 崔嵬（wéi）：形容山势高大雄峻的样子。[19] 或匪亲：倘若不是可信赖的人。匪，同"非"。[20] 锦城：成都古代以产棉闻名，朝廷曾经设官于此，专收棉织品，故称锦城或锦官城。[21] 咨嗟：这里是叹息的意思。

【译读】

　　啊,多么挺拔多么巍峨啊!蜀道难于攀登就像是难于登天一样。

　　传说自从蚕丛和鱼凫建立蜀国,建国的时间已经无法清楚知道。但是距离现在至少有四万八千年,这期间秦蜀一直没有人通过。西边太行山上有鸟儿飞行的通道,从那里可以到达峨眉山顶端。山崩地裂压死蜀国五壮士之后,这样才有天梯和栈道相互通连。

　　上面有能够挡住太阳神六龙车的高山,下面有曲折湍急的河川。善于高飞的黄鹤飞不过,善于攀缘的猿猴也发愁不知如何通过。青泥岭多么曲折盘旋难攀登,百步之内就有九个弯道绕山盘旋。登山的人举起手来能摸到星辰,用手抚胸感叹这样的高峻山川。

　　好朋友啊不知道你什么时候才会回来,路上岩石遍布难以攀登。只看见悲鸟在古树上不断哀鸣,雌雄相随在林间飞舞。又听子规夜间鸣叫,愁思绵绵遍布空山。蜀道难于攀登就像是难于登天一样,让人听了之后就脸色大变。

　　山峰相连高高耸立离天不到一尺,枯老的松树倚贴在绝壁之上。瀑布喧腾着向前,流水击打在岩石上发出的声音像是惊雷阵阵。蜀道的艰险也就是这样罢了,远方的人不知道你为什么还要来。

　　剑阁高耸入云巍峨挺立,只要有一人防守千军万马也难以攻占。驻守的官员如果不是近亲,很有可能会化作豺狼虎豹就此造反。

　　清晨你要躲开猛虎的攻击,晚上你要小心长蛇的侵犯。豺狼虎豹磨牙吮血,毒蛇猛兽杀人如麻。锦官城虽然是一个玩乐的好地方,但是也比不上早点回到家里。蜀道难于攀登就像是难于登天,令人侧身望见时都忍不住长叹!

【赏析】

李白所作的《蜀道难》描绘了蜀道峥嵘,一路上奇丽惊险的山川极其不可凌越的气势,赞美了属地山川的壮美,表达了对祖国大好河山的咏叹。

诗歌首句就感叹蜀地山川的险峻。"噫吁嚱,危乎高哉!蜀道之难,难于上青天!"连用两个排比句来强调蜀道又危险又挺拔,同时运用夸张手法,将蜀道之难与登天之难相对比,再次强调了蜀道地势的险峻。

"蚕丛及鱼凫,开国何茫然!尔来四万八千岁,不与秦塞通人烟。"诗人从时间跨越的维度上来突出蜀道的艰险,"四万八千岁"极言时间之长,而如此漫长的时间,不知道诞生过多少能人异士,不知道发明过多少新奇技术,然而仍然没有任何朝代能够将蜀地的道路沟通,从侧面烘托了此地的难以跨越。

"西当太白有鸟道,可以横绝峨眉巅。地崩山摧壮士死,然后天梯石栈相钩连。"这几句诗说明蜀道的难行。诗人运用夸张的修辞手法,极力渲染蜀道是历史上不可逾越的险阻,并融汇了五丁开山的神话,点染了神奇色彩,具有引人入胜的妙用。

"上有六龙回日之高标,下有冲波逆折之回川。黄鹤之飞尚不得过,猿猱欲度愁攀援。"诗人开始描写蜀道周围的环境,蜀中上有高山,突兀而立,高耸入云,与天相接,甚至能够挡住太阳神六龙车的运行,山下是激浪排空迂回曲折的河川。诗人将视角转向上下两个空间角度,以高山之高和水流之险来衬托蜀地环境的险恶，不仅如此，诗人紧接着又说就算是善于高飞的黄鹤都无法飞越高山，就算是擅长攀援的猿猴也发愁不知道该怎样过去。诗人借黄鹤与猿猱来反衬，说明人行走就更加难上加难。这几句话运用虚写手法层层映衬，后面则具体描写了青泥岭的难行之处。

"青泥何盘盘，百步九折萦岩峦。扪参历井仰胁息，以手抚膺坐长叹。"诗人通过描写道路的曲折和山势的高峻来描写青泥岭的惊险，通过行人用手就能触摸星辰的画面，更加突出了山的巍峨。诗人运用细节描写，将行人攀登时呼吸紧张，抚胸长叹等细节动作加以摹写，把行人艰难的步履、惶悚的神情，绘声绘色地刻画出来，困危之状如在目前。

"问君西游何时还？畏途巉岩不可攀。但见悲鸟号古木，雄飞雌从绕林间。又闻子规啼夜月，愁空山。"诗人借用多种意象，"悲鸟""子规""夜月""空山"渲染了旅愁和蜀道上空寂苍凉的环境气氛，借景抒情，有力地烘托了蜀道之难。而诗人不禁再次发出感叹，"蜀道之难，难于上青天，使人听此凋朱颜！"蜀道难以跨越，就像难于登天一样，让人听见登蜀道这件事就不由自主面色苍白。

"连峰去天不盈尺，枯松倒挂倚绝壁。飞湍瀑流争喧豗，砯崖转石万壑雷。"接连四句都是诗人对蜀道山川之险的描写。山峰座座相连，高高耸立，离万里高空距离不足一尺，枯老的松树枝丫倒垂着紧紧依贴在绝壁之上。漩涡飞转瀑布飞泻，水流争相喧闹着，湍急的水流撞击着巨石，使它在山谷中滚动，发出的声音就像万壑鸣雷一般。诗人先是渲染出山势的惊险，然后由静到动，写出水石激荡、山谷轰鸣的惊险场景，从视觉和听觉两个角度来烘托蜀道的艰险，由此可知，此处山川的险要。"其险也如此，嗟尔远道之人胡为乎来哉！"诗人以一句感叹作结，这个地方的险要也不过就是这样罢了，远处想来此地探险的人啊，不知道你为什么一定要来。

"剑阁峥嵘而崔嵬，一夫当关，万夫莫开。"诗歌从蜀道的艰险转向蜀中要塞剑阁的军事形势，剑阁在大剑山和小剑山之间有一条三十里长的栈道，群峰如剑，连山耸立，削壁中断如门，形成天然要塞。只要一个人把守，后面即使有千军万马也无法突破。紧接着诗人从剑阁的险要引出对政治形势的描写。

紧接着诗人劝告要注意此处位置的险要，任用贤人，警惕战乱的发生，同时联系当时的社会背景，揭露了蜀中豺狼的"磨牙吮血，杀人如麻"，表达了对国事的忧虑与关切。

最后诗人再次感叹，"蜀道之难，难于上青天，侧身西望长咨嗟！"蜀道难以攀越就像难于上青天，仅仅是侧身而望，想到此地的艰险就忍不住感慨长叹！

诗人运用变幻多端的手法，将浪漫主义色彩融于其中，将蜀道之难描绘得栩栩如生，从蚕丛开国说到五丁开山，由六龙回日写到子规夜啼，天马行空般地驰骋想象，创造出博大浩渺的艺术境界，充满了浪漫主义色彩。

兵车行[1]

（唐）杜 甫

车辚辚[2]，马萧萧，行人弓箭各在腰。
耶娘妻子[3]走相送，尘埃不见咸阳桥。
牵衣顿足拦道哭，哭声直上干[4]云霄。
道旁过者问行人，行人但云点行频[5]。
或从十五北防河[6]，便至四十西营田。
去时里正[7]与裹头，归来头白还戍边。
边庭流血成海水，武皇开边意未已。
君不闻，汉家山东二百州，千村万落生荆杞[8]。
纵有健妇把锄犁，禾生陇亩[9]无东西。
况复秦兵耐苦战，被驱不异犬与鸡。
长者虽有问，役夫敢申恨？
且如今年冬，未休关西卒。
县官急索租，租税从何出？
信知[10]生男恶，反是生女好。
生女犹得嫁比邻，生男埋没随百草。
君不见，青海头，古来白骨无人收。
新鬼烦冤旧鬼哭，天阴雨湿声啾啾。

【注释】

① 兵车行：乐府歌曲中的一种体裁。② 辚（lín）辚：车行走时的声音。③ 耶娘妻子：父亲、母亲、妻子、儿女的并称。耶，同"爷"，父亲。④ 干（gān）：这里是冲的意思。⑤ 点行频：点名征兵频繁。点行，按户籍名册强征服役。⑥ 防河：为抵御侵扰，唐王朝每年征调大批兵力驻扎河西一带，叫"防秋"或"防河"。⑦ 里正：封建社会统治乡里的小吏。唐制凡百户为一里，置里正一人管理。⑧ 荆杞：荆棘和枸杞，泛指野生灌木。⑨ 陇（lǒng）亩：田地。陇，同"垄"。⑩ 信知：确实知道。

【译读】

大路上车轮滚滚马蹄阵阵，出征的青年纷纷携带弓箭。

家中亲人来相送，灰尘弥漫天空几乎无法看见咸阳桥。
亲人拉住衣服停下脚步拦路痛哭，哭声凄惨直冲云霄。
过路人站在旁边询问原因，因为官府征兵实在太频繁。
有的人十五岁就外出从军，四十岁又被派到河西营田。
离开时里长替他缠头巾，归来时头发灰白还需去戍边。
边疆战士血流成河难再归，而皇上扩张领土没有尽头。
你没听说华山东边二百州，千村万寨田园荒芜草丛生。
即使有健壮的妇人能耕种，田里庄稼东倒西歪不成行。
即使关中兵吃苦耐劳继续鏖战，被人驱遣与鸡狗无异。
尽管长者有所疑虑，征夫们又哪敢说出自己的怨恨呢？
就像今年已经到冬天，仍然没有停止向关西输送征兵。
县里的长官紧急催收租税，但百姓哪里有租税上缴呢？
由此百姓反而觉得生下男孩不好，还是生女儿比较好。
生女儿还能够把她嫁给邻居，生下儿子只能埋尸荒野。
你没看见在那青海的边上，自古以来白骨遍野无人收。
那里新鬼含冤旧鬼痛哭，阴天冷雨时凄惨哀叫声不断。

【赏析】

《兵车行》是杜甫根据天宝以后，唐王朝对西北、西南少数民族发动的越来越频繁的战争带来的影响进行的生动描述。

连年不断的大规模战争，不仅给边疆少数民族带来沉重灾难，也给广大中原地区人民带来同样的不幸。而这样的不幸我们能从诗歌中深切地感悟到。

诗歌首句就描述了大街上士兵纷纷携带兵器的景象，紧接着静中有动，本应静谧无人的街道上传来一阵痛彻心扉的哭声，原来是家人一起来送别即将上战场的士兵。

乐府诗

"牵衣顿足拦道哭，哭声直上干云霄。"简单的一句诗，将送别时亲人不忍家人离开，抓住衣服不愿放手的凄苦景象形象生动地刻画出来，点名征兵太过频繁，百姓们深知此次离别再难相见，而此时的眷恋、悲怆、愤恨、绝望的动作神态，细腻入微。

诗人笔下，灰尘弥漫，车马人流，令人目眩；哭声遍野，直冲云天！这样的描写，给读者以听觉视觉上的强烈感受，集中展现了成千上万家庭妻离子散的悲剧，令人触目惊心！更能让人体会到战争的残酷。

全诗以"道旁过者问行人"为界限，由送别的惨状转向传达征夫的诉苦，少年从军，老年归来，无数将士为此抛头颅洒热血，将生命留在了战场上，然而悲哀的是，当权者不仅不收回命令，反而更想开疆扩土。

当权者只为权利考虑，却全然不顾此时山河破碎，生灵涂炭的景象，导致百姓不仅无法安居乐业，甚至无法安稳生活，无数村子人迹稀少，田园荒废，荆棘丛生，满目凋残。使诗歌中描述的惨状深入人心。

从"长者虽有问"起，诗人又推进一层。百姓深受欺压，终究引发出诉苦之词。敢怒而不敢言，而后又终于说出来，把征夫的艰辛和隐忍的愤怒表现得极为细腻逼真。

诗人将戍卒们沉痛哀怨的心情和倾吐苦衷的急切情态刻画得栩栩如生。这样通过当事人的口述揭露了统治者不断发动战争带给人民的巨大灾难。

紧接着诗人感叹道：如今是生男不如生女好，女孩子还能嫁给近邻，男孩子只能丧命沙场。这是基于过往事实的血泪教训。

重男轻女明明是大多数人的社会心理，这里却反其道而行之，得出生女儿更好的结论，进一步证明战争带给人们心灵上的严重摧残。

最后，诗人用哀痛的笔调，描述了长期以来存在的悲惨现实：青海边的古战场上，白骨露野，阴风惨惨，鬼哭凄凄，场面凄清悲惋，情景寂冷阴森。

这里的凄迷的场景和开头人声鼎沸的气氛，悲惨哀怨的鬼泣和开头那种惊天动地的人哭，形成了强烈的对比。将唐王朝征战不断的罪恶揭露得淋漓尽致。

这是一首反对唐玄宗穷兵黩武的政治讽刺诗。全诗借征夫对老人的答话，倾诉了人民对战争的痛恨和它所带来的痛苦。

这首诗展现了唐王朝长期以来连年征战带给百姓心灵上和身体上的双重压迫，强烈地讽刺了统治者不知民间疾苦的作风，具有深刻的思想内容，是诗人深切地了解民间疾苦和寄予深刻同情的名篇之一。

乐府诗

和张仆射塞下曲六首（其二）

（唐）卢　纶

林暗草惊风，将军夜引弓❶。
平明❷寻白羽❸，没❹在石棱❺中。

【注释】

❶引弓：拉弓，开弓。❷平明：天刚亮的时候。❸白羽：箭杆后部的白色羽毛，这里指箭。❹没：陷入，这里是钻进的意思。❺石棱：石头的棱角，也指多棱的山石。

【译读】

林中昏暗风吹草动令人惊惧，将军拉弓射箭更显神勇。
天明寻找昨晚射的白羽箭，发现箭头插入巨大石块中。

【赏析】

这首诗歌描写了将军夜晚狩猎的景象。诗歌首句点明了时间、地点和环境，天色已晚，林中幽静，渲染了紧张的氛围，恰到好处地解释将军引弓的行为。

"平明寻白羽，没在石棱中。"是对诗歌首句结果的描述，幽暗情景下射出的一箭竟然有这样的效果，侧面烘托了将军的英武神勇。诗歌中有时间、场景变化，而且富于戏剧性。同时运用夸张的手法来表现将军的本领，为诗歌形象涂上一层浪漫色彩，读来特别尽情够味，充满趣味。

和张仆射塞下曲六首（其三）

（唐）卢 纶

月黑雁飞高，单于❶夜遁❷逃。
欲将轻骑❸逐，大雪满弓刀。

【注释】

❶ 单（chán）于：匈奴的首领。这里指入侵者的最高统帅。❷ 遁（dùn）：这里是逃避，躲闪的意思。❸ 轻骑：轻装快速的骑兵。

【译读】

夜晚昏暗幽静，大雁高飞，敌方的首领趁着月色逃跑。想要率领轻骑追杀，纷纷扬扬的大雪洒满将士的弓刀。

【赏析】

这首诗歌首句是情景的描写。"月黑雁飞高"夜晚寂静，甚至能听见大雁高飞拍打翅膀的声音，环境幽暗，伸手不见五指，诗歌开头运用动静结合的手法，渲染了紧张的气氛，为引出后面的"单于夜遁逃"做出铺垫。

万物休息的夜晚，大雁为何高飞呢？原来是因为敌方的首领趁着夜黑风高，悄悄遁逃。读诗至此，顿觉一股豪迈之情扑面而来。

敌人借夜色的掩护仓皇逃遁，更加说明己方士兵的神勇。诗句语气肯定，判断明确，充满了对敌人的蔑视和我

军必胜的信念，令读者为之振奋。

"欲将轻骑逐"既说明了己方士兵的态度，又表现了己方士兵的实力。不需要派遣大队人马追击，只派出几骑追兵，说明己方士兵的高度自信，仿佛敌人已是瓮中之鳖，只需少量"轻骑"追剿，便可手到擒来。

"大雪满弓刀"当勇士们列队准备出发时。虽然站立不过片刻，而大雪竟落满弓刀，将全诗意境推向高潮。将漆黑的夜间勇士们被白雪映衬出的英姿勾勒的栩栩如生。诗歌大胆剪裁，巧妙构思，抓住典型环境与典型场景，是一部精彩的佳作。

卖炭翁

(唐)白居易

卖炭翁,伐薪烧炭南山中。
满面尘灰烟火色❶,两鬓苍苍❷十指黑。
卖炭得钱何所营❸?身上衣裳口中食。
可怜身上衣正单,心忧炭贱愿天寒。
夜来城外一尺雪,晓驾炭车辗❹冰辙❺。
牛困人饥日已高,市❻南门外泥中歇。
翩翩❼两骑来是谁?黄衣使者白衫儿❽。
手把文书口称敕❾,回车叱牛牵向北。
一车炭,千余斤,宫使驱将惜不得。
半匹红纱一丈绫,系向牛头充炭直❿。

【注释】

❶烟火色:烟熏色的脸。此处突出卖炭翁的辛劳。❷苍苍:灰白色,形容鬓发花白。❸何所营:做什么用。营,经营,这里指需求。❹辗(niǎn):同"碾",压。❺辙(zhé):车轮滚过地面辗出的痕迹。❻市:长安有贸易专区,称市,市周围有墙有门。❼翩翩:轻快洒脱的情状。这里形容得意忘形的样子。❽黄衣使者白衫儿:黄衣使者指皇宫内的太监,白衫儿指太监手下的爪牙。❾敕(chì):皇帝的命令或诏书。❿直:通"值",指价格。

乐 府 诗

【译读】

有一位以卖炭为生的老人,经常在南山之中砍柴烧炭。
他脸上遍布灰尘看不出原本颜色,两鬓灰白十指乌黑。
他卖炭钱用来干什么呢?换取身上的衣裳和吃的食物。
可怜他只穿单薄的衣服,却因担心炭价希望天气更冷。
夜里城外下了一尺厚雪,清晨老翁驾着炭车赶往集市。
牛疲惫人饥饿,太阳升高他们只能在集市南门外歇息。
得意忘形地骑着两匹马的人是谁?原来是皇宫内太监。
太监手里拿着文书说是皇帝命令,吆喝着牛赶往皇宫。
一车的炭有一千多斤,太监们硬要带走,老翁无可奈何。
那些人把半匹红纱和一丈绫,挂在牛头上充当炭价钱。

【赏析】

　　杜甫所作的《卖炭翁》通过描写卖炭翁的艰辛生活,揭露了老百姓承受阶级剥削的现实,表达了诗人对劳动人民的深切同情和对当时社会黑暗的批判之情。

　　诗歌开头四句,主要描写了卖炭翁的炭来之不易以及卖炭翁的艰苦生活。首句揭示了卖炭翁工作的地点。"满面尘灰烟火色,两鬓苍苍十指黑。"极力描写了卖炭翁的外貌,从细节上表现出了卖炭翁辛勤工作的状态,写出他劳动的艰辛。

　　"卖炭得钱何所营?身上衣裳口中食。"一问一答之间,写出卖炭翁的炭是自己艰苦劳动的成果,把他和贩卖木炭的商人区别了开来。为后文中故事情节的发展做出铺垫。

　　"可怜身上衣正单,心忧炭贱愿天寒。"这两句诗用同情的口吻,写出了卖炭翁艰难的处境和复杂的内心矛盾。诗人通过卖炭翁衣着单薄却希望天气寒冷的心情,写出了

古典诗文精品选读

卖炭翁的艰难处境和复杂的内心斗争。

"夜来城外一尺雪,晓驾炭车辗冰辙。"此时刚刚下过一场大雪,老百姓们都待在家里不愿出门,卖炭翁却赶着时间向城里出发,希望这样的天气能够让自己的炭卖出一个好价钱,着重渲染了卖炭翁生活的艰辛,极端的天气条件带给卖炭翁身体上的痛苦,也带给了他精神上的振奋。

"牛困人饥日已高,市南门外泥中歇。"此时拉车的牛历经长途跋涉已经十分疲惫,卖炭翁也感觉到饥饿,但是太阳高高挂起,正是百姓往来的时刻,卖炭翁不愿错过生意,只能在集市南门外泥地中歇息。诗人描绘了卖炭翁

等待生意上门的画面，表现出他在饥寒交迫之中期待生意上门的复杂心情。

然而此时意外出现了，两个得意洋洋，骑着高头大马过来的是谁呢？原来是皇宫内的太监和太监的手下。这两位突然出现的角色使得读者不由自主为卖炭翁担起心来，果然不出所料，"手把文书口称敕，回车叱牛牵向北。一车炭，千余斤，宫使驱将惜不得。半匹红纱一丈绫，系向牛头充炭直。"他们手里拿着文书声称是皇帝的命令，一边吆喝着一边把牛朝皇宫拉去。老翁只能看着那些人把半匹红纱和一丈绫，朝牛头上一挂，算是充当买炭的钱了。诗歌情节跌宕起伏，"翩翩"二字将太监得意忘形，高高在上的神态刻画得栩栩如生，说明了封建社会阶级的难以跨越。凭借着一张文书就能将卖炭翁辛辛苦苦得来的劳动成果带走，半匹红纱和一丈绫就能抵消一整车炭的价值的情节，更是批判了太监仗势欺人，抢夺老百姓财物的野蛮行径。

诗歌通过介绍一个卖炭老人的身世、磨难、烧炭、卖炭以及炭车被抢的前后经过，向人们讲述了一个催人泪下的悲剧故事，把老人的遭遇和宫市给人民带来的苦难形象地告诉了人们，抨击了当时社会的黑暗，表达了作者对于这种行为的批判之情。

© 民主与建设出版社，2022

图书在版编目（CIP）数据

乐府诗/（宋）郭茂倩，郭艳红主编. -- 北京：民主与建设出版社，2019.11

（古典诗文精品选读）

ISBN 978-7-5139-2683-6

Ⅰ.①乐… Ⅱ.①郭… ②郭… Ⅲ.①乐府诗—诗集—中国—古代 Ⅳ.①I222.6

中国版本图书馆CIP数据核字（2019）第253728号

乐府诗
YUE FU SHI

编　　者	（宋）郭茂倩
主　　编	郭艳红
责任编辑	韩增标
封面设计	大华文苑
出版发行	民主与建设出版社有限责任公司
电　　话	（010）59417747 59419778
社　　址	北京市海淀区西三环中路10号望海楼E座7层
邮　　编	100142
印　　刷	廊坊市国彩印刷有限公司
版　　次	2022年1月第1版
印　　次	2022年1月第1次印刷
开　　本	880毫米×1230毫米　1/32
印　　张	3
字　　数	38千字
书　　号	ISBN 978-7-5139-2683-6
定　　价	148.00元（全10册）

注：如有印、装质量问题，请与出版社联系。

辞　赋

（汉）司马相如等 著　郭艳红 主编

民主与建设出版社
·北京·

前言

习近平总书记在十九大报告中指出:"深入挖掘中华优秀传统文化蕴含的思想观念、人文精神、道德规范,结合时代要求继承创新,让中华文化展现出永久魅力和时代风采。"

习总书记还曾指出:"'去中国化'是很悲哀的,应该把这些经典嵌在学生脑子里,让经典成为中华民族文化的基因。"

是的,泱泱中华五千载,悠悠国学民族魂。我们中华国学"为天地立心,为生民立命,为往圣继绝学,为万世开太平",是中华民族生生不息的根本,是华夏儿女遗传基因和精神支柱。

国学就是中国之学,中华之学,是以母语汉语为基础,表达中华民族的精神价值和处世态度的,有利于凝聚中华民族的文化向心力,有利于中华民族大团结,是炎黄子孙的生命火炬,我们要永远世代相传和不断发扬光大。

中华优秀传统文化在思想上有大智,在科学上有大真,在伦理上有大善,在艺术上有大美。在中华民族艰难而辉煌发展历程中,优秀传统文化薪火相传、历久弥新,始终为国人提供精神支撑和心灵慰藉。所以,更多从传统优秀国学经典中汲取丰富营养,丰盈的不只是灵魂,而是能够拥有神圣而崇高的家国情怀。

中华传统国学是指以儒学为主体的中华传统文化与学术,包括非常广泛,内涵十分丰富,凝聚了我国五千年的文明史和传统文化,体现了中华民族博大精深的文化精髓,是经过多少代人实践检验过